Weitere Titel des Autors:

Die schimmernden Reiche
Teil 1: Die Zeitwanderer   (auch als E-Book erhältlich)
Teil 2: Das Knochenhaus   (auch als E-Book erhältlich)
Teil 3: Die Seelenquelle   (auch als E-Book erhältlich)

Hood – König der Raben
Scarlet – Herr der Wälder
Tuck – Streiter des Herrn

Sohn der grünen Insel

Über den Autor:

Stephen Lawheads Romane sind angesiedelt in jenem Zwischenreich, wo sich Historie, Mythos und Fantasie begegnen. Auch der Autor selbst ist ein Wanderer zwischen den Welten. Den gebürtigen Amerikaner zog es vor vielen Jahren nach England. Nach einem längeren Aufenthalt in Österreich wohnt er heute wieder in einem Vorort von Oxford.
Besuchen Sie den Autor auf seiner Webseite: www.stephenlawhead.com

Stephen R. Lawhead

Die schimmernden Reiche
Dritter Band

DIE SEELEN-QUELLE

Roman

Aus dem Englischen von
Arno Hoven

BASTEI LÜBBE TASCHENBUCH
Band 20 690

1. Auflage: Februar 2013

Dieser Titel ist auch als E-Book erschienen

Vollständige Taschenbuchausgabe

Bastei Lübbe Taschenbuch in der Bastei Lübbe GmbH & Co. KG

Deutsche Erstausgabe

Für die Originalausgabe:
Copyright © 2012 by Stephen Lawhead
Titel der Originalausgabe: »A Bright Empires Novel:
Quest the Third: The Spirit Well«
Originalverlag: Thomas Nelson, Nashville, Tennessee

Für die deutschsprachige Ausgabe:
Copyright © 2013 by Bastei Lübbe GmbH & Co. KG, Köln
Textredaktion: Gerhard Arth
Titelillustration: © shutterstock/nadi555; © shutterstock/Alexey Kamenskiy
Umschlaggestaltung: Guter Punkt, München
Satz: Urban SatzKonzept, Düsseldorf
Gesetzt aus der Goudy
Druck und Verarbeitung: CPI – Ebner & Spiegel, Ulm
Printed in Germany
ISBN 978-3-404-20690-2

Sie finden uns im Internet unter
www.luebbe.de
Bitte beachten Sie auch: www.lesejury.de

Der Preis dieses Bandes versteht sich einschließlich
der gesetzlichen Mehrwertsteuer.

Im Gedenken an Tiffany

*Die Vergangenheit und die Gegenwart
sind unsere Mittel;
die Zukunft allein ist unser Zweck.*

Blaise Pascal

INHALT

Wichtige Figuren im Romanzyklus
Die schimmernden Reiche   11

Was zuletzt geschah   15

Die Seelenquelle   21

Nachwort von Stephen Lawhead:
On the Road Again   411

WICHTIGE FIGUREN IM ROMANZYKLUS

Die schimmernden Reiche

Anen – Freund von Arthur Flinders-Petrie, Hoher Priester und Zweiter Prophet des Amun in Ägypten; lebte während der 18. Dynastie

Archelaeus Burleigh, Earl of Sutherland – Erzfeind von Flinders-Petrie, Cosimo, Kit und allen rechtschaffenen Menschen

Arthur Flinders-Petrie – auch bekannt als *Der Mann, der eine Karte ist*, Stammvater seines Geschlechts; zeugte Benedict, der einen Sohn namens Charles hatte, der wiederum Douglas zeugte

Bruder Roger Bacon – ein Philosoph, Wissenschaftler und Theologe, der etwa von 1240 bis 1290 arbeitete und lehrte – zuerst in Paris und dann in Oxford –; man nannte ihn *Doctor Mirabilis* (»wunderbarer Lehrer«) wegen seines wundervollen Unterrichts

Balthasar Bazalgette – Erster Oberalchemist am Hof des Kaisers Rudolf II. in Prag; Freund und Vertrauter von Wilhelmina

Benedict Flinders-Petrie – Sohn von Arthur und Xian-Li; Vater von Charles

Burley-Männer – Handlanger von Lord Burleigh: Con, Dex, Mal und Tav; halten sich eine steinzeitliche Höhlenlöwin namens Baby

Charles Flinders-Petrie – Sohn von Benedict und Vater von Douglas; ein Enkel von Arthur

Cosimo Christopher Livingstone der Ältere, wird oft nur **Cosimo** genannt – ein Gentleman aus dem Viktorianischen Zeitalter, der sich darum bemüht, die Einzelteile der Meisterkarte wieder miteinander zu vereinigen, und der den Schlüssel zur Zukunft begreift

Cosimo Christopher Livingstone der Jüngere, wird oft nur **Kit** genannt – Cosimos Urenkel

Dardok – Häuptling des Fluss-Stadt-Clans, dem Kit zuerst in der Steinzeit begegnet; er ist auch bekannt als Großer Jäger

Douglas Flinders-Petrie – Sohn von Charles und Urenkel von Arthur; er verfolgt still und leise seine eigene Suche nach der Meisterkarte, von der er ein Stück besitzt

Engelbert Stiglmaier, wird oft liebevoll **Etzel** genannt – Bäcker, der aus der deutschen Stadt Rosenheim kommt

En-Ul – Stammesältester des Fluss-Stadt-Clans

Giles Standfast – Sir Henry Fayths Kutscher und Kits Verbündeter

Gustavus Rosenkreuz – Assistent des Ersten Oberalchemisten des Kaisers und Wilhelminas Verbündeter

Lady Haven Fayth – Sir Henrys eigensinnige und wechselhafte Nichte

Sir Henry Fayth, Lord Castlemain – Mitglied der Königlichen Gesellschaft zur Förderung der Naturkunde; treuer Freund und Verbündeter von Cosimo sowie Onkel von Haven

Jakub Arnostovi – Vermieter und Geschäftspartner von Wilhelmina

Kaiser Rudolf II. – König von Böhmen und Ungarn, Erzherzog von Österreich und Kaiser des Heiligen Römischen Reichs; ist ziemlich verrückt

Snipe – wildes Kind und heimtückische Hilfskraft von Douglas Flinders-Petrie

Turms – König von Velathri (Etrurien) und einer der Unsterblichen, ein Freund von Arthur; er überwacht die Geburt von Benedict Flinders-Petrie, als die Schwangerschaft von Xian-Li problematisch wird

Wilhelmina Klug, auch **Mina** genannt – in einem anderen Leben eine Londoner Bäckerin und Kits Freundin; in ihrem jetzigen

Leben besitzt sie zusammen mit Etzel das *Große Kaiserliche Kaffeehaus* in Prag

Dr. Thomas Young – Arzt, Naturwissenschaftler und Universalgelehrter, wie allseits bestätigt worden ist, mit einem starken Interesse an der Archäologie des alten Ägypten; die erstaunliche Breite und Tiefe seiner Kenntnisse und Fähigkeiten haben dazu geführt, dass er als »der letzte Mensch in der Welt, der alles weiß«, bezeichnet worden ist

Xian-Li – Ehefrau von Arthur Flinders-Petrie und Mutter von Benedict; Tochter des Tätowierers Wu Chen Hu aus Macao

WAS ZULETZT GESCHAH

Das Phänomen, das als Ley-Springen oder Ley-Reisen bekannt ist, stellt ein Unterfangen voller Komplikationen und Irrtümer dar. Hierbei werden Ley-Linien benutzt, um zwischen den verschiedenen bekannten Welten des multidimensionalen Omniversums zu reisen. Diese Art der Fortbewegung ist weit davon entfernt, eine exakte Wissenschaft zu sein, und bestenfalls eine Kunst, die nur durch eine lange Ausbildung perfektioniert werden kann. Und selbst der fachkundigste Erforscher gerät häufig dabei auf Irrwege: eine Tatsache, die Kit Livingstone nur zu gut weiß.

Als er zuletzt eine Ley-Linie benutzte, die seine Exfreundin Wilhelmina entdeckt hatte, gelang es ihm, sich der Gefangennahme durch Lord Archelaeus Burleigh zu entziehen – ein skrupelloser und gewalttätiger Mann, der entschlossen ist, um jeden Preis in den Besitz der sagenhaften Meisterkarte zu kommen. Doch bei Kits verzweifelten Bemühungen, Burleighs Fängen zu entkommen, schlug etwas fehl; denn obwohl er am richtigen Ort landete, schien die Zeit völlig falsch zu sein. Zumindest die Epoche, in der sich Kit wiederfand, war sicherlich nicht diejenige, die Wilhelmina im Sinn gehabt hatte, als sie ihn anwies, diese spezielle Ley-Linie für seine Flucht zu benutzen. Es reicht wohl, wenn man sagt, dass Kit gegenwärtig und für die absehbare Zukunft in der Steinzeit festzusitzen schien. Kit, der das Beste aus seiner misslichen Lage machte, stolperte über eine Entdeckung, die sich als wichtig für die laufenden Geschehnisse erweisen könnte. Es wurde ersichtlich, dass er entgegen allen Erwartungen den sagenhaften Quell der Seelen entdeckte, der oft auch einfach als »Seelenquelle« bezeichnet wird.

Unterdessen erzielte Wilhelmina im Prag des siebzehnten Jahrhunderts mit ihren Unternehmungen immer größere Erfolge: Ihr *Großes Kaiserliches Kaffeehaus* war ein stürmischer Triumph und ein Segen für die Bevölkerung der Stadt. Minas Geschäftspartner, der Bäcker Engelbert – »Etzel« – Stiglmaier, versorgte ein extrem dankbares Publikum mit leckeren Backwaren und erquickendem Kaffee; darüber hinaus erwies er sich als unerschütterlicher Rückhalt für Wilhelmina. Da auf diese Weise ihr materielles Wohlergehen gewährleistet war, hatte Mina nunmehr Zeit und Geld genug, um der großen Aufgabe nachzugehen, die verstreuten Teile der Meisterkarte zu suchen. Zu diesem Zweck hat sie ein heikles Bündnis mit der wechselhaften Lady Fayth geschlossen – gegen ebenjenen Lord Burleigh und seine Bande von niederträchtigen Schlägern, den schändlichen Burley-Männern. Dennoch stellt sich uns die Frage, ob man Lady Fayth wirklich vertrauen kann!

Es sollte nicht vergessen werden, dass Giles Standfast, der Lakai und Kutscher des verstorbenen Sir Henry Fayth, in jener Nacht, als Kit verschwand, stark verwundet wurde beim Versuch, Burleigh zu entfliehen. Zur medizinischen Behandlung brachte man ihn ins Kaffeehaus. Der unglückselige Giles wurde nach England nach Hause zurückgeschickt, damit er sich erholte. Es bleibt abzuwarten, was ihm bevorsteht, doch es wird erwartet, dass er vollständig genesen wird.

Eine halbe Welt entfernt in Ägypten waren Dr. Thomas Young und sein neuer begeisterter Assistent Khefri stark in ihre Arbeit vertieft. Zuletzt wurden wir Zeuge, wie sie die Aufgabe in Angriff nahmen, einen erstaunlichen Schatzfund zu katalogisieren, den man aus dem versiegelten Grabmal des Anen geborgen hatte, des Hohen Priesters und Schwagers von Pharao Amenophis III. Einer der Gegenstände, die aus dem Grab geholt wurden, war ein Teil der Meisterkarte. Unser Thomas Young, wie wir uns entsinnen mögen, ist auch im Besitz einer sorgfältig erstellten Kopie der Karte und wird bestrebt sein, mit Khefris Hilfe ihre einzigartige Symbologie zu entziffern. Wir wünschen ihnen alles Gute und hoffen, dass sie sich weiterhin damit befassen und dies zu einem positiven Ergebnis führen wird.

Vollkommen unbekannt für die anderen hat ein rivalisierender Suchender in aller Stille Fortschritte bei der Jagd nach dem höchsten Schatz erzielt – und dabei handelt es sich um keinen anderen als Douglas Flinders-Petrie. Für diejenigen Leserinnen und Leser, die vielleicht eine gewisse Mühe empfinden, stets den Überblick bei dem sich ausdehnenden Flinders-Petrie-Geschlecht zu bewahren, gibt es eine einfache alphabetische Gedächtnisstütze. Die Geschlechterfolge beginnt mit einem A für Arthur, dem ein B für Benedict folgt, worauf sich ein C für Charles und dann ein D für Douglas anschließt. Der Letzte in dieser Reihe – Douglas, der Urenkel des unerschrockenen Arthur – besaß einen entwendeten Teil der Karte und setzte mit großem Eifer seine beträchtlichen Talente ein, um herauszufinden, wie sie zu interpretieren ist. Es gelang ihm, zu diesem Zweck einen ahnungslosen Helfer ausfindig zu machen und ihn zu verleiten, ihn in dieser Angelegenheit zu beraten – und zwar Bruder Roger Bacon, einen Gelehrten, Philosophen, Theologen und Naturwissenschaftler aus dem dreizehnten Jahrhundert. Achtsame Leserinnen und Leser erinnern sich vielleicht an den verwegenen Überfall auf das Britische Museum durch Douglas und seinen jungen Partner, den mürrischen und schweigsamen Snipe. Die zwei verschafften sich nach dem Ende der Öffnungszeit gewaltsam Zugang zu der altehrwürdigen Institution und deren »Raum der seltenen Bücher«; und nach einer kurzen Suche machten sie sich mit der Beute – einem aus der Sammlung gepflückten Band – aus dem Staub.

Wenn man eine kleine Abschweifung gestattet, dann kann nun berichtet werden, dass das fragliche Buch lange Zeit ein Bestandteil der Familienbibliothek eines unbedeutenden Adligen aus dem Süden gewesen war. Entsprechend der Anweisung waren aus dem Nachlass des Verstorbenen diese Bücher zusammen mit seiner Sammlung von römischen Gläsern und von Tafelsilber aus der Tudorzeit zum Museum gelangt. Man glaubte, dieses Buch stammte aus dem späten sechzehnten Jahrhundert; es handelte sich um einen kleinen, gepflegten, ledergebundenen Band mit einem handgeschriebenen Text, der von seinem Autor als *Inconssensus Arcanus* oder *Verbotene Geheimnisse* betitelt wurde.

Dieses spezielle Werk wurde nicht wegen seines historischen Wertes, der minimal war, und auch nicht wegen seines Informationsgehaltes hoch geschätzt – der sogar noch geringer war, da es völlig unleserlich war. Das Buch wurde nur deshalb aufbewahrt, weil alles, was auf den Seiten mit dem dicht geschriebenen, mysteriösen Text entziffert werden konnte, der Name Roger Bacon war: Und das war kein anderer als der berühmte im Mittelalter lebende und an der Universität von Oxford lehrende Professor. Der Priester und Wissenschaftler – der berühmte *Doctor Mirabilis* – war der Autor von vielen gelehrten Büchern, einschließlich des legendären *Opus Minus Alchemaie*.

Jede Seite des *Buches der verbotenen Geheimnisse*, als das es bekannt wurde, war voller seltsamer Bildsymbole, die den Buchstaben eines unbekannten Alphabets ähnelten – des Alphabets einer Sprache, die niemand auf Erden jemals gesprochen hatte. Ein geheimer Code? Eine okkulte Sprache? Wer wusste das schon? Douglas Flinders-Petrie hatte eine recht zuverlässige Vermutung, dass es sich weder um eine Sprache noch um einen Code handelte. Es war vielmehr nach seiner wohlüberlegten Meinung eine vollkommen symbolische Schrift, die Bruder Bacon irgendwann um das Jahr 1250 herum entwickelt hatte – dieselbe Symbologie, die seinen Urgroßvater Arthur Flinders-Petrie bei der Erstellung der Meisterkarte inspiriert hatte.

Kurz gesagt, Douglas war der Auffassung, dass das uralte Manuskript ein Verzeichnis von Experimenten und Koordinaten darstellte. Die Wiedergabe von Experimenten beschrieb demzufolge ausführlich alchemistische Prozesse; und die genannten Koordinaten waren die der Ziele von Ley-Linien. Ergo hatte Roger Bacon – zusätzlich zu seinen anderen, höher gelobten Leistungen – ebenfalls das Ley-Reisen entdeckt.

Über diese Angelegenheiten könnte noch viel mehr gesagt werden; man hat jedoch das Gefühl, dass dies für den Moment völlig genügt. Auf jeden Fall ist es genug, um damit voranzukommen. Also behalten wir diese Einzelheiten fest in unserem Gedächtnis und kehren zu unserer Geschichte zurück, worin Freitag sich freinimmt.

DIE SEELENQUELLE

ERSTER TEIL

Die Geisterstraße

ERSTES KAPITEL

Worin Freitag sich hereinnimmt

Cassandra Clarke verdiente ihre Brötchen, indem sie Knochen ausgrub. Sie verbrachte jeden Sommer ihres Berufslebens damit, dass sie in Gräben verschiedener Tiefen hockte – mit einer Kelle in der einen Hand und einem Handbesen in der anderen – und die Skelettüberreste von lange verstorbenen Kreaturen ausgrub, von denen viele nur der Wissenschaft und einige überhaupt keinem bekannt waren. Das Graben lag ihr im Blut: Ihre Mutter war Alison Brett Clarke, eine Paläontologin von Weltruhm. Dennoch hatte Cassandra nicht die Absicht, ihr ganzes Leben mit einer Schutzbrille aus Plexiglas, Staub in den Haaren und einem feuchtem Taschentuch über der Nase zu verbringen. Ihr Ehrgeiz ging weit darüber hinaus, in Kisten Fossilien zu verpacken, die sorgfältig katalogisiert und dann in irgendeinem muffigen Museumsuntergeschoss weggeschlossen werden sollten.

Ihr Vater war der Astrophysiker J. Anthony Clarke III., dessen Theorie über den Ursprung des Universums durch Quantenschwankungen in einem Plasmafeld ihm eine Nobelpreisnominierung einbrachte. Er liebte es, den Leuten zu erzählen, dass seine altkluge Tochter mit ihren Füßen im Schmutz und mit ihrem Kopf in den Sternen geboren worden war. Diejenigen, die diese witzige Bemerkung hörten, nahmen an, es handelte sich um eine Anspielung auf ihre Herkunft und auf die Tatsache, dass sie so viel Zeit damit zubrachte, in Bodenlöchern herumzuwühlen. Das stimmte schon, doch es war auch eine heimliche Andeutung auf den Hang zu fantastischen Erfindungen, durch den sich seine geliebte Cassie auszeichnete. Als Kind leitete Cass von einem Zelt im hinteren Garten aus eine Nachbarschaftstheaterkompanie: Zwei Sommer lang beschwatzte sie Kinder innerhalb eines Umkreises von sechs Blöcken zwischen der 8th Avenue und der 15th Street dazu, eine Serie von Dramen aufzuführen, die sie schrieb, produzierte und als Regisseurin inszenierte. Für gewöhnlich drehten sich die Stücke um schöne Prinzessinnen, die entweder von Dinosauriern oder von Aliens bedroht wurden – und manchmal auch von beiden. Später stieg sie zu einer Dichterin auf, die Gedichte und Kurzgeschichten für die Schulzeitung schrieb, und gewann in der Mittelstufe einen Preis für ein Gedicht über eine melancholische Wildblume, die auf einem Parkplatz wuchs.

Trotz dieser künstlerischen Neigungen wurde sie natürlich von der Wissenschaft angezogen. Gesegnet mit der geduldigen Beharrlichkeit ihrer Mutter und dem analytischen Talent ihres Vaters, zeichnete sie sich in ihrem Grundstudium aus. Sie entschied sich, in die Fußstapfen ihrer Mutter zu treten und sich auf die Fossiliensuche zu begeben. Ihre Sommer verbrachte sie damit, bei Ausgrabungen von China bis Mexiko zu assistieren, und verdiente sich dabei ihre Sporen. Jetzt wurde sie, die junge Doktorandin, als stellvertretende Direktorin bei einer bedeutenden Ausgrabung in Arizona eingesetzt, die das Potenzial besaß, ihre Karriere zu festigen.

In letzter Zeit jedoch begann die Routine sie zu langweilen. Fossilisierte Exkremente und Schnecken aus dem Jura übten nicht mehr länger die Faszination aus wie einst. Und das unentwegte Lästern und politische Taktieren, das in den oberen Rängen der akademischen Welt vorherrschte – sie hatte dies zwar stets gewusst, aber als Teil der Universitätskultur akzeptiert –, erwies sich mehr und mehr als eine belastende Ablenkung. Je weiter sie in die dunkelsten Promotionsterritorien reiste, desto stärker schwand die Faszination an fossilisierte Überreste ausgestorbener Geschöpfe dahin; und sie spezialisierte sich rasch, obschon ihr Thema sie nicht kümmerte. Welchen Unterschied machte das, ob die Welt nun erfuhr oder nicht, was der letzte jüngst entdeckte Megasaurus vor sechzig Millionen Jahren zum Mittagessen gefressen hatte? An schlechten Tagen, die in der letzten Zeit ziemlich oft zu kommen schienen, kam ihr alles so völlig sinnlos vor.

Immer häufiger ertappte sie sich dabei, wie sie auf die farbenprächtigen Sonnenuntergänge bei Sedona blickte und sich irrationalerweise nach einer leeren Leinwand und einer Garnitur Pinsel sehnte – oder wie sie einzelne Kakteen als surrealistische Skulpturen sah oder wie sie im Stillen von den hoch aufragenden, windgeschliffenen Felsen des Canyons schwärmte. Auf eine Art und Weise, wie sie es selbst nicht ganz beschreiben konnte, hatte sie die Empfindung, dass sie zu anderen Dingen hingezogen wurde – vielleicht zu einem anderen Leben jenseits der Wissenschaft. Dennoch war sie jetzt noch nicht gewillt, das Handtuch zu werfen. Es gab einen schwankenden Berg von Arbeit, die noch zu erledigen war, und sie befand sich, beinahe buchstäblich, bis zu den Hüften in unklassifizierten Fossilien.

Cass benutzte gerade einen Zahnstocher, um eine spiegelglatte Rundung aus mineralisiertem Gebein von der festgedrückten ziegelfarbigen Erde zu trennen. Das Stück löste sich und plumpste in ihre Hand: ein schwarzer, blattförmiger Stumpf aus Stein, der so glatt war, dass es aussah, als hätte man ihn poliert. Es handelte sich um den Zahn eines jungen Tarbosaurus – eines Theropoden, der während der Kreidezeit auf der Erde umherstreifte und dessen versteinerte Überreste bis genau zu diesem Augenblick ausschließlich in der Wüste Gobi gefunden worden waren. Cass hatte diese Lebewesen detailliert studiert und besaß jetzt den Beweis, den sie zur Untermauerung der Theorie benötigte, dass von ihnen eine weiter verstreute Population existiert hatte als zuvor gedacht. Es hatte eine Zeit gegeben, da hätte die Sicherstellung eines solchen Fundstücks sie dazu veranlasst, rund um das Lager Purzelbäume zu schlagen. Heute jedoch warf sie das Fossil bloß in einen Plastikeimer mit anderen Schätzen dieser Art, hielt inne und richtete sich auf. Sie drückte sich die Hand ins schmerzende Kreuz, seufzte auf und rieb sich den Schweiß aus dem Nacken. Dann schirmte sie ihre Augen vor der gnadenlosen Nachmittagssonne ab und murmelte: »Wo ist Freitag?«

Sie überflog rasch das sie umgebende Terrain. Ihr Blick traf auf dieselbe trostlose Landschaft, die in den einundzwanzig Tagen seit dem Beginn der Grabungssaison unverändert geblieben war – die seit Äonen unverändert geblieben war: blutrote, von der Sonne ausgelaugte Felsen, knorrige und verdorrte Kreosotbüsche, vielarmige Riesenkakteen, raue Yucca- und Choya-Pflanzen und waggonweise verschiedenartige Kakteen. Es gab keinerlei Anzeichen von Freitag, einem Yavapai-Indianer, der als Laufbursche und Kundschafter für die Ausgrabungsmannschaft arbeitete. Sie drehte sich nach Westen und erspähte ein verschossenes rotes Halstuch, das sich über einem Dunstschleier aus rotblauem Salbei auf und ab bewegte, während der arbeitsscheue Bursche heimlich im benachbarten Canyon verschwand.

Sie blickte auf ihre Armbanduhr. Es ging auf sechs Uhr zu; und sie hatten noch eine weitere gute Stunde vor sich, bis sie ihre Werkzeuge aufsammeln, die Vans beladen und in die Stadt zurückkehren würden.

»Wie läuft's denn da unten?«

Cass drehte sich um. Die Stimme gehörte zu Joe Greenough, ihrem Kollegen, Teamleiter und wichtigsten Ansprechpartner für das Feldteam der Universität. Joe, ein leutseliger Kerl Anfang dreißig, schlenderte mit den Händen in den Taschen herbei.

»Irgendwas Interessantes?«, fragte er und spähte in den Graben hinab, in dem Cass stand.

»Alles beim Alten.« Sie streckte eine Hand nach oben. »Hier. Hilf einer Dame nach draußen.«

»Jederzeit.« Er ergriff ihre Hand, hielt sie fest und lächelte, machte jedoch keinerlei Anstalten, ihr herauszuhelfen.

»Heute wäre nicht schlecht«, sagte sie ihm. »Jederzeit ... vielleicht jetzt?«

Er legte eine Hand unter ihren Arm und zog, während sie an der Seite des Loches hochkletterte. »Ich habe gehört, dass es eine neue Erfindung gibt, die Leiter genannt wird«, erklärte er und sah zu, wie

sie den Hosenboden ihrer Cargojeans abwischte. »Ist großartig fürs Klettern. Wenn du jemals in eine Stadt kommst, in der man welche verkauft, solltest du dir eine besorgen.«
»Du kennst mich«, erwiderte sie und ging fort. »Ein altmodisches Mädchen, das nur für seine fossilisierten Knochen da ist. Komm mir nicht mit diesen neumodischen Vorrichtungen.«
»He!«, rief er. »Wohin gehst du?«
»Freitag hinterher. Ich bin gleich zurück.«
»Ich bin gekommen, um mit dir zu sprechen«, hob er hervor. »Nicht um zu schreien.«
»Was denn? Trägst du Schuhe aus Zement?«
»Cass, hör mir doch zu.« Er joggte ihr hinterher. »Mach mal kurz langsamer. Es ist wichtig.«
»Dann werd mal schneller.« Sie behielt den rasch entschwindenden Indianer im Auge. Es war schon seltsam, wie die Ureinwohner so rasch größere Strecken zurücklegen konnten, ohne dass es den Anschein hatte, sie würden sich dabei überhaupt anstrengen. »Freitag hat sich verdünnisiert, und ich will ihn nicht verlieren.«
»Es geht um die Ausgrabung ...« Joe hielt inne, als müsste er sich erst daran erinnern, was er sagen wollte.
»Ja«, sagte sie und warf ihm von der Seite einen Blick zu. Sie sah, dass sich seine für gewöhnlich sonnigen Gesichtszüge umwölkten. »Du meine Güte! Es muss sich wirklich um irgendwas Wichtiges handeln, wenn es dazu geführt hat, dass dir die Worte fehlen.«
»Es ist nur ...« Er seufzte. »Es gibt keine gute Art und Weise, dies zu sagen.«
»Dann sag es auf eine schlechte Art und Weise«, drängte sie ihn.
»Nur sag es schon.«
»Es gibt Schwierigkeiten.«
»Okay ... und?« Bevor er antworten konnte, fuhr sie fort: »Erzähl mir nicht, dass die Fakultät wieder unseren Zuschuss zurückfährt.« Sie blieb stehen und wandte sich Joe zu. »Ich glaub das nicht! Nach all dem, was ich getan habe, um sie zu überzeugen –«
»Nein, nein«, fiel er ihr rasch ins Wort. »Mit dem Zuschuss ist alles in Ordnung. Der Ausschuss ist begeistert von den Ergebnissen.«

»Nun denn.« Sie zuckte mit den Schultern und begann wieder weiterzugehen.

»Es sind die Indianer«, platzte es aus ihm heraus.

»Amerikanische Ureinwohner.«

»Sie sind auf dem Kriegspfad.«

»Warum? Was hast du ihnen denn dieses Mal erzählt?« Sie ging um einen großen Feigenkaktus herum und schritt leichthin über den herabgefallenen Ast eines Riesenkaktus hinweg. Ungeachtet der Versicherungen und des gezeigten Wohlwollens der Universität hatte der *Arizona Native American Council* – der Rat der amerikanischen Ureinwohner in Arizona – vor langer Zeit beschlossen, jede archäologische Tätigkeit in der Region zu missbilligen. Bislang waren die Projektleiter in der Lage gewesen, den ANAC zu beschwichtigen, indem sie Leute vor Ort anheuerten, um bei der Grabung zu helfen und sie über die indigene Kultur zu beraten – was etwas außerhalb des Aufgabengebiets eines paläontologischen Projekts war, jedoch half, den Frieden zu bewahren.

»Es ist nichts, was mit mir zu tun hat«, protestierte Joe. »Allem Anschein nach steht ein bedeutendes Fest bevor – ein heiliger Tag oder so etwas. Die Stammesältesten nehmen das gesamte Tal als eine Stätte von besonderer kultureller Bedeutung für sich in Anspruch – eine heilige Landschaft.«

»Ist das wirklich so?«

»Wer weiß das schon.« Joe zuckte die Schultern. »Jedenfalls haben sie ein Mitglied im Senat von Arizona auf ihrer Seite. Er stellt sich für seine baldige Wiederwahl auf, und daher hat er fixe Ideen. Senator Rodriguez: Er schlägt einen ziemlichen Radau deswegen und lässt sich in Interviews darüber aus, dass wir alle ein Haufen kalter, herzloser Wissenschaftler sind, die die Landschaft aufreißen und indianische Begräbnisstätten schänden.«

»Das hier war niemals eine indianische Begräbnisstätte!«, hob Cass hervor. Auf jeden Fall graben wir nicht das ganze Tal um, nur ein paar besondere Stellen – und zwar dieselben, an denen wir die vergangenen zwei Jahre gearbeitet haben. Hast du ihnen das erzählt?«

Joe betrachtete sie mit einem mitleidigen Gesichtsausdruck. »Du glaubst, Logik und Vernunft hätten irgendetwas damit zu tun? Das ist politisch, und es stinkt zum Himmel.«

»Na, das ist ja echt spitze!«, grollte sie. »Als ob wir nicht schon genug Schwierigkeiten mit dem Touristenbüro von Sedona und den New-Age-Leuten gehabt hätten. Das wird uns kein kleines bisschen helfen.«

»Wem sagst du das. Ich habe für morgen beim *Sedona Observer* ein Gespräch mit dem Redakteur arrangiert und gebe unseren Fall zu Protokoll.«

»Merk dir, wo wir stehen geblieben sind«, sagte sie und nahm die Verfolgung des eigensinnigen Freitag wieder auf, der hinter einem Felsbrocken am Fuße einer Ausschwemmung aus dem Blickfeld verschwunden war.

»Wir müssen mit dem Graben aufhören, bis das bereinigt ist!«, rief Joe ihr hinterher. »Hol dir Freitag und seine Mannschaft, damit sie euch helfen, alle Sachen festzuzurren und eine Abdeckplane über die Aushebung zu legen.«

»Kann dich nicht hören!«, erwiderte sie laut.

Sie ließ Joe Greenough allein zurück, umging einen Kugelkaktus von der Größe eines Kürbisses und hastete los. Mit einem stets wachsamen Blick für Klapperschlangen – den ständigen Schreckgespenstern bei Ausgrabungen in der Wüste – marschierte sie in scharfem Tempo weiter, wobei sie den Borsten, Stacheln und gezähnten Rändern der örtlichen Flora auswich, die alle, wie es schien, ausschließlich dazu bestimmt waren, etwas zu durchstechen, aufzuschlitzen, zu zerreißen oder jemanden auf die eine oder andere Art vom Weitergehen abzubringen. Merkwürdig, dachte sie, wie still es wurde und wie schnell sie vorankam.

Kaum war ihr dieser Gedanke durch den Kopf gegangen, als sie das seltenste aller Geräusche in der Wüste vernahm: Donner. Das entfernte Poltern, klar und deutlich anwesend in der heißen, trockenen Luft, ließ sie kurz auffahren.

Sie blickte hoch und sah, dass der Himmel über den hoch aufragenden Hügeln aus rotem Felsgestein und über den Canyons des

Verde Valley sich verdunkelt hatte und voller schwarzer, schwerer, zornig aussehender Wolken war. Sie hatte ihren Blick so selbstvergessen auf den Boden gerichtet, dass ihr das sich rasch ändernde Wetter nicht aufgefallen war. Böiger Wind kam auf, und Cassandra witterte Regen. Ein Gewitter in der Wüste war zwar nicht gänzlich unbekannt, jedoch so selten, dass es sie immer noch faszinierte und sie sich auf die damit einhergehenden Gerüche freute. Der Duft von gewaschener Wüstenluft mit einem Anflug von Ozon war mit nichts zu vergleichen. Es würde jedoch überhaupt nicht faszinierend sein, überlegte sie, wenn der Gewittersturm sie weit draußen erwischte. Sie beschleunigte ihre Schritte und rief der sich rasch zurückziehenden Figur vor ihr zu: »Freitag!«

Das Echo ihres Schreis kam von den umgebenden Canyonwänden zu ihr zurückgeflogen. Direkt voraus erhob sich ein turmhoher Felsstapel – ein vielfach gestreifter Haufen aus dem charakteristischen rötlichen Sandstein der Sedona-Region. »Hab dich«, murmelte Cass, die sich sicher war, dass ihre »Jagdbeute« sich hinter dem gewaltigen, vom Wind geformten Gesteinsblock geduckt hatte und so aus ihrem Sichtfeld verschwunden war. Sie eilte weiter. Die Wolken am Himmel hingen immer tiefer; der brummelnde, polternde Donner wurde immer lauter und aufdringlicher. Der auffrischende Wind ließ Staubteufel durch die Salbeisträucher und Mesquitebäume fortwirbeln.

Als Cassandra den Sockel des Sandsteinhaufens umrundete, sah sie, dass er sich zu einer der vielen Zuleitungsrinnen des größeren Systems hin öffnete, das die Einheimischen *Secret Canyon* – Geheimer Canyon – nannten. Sie glaubte, eine Gestalt zu erspähen, die in einiger Entfernung vor ihr durch die Schatten der Schlucht huschte. Sie rief erneut, erhielt jedoch keine Antwort; daraufhin erhöhte sie weiter ihr Tempo und drang tiefer in die gewaltige Felsspalte ein.

Ihr Yavapai-Kollege war auf eine höchst charakteristische Weise ein Stereotyp des roten Mannes: arbeitsscheu, wortkarg bis hin zur Einsilbigkeit, anmaßend, verstohlen und zu merkwürdigen Launen geneigt. Gewöhnlich trug er verschossene Jeans, deren Aufschläge er oben in seine abgewetzten Cowboystiefel stopfte. Das glatte schwarze Haar hatte er sich zu einer einzigen Flechte nach hinten gebürstet, die das Rückenteil seines sonnengebleichten blauen Hemds hinabfiel. Das Haarende hatte er mit einem Lederriemen zusammengebunden, der mit einem Stück roten Lappen oder einer Wachtelfeder geschmückt war. Sowohl in seiner Kleidung als auch in seinem Verhalten präsentierte er ein so offensichtlich klischeehaftes Bild, dass Cass zu der Auffassung gekommen war, es sei mit Absicht einstudiert worden, und Freitag arbeite sehr hart daran, es aufrechtzuerhalten. Niemand konnte zufälligerweise so viele dieser Eigenschaften aus Groschenromanen miteinander kombiniert haben.

Freitag, schlussfolgerte sie, wollte mit voller Absicht als Inbegriff des amerikanischen Ureinwohners der Volksromantik gesehen werden. Er lebte dieses Klischee sogar bis zu dem Punkt, dass er an den Wochenenden draußen vor der Walgreens-Filiale in der Main Street stand – mit zwei Adlerfedern im Haar und gekleidet in ein hirschledernes Gewand mit Fransen sowie in perlenbesetzten Mokassins – und dort für Touristen posierte, die ihn gegen ein Trinkgeld fotografierten: Sedonas ureigener indianischer Drugstore. Alles, was ihm fehlte, war eine Handvoll Zigarren.

Was den Grund für dieses Verhalten anbelangte, so hatte sie bis jetzt keine Ahnung. Warum sollte man eine Rolle spielen, die so offenkundig lächerlich und unter seiner Würde war? Warum unterwarf man sich einem erniedrigenden Klischee, das einer rückständigen, weniger aufgeklärten Zeit angehörte? War es Masochismus oder irgendeine Art von ausgeklügeltem Witz? Cass konnte auch nicht ansatzweise erraten, was der Grund war.

»Freitag!«, schrie sie und bewegte sich immer noch vorwärts. »Komm raus! Ich weiß, dass du hier drinnen bist.« Sie hielt inne und fügte dann hinzu: »Du bist nicht in Schwierigkeiten. Ich möchte nur mit dir sprechen.«

Die Felswände aus sich wellendem Gestein, das aus Schichten sich abwechselnder Farbbänder bestand, erhoben sich senkrecht aus dem Boden der Rinne, die bei näherer Betrachtung unnatürlich gerade erschien: eine seltsame Eigenschaft, die Cassandra zwar bemerkte, jedoch einer optischen Täuschung zuschrieb, die durch die unklaren Lichtverhältnisse und die merkwürdig geformten Steinwände hervorgerufen wurde. Ein plötzlicher Windstoß fegte lockere Kieselsteine von weiter oben herab, und mit ihnen kamen die ersten Regentropfen.

»Freitag!«

Der Klang ihrer Stimme schwirrte entlang der Sandsteinmauern, doch es kam keine Antwort aus den schwärzer werdenden Schatten vor ihr. Der Himmel wurde finster, er verdunkelte sich wie ein Bluterguss; und die niedrig hängenden Wolken bewegten sich heftig. Die Luft prickelte vor aufgestauter Energie; sie fühlte sich an, als würde sie unter Spannung stehen und gleich ein Blitz einschlagen.

Cassandra raste los. Eine Hand hielt sie dabei flach über ihren Kopf, um sich vor den herabstürzenden Kieselsteinen zu schützen. Der Wind umtoste sie mit einem gewaltigen Lärm und schickte ein Regentuch vor sich her, das sich über die ganze Rinne legte und alles auf seinem Weg durchnässte.

Cassandra war gefangen. Der Wind, der vom Canyon eingesogen wurde, brandete über sie hinweg und schleuderte ihr kaltes Wasser in das Gesicht. Geblendet vom Regen, schöpfte sie sich das Wasser von den Augen und stürzte schutzsuchend auf die überhängenden Felsvorsprünge zu, welche spärliche Deckung sie auch immer zu bieten vermochten. Ein eiskalter Windstoß schlug mit der Gewalt eines Düsentriebwerks in sie hinein, raubte ihr die Luft aus den Lungen und trieb sie den Canyon-Boden entlang. Sie taumelte weiter nach vorn, stolperte, streckte die Hände aus, um den Sturz aufzufangen, und biss die Zähne zusammen – doch der erwartete Stoß blieb aus.

Zu ihrem Entsetzen gab der Boden unter ihr nach, und sie taumelte fallend weiter.

Von einem Schritt zum nächsten befand sie sich plötzlich in der Luft und stürzte in eine unsichtbare Leere. Als die Landung kam, erfolgte sie sehr abrupt, doch mit ihr ging keine knochenbrechende Erschütterung einher, wie Cass instinktiv befürchtet hatte. Der Boden, auf dem sie landete, war merkwürdig schwammig.

Ihr erster Gedanke war, dass sie irgendwie durch das Dach einer Kiva gefallen war – eines der unterirdischen Zeremonienhäuser, die bei den in Pueblos wohnenden Ureinwohnern der Vergangenheit beliebt gewesen waren. Kivas waren oft versteckt, und von den Dächern wusste man, dass sie unter dem Gewicht von unachtsamen Wanderern zusammenbrachen. Aber wer hatte schon von einer Kiva gehört, die in einem Canyon-Boden versteckt war?

Ihr zweiter Gedanke war, dass ein Tornado sie hochgerissen hatte und sie Meilen entfernt fallen gelassen hatte – eine absurde Möglichkeit. Aber hatte sie nicht das Gefühl gehabt, dass sie flog? Wie sonst sollte sie sich erklären, was sie nun sah? Vor ihr erstreckte sich eine ungeheuer große, unfruchtbare Ebene aus vulkanischem Schotter auf der kein einziger Kaktus oder Mesquitebaum zu sehen war. Die hoch aufragenden roten Felsen von Sedona waren verschwunden, und weit entfernt säumte ein Band aus schwarzen Hügeln den Horizont.

Und das war alles.

Was war mit Arizona passiert?

Cass starrte auf die fremdartige Landschaft und wirbelte panisch in Pirouetten herum – wie eine Tänzerin, die auf unerklärliche Weise ihren Partner verloren hatte. Die Panik verstärkte sich. Sie schluckte Luft in dem vergeblichen Bemühen, sich zu zwingen, ruhig zu bleiben. Ihr schwirrte der Kopf, und zwei Gedanken jagten sich darin gegenseitig umher: *Was war passiert? Wo bin ich?*

Cass presste sich den Handrücken in den Mund, um den Schrei zu ersticken, der, wie sie spürte, sich darin bildete. Heroisch kämpfte sie darum, aus dieser äußerst fremdartigen Wende der Ereignisse schlau zu werden. Sie stand kurz davor, auf dem Pfad zusammenzubrechen und sich wie ein Fötus eng zusammenzukauern, als eine barsche, verärgerte Stimme sie aufschreckte.

»Was machst du denn hier?«

Augenblicklich war sie von ihrer Panik abgelenkt. Sie wirbelte herum, um zu sehen, wer sie von hinten ansprach. »Freitag!« Erleichterung breitete sich in ihr aus. »Gott sei Dank, du bist's. Hast du vorhin nicht gehört, dass ich dich gerufen habe?«

»Nein.« Er legte die Hand auf seinen Oberarm. »Du musst zurückgehen.«

Sie blickte sich um, und im nächsten Moment verstärkte sich das Gefühl der Fremdartigkeit dieser Situation. »Wo sind wir? Was ist passiert?«

»Das ist nichts für dich.« Er begann zu gehen und zog Cassandra mit sich.

Sie entwand sich seinem Griff. »Ich werde nirgendwo hingehen, bis du mir sagst, was passiert ist«, beharrte sie und starrte ihn wütend an. »Nun?«

Eine unbestimmte Mischung aus Groll und Erheiterung huschte über die von der Sonne gerunzelten Gesichtszüge des amerikanischen Ureinwohners. »Dies ist *Tsegihi*«, antwortete er. »Du gehörst nicht hierhin.«

Cassandra legte die Stirn in Falten. Falls sie jemals zuvor das Wort gehört hatte, so konnte sie es doch nicht einordnen. »Ich verstehe nicht.«

»Du hast die Coyote-Brücke auf der Geisterstraße überquert.«

»Es hat hier weder eine Straße noch eine Brücke gegeben. Ich –«

»Im Canyon.« Erneut wollte er ihren Arm ergreifen, doch Cass trat von ihm fort. »Wir müssen zurückgehen, bevor es zu spät ist.«

»Warum?« Ihr Blick glitt über die bis ins Detail leere Landschaft hinweg. »Was könnte passieren?«

»Schlechtes.«

Cassandra erlaubte es dem Indianer, ihren Arm zu nehmen. Er drehte sie um und begann, einen Pfad entlangzugehen, der in die kleinen Bimssteinstücke hineingekratzt war, welche die Ebene mehrere Zoll dick bedeckten. So weit das Auge reichte, erstreckte sich der Pfad in einer absolut geraden Linie durch die leere Landschaft.

»Ist das etwa die Geisterstraße? Wie bin ich überhaupt hierher –«, begann sie, doch ihre nächsten Worte wurden von dem Wind geschluckt, der aus dem Nirgendwo herbeiwehte. Er schnappte sich ihre Stimme aus der Luft, als von einem Schritt zum nächsten ihre Füße den Kontakt zum Boden verloren.

ZWEITES KAPITEL

Worin der Geheime Canyon sein Geheimnis enthüllt

Als Cassandra wieder sehen konnte, befand sie sich abermals im Geheimen Canyon. Sie war triefnass, und ihr Kopf pochte vor Schmerz. Es waren so bösartige Kopfschmerzen, dass sie nicht mehr geradeaus sehen konnte. Mit den Händen an den Hüften stand sie vornübergebeugt, schluckte Luft und bekämpfte ein flaues Gefühl von Übelkeit.

Freitag ragte über sie und runzelte die Stirn.

»Was?«, fragte sie herausfordernd. »Du hättest mich warnen können, dass dies passieren würde.«

»Du bist schwach«, erwiderte Freitag und blickte zum Himmel. Die aufgewühlten schwarzen Wolken lösten sich bereits auf, während der Sturm in die Ferne davonjagte.

»Und du bist sowohl dickköpfig als auch arrogant«, entgegnete sie und wischte sich mit beiden Händen ihr Gesicht ab.

»Wir werden jetzt zur Ausgrabung zurückkehren.« Er warf ihr einen flüchtigen Blick zu und begann in Richtung Grabungsstätte zu gehen. Als sie ihm nicht folgte, hielt er an und schaute zurück.

»Ich werde keinen einzigen Schritt gehen, bevor ich nicht ein paar Antworten bekomme, Mister.«

»Okay«, schnaubte er. »Du kannst hierbleiben.«

Er marschierte wieder los.

Cass sah zu, wie er davonging, und erkannte an der entschlossenen Haltung seiner Schultern, dass er sich kein zweites Mal umdrehen würde. Sie hastete der schlaksigen Gestalt hinterher. »Hör zu«, sagte

sie, während sie zu ihm aufschloss und seinen Schrittrhythmus aufgriff.
»Ich möchte eine Erklärung. So viel schuldest du mir zumindest.«

»Du bist mir einfach gefolgt.« Er blickte sie nicht an, sondern marschierte weiter. »Ich schulde dir überhaupt nichts.«

»Der Ort, wo wir gerade waren – wo war das? Wie sind wir dorthin gekommen? Hatte es irgendetwas mit dem Sturm zu tun?«

»Du stellst eine Menge Fragen.«

»Mir ist niemals etwas Vergleichbares wie das passiert.«

»Es wird nicht wieder passieren.«

»Hey!«, rief sie. »Ich will wissen, was los ist. Ich habe vor, der Sache auf den Grund zu gehen.«

»Willst du nicht.«

»Wetten, dass«, entgegnete sie in scharfem Tonfall.

»Du weißt nicht, wonach du fragst.«

»Dann sag es mir. Erklär es einfach, sodass ich es verstehe.«

»Die Leute werden glauben, du wärst verrückt.«

»Na und?«

Freitag wandte ihr sein breites, wettergegerbtes Gesicht zu. Lächelnd fragte er: »Dir macht es nichts aus, wenn die Leute dich für verrückt halten?«

»Sehe ich wie jemand aus, der sich darum kümmert?«, erwiderte sie. »Gib's auf. Was ist vorhin dort hinten passiert?«

»Ich habe es dir schon gesagt.«

»Du hast gesagt, es wäre ... was? Zeh-gieh-hie?«

»*Tsegihi*«, bestätigte er. »Das ist richtig.«

»Was bedeutet das?«

»Auf Deutsch?«

»Wenn möglich.«

Freitag nickte gedankenverloren. »Du würdest sagen, es ist die Geisterwelt.«

»Das war keine Geisterwelt. Das war real.«

»Ich hab ja gesagt, du würdest es nicht glauben.« Er ging wieder weiter.

»Okay, es tut mir leid.« Cass eilte hinter ihm her. »Fahr bitte fort. Wie sind wir dorthin gekommen?«

»Ich habe es dir schon gesagt.«
»Ich weiß, ich weiß: die Coyote-Brücke auf der Geisterstraße.«
Freitag erwiderte darauf nichts.
»Aber das ist bloß ein ... Wie nennst du das doch gleich noch mal – ein Mythos oder eine Metapher oder etwas dergleichen?«
»Wenn du es so sagst.«
»Nein, erklär es mir. Ich möchte es wissen. Was ist die Geisterstraße?«
»Es ist der Weg, den das Medizinvolk benutzt, um die Überquerung von dieser Welt zur Geisterwelt vorzunehmen.«
»Du meinst dies wortwörtlich – eine leibhaftige Überquerung?«
»Richtig.«
»Das ist unmöglich.«
»Wenn du es so sagst.«
Sie hatten beinahe die Mündung des Canyons erreicht. Dahinter konnte Cass die Wüste mit Riesenkakteen und Mesquitesträuchern sehen, die lange Schatten warfen. Demnach ging der Nachmittag nun in den Abend über.
»In meinem Volk gibt es Leute, die in die Geisterwelt reisen, um heilige Pflichten zu verrichten.« Er hielt kurz inne und fügte dann hinzu: »Ich bin keiner von ihnen.«
»Und was bist du dann? Ein Tourist?«
Ein schwaches Lächeln umspielte seine Lippen. »Kann schon sein.«
»Ein Tourist«, brummte sie missbilligend. »Ich glaube dir nicht.«
»Das liegt bei dir.«
»Okay, tut mir leid. Du bist also ein Tourist in der Geisterwelt.«
»Wir nennen jemanden, der auf Geisterstraßen reist, einen Weltenwanderer.«
»Also gut. Aber wie machst du das? Dieses Weltenwandern – bringst du es mir bei?«
»Nein.«
»Warum nicht?«
»Es ist nicht für dich bestimmt.«

Trotz weiterer Versuche mehr aus ihm herauszubekommen – wobei sie ihn bedrängte, ihm drohte und ihn sogar mit der Ankündigung von Schikanen einzuschüchtern versuchte –, weigerte sich Freitag, ihr mehr zu erzählen. Schlussendlich war sie gezwungen, ihre Bemühungen aufzugeben und zur Ausgrabung zurückzukehren, um deren Absicherung zu überwachen.

Während der Rückfahrt zur Stadt war Cassandra geistesabwesend und verwirrt – ein Verhalten, das von ihren Mitarbeitern im Van nicht unbemerkt blieb.

»Du bist ja heute so still«, stellte Anita fest, eine der Studentinnen, auf die die Ausgrabung angewiesen war, um die Drecksarbeit zu erledigen.

»Wirklich?«, fragte Cass. »Tut mir leid.«

»Hast du was?«

»Vermutlich bin ich nur ein wenig müde.«

»Wem sagst du das! Mac hat uns den ganzen Nachmittag mit Beuteln voller Schutt kämpfen lassen.«

»Hm.« Cassandra blickte aus dem Fenster des Vans und betrachtete die vorüberziehende Landschaft – alles war rot, golden und purpurn im Licht des frühen Abends. »Es ist wirklich eine wunderschöne Gegend«, sagte sie geistesabwesend.

Anita starrte sie einen Augenblick lang an. »Bist du *sicher*, dass mit dir alles in Ordnung ist?«

»Ja, mir geht's gut. Warum sollte es anders sein?«

»Ich dachte, Greenough wäre eventuell mit diesen Nachrichten über die Stilllegung der Ausgrabung zu dir gekommen.«

»Das ist wohl anzunehmen...« Sie wandte sich wieder der Betrachtung des Horizonts mit seinen monumentalen Sandsteinfelsen zu.

Nach einer Weile fuhr der Van-Konvoi auf den Parkplatz des Motels.

»Hey, Cass – gehst du mit uns ins *Red Rocks*?«, rief Anita, als das Team ausstieg und sich auf den Weg über den Parkplatz machte. Das *Red Rocks* bot billige Tacos und kaltes Bier an und war das offizielle Lokal für Ausgräber.

»Ja, später, denke ich«, erwiderte Cassandra, während sie fortging. »Ihr macht erst mal ohne mich weiter.«

Am Empfang holte sie sich ihren Schlüssel ab und schlenderte zu ihrem Zimmer. Das *King's Arms Motel* erinnerte an ein langweiliges altes Flohkino, doch es war im Vergleich zu den Standardpreisen in Sedona ausgesprochen billig. Darüber hinaus handelte es sich um den einzigen Ort in der Stadt, der halbwegs gewillt war, auf die Belange von Ausgräbern einzugehen. In der Lobby roch es nach feuchtem Hund, was man erfolglos durch den Einsatz von *Pine Sol* zu kaschieren versuchte. Das Ergebnis war ein beißender Geruch. *Das stinkt aber*, dachte sie nicht zum ersten Mal. Entgegen jeglicher Erwartung war es kein Zuckerschlecken, als arme Wissenschaftlerin in einem Urlaubsort für reiche Touristen zu leben. Man konnte sich nicht umdrehen, ohne daran erinnert zu werden, dass man nicht dazugehörte und obendrein einen Raum beanspruchte, der sich besser durch lukrative Gäste nutzen ließe.

Sobald sie in ihrem Zimmer war, warf sie sich auf das durchhängende Bett und starrte zur Decke hoch. Ihre Gedanken drehten sich im Einklang mit dem knarrenden Deckenventilator. Sie ließ sich Zeit mit Duschen und Umziehen, und als sie im *Red Rocks* eintraf, war die Party in vollem Gange. Die Arbeitsbienen der Ausgrabung feierten, dass sie gerade mindestens zwei, vielleicht sogar drei Tage frei bekommen hatten. Aus Rücksicht auf die Befindlichkeit der amerikanischen Ureinwohner und aus dem Wunsch heraus, eine Konfrontation mit Senator Rodriguez zu vermeiden und ihm so eine Bühne für Agitationen zu verwehren, hatte Joe Greenough angekündigt, dass sie über das Wochenende die Arbeiten unterbrechen würden. Nach einem Bier und einer Handvoll Nachos machte Cassandra Schluss für heute, entschuldigte sich und schlich davon. Sie spazierte allein zum Hotel zurück; äußerlich war sie ruhig, doch in ihrem Innern tobte ein Chaos aus halb fertigen Gedanken und wilden Spekulationen.

Nachdem sie ihre Zimmertür hinter sich geschlossen hatte, ergriff sie das Telefon, wählte und drückte den Hörer an ihr Ohr, während das Freizeichen wieder und wieder ertönte. Als sich niemand meldete gab sie auf, unterbrach die Verbindung und schaltete das Fernsehen ein. Sie setzte sich auf das Bett und schaute sich etwa eine Stunde lang geistlose Sitcoms an; dann nahm sie erneut das Telefon in die Hand.

Diesmal wurde nach dem vierten Klingelton abgenommen.
»Hallo, hier ist Tony.«
»Dad?«
»Cassie? Bist du das? Was ist los?«
»Ja, ich bin's. Muss irgendetwas los sein, wenn eine Tochter ihren Vater anruft?«
»Nein, nein – keineswegs, Liebling«, erwiderte er rasch. »Es ist nur... Weißt du, wie viel Uhr es ist?«
»Äh...« Cass hielt inne. »Ist es etwa spät? Tut mir leid, ich hab den Zeitunterschied vergessen.«
»Kein Problem, Schatz. Ich bin froh, dass du mich angerufen hast. Was gibt's?«
»Nichts. Es tut mir leid. Leg dich wieder schlafen. Alles ist in Ordnung. Ich werde dich ein anderes Mal wieder anrufen.«
»Cassandra«, sagte ihr Vater in einem Tonfall, den er für gewöhnlich anschlug, wenn er ein ernstes Gespräch führen wollte. »Was gibt's? Ich möchte dir helfen.«

Sie holte tief Luft. »Dad, hattest du jemals einen dieser Tage, an dem die ganze Welt auf den Kopf gestellt wurde?«
»Natürlich, mein Herzstück. Das ist mir erst letzten Donnerstag passiert.«

Cass konnte hören, wie er sich durch das Zimmer bewegte und sich dann in seinem großen Ledersessel niederließ.
»Also erzähl mir davon. Was hat deine Welt auf den Kopf gestellt?«
»Nicht bloß meine Welt, Dad«, betonte Cass. »Die Welt von jedem. Genau genommen ist das ganze Universum aus den Angeln gehoben oder unterbrochen worden, oder... Ich weiß nicht, was es gewesen ist. Es ist bloß so sonderbar. Es ist unerklärlich.«
»Nun...« Sein Lachen war ein beschwichtigendes Geräusch, sanft und vertraut. »Du wirst es versuchen müssen, ansonsten werden wir nicht sehr weit kommen.«

»Das ist es genau. Ich weiß nicht, wie ich es erklären soll.«
»Okay.«
Sie konnte hören, wie er den Wissenschaftlerhut aufsetzte. »Analysiere nichts, beginne einfach mit dem Anfang. Und lass nichts aus. Womit haben wir es zu tun?« Als sie weiterhin schwieg, fügte er hinzu: »Denk nicht nach – rede einfach. Tier, Pflanze oder Mineral?«
»Kennst du diese Wirbel beziehungsweise *Vortexes*?«, fragte sie.
»Die berühmten *Sedona Vortexes*?«
»Der Ausdruck ist mir bekannt... Nach dem, was du mir erzählt hast, bin ich davon ausgegangen, dass es sich dabei um nichts anderes als einen Schwindel handelt, der von den Einheimischen aufgebauscht wurde, um die Tourismusbranche anzukurbeln – ein ausbeuterischer Unsinn.«
»Das nehme ich zumindest an...« Cassandra seufzte.
Es stimmte: Die *Sedona Vortexes* hatte man als langweiliges altes New-Age-Geschwätz abgetan. Welche wissenschaftliche Legitimität dieses Konzept auch immer besitzen mochte – falls überhaupt ein winziger Bruchteil von Realität darin steckte –, es war nun das Steckenpferd von alternden Hippies, Verehrern der Erdgöttin, Möchtegern-Mystikern sowie von verschiedenartigen Verrückten, Scharlatanen und Betrügern. Und ob sie existierten oder nicht, diese »Wirbel« waren gut für die Wirtschaft von Sedona: Von Vortex-Jeepfahrten und Vortex-Hubschrauberflügen über Vortex-Seelenlesungen bis hin zu den mit Vortex-Energie aufgeladenen Schmucksachen – all das war nur für einen hübschen Preis zu haben.
»Sprechen wir über dieselbe Sache?«, fragte ihr Vater.
»Ja, aber etwas ist heute geschehen – etwas wirklich Eigenartiges. Ich nehme an, du würdest es ein Naturphänomen nennen – jedoch von einer Art, wie ich es nie zuvor gesehen habe.«
»Hervorragend!« Bevor sie auf diesen Ausruf etwas erwidern konnte, wollte er rasch wissen: »Also, wo bist du gewesen? Und was hast du gemacht, als du dieses Phänomen beobachtet hast?«
Zunächst erzählte sie ihm von ihrem Arbeitsalltag – von der Ausgrabungsstätte und ihren Tätigkeiten dort – und beschrieb an-

schließend, wie sie Freitag in den Canyon gefolgt war. Als sie zu dem kam, was als Nächstes geschehen war, geriet sie ins Stocken.

»Ja, ja, mach weiter«, drängte ihr Vater sie. »Denk nicht nach, sondern spuck es einfach aus.«

»Du weißt sicherlich, dass all deine Kollegen dauernd über diese besonderen Dimensionen des Universums sprechen?«

»Mathematische Dimensionen, ja.«

»Nun... Was, wenn sie nicht bloß mathematisch wären?« Sie holte Atem und sprang ins kalte Wasser. »Dad, ich glaube, ich bin in eine andere Dimension gereist.«

Dieses Eingeständnis stieß am anderen Ende der Verbindung auf Schweigen.

»Dad? Bist du noch da?«

»Du meinst...«, begann er, hielt dann kurz inne und fing erneut an: »Was genau meinst du eigentlich?«

»Lediglich, dass ich in der einen Sekunde im Canyon war, wo Sand, Sturm und Regen auf mich einprasselten, und in der nächsten... Dad, ich stand auf einer Ebene, und die obere Bodenschicht war eine Ablagerung aus vulkanischer Schlacke. Es gab keinen Canyon mehr, keine Kakteen, rein nichts – nur Linien, die sich in entgegensetzten Richtungen bis zum Horizont erstreckten.«

»Definiere ›Linien‹«, forderte ihr Vater sie nach einem Moment auf.

»Linien... Du weißt schon. Als ob jemand eine Schneeschippe genommen und in der Schlacke auf der Ebene eine flache Mulde ausgeschaufelt hätte. Jedoch nicht willkürlich oder planlos: Diese Linien waren vollkommen gerade, und sie erstreckten sich meilenweit.«

Erneut trat Schweigen ein. Schließlich fragte ihr Vater: »War es heute heiß? Ich meine, heißer als gewöhnlich? Hast du da draußen genug Wasser getrunken?«

»Dad«, entgegnete Cassandra, in deren Tonfall eine gewisse Verbitterung mitschwang, »ich bin ein erfahrener Profi – ich habe keinen Sonnenstich bekommen. Okay? Du glaubst, ich hätte halluziniert?« Ihre Stimme wurde lauter. »Es war keine Halluzination oder Lebensmittelvergiftung oder Malaria. Ich habe auch nicht meine Periode. Es ist real gewesen. Es ist wirklich geschehen.«

»Ich habe kein Urteil über dich gefällt, Cass«, protestierte er. »Ich bin auf deiner Seite. Doch wir müssen jede Möglichkeit untersuchen. Und bestimmte Erklärungsansätze ausschließen.«

»Du hast recht«, sagte sie seufzend. »Es tut mir leid. Es ist nur – je mehr ich darüber nachdenke, desto verunsicherter werde ich. Zu dem Zeitpunkt, als ich es erlebte, war es schon eigenartig genug, aber jetzt ...«

»Du hast erzählt, dass Freitag bei dir gewesen ist. Du bist ihm gefolgt und hast ihn in dieser anderen Dimension getroffen. Was ist dann passiert?«

»Er hat gesagt, dass ich nicht dort sein sollte. Anschließend hat er mich zurückgebracht.«

»Wie hat er das gemacht?«

Sie antwortete nicht sofort, sondern dachte kurz darüber nach. »Er drehte mich um, und wir begannen zu gehen ... Wind kam auf ... Staub blies mir in die Augen, und alles wurde ein bisschen verschwommen ... Ich spürte im Gesicht, dass der Wind nun heftig blies ... und dann fing der Regen an. Als ich wieder hochschaute, waren wir im Canyon zurück.«

»Derselbe Canyon wie zuvor?«, fragte ihr Vater.

»Ja, es war derselbe. Man nennt ihn den Geheimen Canyon.« Sie hielt inne. »Das ist alles. Genau das ist passiert.«

»Irgendwelche körperlichen Symptome? Oder irgendetwas anderes?«

»Ich wurde ein wenig seekrank: Mir war übel und schwindlig, und ich hatte schreckliche Kopfschmerzen. All das ging sehr schnell vorbei. Sonst geschah nichts – abgesehen davon, dass ich vom Wind durchgepustet wurde und der Regen auf mich prasselte.«

»War Freitag auch da?«

»Ja«, bekräftigte Cass. »Wie ich schon sagte, er brachte mich zurück.« »Ich versuchte, ihn dazu zu bringen, mir zu erklären, was geschehen war, doch er schwieg sich darüber aus. Er sagte immer wieder, es sei nicht für mich bestimmt. Ich habe das so verstanden, dass er damit das weiße Volk im Allgemeinen meinte, nicht bloß mich im Speziellen. Und er benutzte Ausdrücke der amerikanischen Ureinwohner, um bestimmte Objekte zu bezeichnen. Er sprach von der Geisterstraße und der Coyote-Brücke und Ähnlichem. Außerdem sagte er, wir hätten die Geisterwelt besucht.«

»Klingt ungewöhnlich.«

»Du glaubst mir doch – nicht wahr, Dad?«

»Natürlich glaube ich dir, Cass«, antwortete er; seine Stimme drückt Zutrauen und Zuspruch aus. »Darüber hinaus denke ich, dass die Sache es wert ist, umfangreichere Untersuchungen vorzunehmen. Ich glaube, es ist besser, wenn ich einmal da draußen nachschauen würde.«

»Dad, du brauchst wirklich nicht . . . «

»Wir müssen es prüfen und dokumentieren. Ich werde ein paar Instrumente mitbringen.« Er hielt inne. »Ich wünschte, deine Mutter wäre hier. Sie würde es so richtig auskosten.«

Cass konnte hören, wie er nachdachte.

»Kannst du diesen Ort wiederfinden?«

»Sicher, kein Problem. Aber, hör mal zu, ich habe gedacht, dass . . . «

»Gut. Unternimm nichts, bis ich dort bin. Nicht das Geringste. Morgen Nachmittag werde ich einen Flieger dorthin nehmen. Kannst du mir da, wo du gerade wohnst, ein Zimmer besorgen?«

»Ja, aber . . . Dad, ich bin mir nicht sicher, ob das so eine gute Idee ist . . . «

»Dann ist es abgemacht. Ich seh' dich bald, mein Schatz. Also, sprich mit niemandem darüber. Okay? Das hast du doch noch nicht, oder?«

»Nein. Nur mit dir.«

»Die Sache ist die, mein Liebes – das Letzte, was wir gebrauchen können, ist ein Haufen von Amateuren und Spinnern, die herumstochern und die Angelegenheit erschweren. Nach dem, was du mir erzählt hast, ist Sedona voll von diesen Leuten.«

»Glaubst du wirklich . . . «

»Auf Wiederhören, Cassie. Ich muss ein paar Telefongespräche führen. Unternimm nichts, bis ich dort bin. Ich liebe dich!«

Klick. Die Verbindung war tot.

»Ich liebe dich auch, Dad.« Einen Augenblick hielt sie noch das Telefon in der Hand, dann klappte sie es zu und warf es auf den Nachttisch.

»Großartig«, murmelte sie. Dann dachte sie: *Nun, du Depp, was hast du erwartet? Du wolltest, dass man dich ernst nimmt – was hast du geglaubt, wie das aussehen würde?*

DRITTES KAPITEL

Worin Kit über ein Wunder nachdenkt

Die Kälte drang durch den gefrorenen Untergrund bis ins Mark seiner Knochen hoch, während Kit zitternd im Schnee lag. Er hatte das Gefühl, dass er seit Tagen, wenn nicht noch länger, dort zusammengekauert – als ein langsam sich abkühlenden Haufen – verweilt hatte. Doch es konnten höchstens nur ein paar Minuten gewesen sein. *Beweg dich*, sagte er zu sich selbst, *oder du wirst dort, wo du liegst, erfrieren.*

Ganz langsam rollte sich Kit auf die Seite und schaute sich um. Sein Kopf schmerzte, und seine Muskeln waren steif. Und er war zurück – zurück auf der Waldlichtung, zurück im tiefsten Winter, zurück in der prähistorischen Vergangenheit. Der Himmel war wolkenverhangen und dunkel; aus niedrigen, schweren Wolken rieselte sanft und leise Schnee herab, der die Umrisse des Knochenhauses weicher erscheinen ließ. Diese Konstruktion bestand vollständig aus ineinandergefügten Knochen: große, gekrümmte Mammutstoßzähne; Geweihe und Hörner, Wirbelsäulen und Becken von Elchen, Büffeln, Antilopen und Schweinen; mindestens ein Rhinozerosschädel; unzählige Rippen und Beinknochen von kleineren Tieren – und wer konnte schon wissen, von wem sonst noch Skelettteile da waren. Alle Knochen waren ineinander verschlungen wie bei einem verrückten Puzzlemuster und bildeten eine Behausung, die wie ein sanft ansteigender Erdhügel gestaltet war und die irgendwie mehr war als die Summe seiner verschiedenen Teile.

Errichtet im Zentrum einer kreisrunden Lichtung mitten im Wald, übte die merkwürdige, wie ein Iglu geformte Hütte eine unbestreitbare Kraft aus – eine erdhafte, urtümliche Macht wie der Magnetismus oder die Schwerkraft. Sie war unterschwellig, doch spürbar.

Der bloße Anblick der Konstruktion brachte die Vision in all ihrer Herrlichkeit zurück: Kit hatte die Seelenquelle gesehen; und auf irgendeine Weise, die er noch nicht zu begreifen vermochte – und die er auch nicht ansatzweise beschreiben konnte –, wusste er, dass sich sein Leben verändert hatte.

Er schloss seine Augen, sodass er im Geiste alles von Anfang an wieder erleben konnte. Zuerst war er innen im Knochenhaus gewesen und hatte die Ley-Lampe gehalten: Er spürte, wie sie sich in seiner Hand erwärmte, als sie aktiv wurde. Erneut sah er, wie in dem eigenartigen Halbdunkel des Knochenhauses die kleinen Lichter hellblau leuchteten. Dann stürzte er auf unerklärliche Weise durch den schneebedeckten Boden und gelangte in ein Reich voller blendendem Licht und Wärme – ein Reich von atemberaubender Klarheit, wo selbst die kleinsten Dinge einen beinahe leuchtenden Glanz besaßen. Sein erster Eindruck war der einer Welt von solcher Schönheit, Eintracht und Harmonie, dass er einen schmerzhaften, sehnsuchtsvollen Stich in seinem Herz spürte. Kit, den die beinahe berauschende Stille ins Taumeln brachte, wankte einen Pfad entlang. Der Weg war von Pflanzen und Bäumen gesäumt, die sich durch ein erlesenes Ebenmaß und so strahlende Farben auszeichneten, dass seine Augen davon schmerzten. Jedes einzelne Blatt von jedem Baum und jeder Pflanze schien voller Lebenskraft zu schimmern; und jeder Grashalm strahlte die gleiche unauslöschliche Lebensenergie aus. In einem Zustand andächtigen Staunens spazierte Kit durch diesen üppigen grünen Garten-Wald und erreichte schließlich den Rand eines Sees, der jedoch keinem anderen Gewässer ähnelte, das er je zuvor gesehen hatte: eine Fläche aus einer durchsichtigen, gläsernen Flüssigkeit mit leicht zähflüssiger Beschaffenheit, wie die von Olivenöl oder Sirup. Der See strahlte ein schwaches milchiges Leuchten aus; und seine sich sanft kräuselnde Oberfläche schimmerte – es war die ruhelose Energie von lebendigem Licht.

Kit erinnerte sich, dass er die Hand ausgestreckt hatte, um diese wundersame Substanz zu berühren... und dann... war irgendetwas passiert... aber was?

Das Knacken eines Zweiges in der Nähe, der sich unter der kalten Schneelast krümmte, brachte Kit in die Gegenwart zurück: eine Realität aus Eis und Kälte und umherstreifenden Raubtieren. Er stand auf, klopfte Schneeklümpchen aus seinen Fellen und schlurfte vorwärts. Vor dem tunnelähnlichen Eingang der Hütte aus Knochen ließ er sich auf Hände und Knien fallen und kroch hinein. Im Innern war es dunkel, aber relativ warm – zumindest wärmer als draußen auf der Lichtung –, was zweifellos der Ausstrahlung des schlafenden Hausbewohners zu verdanken war. Spontan streckte Kit die Hand nach der sich zurücklehnenden Gestalt von En-Ul aus. Der greise Urmensch fühlte sich warm an, und Kit spürte unter seiner Hand, dass En-Ul sich bewegte. Der Alte war immer noch lebendig – und immer noch in der Traumzeit.

Dieser Begriff war Kits Versuch, ein Konzept zu übersetzen, dass er nicht exakt definieren konnte: eine Art von mystischer Meditation oder prophetischer Reise, die in irgendeiner Weise die Zeit einbezog. Andererseits... Vielleicht war es ja auch etwas völlig anderes.

Kit ließ sich neben En-Ul nieder und versuchte ein weiteres Mal nachzuvollziehen, was ihm passiert war. Nachdem er durch den Boden des Knochenhauses gefallen und ins Unbekannte gesprungen war, hatte er einen von der Sonne beschienenen, belaubten Pfad betreten. Er folgte diesem Weg durch eine paradiesische Welt, die wie ein Garten voller Wonnen war, und entdeckte schließlich die Seelenquelle. Irgendetwas geschah dort. Am mystischen Teich sah er Arthur Flinders-Petrie und... etwas so Unglaubliches, dass es selbst jetzt einen magischen Glanz auf ihn zu werfen schien – falls er sich nur erinnern konnte, was es war.

Konzentrier dich!, ermahnte Kit sich selbst. *Was hast du gesehen?*

Er presste die kalten Hände gegen seinen Kopf, drückte die Augen zu, und in seinem Bewusstsein tauchte das Bild seiner eigenen Füße auf jenem jenseitigen Pfad auf... die sich rasch bewegten, fast in einem Lauftempo... Er verfolgte seine Schritt zurück, die von dem Teich aus Licht wegführten ... Und dann spürte er, wie er fiel: Sein Fuß blieb an irgendetwas auf dem Pfad hängen – vielleicht an einer Schlingpflanze oder einer Baumwurzel ... er fiel hart und prallte mit dem Kopf auf ...

Kit berührte mit der Hand seinen Hinterkopf und fühlte dort eine schmerzempfindliche Beule. Ja! Er war gefallen und hatte sich am Kopf gestoßen. Natürlich! Das bewies, dass es sich nicht um einen Traum handelte. Er war tatsächlich dort gewesen; er war tatsächlich Augenzeuge eines Wunders geworden. Das war es! Er hatte das Wunder einer Wiedergeburt oder Wiederauferstehung mit angesehen.

Augenblicklich kehrten die Erinnerungen zurück, und sein Gedächtnis war wieder auf die vergangenen Geschehnisse konzentriert; sein Bewusstsein füllte sich mit klaren, präzisen Bildern. Erneut sah er den wundersamen Teich; eine Bewegung am Rande des Gewässers hatte ihn alarmiert und ihn dazu gebracht, hinter Blattwerk in Deckung zu gehen. Er zog sich in den Schatten der Bäume zurück, und am Rande des Teichs erschien Arthur Flinders-Petrie, der eine Frau trug, die eindeutig tot war. Diese Frau wurde wieder ins Leben zurückversetzt durch das Leben einflößende Wasser jenes außergewöhnlichen Teichs. Ihre Leiche, die Arthur Flinders-Petrie vorsichtig in seinen Armen wiegte, wurde in das Wasser getragen und kam wenig später vollkommen lebendig wieder zum Vorschein. Kit hatte dies mit eigenen Augen gesehen – mit denselben Augen, die sich jetzt bei dem Gedanken trübten, dass die wunderschöne Welt, die er gefunden hatte, nun wieder verloren war.

Die Erinnerung an jenes Wunder, das er so flüchtig erblickt und miterlebt hatte, erfüllte ihn mit einem Verlangen von solcher Intensität, dass er kaum zu atmen vermochte. Kit ließ sich nach hinten fallen und hielt sich den pochenden Kopf. Er tat sich selbst ungeheuer leid, bis ihm der Gedanke kam, dass das, was einmal entdeckt worden war, erneut entdeckt werden konnte. Warum nicht? Das erste Mal war durch Zufall geschehen; er hatte noch nicht einmal gesucht. Der Quell der Seelen hatte sozusagen *ihn* gefunden.

Dieses Mal würde er jenen wundersamen Teich finden und sich selbst in sein lebendiges, heilendes Wasser stürzen.

Mit dieser Überlegung im Hinterkopf holte Kit die Ley-Lampe aus der Innentasche hervor, die er in sein Hemd aus Hirschfell genäht hatte. Wilhelminas seltsames Messinggerät war jetzt dunkel; die kleine Reihe von Löchern, die in der Gegenwart von tellurischen Aktivitäten hellblau leuchteten, war schwarz und leer. Dadurch wusste Kit, dass das Ley-Portal, welches sich geöffnet und ihm so ermöglicht hatte, in die andere Welt hinüberzugehen, nicht mehr aktiv war. Nur um sicherzugehen, bewegte er den Apparat wellenförmig durch das Innere des Knochenhauses. Die Lampe blieb dunkel und kalt: ein unbeleuchtetes Stück gegossenes Metall. Das Verlustgefühl verstärkte sich, als er begriff, dass er nicht in der Lage sein würde, zur Seelenquelle zurückzukehren, zumindest jetzt noch nicht – nicht, bis sich der Ley oder das Portal abermals öffnete. Kit steckte das Instrument in die Tasche zurück; er würde es später erneut versuchen. Nachdem er sich damit abgefunden hatte, dass er warten musste, lehnte er sich zurück, lauschte dem langsamen, einfachen Rhythmus des schlafenden En-Ul und döste bald vor sich hin.

In seinem traumartigen Zustand ließ Kit seinen Geist umherstreifen, wohin es ihn trieb, und er wanderte binnen Kurzem zu Wilhelmina. Kit fragte sich, was sie gerade tat. Suchte sie immer noch nach ihm? Hatte sie Angst um seine Sicherheit? Er selbst hatte keinerlei Angst um sich. Er hatte einen Platz unter den Fluss-Stadt-Bewohnern gefunden; und abgesehen vom offenkundigen Fehlen einiger weniger leiblicher Genüsse überlebte Kit nicht nur, sondern blühte geradezu auf. Er war auf eine Weise, die er nicht hätte vorhersehen können, tatsächlich zufrieden. Er wollte immer noch letzten Endes heimkehren, doch für jetzt schien es richtig, hier zu bleiben. Wenn dies sein Schicksal war, dann konnte er das akzeptieren.

Der Gedanke, dass Wilhelmina ihn unermüdlich suchte, ließ in Kit den Wunsch entstehen, ihr irgendwie zu versichern, dass er sich in Sicherheit befand und damit zufrieden war, zu warten, wie lange es auch immer dauern mochte. »Ich bin okay, Mina«, murmelte er, als er einnickte.»Mach dir keine Sorgen. Lass dir ruhig Zeit. Ich werde auf dich warten.«

Für eine Weile schlummerte Kit mit Unterbrechungen. Als er sich wieder rührte, war es dunkler im Knochenhaus als zuvor. Er gähnte, streckte sich und schaute um sich; dann bemerkte er, dass er beobachtet wurde.

»Du bist wach, En-Ul«, sagte er laut und erzeugte in seinem Bewusstsein das Bild eines Mannes, der gerade aufwachte.

Der Uralte stieß das übliche zufriedene Grunzen aus, das Kit mit Zustimmung assoziierte; und vor seinem geistigen Auge sah Kit den Clan, wie er an einem Feuer saß und Fleisch aß ... gefolgt von dem Bild eines leeren Mundes, der sich weit öffnete.

»Bist du hungrig?«, fragte Kit und rieb sich den Bauch – eine pantomimische Geste für Hunger. »Sollen wir zum Lager zurückgehen?« Mit seinen Fingern, die auf der Handfläche »marschierten«, ahmte er symbolisch das Gehen nach und wies dann vage in Richtung der Schlucht.

Erneut kam als Antwort das zustimmende Grunzen, und der alte Stammesführer begann, sich zu erheben. Kit half ihm, sich aufzusetzen. »Wir können es langsam angehen«, riet er und formte ein mentales Bild von diesen Gedanken. »Das hat Zeit.«

Eine Weile saßen sie nur schweigend da; anschließend setzte sich En-Ul in Bewegung, um aus der Hütte hinauszukriechen. Kit folgte ihm und tauchte in das frühe Dämmerlicht ein. Eine Stille lag auf dem Wald, die immer wieder vom Schnee sanft unterbrochen wurde. Er konnte leise platschende Geräusche hören: Sie entstanden durch Schneeklumpen, die von den Bäumen in ihrer Umgebung herabfielen. Die Luft war frisch und duftete nach Kiefern. Kit holte tief Atem, sog die Luft in seine Lungen ein und stieß sie wieder aus, wobei er einen eisigen Geschmack auf seiner Zunge spürte. En-Ul blieb einen Augenblick stehen, schaute sich mit starrem Blick um und lauschte. Dann drehte er sich um und machte sich auf den Weg zurück zur Schlucht und in die Sicherheit des Felssimses, wo der Clan auf sie wartete.

Lange bevor sie den Talboden erreichten, senkte sich die Nacht herab. Auf dem Pfad zur Kalksteinfelswand erblickte Kit zwischen den Bäumen Fackellicht; und wenig später wurden sie von Mitgliedern des Fluss-Stadt-Clans begrüßt, die hinausgegangen waren, um sie willkommen zu heißen. Wieder einmal erlebte Kit den unheimlichen sechsten Sinn dieser Urmenschen; er stellte ihn sich als eine Art von mentalem Funk vor, der es ihnen erlaubte, augenblicklich und über eine beträchtliche Distanz hinweg miteinander zu kommunizieren. Sie mochten vielleicht das stimmliche Vermögen von intelligenten Kleinkindern haben, doch auf telepathischem Gebiet waren sie geniale Zauberer.

Ihr Aussehen war ebenfalls sehr irreführend. Ein flüchtiger Beobachter mochte nicht ohne Grund zu der Annahme gelangen, dass das typische Mitglied des Fluss-Stadt-Clans ein zotteliges, schwerfälliges Wesen war, von langsamer Beweglichkeit und Auffassungsgabe – ein ungeschlachter, tollpatschiger Rohling, dem jegliche menschliche Verfeinerung fehlte. In Wirklichkeit waren sie flink und geschmeidig und besaßen eine seltsame Anmut, die nur ihnen eigen war. Sie konnten sich durch ihre von Wäldern geprägte Welt vollkommen still und fast unsichtbar bewegen; sie wussten, wie man sich alle Nahrungsquellen zunutze machte, die im Erdboden verwurzelt waren oder sich auf Beinen oder in der Luft bewegten. Außerdem besaßen sie eine Güte, Geduld und eine langmütige Toleranz wie die eines Heiligen. Sie würden freilich niemals für elegant gehalten werden: Ihre stämmige, muskulöse Gestalt, ihre dicken Gliedmaßen und ihre breiten Körper waren nicht zum Tanzen bestimmt, sondern dienten der Ausdauer. Es stimmte, dass sie zottelig waren, doch in den Monaten, die Kit mit ihnen verbracht hatte, war er nicht weniger behaart geworden: In vielerlei Hinsicht war das Leben ohne Scheren einfacher.

Die Clanmitglieder waren froh, die beiden zu sehen. Sie klopften ihnen leicht auf Schultern und Rücken, tätschelten sie und gaben zufriedene Grunzlaute von sich; auf diese Weise wurden die zwei Neuankömmlinge wieder in den Schoß der Gemeinschaft aufgenommen. Für Kit fühlte es sich wie eine echte Heimkehr an: Ja, er hatte einen Platz in diesem Volk, doch im Lichte seiner Erlebnisse am Quell der Seelen kam er nicht umhin, zu denken, dass da noch etwas mehr war – dass er irgendeine bestimmte Aufgabe hier hatte. Worum es sich bei dieser Aufgabe handeln mochte, entzog sich ihm momentan, doch dieses Gefühl war echt und unausweichlich. Die Worte von Sir Henry fielen ihm wieder ein: *So etwas wie Zufall gibt es nicht.*

Trotz allem – oder vielleicht auch aufgrund dessen –, was ihm passiert war, konnte Kit dies für bare Münze nehmen und denken: *Ich bin dafür bestimmt, hier zu sein.* Alles, was er nun tun musste, war herauszufinden, warum er hier war.

Der herzliche Empfang fand schließlich ein Ende, und die Begrüßungsgesellschaft führte sie ins Winterquartier zurück. Das leise Flackern der brennenden Fackeln und das gedämpfte Knarren von Schnee unter den in Bärenfellen gewickelten Füßen waren die einzigen Geräusche, die ihren Marsch begleiteten. Sie gingen am Rande des nun zugefrorenen Flusses entlang; zahlreiche schneebedeckte Steine bildeten kleine Erhöhungen, sodass sie sich auf einem unebenen Gebiet bewegten. Dann marschierten sie auf dem schmalen Weg entlang der Schluchtwand hoch zu dem großen Felssims, der im Winter das Zuhause des Clans war. Als sie taumelnd das Lager erreichten, war Kit völlig durchgefroren. Auf einer breiten, flachen Stelle am Rand des Simses hatte man ein Lagerfeuer errichtet, das regelmäßig gehütet wurde und Tag und Nacht brannte. Schlafmatten aus Bündeln getrockneten Grases, die mit Fellen und Pelzen bedeckt waren, lagen verstreut im Umkreis des Feuers. Im hinteren Bereich des Simses gab es zwei Höhlen – die eine für Lebensmittel, die andere für Wasser –, die es dem Clan ermöglichten, ganz in der Nähe Vorräte bereitzuhalten.

Kit schlängelte sich durch die Leute, die ihn willkommen hießen, und stellte sich so nahe an das Lagerfeuer, wie er es wagen konnte. Dort blieb er, bis die Flammen ihn gewärmt hatten. Fleischstreifen von einer Hirschkeule brutzelten auf Holzspießen und erfüllten die Luft mit dem Duft von röstendem Fleisch. Als es gebraten war, wurden die Spieße von Hand zu Hand weitergereicht. Nachdem sich alle satt gegessen hatten, ließ sich die Fluss-Stadt für die Nacht nieder.

Kit saß lange Zeit aufrecht da, beobachtete das Feuer und dachte darüber nach, was er im Knochenhaus erlebt hatte und was es bedeuten könnte. Zu guter Letzt wurde auch er müde. Er suchte sich einen Platz zwischen den verstreut liegenden Körpern, zwängte sich hinein und schlief zu den bedächtigen Geräuschen der schwelenden Glut.

Es schneite die ganze Nacht durch. Und als sich am nächsten Morgen En-Ul erhob und sich vor den um das Feuer kauernden Clan stellte, fiel immer noch Schnee. Kit bemerkte wie die anderen sofort, dass es sich nicht um ein übliches Verhalten handelte; und alle blickten in gedämpfter Erwartung auf das, was der Uralte tun würde. En-Ul, der weiterhin vor seinem Volk stand, schaute sich um und gab dann ein Grunzen von sich. In Kits Bewusstsein gelangte das Bild von einem matt flackernden Licht und einer Hand. Die Hand war rot, und Blut tropfte davon herab. Dann sah er Tiere – ganze Herden von Rotwild und Antilopen sowie großen, langsam laufenden Mastodonten mit rötlichem Haar –, die alle auf einer großen Ebene mit hohem Gras in Bewegung waren.

Das Bild verblasste, und zu Kits Überraschung erhoben sich alle Jäger des Clans gleichzeitig und begannen, vor und zurück zu schwingen und mit Grunzlauten ihre Zustimmung kundzutun. Kit beobachtete sie und hoffte, irgendein anderes Zeichen zu sehen, doch nichts Weiteres erschien. Dardok, den Kit in Gedanken Großer Jäger nannte, nahm seinen Speer auf, streckte ihn hoch und stieß einen tiefen, grollenden Ruf aus, wie der eines Elchbullen oder Büffels. Die anderen Jäger begrüßten dies, indem sie ihre eigenen Speere hochstreckten und Bullengebrüll wiederholten. Dann verließen sie den Felsüberhang und stiegen den schmalen Weg hinab, der zum Talboden führte. Dardok brach als Letzter auf. Als er sich jedoch umdrehte, um fortzugehen, erzeugte En-Ul einen klickenden Laut in seiner Kehle. Dardok hielt inne; irgendetwas geschah zwischen dem alten Stammesführer und Großer Jäger. Dann entdeckte Kit, dass er selbst Gegenstand einer Prüfung war. Dardok grunzte zustimmend, und En-Ul streckte eine Hand aus und ließ sie auf dem Kopf von Kit ruhen.

Bei dieser Berührung verspürte Kit eine plötzliche Wärmewelle, die sich durch ihn ausbreitete, und vor seinem geistigen Auge sah er, wie er selbst mit den Jägern ging. Dardok betrachtete ihn erwartungsvoll. Nun wusste Kit, dass er sie auf ihrer Expedition begleiten sollte. Dardok bückte sich und legte seinen Speer ab. Dann nahm er ein paar glühende Stücke aus dem Feuer auf und legte sie in ein Gefäß, das aus einem ausgehöhlten Holzstück hergestellt war. Er bedeckte die Glutstücke mit Asche, um sie zu schützen, ergriff seinen Speer und verließ den Felssims.

Kit folgte Großer Jäger den Pfad hinab zu dem gefrorenen Fluss – und in einen Tag hinein, der weiß wie ein ausgebleichter Knochen war.

VIERTES KAPITEL

Worin ein Geständnis gut für die Seele ist

Wilhelmina gelangte zu dem Schluss, dass es Kit geglückt war, vor Burleighs mörderischen Klauen zu fliehen. Dann jedoch musste irgendetwas beim Ley-Sprung durcheinandergeraten sein. Infolgedessen war er nicht am vereinbarten Zielort gelandet. Kurzum, Kit war nun irgendwo in Raum und Zeit verschollen. Zum Glück hatte sie vor seiner Flucht daran gedacht, sich das Teilstück der Meisterkarte von ihm geben zu lassen, ansonsten wäre es ebenfalls verloren gegangen. Dieses Stück aus pergamentierter Menschenhaut, das aufgrund seines Alters beinahe durchsichtig war, hatten Kit und Thomas Young aus dem Grabmal von Anen geborgen, einem Hohen Priester des Amun-Tempels, der während der 18. Dynastie gelebt hatte. Mina hatte sich das Pergament genau angesehen, den obskuren verschnörkelten Symbolen jedoch nichts entnehmen können, die sich ohne erkennbare Ordnung darauf befanden. Danach hatte sie es in ein Stück sauberes Leinen eingewickelt und in der eisernen Schatulle versteckt, die im Innern ihrer Kleidertruhe – sie stand am Fußende ihres Bettes – fest angeschraubt war.

Wahrscheinlich hätte ich Kit ebenfalls in der Schatulle einschließen sollen, dachte sie angesäuert. Wegen seines Verschwindens war Wilhelmina endlos besorgt; inzwischen hatte sie deswegen sogar schlaflose Nächte. Was war Kit bloß passiert? Sie hatte ihm eindeutige Anweisungen gegeben – wohin er gehen und was er tun sollte –; und der Fluss-Ley, wie sie ihn nannte, war erprobt und zuverlässig. Sie wusste dies, weil sie persönlich ihn viele Male erforscht und ihn für vollkommen verlässlich, ja sogar für langweilig befunden hatte. Niemals hatte sie auch nur die geringsten Schwierigkeiten bei seiner Durchquerung erlebt. Dazu kam noch, dass der Fluss-Ley zu einem sehr sicheren Teil der Welt führte: einem Ort, den sie aufgrund der alten Getreidemühle in seiner tiefen Kalksteinschlucht einfach Mühlental genannt hatte. Es war ein friedlicher, bäuerlich geprägter Landstrich. Und nach allem, was Mina dort bislang gesehen hatte, wurde er nur von sanftmütigen Menschen bewohnt, die ihre Gänsescharen und Schafherden hüteten und sich gewissenhaft um ihre eigenen Angelegenheiten kümmerten. Was konnte da möglicherweise schiefgelaufen sein?

Doch sie kannte Kit – bei ihm war natürlich fast alles möglich. Sie vermochte auch nicht ansatzweise sich vorzustellen, was er gemacht haben könnte. Sicherlich, er war zu Fuß aus Prag geflohen und von Burleigh sowie dessen Bande gejagt worden. Zweifellos hatte das die Dinge ein Stück weit komplizierter gemacht, aber Mina hatte sich letzten Endes um seinen Schutz gekümmert und ihm ein todsicheres Versteck organisiert. Doch auf eines konnte man sich verlassen: Kit Livingstone vermasselte alles spitzenmäßig!

Allerdings sollte sie selbst angesichts der nervenaufreibenden Begleitumstände seines Verschwindens immer noch in der Lage sein, ihn zu lokalisieren, nachdem die Hitze des Gefechts erloschen war. Die Tatsache jedoch, dass sie nach mehrmaligen Versuchen in zahlreichen Zeitperioden nicht imstande war, ihn zu orten – und sie hatte es immer wieder getreulich versucht, sobald sie auch nur einen Moment frei hatte –, war zutiefst besorgniserregend. Wenn Kit verwundet oder, schlimmer noch, getötet worden wäre, hätte sie ohne Zweifel seinen Leichnam auf dem Pfad gefunden, als sie den Ley auf der anderen Seite absuchte. Zwar könnte Kit, ob er nun tot oder verwundet war, von einem wilden Tier irgendwohin weggezerrt worden sein, aber dann würde es irgendwelche Anzeichen dafür geben. Und bei ihren zahlreichen Suchen war nichts aufgetaucht, das darauf hinwies, Kit könnte auf irgendeine Weise zerfleischt oder in einen Kampf verwickelt worden sein. Darüber hinaus gab es Giles' Augenzeugenbericht, demzufolge Kit ohne irgendeine Verletzung davongekommen war. Für Mina gab es keinen Grund, an dieser Aussage zu zweifeln – und dies galt umso mehr, als ihre Informationsquellen darauf hindeuteten, dass Burleigh trotz all seiner Bemühungen nicht in der Lage gewesen war, Kit lebendig oder tot zu finden. Es kursierte das Gerücht, er wäre bei dem verzweifelten Versuch, der Gefangennahme zu entgehen, in den Fluss gesprungen und davongeschwommen. Aber das war eine bloße List, die Mina ausgeheckt hatte, um zu vertuschen, dass er auf ihrer Ley-Linie geflüchtet war. Und nur angenommen, dass Kit in Panik geraten war und so etwas Verrücktes getan hatte, wie in den Fluss zu springen und sich auf diese Weise selbst zu ertränken – dann hätte man seine durchnässte Leiche bestimmt irgendwo flussabwärts im Wasser entdeckt. Nur um sicherzugehen, hatte Mina überall entlang der Moldau bei Behördenvertretern in Städten und Dörfern diskrete Nachforschungen angestellt. Niemand hatte mehr als nur einen ausgewaschenen Schuh gefunden.

Jetzt also, Wochen später, war Wilhelmina nicht nur frustriert und beunruhigt, sondern auch mit ihrer Weisheit am Ende. Sie hatte noch eine letzte Möglichkeit, auf die sie zurückgreifen konnte. Wenn das keinen Erfolg haben würde, gab es keine Hoffnung mehr. In der Zwischenzeit bemühte sie sich darum, die Feinheiten der neuen, verbesserten Ley-Lampe zu erlernen – der modernisierten Version des Geräts, das sie Kit zugesteckt hatte, damit es ihm bei der Flucht half. Das neue Modell war ihr wie das erste von ihrem Freund und Mitverschwörer Gustavus Rosenkreuz bereitgestellt worden, einem jungen Alchemisten am Hofe des Kaisers. Rudolf II. unterhielt in seinem Palast eine geheime Verbindung von Alchemisten, die mit der Aufgabe betraut waren, den Schleier zu lüften, der verschiedene Mysterien des Universums verbarg, von denen das Wichtigste die Unsterblichkeit war sowie die Frage, wie man sie erlangte. Diese erhabene und beeindruckende Arbeit wurde von Doktor Bazalgette geleitet, einem der Favoriten des Kaisers; und Gustavus, der sich sehr ausgenutzt fühlte, war sein persönlicher Assistent.

Natürlich verlangte eine solch extrem geheimnisvolle Arbeit eine regelmäßige Stärkung, welche die Alchemisten im *Großen Kaiserlichen Kaffeehaus* zu sich nahmen. Der von Kopf bis Fuß verschroben gekleidete Zirkel hielt eine ständige Präsenz im Kaffeehaus aufrecht; und Wilhelmina stellte sicher, dass sie stets einen guten Tisch hatten und das Beste von Etzels süßen Backwaren erhielten. Über Gustavus belieferte sie die Alchemisten mit »bitterer Erde«, das heißt mit gebrauchtem Kaffeesatz, den sie für ihre geheimnisvollen Experimente so sehr schätzten. Quasi als Gegenleistung – wenn nicht gar als Rache dafür, dass seine Vorgesetzten ihn missachteten – versorgte der junge Rosenkreuz sie mit nützlichen Informationen und glücklicherweise auch mit einer verbotenen Kopie von Burleighs neuestem Instrument zur Auffindung von Leys. Wenn Seine Lordschaft jemals herausfinden würde, dass Mina einen Spion im Palast hatte – bei dem es sich tatsächlich um denselben Mann handelte, den man dazu abgestellt hatte, für den Earl dessen Spezialvorrichtungen zu fertigen –, wäre das volle Ausmaß von Wilhelminas Täuschung enthüllt und ihr Leben verwirkt. Sie schauderte bei dem Gedanken, was der Earl of Sutherland tun würde, falls er je herausfand, dass sie Kopien von seinen besonderen Apparaten besaß. Und wie auch immer seine Rache aussähe, sie hatte keinerlei Zweifel, dass seine Vergeltung vollständig und höchst unangenehm sein würde.

* * *

An einem hellen Tag zu Beginn des Winters, etwa einen Monat nach Kits Verschwinden, zog Wilhelmina einen Mantel an und legte sich ein Schultertuch über. Dann nahm sie das Muli und den Wagen und fuhr aufs Land, um mit der neuen, verbesserten Ley-Lampe zu experimentieren. Obwohl sie bereits wiederholt Versuche damit angestellt hatte, musste sie noch die ganze Bandbreite der mutmaßlichen Erweiterungen entdecken. Sie zweifelte nicht daran, dass man Verbesserungen durchgeführt hatte; denn gemäß Rosenkreuz waren Lord Burleighs Investitionen für den neuen Apparat beachtlich gewesen. Alle seltenen Bestandteile, mit denen die Lampe betrieben wurde – einschließlich Gold, Platin und anderer kostbarer Metalle, exotischer chemischer Elemente wie Radium, Lithium und Phosphor sowie einiger Komponenten, die sogar die Alchemisten nie zuvor gesehen hatten –, waren vom Earl mit einem hohen Kostenaufwand bezogen worden. Es war anzunehmen, dass man glaubte, der vermehrte Nutzen sei den hohen Preis wert, der für die Realisierung dieses Apparats bezahlt wurde. Die Verbesserungen waren vorhanden und warteten darauf, entdeckt zu werden. Mina wusste nur nicht, um was es sich dabei handelte.

Als sie den Fluss-Ley erreichte, steuerte sie das Muli auf den schmalen Pfad, der zwischen einer Doppelreihe von Buchen schnurgerade wie ein Pfeil verlief – das Ende, wenn es eines gab, verlor sich in der immer düsterer werdenden Ferne. Sie band das Muli an und setzte dem stämmigen Tier einen Futtersack auf, sodass es fressen konnte, während sie fort war. Dann zog sie das Umhängetuch fester um ihre Schultern und zog die neue Ley-Lampe aus der Rocktasche hervor. Die grundlegenden Abmessungen und die Form waren weitgehend die gleichen wie bei dem ursprünglichen Gerät, das sie Kit gegeben hatte und nun fort war. Die Ley-Lampe war aus Messing hergestellt; und auf ihrer polierten Oberfläche befand sich eine Filigranarbeit aus wirbelnden Linien, die winzige Löcher miteinander verbanden. Sie besaß eine abgerundete Form wie ein Flussstein, den das Wasser geglättet hatte, und war groß genug, um bequem in der Hand gehalten zu werden. Allerdings war sie schwerer als ein Stein von gleicher Größe. Das neue Modell besaß mehr Löcher als das alte und eine Serie von kleinen genoppten Ausbuchtungen – vielleicht, um es besser halten zu können? Oder handelte es sich um irgendeine Art von Bedienelementen? Wilhelmina konnte dies nicht erkennen.

Sie fing an, in einem langsamen, gleichförmigen Tempo zu gehen, und hielt dabei die Lampe bequem vor sich. Sie hatte erst ein paar Schritte gemacht, als wie erwartet die kleine Reihe von Löchern entlang der gerundeten Seite in dem charakteristischen indigoblauen Licht zu leuchten begann. Mina wusste, dass dies auf die Anwesenheit eines Leys hinwies. Sie spürte, wie es an den Haarwurzeln in ihrem Genick kribbelte, was durch die Energie um sie herum ausgelöst wurde. Da sie nicht jetzt schon einen Sprung durchführen wollte, blieb sie auf dem Pfad stehen.

Während sie darauf wartete, dass sich die Energie auflöste, ertappte sie sich dabei, wie sie an Etzel dachte, den sie im Kaffeehaus zurückgelassen hatte, und was für ein geduldiger, verständnisvoller Mann er doch war: ein zufälliger Gedanke, für den es keinen offenkundigen Grund gab. Die neue Ley-Lampe erwachte flackernd zum Leben. Eine bislang unentdeckte Reihe von winzigen Löchern leuchtete auf – ein blasses, gelbliches Schimmern. Bei näherer Betrachtung erkannte Mina, dass diese Reihe von Löchern in der Messingschale vollständig um das Instrument herum verlief. Das Leuchten war schwach und würde in stärkerem Sonnenlicht fast nicht wahrnehmbar sein; doch inmitten der Bäume konnte sie es gut genug erkennen.

Gerade als ihr dieser Gedanke durch den Kopf ging, wurden die kleinen gelben Lichter schwächer und erstarben.

Sie starrte das Gerät an und widerstand dem Verlangen, es sanft zu schütteln. Stattdessen begann sie wieder zu gehen, um zu sehen, ob dadurch das Leuchten zurückkehren würde. Dies geschah nicht. Bewegung war also nicht der Auslöser. Dann fing sie an, verschiedene Kombinationen von Gehen, Berühren und Richtungsänderungen auszuprobieren, so wie es ihr gerade einfiel. Damit beschäftigte sie sich geraume Zeit, ohne dass dies zu irgendeinem Ergebnis führte: Die Löcher rund um das Instrument widerstanden jedem Versuch ihrerseits, sie wieder zum Leben zu erwecken.

Zum Schluss übermannte sie die Frustration, und sie hatte die Nase voll von diesen Versuchen. Sie drehte sich um und machte sich auf den Weg zurück zu dem Muli und dem Wagen. »Gustavus«, murmelte sie laut, »was hast du mir da bloß gegeben?«

Bei der Erwähnung des Namens ihres befreundeten Alchemisten entzündeten sich die gelben Lichter und schimmerten schwach. Die Wirkung erfolgte so rasch und eindeutig, dass ihr die Verbindung nicht entging. Sie hielt an und holte tief Luft, um ihren Kopf von allen Gedanken zu befreien. Dann erzeugte sie mit voller Absicht das Bild von Kit in ihrem Bewusstsein und hielt es fest.

Das hellgelbe Leuchten verschwand, und die winzigen Löcher wurden dunkel.

»Das ist es!«, rief Wilhelmina aus. »Es reagiert auf Töne.« Sie starrte auf die Vorrichtung, hielt es sich vor das Gesicht und sagte langsam und deutlich: »Kit.«

Doch die Löcher blieben schwarz. »Kit«, wiederholte sie, jedoch ohne Erfolg.

»Mist«, brummte sie. »Gerade als ich dachte –«

Plötzlich kam ihr eine Eingebung. Einmal mehr erzeugte sie in ihrem Bewusstsein ein Bild von Etzel – so, wie sie ihn zuletzt bei seiner Arbeit in der Küche gesehen hatte. Sofort zeigte die Lichterreihe das erhoffte Schimmern.

Wilhelmina starrte das Instrument fassungslos an. »Nicht Töne, sondern Gedanken«, wisperte sie. Während sie sich immer noch Etzels angenehmes rundes Gesicht vor ihrem inneren Auge hielt, fügte sie ein Bild von Prag hinzu, wie es sich ungefähr aus ihrer Richtung ergeben würde. Die Lichter wurden langsam heller, und diejenigen, die mehr in Richtung der Stadt hingewandt waren, nahmen einen satteren, wärmeren Farbton an. Als sie dann zur Probe wieder ein mentales Bild von Kit erstellte, verdunkelten sich augenblicklich die kleinen Lichter und gingen aus.

»Ich bin vollkommen baff!«, rief sie, hob die Ley-Lampe hoch und drückte sie sich an die Lippen. »Du schlaues kleines Ding.«

Sie führte das gleiche kleine Experiment ein paar weitere Male durch, und stets erhielt sie das gleiche Ergebnis: Die Lichter flackerten auf, wenn sie an Etzel dachte – von dem sie wusste, dass er in Prag war –, und erloschen augenblicklich, sobald sie ihre Aufmerksamkeit Kit zuwandte. Dann versuchte sie einen schwierigeren Test und formte in Gedanken ein Bild von Thomas Young, dem Archäologen, den sie ausgesucht hatte, damit er Kit half, das Grabmal auszugraben, in der sich das Teilstück der Meisterkarte befand. Erneut zeigten sich die gelben Lichter, diesmal jedoch schwächer. Es gab aber einen geringfügig helleren Bereich an dem Gerät, der ungefähr in südöstlicher Richtung lag und somit dorthin deutete. *Richtungszeichen ... nettes Detail*, dachte sie.

Sofort gingen die Lichter aus.
»Was nun?« Sie starrte auf das Ding. Was hatte sie getan, dass es sich auf dies Weise verhielt? Sie entschloss, es wieder zu versuchen, und erstellte abermals bewusst das Bild von Thomas Young: Die Lichter schalteten sich ein und leuchteten in der gleichen Stärke wie zuvor. Dann verabschiedete sie sich aus einer Laune heraus von dem Gelehrten und dachte stattdessen an Giles. Erneut flackerten die kleinen Lichter ein wenig und begannen danach zu leuchten. Doch es kam Bewegung in den Ring aus winzigen Leuchtkörpern rund um das Gerät: Die helleren Lichter wiesen nun in eine andere Richtung. »Echt unglaublich«, murmelte Wilhelmina.

Um sicherzugehen, überprüfte sie ihre Theorie ein paar weitere Male, und bei jedem Test nahm sie eine andere Person. Es schien tatsächlich der Fall zu sein, dass die Vorrichtung reagierte, wann immer sie an jemanden dachte, den sie kannte – egal, ob er sich in derselben Welt wie sie befand oder nicht. Doch sobald die mentale Verbindung mit dem erwünschten Objekt ihrer Aufmerksamkeit unterbrochen war, verschwanden die Lichter, als ob bei einer Trennung der Verknüpfung die Leitung dann tot wäre.

In ihrem Kopf schwamm alles, als Mina an die Auswirkungen ihrer Entdeckung zu denken versuchte. Sie stand in dem schmalen Spalt zwischen den Bäumen, starrte auf die Vorrichtung und war ganz in ihren Gedanken versunken, als sie das Krächzen von Saatkrähen hörte. Die Vögel saßen in den Bäumen, welche die angrenzenden Felder umgaben. Dann vernahm Mina den stechenden Geruch von Rauch, den brennendes Holz erzeugte: In den nahe gelegenen Bauernhäusern wurden offenkundig die Herdfeuer angezündet. Der kurze Tag schwand rasch dahin, und der Abend kam herbei. Wilhelmina verstaute die Ley-Lampe wieder sicher in ihrer Tasche und eilte zu dem Muli und dem Wagen zurück. Auf dem Rückweg in die Stadt war ihr Kopf voller Fragen und halb ausformulierter möglicher Antworten. Es würde tatsächlich einige Zeit in Anspruch nehmen, sich der besonderen Funktionen des neuen Instruments vollständig bewusst zu sein – gar nicht zu reden davon, sie nachzuvollziehen und sie alle zu verstehen.

Aber das könnte später erfolgen. Es gab etwas, das sie zuerst tun musste. Und zwar auf der Stelle. Bevor sie irgendetwas anderes in Angriff nahm.

Mina fuhr mit dem Wagen direkt in die Stadt zurück. Die Fackeln und die Kohlenpfannen waren für die Nacht angezündet, als sie die Tore passierte. Sie winkte den Torwächtern kurz zu und fuhrwerkte die lange Straße hoch, die zum Altstädter Ring führte. Als sie das Kaffeehaus erreichte, ließ sie den Wagen draußen stehen und ging hinein. Die Luft war warm und erfüllt von dem jugendlichen Duft, den aufsteigender Teig erzeugte. Mina holte Atem und sog die Luft tief in ihre Lungen ein. In einer Atmosphäre von Frieden und Ruhe faulenzten ein paar Stammkunden bei Kaffee und Strudel. In der Luft vermischte sich der Duft von warmem, frischem Kaffee mit dem des aufsteigenden Teigs. *Ich liebe diesen Ort*, dachte Mina. *Ist es irgendwo besser als hier?*

Sie rief ihren Stammkunden und ihrem Personal ein paar fröhliche Begrüßungsworte zu, während sie durch den Speiseraum sauste, und marschierte direkt in die Küche. Dort wies Etzel zwei seiner jungen Hilfskräfte an, welche Vorbereitungen für den nächsten Tag zu treffen waren.

»Wir backen morgen Rosinenbrot mit Zopfmuster«, sagte er gerade. »Seht zu, dass die Backbleche sauber sind und bereitstehen, bevor ihr heute Abend fortgeht.« Als er hörte, dass Wilhelmina den Raum betrat, drehte er sich halb um. »Ah, mein Schatz!« Er lächelte spontan, als er sie erblickte. »Da bist du ja. Hilda hat nach dir gesucht.«

»Ich werde später mit ihr sprechen.« Sie gab ihm einen flüchtigen Kuss auf die Wange und wandte sich einem seiner Assistenten zu. »Hans, der Wagen steht draußen vor der Tür. Bring ihn bitte in den Stall und sieh nach, ob der Wassereimer für das Muli voll ist. Und gib ihm eine Handvoll Korn extra.«

»Jawohl, Jungfer Wilhelmina«, antwortete der junge Bäcker höflich.

Dann drehte sie sich dem anderen Gehilfen zu. »Barthelm, geh mit ihm. Ich möchte mit Herrn Stiglmaier unter vier Augen sprechen.«

Die beiden Küchenhelfer verließen den Raum.
»Komm, Etzel«, sagte sie, sobald die zwei nicht mehr zu sehen waren. Sie nahm seine Hand in ihre und führte ihn zum Arbeitstisch. »Ich möchte, dass du dich hinsetzt.«
»Mina, was ist los? Stimmt etwas nicht?«
»Alles ist in Ordnung«, versicherte sie ihm. »Aber ich muss dir etwas erzählen.«
Sie zog einen Schemel unter dem Tisch hervor und setzte Etzel darauf; dann hielt sie inne, um zu überlegen, wie sie anfangen sollte. Auf seinem gutmütigen Gesicht zeigten sich abwechselnd Besorgnis und Neugier. Wilhelmina lächelte.
»Lieber Etzel«, seufzte sie. »Was würde ich wohl ohne dich machen?«
»Ich hoffe, du wirst nicht ohne mich etwas machen müssen, Herzerl«, erwiderte er.
»Aber genau das ist es, was ich zu sagen habe.« Sie nahm erneut seine Hand, ergriff sie fest mit ihren beiden und drückte sie an ihre Lippen. »Ich glaube, ich muss möglicherweise für eine Weile fortgehen; und ich möchte, dass du den Grund dafür kennst, damit du dir keine Sorgen wegen mir machst.«
»Fortgehen?« Er zeigte einen verwirrten Gesichtsausdruck. »Warum? Wohin wirst du gehen?«
»Ich muss dir ein Geständnis machen«, verkündete sie. »Dies wird nicht das erste Mal sein, dass ich fortgehe.«
»Ich weiß, du gehst hinaus aufs Land«, sagte er. »Um mit den Bauern und Imkern zu sprechen.«
»Das ist richtig«, pflichtete sie bei. »Aber da gibt es noch etwas. Ich bin auch zu anderen Orten gereist. Zu vielen anderen Orten.«
Er starrte sie an und schwieg verwirrt.
»Etzel«, erklärte sie leise, »es ist an der Zeit, dass du die ganze Wahrheit kennst. Einige der Orte, zu denen ich gehe, sind nicht von dieser Welt.«
Weiterhin blickte er sie starr an, bis schließlich ein Ausdruck des Verstehens in seinen Augen aufleuchtete. Er nickte langsam und erwiderte: »Ach, mein Schatz, niemand von uns gehört dieser Welt an.«

FÜNFTES KAPITEL

Worin Lord Burleigh spazieren geht

Archibald Burley ging so, wie er überall zurzeit ging – er schritt voller Elan voran. Das Leben in all seiner einzigartigen und uneingeschränkten Herrlichkeit erstreckte sich vor ihm in glänzenden Ausblicken voller Glück, Erfolg und unbegrenztem Reichtum. Als der Mann, der auch als Lord Archelaeus Burleigh, Earl of Sutherland, bekannt war, hatte er sich durch seinen Geschäftssinn bei der Auffindung, Sicherstellung und Veräußerung der besten Artefakte an reiche Londoner Sammler auf den oberen Sprossen der gesellschaftlichen Leiter etabliert. Sein Auge für die Echtheit von Originalen war außergewöhnlich, und was das Urteilsvermögen anbelangte, so stand er darin niemandem nach. Als erster Lieferant von allerbesten Antiquitäten und *objets de désir* für die Aristos und die Möchtegernhighsociety setzte Burleigh Preise fest, die ebenso atemberaubend waren wie die Artefakte exquisit und schön. Und aufgrund des aktuellen Wahns nach allen klassischen Dingen konnte der junge Earl die Knete karrenweise wegbringen und zu Hause horten.

Das Geschäft lief gut – und sein Privatleben sogar noch besser. Er konnte sich wirklich an keine Zeit erinnern, in der er jemals solche Freude verspürt hatte: Er war selbstsicher, optimistisch und schäumte fast über vor guter Stimmung, während er spazierte. Nach dem vorzeitigen Ableben seines Beschützers, Mentors und Wohltäters Lord Gower blieb es Archie unbenommen, zu sein, zu tun und zu gehen, wie es ihm gefiel; und er schwelgte in dieser Freiheit.

Auch verschwendete er nicht seinen Reichtum und die günstigen Gelegenheiten, wie es viele von seiner Sorte taten: die armen Straßenhändler, Gassenjungen und Schmuddelkinder, die es gelegentlich auf die eine oder andere Weise schafften, sich über ihre soziale Stellung zu erheben und ein wenig Fuß fassten auf einer höheren Sprosse der gesellschaftlichen Leiter.

Ungeachtet des ständig wachsenden Vermögens und anderer Glücksfälle gab es eine erfreuliche Tatsache, die in Archibalds Liste von Gründen, um gut gelaunt zu sein, ganz oben stand: Er hatte sich verliebt. Das Objekt seiner Zuneigung war die beachtenswerte Schönheit Phillipa Harvey-Jones, Tochter von Reginald Harvey-Jones, des berühmt-berüchtigten Erbauers von Wirtschaftsimperien, dessen Verzeichnis industrieller Eroberungen genauso lang war wie seine Liste von Feinden. Um die Wahrheit zu sagen, war der Earl of Sutherland nicht der Mann, den Harvey-Jones für seine geliebte Pippa ausgewählt hätte. Reg, der stets ein schlau berechnender Geschäftsmann war, hielt den jungen Burleigh für einen emporgekommenen Schurken aus dem Norden mit einem zweifelhaften Titel. Doch aus Gründen, die er nicht begreifen konnte, liebte Phillipa den dunkelhaarigen Lord, und daher gab es nichts, was er dagegen unternehmen konnte. Es würde ihm nichts anderes übrig bleiben, als den Champagner einzuschenken und die Hochzeit zu verkünden.

Dass dies bislang noch nicht geschehen war, hatte nicht daran gelegen, dass Pippa es nicht versucht hätte. Sie bemühte sich, ihren Geliebten dazu zu überreden, und schmeichelte ihm so süß, wie keine Maid je ihren Liebhaber umschmeichelt hatte. Doch es schien immer irgendeine Entschuldigung zu geben, warum dieser oder jener genaue Termin nicht gutgeheißen werden konnte. Das jüngste Hindernis war eine dringende Geschäftsreise nach Italien, um bestimmte zugesicherte Objekte für einen einflussreichen Kunden abzuholen.

»Wir werden heiraten, sobald ich zurückkehre«, erklärte Burleigh und streichelte ihre Hand in der Hoffnung, auf diese Weise seine Worte für sie schmackhafter zu machen.

»Du hast das schon beim letzten Mal gesagt«, betonte sie und streckte schmollend ihre Unterlippe vor.

»Diesmal ist die Situation ganz anders«, beharrte er; sein Tonfall war nicht unsanft. »Wenn ich bei Lord und Lady Coleridge vorankomme, ist unsere Zukunft in der Gesellschaft sichergestellt. Die Kunden werden mir die Bude einrennen. Dir wird an nichts fehlen.«

»Alles, was ich möchte«, erwiderte sie verdrießlich, »bist du.«

»Und du wirst mich haben, mein Schatz.« Er hob ihre Hand hoch und streifte mit den Lippen darüber. »Noch eine weitere Reise, und du wirst mich danach für immer ganz für dich haben.«

»Wie lange wirst du fort sein?«

»Nur so lange, wie das Schiff benötigt, um dorthin und zurück zu segeln.«

»Musst du wirklich selbst fahren? Kannst du nicht jemanden schicken, der für dich die Schmuckstücke abholt?«

»Wenn ich es doch nur könnte«, seufzte der junge Lord. »Aber nein, die Sache muss von mir höchstpersönlich erledigt werden. Es besteht eine geringe Gefahr, dass etwas schiefläuft, und ich wage nicht, den Verlust dieses Geschäfts zu riskieren.« Er tätschelte ihre Hand. »Wenn ich zurückkomme, werden wir mit ungebührlicher Eile heiraten, das verspreche ich.«

»Das sollten wir besser«, erwiderte sie; zu guter Letzt akzeptierte sie seine Beteuerungen. »Ich werde mich damit begnügen, während deiner Abwesenheit meine Brautausstattung auszuwählen.«

»Und all das Übrige: das Porzellangeschirr, die Wäsche, das Kristall, das Tafelsilber – einfach alles. Wähle aus, was auch immer du magst, meine Liebe, denn wenn du es magst, dann mag ich es sicherlich auch.«

Sie redeten darüber, wo sie gerne ihre Flitterwochen verbringen würden, und über andere Artikeiten; und Gespräche dieser Art führten sie bis zu dem Tag, an dem Burleigh an Bord gehen sollte. Ein paar Stunden vor der Abfahrtszeit besuchte er sie und verabschiedete sich ein letztes Mal. Sie küssten sich ein- oder zweimal, und dann fuhr er ab. Kein anderer als nur der Kutscher schaute zu, wie er zum Kai spazierte, um an Bord des wartenden Schiffes zu gehen. Und das war das Letzte, was irgendjemand in London für eine sehr lange Zeit von ihm sah.

Was Burleigh anbelangte, begann die Reise so routinemäßig und ereignisarm, wie sich ein Reisender es nur wünschen konnte. Das Schiff – ein ziemlich großer Postdampfer namens *Gipsy* – suchte Häfen entlang der französischen, spanischen und italienischen Küste auf. Es war dicht und seetüchtig, der Kapitän ein fähiger und pflichtbewusster Seemann, der in der Royal Navy gedient hatte. Der Dampfer fuhr seine festgesetzten Runden, holte und verteilte Post und Frachtgüter; er brachte Passagiere zu ihren Bestimmungsorten und nahm sie später wieder an Bord, um mit ihnen nach England zurückzukehren. Als man den Kapitän später fragte, erinnerte er sich daran, mit dem jungen Earl während der Reise diniert zu haben. Der Chefsteward entsann sich sogar, in Livorno gesehen zu haben, wie Burleigh in einer angemieteten Kutsche fortgefahren war. Daran erinnerte sich der Mann, weil der Earl großen Wert darauf gelegt hatte, für seine Rückreise dieselbe Kabine zu buchen.

Jedenfalls schaffte der junge Lord es nicht, rechtzeitig zu erscheinen, als das Schiff zehn Tage später in jenem Hafen auslief, und die *Gipsy* kehrte ohne ihren adligen Passagier nach England zurück.

Nachdem Burleigh von Bord gegangen war, begab er sich auf den Weg nach Florenz. Dort erwarb er ein kleines Gemälde, das den Herzog von Montefeltro zeigte, zwei Kameen aus der Zeit von Kaiser Trajan und eine Marmorbüste von Cicero. Von Florenz reiste er weiter zur Hauptstadt, um sein wichtigstes Geschäft durchzuführen. Irgendwo zwischen Florenz und Rom, soweit es irgendjemand ergründen konnte, suchte ihn die Katastrophe heim. Die Kutsche war für die Nacht in Viterbo eingekehrt, und Burleigh hatte in einem Gasthaus eingecheckt. Nachdem er ein gutes Abendessen aus frischem Flussbarsch und einer Pilz-Rissole zu sich genommen hatte, ging er früh ins Bett. Am nächsten Morgen setzte die Kutsche ihre Reise fort, doch ungefähr eine Meile außerhalb der Stadt verlor eines der Pferde ein Hufeisen und begann zu lahmen. Dies machte einen Aufenthalt erforderlich.

Während der Schmied geholt wurde, beschlossen Burleigh und der einzige andere Passagier – ein redseliger italienischer Rechtsanwalt namens Lorenzo de Ponte –, sich die Beine zu vertreten. Sie unternahmen einen Spaziergang. Der Tag war angenehm und die bäuerlich geprägte Landschaft wie ein echtes mittelalterliches Gemälde, das man zum Leben erweckt hatte.

»Haben Sie jemals eine der alten etruskischen Straßen gesehen?«

»Leider nicht«, antwortete Burleigh.

»Das überrascht mich nicht«, meinte der Rechtsanwalt. »Außerhalb dieser Region sind sie nur wenig bekannt. Möchten Sie eine sehen?«

Der junge Lord betrachtete die Straße aus groben Pflastersteinen, auf der sie sich befanden. »Darf ich annehmen, dass dies eine von ihnen ist?« Er wies auf den holprigen, gepflasterten Weg, der sich vor ihnen durch die Landschaft erstreckte.

Lorenzo kicherte. »Keineswegs, mein Freund. Das ist eine römische Straße. Etruskische sind viel älter. Außerdem können sie nicht gesehen werden.« Angesichts des unsicheren Gesichtsausdrucks von Burleigh lachte er erneut und erklärte: »Sie sind unterhalb des Erdbodens, wissen Sie.«

Burleighs Italienisch war nicht so gut wie sein Französisch oder Deutsch. Und daher fragte er nach: »Unterhalb des Erdbodens? Meinen Sie unter Tage? Unterirdisch?«

»Nein, nicht wie ein Tunnel.« Der leutselige Rechtsanwalt wies über die Landschaft hinweg und sagte: »Hier entlang. Ich zeige es Ihnen.«

Während sie gingen, erzählte der Mann: »Ich bin in Tarquinia aufgewachsen – nicht weit von hier entfernt. Es gehörte einmal zu einem Gebiet, das einst als Etrurien bekannt war und jetzt Toskana genannt wird. Die Etrusker waren sehr kluge Leute, ja? Sie erfanden viele nützliche Dinge. Doch sie waren auch sehr mysteriös. Ich glaube, sie erfanden ebenfalls viele Mysterien.«

Lorenzo führte sie von der Straße fort. Sie gingen über einen seichten Wassergraben hinweg und dann über ein Stoppelfeld auf etwas zu, das ein Riss oder eine Spalte in der Landschaft zu sein schien. »Sie erbauten Häuser aus Stein mit roten Tonziegeln und hatten schon fließendes Wasser. Sie bauten herrliche Tempel und Paläste und Grabmäler – viele, viele Grabmäler. Man hat niemals ein anderes Volk gesehen, das so viele Gräber erbaut hat. Sie bauten auch Straßen ... zwei Arten davon. Sie machten gewöhnliche Straßen, um darauf zu reisen, und geheime Straßen für ihre geheimen Zeremonien.«

»Sehr merkwürdig«, erklärte Burleigh, dessen Interesse erregt war. Die Erwähnung von Grabmälern und Palästen ließ ihn augenblicklich an die Möglichkeit von Antiquitäten denken. Etruskische Kunst war ein Gebiet, über das er wenig wusste – was bedeutete, dass es sich um einen Bereich handelte, der reif für die Erforschung und Plünderung war. »Erzählen Sie mir mehr.«

»Diese Etrusker schlugen ihre geheimen Straßen tief in das Kalktuffgestein hinein – das weiche vulkanische Gestein, verstehen Sie? Und sie meißelten meilenweit.« Mit einer Handbewegung umfasste er die niedrigen Hügel um sie herum. »Manchmal verbinden diese Straßen die antiken Städte und Dörfer, aber meistens verbinden sie einfach eine seltsame Stelle mit einer anderen. Und ...« – er hob einen Finger, um seine nächsten Worte hervorzuheben – »sie sind immer, immer gesäumt von Gräbern, die in den Kalktuff geschlagen wurden.«

»Wie außergewöhnlich«, sagte Burleigh. »Diese Grabmäler – sind sie jemals erforscht worden?«

»Ständig.«

»Und sind Objekte gefunden worden? Artefakte?«

»Aber natürlich. Wundervolle Dinge. Sie waren sehr gute Handwerker, und sie stellten schöne Keramiken her ... und winzig kleine Figuren aus Eisen. Wir finden ständig solche Sachen.«

»Faszinierend. Ich bin sehr daran interessiert, etwas davon zu sehen.«

»Das lässt sich einfach arrangieren«, versicherte Lorenzo. »Ich habe einen Freund in Florenz, der Ihrem Wunsch nachkommen kann.« Er blieb plötzlich stehen. »Doch jetzt ... schauen Sie!«

Burleigh blickte sich um, sah jedoch nichts. Sie waren am Rande der Spalte angelangt, und so ging er einen Schritt näher heran und schaute in einen tiefen Graben hinab, der, wie der Rechtsanwalt gesagt hatte, in den tiefer liegenden Kalktuff gemeißelt worden war.

Der Graben war ungefähr zwanzig Fuß tief und nicht mehr als acht oder zehn Fuß breit; und er verlief entlang der natürlichen Falte des kleinen Bergs.

»Die Einheimischen nennen sie Seelenstraßen – oder auch Geisterstraßen.« Er schüttelte leicht den Kopf, als er in den halbdunklen Graben hinunterspähte. »Man hielt sie für heilig; doch wie sie genutzt wurden, weiß niemand. Es ist eines der etruskischen Mysterien.«

»Können wir dorthinuntergehen?«

Lorenzo zögerte. »Es ist nicht schwierig, nach unten zu kommen.« Er lächelte. »Wieder nach oben zu kommen – das ist das Problem.« Sein Blick wanderte entlang der »Heiligen Straße«. »Sie müssten möglicherweise viele Meilen gehen, bevor sie eine Stelle finden würden, wo sie wieder herausklettern können. Das möchte ich Ihnen nicht empfehlen.« Er wandte sich ab und trat vom Rand zurück. »Vielleicht ein anderes Mal.«

»Das habe ich nicht gehört!«, rief Burleigh. »Sie müssen lauter sprechen!«

Als Lorenzo sich umdrehte, war sein Reisegefährte nirgendwo zu sehen. Er trat an den Grabenrand und blickte in das Gesicht des jungen Earls, das ihn von unten anlächelte.

»Tut mir leid«, sagte Burleigh. »Ich konnte nicht widerstehen.« Er schaute sich um. »Dies hier ist außergewöhnlich. Und solange ich hier unten bin, kann ich genauso gut ein wenig forschen.«

»Ich würde mir nicht zu viel Zeit nehmen«, empfahl der Rechtsanwalt. »Wie wollen doch nicht die Weiterfahrt noch mehr hinauszögern.«

»Sie haben recht; daran habe ich nicht gedacht«, gestand Burleigh in einem beiläufigen Tonfall. »Ich werde hier nur ein Stück weit entlangspazieren und sehen, ob ich eine Stelle zum Hinausklettern finden kann.«

»Ja, das wäre das Beste.« Lorenzo blickte hastig in Richtung der Straße, die noch immer leer war. »Vielleicht sollte ich zurückgehen und auf die Kutsche warten. Bisher sehe ich sie noch nicht, doch sie könnte jede Minute hier ankommen.«

»In Ordnung«, stimmte Burleigh ihm zu. »Wir wollen sie nicht verpassen.«
»Es sei denn, Sie glauben, dass Sie Hilfe benötigen werden, um hinauszuklettern.«
»Nein, nein, ich sollte in der Lage sein, das recht einfach zu schaffen«, meinte Burleigh. »Ich werde hier nur ein Stück weit entlanggehen und eine gute Stelle finden. Ich glaube, ein kurzes Stück voraus sehe ich schon eine. Also, gehen Sie los, und halten Sie die Kutsche an.«
»Na schön, wenn Sie darauf bestehen.«
»Ja, darauf bestehe ich«, erklärte Burleigh. »Sie gehen jetzt fort, und ich werde mich Ihnen gleich wieder anschließen.«
Lorenzo eilte zurück und stellte sich an den Straßenrand. Zwanzig Minuten lang stand er dort untätig herum und verbrachte die Zeit damit, auf der Fernstraße nach den Pferden und der Kutsche Ausschau zu halten und die Landschaft nach dem Earl abzusuchen. Wie er befürchtete, erschien zuerst die Kutsche mit dem neu beschlagenen Führungspferd. Der Fahrer verlangsamte das Tempo, als der italienische Herr ihm entgegenlief.
Signor de Ponte«, rief der Kutscher, während er die Pferde zum Stehen brachte. »Wo ist unser anderer Passagier?«
»Er kommt in Kürze«, antwortete der Rechtsanwalt und berichtete vom Wunsch des Earls, die tief liegende etruskische Straße zu erkunden. »Bitte warten Sie hier. Ich werde jetzt gehen und ihn hierherbringen.«
»Unter allen Umständen«, sagte der Fahrer. »Aber bitte beeilen Sie sich, denn ansonsten werden wir verspätet ankommen.«
»Keine Sorge. Er ist bloß da drüben. Ich werde ihn sofort holen.«
Lorenzo begann, rasch entlang des Grabens zu gehen, und rief dabei immer wieder nach Burleigh. Als er keine Antwort erhielt, kehrte er um und marschierte eine ziemliche Strecke in die andere Richtung. Etwa alle paar Yards rief er nach Burleigh, doch er bekam nie eine Antwort.
»Ich fürchte, unserem Freund ist etwas Schlimmes zugestoßen«, erklärte Lorenzo, als er zur Kutsche zurückkehrte. »Ich habe so laut

wie ich kann gerufen, doch er hat nicht geantwortet. Möglicherweise ist er gestürzt und hat einen Schlag gegen Kopf erhalten. Ich glaube, wir müssen hinabsteigen und nach ihm suchen.«
Genau das taten sie auch. Der Fahrer und sein Gehilfe kletterten zur tief in das Gestein geschlagenen Straße hinunter und setzten die Suche nach dem verschollenen Passagier fort: Der eine schritt in nördlicher Richtung den antiken Weg entlang, der andere wandte sich nach Süden. Letztendlich kam es so, dass sie den gesamten tief liegenden, zwei Meilen langen Fußsteig absuchten; doch es gelang ihnen nicht, auch nur einen verschwommenen Fußabdruck ausfindig zu machen.

Und so stimmte Lorenzo widerstrebend zu – nachdem sie den Bauern vor Ort die Nachricht vom Verschwinden des jungen Mannes hinterlassen hatten –, dass sie nichts mehr tun konnten, und erlaubte dem Kutscher weiterzufahren. In Florenz informierte er unverzüglich die Behörden über das merkwürdige Verschwinden seines Reisegefährten. Um sicherzugehen, wurde sofort eine offizielle Untersuchung eingeleitet. Am nächsten Morgen wurde eine Suchmannschaft zusammengestellt; sie suchte die antike etruskische Straße von einem Ende zum anderen ab. Zudem wurden überall in der Region Flugblätter verteilt, für den Fall, dass irgendjemand zufällig auf einen verschollenen oder verletzten Fremden stoßen sollte. Keine dieser Bemühungen hatte auch nur den geringsten Erfolg. Und obgleich der Fall offiziell nicht abgeschlossen wurde, gab es ohne irgendeinen neuen Hinweis nichts mehr, was getan werden konnte – außer, die britische Botschaft über die Angelegenheit in Kenntnis zu setzen. Dies taten sie auch pflichtgemäß, wenn man hierbei die gelassenere Haltung des südländischen Temperaments berücksichtigte. Dann lehnten sich *polizia, carabinieri* und Lorenzo de Ponte gemütlich zurück und warteten auf weitere Entwicklungen.

Betrüblicherweise gab es niemals irgendwelche Neuigkeiten zu dem Fall. Keiner, der in die seltsame Angelegenheit verwickelt war, erfuhr jemals, was mit dem Earl of Sutherland geschehen war.

SECHSTES KAPITEL

Worin sich etwas Neues ereignet

Kit folgte der kleinen Jägergruppe entlang des teilweise zugefrorenen Flusses, der sich in großen Bögen gen Süden und Westen schlängelte. Sie waren insgesamt zu acht: sieben Clanmitglieder und Kit. Angeführt wurden sie von Dardok, der einen Pfad durch den Schnee schuf, der das Flussufer säumte. Sie marschierten tagsüber unter einer niedrigen, dichten Wolkendecke; und manchmal blies in ihrem Rücken ein schwacher Wind, der sie auf dem Weg voranzutreiben schien. Eis engte den Fluss an seinen Rändern ein, und Brocken aus Schnee und Schneematsch trieben stromabwärts.

Sie gingen in einem beständigen Nebel, der durch ihren eigenen Atem hervorgerufen wurde, aus dem sich in der eisigen Luft Kristalle bildeten. Hin und wieder hielten sie an und suchten die Felswände der Schlucht nach irgendwelchen Anzeichen von Raubtieren ab. Die ganze Zeit über fiel beständig leichter Schnee – kleine, harte Flocken, die wie gefrorener Grieß herabfielen und unter den Füßen knirschten. Die Luft war kalt und verursachte dort, wo die Haut unbedeckt war, stechende Schmerzen. Doch der anstrengende Marsch wärmte Kit zur Genüge; und nach Tagen, an denen er nur am Feuer herumgelegen hatte, empfand er die Strapazen als angenehm. Einmal mehr wurde er an die natürliche Widerstandsfähigkeit der Stammesmitglieder erinnert: Ihre Stärke, Ausdauer und ihr Durchhaltevermögen übertraf bei Weitem alles, was ihm je bei seiner eigenen Menschengattung begegnet war. Und als sich der Tag in die Länge zog, hoffte er, dass er durchhalten könnte.

Schließlich kamen sie zu einer Stelle, wo sie gezwungen waren, einen steilen Hang zu einem höher gelegenen Plateau emporzuklettern. Oben legte Dardok eine Pause ein; und Kit, der nach der Kletterpartie vor Anstrengung keuchte, gesellte sich zu den Jägern. Sie standen am Rand des Plateaus und starrten in die Schlucht hinab, deren Boden nun weit unten war. Kit glaubte, sie würden auf den Fluss schauen. Doch als er sich ihnen anschloss, bemerkte er, dass Dardok eine Herde zotteliger Bisons mit langen Hörnern erspäht hatte. Diese Tiere durchstreiften für gewöhnlich die höher gelegenen Waldgebiete. Die Bisonherde bewegte sich langsam entlang des Flusses; mühsam kämpfte sie sich durch den Schnee voran. Kit verspürte bei diesem Anblick eine intuitive Erregung und bekam etwas mit von dem instinktiven Antrieb der Gruppe, gutem, noch lebendem Fleisch nachzustellen.

Einen Augenblick lang sahen sie zu, wie die etwa ein Dutzend braunen, buckligen Geschöpfe entlangzottelten. Dann drehte Dardok den Kopf in verschiedene Richtungen und sog mit der Nase tief die Luft ein; anschließend grunzte er leise. Kit folgte seinem Beispiel und fing einen winzigen Hauch von einem scharfen, herben Duft in der Luft auf, die anderen, die ebenfalls den Geruch bemerkt hatten, murmelten leise. Kit blickte auf Großer Jäger in der Hoffnung, eine Erklärung zu bekommen; und Dardok streckte einen Finger aus und wies auf eine Felsnase über der Schlucht, die sich ein wenig oberhalb des Flussbettes befand. Kit sah blinzelnd in die weiße Umgebung hinaus und erkannte die hellgraue muskulöse Gestalt eines hundeartigen Tieres – ein Biest, das gut zweimal so groß wie ein normaler Wolf war: ein Dire-Wolf.

Die Kreatur sah zu, wie die Bisonherde durch das Tal zog, und leckte sich jetzt sicherlich die Lippen. Dardok streckte erneut den Finger aus, und Kit sah einen anderen, etwas kleineren Wolf, der unterhalb von ihnen von einem Felsband aus die Herde beobachtete. Die Raubtiere verfolgten eindeutig die Bisons, belauerten sie und warteten auf eine Gelegenheit zu töten.

Lautlos wie Schatten schlichen die Jäger von ihrem Aussichtspunkt fort und gingen weiter. Das Flusstal, das sich immer weiter westwärts gebogen hatte, begann sich nun nach Süden zu krümmen. Der Boden stieg weiterhin an; der Wald um sie herum wurde dichter und zu einem Wirrwarr aus Gestrüpp sowie eng beieinander wachsenden Bäumen, durch den kein klar zu erkennender Pfad führte. Sie kamen nur noch mühsam im Schneckentempo weiter. Die Gruppe zog sich auseinander, sodass es nur noch im Gänsemarsch voranging. Kit fiel immer weiter zurück und begann schließlich zu befürchten, er würde den Blickkontakt zu seinen Gefährten verlieren. Plötzlich blieb Dardok stehen. Die Jäger versammelten sich rasch um ihn herum, und Kit eilte vorwärts, um zu sehen, was passiert war. Als er sie erreichte, hockten sie alle im Schnee und waren von etwas, das sie dort sahen, in den Bann geschlagen.

Kit, der über den Kopf eines Jägers spähte, erblickte im Schnee die Spuren eines großen und schweren Tiers. »Bär?«, fragte er. Dann erinnerte er sich an das Wort, dass der Clan für dieses Tier benutzte. »Gangor?« In seinem Bewusstsein erzeugte er das Bild von einem großen schwarzen Bär.

Dardok schnaubte kraftvoll, was Kit als Verneinung zu deuten gelernt hatte. Großer Jäger spreizte seine Finger und legte sie in einen der Abdrücke. Anschließend hob er seine Hand und führte Bewegungen aus, als ob sie eine Tatze mit Krallen wäre. »*Kar-ka*«, sagte er laut.

Kit hatte das Wort nie zuvor gehört. »Karka«, wiederholte er.

Dardok gab ein zufriedenes Grunzen von sich und zeigte auf die Spuren – zuerst auf die eine, dann auf die nächste. Anschließend wies Großer Jäger mit der Spitze seines Speers auf einen langen schlitzartigen Einschnitt im Schnee, der sich zwischen zwei Spuren befand, und gestikulierte mit der flachen Hand. Die Gebärde war so ausdrucksstark, dass Kit sie nicht missverstehen konnte: ein Tier, das ging und dessen Schwanz ab und an durch den Schnee fegte.

Erneut zeigte Dardok auf die Spuren. »*Kar-ka.*«

In Kits Bewusstsein kam das Bild von einem großen zotteligen Tier von der Größe einer kleinen Kuh, das jedoch einen gewaltigen Kopf besaß, der von einem massigen Hals und muskulösen Schultern getragen wurde. Es hatte eine kurze Mähne, die sich um seine

Kiefer kräuselte und in Form eines Kammes aus stacheligem dunklem Fell entlang seines schrägen Rückens verlief. Kit wusste sofort, um was es sich handelte, denn er hatte eines dieser Tiere zuvor schon gesehen: in einer anderen Zeit, an einem anderen Ort und an dem Ende einer Kette. Es war ein Höhlenlöwe – ein älterer Bruder der Bestie, die von den Burley-Männern Baby genannt wurde.

»Karka«, hauchte Kit.

Mit seiner breiten Hand wischte Dardok den Schwanzabdruck weg, erhob sich und setzte den Marsch fort. Bald kamen sie zu einer Stelle, wo der Fluss und die Schlucht einen weiten, sich auswölbenden Bogen machten und dann nach Norden verliefen. Das Tal unter ihnen wurde breiter und flacher; und die Fläche oben auf der Felswand, auf der sie gingen, begann abzufallen und neigte sich dem Talboden zu, etwa dreißig Yards vom Flussufer entfernt. Ein kleines Stück weiter fand Dardok einen Pfad und führte die Gruppe zum Talboden hinab. Dort hielt er an, um sorgfältig in der Luft zu schnuppern. Zufrieden stellte er fest, dass keine Raubtiere in der Nähe herumschlichen; dann leitete er sie um die Biegung des Flusses herum und schritt auf eine gewaltige Wand aus blassem Kalkstein zu. Erneut blieb er stehen und blickte um sich; er überflog die Gesteinsbrocken und hohen Felsabhänge ebenso wie das Flussufer. Danach bewegte er sich vorsichtig auf die Wand vor ihnen zu.

Erst als sie dieser Mauer aus Felsgestein, die sich senkrecht aus dem Talboden erhob, näher gekommen waren, sah Kit das Loch. Es war ein leeres Oval mit einem Radius von wenigen Yards, das sich etwa drei Yards oberhalb des Talbodens befand: der Eingang zu einer Höhle. Unten an der Felswand lagen haufenweise herabgestürzte Gesteinsbrocken, auf die Dardok langsam zuschritt, bis er unterhalb des Lochs zum Stehen kam. Kit verspürte einen Schauder, als ob er einer Gefahr gewahr würde, und augenblicklich rückte die Gruppe ganz eng zusammen. Als Kit die nähere Umgebung absuchte, entdeckte er, was die Aufmerksamkeit der anderen auf sich gezogen hatte: Auf den Felsen unter dem Loch gab es weitere Spuren, die identisch mit jenen waren, die sie oben auf der Schlucht gesehen hatten. Kit starrte auf die Spuren im Schnee und roch dann den scharfen tierischen Gestank. Ein Bild gelangte in sein Bewusstsein: eine große dunkle Bestie mit wuchtigen Vorderteilen, mächtigen Seiten und Hüften sowie einem struppigen gefleckten Fell – Karka.

Das hölzerne Gefäß, das die Glut enthielt, wurde Kit in die Hände gedrückt; dann wandte sich Dardok den anderen zu. In seinem Kopf vernahm Kit ein kurzes Aufflattern von Gedanken, während sie unter den Jägern weitergegeben wurden. Und obwohl er das auf diese Weise Gehörte nicht verstand, blickte er zu der Stelle hoch, wohin die anderen schauten – und sah die Großkatze, die am Höhleneingang stand. Das Raubtier beobachtete sie; seine riesigen gelben Augen hatten sich verengt, und seine Ohren waren an seinem riesigen Kopf flach angelegt.

Instinktiv trat Kit zurück.

Dann schien alles Weitere gleichzeitig zu geschehen. Die große Katze sprang mit ausgestreckten Vorderbeinen von der Mündung der Höhle herab – seine säbelartigen Krallen waren ausgefahren. Die Männer jagten auseinander; ein jeder lief in eine andere Richtung.

Kit drehte sich um und floh. Doch er rutschte auf dem Schnee aus und ging zu Boden; und das Behältnis mit der Glut entglitt seiner Hand. Der Höhlenlöwe landete auf den Felsen unterhalb des Höhleneingangs; sein Kopf zuckte zuerst in die eine und dann in die andere Richtung, als er ermittelte, welches der vielen Opfer ihm am nächsten und am leichtesten zu töten war. Er sah Kit, der im Schnee strampelte, und duckte sich: Die Bestie sammelte sich, um über die Beute herzufallen. Der riesige Kopf senkte sich, als sich der gewaltige Körper zusammenzog, und die Muskeln traten hervor – wie eine Springfeder, die man zusammendrückte, bevor sie losgelassen wurde. Kit schwamm rückwärts durch den Schnee; er trat mit den Beinen aus und fuchtelte wild mit den ausgestreckten Armen.

Der Höhlenlöwe sprang. Ein leichtes Anheben seiner Brust, und schon war er in der Luft. Im selben Augenblick huschte Dardok an Kits Seite. Mit einer Anmut, die aus schier endloser Übung hervorgeht, zog Großer Jäger seinen kräftigen Arm zurück. Die Speerspitze richtete sich auf, und nach einer kleinstmöglichen Pause blitzte sie nach vorne. Dardoks Schultern und sein Rumpf folgten dieser Bewegung, als er das ganze Gewicht seines Körpers in den Wurf legte. Die primitive Waffe durchschnitt die Luft in einem flachen Bogen und traf ihr Ziel.

Es hörte sich an wie ein Schlag mit der offenen Hand, als der Speerschaft seine rasiermesserscharfe Feuersteinspitze in die gewaltige Katze hineinbohrte – genau zwischen den Rippen hinter den Vorderbeinen. Mit flach angelegten Ohren und unheilvoll blitzenden Augen – das große Maul geöffnet zu einem schmerzerfüllten, wütenden Knurren – wirbelte Karka herum, um sich dem Angriff zu stellen. Ein zweites Wurfgeschoss befand sich bereits in der Luft: eine nur undeutlich wahrnehmbare Bewegung, die ihr Ende fand, als der Speer unvermittelt aus dem dicken Hals der Bestie herausschoss.

Der Löwe schlug nach dem Geschoss, und es gelang ihm, den Schaft abzuschütteln. Er sammelte sich, um zu springen, doch Dardok stieß einen Schrei aus. Die Jäger rückten gegen den Höhlenlöwen vor und kamen hinter ihren Speeren herangejagt, mit denen sie stachen und stießen, bevor sie erneut davonliefen. Dies wiederholten sie, wobei das zornige Tier erst von der einen und dann von der anderen Seite angegriffen wurde, wodurch sie es verwirrten und ständig aus dem Gleichgewicht brachten.

Dardok drehte sich um und stürzte sich auf Kit; in einer einzigen schnellen Bewegung hob er ihn hoch und stellte ihn auf die Füße. Er drückte seine große Hand gegen die Brust von Kit und schob ihn nach hinten, dann rannte Dardok mit einem gewaltigen Schrei los, um sich dem Kampf anzuschließen. Der Löwe, der inzwischen aus mehreren Wunden blutete, brüllte auf, dass man glauben mochte, er würde dadurch die Erde zum Erbeben bringen. Mit gewaltigen Schlägen seiner Pranken versuchte er, seine Peiniger zu packen, als diese sich ihm nacheinander rasch näherten. Großer Jäger nahm das Risiko auf sich, von den Krallen getroffen zu werden, und riss seinen Speer aus der Flanke der Bestie – eine Tat von solcher Tapferkeit, dass es Kit schier den Atem raubte.

Knurrend und fauchend wirbelte die große Katze um sich herum und durchschnitt mit ihren Krallen die Luft. Dardok sprang zur Seite, sodass er gerade außerhalb ihrer Reichweite war, und stieß blitzschnell die Speerspitze in die Seite der Bestie. Die Großkatze brüllte voller Hass und Wut auf und drehte sich – diesmal aber nicht auf Dardok zu, sondern von ihm fort. Doch genau in diesem Moment sprang ein anderer aus der Gruppe herbei, um sich seine Waffe zurückzuholen. Karkas gewaltige Pranke traf den herannahenden Mann, zerriss seine Seite und hinterließ vier tiefe Schnittwunden, die sich quer über den Unterleib zogen.

Der unglückselige Jäger geriet durch den Hieb ins Taumeln und schaute an sich herab. Er sah, dass seine Kleidung aus Fellen zerfetzt war. Und dann rissen Muskelstränge auseinander, und aus der Wunde ergossen sich Blut und Eingeweide. Der Mann sackte zusammen, als ob er aus Papier wäre.

Dardok stieß einen Wutschrei aus, stürzte erneut vor und stach auf den riesigen muskulösen Nacken des Höhlenlöwen nieder. Er drückte die steinerne Klinge tief hinab ins Fleisch und sprang wieder fort. Die anderen Jäger führten ihre Scheinangriffe fort und achteten darauf, dass sie knapp außerhalb der Reichweite dieser mörderischen Krallen blieben. Jeder Stoß, Schnitt und Stich verursachte eine blutende Wunde. Sie alle führten dazu, dass der Schnee in einem großen Umkreis immer mehr rote Flecken bekam, während die Bestie bei ihren Versuchen, einen weiteren ihrer Peiniger zu packen, umherwirbelte und um sich schlug.

In der Zwischenzeit rannte Dardok zu dem verletzten Jäger und ergriff seinen Arm. Kit eilte herbei, um zu helfen, und gemeinsam zogen sie den Verwundeten aus der Gefahrenzone. Blut quoll aus seinen Verletzungen hervor, sein Gesicht war weiß, und seine Lippen waren blau und zitterten; sein ganzer Körper schüttelte sich. Kit beugte sich über ihn und ergriff seine Hand. Der Jäger, dessen Augen weit aufgerissen waren, seufzte und stöhnte auf, als ein Krampf ihn überfiel. Abrupt entspannte sich sein Körper, und Kit hielt nur noch die Hand eines Toten.

Hinter ihnen stieß der Höhlenlöwe ein markerschütterndes Jaulen aus. Er bäumte sich auf seinen Hinterbeinen auf, sodass er seine Angreifer überragte. Mit einer seiner mächtigen Tatzen führte er einen weiteren vergeblichen Schlag aus, dann drehte er sich um und wollte sich zurückziehen. Doch die Jäger hielten sich bereit. Als die Großkatze herumwirbelte, um die Felsen wieder hochzuklettern und in den Schutz der Höhle zurückzukehren, stürzte der Jäger, der dem Tier am nächsten war, nach vorne. Er trieb die steinerne Spitze seines Speers tief in die Flanke des Löwen hinein, und zwar direkt hinter den Vorderbeinen. Die Großkatze brüllte auf und drehte sich um, dabei erhob sie sich ein wenig von der Hüfte an. Der Mann hielt den Speerschaft fest in Händen und trieb ihn noch tiefer ins Fleisch hinein. Während der Löwe mit den Krallen gegen die verhasste Waffe schlug, schoss von der anderen Seite ein zweiter Jäger mit seinem Speer herbei. Ein weiterer tat es ihm nach; und zu dritt hielten sie die sich windende Bestie auf der Stelle fest, als ein vierter Jäger sorgfältig zielte und seinen Speer in die kräftige Brust des Löwen stieß.

Die letzte Wunde war tödlich. Der Löwe brüllte ein letztes Mal auf, dann brachen seine Beine unter ihm weg. Der große Körper rollte auf die Seite, und mit einem langen, gurgelnden Seufzer verendete das Tier. Selbst tot bot es einen Anblick von ungeheurer Kraft und furchterregender Anmut. Dardok zog seinen Speer aus dem Kadaver und wischte die Steinspitze am blutigen Fell ab. Anschließend kniete er sich nieder und legte seine Hand auf den Kopf der Großkatze. Die anderen Jäger folgten hintereinander seinem Beispiel. Einen langen Augenblick blieben sie in dieser Haltung. Dann erhoben sie sich, ergriffen wieder ihre Speere und gingen fort, ohne zurückzublicken. Kit zögerte. Was war mit ihrem toten Kameraden, fragte er sich. Sie hatten dem toten Löwen einen Moment lang Respekt gezollt – warum nicht auch dem verstorbenen Angehörigen ihres Clans?

»Wartet!«, rief Kit ihnen hinterher. Sein Wort wurde nicht verstanden, doch es führte wie gewünscht dazu, dass sie stehen blieben. Er trat zu der geschundenen Leiche des armen Jägers und musste ein Gefühl der Übelkeit unterdrücken, das ihn beim Anblick der entsetzlich klaffenden Wunde befiel. Dann kniete er sich nieder und begann, die blutigen Fellstücke zusammenzuziehen, die Gliedmaßen des Mannes geradezurichten und ihm das Blut aus dem Gesicht zu wischen.

Während Kit dies tat, bemerkte er, dass sich die anderen dicht um ihn versammelt hatten und ihm zusahen. Als er mit seiner Arbeit an dem Leichnam fertig war, erhob er sich und schritt zum Fuß der Kalksteinwand. Dort sammelte er geeignete Steine zusammen und legte sie um die Leiche herum. Als Nächstes holte er Steine, um mit ihnen den Toten zu bedecken. Dardok war der Erste, der die Idee aufgriff, sich auf diese Weise um die Leiche zu kümmern. Er ahmte Kit nach und half mit, einen Grabhügel zu errichten. Die anderen folgten rasch dem Beispiel von Großer Jäger; bald waren alle damit beschäftigt, Stein auf Stein zu legen, bis die Leiche des Jägers vollständig unter einem ordentlichen, länglichen Steinhaufen verdeckt war.

Kit stand da und hatte das Gefühl, dass er etwas tun oder sagen sollte, um den besonderen Anlass würdig zu begehen. Er hielt seine Hand über dem Grab, und nach einem Moment des Nachdenkens sprach er: »O Schöpfer von allem, was ist und sein wird, wir geben dir eine deiner Schöpfungen zurück. Sein Leben in dieser Welt wurde ihm genommen, doch wir bitten dich, ihn in das Leben jener Welt aufzunehmen, die kein Ende hat.«

Kits Erschütterung über das improvisierte Gebet war ebenso außergewöhnlich stark wie die Verwunderung seiner Gefährten. Was sie davon hielten, vermochte er nicht zu erraten. Die Stimmung und die Wörter, um sie auszudrücken, hatten sich einfach während des Sprechens herauskristallisiert. Dennoch – jetzt, wo sie gesagt worden waren, fühlte er, dass sie richtig waren: Sowohl die Wörter als auch die Stimmung schienen gut und angemessen zu sein. Er hob seinen Kopf und stieß ein zufriedenes Grunzen aus, das die Jäger nicht missverstehen konnten. Dann hob er den Speer des Toten auf und trat von dem Grabhügel weg. Er war bloß ein paar Schritte gegangen, als er Dardoks Hand auf seiner Schulter spürte. Die Geste ließ ihn stehen bleiben und hielt ihn einige Momente lang auf der Stelle fest, dann löste sich die Hand von ihm. Keine weitere Kommunikation fand statt, doch Kit verstand, was gemeint war. Eine tiefgreifende Verbindung war errichtet worden: In den Köpfen aller, die Kits improvisiertes Beerdigungsritual miterlebt hatten, war ein Verbindungsglied geschmiedet worden. Etwas Neues hatte sich ereignet, und es war nun anerkannt worden. Nichts anderes war erforderlich.

SIEBTES KAPITEL

Worin heimlich ein Umsturz geplant wird

Lady Haven Fayth war es gewohnt, auf dünnem Eis Schlittschuh zu laufen, was ihre Beziehung zum niederträchtigen Lord Burleigh betraf. Doch unter ihren Kufen begannen sich Risse des Zweifels zu bilden, und sie musste schneller und schneller eislaufen, um seinen rasenden Verdächtigungen immer eine Nasenlänge vorauszubleiben. Es zeichnete sich ab, dass sich ihre Wege trennen würden – das konnte sie spüren. Sie hätte gerne mehr von ihm über das Ley-Springen gelernt oder zumindest die Tiefe seines Wissens ausgelotet, um herauszufinden, wie weitreichend es war. Doch nun lief die Zeit gegen sie; und das Beste, was sie erhoffen konnte, war sicherzustellen, dass die unvermeidliche Trennung zu ihren Bedingungen erfolgte – und nicht zu seinen.

Sie überlegte, dass die gegenwärtige Ablenkung des Schwarzen Earl eine perfekte Möglichkeit für das Gelingen der eigenen Flucht sein könnte. Ihr Kidnapper und ehemaliger Mitverschwörer wurde gegenwärtig von dem Kit-Livingstone-Fall völlig in Beschlag genommen – und das nicht ohne guten Grund. In der Gewissheit, dass Kit zusammen mit Cosimo, Sir Henry und Giles sein Ende gefunden hatte und sein Leichnam in der Grabstätte des Hohen Priesters Anen eingeschlossen war, hatte Burleigh seine Reise nach Prag unternommen. Dort holte er die jüngste Version seiner Vorrichtung zum Aufspüren von Leys ab, und zwar direkt von der Werkbank des kaiserlichen Oberalchemisten Bazalgette. Das ausgeklügelte kleine Instrument war aus Messing hergestellt und hatte in etwa die Größe und Form eines Pflastersteins; aber das war auch schon ungefähr alles, was sie darüber wusste. Haven hatte es nur flüchtig und heimlich sehen können, denn Seine Lordschaft behielt es, so wie viele andere Dinge, nur für sich.

Haven unterdrückte nun ein Lachen, als sie sich an Burleighs ungläubigen Gesichtsausdruck erinnerte, als er erfuhr, dass der für verstorben gehaltene Kit Livingstone – Überraschung, Überraschung! – lebendig und gesund war und frei durch die Straßen von Prag lief.

Und durch die groß angelegte Menschenjagd, die sich aus dieser Neuigkeit ergab, hatte man lediglich erreicht, dass der Kutscher Giles verwundet worden war. Kit aber hatte es geschafft zu entkommen, und den Burley-Männern war die Schuld für das Debakel gegeben worden. In den letzten vier Tagen hatten der Schwarze Earl und seine Rüpel die Landschaft nach Kit durchkämmt. Zuerst hatten sie bloß die normale Erdoberfläche der Umgebung durchsucht: die Hecken, Ortschaften, Scheunen und sogar den Fluss. Und als es ihnen dabei nicht gelang, irgendeinen echten Hinweis zu entdecken, wurde die Suche auf alle Ley-Linien ausgedehnt, die sich in Reichweite des Flüchtigen befanden. Sie hatten zwar einen geeigneten Ley in der Umgebung ihrer anfänglichen Verfolgungsjagd gefunden, doch auch bei einer gründlichen Durchsuchung des Zielorts auf der anderen Seite gelang es ihnen nicht, eine Spur zu finden.

Als ein Tag nach dem anderen verging und die Meldungen von den Burley-Männern sie der Auffindung des Flüchtigen nicht näherbrachten, verdüsterte sich die Stimmung Seiner Lordschaft immer mehr. Er war wegen jedem und allem verärgert: verärgert darüber, belogen worden zu sein – obschon die Burley-Männer dies vehement bestritten –; verärgert über das Fehlen jeglicher Resultate; verärgert darüber, dass seine Pläne behindert wurden durch einen unwissenden Niemand; verärgert über sein eigenes Versagen, das eine Stück der Meisterkarte in die Hände zu bekommen, von dem er wusste, wo es zu finden war. Nichts davon war Havens Schuld, eine Tatsache, die sie, ohne zu zögern, oft hervorhob. Sie distanzierte sich auf das Energischste von dem gegenwärtigen Desaster und hoffte so, vom stetig zunehmenden Zornessturm Seiner Lordschaft verschont zu bleiben.

»Hier ist irgendeine Betrügerei im Spiel, die ich noch durchschauen muss«, erklärte Burleigh bei seiner Rückkehr ins Gasthaus. Es war der Abend des fünften Tages seiner vergeblichen Suche, und seine Laune war hochgefährlich. »Jemand hat Livingston bei seiner Flucht Beihilfe geleistet. Das ist die einzige Erklärung – es ist zumindest die einzige Erklärung, die einen Sinn ergibt.«

Das Wetter hatte sich geändert – es war kalt und feucht geworden – und gab einen Vorgeschmack auf den kommenden Winter. An ihrem Mantel, den sie auf dem Markt gekauft hatte, nähte Lady Fayth gerade neue Knöpfe an; sie ersetzte die hölzernen durch silberne. Lord Burleigh sank in einen Sessel am Feuer und forderte einen der Dienstjungen des Gasthauses auf, herbeizukommen und ihm die schlammigen Stiefel auszuziehen.

»Mach sie sauber und bring sie zurück, wenn du damit fertig bist!«, befahl er. Sein Deutsch klang holprig, doch man konnte es immerhin verstehen. »Und der Hauswirt soll mir etwas zu trinken bringen lassen; ein Krug mit vermasseltem Ale genügt für den Augenblick. Jetzt mach weiter! Und beeil dich mit allem!«

Der Bursche lief hastig weg. Er hatte gelernt, rasch und ohne Frage zu gehorchen, wenn der Earl sprach.

»Ihr sagt, Kit sei unwissend«, erlaubte sich Haven zu bemerken. »Und alles deutet darauf hin, dass Ihr mit Eurer Einschätzung recht zu haben scheint. Doch wenn dem so ist, wieso kann es dann möglicherweise von Belang sein, dass er geflohen ist?«

»Weil er ein Stachel im Fleisch ist«, blaffte Burleigh. »Er ist in zunehmendem Maße ein ärgerliches Hindernis für die laufende Suche nach der Karte. Er ist ein Rivale und eine Bedrohung.«

Haven hob nicht die Augen von ihrer Arbeit. »Das ist er schwerlich, glaube ich.«

»Ihr zweifelt daran?«

»Ich zweifle in der Tat sehr stark daran, Sir«, erwiderte sie. Er ist so, wie Ihr ihn dargestellt habt: ein Nichts, ein Niemand. Seine einzige Bindung zu dieser Unternehmung bestand durch seinen Urgroßvater

Cosimo. Dieses Seil ist durchtrennt worden, und Kit hat keine Ahnung, was er nun tun oder wohin er als Nächstes gehen soll. In der kurzen Zeit, die ich in seiner Nähe war, zeigte er weder Willenskraft noch ein außergewöhnliches Verständnis von der Unternehmung, in die er verwickelt war.«

»Das war auch mein Eindruck«, pflichtete Burleigh ihr bei. »Vollkommen.«

»Warum sollte man ihn dann nicht einfach aus der eigenen Gedankenwelt verbannen? Kit Livingstone fällt nicht ins Gewicht. Welches Verständnis von der Angelegenheit er auch immer haben mag, es kann keine Bedeutung für Eure Pläne haben.«

»Und wie lässt sich seine Anwesenheit in Prag erklären?«

»Bestimmt bloßer Zufall«, behauptete sie und führte dabei mit einem einzigen sanften Stoß die Nadel durch den Knopf und in das Kleidungsstück hinein. »Schließlich muss jeder irgendwo sein.«

»Aber wieso ausgerechnet hier?«, knurrte Burleigh und beobachtete sie. »Ich glaube, er war nicht ohne Grund hier, und den will ich wissen. Diese Frau im Kaffeehaus ist darin verwickelt; das weiß ich genau.«

»Wer?« Haven hob eine Augenbraue. »Eines der Mädchen, die dort bedienen?«

»Nein, keine Dienerin, seid Ihr blind? Die andere.«

Haven starrte ihn verständnislos an. »Ich kann mir nicht um alles in der Welt vorstellen, wen Ihr meinen könntet?«

»Die Große«, blaffte er. »Die englische Geschäftsführerin oder Eigentümerin oder was auch immer ... Ich sage Ihnen, dass sie mehr weiß, als sie durchblicken lässt.«

»Ihr seid von Natur aus vorsichtig«, behauptete Lady Fayth und wandte sich wieder ihrer Arbeit zu. »Doch es tut Euch nicht gut. Hier sind wir und fuchteln nutzlos mit den Armen herum, während wir mit der Jagd nach der Karte weitermachen könnten. Das ist sicherlich wichtiger als Kit Livingstone zur Strecke zu bringen.«

»Sie hat im Palast herumgeschnüffelt und versucht, sich am Hofe einzuschmeicheln. Und genau dort habe ich sie kennengelernt, als ich das erste Mal hergekommen bin. Eine richtige Wichtigtuerin.«

Haven zog die Nadel durch den Knopf nach oben. »Sprechen wir wieder über die Frau aus dem Kaffeehaus?«

»Sie hat angedeutet, sie wüsste über meine Reisen – oder so ähnlich«, sagte Burleigh. »Ich habe das Frauenzimmer unmissverständlich gewarnt, sie solle ihre Nase aus meinen Angelegenheiten heraushalten.«

»Dann bin ich mir sicher, dass sie sich Euren guten Rat zu Herzen genommen hat«, erklärte Haven mit süßlicher Stimme. »Wie dem auch sei, sie kann keine Ahnung von irgendetwas haben. Hier in Prag zu leben und ein Kaffeehaus zu leiten ... In einer solchen Lage ist man schwerlich verantwortlich dafür, wenn man über irgendetwas stolpert, das von Bedeutung für unsere Angelegenheit ist.«

»Vielleicht sollten wir mit ihr reden«, meinte er. »Und herausfinden, was sie weiß.«

Haven legte ihre Arbeit in den Schoß und warf dem erschöpften Earl einen scharfen, taxierenden Blick zu. »Die Frau wird schwerlich kooperieren nach Eurem plumpen Einschüchterungsversuch. Wenn sie wirklich etwas weiß, wäret Ihr die letzte Person, der sie sich anvertrauen würde.«

Burleigh schaute finster, dann hellte sich seine Miene auf, als ihm ein neuer Gedanke kam. »Ihr könntet doch gehen.«

»Ich?« Haven täuschte eine ablehnende Einstellung vor. »Ich kann nicht erkennen, was das bringen würde. Ich vermag mir nichts Interessantes vorzustellen, das ich zu ihr sagen könnte.«

»Ihr könntet Euch auf ihre Seite begeben – von Frau zu Frau zu ihr reden, ihre Freundin sein und ihr Vertrauen gewinnen.«

»Könnt Ihr Euch ehrlicherweise vorstellen, dass dadurch irgendein positives Ergebnis erreicht wird?«, fragte Haven kopfschüttelnd.

»Sie würde mit Euch sprechen«, beharrte Burleigh. »Bringt sie dazu, sich Euch anzuvertrauen.«

»Eine Geschäftsführerin?« Haven machte ein saures Gesicht. »Was könnte sie gegebenenfalls wissen, das auch nur im Entferntesten für uns oder für den Erfolg unserer Unternehmung interessant ist?«

»Genau *das* ist es, was Ihr entdecken müsst?«, erklärte Burleigh entschlossen. Dann dachte er einen Augenblick nach. »Nein ... nein«, sagte er langsam. »Besser noch, Ihr gewinnt ihr Vertrauen und ladet sie morgen zum Abendessen ein. Lockt sie hierher, und ich kümmere mich um den Rest. Sobald wir sie allein nach oben bekommen, finden wir früh genug heraus, was sie weiß.«

Nachdem Lady Fayth eine vollkommen glaubhafte Aufführung als unwillige Komplizin abgegeben hatte, stimmte sie zu, die lästige Pflicht auf sich zu nehmen, und begab sich am nächsten Nachmittag in das *Große Kaiserliche Kaffeehaus*. Sie saß da und wartete, als Wilhelmina von einem weiteren vergeblichen Versuch, Kit zu orten, zurückkehrte. Die beiden tauschten einen wissenden Blick. Nachdem Wilhelmina Etzel gegrüßt hatte, füllte sie eine Kanne mit frischem Kaffee und setzte sich zu ihrer Verbündeten, um Informationen über den bisherigen Stand der Dinge auszutauschen.

»Ich kann nicht das Interesse des Schwarzen Earls an Kit verstehen«, grübelte Haven laut nach. »Einerseits beharrt er darauf, dass Kit nichts Bedeutsames über die große Suche weiß, andererseits weigerte er sich, ihn einfach gehen zu lassen. Wir sind bereits viel länger in Prag geblieben als ursprünglich beabsichtigt, und es gibt gegenwärtig keinerlei Abreisepläne.«

»Burleigh ist nicht ganz ehrlich«, bemerkte Mina. »Zweifellos hat der Schock, Kit hier in Prag zu sehen, obschon er ihn für tot hielt – begraben in Ägypten –, sein Interesse neu erweckt: zumindest insofern, als er vermutet, dass Kit Beistand gehabt haben musste, um aus dem Grabmal zu fliehen.« Sie dachte einen Moment lang nach, bevor sie fragte: »Hat er irgendetwas darüber gesagt?«

»Er hat nichts Besonderes oder Bedeutsames zu diesem Punkt erwähnt. Die Tagelöhner Seiner Lordschaft haben dafür die Hauptlast seines Zorns ertragen müssen, und sie haben teuer für ihre Verfehlung bezahlt.« Havens Lippen kräuselten sich zu einem verschwörerischen Lächeln. »Nichtsdestoweniger haben sie unserem Anliegen geholfen – unwissentlich, wie gesagt werden muss –, indem sie die Fiktion aufrechterhalten haben, dass die Gefangenen im Grabmal waren, als sie das Wadi verließen. Ihnen irgendetwas mehr zuzugestehen, würde sogar noch größeren Beifall auf ihre jämmerlichen Köpfe herabbringen.«

»Die Armen«, sagte Wilhelmina ohne den geringsten Anflug von Mitleid.

»Nach Lage der Dinge ist Kit gegenwärtig das Objekt der Besessenheit des Earls. Ich vermute, dass die große Suche nicht vorangehen wird, bis Kit gefangen ist. Und was das betrifft, beabsichtigt unser Erzfeind, das Netz noch weiter zu werfen. Er hat vor herauszufinden, was Ihr über diese Angelegenheit wisst.« Lady Fayth trank einen Schluck Kaffee und betrachtete Wilhelmina in Erwartung einer Erwiderung.

Mina ging mit dieser Neuigkeit locker um. »Er greift nach Strohhalmen.« Einen Augenblick lang dachte sie nach. »Wie würde diese Befragung vonstattengehen?«

»Sehr gute Frage! Er hat *mich* überredet, dabei als Vermittlerin zu agieren.« Sie lächelte fröhlich. »Ich soll Euer Vertrauen gewinnen und Euch bewegen, dass Ihr Euch mir offenbart. Unter dem Vorwand einer Einladung zum Abendessen würde er Euch in das Gasthaus locken, Euch gefangen nehmen und bedrohen, damit Ihr Eure Geheimnisse enthüllt.«

Wilhelmina runzelte besorgt die Stirn.

»Natürlich versteht es sich von selbst«, beeilte sich Haven fortzufahren, »dass wir zwischen uns entscheiden müssen, was wir ihn wissen lassen wollen.«

»Dann müssen wir sehr sorgfältig darüber nachdenken, was wir ihm erzählen«, stimmte Wilhelmina zu. Sie griff nach der kleinen Zinnkanne. »Mehr Kaffee, Lady Fayth?«

Die junge Frau machte keinerlei Anstalten, ihre Tasse Mina entgegenzuhalten. »Ich vermute, er weiß, dass Ihr eine Ley-Reisende seid. Und ich habe keinen Zweifel, dass er vorhat, Euch etwas zuleide zu tun.«

Wilhelmina erwiderte fortlaufend Havens Blick. »Er wird mich erst fangen müssen.«

»Es wäre unklug, die Bedrohung zu verharmlosen. Lord Burleigh ist vollkommen dazu fähig, seine schändlichen Pläne zu realisieren,

wie wir beide nur allzu gut wissen.« Lady Fayth nickte ihr ernst zu.
»Bezüglich des Abendessens morgen Abend ... Wagt nicht, auch nur einen Augenblick lang in Erwägung zu ziehen, tatsächlich hinzugehen.«

»Aber wenn ich ablehne«, entgegnete Mina, »würde ihn das nicht sogar noch entschlossener und argwöhnisch machen?«

»Vielleicht.« In Gedanken versunken, schürzte Haven ihre perfekten Lippen; sie schaute zum Fenster hinaus auf einen Mann, der einen Weidenkorb trug. »Warum geht Ihr nicht für ein paar Tage fort? Verlasst die Stadt, begebt Euch irgendwohin – egal, wo. Geht ihm vollständig aus dem Weg.«

»Ihr meint, ich soll fortlaufen.«

»Warum nicht? Ihr braucht doch nur ein paar Tage weg sein. Seine Lordschaft wird bald des Wartens überdrüssig werden und Prag verlassen. Ohne die Geschichte mit Kit wären wir eh schon längst abgereist.«

Wilhelmina dachte einen Augenblick nach. »Ich könnte fortgehen«, pflichtete sie bei. »Ich möchte schon seit einiger Zeit meine Rückkehr nach –«

»Erzählt es mir nicht«, fiel Haven ihr ins Wort. »Es ist für uns beide besser, wenn ich es nicht weiß, wohin Ihr geht. Ihr braucht nur irgendeine Entschuldigung vorbringen, und dann reist so bald wie möglich ab. Verlasst Prag sofort.«

Einen Moment lang betrachtete Wilhelmina ihre Mitverschwörerin, ohne etwas zu sagen. Sie vermochte nicht zu erkennen, ob Lady Fayth irgendetwas zurückhielt.

»Bitte«, drängte Haven. Sie streckte den Arm über den Tisch, ergriff Wilhelminas Hand und drückte sie, um den Worten Nachdruck zu verleihen. »Bitte – geht!«

»Also gut.« Mina erhob sich und rückte ihren Stuhl nach hinten. »Wenn Ihr mich nun entschuldigen wollt ... Ich glaube, ich muss nun packen.«

ZWEITER TEIL

Das gezackte Gebirge

ACHTES KAPITEL

Worin ein neuer Gott gepriesen wird

»Das Chaos ist über dem Schwarzen Land entfesselt worden, mein Bruder«, erklärte Anen, der Zweite Prophet des Amun. »Der Pharao verfolgt einen gefährlichen Kurs. Er nimmt nur Ratschläge von seinen Habiru-Beratern an und hört nicht auf die Stimme seines eigenen Volkes. Er belastet sein Land sehr stark durch die Steuern, um den Bau seiner neuen Stadt in der Wüste bezahlen zu können.« Er hielt inne und fügte dann hinzu: »Es ist sogar die Rede davon, dass die zahlreichen Tempel des Amun geschlossen werden.«

Arthur Flinders-Petrie schüttelte mitfühlend den Kopf. »Es tut mir leid, das zu hören.«

»Viele nehmen an, dass Echnaton das ganze Land ruiniert, wenn ihm nicht Einhalt geboten wird.«

Benedict, der neben seinem Vater am Tisch saß, räusperte sich. Er beugte sich zu Arthur und flüsterte: »Was erzählt er?«

»Entschuldige mich einen Moment, Anen.« Arthur neigte den Kopf seinem Sohn zu und antwortete: »Er berichtet mir, dass es gerade jetzt Schwierigkeiten in Ägypten gibt. Der neue Pharao verfolgt einen unverantwortlichen Kurs.«

»Der neue Pharao... Du meinst Amenophis.«

Arthur nickte. »Er hat den Namen Echnaton angenommen und baut in der Wüste eine neue Stadt, um seinen Gott zu ehren. Die Leute jedoch sind unglücklich.«

»Vielleicht sollten wir fortgehen«, schlug Benedict vor. »Wenn es Probleme geben wird...«

»Du hast möglicherweise recht.« Arthur wandte sich abermals seinem Freund zu. »Ich hatte die Hoffnung, dass mein Sohn hier eine Weile bleiben könnte, um bei den Priestern in der Tempelschule eure Sprache zu erlernen, so wie ich vor vielen Jahren. Doch es scheint, dass der Besuch von meinem Sohn und mir zu einer ungünstigen Zeit erfolgt ist. Vielleicht wäre es das Beste, wenn wir unsere Pläne ändern würden. Du wirst nicht wollen, dass wir dir im Wege stehen.«

»Denk nicht einen Augenblick an so etwas«, beteuerte Anen, der eine Handvoll Datteln von seinem goldenen Teller nahm. »Wie immer erfreut dein Besuch mein Herz. Dich und deinen Sohn erneut zu sehen, ist eine wirksame Medizin für diesen alten Mann hier. Die Schwierigkeiten, von denen ich spreche, sind nichts weiter als Rauchfahnen in den Winden der Zeit.« Mit seiner Hand vollführte er eine ausladende Geste. »Doch wahre Freundschaft ist in Stein gemeißelt. Sie währt ewig.«

»So ist es in der Tat, mein Freund«, pflichtete Arthur ihm bei. Er tauchte ein Stück Brot in das Olivenöl und dann ins Salz, steckte sich den Brocken in den Mund und kaute gedankenversunken. »Ich weiß unsere Freundschaft zu schätzen.«

Anen hob einen Finger, und ein Tempelsklave trat mit einem Weinkrug lautlos an den Tisch. Benedict schluckte den Bodensatz in seinem Becher hinunter und hielt ihn hoch, um noch etwas Wein zu bekommen. Während sich die beiden älteren Männer unterhielten, beschied er sich damit, die Fülle exotischer Eindrücke, die ihn umgaben, in sich aufzunehmen. Seit weniger als zwei Tagen waren sie in Ägypten, und er fühlte bereits, wie er jegliches andere Leben außer dem, das er um sich herum sah, vergaß. Das Leben hier schien so leicht und mühelos zu fließen wie der große grüne Nil, an dem der Palast des Hohen Priesters erbaut war.

Benedict betastete den blauen Skarabäus aus Lapislazuli, den er von Anen als Zeichen der Wertschätzung bekommen hatte, mit seinen Fingern und blickte sich in dem intimen Bankettsaal um, dem kleineren der Fluträume im Palast. Er staunte über die prächtig bemalten Wände, die eleganten Statuen und Holzschnitzereien, die imposanten Säulen und majestätischen Sphinxen, die groß gewachsenen, dunkelhäutigen Diener in ihren bestickten weißen Gewändern, den exotischen Duft von Sandelholz in der Luft und über das üppige Festmahl, das auf dem niedrigen Tisch vor ihm ausgebreitet war. Alles davon – von den endlosen Marmorfluren bis zu den Goldketten um den Hals des Priesters – wirkte fantastisch und überstieg bei Weitem das, was er sich vor dem Hintergrund der Geschichten seines Vaters vorgestellt hatte. Doch hier war er – und lag in Anwesenheit ägyptischer Adliger am Tisch. So wie Benedict es verstand, befand sich Anen als Zweiter Prophet eine Stufe unter dem Hohen Priester; doch nichtsdestotrotz wurden ihm aufgrund der Blutsbande zur königlichen Familie alle Vorteile des Herrscherhauses zuteil.

Als Kind von sechs Jahren hatte Benedict Ägypten besucht; sein Vater hatte ihn damals hergebracht, um Anen kennenzulernen. Doch außer daran, dass er am Tag der Reise sehr krank gewesen war und die restliche Zeit eine große Hitze geherrscht hatte, konnte er sich fast an nichts erinnern. Diesmal allerdings war er entschlossen, so viel wie nur möglich von dem Erlebnis in sich aufzunehmen – erst recht, da die gegenwärtigen Probleme bedeuteten, dass ihr Besuch verkürzt werden könnte.

Benedict lauschte dem zischenden Murmeln der Älteren und fragte sich, wie er diese Sprache jemals lernen sollte. Dies war der Grund, weshalb sie hergekommen waren: um Benedict zu ermöglichen, seine Ausbildung durch das Erlernen der Sprache voranzubringen – genauso wie dies vor ein paar Jahren geschehen war, als er einige Zeit in China bei der Schwester seiner Mutter und ihrer Familie verbrachte. Andererseits, wenn sich die Schwierigkeiten, über die sein Vater und Anen gerade jetzt diskutierten, vertiefen und ausbreiten sollten, müsste er sich keine Sorgen deswegen machen, da sie in diesem Fall nicht hierbleiben würden.

»... die Habiru sind fleißige Arbeiter und bleiben unter sich. Der Pharao hat ihnen Land in Gosen gegeben, und sie leben dort sehr friedlich. Es gibt keine Schwierigkeiten mit ihnen. Nein ...« Anen schüttelte seinen glatt rasierten Kopf.»Nein, die Schwierigkeit ist, dass Echnaton ihre seltsame Glaubenslehre aufgegriffen hat, gemäß der ihr Gott – ein gestaltloser Geist namens El – der einzige Gott ist, der es wert ist, von jedem verehrt und angebetet zu werden. Wieso? Wieso sollte dies so sein? Es ergibt keinen Sinn. Wir sagen doch auch nicht, dass nur Amun angebetet werden muss. Oder nur Horus. Oder Anubis. Es ist Platz für alle da. Du darfst Sekhmet oder Ra verehren, wenn du es möchtest, während ich die Freiheit besitze, Ptah oder Hathor oder Isis zu huldigen, so wie es mir passt. In Ägypten ist Platz für jeden, und jeder ist frei, den Geboten seines eigenen Herzens zu folgen.«

Für Benedict klang dies vernünftig, doch ihm fiel auf, dass sein Vater dazu keinen Kommentar gab.

Der Priester lächelte traurig. »Aber so ist es nicht bei den Habiru. Ihr Gott El stellt viele Forderungen, und eine von ihnen ist, dass keine anderen Götter angebetet werden dürfen von jenen, die ihn anrufen. Ich glaube, dies ist so, weil die Habiru nicht erkennen, dass all die Götter nichts weiter sind als Ausdrucksformen des einen, absoluten Gottes.«

»Ich habe gehört, dass dies gesagt wird«, merkte Arthur an. Wie ein englischer Gentleman, der er war, stritt er nicht mit seinen verschiedenen Gastgebern über Religion. Welche Welt oder Epoche er auch immer besuchte, er behielt seine eigenen Ansichten für sich. Es war eine der Regeln, die er als Ley-Reisender lebte.

»Aber diese Habiru müssen selbst einfache Dinge, wie die Opferung und die Opfergabe, sehr schwierig machen«, fuhr Anen fort.

»Ich verstehe das nicht. Unglückseligerweise hat sich der Pharao von den Grundsätzen der Habiru betören lassen und den Göttern seines eigenen Volkes den Rücken gekehrt. Er meidet bestimmte Nahrungsmittel und will sich nicht das Haar schneiden lassen: alles, um seinen neuen Gott zu beschwichtigen, den er Aton genannt hat.«

Missbilligend verzog der Priester seine Lippen. »Aber das ist bloß El unter einem anderen Namen. Das ist, wo die Schwierigkeiten liegen.«

»Ich verstehe das Problem«, erklärte Arthur. »Aber was willst du deswegen unternehmen?«

»In zwei Tagen schickt der Tempel des Amun eine Delegation in die Stadt Achet-Aton, um die Angelegenheiten mit dem Pharao zu besprechen. Und um zu erkennen, wie dieses gegenwärtige Problem gelöst werden kann. Du bist herzlich eingeladen, mit uns zu kommen.«

Anen blickte zu Benedict, der auf seinem Polster ein Nickerchen machte. »Es scheint, dass wir mit unserem Gespräch unseren jungen Reisenden erschöpft haben.« Er hob eine Hand, und einer der Diener trat herbei und kniete sich neben ihm hin. Der Priester sprach ein paar Wörter, und der Diener erhob sich, stellte sich neben den schlafenden Jüngling und schubste ihn sanft an.

Benedict wachte erschrocken auf. »O!« Er wurde rot im Gesicht. »Es tut mir leid, Vater.«

»Macht nichts«, meinte Arthur. »Du bist müde.« Er nickte und gab dem Diener einen Befehl. »Itara hier wird dich zu unserer Unterkunft bringen. Ich folge in Kürze.«

Benedict erhob sich, und mit einer respektvollen Verbeugung sagte er: »Danke für das wunderbare Abendmahl. Ich habe es sehr genossen.« Dann wünschte er den beiden älteren Männern Gute Nacht und folgte dem Diener aus dem Saal.

»Du musst sehr stolz auf ihn sein«, merkte Anen an, als Arthur die Dankesworte seines Sohnes übersetzt hatte. »Seit ich ihn das letzte Mal gesehen habe, ist er zu einem feinen jungen Mann herangewachsen.«

»Das ist er wirklich«, stimmte Arthur ihm zu. »Ich bin sehr glücklich.«

»Es ist gut für einen Mann, einen Sohn zu haben, der seinen Namen in die Welt hinausträgt und das Werk fortsetzt, das er begonnen hat.«

»Das, mein Freund, ist meine sehnlichste Hoffnung – dass mein Sohn mir eines Tages nachfolgt.«

»Wir müssen hoffen, dass dieser Tag noch lange auf sich warten lässt.« Anen erhob sich, und augenblicklich trat ein Diener vor. Der Priester gab ihm mit einem Wink zu verstehen, dass er sich entfernen sollte. Zu Arthur sagte er: »Komm, lass uns ein wenig um den Teich herum spazieren, bevor wir ins Bett gehen.«

Anen führte seinen Gast in einen nicht öffentlichen Garten. Die milde Luft roch süß nach dem Duft von Jasmin und Hibiskus. Sie schlenderten durch den Garten, der durch den flackernden Schein von Kerzenlampen erhellt wurde, die entlang des Wegs um den heiligen Teich aufgestellt waren. Das Gewässer erstrahlte im reflektierten Licht eines zunehmenden Mondes und der funkelnden Sternenschar.

Der Garten mit der duftenden Luft und dem schimmernden Teich, der blaue Sternenhimmel und sogar die Anwesenheit von Anen selbst erinnerten Arthur an jene schicksalsträchtige Nacht vor vielen Jahren, als seine teure, geliebte Frau Xian-Li, vom Fieber verwüstet, der Krankheit erlag und verstarb. Die Anwesenheit seines Besuchers musste auch bei Anen die damaligen Geschehnisse ins Bewusstsein gebracht haben, denn nachdem die beiden eine Weile schweigend spazieren gegangen waren, fragte er: »Hast du jemals daran gedacht, was damals geschah?«

Arthur lächelte. »Jedes Mal, wenn ich Xian-Li anschaue.« Sie gingen ein kleines Stück weiter, und er fügte hinzu: »Ich glaube, ich habe Benedicts problematische Geburt erwähnt?«

»Ja, ich kann mich daran erinnern«, erwiderte Anen. »Ihr fuhrt nach Etrurien, damit er dort geboren wurde, weil die Ärzte in deinem Land nicht die Fähigkeit hatten, die Geburt herbeizuführen.« Einen Moment dachte er nach und fügte hinzu: »In diesem Etrurien ist der Hohe Priester auch der König, nicht wahr?«

»Das ist richtig«, bestätigte Arthur. »Eines Tages wirst du der Hohe Priester sein. Überleg mal, wo du sein würdest, wenn du in Etrurien lebtest.«

Anen lachte leise. »Ich möchte nicht König sein – zu viele Kriege, zu viele Kämpfe die ganze Zeit. Das ist nicht gut für die Seele.«

»Da stimme ich dir zu. Dennoch ist Turms irgendwie imstande gewesen, dass es ihm in jeder Hinsicht gut geht, und seinem Volk ebenso.«

»Bist du jemals zur Seelenquelle zurückgekehrt?«

Arthur nickte. »Zwei- oder dreimal. Dort gibt es ein Mysterium, das ich noch durchschauen muss.«

»Das Geheimnis seiner lebensspendenden Kraft?«, fragte der Priester. »Vergiss bitte nicht – du hast versprochen, mir dieses Wunder eines Tages zu zeigen.«

»Das habe ich nicht vergessen«, versicherte Arthur ihm. »Eines Tages werde ich das Mysterium lösen; aber bis dahin, glaube ich, ist es am besten, dass es ein Geheimnis bleibt, das nur einigen wenigen Vertrauten bekannt ist, und zwar so wenigen wie möglich.«

»Ich verstehe.«

* * *

Zwei Tage später reiste die Priesterdelegation nach der heiligen Stadt Achet-Aton, die in einiger Entfernung nördlich des Hohen Tempels von Niwet-Amun lag. Sie reisten mit fünf Barken: zwei für die Priester und drei kleinere Boote für die Diener und andere Begleitpersonen. Während die Leute um ihn herum sich um ihre Angelegenheiten kümmerten – die Priester besprachen sich und die Diener gingen ihren Arbeiten nach –, saß Benedict auf der breiten, niedrigen Reling und ließ die Beine an der Seite der Barke herabbaumeln. Stundenlang beobachtete er die ganze Vielfalt des Lebens, die sich entlang des größten Flusses der Welt vor ihm ausbreitete. Das langsame Vorankommen der Boote war hypnotisierend. Die Flusswelt schien mühelos an ihnen vorbeizugleiten und offenbarte hinter jeder Biegung neue Wunder: winzige Inseln voller schneeweißer Vögel; sich wärmende Krokodile, welche die Farbe von Jade besaßen; Büffel, die von braunhäutigen Jungen gewaschen wurden; faule graue Nilpferde, die mit ihren Ohren wackelten und gähnten; hoch aufragende Palmen mit goldenen Zweigen, die mit glänzenden schwarzen Datteln beladen waren ... und so weiter und so fort.

Aufgrund der trägen Strömung im Sommer benötigten die breiten, flachen Boote drei Tage, um die neue Stadt des Pharao zu erreichen. Die Diener und Gefolgsleute gingen zuerst von Bord, um die Landungsstelle vorzubereiten; ihnen folgten die Priester entsprechend ihrer Rangordnung. Der Hohe Priester, ein runzliger alter Mann namens Ptahmose, der in Benedicts Augen so schrumpelig und ausgetrocknet wirkte wie eine wandelnde Mumie, ging als Letzter an Land. Anen, sein Stellvertreter, stand ihm bei.

Die Mitglieder der Delegation trugen einfache Schurze aus gestärktem, weißem Leinen und breite, in viele Reihen untergliederte Halskragen aus Gold, die ein Symbol ihres Amtes waren. Während sie nun die Allee hinaufgingen, wurde ihr Aufzug von den Dienern gesäumt. Einige der Bediensteten trugen Flaggen, andere Trompeten und wiederum andere balancierten mit Tüchern bedeckte Körbe auf ihren Köpfen. Als sich die Delegation den niedrigen, getünchten Mauern der Stadt näherte, begannen die Trompeter laut zu blasen. Mit ihren Instrumenten erzeugten sie wahre Trompetenstöße und verkündeten so die Ankunft ihrer Herren.

Arthur und Benedict schritten als Gäste von Anen direkt hinter den Priestern. Arbeiter auf den Feldern außerhalb der Stadtmauern legten eine Pause ein, um die vorbeiziehende Prozession zu beobachten. Vor den Toren hielten sie und warteten, während die Wachen sich beeilten, die gewaltigen Zedernstämme aufzudrücken, aus denen die Eingangspforten hergestellt waren. Für jedes der beiden riesigen Tore, deren Holz rot angestrichen war und durch Eisenbänder zusammengehalten wurde, waren fünf Männer nötig, um sie durch ein Ziehen an den Ringen zu öffnen.

Sobald der Weg frei war, wurde die würdevolle Prozession fortgesetzt. Die mit Steinen gepflasterten Straßen der neuen Stadt waren breit und gerade, die Gebäude niedrig. Die Bewohner auf den Straßen hielten inne, um dem Spektakel zuzusehen. Weitere Leute kamen aus ihren Häusern, um zu sehen, was gerade passierte. Die Straßen waren bald von neugierigen Schaulustigen gesäumt.

Als die Priester tiefer in die neue Stadt vordrangen, wurde offensichtlich, dass ihre Errichtung immer noch in einem Frühstadium war: Die meisten Bauwerke waren zwar umrisshaft mit Lehmziegeln und Verputz errichtet worden, mussten aber noch in Stein vollendet werden. Nur die Tempel, von denen es mehrere in unterschiedlichen Größen gab, waren komplett fertig. Doch selbst die Residenz der königlichen Familie wartete darauf, ihre glänzend weiße Fassade zu erhalten.

Nichtsdestotrotz schien die Arbeit rasch voranzugehen. Auf den verschiedenen Baustellen wimmelte es von Bauarbeitern – es waren Hunderte, die man in Gruppen organisiert hatte, die jeweils von einem Aufseher befehligt wurden. Die gedrungenen, dunkelhäutigen Arbeiter hatten alle einen nackten Oberkörper und schwitzten stark, während sie meißelten, verputzten oder Ziegelstein hin und her trugen. Eine Kopfbedeckung aus Tuch stellte das einzige Zugeständnis dar, um sie vor der gnadenlos herabbrennenden Sonne zu schützen. Das Aussehen der Arbeiter unterschied sich so sehr von dem der größeren, zierlicheren Ägypter, dass Benedict vermutete, diese Leute müssten die von Anen erwähnten Habiru sein.

Dass sie geschickte Steinmetze und Kunsthandwerker waren, konnte man deutlich an den Reliefs, Statuen und Bildern erkennen, die in regelmäßigen Abständen entlang der Straßen in der Königsstadt auftauchten. Wohin auch immer Benedict blickte, sah er ein Abbild des Pharao: Echnaton mit seiner Frau, der wunderschönen Nofretete; Echnaton mit seinen Kindern; Echnaton, der die lebensspendenden Strahlen der Sonne empfängt; Echnaton, der die Gerechtigkeit seines Gottes dem Volk von Ägypten vermittelt. Einige der Statuen wirkten grotesk und missgestaltet: Sie zeigten Echnaton mit großen, aufgeschwollenen Lippen, einem runden Kugelbauch und spindeldürren, gekrümmten Beinen – absurde Karikaturen der streng festgeschriebenen offiziellen Bildnisse.

»Schau mal dorthin«, sagte er und stieß seinen Vater diskret mit dem Ellbogen an. »Das Gesicht des Pharao sieht aus wie das eines Kamels. Machen sie das mit Absicht?«

»Offensichtlich«, flüsterte Arthur. »Ich habe noch nie etwas Derartiges zuvor gesehen.«

»Ist er krank?«

»Vielleicht; aber ich glaube, das werden wir bald herausfinden.« Mit einem Kopfnicken wies er an den Priestern vorbei, die den Prozessionszug anführten: Auf der Straße vor ihnen bog ein Streitwagen ein, dem eine Phalanx aus speertragenden Soldaten mühelos hinterhertrabte. Der Wagen, der von zwei weißen Pferden mit einem Kopfschmuck aus Straußenfedern gezogen wurde, glänzte golden im hellen Sonnenlicht.

Die Prozession blieb stehen, als das sich beschleunigende Gefährt auf sie zuhielt, sodass es zu einem direkten Zusammenprall kommen würde; die mit Eisen umrandeten Räder klapperten auf dem Straßenpflaster. Der Fahrer trieb die Pferde mit der Peitsche zu noch größerer Geschwindigkeit an und fuhr weiter geradeaus; sein langes schwarzes Haar flatterte im Wind.

Als das Gefährt sich ihnen näherte, traten die vorderen Priester aus der Reihe und eilten zu Seite. An der Stelle, wo die Kollision drohte, warfen die Diener ihre Fahnen zu Boden und rannten weg. Plötzlich hatte sich die würdevolle Prozession in ein wildes Gedrängel aus Priestern verwandelt, die darum kämpften, dem Wagen aus dem Weg zu gehen. Arthur und Benedict, die ein kleines Stück weit entfernt waren, traten schnell den Rückzug an und blieben an einer Seite der Straße stehen, um das Durcheinander zu betrachten. Mit Hufgeklapper und Staubwirbeln kam der Kampfwagen schlitternd zum Stehen. Die Priester, die wegen ihrer Behandlung empört waren, begannen zu schreien und riefen Flüche auf den angriffslustigen Fahrer herab – der bloß seinen Kopf nach hinten warf und auflachte; hinter seinem tiefschwarzen, geflochtenen Bart blitzten seine weißen Zähne auf.

Die Soldaten kamen herbeigestampft, ihre schweren Sandalen klatschten auf den Steinen. Der Anführer – ein imposanter Bursche, der einen federgeschmückten Helm aus glänzender Bronze und eine Brustplatte aus schuppenförmigen, einander überlappenden Bronzeplättchen trug – rief einen Befehl. Daraufhin formierten sich die Soldaten, stießen mit einem geschickten Knallgeräusch ihre Speere auf das Straßenpflaster und standen still.

»Das ist ein Frevel!«, schrie einer der älteren Priester und drängte sich nach vorne; sein Gewand war nun staubbedeckt und in Unordnung geraten. »Euer Haus sei verflucht!«

Der Wagenfahrer starrte bloß nach unten; zwischen seinem Bart war ein Grinsen zu erkennen. Benedict schob sich näher heran, um besser schauen zu können. Er sah einen gedrungenen, stark gebauten Mann in der Blüte seines Lebens; seine Figur war wohlproportioniert, seine Augen blickten scharfsichtig, und seine Haut war recht kräftig von der Sonne gebräunt – dem Symbol des Gottes, dem er diente. Der Mann besaß eine hohe Stirn, einen starken Unterkiefer und schöne weiße Zähne, die ordentlich glänzten durch den dunklen Wald seiner Barthaare.

Dies versetzte den Priester nur noch mehr in Wut. Er schüttelte die Fäuste durch die Luft und spuckte vor Zorn, als er drohte: »Deine rücksichtslose Handlung und dein gedankenloses Benehmen wird nicht unbestraft bleiben! Der Pharao wird davon hören.«

Der Streitwagenfahrer lachte erneut; dann reichte er dem Anführer der Soldaten die Zügel und kletterte vom Gefährt herab. Als er herbeikam, um den zornigen Priestern entgegenzutreten, erhob er seine Hand, um zu enthüllen, dass er einen Stab aus Gold und Lapislazuli trug. Der bloße Anblick dieses Gegenstands ließ die versammelten Priester aufkeuchen, die sich augenblicklich tief verbeugten; ihre Handflächen reichten dabei bis zu den Knien.

»Ich glaube, der Pharao hat bereits eure Klage gehört«, sagte der Streitwagenlenker fröhlich.

»O mächtiger Pharao, vergebt die Unmäßigkeit eures Dieners.« Der Priester beugte sich noch tiefer und verharrte in einer Haltung extremen Flehens. »Vergib mir, mein König, ich habe dich nicht erkannt.«

»Du hast deinen König nicht erkannt?«, fragte der Pharao in einem sanften Tonfall. »Wie konnte das geschehen? Ist mein Abbild denn nicht in deinem Herzen eingraviert?«

»Du Großer an Ansehen, es ist so lange her ...« Der Priester, der ganz aus der Fassung war, fing an, zurückzuweichen. Während er rückwärtsging, murmelte er: »Du hast dich verändert, mein König. Ich habe nicht ...«

Benedicts Augen wurden rund. »Das ist Echnaton?«, keuchte er leise.

»So scheint es«, wisperte Arthur.

»Was sagen sie?«

»Schsch. Ich kann sonst nichts hören. Sei still.«

Nun trat der Hohe Priester am Arm von Anen vor. Die Priester um ihn herum gingen zur Seite, um dem alten Mann einen Weg zu öffnen. Er blieb vor dem uneingeschränkten Herrscher stehen, verbeugte sich nach einer winzigen Pause und richtete sich dann wieder auf.

»Mächtiger Herrscher der Zwei Häuser, Höchster Sohn des Horus, Himmelskrieger, Lebensspender der Länder – der Erste Prophet des Amun begrüßt dich«, intonierte er mit einer dünnen, näselnden Stimme.

Bei diesen Worten verschwand Echnatons Lächeln, und seine Gesichtszüge versteinerten sich. »Ich weiß, wer du bist, alter Mann.« Er warf einen Blick auf Anen. »Wer ist das?«

»Du Großer an Ruhm«, sagte Anen und verbeugte sich liebenswürdig. »Ich bin Anen, der Zweite Prophet des Amun.«

»Gar zwei Propheten«, merkte der Herrscher an und schürzte höhnisch seine Lippen. »Wie es scheint, bin ich heute doppelt gesegnet.« Mit einer Handbewegung wies er auf die anwesenden Priester, die sich rasch um ihn versammelt hatten, und fügte hinzu: »Und sind diese hier alle ebenso Propheten eures Gottes?«

»O Wunder der sichtbaren Welt, mögest du für immer in vollkommener Gesundheit leben – «

Der Pharao schnitt ihm mit einem Schnippen des Stabes in der Hand das Wort ab. »Warum seid ihr hier?«, verlangte er zu wissen.

»Mächtiger Herrscher«, erwiderte Anen, »wir sind mit Geschenken für dich gekommen.« Den Dienern, die Körbe trugen, gab er ein Zeichen. Sie traten vor, um ihre Geschenke anzubieten, doch der König hob seine Hand und gebot ihnen so Einhalt.

»Glaubt ihr etwa, dass der Pharao irgendetwas begehrt, das ihr zu geben habt?«, fragte er. »Bin ich einer eurer Götter, den ihr mit billigen Schmuckstücken und Zuckerwerk besänftigen könnt?«

»Keineswegs, Weisheit des Osiris«, antwortete Anen ruhig. »Wir geben dir nur dein Eigentum aus dem großzügigen Reichtum, den deine erleuchtete Herrschaft bestimmt und offenkundig gemacht hat.«

»Hm!«, gab Echnaton mit einem spöttischen Grinsen von sich

und wandte sich ab. Er ging zu seinem Streitwagen zurück und stieg ein. »Priester falscher Götzen, hört mich an!«, rief der König, seine Stimme klang laut in der allgemeinen Stille. »Dieser Ort hier ist dem Gott Aton heilig – dem einzigen, weisen, höchsten Schöpfer und Herrscher der himmlischen Reiche. Wenn ihr hergekommen seid, um eurer Anbetung geringerer Götter abzuschwören, dann dürft ihr bleiben. Wenn ihr zu irgendeinem anderen Zweck hergekommen seid, dann seid ihr nicht mehr länger hier willkommen.«

»Wenn unsere Anwesenheit dich beleidigt, o großer Einziger, dann erlaube uns nur ein Wort, und wir werden in Frieden fortgehen.«

»Fort mit euch!«, brüllte der Pharao, während er die Zügel in seine Hände nahm. Seine Augen verengten sich zu einem kalten, starren Blick, den er dem Hohen Priester zuwarf, der mit offenem Mund und ungläubig über diese unverschämte Abweisung dastand. »Entfernt diese Leute aus meinen Augen!«

Auf den Befehl des Pharao hin hob der Anführer der Soldaten seinen Speer und rief seinem Trupp ein Kommando zu. Die Soldaten richteten ihre Waffen aus und marschierten wie ein einziger Mann nach vorne; ihre Speerspitzen funkelten hell in der Sonne.

Die Priester und ihre Begleiter zogen sich zurück. Laut grummelnd und murrend drehten sie sich um und begaben sich auf den Weg zurück zum Stadttor.

»Komm, Benedict«, sagte Arthur, zupfte am Arm seines Sohnes und zog ihn fort. »Bleib in meiner Nähe und verlier nicht den Kopf. Sollte irgendetwas passieren, dann lauf so schnell du kannst zur Barke.«

Die zurückweichenden Priester rauchten vor Wut über ihre Enttäuschung und Demütigung. Verfolgt wurden sie von den Soldaten, die sich jedoch nicht damit zufriedengaben, dass die Priester dem Befehl des Pharao nachkamen: Vielmehr riefen sie ihnen höhnische Bemerkungen und Drohungen zu, um eine Reaktion zu provozieren. Die Spottrufe wurden von den Stadtbewohnern aufgegriffen, die am Straßenrand standen und bei jedem Schritt der Priester zorniger und aggressiver wurden. Obwohl Benedict die Beleidigungen nicht verstehen konnte, erkannte er Probleme, wenn er sie sah – und dies hier waren echte und große Probleme. Er hielt seinen Kopf gesenkt, blickte weder nach rechts oder nach links und marschierte rasch hinter seinem Vater her.

Als sie in Sichtweite der Stadttore gelangten, sahen sie, dass ihnen der Weg von einer Bande Habiru-Arbeiter versperrt wurde. Die Teilnehmer des Festzugs wurden langsamer und blieben schließlich mit unruhigen Bewegungen stehen. Die Priester verlangten, dass man ihnen erlaubte zu passieren. Die Arbeiter lehnten es ab, sich zu bewegen und den Priestern den Weg freizumachen. Einige schwenkten ihre Fäuste, und andere, die Hämmer und Schlägel in ihren Händen hielten, fingen an, mit dem Werkzeug auf den Boden zu schlagen.

Der erste Stein kam aus den Reihen der Schaulustigen geflogen und traf einen der ganz vorne stehenden Priester. Er stieß einen bestürzten Schrei aus, fasste sich an die Schulter und drehte sich im Kreis, um zu sehen, wer das Geschoss geworfen hatte. Die Amtskollegen in seiner Nähe begannen zu fordern, dass der Täter bestraft werden sollte.

Arthur trat an Benedicts Seite und nahm seine Hand. »Halt dich fest«, sagte er ihm. »Was auch immer geschieht, halt dich bei mir fest.«

Noch während er sprach, traf ein weiterer Gesteinsbrocken einen Priester in der Nähe, der daraufhin zu Boden sackte. Diesem Geschoss folgte ein Ziegelstein von einer der Baustellen. Er schlug auf dem Straßenpflaster hart auf und zersprang; große und kleine Bruchstücke wurden überall verstreut. Die Menge tat laut ihren Beifall kund, und rasch folgten noch mehr Steine und Ziegeln.

Anen drängte sich zur vorderen Reihe durch; mit hochgestreckten Armen rief er den Habiru zu, ihren Angriff einzustellen und die Priester passieren zu lassen. Als diese Worte keine Reaktionen hervorriefen, wandte er sich dem Anführer der Soldaten zu und bat ihn, dem Werfen von Steinen Einhalt zu gebieten und ihnen zu erlauben, in Frieden wegzugehen. Seine Bitten stießen auf taube Ohren. Noch mehr Steine flogen; und sie kamen jetzt sogar noch schneller, da die Menge ermutigt wurde durch die Tatsache, dass die

Soldaten nicht intervenierten, sondern bloß dastanden und zuschauten.

»Wir müssen gleich schnell wegrennen«, sagte Arthur zu seinem Sohn. »Lass ja nicht meine Hand los.«

Anen wurde als Nächster getroffen: Ein Geschoss streifte ihn seitlich am Kopf. Blut sickerte aus der Wunde, was die Menge jubeln ließ. Die verängstigten und verwirrten Priester griffen die Arbeiter an, die den Weg versperrten. Einige der Arbeiter standen an der Seite – doch nur, um die heiligen Männer zu schlagen, als sie vorbeikamen. Andere forderten sie offen heraus, schubsten sie und schwangen Hämmer und Fäuste.

Es wurde ein ungeordneter Rückzug. Jeder rannte zum Tor und weiter zu den Barken, die am Landeplatz warteten.

»Jetzt!«, schrie Arthur und zog Benedict mit sich. »Lauf!«

Sie versuchten, Leuten auszuweichen; sie schlängelten und drängelten sich durch die aufgebrachte Menschenmenge. Der Mob schloss sich hinter ihnen und bewarf die fliehenden Priester mit Steinen und Ziegeln. Sie erreichten die Tore, drückten sich an den letzten Arbeitern vorbei und waren frei. Sobald sie sich außerhalb der Stadtmauern befanden, hielten sie inne, um auf Anen und den Hohen Priester zu warten.

Als es den beiden nicht gelang, aus dem Mob herauszukommen, zog Arthur seinen Sohn dicht an sich heran. »Lauf weiter und geh an Bord!«, befahl er Benedict. »Ich bin gleich wieder bei dir.«

»Ich will nicht ohne dich gehen.«

»Gehorche mir, Sohn. Geh!«

Arthur ließ seinen Sohn los und schob ihn in Richtung der Barken. Er hatte sich gerade erst umgedreht und begonnen, zum Gedränge am Tor zurückzukehren, als ein Ziegelstein aus dem Getümmel herausflog und ihn mit verblüffender Genauigkeit an der linken Schläfe traf. Arthur drehte sich zur Seite und stürzte; er war bereits bewusstlos, als er auf den Boden prallte.

»Vater!«, schrie Benedict. Er rannte an die Seite seines Vaters, kniete sich nieder und legte den verletzten Kopf auf seine Oberschenkel. Die Wunde blutete nur wenig. Der Ziegel hat kaum die Haut verletzt, doch es entstand bereits eine hässliche rot-blaue Beule.

»Vater, wach auf!«, flehte der junge Mann mit drängender Stimme und wiegte den verwundeten Kopf. »Kannst du mich hören? Vater? Kannst du mich hören? Wach auf!«

Priester rannten an ihnen vorbei.

»Hilfe!«, schrie Benedict ihnen zu.

Einer der Vorbeilaufenden hielt an.

»Mein Vater ist verletzt!«, rief Benedict. »Hilf mir!«

Der Priester erkannte sofort, was passiert war. Er riss einen seiner Priesterkollegen zu sich, und mit Benedicts Hilfe hoben sie den bewusstlosen Arthur hoch und schleppten ihn zur Barke, wo sie ihn vorsichtig auf dem Deck niederlegten.

Die nächsten Geschehnisse würden für Benedict auf immer ein Durcheinander sein, das er wie aus der Ferne erlebt hatte. Er erinnerte sich, dass andere Priester zu ihnen auf das Deck kamen und Anen höchstpersönlich das Kommando übernahm – der dann anordnete, den Verwundeten zum überdachten Pavillon in der Mitte der Barke zu tragen und ihn dort auf die gepolsterte Plattform zu legen. Als sich Benedict dann wieder umschaute, stand die Barke bereits unter Segel, und die königliche Stadt verschwand in der Ferne.

NEUNTES KAPITEL

Worin Wilhelmina einem Berggipfelerlebnis nachgeht

Nach Lady Fayths rechtzeitiger Warnung an Wilhelmina, über ihre weiteren Handlungen genau nachzudenken, entschied sie darüber, was ihre beste Vorgehensweise sein würde. Es hatte sie in den Fingern gejuckt, das neue Modell der Ley-Lampe auf Herz und Nieren zu prüfen und die ganze Bandbreite seiner Möglichkeiten zu entdecken. Prag für ein paar Tage zu verlassen, war die perfekte Entschuldigung, die sie für dieses Vorhaben brauchte. Und nachdem sie mit Etzel offen geredet hatte, war sie nunmehr frei zu reisen, wann immer es ihr gefiel. Natürlich reiste sie so viel wie vorher, aber jetzt ohne das nagende Schuldgefühl, ihren Partner – ihren Helden – in die Irre zu führen.

Denn der gute Etzel hätte wahrhaftig kein edlerer Beschützer sein können, wenn er in einer glänzenden Rüstung gewesen wäre und ihre Farben bei einem Ritterturnier auf dem Rücken eines galoppierenden Rosses getragen hätte. Niemals hatte sie irgendeinen anderen kennengelernt, der so selbstlos und beständig für sie Partei ergriff und ihr Wohl und ihre Interessen an die erste Stelle setzte.

Etzel tat all dies und noch viel mehr; und Mina hatte keinerlei Zweifel, dass sie sich mit ihm im *Großen Kaiserlichen Kaffeehaus* häuslich niederlassen und ein glückliches Leben führen würde, wenn die Suche nach der Meisterkarte erst einmal beendet war. Je mehr sie darüber nachdachte, desto sicherer war sie, dass sie sich tatsächlich nichts anderes wünschte.

Doch gerade jetzt hatte sie andere Pflichten und Verwicklungen, die sie nicht mit ihm teilen konnte. Ganz oben auf ihrer Liste stand, dass sie sich Burleigh entziehen musste. Dann konnte sie sich ganz dem Unterfangen widmen, herauszufinden, was Kit passiert war. Die erste Aufgabe war dank Havens rechtzeitiger Warnung einfach und mühelos durchzuführen. Für die zweite Arbeit würde sie Hilfe brauchen. Da sie ans Ende ihrer eigenen Weisheit gelangt war, beschloss sie, dass es an der Zeit war, zu demjenigen zurückzukehren, der ihr geholfen hatte, Kit das erste Mal zu finden: Bruder Lazarus.

Mit großem Glück könnte sie immer noch imstande sein, Burleigh und seinem brutalen Trupp ein oder zwei Schritte voraus zu bleiben. Das Hauptproblem unter vielen anderen war jedoch das Risiko, entdeckt zu werden. Da sie wusste, wie Burleighs neue Vorrichtung funktionierte, war ihr nunmehr bewusst, wie gefährdet sie beim Ley-Reisen sein würde. Wenn der heimtückische Earl ein besonderes Interesse an ihr entwickelte, könnte dies zu einem katastrophalen Ergebnis führen.

Sobald sie ihre Entscheidung getroffen hatte, verschwendete Wilhelmina keine Zeit, um ihren Plan in die Tat umzusetzen. Sie sagte Etzel Lebewohl und versprach, alles Menschenmögliche zu tun, um ganz schnell zurückzukehren, und brach dann auf. Der Ley, den sie benötigte, war eine halbe Tagesreise von Prag entfernt; und aus früherer Erfahrung wusste Mina, dass er ganz besonders »zeitempfindlich« war: Das heißt, er bot nur ein sehr schmales Aktionsfenster, das sich zweimal am Tag öffnete – wenige Minuten bei Sonnenaufgang und -untergang. Wenn ein Ley-Reisender eine dieser Gelegenheiten verpasste, musste er bis zur nächsten warten. Das war freilich nicht ungewöhnlich; viele Ley-Linien und -Portale funktionierten in einer ähnlichen Weise, wie sie herausgefunden hatte. Einige waren jedoch irgendwie langmütiger und nachsichtiger, andere weniger. Warum das so war? Wilhelmina hatte keine Ahnung.

Bei dem Stallknecht in der Nähe der Stadttore besorgte sie sich eine Kutsche samt Fahrer, um sie zu ihrem Ziel zu bringen: einem leeren Landstrich, der etwa einen Kilometer nördlich des winzigen Bauerndorfes Podbrdy lag. Ihr Plan war, außerhalb der Siedlung aus der Kutsche zu steigen und, wenn möglich, unbeobachtet zum Ley zu gehen. Zwei weitere Sprünge würde sie in die Südpyrenäen bringen, und zwar einen Steinwurf entfernt von ihrem Bestimmungsort. Sobald sie dort war, würde sie sich als Nonne verkleiden, die sich auf einer Pilgerreise befand, und ihren Mentor ausfindig machen. Entsprechend seinen Wünschen und ihrem höchst feierlichen, heiligen Eid – er hatte sie dazu gebracht, auf einer handgeschriebenen Bibel zu schwören, weder seine Identität noch seinen Aufenthaltsort einem anderen Lebenden zu enthüllen – hatte sie zu niemandem auch nur ein einziges, leise gesprochenes Wort über die Existenz von Bruder Lazarus gesagt. Der vorsichtige Mönch war in der Tat eine echte Geheimwaffe für sie. Eine wunderliche Vereinbarung – doch sie kam ihnen beiden gelegen.

Den größten Teil der Kutschfahrt zum Dorf schlummerte Wilhelmina vor sich hin, sodass sie gut ausgeruht sein würde, wenn sie die nächsten Sprünge auf ihrer Reise in Angriff nahm. Doch im Endeffekt hätte sie sich darum nicht zu kümmern brauchen, denn sie erreichte ihr Ziel zu spät. Der Ley war inaktiv, und sie musste bis zum Sonnenaufgang warten. Von einem Bauern in der Nähe erbat sie sich ein Nachtlager in der Scheune. Und so verbrachte sie mit zwei Kühen, vier Enten und einem schwarz gefleckten Schwein eine angenehme, jedoch geruchsintensive Nacht.

Kurz vor dem Sonnenaufgang kehrte sie zum Ley zurück und vollzog den Sprung; auch die nächsten beiden erfolgten ohne Zwischenfall. Vor dem letzten Sprung legte sie allerdings eine Pause ein: Sie nahm eine Stärkung zu sich in einem kleinen Café an der Via Bassomondo, einer staubigen Straße, die sich am sanft abfallenden Berghang zur Abtei Sant' Antimo hinabschlängelte. Sie befand sich, so glaubte sie, irgendwann im letzten Jahrhundert – vielleicht 1929? Wilhelmina vermochte es nicht genau zu erkennen. Ihr Italienisch beschränkte sich genau auf die Worte: *Buongiorno, Signor Rinaldi! Un cappuccino e una brioche, per favore.*

Sie trank ihren Kaffee und aß ihr Gebäck, wobei sie Vergleiche mit ihrem eigenen Getränk und Backwerk anstellte. Dann bezahlte sie die Rechnung aus ihrem kleinen Vorrat an Münzen, die sie bei ihren verschiedenen Reisen erhalten hatte. Anschließend spazierte sie zum nächsten Ley, der außerhalb der Abtei durch das Tal verlief. Dies hier war stets ihr Lieblingsabschnitt der Reise; und Mina verweilte hier oft eine kleine Weile, um sich an dem großartigen Anblick des Tals zu erfreuen, in dem es ausgedehnte Olivenhaine gab und das von Zypressen gesäumt war. Der Überlieferung nach war Kaiser Karl der Große in früheren Zeiten ein bedeutender Wohltäter der Abtei gewesen, und auf seinen verschiedenen Reisen von Rom zu seinem Palast in Aachen hatte er das Kloster oft als willkommenen Rastplatz genutzt.

Manchmal, wenn sie Zeit übrighatte, legte sie eine Pause ein und nahm die Abteikirche in sich auf: ein stattliches romanisches Bauwerk aus grobem weißem Kalkstein, das innen wie außen mit wunderschönen Bildhauerarbeiten geschmückt war. Wie bei so vielen Stätten, an denen sich nun Kirchen verschiedener Art befanden, war diese Stelle ausgewählt worden, weil es sich bereits um einen heiligen Ort gehandelt hatte, lange bevor die Errichtung der Abtei in Erwägung gezogen worden war. Dass sie ein Pilgerziel geblieben war, gereichte Wilhelmina zum Vorteil, denn die Mönche waren an Fremde in ihrer Mitte gewohnt und empfingen sie, so gut sie es nur konnten. Und so mischte sich Wilhelmina unter die Gäste und ihr allgemeines Kommen und Gehen, sodass ihr seltsames Auftauchen und Verschwinden vollkommen unbemerkt blieb. Viel wichtiger war jedoch, dass sie in Sant' Antimo erstmals von dem Mann erfahren hatte, dem sie so viel verdankte, was ihre Klugheit und ihre Fähigkeiten beim Ley-Reisen anbelangte.

Und dies ist die Geschichte, wie es zuerst dazu kam, dass sie Bruder Lazarus kennenlernte und in seine Welt reiste:

Wilhelminas Experimente mit Burleighs erster Vorrichtung hatten ihr ein betriebsbereites Instrument an die Hand gegeben, das nicht nur aktive Ley-Linien erkennen, sondern auch zu ihnen hinführen konnte. Sie hatte mehrere Testsprünge durchgeführt: Zuerst war sie vorsichtig, manchmal sogar furchtsam, doch dann ging sie mit wachsendem Zutrauen vor, als sie ihre Erfahrungen sammelte. Hierbei begann sie mit einer Reihe von Einzelsprüngen, dann folgten ein paar Doppelsprünge, bevor sie zu den für sie sehr gewagten

Dreifachsprüngen überging. Bei jedem dieser Experimente notierte sie den Ort eines Leys und die Zeit, zu der er aktiv war, zudem prägte sie sich die Zielorte ein. Bei einem jener frühen Dreifachsprünge war sie in dem schönen italienischen Tal nahe Montalcino gelandet, und zwar auf einer schmalen, unbefestigten Straße, die an einer beeindruckenden alten Kirche und einem Kloster vorbeiführte. Das Datum in jener Welt war der 27. Mai 1972.

Mina, die von uralten Zypressen, gepflegten Feldern und einer kleinen Schafweide umgeben war, hatte den Eindruck, der Ort würde zu ihr sprechen: Sie fühlte sich zu ihm hingezogen und beschloss, sich durch ein wenig Sightseeing zu verwöhnen. Nachdem sie einen Bogengang mit schönen Bildhauerarbeiten passiert hatte, betrat sie den stillen Altarraum; in der kühlen Luft lag ein schwerer Weihrauchgeruch. Irgendwo in der Nähe des Altars, im vorderen Bereich des Presbyteriums mit der hohen Decke, ertönte eine kleine Glocke. Es gab ein paar andere Besucher, die leise und gedankenversunken durch die Gänge spazierten; und trotz ihrer altmodischen Kleider mischte sich Wilhelmina direkt unter sie. Als sie ihren ersten Rundgang durch die Kirche machte, stieß sie auf ein großes, handgemaltes Schild mit dem Grundriss des Bauwerks. Zudem gab es einen Text, der sowohl in Englisch als auch in Französisch und Italienisch war. Mina blieb stehen, um ihn zu lesen, und entdeckte, dass entsprechend einer Reihe von Messungen, die ein paar Jahre zuvor durchgeführt worden waren, nicht weniger als sieben eigenständige elektromagnetische Kraftlinien sich an einem Punkt treffen, der direkt unter dem Kirchenaltar liegt. Diese Kraftfelder waren keine Leys – zumindest nicht wie diejenigen, die Wilhelmina bislang kennengelernt hatte. Sie waren nicht gerade und kulminierten in einem einzigen Punkt – ganz anders als normale Ley-Linien. Auch wurde dieser Begriff in der bruchstückhaften englischen Übersetzung auf dem Schild nicht benutzt. Waren diese Kraftlinien hier etwas Ähnliches? Oder etwas vollkommen anderes?

Mina war entschlossen, alles in Erfahrung zu bringen, was sie über diese geheimnisvollen Linien aus tellurischer Energie herausfinden konnte, die unterhalb der Kirche flossen. Umgehend grüßte sie einen der Mönche, der seinen Angelegenheiten nachging, und fragte: »*Scusi, padre. Parla Inglesie?*«

»*Sì, signora, a leetle.*«

Sie zeigte auf das Schild, auf dem eine Karte mit den seltsamen Linien zu sehen war, und sagte: »Dieser Priester . . .« – sie tippte auf den Namen, der in ordentlichen Buchstaben unten auf dem Schild stand – ». . . Fra Giambattista Beccaria?«

»Fra Giambattista, *sì*«, erwiderte der Mönch.

»Ist er hier? Kann ich mit ihm sprechen? Es ist vielleicht wichtig.«

»Nein, *signora*, ist nicht möglich. Fra Giambattista – er nicht länger bei uns.«

Mina runzelte die Stirn. »Er ist tot, wollen sie sagen.«

»*Sì*. Viele Jahre nun.«

»Kann ich sein Grab sehen?«

»Leider, *signora*. Ist in *Abbazia di Montserrat*, ich glaube.«

»Montserrat? Ist das weit?«

»*Sì, signora*. Ist in *Spagna*.«

Wilhelmina dankte dem Priester und erkundete weiterhin Sant' Antimo. Als sie die Absperrung vor dem Altar erreichte, überkam sie eine Überzeugung, die so mächtig wie absurd war: die unwiderlegliche Gewissheit, dass das Wissen, das sie so verzweifelt benötigte, an einem Ort gefunden würde, von dem sie bis vor dreißig Sekunden noch nie etwas gehört hatte. Darüber hinaus brachte diese Überzeugung eine Forderung von solcher Dringlichkeit mit sich, dass sie auf die vordere Kirchenbank plumpste und auf das Licht starrte, welches durch die hohen, schmalen Fenster hinter dem atemberaubend lebensechten Kruzifix einströmte: In ihrem Kopf kreiste ein einziger Gedanke, nämlich dass sie alles andere aufgeben und auf schnellstmögliche Weise zum Kloster Montserrat gelangen musste.

Zu jener Zeit erstreckten sich ihre Fähigkeiten, Leys zu lokalisieren, noch nicht auf die Iberische Halbinsel. Da sie keine Fehler machen wollte, entschied sie, mit dem Zug zu reisen. In ihrer typisch pfiffigen Art gelangte Wilhelmina zu dem Entschluss, dass sie sich als eine deutsche Nonne zeigen würde, wenn sie schon ein spanisches Kloster besuchen musste. In Montalcino erwarb sie einen schlichten Rock und eine einfache Bluse, und zusammen mit einem Souvenirshop-Kreuz aus Olivenholz und einem sittsam angeordneten, taubengrauen Kopftuch stellte sie eine recht passable Ordensschwester dar – wenn auch eine von der modernen Sorte.

Bei ihrer Ankunft in Barcelona entdeckte sie ein Frauenkloster und richtete es ein, dass sie sich einer Gruppe von französischen Nonnen, die zu Besuch da waren, bei ihrer Wallfahrt anschließen konnte. Das Ziel ihrer Pilgerreise war die *Abadia de Santa Maria*, die hoch oben in dem gezackten Gebirgszug nordwestlich der Stadt lag. Es war ein dreitägiger Fußmarsch, doch Wilhelmina genoss die frische Luft und die ungezwungene Gesellschaft der Nonnen, die beim Gehen sangen. In jeder Dorfkapelle und vor jedem Bildstock am Wegesrand hielten sie an, um zu beten und sich auf ihren Aufenthalt im Kloster vorzubereiten.

Die kleine Gesellschaft kam schließlich am späten Nachmittag des dritten Tages an. Sie betraten die enge Schlucht, in die das Kloster und seine verschiedenen Nebengebäude in mühevoller Arbeit hineingezwängt worden waren. Die senkrecht in den Himmel steigenden Gipfel der sie umgebenden Berge erhoben sich auf allen Seiten, abgesehen von einer, die eine herrlich glänzende Aussicht auf das Land bot, das sich von den abfallenden Gebirgsausläufern bis ganz zur Küste erstreckte. Als der Schwarm Nonnen dastand und die Pracht des Klosters und seine Lage bewunderte, läutete die Glocke zur Vesper. Sie folgten dem allgemeinen Strom der Mönche und Besucher und schritten mit ihnen den steilen Hang zur Kirche empor.

Oben auf der Promenade stiegen Reihen von Stufen hoch, die in einen Hof mündeten, an dessen Ende sich eine Pforte befand. Hinter den Toren war ein schönes Atrium, das von Statuen gesäumt wurde, die Apostel und Heilige darstellten. Der Lichthof war mit eingelegten Marmorsteinen gepflastert, die unterschiedliche Farben aufwiesen und einen geometrischen Wirbel aus sich schneidenden Linien absteckten, in dessen Zentrum sich ein rundes Mosaik befand: Es stellte die vier Flüsse dar, die aus Eden herausströmten. Im Hof standen die Besucher dicht gedrängt und verhielten sich in einer sehr eigenartigen Weise. Sie standen in einer langen Linie, die sich durch den Hof zurückschlängelte; und jeder von ihnen wartete geduldig darauf, bis er an der Reihe war, um vorzutreten und sich allein auf die mittlere Platte des Mosaiks zu stellen. Dort angekommen, betete jeder von ihnen: einige in der klassischen Gebetshaltung mit gefalteten Händen und gebeugten Köpfen, doch viele andere in einer anscheinend ausgelassenen Hingabe – die Arme nach oben gestreckt, das Gesicht dem klaren blauen Himmel über ihnen zugewandt.

Jeder Gläubige stand in dieser Weise eine Zeit lang, bevor er wegging, um sich den anderen anzuschließen, die sich in den Kirchenraum begaben. Dieses eigentümliche Verhalten blieb Wilhelmina nicht verborgen. *Das ist sehr merkwürdig*, dachte sie. Hier ging eindeutig etwas vor, und sie nahm es als ein Zeichen, das ihre Entscheidung bestätigte, hierherzukommen.

Sie folgte den anderen, während sie sich langsam zum Eingang bewegten. Als Mina sich dem Zentrum des Mosaikkreises näherte, verspürte sie den feinen, doch unverwechselbaren Schauer von aufgestauter Energie, den sie immer in der Gegenwart eines aktiven Leys empfand. Er war da: mit Steinen abgesteckt in der Mitte des Atriums, wo offenkundig auch die Hundert- und Tausendschaften von Pilgern die latente Energie in irgendeiner Weise wahrnahmen.

Schließlich betrat sie den Kirchenraum und hielt den ganzen Gottesdienst durch. Sie lauschte den himmlischen Stimmen des Chores und fragte sich, wie sie die Bedeutung von allem herausfinden konnte. Am Ende des Gottesdienstes befand sie sich in einer besinnlichen Stimmung und war ganz in Betrachtung versunken; und all ihre Erwägungen wurden überspannt von einem Gefühl des Friedens und – zumindest – der Richtigkeit, wenn nicht gar der Zufriedenheit: Sie hatte das Empfinden, dass alles so war, wie es sein sollte.

Im Speiseraum des Klosters nahm sie zusammen mit Schwestern aus einem Dutzend verschiedener Länder ein leichtes Abendmahl zu sich; dann gab man ihr eine Pritsche im Schlafsaal. Wilhelmina schlief gut und erwachte bei Sonnenaufgang, als Glockengeläut die Bewohner des Klosters zum Gebet rief. Gleich als der Gottesdienst beendet wurde, machte sie sich daran, das Grab von Fra Giambattista zu finden und mehr über ihn zu erfahren, falls dies für sie möglich war. Sie wartete, bis die meisten Mitglieder der Bruderschaft weggegangen waren, dann näherte sie sich einem der Mönche, der den Besuchern als Führer gedient hatte. »*Por favor, habla inglés?*«

»*Lo siento, hermano, no*«, antwortete er und schüttelte seinen Kopf. Er wandte sich ab, dann jedoch wies er durch den weitläufigen Kirchenraum auf einen Mönch in schwarzem Habit, der blaue Gebetbücher aufeinanderstapelte.

Mina ging sogleich auf den Mann zu. »Entschuldigen Sie, Bruder«, sagte sie, als sie sich ihm näherte. »Man hat mir gesagt, dass Sie Englisch sprechen.«

Der Mönch richtete sich auf, drehte sich um und lächelte, als er sie sah. »Ein wenig. Wie kann ich Ihnen helfen?«

»Ich suche nach dem Grab eines Priesters mit dem Namen Giambattista Beccaria«, antwortete Wilhelmina und erklärte im Weiteren, wie sie dazu gekommen war, hier im Kloster nach dem Grab zu suchen. Sie beobachtete, wie der Geistliche mit dem glatt rasierten Gesicht seine Stirn nachdenklich in Falten legte und diese sich vertieften.

»Es tut mir leid, Schwester«, erwiderte er nach einiger Zeit. »Ich habe diesen Namen noch nie gehört. Sind Sie sicher, dass er hier begraben liegt?«

»Genau das ist es, was mir zu verstehen gegeben wurde. Er war hier früher ein Astronom; zumindest wurde mir das erzählt.«

»Ah! Dann müssen Sie zu Bruder Lazarus gehen. Er ist jetzt hier der Astronom. Wenn irgendwer hier darüber etwas weiß, dann bestimmt er.«

Wilhelmina dankte ihm für seine Hilfe und erkundigte sich, wo sie diesen Bruder finden könnte.

Der Mönch, der wieder damit begonnen hatte, Bücher zu stapeln, zuckte mit den Schultern. »Im Observatorium – wo sonst?«

Sie eilte davon; und nachdem sie nach dem Weg gefragt hatte, stieß sie auf ein Schild mit einer Karte, auf der die ausgedehnten Außenanlagen zu sehen waren. Das Observatorium war deutlich gekennzeichnet. Gemäß dem Schild befand es sich auf einem der Gipfel, die über der Abtei emporragten; jetzt musste sie nur noch den kurvenreichen Pfad hochsteigen, der zur Bergspitze führte. Dies tat sie denn auch. Als sie beinahe oben angekommen war, entdeckte sie einen kleinen Turm mit einer zwiebelförmigen Spitze, der auf einer Felsnadel errichtet war. Rund um den Sockel des Bauwerks verlief ein Weg, den ein Eisengeländer umschloss. Zur Tür hoch führte eine steile, schmale Freitreppe, neben der es jedoch nur einen einfachen Handlauf aus geknotetem Seil gab – die einzige Hilfe und Sicherung beim Aufstieg zum Turm.

Dort oben schien allerdings keiner da zu sein. Doch als Mina begann, die Stufen hochzusteigen, hörte sie ein Geräusch, als ob jemand summen würde – leise und rhythmisch, wenn nicht sogar melodisch. Sie konnte nicht sehen, wer diese Klänge von sich gab; aber als sie die oberste Stufe erklommen hatte und begann, rund um den Sockel des Turms zu gehen, erblickte sie einen Mönch in der schwarzen Kutte des Benediktinerordens. Er hockte auf den Knien und war von Gartengeräten umgeben: einer kleinen Pflanzschaufel, einer Harke, einem Gartenmesser, einer Auswahl von Tontöpfen und einem Bündel Stecklinge. Neben dem Gärtner stand zudem eine offene Segeltuchtasche mit Erdreich. Er nahm sich gerade eine doppelte Handvoll Erde und summte unmelodisch bei der Arbeit. Während Mina ihm zusah, legte er die Erde in einen Tontopf und drückte sie fest um einen Geranien-Steckling herum.

Wilhelmina räusperte sich. »Entschuldigen Sie bitte«, sagte sie und verkündete so ihre Anwesenheit. »Hallo?«

Der Geistliche zuckte so stark zusammen, dass Wilhelmina sich schämte, ihn erschreckt zu haben. »Oh, es tut mir leid«, entschuldigte sie sich. »Ich hatte nicht vor, Ihnen Angst einzujagen.«

Der Gärtner vollführte mit seiner Hand eine seltsame Geste um seinen Kopf herum; zudem brachte er etwas außer Sicht, indem er es rasch in eine Falte seines Gewands schob. Dann stützte er sich ab, stand auf und drehte sich seiner Besucherin zu. »*Que?*«, sagte er und rieb sich den Schmutz von den Händen. »*Buenos días, hermana.*«

»Tut mir leid, *no habla español*«, erwiderte sie. Dann, aus einer Macht der Gewohnheit heraus, fragte sie in deutscher Sprache: »Sprechen Sie Deutsch?«

»Ja«, antwortete er in derselben Sprache und lächelte breit. Er war ein kleiner Mann mit kurzem schneeweißem Haar und lebendigen dunklen Augen. Sein Gesicht war von der Sonne schön gebräunt; und seine Hände waren kräftig, wohl aufgrund der vielen Stunden, die er mit Gartenarbeit zubrachte. Insgesamt erinnerte er Wilhelmina an einen der sieben Zwerge aus dem bekannten Märchen.

»Guten Morgen, Schwester«, begrüßte er sie mit einer vollen Baritonstimme, die beinahe wie die eines Opernsängers klang – und die einem viel größeren Mann zu gehören schien.

»Guten Morgen, Bruder«, antwortete sie in dem derben Deutsch, das man im alten Prag sprach. Dann verneigte sie sich leicht vor ihm – so, wie sie es bei anderen Nonnen gesehen hatte, wenn sie einen Priester des Benediktinerordens ansprachen. »Ich suche nach jemandem, den sie Bruder Lazarus nennen.«

»Dann ist Gott Ihnen freundlich gesonnen, Schwester.« Er bückte sich, um auf Kniehöhe den Schmutz von seiner Kutte abzuwischen. Anschließend richtete er sich wieder auf; der Scheitel seines Kopfes war nur in Höhe von Minas Schultern. »Sie haben ihn gefunden.«

»*Sie* sind Bruder Lazarus?«, rief sie, wobei es ihr nicht gelang, den skeptischen Unterton ihrer Stimme zu unterdrücken. »Der Astronom?«

Er lachte, und vor Verlegenheit wurde Wilhelmina ganz rot im Gesicht. »Warum?«, fragte er. »Ist es so schwierig, das zu glauben?«

»O, es tut mir leid«, antwortete Mina rasch. »Ich habe Sie für einen Gärtner gehalten«, erklärte sie und wies auf die vielen Werkzeuge und Töpfe.

Er schaute auf die Stelle, auf die sie gezeigt hatte. »Nun ja...« Er zuckte ein wenig mit den Schultern. »So etwas ist eine gute Grundlage für die Sterndeutung.« Er streckte seine muskulöse Hand aus und legte sie sanft auf ihren Ärmel. »Ein Astronom kann sein Handwerk nur nachts ausüben. Was soll er mit dem Rest seiner Zeit anfangen?«

»Vergeben Sie mir, Bruder. Ich hatte nicht die Absicht, respektlos zu sein.« Mit einer ungeduldigen Handbewegung wischte er die Entschuldigung beiseite. »Jetzt, wo Sie Bruder Lazarus gefunden haben – was wollen Sie eigentlich von ihm?«

»Ich suche nach der Begräbnisstätte von einem Ihrer Mitbrüder, einem Angehörigen des Benediktinerordens. Mir ist berichtet worden, dass er einst hier als Astronom gearbeitet hat und sein Grab in der Nähe ist. Können Sie mir sagen, wo es sich befindet?«

»Vielleicht ja«, antwortete Bruder Lazarus, wandte sich um und nahm seine Arbeit wieder auf. »Wenn Sie mir seinen Namen verraten, kann ich Ihnen sagen, ob er auf dem Klostergelände begraben liegt.«

»Sein Name ist Fra Giambattista.«

Bei der Erwähnung dieses Namens hielt der Mönche in seiner Arbeit inne, richtete sich auf und blieb regungslos stehen. »Fra Giambattista Beccaria?«, fragte er nach, ohne sich umzudrehen.

»Ja, das ist er.«

»Es tut mir leid, Schwester«, sagte er und bückte sich abermals zu seinen Werkzeugen hinab. »Ihre Suche ist im Sand verlaufen. Sein Grab, wenn es überhaupt existiert, ist nicht hier ... nicht in diesem Kloster.« Demonstrativ zeigte er, dass er wieder mit seiner Arbeit begann. »Ich wünsche Ihnen einen guten Tag. Und gute Reise.«

Wilhelmina schürzte ihre Lippen; sie war beunruhigt über den raschen Wechsel im Verhalten des Mannes. Die bloße Erwähnung des Namens hatte eine abrupte und unangenehme Verwandlung in dem Mönch ausgelöst: Es war so, als hätte er ihr die Tür vor der Nase zugeschlagen.

»Guten Tag«, sagte sie leise. »Es tut mir leid, dass ich Sie gestört habe.« Sie trat einen Schritt zurück. Doch als sie sich bereits anschickte, wieder hinabzusteigen, spürte sie, wie in ihrem Innern eine neue Willenskraft auftauchte: eine Entschlossenheit, sich nicht unterkriegen zu lassen – komme, was wolle. Zum Mindesten schuldete sie es sich selbst: Sie war so weit gekommen, und es wäre eine verdammte Schande, mit leeren Händen wegzugehen.

Sofort blickte der Mönch, der immer noch auf seinen Knien lag, über die Schulter auf sie zurück. »Sie sind ja immer noch hier.«

»So ist es.«

»Warum?«

»Ich glaube ...«, begann sie und versuchte, die rechten Worte zu finden, »dass ich auf eine bessere Erklärung warte als die, die ich gerade gehört habe.«

»Dann müssen Sie sich damit abfinden, dass Sie eine sehr lange Zeit warten werden«, verkündete er. »Es gibt keine andere Erklärung.«

»Ich erlaube mir, Ihnen zu widersprechen; denn ich glaube, es gibt eine«, entgegnete sie – und noch als sie sprach, kam sie auf die Antwort.

»O, wirklich!«, blaffte er; seine Stimme nahm einen barschen, offiziellen Tonfall an. »Wie Sie wissen, gibt es keine Notwendigkeit für Sie, ausgerechnet mich zu fragen.« Als sie zögerte, darauf etwas zu erwidern, fügte er hinzu: »Haben Sie nichts mehr zu sagen? Dann möchte ich Sie höflich bitten, sich zu entfernen.«

»Es gibt kein Grab«, wagte Wilhelmina zu behaupten, »weil ...« Sie straffte sich und schlug alle Vorsicht in den Wind. »Weil Sie selbst Giambattista Beccaria sind!«

ZEHNTES KAPITEL

Worin falsche Identitäten enthüllt werden

»Sie sind es, nicht wahr?«, behauptete Wilhelmina abermals; sie wurde sich immer sicherer, dass sie recht hatte. »Sie sind Fra Giambattista.«

»Jetzt machen Sie sich selbst lächerlich, junge Frau«, spottete er. »Was für eine verrückte Vorstellung!« Er stieß ein unterdrücktes, leises Lachen aus. »Vollkommener Blödsinn.«

Wilhelmina sagte nichts. Sein Widerspruch wirkte gekünstelt, und seine zuvor schöne, wohltönende Stimme klang nun näselnd und angespannt.

»Allein die Idee ist grotesk«, polterte er kopfschüttelnd. »Absurd.«

»Warum?«, fragte Wilhelmina. »Warum ist sie absurd?«

»Bruder Beccaria lebte vor langer Zeit in Italien. Wenn er heute noch am Leben wäre, würde er ...« Er hielt inne, um eine grobe Berechnung anzustellen. »Nun, es ist jedenfalls unmöglich.« Der Mönch machte eine wegwerfende Handbewegung und gab Geräusche von sich, die wohl ein heiteres Kichern darstellen sollten. »Grotesk. Junge Leute sind so leichtgläubig.«

»Dennoch höre ich nicht, dass Sie es eindeutig bestreiten«, bemerkte sie. »Warum sagen Sie es nicht?«

»Ich bestehe darauf, dass Sie jetzt weggehen, bevor wir beide etwas sagen, das wir beichten müssten.«

»Mein Gewissen ist rein«, erklärte Wilhelmina. »Gibt es vielleicht etwas, das Sie gerne beichten würden?«

Der Priester wurde sehr still. Dann erhob er sich wieder langsam auf die Füße, blieb kurz stehen und kehrte sich ihr zu, um ihr ins Gesicht zu blicken. Er musterte eingehend die Frau, die vor ihm stand; seine Augen glitten über ihr Gesicht und ihre Gestalt. »Wer sind Sie?«, fragte er schließlich.

»Ich heiß Wilhelmina Klug«, erwiderte sie.

»*Fräulein* Klug, glaube ich. Trotz Ihrer gegenwärtigen Erscheinung vermute ich, dass Sie keine Nonne sind – und auch niemals eine waren. Habe ich recht?«

»Ich glaube, dass wir beide etwas anderes sind, als wir nach außen hin erscheinen.«

»Bitte seien Sie so höflich und geben Sie mir eine wahre Antwort. Sind Sie eine Ordensschwester?«

»Nein«, gestand Mina. »Ich bin ... eine Reisende.«

»Eine Reisende.« Er zog ein Gesicht, als würde er ihre Behauptung ablehnen. »Sie sind unaufrichtig«, entgegnete er. »Eine Reisende – ha!«

Er hob eine Hand und streckte sie ihr entgegen. Wilhelmina glaubte, er hätte vor, sie abermals fortzuschicken, würde sich aber nun eines Besseren besinnen.

»Wie haben Sie von Fra Giambattista erfahren?«, erkundigte er sich.

»Ich habe die Abtei Sant' Antimo in der Toskana besucht«, antwortete sie. »Dort sah ich seinen Namen auf einem Aushang. Einer der Brüder erzählte mir, Fra Giambattista wäre hier als Astronom eingestellt gewesen und auch hier begraben worden.« Sie blickte den Mann vor ihr abschätzend an. »Aber das ist nicht wahr. Es gibt kein Grab, weil er nie gestorben ist. In Wahrheit steht er hier vor mir.«

Auf dem runden, gutmütigen Gesicht des Geistlichen zeigten sich abwechselnd Verblüffung und Entsetzen, aber auch Erleichterung. »Aber wie könnte das möglich sein?«, fragte er; seine Stimme wurde bei diesen Worten immer leiser.

»Wie könnte es sein, dass Sie so alt sind«, entgegnete sie. »Oder wie könnte es sein, dass ich dies weiß?«

»Eines von beiden«, murmelte er und schwankte auf seinen Füßen nach hinten. »Beide.«

»Es ist möglich«, erklärte sie und trat einen Schritt näher. »Weil auch Sie ein Reisender sind – wie ich. Und wie bei mir sind Ihre Reisen nicht gänzlich auf diese Welt beschränkt.«

»*Madre di Dio!*«, rief er aus. Er schlug ein Kreuzzeichen vor seiner Brust und küsste seine wie zum Gebet ineinander verschränkten Hände. Ohne ein weiteres Wort eilte er zur Tür des Observatorium-Turms. Er legte seine Hand auf den Messinggriff und drückte die Tür auf. Wilhelmina erwartete, dass er vor ihrer Gegenwart fliehen und sie ausschließen würde. Aber während er ins Innere verschwand, gab er ihr mit einer Handbewegung zu verstehen, dass sie ihm folgen sollte.

Sie stieg die Stufen hoch und betrat einen winzigen Vorraum: ein schmaler Gang, an dessen Ende zwei Türen waren, und eine Treppe, die zu den oberen Ebenen führte. Bruder Lazarus schritt zu der Tür auf der linken Seite des Ganges, öffnete und ging hinein. Wilhelmina folgte ihm in eine winzig kleine Küche mit einem einfachen Ofen, der mit Holz befeuert wurde, einem kleinen Schrank, einem rechteckigen Holztisch und vier Stühlen. Ein Fenster mit Vorhängen ermöglichte einen Ausblick auf die Gipfel in der Umgebung und auf das Flachland dahinter. Das Zimmer war ordentlich und gut gepflegt. Auf dem Tisch standen Blumen in einer angeschlagenen Keramiktasse, und der Flickenteppich auf dem Fußboden war sauber.

Der nervöse Mönch ging direkt zum Schrank und nahm einen kleinen Glasbecher, eine Tasse und einen Weinkrug heraus, die er zum Tisch trug. Er wies auf einen der Stühle. »Setzen Sie sich.«

Wilhelmina gehorchte, und ihr wurde ein Gläschen Wein eingeschenkt. Der Geistliche setzte sich ihr gegenüber an den Tisch, nahm seine Tasse mit beiden Händen und trank schlürfend einen guten Schluck. Anschließend schaute er auf Wilhelmina, die ihren Becher hob, ihm zuprostete und dann an ihrem Wein nippte. Er gönnte sich einen weiteren großen Schluck.

»So! Letztendlich hat man mich entdeckt.« Er schüttelte langsam seinen Kopf. »Was soll nun passieren?«

»Ich weiß es wirklich nicht«, erwiderte Mina sanft. »Ich bin ganz bestimmt nicht hergekommen, um Sie zu ängstigen oder Ihnen in irgendeiner Weise Schaden zuzufügen.«

»Warum sind Sie überhaupt hergekommen?«

Sie wusste nicht, wo sie bei der Beantwortung dieser Frage anfangen sollte – da gab es einfach zu viel. Sie wollte wissen, wie man die Leys am besten handhabe, wie sie funktionierten, was sie hervorrief, wohin sie führten. Zudem gab es das bohrende Problem mit Kit und die Frage, wie sie wieder in Kontakt mit ihm kam, sodass sie ihm sagen konnte, er bräuchte sich nicht mehr um sie zu sorgen. Und dann war da noch die ganze Angelegenheit mit der Meisterkarte und den Burley-Männern und so weiter. Wilhelmina traf den Entschluss, einstweilen all das zu überspringen, und begnügte sich mit der einfachen Erklärung: »Ich bin hergekommen, um Wissen zu suchen.«

»Wissen«, wiederholte der Mönch. »Was möchten Sie wissen?«

Wilhelmina starrte auf den Wein in ihrem Glas. »Da gibt es so viel – ich weiß kaum, wo ich anfangen soll. Ich habe wirklich sehr viele Fragen.«

»Wählen Sie eine aus«, sagte Fra Giambattista. Vielleicht war es ja Wilhelminas sanft ausgesprochene Zusicherung oder die beruhigende Wirkung des Weins, doch die merkwürdige Verhaltensänderung des Geistlichen ließ langsam nach. »Es ist egal, wo man beginnt; es kommt nur darauf an, wo man endet.«

Sie griff eine der vielen Fragen auf, die in ihrem Kopf kreisten wie ein Schwarm lauter Möwen. »Für einen Italiener, der in Spanien lebt – wieso sprechen Sie so gut Deutsch?«

Er lachte; etwas von seiner guten Stimmung, die ihn zuvor ausgezeichnet hatte, kehrte zurück. »Das ist es, weshalb Sie hergekommen sind – mir diese Frage zu stellen? Und ich habe geglaubt, Sie würden etwas über den Heiligen Gral fragen.«

»Der Heilige Gral von König Artus?«

»Gibt es noch einen anderen?«

Die Idee entzückte sie so sehr, dass sie kurz auflachte. »Warum sollte ich darüber fragen?«

»Das ist es doch, was jeder wissen will!«, rief er. »Wir haben hier eine endlos Zahl von Leuten, die den Gral von König Artus suchen; und die Brüder schicken sie immer zu mir. Der Legende nach ist der sagenhafte Pokal hier in Montserrat verborgen.«

»Stimmt das wirklich?«

»Ich habe keine Ahnung!« Fra Giambattista lachte erneut und war nun wieder ganz der Alte. »Wieso fragen Sie nach meinen Deutschkenntnissen?«

»Wie Sie gesagt haben – wir müssen irgendwo beginnen.« Mina nahm einen Schluck Wein. »Wer weiß, wo wir enden werden? Also?«

»Das ist offenkundig«, erwiderte er. »Die besten Werke über Physik sind alle in Deutsch geschrieben. Ich habe diese Sprache gelernt, um die Bücher zu lesen und um mich mit meinen Kollegen in Bonn und Berlin, Hamburg und Wien zu unterhalten...« Er zuckte mit den Achseln. »Es hilft, ein wenig über die Sprache der Wissenschaft zu wissen.«

»Ich kann das gut verstehen«, pflichtete Wilhelmina ihm bei. »Wie haben Sie das Ley-Reisen entdeckt?«

»*Ley*-Reisen?«, fragte er verwundert. »Ist das der Ausdruck, mit dem Sie es bezeichnen?«

»Es ist der Ausdruck, mit dem es mir erklärt wurde«, antwortete sie. »Ich nehme an, Sie könnten sagen, dass ich durch Zufall da hineingefallen bin.«

»Gute Frau«, sagte der Geistliche mit einem Lächeln, »es gibt keine Zufälle.« Er nahm einen weiteren Schluck Wein und schenkte ihnen beiden nach. »Aber ich weiß, was Sie meinen. Ich vermute, ich bin auf die gleiche Weise dazugekommen. Im Verlauf meiner verschiedenen Experimente hatte ich die Kraftlinien bemerkt, die unterhalb von Sant' Antimo ihre Wirkung entfalten. Während ich sie zwecks weiterer Studien kartografierte, geriet ich in einen Sturm. Ich rannte los, um einen Schutz zu suchen, und dann fand ich mich unerklärlicherweise...« Seine Stimme verstummte, als er sich an das Ereignis erinnerte.

»Wo?«, fragte Mina nach einem Augenblick.

»Hier!«, rief er. »Auf dem Montserrat.«
»Sie wollen sagen, die beiden Orte sind miteinander verknüpft.«
»Das sind sie in der Tat. Ich dachte natürlich, ich würde verrückt werden.« Er kicherte. »Ich brauchte Jahre, um herauszuarbeiten, was geschehen war, und noch mehr, um zu lernen, wie man es für meine Zwecke beeinflusst – freilich nur so sehr, wie irgendjemand einer solch elementaren Kraft jemals seine eigenen Zwecke auferlegen kann.« Er schüttelte erneut seinen Kopf. »Das war vor einer sehr langen Zeit, dennoch erinnere ich mich an alles, als ob es gestern passiert wäre.«

Dann redeten sie miteinander, sprachen über die ungewöhnlichen Eigenschaften des Ley-Reisens und tauschten ihre Beobachtungen und Erfahrungen aus. Und je länger sie sich unterhielten, desto stärker war Wilhelmina überzeugt, dass sie jemanden gefunden hatte, der mehr tun konnte, als ihr einfach nur Informationen zu geben. In Fra Giambattista hatte sie vielmehr einen Mentor gefunden: jemanden, der über ein umfangreiches Wissen verfügte und der sie bei ihrer Suche kompetent anleiten konnte.

»Warum haben Sie Ihren Namen geändert?«, erkundigte sich Wilhelmina. Inzwischen hatten sie ihr Gespräch in den Klostergarten verlegt, wo sie von jenen gesehen werden konnten, die es bekümmerte, so etwas zu beobachten. Dies geschah, um jegliches Gerede zu vermeiden, das aufkommen würde, wenn eine Nonne einen Mönch längere Zeit in seinem Quartier besucht.

»Nun, gute Frau«, erwiderte er mit einem Lachen, »ich habe den Namen gewechselt, weil ich schon so lange lebe! Wie Sie sehen, beeinflusst das Reisen zwischen den Welten den Alterungsprozess. Irgendwann hatte ich all meine Zeitgenossen überlebt, und man fing an, das als ungewöhnlich zu betrachten.«

»Ich kann verstehen, dass dies zu einem Problem wurde.«

Er nickte. »Eines Tages – nach dem Begräbnis unseres guten alten Sakristans und in Anwesenheit von allen – ließ der Abt von Sant' Antimo eine Bemerkung fallen: ›Bruder Giambattista, Sie müssen mehr Leben als Lazarus haben!‹ Jeder lachte, doch ich verstand den Wink. Es musste etwas unternommen werden.« Der Geistliche breitete seine Hände aus. Einen Moment blickte er zum klaren Himmel hoch, an dem sich einige Wölkchen befanden, und zuckte mit den Achseln.»Was konnte ich nur tun?«

»Und was haben Sie getan?«, fragte Wilhelmina fasziniert und legte ihre Hand ans Kinn.

»Nun, das war offensichtlich, oder? Mit Bruder Beccaria konnte es nicht weitergehen. Irgendwann im Frühjahr erhielt ich von meinem Abt die Erlaubnis, eine Pilgerreise nach Montserrat zu unternehmen, nach meiner Ankunft dort zu bleiben und das Observatorium zu nutzen. Natürlich war ich schon früher hier gewesen, aber keiner der Brüder in Sant' Antimo wusste davon. Sobald ich hier war, tat ich so, als würde ich krank, und berichtete dies meinen Brüdern. Schließlich schickte ich ihnen die Nachricht, dass der arme Fra Giambattista seinen Krankheiten erlegen sei und nun seinen himmlischen Lohn empfangen würde.«

»Fra Giambattista starb, und Bruder Lazarus wurde geboren«, folgerte Mina.

»Eine Täuschung, wie ich zugebe. Aber all dies habe ich gebeichtet, und Gott wird mir vergeben, denn mein Herz ist rein, und die Arbeit, die ich verrichte, mache ich im Dienste des Allmächtigen.« Er nickte; offenkundig war er zufrieden über diese Regelung.»Danach bin ich viele Jahre durch Deutschland gereist, habe die Sprache gelernt, Werke über Physik gelesen und mit meinen Kollegen diskutiert. Und ich habe studiert und studiert, die ganze Zeit studiert.« Er wischte eine Fluse vom Schoß seiner schönen schwarzen Kutte.»Als ich genug gelernt hatte, kam ich hierher zurück.«

»Als Astronom?«

»O nein. All meine Zeitgenossen hier waren inzwischen dahingeschieden; dies war ein Teil meines Plans, verstehen Sie. An Fra Giambattista erinnerte man sich natürlich. Aber niemand im Kloster kannte damals ›Bruder Lazarus‹. Zuerst arbeitete ich in den Gärten und half im Observatorium. Mit der Zeit wurde ich Assistent des obersten Astronomen und kletterte abermals die Leiter empor.« Er legte seine derbe Gärtnerhand auf Wilhelminas Finger und vertraute ihr an:»Geduld ist immer eine Tugend gewesen.«

Wilhelminas erster Besuch dehnte sich auf mehr als zwei Wochen aus. Etwa jeden zweiten Tag traf sie sich mit Bruder Lazarus im Klostergarten, um irgendeinen bestimmten Aspekt des Ley-Reisens zu besprechen – seine Anwendungen ebenso wie die dazugehörigen Probleme und Folgen. Der Mönch erwies sich als ein fürsorglicher und gebildeter Lehrer; sein Studium der Astronomie und Physik umfasste sowohl Kosmologie und Philosophie, und da er Priester war, auch die Theologie. Als geduldiger und kompetenter Lehrer war er unübertroffen; und Wilhelmina, die eifrige und willige Studentin, stand bald fest unter seinem Bann. Seine Begeisterung, vermutete sie, rührte von der Tatsache her, dass er zuvor niemanden gehabt hatte, dem er seine größten Entdeckungen und Einsichten weitergeben konnte. In Wilhelmina hatte er zu guter Letzt jemanden gefunden, der nicht nur das Wunder seines Forschungsabenteuers in all seinen Tiefen verstand, sondern auch daran teilnehmen konnte. Und da Minas Erfahrungen im Ley-Reisen – die sie freilich auf eine undisziplinierte Art gewonnen hatte – in ihrer Weise nicht weniger ausgedehnt waren als seine eigenen, vermochte sie ihm zu helfen, seine Nachforschungen voranzubringen. Auch war es nicht der Sache abträglich, dass er sie aufrichtig mochte und Vergnügen an ihrer Gesellschaft fand.

Jene ersten vierzehn Tage vergingen wie im Fluge. Wilhelmina hätte viel länger bleiben können, aber das hätte unerwünschtes Misstrauen erzeugt. Stattdessen vereinbarten die beiden – die sich wie zwei Verschwörer fühlten –, dass Mina bald abreisen, jedoch im Frühjahr zurückkehren sollte. Dann würden sie Wilhelminas Ausbildung so weit fortführen können, dass sie schließlich in der Lage war, an Bruder Lazarus' Arbeit mitzuwirken – die Kartografierung der sich schneidenden Dimensionen des Kosmos.

»Viele Leute gehen jedes Jahr auf eine Pilgerfahrt zum Kloster«, sagte er. »Deine Anwesenheit muss keinen Argwohn hervorrufen. Und wenn jemand fragen sollte, kannst du immer sagen, es sei die Erfüllung eines feierlichen Versprechens für ein erhörtes Gebet.«

»Das ist am Ende nichts weiter als die Wahrheit«, bemerkte Wilhelmina.

Der Tag ihrer Abreise kam, und sie nahm Abschied – jedoch nicht, ohne vorher zu erfahren, wo sich der nächste Ley befand und wie er mit Sant' Antimo verbunden war. Dann erinnerte sie sich noch an eine wichtige Frage: »Was ist mit dem Kreis im Atrium, dem heiligen Ort? Ist das eine Ley-Schwelle?«

»Es gibt eine Kraft dort, die sehr stark ist«, antwortete der Mönch. »Ich habe sie gemessen, aber niemals den Versuch unternommen, mich ihrer zu bedienen. Ich glaube, sie ist instabil und unberechenbar. Sie muss weiter untersucht werden. Außerdem ist die Stelle dort zu öffentlich. Dennoch, diese Berge hier sind durch und durch von Kraftlinien durchzogen – oder von Leys, wie du sie nennst. Die Linie, die dem Observatorium am nächsten ist – die, die ich dir gezeigt habe –, mündet in Sant' Antimo.«

»Und durch sie bist du das erste Mal hierhergekommen.«

»Genau.« Er hob mahnend einen Finger. »Benutze sie – doch benutze sie mit Umsicht. Wir können nie wissen, ob jemand zuschaut.«

Wilhelmina dankte ihm für seine Fürsorge und reiste ab. Im nächsten Frühjahr kehrte sie zurück und dann wieder im darauffolgenden Herbst: ein Muster, das so oft wiederholt werden sollte, bis sie ein vertrauter Anblick auf dem Klostergelände war. Ihre Freunde dort waren glücklich, wenn sie Mina sahen, die sich langsam in den Ort verliebte.

»Kennst du Thomas Young?«, fragte Bruder Lazarus sie bei jenem ersten Besuch. »Er ist ein Arzt in London. Haben sich eure Wege jemals gekreuzt?«

»Ich bin mir sicher, dass ich es wissen würde, wenn dies geschehen wäre«, antwortete sie. »Doch nein. Ist er auch ein Reisender wie wir?«

»Das ist mir niemals zu Ohren gekommen, doch es würde mich nicht überraschen. Seine Experimente im Jahre 1807 errichteten das Fundament, auf dem das Gebäude der Quantenphysik erbaut ist.« Bruder Lazarus fuhr fort, in einem fast ehrfürchtigen Tonfall über den Mann zu berichten, der die zweifache Natur des Lichts – als Teilchenstrom und als Wellen – entdeckt hatte. »Und als ob das

noch nicht genug wäre, hat er außerdem geholfen, die Archäologie als Wissenschaft zu begründen, und 1814 gelang es ihm sogar, den Code der ägyptischen Hieroglyphenschrift zu knacken.«
»Er hört sich faszinierend an«, sagte Mina. »Du sagst, er lebt in London?«
»Richtig.« Der Mönch nickte. »Thomas Young ist ein höchst faszinierender Mann.«
Dies war das erste Mal, dass Wilhelmina von Dr. Thomas Young hörte. Es würde nicht das letzte Mal sein.

ELFTES KAPITEL

Worin Spuren gemacht und wieder verdeckt werden

»Ich stimme zu, dass es irgendwie ein sonderbarer Zufall ist«, räumte Lady Fayth mit Bedacht ein. »Andererseits, warum sollte diese Bäckerin nicht dort hingehen, wohin sie möchte?«

»Ich finde es höchst verdächtig«, erklärte Burleigh. »Am Abend, an dem sie unsere Einladung zum Abendessen erhält, rafft sie sich auf und flieht aus der Stadt. Zufall? Das glaube ich nicht.«

»Man kann von ihr kaum behaupten, dass sie aus der Stadt geflohen ist«, entgegnete Haven in sanftem Tonfall. »Der Bäcker hat gesagt, sie hätte Geschäftliches in Wien zu erledigen. Da ist nichts Seltsames an einer Geschäftsfrau, die aus beruflichen Gründen verreist. Einige würden sagen, dass solch eine Zufälligkeit eine unvermeidbare Folge ihres Gewerbes ist.«

Burleighs Gesichtsausdruck verhärtete sich. »Warum ergreift Ihr stets ihre Partei?« Seine Stimme klang finster; seine Worte waren eindeutig eine Anspielung.

»Wegen der Art und Weise, wie Ihr sprecht.« Haven stieß einen leichten Seufzer aus und rollte ihre hübschen braunen Augen. »Ich ergreife nicht Partei – für keinen, mein argwöhnischer Lord. Ich betone nur die Torheit Eures Beharrens, selbst die vollkommen unschuldigsten Geschehnisse als Teil irgendeiner riesigen Verschwörung zu sehen, um Eure Pläne umzustoßen.«

»Hütet Eure Zunge, Mädchen!«, knurrte der Earl böse und starrte sie wütend an. »Ich bin es langsam leid, über jeden Schritt, den ich unternehme, mit Euch zu streiten.«

Haven wusste, dass sie ihm in dieser Angelegenheit mehr als genug zugesetzt hatte. Es war Zeit für eine Wiedergutmachung. »O, mein Teurer, ich habe Euch verärgert«, sagte sie reuevoll. »Es tut mir leid.« Sie senkte ihren Kopf in einer unterwürfigen Geste. »Euch zu beleidigen war das Letzte, was ich beabsichtigt habe.«

»Hinaus!«, schrie er. »Ich kann nicht denken, wenn Ihr ein einfältiges Lächeln wie dieses zeigt. Geht aus dem Zimmer, bis ich Euch rufe. Ich will entscheiden, was nun zu tun ist.«

Ohne ein weiteres Wort drehte sie sich um und schritt zur Tür. Sie war froh, der schlechten Laune des Schwarzen Earls zu entfliehen.

»Glaubt ja nicht, dass ich Eure Unverschämtheit vergessen werde!«, rief er ihr hinterher.

»Nein, Mylord«, erwiderte sie und schloss die Tür hinter sich. Dann sagte sie zu sich selbst. »Ich glaube, du wirst bald einen Grund haben, dich noch lange daran zu erinnern.«

Mit erhobenem Kopf stolzierte sie den Korridor hinunter. Sie kochte vor Wut: wegen Burleigh; wegen der niederträchtigen Umstände, die sie zwangen, sich wie eine verkommene Dirne zu verhalten; wegen der Schuldgefühle, weil sie ihren Onkel und die anderen zum Sterben im Grabmal zurückgelassen hatte – Wut wegen der Machtlosigkeit und Demütigung, die sie jeden Moment fühlte, wenn sie nicht gerade schlief. Es war schlimm genug, dass man sie in eine Anstifterin von Komplotten und in eine Ränkeschmiedin verwandelt hatte: Dies war der Preis, den sie dafür bezahlte, dass sie sich der großen Suche angeschlossen hatte – so sei es also. Doch dass sie mit dem Rohling reisen musste und dabei von allen als seine Vertraute, ja sogar als seine Geliebte gesehen wurde... Bereits beim Klang seiner Stimme, bei seinem hochnäsigen Verhalten und beim Anblick seiner gut aussehenden Gesichtszüge, die man bei einem besseren Mann wohl bewundert hätte, drehte sich ihr der Magen um.

Die Vortäuschung von Gehorsam lag schwer auf ihr. Sie hasste diesen abscheulichen Mann und sein bestialisches Verhalten, und es war inzwischen nahezu unmöglich für sie, in seiner Gegenwart ihre Zunge in Zaum zu halten. Burleigh selbst spürte, dass bei ihr nicht alles so war, wie es zu sein schien. Bald, wenn nicht bereits jetzt, würde er die Entscheidung treffen, ihre Partnerschaft aufzulösen; und sie würde dann ein weiteres Opfer seines unersättlichen Ehrgeizes werden.

Abgesehen von dem Wunsch, einfach zu überleben, hatte sie gehofft, von ihm zu lernen – oder zumindest seine Methoden, Pläne und höchsten Ziele in Erfahrung zu bringen. Doch außer Burleighs Besessenheit von der Meisterkarte hatte sie sehr wenig erfahren. Sie wusste immer noch nicht, was er wollte, warum er sich so antrieb, was er für sich zu gewinnen erhoffte durch seine rücksichtslose Ausnutzung aller Menschen, die ihm auf seinem Weg begegneten. Aber sie spürte, dass sie alles erfahren hatte, was er ihr lehren wollte. Jetzt, wo sie in dem abgedunkelten Gang stand und auf die Tür zu ihrem Zimmer in diesem stinkenden, verwanzten Gasthaus starrte, wusste sie, dass sie am Ende ihrer Geduld war.

Das Gasthaus – das großartigste, das Prag anzubieten hatte – war unerträglich. Der Gestank, der Lärm und die schmutzige Umgebung geziemten sich nicht für eine Lady ihres Standes. Sie weigerte sich, auch nur noch eine weitere Nacht damit zuzubringen, den Katzen unterhalb ihres Fensters zuhören zu müssen, wie sie den Straßenabfall durchwühlten. Und sie wollte nicht mehr den betrunkenen, schnarchenden Schläfern in den Räumen beiderseits ihres Zimmers zuhören müssen und den Inhalt von Nachttöpfen riechen, wenn sie in der Gosse ausgeschüttet wurden.

Kaum hatte sie die Tür hinter sich geschlossen, zog sie sich aus und legte ihre Reisekleider an. Sie nahm nur noch ihren Mantel mit, als sie aus dem Zimmer schlich. Sobald sie den Gang durchquert hatte, glitt sie wie eine Elfe die Treppe hinunter. Auf Zehenspitzen huschte sie durch den Hausflur des Gasthauses und riskierte einen Blick in den Gemeinschaftsraum, wo sie Burleigh erblickte. Er saß immer noch dort, wo sie ihn verlassen hatte, und brütete vor sich hin, während neben seinem Ellbogen ein Getränk stand. Haven trat zum Eingang. Ein letztes Mal schaute sie sich um und sah, dass sie unbemerkt geblieben war. Danach ging sie fort.

Sie schritt durch die Straßen von Prag, stieg den Palasthügel in Richtung Altstadt hinunter und sah, wie sich hinter dem großen Platz die Stadtmauern erhoben. Die Sonne war bereits untergegangen, doch am Himmel schimmerte noch Licht. Sie hoffte, dass es beim Verlassen der Stadt keine Schwierigkeiten geben würde; auch hatte sie kein Interesse daran, irgendwelche Augenzeugen zu hinterlassen, die später vielleicht befragt würden. Dies – ebenso sehr wie die Tatsache, dass ihr Deutsch in keiner Weise gut genug war, um sich für neugierige Wachen eine plausible Geschichte zurechtzulegen und sie überzeugend vorzutragen – führte dazu, dass sie sich für eine andere, etwas weniger wünschenswerte Vorgehensweise entschied. Sie würde sich ganz einfach im Schatten der Tore aufhalten, bis ein abfahrendes Fuhrwerk oder eine Kutsche hindurchrumpeln würde. Dann würde sie das Gefährt benutzen, um vor dem Blick anderer geschützt zu sein, dabei durch die Tore schlüpfen und dann in der Landschaft verschwinden.

Als sie sich dem Torhaus näherte, verlangsamte sie ihre Schritte und hielt sich auf der gegenüberliegenden Straßenseite. Sie beobachtete die Vorgänge und versuchte den Aufenthaltsort der Wachen festzustellen. Sie fand eine enge Gasse in Sichtweite des Tors, schlich hinein, hockte sich hinter einer Regentonne auf eine umgestürzte Kiste und lehnte sich zurück, um auf ihre Chance zu warten. Kurze Zeit später vernahm sie das Geklapper von Pferdehufen auf Pflastersteinen. Sie erhob sich von ihrem Sitz und schlich zur Gassenmündung. Auf jeder Seite der beiden großen Holztüren, von denen eine offen stand, waren die Fackeln entzündet worden. Der Fahrer eines Wagens, der mit Fässern beladen war, verhandelte gerade mit den Wachen, damit sie auch die andere Torhälfte öffneten und das Fuhrwerk durchließen. Haven fasste sich ein Herz und flitzte aus ihrem Versteck. Sie rannte entlang des kastenförmigen Gefährts, gerade als der Fahrer mit den Zügeln schnalzte und die Pferde laut aufforderte, sich in Bewegung zu setzen.

Haven und der Wagen passierten zur selben Zeit das Tor und gelangten auf die Straße. Soweit sie hatte erkennen können, war sie weder von den Torwächtern noch von irgendjemand anderem gesehen worden. Sie warf noch einen letzten Blick über die Schulter zurück und überzeugte sich davon, dass sie tatsächlich frei war. Dann drehte sie sich um und eilte zu dem Ort, wo sie abspringen konnte – der Stelle, die Burleigh benutzte, um Prag zu erreichen. Sie hatte sich den Standort fest ins Gedächtnis eingeprägt und keine Schwierigkeiten, ihn wiederzufinden.

Nach einem flotten Marsch durch die kalte graue Landschaft gelangte sie zu einer abgelegenen Stelle in den Hügeln nördlich der Stadt. Dort gab es inmitten von Rübenäckern eine außergewöhnlich gerade Vertiefung in der Erde: ein flacher Graben, der die Grenze zwischen zwei Feldern markierte. Dies waren uralte Strukturen, wie sie wusste. Ihr Onkel hatte sie Heilige Wege genannt, und sie waren älter als die Bauernhöfe und Felder, deren Grenzen sie kennzeichneten. *Sie sind so alt wie die Hügel selbst*, hatte Sir Henry erklärt.

Bei dem flüchtigen Gedanken an ihren geliebten Onkel verspürte Haven erneut ein stechendes Schuldgefühl, weil sie ihn im Stich gelassen hatte. »Es tut mir so leid, Onkel«, murmelte sie; dann schob sie das Gefühl beiseite. Von nun an würde das Verlangen nach Rache sie antreiben, entschied sie. Sie würde den Tod ihres Onkels rächen und den Schwarzen Earl bestrafen für seine unnötige Grausamkeit und für die Demütigung, die er ihr zugefügt hatte.

Am östlichen Himmel leuchteten die Sterne, als Haven den Ley erreichte. Ohne auch nur einen Augenblick zu zögern, rannte sie über das tief gefurchte Feld zu dem Heiligen Weg. Dort angekommen, trat sie hinunter in den Graben und richtete sich an einem der Steine aus, die als Feldbegrenzungen dienten. Sie stellte sich in der Mitte des Pfades hin und begann, den schmalen Weg entlangzuschreiten. Nach vier beherzten Schritten spürte sie das vertraute Kribbeln auf ihrer Haut. Eine Windböe wehte über die Grabenränder und wirbelte um ihren langen Rock herum. Nach drei weiteren Schritten erreichte sie den nächsten Markierungsstein. Die Ränder des Heiligen Weges wurden unscharf. Das Zwielicht der Abenddämmerung verdunkelte sich, und sie spürte, wie unter ihren Füßen der Pfad wegfiel. Einen Moment lang hörte sie nur das heulende

Kreischen der Leere, und nebliger Regen spritzte ihr ins Gesicht und in den Nacken. Als inzwischen erfahrenere Ley-Springerin war sie auf den scheußlichen Ruck vorbereitet, als unter ihren Füßen der Pfad hochkam; die Bodenhöhe war diesmal ein wenig höher. Sie federte den Stoß in ihren Knien ab, sodass es ihr gelang, aufrecht stehen zu bleiben. Dann ging sie zwei weitere Schritte, hielt an und schaute sich um.

Die Welt um sie herum hatte sich verändert. Die sanften Hügel und gepflügten Felder in Böhmen waren verschwunden, und an ihrer Stelle befand sich eine kühle, nebelbedeckte Wildnis aus breiten Tälern und baumlosen Höhen. Es war ein wenig wie Yorkshire, dachte sie. Doch es war nicht Yorkshire – zumindest nicht das Yorkshire, das sie kannte. Burleigh behauptete, dass es wie so viele andere Welten lediglich ein Verbindungsort, eine Zwischenstation, von einer zur anderen Dimension des multidimensionalen Universums war. Zwei weitere Sprünge würden sie nach England zurückbringen.

Haven hatte keinerlei Zweifel, dass sie nach London gelangen konnte. Doch es gab eine gewisse Unsicherheit, den Sprung genau richtig einzuschätzen, um die gewünschte Zeit zu erreichen. Ohne die ausgesprochen nützliche Hilfe durch die kleine Vorrichtung des Schwarzen Earls würde sie ihren eigenen Sinnen vertrauen müssen. Gleichwohl war sie glücklich, dass ihr die Flucht gelungen war und sich nun zu guter Letzt selbst zu gehören.

Die nächste Ley-Linie befand sich in einiger Entfernung: in einem Hochland mit vielen Mooren. Sie war fast eine halbe Tagesreise zu Fuß entfernt, und da es sich um eine öde, menschenleere Landschaft handelte, blieb einem nichts anderes übrig, als zu gehen. Sie brach sofort auf und versuchte, so schnell wie möglich voranzukommen. Wahrscheinlich würde sie auf den Sonnenuntergang warten müssen, sobald sie dort war. Doch sie würde lieber warten, als diesen Zeitpunkt zu verpassen und die Nacht draußen in der trostlosen Moorlandschaft verbringen zu müssen.

Während sie marschierte, stellte sie sich in Gedanken vor, was sie tun würde, wenn sie nach London kam, und wie sie vorgehen könnte, um die große Suche nach der Meisterkarte voranzubringen. Dies konnte sie eindeutig nicht alleine bewältigen. Zweifellos hätte sie mit Wilhelmina Pläne schmieden sollen, um ihre Verbündete in London zu treffen. Jetzt, wo sie daran dachte, wurde ihr klar, dass dies die perfekte Lösung gewesen wäre: Sie hätten Burleigh aus dem Weg gehen und ihr Bündnis festigen können. Doch aufgrund der Dringlichkeit, aus Prag herauszukommen, hatte keiner von ihnen daran gedacht.

Es war bereits spät am Tag, als sie den Ley erreichte – ein namenloser Weg oben auf einer breiten Landzunge, wo zwei Täler oberhalb eines grauen Flusses zusammentrafen. Sie fand einen Stein neben dem Pfad und setzte sich nieder, um zu beobachten, wie im Westen die tiefstehende Sonne weiter unter die Linie der kargen Berge sank. Haven zitterte in der kalten, feuchten Luft, als die Nacht anbrach. Sie tröstete sich selbst mit dem Gedanken, dass sie bald wieder zu Hause – und damit im Trockenen und Warmen – sein würde.

Als dann am Abend die Täler dunkler wurden und sich gespenstartige Dämpfe am Fluss unten entlangschlängelten, stand Haven auf und schritt vom Beginn des Leys an die Strecke behutsam ab. Abermals sammelte sie sich für den Sprung. Diesen brachte sie wie den ersten ohne übermäßige Beschwerden zustande, was sie als Zeichen dafür ansah, dass sie ihre Fähigkeiten vervollkommnete. Dieser Gedanke gefiel ihr und erfüllte sie mit Selbstvertrauen, als ein heftiger Platzregen ihr verkündete, dass sie in England angekommen war. Sie befand sich auf einer einsamen Hügelkuppe irgendwo in den Downs, dem Hügelland im Südosten.

Als die Sicht besser wurde, erkannte sie die Umrisse der London Road, an deren Seiten sich gepflegte Gerstenfelder reihten. Sie erblickte strohgedeckte Bauernhäuser und eine Postkutsche, welche die lang ansteigenden Kreidehügel hochrumpelte. Haven nahm die Ansicht in sich auf, und ihr Herz machte einen Sprung. Sie hatte es geschafft! Ihr war es ganz alleine gelungen, die richtigen Wege nach Hause zu finden.

Es war noch früh am Tag. Die Sonne stand jedoch schon hoch am

Himmel, an dem sich nur ein paar Wolken zeigten; die Luft war sanft und mild. Haven legte eine kleine Pause ein, um Atem zu holen und so das aufkommende Übelkeitsgefühl zu überwinden. Sie sog die süße, frische Landluft in ihre Lungen hinein und blickte den grünen, sanften Abhang des Hügels hinab. Nun konnte sie weitere Wagen und einige Fußgänger auf der Straße unten sehen. Sobald sie sich wieder gefestigt fühlte, zog sie ihre Röcke hoch und eilte den Hügel hinunter. Sie wollte vorbeikommende Händler oder Bauern um eine Mitfahrgelegenheit bitten und war sich sicher, dass sie dabei bald Erfolg haben würde, und zwar am besten bei einer Kutsche, die in die Stadt fuhr.

Doch letzten Endes musste sie sich mit einem Heuwagen, einem Ochsenkarren und einem von Kaltblütern gezogenen Brauereiwagen begnügen; und jedes dieser Gefährte war langsamer als das vorherige. Als Folge davon erreichte sie London erst bei Anbruch der Dunkelheit, wo sie sich unverzüglich auf den Weg zum Clarimond House machte, dem Stadthaus von Sir Henry Fayth. Wie ein Geist huschte sie durch die Straßen, die unregelmäßig von Fackeln beleuchtet wurden, und achtete darauf, sich stets im Schatten zu bewegen. Eine junge Frau, die nachts in der Dunkelheit alleine durch die Straßen der Stadt ging, forderte Unannehmlichkeiten heraus: Doch Haven Fayth war nicht so weit gekommen, nur um am Ende das Messer eines Straßenräubers zu spüren zu bekommen.

Sie huschte entlang der Häuser, deren Fassaden direkt am breiten, gepflasterten Boulevard waren; und manchmal war sie ihnen so nah, dass sie mit ihrem Ellbogen die Türen streifte. Haven stieß einen erleichterten Seufzer aus, als schließlich das stattliche, aus Backstein erbaute Herrenhaus in Sicht kam. Ein paar letzte schnelle Schritte – und sie hatte die Eisenpforte passiert und befand sich in den Außenanlagen. Endlich war sie in Sicherheit! Sie eilte die Auffahrt entlang, hüpfte die Eingangsstufen hoch und klopfte stark gegen die Haustür. Beim zweiten Pochen öffnete sie sich langsam. Ein Diener, der notdürftig in einem schwarzen Gewand gekleidet war, ließ sich dazu herab, sie mit finsterer, ablehnender Miene anzublicken.

»Seine Lordschaft empfängt keine Besucher«, teilte er ihr in einem Tonfall mit, der keinen Zweifel daran ließ, dass sie nicht willkommen war. Er machte Anstalten, die Tür wieder zu schließen.

»Wisst Ihr denn nicht, wer ich bin, Villiers?«, fragte sie und legte ihre Hand an die Tür, bevor sie ganz geschlossen war.

»Mylady?« Die Haustür öffnete sich erneut, diesmal wesentlich weiter; und der Diener holte eine Kerze hervor. »Lady Fayth!«, keuchte er auf, während er die Kerze hochhielt, um die Besucherin zu sehen. »Ihr hättet zuvor eine Nachricht von Eurer Ankunft schicken sollen.«

»Soll ich die Nacht auf der Eingangsstufe verbringen?«

»Es tut mir schrecklich leid, Mylady.« Er trat beiseite, verbeugte sich und geleitete sie in den Vorraum; die Tür schloss er fest hinter ihr zu. »Bitte vergebt mir. Wir haben niemanden erwartet. Wäre mir bekannt gewesen, dass Ihr kommen würdet, hätte ich Euch eine Kutsche gesandt.«

»Dafür war keine Zeit«, erklärte sie ihm. »Ich sterbe vor Hunger. Gibt es ein Abendessen?«

»Die Köchin bereitet es jetzt zu«, antwortete Villiers. »Ich werde im Speisezimmer ein Gedeck auflegen lassen.« Er blickte sie aufmerksam an. »Ich kann sehen, dass die Reise Euch erschöpft hat. Ich lasse heißes Wasser und Handtücher in Euer Zimmer hochbringen. Wenn Ihr Euch erfrischen wollt, unterrichte ich den Haushalt, dass Ihr Euch im Haus aufhaltet.«

»Habt Dank, Villiers. Ich überlasse das Eurer Obhut. Aber zuerst muss ich Giles sehen. Ist er hier?«

»Ja, Mylady. Mr. Standfast erholt sich gerade von einer Verletzung. Er hat eine Schusswunde erlitten.«

»Ja, das weiß ich. Schrecklicher Unfall. Es hätte niemals geschehen dürfen.« Sie drehte sich der Treppe zu. »Ich muss ihn auf der Stelle sehen.«

»Ich glaube, der Doktor hat ihm absolute Bettruhe verordnet.«

»Ich werde ihn nicht über die Maßen behelligen«, erwiderte sie. »In welchem Raum liegt er?«

»Im Pflaumenraum, Mylady. Erlaubt mir, Euch anzukündigen.«

»Das ist nicht nötig. Ich möchte, dass Ihr nach dem Abendessen schaut. Ich werde mich selbst ankündigen.« Jegliche Schicklichkeit gab sie auf, nahm die Kerze an sich und stieg rasch die Stufen hoch.

Sie erreichte die Galerie und eilte zum Flur, der von Sir Henrys Dienerschaft genutzt wurde. Sie blieb vor der dritten Tür im Flur stehen und sammelte sich, dann klopfte sie an.

»Herein«, ertönte eine vertraute Stimme auf der anderen Seite der Tür.

Sie drehte den Messinggriff und drückte die Tür auf.

Giles lag im Bett, die gesamte obere linke Seite seines Rumpfes war von weißen Bandagen umhüllt. Auf dem Nachttisch leuchtete eine brennende Lampe, und daneben waren ein Krug und eine Tasse. Auf dem Boden stand ein Nachttopf. Kaum hatte der Verwundete einen flüchtigen Blick auf seine Besucherin geworfen, die noch im Korridor stand, fuhr er im Bett hoch.

»Miss Wilhelmina? Habt Ihr –«, begann er und brach den Satz ab.

Haven schritt über die Schwelle in das Zimmer hinein und stellte sich ins Licht. »Hallo, Giles«, grüßte sie ihn.

Er fiel in seine Kissen zurück. »Lady Fayth. Ich hätte niemals gedacht –« Dann begriff er, dass ihre Anwesenheit noch einige andere Sachverhalte miteinschließen konnte. Er sauste erneut hoch, warf die Decke zur Seite und machte sich daran, aus dem Bett zu klettern. »Ist Burleigh hier?«, fragte er. Die mühselige Anstrengung, sich zu erheben, ließ ihn vor Schmerzen zusammenzucken. »Ist er –«

»Beruhigt Euch, Giles«, sagte Haven mit sanfter Stimme. »Alles ist gut. Ich bin alleine hier. Wie Ihr bin ich ihm entflohen.«

Mit den langsamen, bedächtigen Bewegungen eines Mannes, der Schmerzen hatte, legte er sich wieder zurück. »Warum seid Ihr dann hier?«, fragte er in einem mürrischen und unfreundlichen Tonfall. »Ihr müsst doch wissen, dass ich Euch nichts zu sagen habe.«

»Vielleicht nicht«, räumte sie ein. Sie hob die Decke auf, legte sie wieder auf ihn und zog sie zurecht. »Aber vielleicht wollt Ihr gerne zuhören, denn ich habe Euch etwas zu sagen.«

Er starrte sie an. Sein Gesichtsausdruck war voller Schmerz und

Misstrauen wegen dem, was sie einst getan hatte und was er als Verrat betrachtete. »Dann fahrt fort«, sagte er zu guter Letzt; die Neugierde hatte seinen Argwohn überwältigt.

»Zuerst«, sagte sie, »muss ich eines wissen – geht es Euch gut genug, dass Ihr in der Lage seid, eine Reise zu unternehmen?«

ZWÖLFTES KAPITEL

Worin Kit den Gebrauch eines Murmeltierschädels erlernt

Das Innere der Höhle erschien Kit warm und wärmer, als er gedacht hätte. Er folgte den Jägern und suchte sich seinen Weg behutsam über das Durcheinander der Felsbrocken hinweg, mit denen der Höhlenboden übersät war. Die Luft stand still und hatte den Geruch von trockenen Blättern, der sich mit bitterem Katzenduft vermengte. Je tiefer sie in die Wand der Schlucht eindrangen und sie erforschten, desto wärmer wurde es. Kit, der noch vom Kampf mit dem Höhlenlöwen schwitzte, hatte das Gefühl, als würde er sein Hemd verlieren – und vielleicht wäre dies auch geschehen, wenn er sich nicht praktisch in das Gewand hineingenäht hätte. Doch im Moment war es seine größere Sorge, nicht das winzige Licht aus den Augen zu verlieren, das sich ein paar Schritte vor ihm rasch hin und her bewegte.

Nach dem Kampf draußen mit der Bestie waren die Jäger in das Loch in der Felswand der Schlucht geklettert. Dort hatte Dardok in einer finsteren Höhlennische herumgewühlt und aus einer Felsspalte drei kleine Murmeltierschädel herausgezogen. Jeder von ihnen war zerbrochen; lediglich die wie flache Schüsseln geformten Schädeldecken waren an einem Stück geblieben. Sie erwiesen sich rasch als primitive Lampen, die der Clan dort bei seinem letzten Besuch der Höhle zurückgelassen hatte. Dardok machte sich sogleich daran, die Lampen zu entzünden, indem er die glühende Kohle aus dem Holzgefäß benutzte, das aus der Schneeverwehung gerettet worden war, in die Kit es hatte fallen lassen. Mit den geflochtenen Haaren als Dochten und dem Tierfett als Brennstoff verströmten die Schädellampen ein unangenehmes öliges Licht und zudem einen üblen Geruch, doch in der absoluten Finsternis der tiefen unterirdischen Gänge funktionierten sie überraschend effektiv.

Nachdem die Lampen verteilt waren, drangen die Clanmitglieder tiefer in die Höhle ein. Aufgrund der nah beieinander stehenden Wände und der beengten Räume waren sie gezwungen, im Gänsemarsch zu gehen; und bald schon wurden die Abstände zwischen ihnen größer. Kit verlor die ersten beiden Lampen aus den Augen und wollte unbedingt die letzte in Sicht behalten, während der Trupp dem Gang folgte, der immer tiefer in die Erde führte. Gelegentlich gab es ebene Strecken, wo der Tunnel breiter wurde; dann wiederum blieb Kit nichts anderes übrig, als sich durch Spalten zu schlängeln. Die Felsen waren feucht, einige von ihnen sogar ziemlich nass – dort tropfte Wasser aus einem langen Riss oder sickerte von irgendwo über ihnen durch das Gestein. Wo es ein ständiges Rieseln und Tröpfeln von Wasser gab, hingen Stalaktiten von der Höhlendecke, denen ausgewichen werden musste, ebenso wie den Stalagmiten, die aus dem Boden hervorwuchsen wie gigantische Zähne in einem steinernen Kiefer.

Kit folgte der Gruppe und versuchte dabei, nicht in das stehende Wasser zu treten, das sich auf dem Boden ansammelte. Einmal glitt er über einen Felsbrocken und fand sich plötzlich am Eingang zu einer Galerie wieder; sowohl die Decke als auch die Wände erstreckten sich außerhalb der Reichweite des primitiven Lampenlichts. Weiter vor sich sah er, wie sich Dardoks Lampe in einer Wasserlache auf dem Höhlenboden spiegelte. Das Licht bewegte sich nicht mehr; und Kit vermutete, dass Großer Jäger auf die Gruppe wartete, damit man sich erneut versammelte, bevor es weiterging. Und tatsächlich machte sich Dardok erst dann wieder auf, als sich alle bei ihm eingefunden hatten. Sie gelangten an das Ende der Galerie und betraten einen Tunnel, der sich nach ein paar Hundert Schritten teilte. Sie nahmen die Abzweigung zur Rechten. Die Gruppe bewegte sich nun durch einen Gang, dessen Decke man zwar nicht sehen konnte, der aber nichtsdestotrotz so eng war, dass Kit mit ausgestreckten Armen die Wände zu beiden Seiten berühren konnte. Schließlich blieben sie stehen.

Dardok hielt seine Schädellampe nahe an die Wand, und Kit sah in dem trüben Schein, den das ölige Licht warf, den unverwechselbaren massigen Körper eines großen Auerochsen mit langen Hörnern, der auf die Felswand gemalt worden war. Das Tier war in Ocker, Rot und Braun wiedergegeben, zudem hatte es schwarze Ohren und Augen. Sein Maul war geöffnet, und seine Vorderbeine waren gekrümmt, als würde es laufen. Während Kit das Werk betrachtete, bewegte Großer Jäger seine kleine Lampe unterhalb des Bildes hin und her: Zu Kits Verwunderung schien die sorgfältig gezeichnete Kreatur direkt vor seinen Augen zu atmen und zu leben anzufangen. Das flackernde Licht, das über die unebene steinerne Oberfläche fuhr, erzeugte die Illusion von Bewegung.

Der Trick mit dem Licht war köstlich, und Kit kicherte laut, woraufhin seine Gefährten ihm merkwürdige Blicke zuwarfen. Dardok gab ein barsches Schnauben von sich und hielt die Schädellampe an einer anderen Stelle, wo ein Elch mit einem riesigen, breiten Geweih zum Vorschein kam. Der Jäger mit der zweiten Lampe ging zur anderen Wand hinüber und hielt sein Licht hoch. Kit sah eine geschlossene Front von erdfarbenen Pferden: sechs dicke Tiere mit kurzen Mähnen und stark gebauten Hälsen. Sie waren alle im Profil, wobei jeder Kopf eine etwas andere Haltung einnahm; und sie alle rannten zusammen, ihre Vorderbeine bewegten sich im Gleichklang.

Es gab noch mehr – entlang der sanft gewölbten Höhlenwand erstreckten sich Abbildungen von einer großen Menge unterschiedlicher Tiere: ein brauner Bison mit einem Jungen; zwei springende Antilopen; ein brüllender Höhlenlöwe mit weit aufgerissenem Rachen, der seine Fänge zeigte; ein Bär, der auf seinen Hinterbeinen stand; ein Rind; ein weiterer Bär; eine dickbäuchige Kuh mit einem mageren Kalb, das nach oben schnüffelte, um zu saugen; sogar der hochgewölbte Kopf und die Schultern eines Wollhaarmammuts mit seinem roten, zotteligen Fell. All die Bilder waren mit sehr großem Geschick gemalt worden, doch irgendwie in einem naiven

Stil, als ob sie von Schulkindern mit außergewöhnlichem künstlerischem Talent stammten. Die Art, wie die Künstler das Verhalten einzelner Geschöpfe mit nur ein paar Linien eingefangen hatten – hier ein Strich für einen Mund, dort eine Farbtönung für gewölbte Muskelstränge –, war bemerkenswert und offenbarte eine lange Vertrautheit mit den Lebensweisen der dargestellten Tiere. Gleichzeitig gab es eindeutig ein fantastisches Element in der Darstellung – als ob der Künstler mit seinen Objekten spielte oder sich an einem heiteren Tanz beteiligte.

Weiter hinten in der Galerie sah Kit, dass es abgesehen von den dargestellten Tieren auch Bereiche gab, die aus gezeichneten Symbolen bestanden: Spiralen und wellenförmige Linien; Punkte und Kreise von unterschiedlicher Größe; Gebilde, die wie Eier aussahen, und viele Handabdrücke. Letztere waren auf eine Art hergestellt worden, wie man es von einer Kindergärtnerin kannte, die mit einem Buntstift die Konturen ihrer eigenen Finger wiedergab. Auf der Höhlenwand jedoch waren die Farbpigmente irgendwie über die Hand gesprüht worden, anstatt um sie und die Finger herum zu zeichnen. Auf diese Weise hatte man einen »Schattenabdruck« auf dem umgebenden Fels hinterlassen – eine Farblücke, wo die Hand des Künstlers gewesen war. Waren diese Abdrücke so etwas wie die Unterschriften des Künstlers? Oder stellten sie einfach eine Möglichkeit dar, um eine Anwesenheit auszudrücken – so wie die »Bill wa' hier«-Graffiti, die man in Londoner Unterführungen gekritzelt sah?

Und dann erblickte Kit etwas, das sein Herz ein wenig rascher schlagen ließ. Auf der gegenüberliegenden Wand waren kleinere Formen aufgesprüht worden. Kit schritt dorthin, um sich die Muster aus Wirbeln und Spiralen, aus Schnörkeln und Punkten genauer anzusehen: Es waren die merkwürdigen Buchstaben eines durcheinandergebrachten Alphabets. Trotz der primitiven Werkzeuge, die man beim Malen dieser Buchstaben benutzt hatte, war jeder von ihnen einzigartig und sehr präzise gezeichnet. Als Kit sich nah heran beugte und im düsteren, flackernden Licht angestrengt auf sie schaute, erkannte er, dass er diese wunderlichen Bildsymbole schon einmal gesehen hatte – auf der Meisterkarte.

Kit starrte auf die undurchsichtigen Zeichen, während sich vor Verwunderung in seinem Kopf alles drehte. Wie konnte das nur sein? Wie war das möglich? Er atmete tief ein und zwang sich, seine rasenden Gedanken im Zaum zu halten. *Okay, überlege genau! Was bedeutet das?* Als Erstes fiel ihm ein, dass entweder Arthur Flinders-Petrie hier gewesen war oder irgendjemand, der Zugriff auf diese Karte hatte; denn bei genauerer Betrachtung bemerkte Kit, dass die Technik des Künstlers sich sehr von der unterschied, die sich in den anderen Bildern zeigte. Jedes Bildsymbol war präzise und sauber gezeichnet – ohne falsche Anfänge oder verschmierte Linien. Offenkundig wusste die Person, die diese Symbole auf die Wand gemalt hatte, ganz genau, was sie tat.

Während Kit in der Dunkelheit der Höhle stand, die im Schein der flackernden Lichter zu beben schien, vernahm er erneut die Worte von Sir Henry Fayth: *Es gibt keinen Zufall unter dem Himmel.*

»So etwas wie Zufall gibt es nicht«, flüsterte Kit und streifte mit einer zitternden Fingerspitze über das Felsgestein. Und es stimmte.

Plötzlich bewegte sich das Licht. Kit blickte sich um und sah, dass die Clanmitglieder weiterzogen. »Wartet!«, rief er unwillkürlich; seine Stimme hallte hohl entlang der Felswände. Der Letzte der Gruppe schaute zurück, hielt jedoch nicht an, und Kit war binnen Kurzem von der Finsternis eingehüllt. Mit einem frustrierten Stöhnen verließ Kit die Symbole der Meisterkarte und eilte dem Licht hinterher. Er war entschlossen, so bald wie möglich hierher zurückzukehren, um die Symbole etwas eingehender zu studieren und sie sich einzuprägen.

Durch Biegungen und verwinkelte Abschnitte führte sie Dardok tiefer und immer tiefer in die Höhle hinein, bis sie schließlich zu einer ausgedehnten Felswand gelangten, wo es nur ein paar Bilder gab. Großer Jäger stellte seine Schädellampe auf einen flachen Felsen und beschäftigte sich mit irgendetwas in der Dunkelheit. Kit trat näher an ihn heran und sah, dass Dardok mehrere weitere Lampen an seiner eigenen anzündete. Sobald sie alle leuchteten, verteilte er sie; auch Kit erhielt nun eine.

Neben den Lampen gab es einen Vorrat an Schalen von Flussmuscheln, Zweige und Erdklumpen. Die Clanmänner hoben glatte Flusssteine von einem kleinen Haufen neben dem Platz auf, wo Dardok die Lampen entzündet hatte, und begannen, die Dreckklumpen zu zerstoßen. Diese Tätigkeit erschien Kit zunächst sinnlos, doch während er zuschaute, veränderte sich diese Einschätzung. Die Männer ergriffen einige der Muschelschalen und häuften ein wenig von der zerstoßenen Erde auf sie. Dann fügten sie Wasser hinzu, das sie von einem tropfenden Stalaktiten erhielten, und bereiteten einen dünnflüssigen Schlamm zu.

Das ist ein Workshop, erkannte Kit. *Sie machen Farbe.*

Jeder Künstler machte seine eigene, indem er mit einem schmutzigen Zeigefinger den Schlamm in einer halben Schale verrührte. Als die Farbe fertig war, holte Dardok Haselnusszweige hervor. Sie wurden herumgereicht und umgehend in die Münder gesteckt. Die Clanmänner kauten eine Weile und nagten an den Stöcken; sie fransten die Enden aus, bis die Zweige rudimentäre Pinsel darstellten. Ab und an nahmen sie die Stäbe aus dem Mund, um sie zu überprüfen, bevor die Männer weiter darauf kauten. Als sie damit fertig waren, berieten sie sich sehr lange. Kit konnte diesem Gedankenaustausch nur teilweise folgen. Er spürte das Schwirren von Gedanken innerhalb der Gruppe – er vermochte stets zu erkennen, wenn sie über etwas diskutierten –, doch die Eindrücke setzten sich nicht ab und kristallisierten sich nicht, wie das geschah, wenn En-Ul sich direkt an ihn wandte. Augenblicke später gingen die Männer auseinander und stellten sich einzeln oder zu zweit entlang der Wand auf. Dann begannen sie mit der Arbeit.

Kit fand einen bequemen Sitz auf einem niedrigen Felsen, lehnte sich zurück und schaute zu, wie die Jäger, die sich nun in Künstler verwandelten, ihre Entwürfe zeichneten. Jeder von ihnen skizzierte auf seinem Abschnitt grob die grundlegende Gestalt eines Ochsen, eines Hirsches oder eines Bären, wobei er Konturen der Felswand folgte, die nur er sehen konnte. Anschließend tupfte er den primitiven Pinsel in die Farbe und begann, den skizzierten Körper auszumalen. Die Männer kamen schnell voran, während sie den Gestalten, die sie erschufen, Farben und Schattierungen verliehen. Allmählich wurde Kit sich eines merkwürdigen Geräuschs bewusst: ein leises, dumpfes, monotones Brummen, das beinahe unterhalb der Hörschwelle lag. Es hob sich und fiel wie Wellen, die gegen eine entfernte Küste schlugen; der Klang nahm zu und dann wieder ab: Die Clanmänner brummten, während sie arbeiteten – es war kein richtiges Vokalisieren, sondern mehr wie ein Schnurren. Der Ton schien nicht aus der Kehle, sondern aus der Brust zu kommen; und als er erst einmal begonnen hatte, ging er weiter und weiter und weiter.

Kit sah zu, wie das Malen voranschritt. Plötzlich fiel ihm ein, dass er Arthur Flinders-Petrie nachahmen und die Glyphen auf sich selbst kopieren könnte, falls auch er malen würde. Dann könnte er seine eigene Meisterkarte werden und so die geheimnisvollen Zeichen für weitere Studien aus der Höhle heraustragen. Er nahm sich eine der Muschelschalen und füllte sie mit etwas zerstoßener Erde, die er mit Wasser verrührte. Anschließend machte er sich auf den Weg zurück in den Hauptgang der Höhle. Als er an Dardok vorbeikam, hielt er inne und flüsterte: »Ich brauche etwas zu trinken.« In seinem Kopf entstand das Bild eines Mannes, der mit seinen Händen Wasser zum Mund führte. Dardok blickte sich zu ihm um und gab ein zustimmendes Grunzen von sich, bevor er mit seiner Arbeit fortfuhr.

Nach diesem kurzen Informationsaustausch nahm Kit seine Lampe und marschierte durch den Tunnel zurück, der zur Hauptpassage und der Galerie mit den Tieren führte, wo er die Bildsymbole der Meisterkarte gesehen hatte. Er folgte dem ständig sich drehenden und wendenden Gang aus Stein und gelangte zu einer Stelle, wo sich der Tunnel teilte. Kit hielt an. An diese Abzweigung vermochte er sich nicht zu erinnern. Andererseits – als er von der anderen Seite hierherkam, hatte er sie wohl nicht erkennen können. Er entschied sich für den größeren Weg und ging weiter. Nach ein paar Schritten erhielt er eine Bestätigung für seine Entscheidung, als er das Geräusch von tropfendem Wasser vernahm, das in einen Teich fiel – ein festes, beinahe metallisches Klimpern, das durch den steinernen Korridor widerhallte und von irgendwo direkt vor ihm kam.

Kit setzte seinen langsamen Marsch durch den Gang fort. Das klirrende Geräusch schien sich allerdings mit ihm zu bewegen und blieb stets ein kleines Stück vor ihm. Manchmal klang es näher und zu anderer Zeit weiter weg. Doch merkwürdigerweise schien das Geräusch immer nur eine kurze Strecke vor ihm zu sein. Gegen alle Vernunft beschleunigte er sein Tempo, als ob er das Geräusch irgendwie überholen könnte. Er spürte einen Lufthauch an seinem Gesicht – die kleinstmögliche Berührung durch strömende Luft. Nicht mehr als ein Säuseln an seiner Wange. Doch es ließ ihn abermals innehalten. Die winzige Brise verschwand. *Muss ich mir wohl nur vorgestellt haben*, dachte Kit und ging weiter. Er war gerade vier oder fünf Schritte gegangen, als er es erneut spürte: eine federleichte Berührung von etwas Warmem auf seiner Haut.

Er drang weiter vorwärts. Die Lampe, die nur eine einzige, kleine Flamme hatte, spendete wenig Licht; doch als Kit sich dem metallisch klirrenden Geräusch näherte, hatte er den Eindruck, direkt hinter dem Lichtstrahl, den seine kümmerliche Lampe ausstrahlte, eine Bewegung in der Dunkelheit zu sehen – etwas, das sich unten in der Nähe des Bodens wand. Es war da: nur ein flimmernder Schatten in der Finsternis. Und dann war es wieder fort. Gleichwohl setzte sich das metallisch klirrende Geräusch weiter fort, ein wenig lauter als zuvor.

Nun strömte Luft über ihn hinweg und um ihn herum – frisch und sauber, nicht das abgestandene, regungslose Zeug, das die Höhle füllte. Nun fühlte Kit den ersten Anflug von Sorge: Hatte er irgendwo eine falsche Biegung genommen? Kit blieb stehen, die Unschlüssigkeit ließ ihn erstarren. Sollte er zurückkehren und herauszufinden versuchen, wo er verkehrt gegangen war, oder weitermarschieren? Er spürte die Luft an seinem Gesicht und entschied, nach vorne zu gehen. Auch wenn es vielleicht sonst nichts brächte, überlegte er, so würde ihn doch die frische Luft zu guter Letzt aus der Höhle herausführen. Er taumelte vorwärts. Das klirrende Geräusch hörte er erneut und erahnte eine blitzschnelle Bewegung direkt vor ihm. Er blickte auf und sah einen dunklen, sich bewegenden Schatten, der sich vor der noch schwärzeren Dunkelheit abzeichnete. Im selben Moment verhakte sich sein Fuß an etwas Lockerem auf dem Boden. Er stolperte heftig, verlor das Gleichgewicht und stürzte. Die Muschelschale fiel ihm aus der Hand und polterte über den felsigen Untergrund. Die schwache Flamme der Schädellampe erlosch.

Absolute Finsternis – eine intensive, vollständige und undurchdringliche Dunkelheit – senkte sich auf Kit herab. Es fühlte sich an, als ob das Gewicht der Erde über ihm zusammengebrochen wäre. Die Dunkelheit war so bedrückend, dass er einen Augenblick lang die Empfindung hatte, ihm würde die Luft abgeschnürt.

Entspann dich!, sagte er zu sich selbst. *Atme tief ein. Dein Licht ist ausgegangen; das ist alles. Es ist nur Dunkelheit – du wirst nicht ersticken.*

Mit diesen und anderen Gedanken beruhigte er sich selbst, während er auf der Seite lag und zu erkennen versuchte, ob er verletzt oder bloß entnervt war. Abgesehen davon, dass er nichts mehr sehen konnte, schien er unversehrt zu sein. Seine beste, wenn nicht gar seine einzige Möglichkeit war, einfach der frischen Luft weiterhin zu folgen, bis er aus der Höhle herauskam. Dann würde er am Eingang auf Dardok und die anderen warten, bis sie schließlich herauskämen und ihn entdeckten. Er stemmte sich auf alle viere, bevor er sich unsicher erhob. In einiger Entfernung vernahm er das klimpernde Geräusch, das von den Felsen widerhallte. Als er den Kopf in Richtung des Klangs drehte, erspähte er geradeaus das matte Leuchten eines fahlen Lichts – ein gespenstischer Schein, der so schwach war, dass er sich ihn auch einbilden könnte. Kit schloss seine Augen und zählte bis zehn, dann öffnete er sie wieder. Das Licht blieb. Er schaute weg. Schaute zurück. Das blasse Schimmern blieb bestehen – zusammen mit diesem klirrenden Klimpern, das einen in den Wahnsinn trieb.

Mit einer Hand an der Wand neben ihm schob sich Kit den Gang entlang und taumelte auf das entfernte Glitzern des Lichts zu. Nach ein paar Dutzend Schritten hatte er den Eindruck, dass das Licht heller wurde und in der unbekannten Entfernung vor ihm etwas Grauweißes zeigte. Das Geräusch schien sich auch in diese Richtung zu bewegen. Andererseits, vielleicht befand sich dort die Quelle des *Plink-Klink*. Aufgrund des Echoeffekts in der Höhle war es unmöglich, dies zu erkennen. Kit schob sich weiter vorwärts und achtete darauf, dass das Leuchten im Zentrum seiner Sicht blieb. Dementsprechend wurde der schimmernde Glanz größer und heller. Kit begriff schließlich, dass er auf Sonnenlicht blickte, das im Gang vor ihm von der steinernen Seitenwand reflektiert wurde.

Nach ein paar weiteren Schritten war er an der Stelle, wo der Tunnel scharf nach rechts abbog. Kit ging um die Ecke, und das Licht wurde noch heller. Er mühte sich über den unebenen Boden hinweg und kletterte über Felsen und loses Geröll. Vor ihm bog der Gang ein weiteres Mal ab. Das *Plink-Klink* hörte plötzlich auf.

Als er um die nächste Ecke ging, erblickte er die Höhlenöffnung. Strahlendes Weiß strömte durch die unregelmäßige Öffnung hinein. Kits Augen waren schon nicht mehr an Licht gewöhnt, und so war es für ihn, als ob er in einen brennenden Schmelzofen oder eine Miniatursonne blicken würde. Er schloss rasch seine Augen. Dann legte er seine Hände über das Gesicht und ließ eine Zeit lang nur wenig Licht in seine Augen eindringen, bis sich seine Pupillen auf die Helligkeit eingestellt hatten. Dann blickte er erneut. Das helle Licht war noch immer da, und immer noch loderten die Strahlen. Und in dem warmen Sonnenlicht saß die unverkennbare, überlebensgroße Gestalt eines weiteren Höhlenlöwen. Mehr als alles andere sah er wie eine extrem überdimensionierte Hauskatze aus, die auf ihrem Hinterteil saß und sich eine Vorderpfote von der Größe eines Suppentellers leckte.

Kit war mitten in der Bewegung und konnte nicht rechtzeitig innehalten. Sein Fuß senkte sich auf ein loses Felsstück, das kippte und unter seinem Gewicht wegrutschte. Das anschließende leichte Poltern ließ die Bestie zusammenfahren, und sie drehte ihren Kopf ihm zu. Das Tier, das Kit lediglich als Silhouette wahrnehmen konnte, schien kleiner zu sein als der Höhlenlöwe, den früher am Tage die Jäger getötet hatten; vielleicht handelte es sich ja um ein Jungtier. Doch es war immer noch groß genug, um Kit mit einem einzigen Hieb seiner Säbelkrallen tödliche Schlitzwunden zuzufügen. Kit konnte die Augen der Kreatur nicht erkennen, doch sie blickte ihn direkt an. Er blieb völlig regungslos stehen in der Hoffnung, dass er windabwärts und in der Düsternis unsichtbar war. Der Höhlenlöwe beobachtete ihn bloß einen Moment lang, dann erhob er sich.

Langsam, ganz langsam bückte sich Kit herab und tastete auf dem Boden nach einem Felsbrocken. Auf seiner Stirn bildeten sich Schweißperlen, die sein Gesicht hinabliefen. Seine verschwitzte Hand glitt über einen Stein mit vielen scharfen Kanten, und seine Finger schlossen sich fest um ihn. *Zumindest werde ich nicht kampflos untergehen*, dachte Kit.

Er richtete sich wieder auf.

Der Höhlenlöwe ging einen Schritt auf ihn zu. Kit holte tief Luft und schrie. Dann rannte er vorwärts und kreischte dabei wie ein Verrückter. Die Großkatze hielt an, drehte sich um und gab Fersengeld. Als sie von der Höhlenöffnung sprang, erblickte Kit bei dieser blitzartigen Bewegung etwas, bei dem ihm fast das Herz stehen blieb: Der Höhlenlöwe trug eine Eisenkette. Als die Bestie fortsprang, flog sein »Anhängsel« umher. Kit, der in der Mündung der Höhle stand, konnte nun deutlich die Kettenglieder, die der Höhlenlöwe hinter sich herzog, im Licht aufblitzen sehen. Das Ende der Kette schlug immer wieder gegen Steine: *Klink-Plink, Klink-Plink.*

Die Zeit schob sich ineinander. Wie lange lebte er schon beim Fluss-Stadt-Clan? Wie viel Zeit war vergangen, seitdem er das letzte Mal ein vollständig entwickeltes menschliches Wesen gesehen, in einer modernen Sprache geredet und richtige Kleidung getragen hatte? In seinem Kopf drehte sich alles, als er versuchte, sich selbst in eine andere Perspektive zu stellen; denn Kit kannte diese Katze. Er kannte sie aus einer anderen Zeit und einem anderen Ort – einer anderen Wirklichkeit. Dieser Höhlenlöwe war das Eigentum der Schlägertypen, die als die Burley-Männer bekannt waren. Diese Katze hatte einen Namen: Baby. Und das letzte Mal, als er Baby gesehen hatte, war diese Kette in den Händen eines Burley-Mannes gewesen, der Mal hieß.

Fassungslos eilte Kit zum Eingang der Höhle und schaute hinaus.

Die Schlucht war fort, der Schnee verschwunden – und mit ihm auch der Winter. Stattdessen starrte er auf einen grünen, mit Buschwerk bewachsenen Abhang, der sich steil nach unten neigte. Weit unten am Fuße des Berges sah er, wie der Höhlenlöwe auf einen Fluss zurannte. Der Strom glitzerte silbern und floss an dieser Stelle in einem ausladenden Bogen dahin. Und direkt hinter dem Fluss erblickte Kit den dunklen Asphalt einer zweispurigen Landstraße.

DREIZEHNTES KAPITEL

Worin zu einem Vorstoß angesetzt wird

Von allen Zeitabschnitten des Tages liebte Cassandra in Sedona am meisten die Phase des Sonnenaufgangs. Die Luft war frisch und kühl von der vorangegangenen Nacht und der Himmel blassrosa; die aufgehende Sonne konnte jedoch nicht gesehen werden, weil sie hinter den hochragenden Felstürmen versteckt war, deren obere Ränder den Horizont bildeten, und das in allen Richtungen. Cassandra steckte den Schlüssel ins Zündschloss eines der weißen Kleintransporter, startete den Motor und fuhr langsam vom Parkplatz des *King's Arms Motel*. Es gab nur wenig Verkehr auf der Straße, und sie kam auf der vertrauten Fahrt zur Ausgrabungsstätte gut voran. Sie bog schließlich auf den Sammelplatz der Ausgräber und parkte hinter dem Hügel aus Schuttsäcken, sodass der Transporter von der Landstraße aus weniger gut sichtbar sein würde.

Sie nahm ihren Hut, ihre Sonnenbrille und die Kamera, steckte die Schlüssel unter die Gummifußmatte des Autos und schloss die Fenster. Sie ließ den Van in dem dürftigen Schatten eines kleinen Sonnendachs aus Segeltuch zurück, das an einen Schuppen befestigt war, in dem Fundstücke sortiert wurden. Sie warf sich ihren Tagesrucksack über die Schulter und schlängelte sich zwischen Ausgrabungslöchern und Gräben auf die Böschung zu, die das tiefe Trockental abschirmte, das als Geheimer Canyon bekannt war. Tief atmete sie die morgendliche Luft ein, die schwer vom Duft des Wüstenbeifußes war, und marschierte in einem lockeren Schrittrhythmus weiter. Cass genoss das Knirschen von Geröll unter den dicken

Sohlen ihrer Stiefel. In einer zweckmäßigen Kleidung für Outdoor-Aktivitäten in dieser Region war sie hergekommen. Sie trug ihre guten, ausgetretenen Wanderstiefel und dicke Socken, ihr langärmeliges Chambray-Hemd, ihre leichte Cargohose und das überdimensionale Kopftuch aus Baumwolle, das sie als Sonnenschutz benutzte. Ihr Tagesrucksack enthielt zwei Liter Wasser, einen Margarine-Becher, der bis oben hin mit Rosinen, Erdnüssen, M&Ms sowie getrockneten Moosbeeren gefüllt war, eine Tube Sonnencreme mit dem Lichtschutzfaktor 100+, ein Klappmesser, ihren Notfall-Sanitätskasten mit Mitteln gegen Schlangenbisse und das leichtgewichtige Reisefernglas – einfach alles, was sie für einen Vorstoß in die Wüste brauchte. Wenn das, was heute passieren würde, irgendwie dem ähnelte, was sich am Abend zuvor ereignet hatte, dann wäre sie bestens vorbereitet. Auf jeden Fall wollte sie ein paar Fotos schießen und einige Notizen schreiben, um damit anzufangen, das Phänomen zu dokumentieren. Wenn ihr Vater später am Tage ankommen würde, könnten sie sich zusammensetzen und eine gründlichere Untersuchung planen. Zuerst jedoch hatte sie vor, ihre Theorie zu überprüfen, dass das Phänomen, welches Freitag die Coyote-Brücke genannt hatte, tatsächlich eine Raum-Zeit-Anomalie darstellte, die mit der materiellen Landschaft der Erde verbunden oder in ihr eingebettet war.

Nach dem Gespräch mit ihrem Vater war Cass zu Bett gegangen, aber viel zu aufgeregt gewesen, um einschlafen zu können. Und so verbrachte sie die Nacht online und durchsuchte das Web nach Informationen über Phänomene wie schamanistische Flüge sowie Seelen- und Astralreisen. Das meiste, was sie auf ihrem Laptop las, während sie zusammengekauert in ihrem Bett saß, war unzusammenhängendes Geschwafel – eine Mischung aus New-Age-Schund und *Bizarro*-Fantasien. Doch sie fand auch genug vernünftiges Material, um sich selbst davon zu überzeugen, dass das, was sie am Tag zuvor erlebt hatte, kein Traum, keine Vision und keine Geistesstörung war, wie etwa Halluzinationen oder irgendeine Art von Hysterie. Der heftige Sturm, der plötzlich auftauchte und ebenso rasch verschwand, das merkwürdige Schwindelgefühl, die abrupte Ankunft an einem fremdartigen Ort – dies waren augenscheinlich mehr oder weniger allgemeine Charakteristika des Phänomens, die in vielen Kulturen und in zahlreichen Zeitepochen belegt waren. Einige Autoren schrieben der Erfahrung mystische Bedeutung zu, andere wiederum drückten ihre Beurteilung in recht alltäglichen Begriffen aus.

Und obwohl viele absonderliche Behauptungen und Erklärungen angeboten wurden und es nur sehr wenig Übereinstimmung zwischen Leuten mit erstaunlich unterschiedlichen Lebensorientierungen gab – von denen einige eine extrem lose Bodenhaftung offenbarten –, war Cass überdies in der Lage, ein paar allgemeine Themen herauszufinden: ein Glaube, dass das Reisen zu anderen Dimensionen oder parallelen Wirklichkeiten von vielen verschiedenen Kulturen in zahlreichen unterschiedlichen Zeitaltern geteilt wurde – und dass so etwas nicht nur möglich war, sondern eine Praxis darstellte, die gelehrt, gelernt und gemeistert werden konnte. Die Autorin eines faszinierenden Artikels – eine Frau mit hüftlangen weißen Haaren, die unter dem Namen Sternadler bekannt war – wollte beobachtet haben, dass es nicht nur bestimmte Orte in der Landschaft gab, die für den Schamanenflug bedeutsam waren, sondern dass diese festgelegten Stellen auch zeitsensitiv waren. Dies bedeutete: Der potenzielle Flieger würde am wahrscheinlichsten Erfolg haben, wenn er – oder auch sie – bei Sonnenaufgang oder -untergang begann. Die Morgen- und Abenddämmerung waren die besten Zeitabschnitte für das Fliegen, erklärte die Autorin.

Als nüchtern denkende Wissenschaftlerin hätte Cass all das als lauter Quatsch und Hokuspokus abgetan. Wenn da nicht ihre selbst erlebten Erfahrungen am Tag zuvor gewesen wären, hätte sie Astralreisen ins Reich der Irren verwiesen – zusammen mit der Regenbogen-Anbetung, den Kornkreisen und mandeläugigen Aliens. Doch irgendetwas war passiert, und was auch immer es war, sie konnte es nicht einfach unbeachtet lassen. Wie eine gute, unvoreingenommene Forscherin hatte sie sich darauf vorbereitet, ihre Entdeckung – wie verstörend sie auch sein mochte – zu überprüfen und zu dokumentieren. Darüber hinaus wollte sie etwas Handfestes haben – zumindest ein paar Fotografien –, um es ihrem Vater zeigen zu können.

Sie ging mühelos durch die Wüste und genoss den Spaziergang zwischen Kakteen und Kreosotbüschen. Dabei empfand sie die fast schwindelerregende Gefühlswelt eines kleinen Mädchens am Heiligen Abend – dieses nervöse Flattern im Magen und eine fiebrige Vorfreude. Als sie das Trockental erreichte, legte sie eine kleine Pause ein, um ein paar Schnappschüsse vom Eingang des Geheimen Canyons zu machen, der immer noch tief im Schatten lag. Sie konnte die von der Nacht ausgekühlte Luft spüren, die aus der Mündung der Schlucht herausdrang, über sie hinwegwehte und sich verteilte. Die klaffende dunkle Öffnung wirkte wie der Eingang zu einer Höhle und irgendwie Furcht einflößend. Cass zögerte und schoss noch ein paar Fotos mehr. Als schließlich die aufsteigende Sonne die zerklüftete Hügellinie im Osten erhellte und sich Licht über das Tal ergoss, holte sie tief Luft und flüsterte ein einfaches Gebet: »Gott, bitte achte darauf, dass ich mir nicht das Genick breche.« Sie führte ihren Arm durch den Halteriemen ihres Rucksacks, machte einen Schritt in den Canyon hinein und fügte hinzu: »Und bitte, o bitte, lass nicht zu, dass ich mich verirre.«

Die Wände der Schlucht schienen sich um sie herum zu schließen. Sie ging langsam und setzte bei jedem Schritt den Fuß mit übertriebener Vorsicht auf, als ob sie auf diese Weise die Entfernung messen wollte. Ihre Sinne waren hellwach – offen für alle Eindrücke, welche auch immer sie empfinden würde. Abgesehen vom Geräusch ihrer eigenen Fußschritte, das von den hohen Sandsteinwänden reflektiert wurde, gab es nichts. Sie hatte bereits den geraden Pfad erreicht und befand sich ein gutes Stück in der Schlucht, als ihr einfiel, dass sie Freitag hinterhergejagt war und versucht hatte, ihn einzuholen, als sie das erste Mal hier gewesen war. Also marschierte sie schneller. Eine heftige, kalte Brise wehte von den steinigen Höhen der hügeligen Wände herab. Sie beschleunigte ihr Schritttempo noch mehr.

Von irgendwo hoch oben auf dem Canyonrand über ihr hörte Cass Töne wie das Rufen eines Falken – ein scharfes, heulendes Pfeifen, dann verspürte sie einen Regentropfen auf ihrem Handrücken. Sie blickte hoch und bekam einen weiteren Regentropfen ab, der ihr auf die Stirn klatschte. Eine niedrige Nebelwolke hing über dem Spalt zwischen den eng stehenden Felswänden. Sie ging weiter und nahm den plötzlichen Wetterwechsel zur Kenntnis, als eine Windböe ihr um die Beine schlug und über den Pfad vor ihr losen Sand und trockene Yucca-Blätter blies. Der Nebel senkte sich und umhüllte sie; ihr Gesicht wurde ganz feucht. Im selben Augenblick durchfuhr sie ein Gefühl der Übelkeit, und sie geriet ins Straucheln – als ob der Boden unter ihren Füßen einen halben Schritt herabgefallen wäre. Sie sah ein Licht vor sich, wo sich die Sonne durch den alles umhüllenden Nebel brannte, und bewegte sich darauf zu.

Dann kam sie heraus und fand sich selbst auf einer gewaltigen Ebene wieder, die sich in alle Richtungen ausdehnte – auf einen Horizont zu, der weit entfernt von schwarzen Hügeln gebildet wurde.

Sie war in der Geisterwelt angekommen.

Urplötzlich traf sie die Reiseübelkeit, die Cass wie ein Schlag durchfuhr, noch als sie dastand und auf die Leere schaute, die sich um sie herum öffnete. Sie krümmte sich und würgte in den Staub zu ihren Füßen. Mit den Händen auf den Knien stand sie einen Moment da und atmete nur durch die Nase, bis das Schwindelgefühl vorübergegangen war. Anschließend tupfte sie sich die Lippen ab und spülte mit einem Schluck aus ihrer Wasserflasche den Mund aus. Sie war dankbar, dass sie dieses Mal keine Kopfschmerzen hatte. Nachdem sie noch etwas mehr Wasser getrunken hatte, hob sie ihre Kamera hoch und begann, die trostlose, einfarbige Landschaft zu fotografieren. Cass vollführte einen weiten Panorama-Schwenk, um die offene, leere, knochentrockene, wie mit dem Bügeleisen geplättete Fläche vulkanischen Ursprungs aufzunehmen, die sich um sie herum ausdehnte. Die Sonne stand niedrig am westlichen Himmel – sie berührte fast die Spitzen der weit entfernten Hügel – und beleuchtete die Linien, welche die Ebene aus Schlacke bedeckten und sich durch die vollkommen konturlose Einöde erstreckten: Es gab keine Kakteen, keine Felsblöcke, keine Steine, die größer als die anderen waren – absolut nichts in allen Richtungen, so weit das Auge reichte ... mit Ausnahme der mysteriösen Linien. Einige der Linien waren pfeilgerade, andere drehten sich zu gewaltigen Spiralen, die sich über große Flächen der leeren Landschaft ausbreiteten.

Cass senkte ihre Kamera und ging in die Hocke, um ein paar Bilder vom Pfad aufzunehmen, auf dem sie stand. Dann legte sie die Hand auf den Boden, um die grobkörnige Beschaffenheit des Bimssteins zu fühlen, und entdeckte, dass die untere Schicht leichter als die obere war.

»Oxidierung«, sagte sie leise zu sich selbst. »So also entstehen sie.« Es war die Einfachheit selbst: Indem man die Oberflächenschicht zu beiden Seiten fortbewegte, um das leichtere Material darunter freizulegen, wurde ein Streifen hellfarbigen Gesteins erschaffen. Sie erinnerte sich an Bilder von Kreidezeichnungen, die an der Universität in Vorlesungen über prähistorische Anthropologie gezeigt wurden: Um eine Zeichnung auf einem Hang zu kreieren, entfernten Naturvölker einfach das Gras, um die weiße Kreide aufzudecken, die sich direkt unter der Oberfläche befand: eine Technik, die nur wenige Werkzeuge benötigte, aber eine Menge Arbeitskraft. Das Prinzip hier war das Gleiche.

Cass trat von der Linie fort und nahm aus einem anderen Blickwinkel ein Foto vom Pfad auf. Das Licht wurde etwas dunkler; die Sonne begann, hinter die Hügel zu sinken. Cass überlegte: Nachdem sie das getan hatte, was sie wollte, entschied sie, dass sie besser zurückgehen sollte, solange die Coyote-Brücke zwischen den Welten noch geöffnet war. Sie trat abermals auf den Pfad und begann, mit schnellen, zielgerichteten Schritten den Weg zurückzugehen, den sie gekommen war.

Fast augenblicklich kam der Wind auf. Wirbelnde Staubtromben heulten um sie herum und ließen Wolken aus feinem vulkanischem Abrieb aufsteigen. Zum Schutz vor den umhertreibenden Körnern schloss Cass ihre Augen fest zu, und einen Augenblick später fühlte sie einen Feuchtigkeitsfilm auf ihrem Gesicht. Sie ging einige wenige Schritte weiter, und der Wind erstarb mit einem letzten, langsam ausklingenden Kreischen. Sie war zurück im Canyon und in der schattigen Kühle des frühen Morgens; zu beiden Seiten erhoben sich senkrecht die hohen Steinwände.

Sie schaffte ein paar weitere Schritte, bevor die einsetzende Bewegungsübelkeit sie einholte. Diesmal war es ein trockenes Würgen, und Cass legte eine Hand gegen die nächstgelegene Wand, um sich abzustützen. Sie sog tiefe Atemzüge durch ihre Nase ein, bis die Übelkeit vorüberging – die ersetzt wurde durch einen Ausbruch von Freude darüber, dass sie ohne einen Führer und ohne Schwierigkeiten die Reise zwischen den Welten über die Coyote-Brücke erfolgreich gemeistert hatte. *Warte nur, bis Dad davon hört!*, dachte sie. *Er wird so erstaunt sein.* Sie wischte sich mit dem Ärmel über den Mund und ging weiter.

Der Moment ihres seligen Triumphes endete abrupt, als sie aus der Mündung des Canyons trat und mit dem Anblick eines ausladenden grünen Tales konfrontiert wurde, durch das ein breiter Fluss in anmutigen Bögen strömte und über dem der Himmel mit kleinen weißen, bauschigen Wolken gesprenkelt war. Eine Reihe stattlicher Pappeln erhob sich über der fetten braunen Erde frisch gepflügter Felder auf den Hügeln beiderseits des Flusses. Sie starrte erstaunt auf die freundliche ländliche Szenerie, und ihr Herz krampfte sich in ihrer Brust.

Wo auch immer sie war – es war definitiv nicht Arizona. In ihrem Hirn trommelte ein einziger Gedanke: *Was nun? Was nun? Was nun?*

Als Erstes verspürte Cass in sich den Drang, sich unverzüglich hinzusetzen, die Knie bis zur Brust anzuziehen, die Arme um die Beine zu legen, die Augen vor diesem Anblick zu schließen und sich alles fortzuwünschen – so wie man es bei einem gewöhnlichen Albtraum machen würde. Ihr zweiter Gedanke war, ganz ruhig und sorgfältig ihre Optionen aufzuzählen und einzustufen. Sie tat weder das eine noch das andere. Stattdessen gab sie einem weitaus instinktiveren Antrieb nach, drehte einfach um und flüchtete auf dem Weg, den sie gekommen war: Sie flitzte erneut in den Canyon zurück. Sie rannte die Sandsteinwände entlang – das Herz schlug ihr bis zum Halse – und hoffte gegen jede Hoffnung, dass die Coyote-Brücke immer noch zugänglich war.

Doch bevor sie auch nur in fliegender Hast ein Dutzend Schritte

163

gelaufen war, verschleierte sich ihr Blick, und eine heiße Böe fegte auf sie herab und trieb sie vorwärts. Der Boden gab unter ihr nach, und sie taumelte einen halben Schritt nach unten, geriet ins Stolpern und stürzte kopfüber nach vorn. Die Kamera krachte ihr gegen die Stirn, was ihr das Wasser in die Augen trieb; dann landete sie auf Knien und Ellbogen, rollte unkontrolliert über den Boden und wirbelte eine Staubwolke auf.

Wie zuvor war das Licht dämmerig, das von oben herabschimmerte. Die Luft fühlte sich kühl auf ihrer Haut an, und sie seufzte erleichtert auf beim Anblick der vertrauten Sandsteinwände des Geheimen Canyons. Doch als sich ihre Augen an das schwache Licht gewöhnt hatten und sie sich umschaute, stellten sich die Wände als getünchter Verputz heraus, und der Pfad war eine Gasse mit Kopfsteinpflaster. Direkt vor ihr öffnete sich ein niedriger, schmaler Bogengang zu einem helleren, von der Sonne beleuchteten Weg hin.

»Oh, großartig«, murmelte sie mit zusammengebissenen Zähnen. »Wo bin ich denn jetzt?«

Dieses Mal war sie entschlossen, sich nicht der Panik hinzugeben, sondern diesen zugegebenermaßen herben Rückschlag auf eine ruhige, rationale und wissenschaftliche Weise anzugehen. Cass rappelte sich auf, klopfte den Staub von ihrer Kleidung und ging auf den Bogengang zu. Zur Beruhigung atmete sie tief ein und schritt hindurch. Eine weiße Sonne loderte an einem wolkenlosen Himmel von intensivem Blau und brannte auf eine Straße herab, die von Säulenruinen gesäumt und von winzigen Läden begrenzt wurde, die durch farbenprächtig gestreifte Markisen auffielen. Direkt vor Cass befand sich eine gepflasterte Durchgangsstraße, die so gerade wie eine Richtschnur war und von einem Respekt einflößenden Heer von Straßenhändlern – die von Wagen, Buden und Karren ihre Waren anboten – so eingeengt wurde, dass man sie kaum passieren konnte.

Cass stand am Eingang zur Gasse und starrte die Straße hinab. Die Leute bewegten sich scharenweise zwischen den Verkäufern und untersuchten die Waren; sie feilschten, kauften und brachten ihre Erwerbungen fort. Alle trugen wallende Kleidungsstücke. Die Frauen waren in langen Gewändern gekleidet, die vom Kopf bis zu den Fersen reichten und schwarz, braun oder blau-weiß gestreift waren. Die Männer trugen schlabbrige gestreifte Hosen, die an den Beinen sackartig ausgebeult waren und an den Knöcheln eng anlagen, schlaffe weiße Hemden und kurze Westen in Gelb, Grün oder Blau. Jeder Kopf war bedeckt: Die Frauen trugen Kopftücher oder Schleier aus netzförmiger Spitze, die Männer ziegelfarbige oder blutrote Hüte.

Cass warf einen Blick auf die jeweils von einem Fez bedeckten Köpfe und kam zu dem Schluss, dass sie in der Türkei angekommen war – Istanbul vielleicht? Jedenfalls war es eine Stadt, die sie nie zuvor besucht hatte, und sie verspürte auch nicht den Wunsch, gerade jetzt dort zu sein. Rasch blickte sie nach rechts und links, um sich zu vergewissern, dass niemand sie beobachtete. Dann tauchte sie in die Gasse ein, aus der sie gerade hervorgekommen war, und schritt den Weg zurück, den sie zuvor gegangen war. Zu beiden Seiten öffneten sich Gänge, doch sie marschierte geradeaus weiter, bis sie eine weiße Mauer erreichte. Der alte Pfad hatte einst durch diese Wand geführt: Sie konnte die Umrisse eines steinernen Torbogens erkennen, doch die Öffnung war irgendwann in der Vergangenheit zugemauert worden.

Sie machte auf dem Absatz kehrt und marschierte in die entgegengesetzte Richtung zurück. Das tat sie mit den gleichen schnellen, entschlossenen Schritten, die sie hierhergebracht hatten. Dieses Mal jedoch hatte es nicht den gewünschten Erfolg. Die Luft blieb still, in der Gasse wurde es nicht dunstig, und es gab weder eine plötzliche Windböe noch Regen noch Nebel – und auch nicht das kurzzeitige Taumeln in eine andere Welt hinein. Cass hielt inne, atmete tief ein und wiederholte den Versuch ... mit keinem besseren Ergebnis.

Auf ihren Schulterblättern bildete sich kalter Schweiß und perlte herab. »Nein«, wisperte sie. »Angst wird dich nirgendwohin bringen. Dreh dich um und probier es noch einmal.«

Nach einem weiteren Versuch gelangte Cass zu dem Ergebnis,

dass sie festsaß – zumindest bis zum Sonnenuntergang oder, wenn es fehlschlagen sollte, bis zum nächsten frühen Morgen. In der Zwischenzeit würde sie einen Ort finden müssen, wo sie sich bis zum Einbruch der Nacht versteckt halten konnte. Das würde sie von den Blicken anderer Menschen und von Schwierigkeiten fernhalten. Sie schaute sich um und entschied, sich in einem der kleinen Durchgänge hinzukauern, die von der Gasse abzweigten. Dort war es schattig und kühl; und obwohl es Türen gab, die auf den Gang hinausführten, befand sich niemand in der Nähe. Sie streifte ihren Rucksack ab, setzte sich auf den Boden und freundete sich mit dem Warten an.

Nachdem etwa eine Stunde vergangen war, in der sie sich immer mehr gelangweilt hatte, überdachte sie die Strategie. Auf einmal kam ein Hunderudel durch die Gasse geschlendert. Die Tiere sahen sie und begannen zu bellen. Cass mochte Hunde nicht allzu gern, und noch weniger mochte sie es, angebellt zu werden. Sie versuchte, sie zum Schweigen zu bringen, und vollführte wegscheuchende Bewegungen mit den Händen, um sie zu vertreiben. Während sie dies tat, öffnete sich eine der Türen in der Gasse, und ein Mann steckte den Kopf heraus, um zu schauen, was das Rudel in Aufregung versetzt hatte. Er sah sie und schritt auf sie zu; dabei rief er etwas in einer Sprache, die Cass nicht zu identifizieren vermochte. Um eine Erklärung oder Konfrontation zu vermeiden, nahm Cass ihren Rucksack auf die Schulter, winkte dem Mann vergnügt zu und eilte fort, begleitet von einer Hundeeskorte.

Als sie abermals auf der Straße war, gelangte sie zu dem Entschluss, dass sie ebenso gut das Beste aus ihrer Situation machen und zumindest den Ort erforschen könnte, während sie hier war. Sie hatte sich erst ein paar Schritte vom Ausgang der Gasse entfernt, als sie einen Ruf hörte. Gerade noch rechtzeitig wirbelte sie herum, um einem Mann auf einem Motorroller auszuweichen, der direkt auf sie zuhielt. Auf dem Lenker balancierte er ein Tablett mit Granatäpfeln. Cass drängelte sich aus dem Weg, als der Roller vorbeisauste. Der Mann schrie immer noch und schlingerte auf seinem Gefährt wilder umher. Nur knapp verfehlte er einen Eselskarren, der mit Lattenkisten voller lebender Hühner beladen war; die Verschläge waren zu einem hohen, instabilen Turm aufgestapelt worden. Die Hunde folgten dem Karren und kläfften den Esel an. Cass nahm ihren Marsch die Straße hinunter wieder auf und hielt nach irgendwelchen Hinweisen Ausschau, denen sie entnehmen könnte, wo um alles in der Welt sie war.

Die Schilder, die sie an Läden und in Fenstern sah oder die über der Straße an Drähten hingen, waren alle in irgendeiner Art von Arabisch – was nicht ganz mit dem Wenigen übereinstimmte, was sie über die Türkei wusste. Auch die Sprachfetzen, die sie beim Vorübergehen aufschnappte – von den Leuten in ihrer Nähe und den Straßenverkäufern, die ihr zuriefen –, klangen für sie arabisch. Dann war sie also nicht in der Türkei, sondern irgendwo im Nahen oder Mittleren Osten. Dieser Eindruck verstärkte sich schon im nächsten Augenblick, als aus einer Seitenstraße eine Gruppe von Frauen auftauchte, von denen jede einen schwarzen Schleier und eine Last auf ihrem Kopf trug – eine mit Früchten prall gefüllte Tasche oder ordentlich aufeinandergestapelte flache Brote.

Eine der Frauen erblickte Cass, stieß ihre Nachbarin an und zeigte mit ausgestrecktem Finger auf die Fremde. Die Gruppe blieb abrupt stehen, drehte sich Cass zu und gaffte sie an.

Meine Kleidung! Plötzlich hatte Cass das Empfinden, dass sie ziemlich hervorstach, und fühlte sich sehr verwundbar. Ihr erster Gedanke war, etwas von einem der Straßenhändler zu kaufen, doch dann fiel ihr ein, dass sie nur eine Handvoll Kleingeld in einer fremden Währung bei sich hatte. Sie duckte sich hinter eine der Marmorsäulen, welche die Straße säumten, und passte hastig ihre Kleidung der neuen Umgebung an. Sie knöpfte ihr labberiges Hemd bis oben hin zu und zog die Schöße aus der Hose. Dann legte sie den Gürtel um ihr Hemd herum, sodass es wie irgendeine Art von kurzer Tunika aussah. Bei der Hose konnte sie nicht viel tun, doch sie klappte die Aufschläge auf und zog sie nach unten über die Stiefel. Anschließend nahm sie ihr Kopftuch und legte es so um, dass es auf ungefähr die gleiche Weise wie bei den anderen Frauen ihr Haar bedeckte. Alles in allem war diese dürftige Verkleidung nicht die beste Methode, um unter Einheimischen unbemerkt zu bleiben, doch es würde reichen müssen.

Als sie sich wieder in die Öffentlichkeit traute, hielt sie sich im Schatten auf und versuchte, unauffällig zu bleiben. Ihren Rucksack hatte sie sich wie ein Paket unter den Arm gesteckt, anstatt ihn anzulegen, und ging langsam die Straße entlang. Hin und wieder blieb sie stehen, um heimlich Fotos von diesem Ort zu schießen – für spätere Verwendung, wenn für sonst nichts. Aus irgendeinem Grund wurde sie besonders von Türen und Eingängen angezogen. Diese und sogar einige Mauern der umliegenden Gebäude waren auf eine charakteristische Weise aus schwarzen und weißen Steinen erbaut, die breite, sich abwechselnde Streifen bildeten. Die schwarzen waren aus Basalt, befand Cass, und die weißen aus hellem Kalkstein oder aus Marmor.

Bei näherer Betrachtung gab es hier und da Spuren anderer Perioden der Architektur. Es war eine Mischung aus verschiedenen Baustilen, von denen jeder kennzeichnend für ein Imperium aus der Vergangenheit war. So gab es griechische und römische Relikte aus dem klassischen Zeitalter, byzantinische, arabische und – wie es Cass erschien – osmanische Architektur, obschon sie keine Expertin auf diesem Gebiet war. Sie schritt unter einem stark beschädigten römischen Torbogen hindurch, der gleichwohl immer noch stand; zu beiden Seiten befanden sich Säulen, die für jene Epoche typisch waren und oben Darstellungen von Akazienblättern aufwiesen. Und einige Yards weiter gab es noch einen Torbogen, der jedoch die charakteristische arabische Zwiebelform besaß und eine byzantinische Bronzetür umrahmte.

Sie ging weiter und kam schließlich zur Stadtmauer, in der es ein gewaltiges dreifaches Tor gab: Zwei kleinere Türen flankierten ein großes, zentrales Portal; und alle drei waren weit geöffnet. Cass, die hindurchblickte, konnte einen breiten, von Palmen gesäumten Boulevard sehen, auf dem es außerhalb der Stadtmauer in beiden Richtungen Verkehr gab. Merkwürdigerweise befuhren nur wenige Gefährte diese Durchgangsstraße – bei einer geschäftigen Stadt wie dieser hätte Cass mehr erwartet. Und all diese Fahrzeuge sahen so aus, als gehörten sie in ein Museum für Motorfahrzeuge. Mit ihren tiefliegenden Fahrgestellen, kleinen Fenstern, dicken weißwandigen Reifen und gerundeten Kotflügeln, die schwungvoll in die Trittbretter übergingen, waren diese Pkws und kleinen Lkws mit Sicherheit aus einer anderen Epoche. Cassandra hatte das Gefühl, als würde sie durch den Set für einen Film über die Dreißigerjahre des zwanzigsten Jahrhunderts vorbeischlendern.

Also war sie nicht nur durch den Raum gereist, sondern auch durch die Zeit. Die Wissenschaftlerin in ihr empörte sich gegen diese Vorstellung und schrie: *Unmöglich!* Doch selbst als ihr dieser Gedanke durch den Kopf ging, meldete sich eine andere Stimme, die fragte: *Etwa unmöglicher als das Reisen von einem Ort zum anderen, bei dem man eine ziemlich gute Imitation von »Beam mich hoch, Scotty!« erlebte?*

Die Möglichkeit einer Wanderung durch die Zeit war ihr einfach niemals in den Sinn gekommen, und sie benötigte einen Moment, um sich noch mit einem weiteren radikalen Paradigmenwechsel anzufreunden. Alles, was sie wusste, war offensichtlich falsch. Man würde eine neue Theorie entwickeln müssen, um eine Erklärung für diese neue Wirklichkeit zu haben. Cass drehte sich um und starrte die Straße hinunter. Nichts, was sie sah, stand im Widerspruch mit der Zeitreisen-Prämisse; doch es gab auch nichts, was sie ohne Weiteres bestätigte. Die Architektur stammte sicherlich aus früheren Zeiten, doch das traf auf die meisten Orte überall in der Region zu. Die Leute waren in einfachen Gewändern gekleidet, die zu jeder Dekade in den letzten zweihundert oder mehr Jahren gehören konnten; aber erneut galt, dass dies kein Beweis darstellte. Die Fahrzeuge allein gaben ihr einen Anhaltspunkt: Für ein oder zwei von ihnen könnte man noch eine andere plausible Erklärung finden – doch jedes Einzelne von ihnen gehörte dem Zeitalter an? Nein. Wenn man daher alles zusammennahm, führten diese Hinweise zu der Schlussfolgerung, dass sie – zusätzlich zu der Reise durch den Raum – auf irgendeine Weise durch die Zeit in eine vergangene Epoche gerutscht war.

Da sie nicht gewillt war, noch weiter von der einzigen Straße wegzugehen, die sie hier kannte, wandte sich Cass um und machte sich auf den Weg zurück. Während sie die Straße entlangschlenderte, betrachtete sie die in einem Ziegel-und-Holz-Stil errichteten

Gebäude, zwischen denen es auch stabilere Steinbauten gab. Sie ging an einer Kirche vorbei, vor der ein Eisentor mit Filigranarbeiten stand. Direkt gegenüber auf der anderen Straßenseite war eine Moschee mit einer grünen Kuppel, auf der sich oben ein Halbmond aus Messing befand. Wenig später schritt Cass abermals durch den römischen Torbogen. Im nächsten Augenblick bemerkte sie auf der anderen Seite einen Torweg mit einem großen Portal, der von einem Bogen aus sich abwechselnden schwarzen und weißen Steinen umrahmt wurde. Die gewaltigen Holztüren waren geöffnet und gaben so den Blick frei auf einen überdachten Marktplatz. Verschleierte und von Stoffen vollkommen eingehüllte Frauen waren rund um den Eingang zum Platz zusammengekommen und plauderten miteinander. Sie blickten Cass flüchtig an, starrten jedoch nicht auf sie, und dafür war sie dankbar. Hinter den Frauen konnte sie Händler erkennen, die Gemüse und Kleidungsstücke verkauften. Die Verkaufsstände befanden sich auf beiden Seiten eines langen Ganges, der sich im dunklen Innern des Basars verlor. Cass trat auf den Eingang zu und hielt sich dabei am Rande der umherschlendernden Menschenmenge auf. Als sie sich der Mauer mit dem Torbogen näherte, fiel ihr Blick auf ein Hinweisschild: Es war nur ein einzelnes Blatt aus orangefarbenem Papier, das man auf den Wandverputz geklebt hatte und auf dem ordentliche schwarze Buchstaben und Ziffern gedruckt waren. Der Text war in Englisch. Automatisch blieb Cass stehen und las:

Fühlen Sie sich verloren? Einsam und verlassen?
Suchen Sie nach etwas, woran Sie glauben können?
Wir können Ihnen helfen

Sie wünschen Informationen? Rufen Sie an unter
Damaskus 88–66–44
Oder kommen Sie persönlich vorbei – zur
22 Hanania Street nr.
Beit Hanania

Die Zetetische Gesellschaft

Abermals las sie die Worte und hatte dabei das unheimliche Gefühl, dass auf irgendeine unerklärliche Weise – und obwohl dies vollkommen unwahrscheinlich zu sein schien – die Botschaft auf diesem Hinweisschild für sie bestimmt war. Sie stand da und war von dem orangefarbenen Plakat völlig in den Bann geschlagen – wie von der tanzenden Flamme eines Feuers. Derweil erhärtete sich in ihr die Überzeugung, dass sie sofort zu diesem Ort gehen musste. Und dass all ihre Fragen beantwortet würden, wenn sie nur diese Zetetische Gesellschaft finden könnte.

Zumal eine ihrer Fragen bereits beantwortet worden war: Sie wusste jetzt, dass sie nicht in der Türkei war, sondern in Syrien. Was sonst noch konnte ihr diese mysteriöse Gesellschaft sagen?

DRITTER TEIL

Die Straße mit dem Namen »Gerade«

VIERZEHNTES KAPITEL

Worin einige Dinge nicht sein sollen

Der Nil floss ruhig dahin, ohne dass auch nur ein Kräuseln unter den Barken zu sehen war, in denen die Priester des Amun zurück nach Niwet-Amun und dem Tempel gebracht wurden. Obwohl die Sonne hoch oben am wolkenlosen Himmel brannte und das Leben entlang des Flusses wie immer gelassen und leise weiterging, war Benedicts kleine Welt bis ins Herz erschüttert. Er schaute auf das üppige grüne Ufer, das an ihnen vorbeiglitt, und alles, was er sah, war Verwüstung. In seinem Geiste erlebte er ständig aufs Neue den Überfall in Echnatons heiliger Stadt; er hörte die zornige Rufe und sah die Steine – sie trafen die Priester, trafen seinen Vater.

Er weigerte sich, seinen Platz neben dem Bett seines verletzten Vaters zu verlassen. Sein Herz war voller Schrecken und Furcht; und in seinem Elend saß er bloß da und rührte sich selten, während die Priester, die beteten und sich um den Verwundeten kümmerten, nacheinander kamen und gingen.

»Ich will nicht Falsches schwören«, sagte Anen zu ihm. »Die Verletzung deines Vaters ist sehr ernst.«

Benedict wandte sich dem Priester zu und sah ihn aus ängstlichen, verständnislosen Augen an.

»Aber du weißt«, fuhr Anen fort, »dass wir über große Fertigkeiten verfügen, und jedes nur erdenkliche Heilmittel werden wir für ihn einsetzen. Fasse Mut aus diesem Wissen.« Seine Hand legte er dem jungen Mann tröstend auf die Schulter. »Genau das habe ich geschworen. Im Namen des Amun – so soll es sein.«

Doch da Benedict nicht imstande war, die Sprache derer zu verstehen, die ihn umgaben, bezog er nur wenig Trost aus dieser Zusicherung. Dennoch vernahm er den hoffnungsvollen Tonfall in der Stimme des Priesters und fühlte dessen Ermutigung bei der sanften Berührung. Und so fasste er Mut, und er betete, wie er noch nie zuvor gebetet hatte. Er sprach das einzige Gebet, das er gut kannte, und er sagte es wieder und wieder, bis daraus nur noch die Worte wurden: *Vater unser, der du bist im Himmel, geheiligt werde dein Name, dein Reich komme, dein Wille geschehe . . . Amen.*

Die Barke benötigte zwei Tage, um stromaufwärts zu Amuns heiliger Stadt zu segeln. Als sie den Tempel erreichten, hatte sich Arthurs Zustand etwas verbessert. Er war in der Lage, aufrecht zu sitzen und etwas Wasser zu sich zu nehmen. Und obwohl die Priester sich sträubten, ihm zu viel Essen zu geben, erlaubten sie ihm, ein wenig von dem mit Salz bestreuten Fladenbrot zu verzehren. Benedict war erleichtert und betrachtete dies als ein gutes Zeichen.

Nach der Ankunft in Niwet-Amun trug eine Gruppe von Dienern Arthur auf einer Pritsche vom Hafen zum Haus der Ganzheit und des Heilens, einem viereckigen Bauwerk, das den östlichen Teil des Tempelkomplexes einnahm. Dort wurde der Verletzte in einem kühlen, dunklen Raum auf ein niedriges Bett gelegt, wo er Tag und Nacht unter Beobachtung war. Die Tempel-Ärzte führten eine gründliche Untersuchung der dunkelvioletten Wunde durch, die inzwischen zu einer starken Schwellung der gesamten linken Seite des Kopfes geführt hatte. Ächzend und zähneknirschend erduldete Arthur das behutsame Abtasten der Ärzte.

»Du wirst bestimmt wieder gesund«, versicherte Benedict ihm.

Als die Ärzte fertig waren, sank Arthur in einen tiefen Schlaf und erwachte erst wieder bei Sonnenuntergang. »Wasser«, bat er; seine Stimme war nur noch ein krächzendes Flüstern.

Die diensttuenden Priester verstanden nicht, was er sagte, und so wiederholte es Benedict und stellte pantomimisch das Trinken aus einer Tasse dar. Einer der jüngeren Ärzte schenkte in einer flachen Schale Wasser ein, das mit Honig und Kräutern aufgegossen worden war, und reichte sie Benedict.

»Hier, trink das«, sagte er und beugte sich näher zu seinem Vater. »Wie fühlst du dich?«
»Schmerzt«, wisperte Arthur. »Innen ... tut's weh.« Mit Mühe drehte er seinen Kopf, doch die Anstrengung überwältigte ihn. »Wo sind wir?«
»Wir sind zurück im Tempel«, antwortete Benedict. »Ärzte sind hier. Sie kümmern sich um dich. Sie werden dich gesund machen. Du wirst wieder in Ordnung sein.«
»Gut.« Arthur zeigte die Andeutung eines Nickens. »Gut gemacht, Sohn.«
Der junge Arzt bot ein weiteres Mal die Schale an, und Arthur wurde ein wenig mehr zu trinken gegeben. Nach ein paar Schlucken versuchte er, sich aufzusetzen. Die Bewegung tat ihm weh, und keuchend vor Anstrengung lehnte er sich zurück.
»Jetzt ruh dich nur aus«, sagte Benedict. »Sie werden für dich sorgen.«
Anschließend schlief Arthur, und als er in der Nacht wach wurde, klagte er über die Geräusche in seinen Ohren. Benedict versuchte, dem diensttuenden Priester zu übermitteln, was sein Vater sagte: Er zog an seinen Ohren und machte ein Geräusch wie das Summen verärgerter Bienen. Der Arzt nickte und eilte fort; mit zwei älteren Kollegen kehrte er zurück. Er zeigte auf Benedict und bedeutete ihm mit Gesten, sein Gebärdenspiel zu wiederholen. Als Benedict der Aufforderung nachkam, nickten die älteren Ärzte. Einer von ihnen trat zum Patienten, hielt die Hand vor Arthurs Gesicht und schnalzte mit den Fingern. Als dies keinerlei Reaktion hervorrief, klatschte er in die Hände – zuerst vor dem Gesicht, danach neben einem Ohr.
Arthurs Lider bewegten sich flatternd, und er öffnete seine Augen.
»Hast du das gehört?«, fragte Benedict, doch sein Vater gab darauf keine Antwort. Er wiederholte seine Frage, diesmal mit lauterer Stimme.
»Ah ... ja ... Ich hab's gehört.« Er öffnete seinen Mund und schluckte. »... Mund ist trocken.«
Benedict ergriff eine Tasse mit Honigwasser, hob vorsichtig den

verletzten Kopf seines Vaters an und gab ihm etwas zu trinken. Arthur schien sich ein bisschen zu entspannen; er schloss seine Augen und schlief wieder ein. Als er das nächste Mal erwachte, rief er nach Benedict. Der junge Mann, der neben ihm döste, erhob sich und beugte sich über ihn.

»Ich bin hier, Vater«, sagte er. »Brauchst du etwas?«

Arthur hob eine zitternde Hand und fuchtelte durch die Luft. »Ich kann dich nicht sehen«, keuchte er. »Ich kann nicht sehen.«

Benedict ergriff seine Hand und hielt sie fest. »Ich bin hier.«

»Meine Augen ... Ich kann nicht sehen.«

Der junge Arzt, der den Wortwechsel vernommen hatte, trat zu ihnen; und Benedict erklärte, so gut er konnte, was sein Vater gesagt hatte. Der Nachtarzt rannte los und holte die zwei älteren Mediziner, und sie untersuchten Arthur. Vorsichtig hoben sie seinen Kopf an, betasteten die gewaltige, sich verfärbende Schwellung und starrten lange in das Auge des Verletzten, wobei sie eine Kerze und eine Scheibe aus polierter Bronze benutzten.

Sie wechselten ein paar Worte über ihren Patienten, dann schickten sie den jüngeren Kollegen fort. Er kehrte kurze Zeit später mit Anen zurück, und die drei steckten die Köpfe zusammen und berieten sich einen Moment lang. Dann nickte Anen und wandte sich Benedict zu.

»Wo liegt das Problem?«, fragte der junge Mann. »Was hat das zu bedeuten?«

»Es tut mir leid«, sagte Anen und legte Benedict eine Hand auf die Schulter. »In seinem Kopf ist eine Blutung aufgetreten. Sie verursacht eine Schwellung im Gehirn, die Druck ausübt.«

Benedict verstand kein einziges Wort von dem, was ihm berichtet wurde, doch ihm entging nicht der besorgniserregende Tonfall des Priesters. »Er wird doch wieder gesund, oder? Irgendwann wird es ihm bestimmt besser gehen.«

»Wir müssen seinen Schädel öffnen, um etwas von dem Blut herauszulassen und den Druck abzuschwächen.«

»Was sagst du?«, wollte Benedict wissen, der frustriert darüber war, dass er den Priester nicht verstehen konnte. »Ich spreche nicht Ägyptisch.«

Anen gab dem jungen Arzt ein Zeichen, der daraufhin zu ihm trat und seinen eigenen Kopf zur Untersuchung anbot. Der Zweite Prophet des Amun fuhr fort, indem er zeigte, worüber er gesprochen hatte, und deutete am Kopf des jungen Mannes an, was er vorhatte: Mit dem Finger machte er einen Kreis auf der Kopfhaut, tat so, als würde er ein Schädelstück fortheben, und tippte und zupfte in der Mitte des imaginären Lochs.

»Du willst den Schädel meines Vaters öffnen?«, entfuhr es Benedict, den die bloße Idee schon entsetzte.

Anen bemerkte die Fassungslosigkeit in der Stimme und den schockierten Gesichtsausdruck des Jugendlichen. Er bemühte sich, ihn zu beruhigen. »Ja, es ist gefährlich. Alle Operationen dieser Art bergen ein großes Risiko in sich. Doch diese Behandlungsmethode ist bei uns bewährt, und unsere Ärzte sind darin erfahren.« Er starrte Benedict aufmerksam an. »Wir müssen sofort damit beginnen.«

Benedict konnte nur noch hilflos nicken. Er blickte starr auf die reglose Gestalt seines Vaters. »Tut, was ihr machen müsst.«

Anen führte den Jugendlichen ans Bett seines Vaters, und mit einer sanften Berührung weckte er den Leidenden. »Wir werden dich behandeln, mein Freund, und setzen dabei ein besonderes Verfahren ein. Ich bin sehr zuversichtlich, dass wir damit Erfolg haben werden, doch wenn du irgendetwas Wichtiges deinem Sohn sagen musst, dann solltest du jetzt sprechen.«

Im Unterschied zu seinem Sohn verstand Arthur diese Worte. Er streckte seinen Arm aus, tastete nach seinem Sohn und ergriff dessen Hand ganz fest. »Ich habe keine Angst«, flüsterte er.

»Sie werden dafür sorgen, dass es dir besser geht«, behauptete Benedict, und mit beiden Händen umklammerte er die Hand seines Vaters. »Hörst du? Sie werden dich wieder gesund machen.«

»Ich liebe dich, Sohn«, erwiderte Arthur. »Kümmere dich um deine Mutter. Sag ihr, dass es ... dass es mir leid tut.«

Anen trat näher, nahm Benedict am Arm und zog ihn fort. »Wir müssen sofort anfangen, wenn wir ihn retten sollen.«

Einer der älteren Priester klatschte in die Hände, und vier Ärzte erschienen. Sie trugen weiße Leinengewänder und kleine weiße Kappen, und jeder brachte ein Tablett mit Instrumenten, Tiegeln und Phiolen mit. Tempeldiener mit Gestellen, auf denen die Tabletts abgesetzt werden konnten, hasteten hinter ihnen her. Andere Diener brachten Fackeln in hohen Ständern, die sie um das Bett herum abstellten. Noch andere erschienen, die Wasserbecken und Stapel gefalteter Tücher trugen.

Sie fingen sogleich mit der Arbeit an. Während einer der Priesterärzte die linke Seite von Arthurs Kopf rasierte, verabreichte ein anderer dem Patienten eine Kräutertinktur, in die Opium gemischt war, und ein dritter entkleidete ihn. Sein Hemd konnte nur umständlich entfernt werden: Der Priester schnitt mit einer Schere das Kleidungsstück in Streifen, die er dann fortzog und so einen Oberkörper freilegte, der mit leuchtend blauen Tattoos geschmückt war. Sie alle waren von derselben Hand akkurat angefertigt worden, und jedes stellte ein unverständliches Symbol dar. Als die letzten Fetzen des Hemds entfernt waren, breitete der Priester Tücher unter dem Kopf und den Schultern von Arthur aus und wusch dessen Hals, Schultern und Brust. Während all dies geschah, bereitete der vierte Priester die Instrumente vor, indem er sie in einem speziellen Gemisch aus destilliertem Essig spülte.

Als alles fertig und in Ordnung war, gab Anen einem der anwesenden Diener ein Zeichen. Der Mann wandte sich Benedict zu, verbeugte sich tief und nahm ihn bei der Hand. Er führte ihn zu einer entfernten Ecke des Raums, wo der junge Mann zusehen konnte, jedoch nicht stören würde. Auf Anens Nicken hin begann dann die Operation.

Der Oberste der Priesterärzte kniete sich neben dem Bett nieder und nahm ein kleines Messer mit einer Obsidianklinge. Er schnalzte mit den Fingern vor Arthurs Augen, dann klopfte er sanft auf die Wange – beides erzeugte keinerlei Reaktion. Anschließend setzte er mit raschen, entschlossenen Bewegungen das Messer ein: Er schnitt in die Kopfhaut rund um die bunt gefärbte Schwellung oberhalb des linken Auges – einmal, zweimal ... und erneut. Aus den tiefen

Schnitten strömte ungehindert das Blut. Augenblicklich kamen feuchte Tücher zum Einsatz, die in irgendeiner adstringierenden Lösung getränkt worden waren, denn der Blutstrom hörte beinahe sofort auf. Der Arzt machte einen weiteren raschen Schnitt und klappte dann ein Stück Kopfhaut auf: Eine schwarze Masse aus geronnenem Blut und Gewebe kam zum Vorschein – und darunter das weiße Stirnbein. Ein widerlich süßer Geruch wehte in den Raum hinein.

Während der erste Arzt das zurückgeklappte Stück Kopfhaut mit einem kleinen Bronzestift festhielt, trat ein zweiter mit einer langen goldenen Pinzette rasch vor und begann, Klümpchen aus geronnenem Blut und totem Fleisch herauszuzupfen. Als der Bereich sauber war, wandte er sich hoch konzentriert der Aufgabe zu, mit der Pinzette winzige Knochenfragmente zu entfernen und sie in eine kleine Silberschüssel zu legen.

Anen stand daneben – die Arme hatte er vor der Brust verschränkt – und überwachte die Operation. Als der Priester alle Knochensplitter beseitigt hatte, gab Anen dem dritten Priester ein Zeichen. Der kleine, stämmige Mann mit dem glatt rasierten Kopf und runden, engelhaften Gesicht trat neben das Bett und ergriff ein Instrument aus Bronze, das Benedict an den Bohrer eines Tischlers erinnerte. Während der erste Priester weiterhin das Kopfhautstück, das er abgetrennt hatte, vorsichtig zurückgeklappt hielt, wurde der Bohrer am frisch gereinigten Knochen angesetzt.

Der vierte Priester kam hinzu, um dafür zu sorgen, dass sich der Kopf des Patienten nicht bewegte. Benedict hörte ein Geräusch, das wie das von Mühlsteinen klang, die Korn mahlten. Er war nicht mehr imstande, weiter hinzusehen; er drehte seinen Kopf und schaute weg. Das entsetzliche Geräusch schien nicht aufhören zu wollen. Als es schließlich endete, wandte Benedict sich wieder um und sah, dass ein akkurates rundes Loch in den Schädel seines Vaters gebohrt worden war. In der Mitte des Loches glänzte ein rotschwarzer Blutklumpen, der grässlich und bösartig aussah. Anen drehte sich um. Er zeigte Benedict ein wissendes Lächeln und gab ihm so zu verstehen, dass alles gut verlief.

Der stämmige Priester trat von seiner Arbeit zurück, und ein anderer nahm seinen Platz ein. Der Arzt ergriff ein winziges goldenes Messer und fing an, vorsichtig an dem Blutklumpen zu schaben und ihn wegzuschneiden. Hin und wieder unterbrach er diese Arbeit, um das Blut abzutupfen, das aus der frischen Wunde sickerte, um Reste des abgeschabten Gerinnsels zu entfernen und seine Klinge in einer Schüssel mit Essiglösung zu reinigen. Bald war er damit fertig, und abermals kam die goldene Pinzette zum Einsatz, um auch jedes letzte Fragment, jeden kleinsten Splitter und jedes winzigste Teilchen des zerstörten Knochens zu entfernen. In dem Loch glänzte schließlich nur noch gräuliches, rosafarbenes Fleisch.

Anen kam näher, und die anderen Priester traten zurück, um ihm zu ermöglichen, ihre Arbeit zu begutachten. Er beugte sich dicht über den Kopf, und mit unglaublich behutsamen Berührungen untersuchte er die operativen Schnitte und glatten Knochenränder. Dann inspizierte er die Wunde und sprach zu seinen Priesterkollegen. Einen Augenblick lang berieten sie sich intensiv, und anschließend ging Anen zu Benedict.

»Unterhalb des Knochens hat es starke Blutungen gegeben«, berichtete der Priester, der unbedingt wollte, dass der junge Mann ihn verstand. »Die Blutung ist gestoppt und der Druck vom Gehirn genommen worden. Jetzt können wir nichts anderes mehr tun, als die Wunde zu beobachten und abzuwarten.«

Benedict vernahm in der Stimme des Priesters einen beruhigenden Unterton und klammerte sich daran. »Danke sehr.«

Anen drückte ihm die Schultern und kehrte zum Bett zurück, um das Verbinden der Wunde zu überwachen. Eine kleine Goldscheibe wurde in der Essiglösung gewaschen und dann in den Schädel eingesetzt. Die Priester, die ebenso geschickt wie effizient arbeiteten, verschlossen die Wunde, legten das Stück Kopfhaut wieder an seinen Platz und nähten die Ränder wieder zusammen. Danach wickelten sie immer wieder Streifen sauberen Leinens um den Kopf des Patienten. Als sie damit fertig waren, trug Arthur quasi einen Turban. Alle vier Ärzte traten zurück und verbeugten sich vor dem Patienten und vor Anen. Anschließend nahmen sie die Tabletts mit ihren Instrumenten und gingen bis auf einen hinaus, der zurückblieb, um den Patienten zu beobachten. Anen gab Benedict zu verstehen, dass er wieder zu seinem Vater kommen sollte.

Trotz der gerade erlittenen schweren Operation schien sein Vater friedlich zu ruhen. Er atmete zwar flach, aber regelmäßig. Benedict nahm dies als ein gutes Zeichen. Er ließ sich auf dem Schemel neben dem Bett nieder und setzte seine Wache fort.

Irgendwann vor Anbruch des Morgens gab es plötzlich einen Aufruhr draußen im Hof des Tempels. Benedict, der auf seinem Sitzplatz döste, erwachte vom Klang lauter Stimmen und dem Geräusch rennender Füße. Er schaute sich um und sah, dass der Priester, der Wache gehalten hatte, verschwunden war. Daraufhin ging er zur Eingangstür des Heilenden Hauses und blickte hinaus. Priester mit Fackeln liefen hin und her; sie schienen die Tore zu versperren. Kaum war diese Arbeit beendet, rannten sie fort; und auf dem Hof wurde es abermals still.

Benedict kehrte in den Raum seines Vaters zurück. Er nahm eine Lampe, trat ans Bett und betrachtete seinen Vater genau. Obwohl es schwer zu erkennen war, nahm er eine Veränderung wahr: Sein Vater schien friedlicher zu ruhen, die Falten der Anspannung hatten sich gelockert, und seine Gesichtszüge wirkten gelassen. Als Benedict sich umdrehte, um die Lampe wieder auf ihren Ständer zu stellen, hörte er ein schwaches klingendes Geräusch. Er schaute zurück und sah, wie sich der Mund seines Vaters bewegte, doch kein Ton kam hervor.

Abermals beugte er sich nah über ihn. »Ich bin hier, Vater. Was gibt's?«

Erneut bewegten sich die trockenen Lippen, und Benedict vernahm den winzigsten Hauch eines geäußerten Wortes.

»Ich habe dich nicht gehört, Vater. Sag es noch einmal.«

Die Stimme erhob sich zu einem heiseren Wispern und wiederholte die Wörter. »Die Seelen-....-quelle...« Arthur seufzte und schien tiefer in sein Bett zu sinken.

»Was? Vater, sag es mir noch mal.« Benedict starrte auf seinen Vater; eine so große Furcht erfasste ihn, dass sich seine Eingeweide zu verknoten schienen. »Was hast du gesagt?«

Als er keine Antwort erhielt, beugte er sich noch weiter vor. »Vater, ich kann dich nicht hören.« Zaghaft legte er die Hand auf die Schulter seines Vaters und schüttelte sie sanft, um zu versuchen, ihn nur ein wenig länger wach zu halten. »Bitte, wiederhol es – was hast du gesagt?«

»Die ... Seelenquelle ...« Die beiden Wörter wurden wie ein Stöhnen geäußert. Mit letzter Kraft legte Arthur die Hand auf seine Brust. Benedict bemerkte, wo die Hand zur Ruhe kam. »Ich habe ... es kennzeichnen ... lassen ...«, keuchte er, und seine Stimme verstummte.

Benedict starrte auf die tätowierten Symbole auf der Brust seines Vaters: das vertraute Durcheinander von merkwürdigen Zeichen, deren Bedeutungen – es handelte sich um Anweisungen zur Navigation durch die Welten – er gerade erst angefangen hatte zu erlernen. Erneut schüttelte er die Schulter seines Vaters.

Es gab keine Reaktion.

»Vater!«, schrie Benedict, der hektisch wurde. »Bitte! Ich verstehe nicht, was du meinst.«

Dann wandte er sich vom Bett ab, rannte zur Eingangstür und rief laut um Hilfe. Der Priester, dem die Aufgabe zugeteilt war, neben dem Bett zu wachen, tauchte fast augenblicklich wieder auf. Er eilte über den Hof, verbeugte sich hastig vor Benedict und drängte sich an ihm vorbei. Dann lief er zum Bett, kniete sich daneben hin und legte seine Hand auf Arthurs Brust. Der Priester hielt sein Ohr ganz nah über Mund und Nase seines Patienten und hielt inne, als ob er lauschen würde.

»Er hat gerade –«, begann Benedict, doch er verstummte augenblicklich, da der Arzt seine Hand hob und ihm bedeutete zu schweigen.

Anschließend legte der Priester seine Fingerspitzen an Arthurs Hals und wartete kurz. Als Nächstes holte er ein kleines Rechteck aus polierter Bronze von seinem Tablett mit Instrumenten und hielt es unterhalb der Nase des Schwerverletzten.

Benedict schlug das Herz bis zum Halse, denn er wusste, was das bedeutete. Zwar fürchtete er sich davor, was er nun sehen würde, doch er war nicht imstande, einfach wegzuschauen. Er starrte mit wachsender Besorgnis, als der Arzt das kleine Rechteck aus Bronze ihm zuwandte. Auf der polierten Oberfläche gab es nicht den geringsten Beschlag oder gar Feuchtigkeit. Sein Vater atmete nicht mehr.

Der Arzt schüttelte den Kopf und stand auf. Dann hob er seine Handflächen bis zur Schulter hoch, beugte den Oberkörper nach vorn und begann mit leiser, monotoner Stimme zu singen.

Benedict ließ sich rückwärts gegen die Wand fallen; seine Augen waren auf die Leiche seines Vaters geheftet. »Nein, das kann nicht sein«, murmelte er und schlug mit seiner Faust gegen die Wand. »Er hat gerade noch mit mir gesprochen. Er kann nicht t-« Der Junge weigerte sich, das Wort auszusprechen.

Er stürzte zum Bett und warf sich auf den Leichnam seines Vaters. Er regte sich nicht, wehrte sich nicht gegen die Last. Benedict umschloss mit seinen Händen das Gesicht seines Vaters und war überrascht, als er die Wärme dort spürte. »Verlass mich nicht...« Seine Stimme brach. »Bitte... Verlass mich nicht.«

Starke Hände ergriffen die Arme des jungen Mannes und zogen ihn fort. Als Arthurs Kopf losgelassen wurde, rollte er zur Seite.

Benedict schüttelte die Hände des Priesters von sich und mühte sich abermals nach vorne. »Ich glaube, er ist bewusstlos«, behauptete er. »Wir sollten versuchen, ihn aufzuwecken.«

Der Priester sagte etwas zu ihm und schüttelte den Kopf. Dann setzte er seinen Gesang fort.

Ein lauter, mächtiger, harter Aufschlag war im Hof zu hören: Etwas war krachend gegen die Tempeltore gestoßen. Benedict drehte sich dem Geräusch zu. Ein Diener platzte ins Zimmer herein, warf einen Blick auf den betenden Priester und verschwand wieder. Benedict sank unter dem Gewicht der Trauer, die sich in ihm ausbreitete, zu Boden. Er faltete seine Hände und begann ebenfalls zu beten. Er drückte seine Augen fest zu und betete mit einer solchen Inbrunst, wie er noch nie in seinem Leben gebetet hatte.

Das Nächste, was ihm bewusst wurde, war, dass Anen vor ihm stand. Der Priester zeigte ein düsteres Gesicht, seine dunklen Augen waren voller Trauer. Mit einer ausholenden Handbewegung wies er auf den Leichnam seines Freundes und sagte etwas, das Benedict nicht verstehen konnte. Der junge Mann schüttelte den Kopf, woraufhin Anen ihn bei der Hand nahm und ihn zum Bett führte. Dann legte er Benedicts Hand auf die Leiche seines Vaters und hielt sie dort fest. Der Körper fühlte sich jetzt kälter an.

Anen sprach erneut; seine Stimme war leise vor Gram. »Wir haben versucht, ihn zu heilen, doch es sollte nicht sein. Seine Seele hat das Haus der Toten betreten und die Reise ins Jenseits angetreten.« Er zeigte auf den Leichnam im Bett und schien eine Antwort zu erwarten.

Benedict starrte auf die leblose Gestalt. Die Transformation hatte begonnen; die beseelte Gegenwart des Vaters, die er sein ganzes Leben lang gekannt hatte, war nicht mehr länger da. Nur eine Hülle war zurückgeblieben: eine sehr traurige und verletzte Hülse. Der Mann, den er kannte und den er liebte, war dahingegangen.

FÜNFZEHNTES KAPITEL

Worin alte Lieblingsorte wieder besucht werden

Wilhelmina genoss ihre Besuche im Kloster von Montserrat und sah ihnen mit einer Vorfreude entgegen, die bei Weitem jede Erwartung übertraf, die sie für die Reise oder den Zielort selbst hegte. In gewisser Hinsicht erinnerte es an das Gefühl, das sie als Schulmädchen in der Nacht vor dem jährlichen Schulausflug zum Britischen Museum gehabt hatte, einem Ort, den sie liebte. Oder vielleicht war dies die Art und Weise, wie ein Pilger empfand, wenn nach Wochen oder Monaten der Vorbereitung endlich der Tag kam, an dem er den Wanderpfad betrat, der zu einem heiligen Bestimmungsort führte. Vielleicht war es ja cum grano salis das, was sie war – eine Pilgerin.

Nur daran zu denken, mit Bruder Lazarus an seinem Küchentisch im Observatorium hoch oben auf der Bergspitze zu arbeiten, ließ Wilhelminas Herz genau jenes kleine bisschen schneller schlagen. Dies geschah auch, wenn sie sich daran erinnerte, wie sie seinen herben Wein schlürfte und bei den Versuchen, die Geheimnisse des Ley-Reisens zu enträtseln, mit ihm über Astronomie, Kosmologie und Physik redete. Sie hatte ihn gefunden – oder war zu ihm geführt worden, wie er beharrlich behauptete –, um ihre Ausbildung für die Arbeit voranzubringen, für die sie bestimmt war. Stets war sie überbeansprucht und herausgefordert in seiner Gegenwart, die aber ebenso sehr angenehm war: Er war der weise väterliche Lehrer, den sie zuvor nie gehabt hatte.

Und bei einem dieser frühen Besuche geschah es, dass eine besondere Entscheidung getroffen wurde: Als eine Überprüfung von

Bruder Lazarus' Theorie der Zeit-Kalibrierung zwischen wechselnden Dimensionen sollte Wilhelmina nach London zurückkehren, um Kit zu finden und um, wie sie es ausdrückte, ihre Angelegenheiten abschließend zu ordnen. Abgesehen von der Erklärung, was ihr bei jenem ersten unüberlegten Sprung passiert war, wollte sie ihm sagen, dass er sich nicht um sie zu sorgen brauchte und sie ihr Glück gefunden hatte: Es bestand darin, dass sie nun ein Kaffeehaus in Prag leitete und im siebzehnten Jahrhundert ein besseres Leben führte, als sie es jemals im einundzwanzigsten Jahrhundert gekannt hatte. Und ganz nebenbei wollte sie auch erwähnen, dass ihre einstige romantische Verbindung – welcher Art sie auch immer gewesen sein mochte – nun unwiderruflich durchtrennt war. Viel Zeit war vergangen, bedeutsame Geschehnisse hatten sich ereignet, und als Folge davon waren sie beide nicht mehr länger die Personen, die sie ehedem gewesen waren. In selbstloser Weise und großmütig, mit jedem nur denkbaren Segenswunsch für sein zukünftiges Glück, befreite sie ihn von jeder – ob realen oder eingebildeten – Art von Verbindung mit ihr, die er möglicherweise fühlte. Für diesen letzten Teil studierte sie verschiedene Szenarios ein, die alle mit einem tränenüberströmten, kummervollen Kit endeten, der von ihr Abschied nahm, während sie mit gestrafften Schultern und hocherhobenem Kopf für immer aus seinem Leben trat.

Die unvermeidliche Auflösung dieser Beziehung geschah nicht aufgrund irgendeines Verlangens nach Rache oder negativer Gefühle gegenüber Kit. Sie trug ihm in keinerlei Hinsicht etwas nach – genau das Gegenteil war in Wirklichkeit der Fall. Sie war ihm zutiefst dankbar dafür, dass er sie in die Wunder des Ley-Reisens eingeführt hatte, auch wenn dies zufällig geschehen war. Und jeder Ärger und jede Verbitterung, die sie ursprünglich gefühlt hatte – und es gab viele solcher Empfindungen in jenen ersten traumatischen Tagen –, war schon vor langer Zeit in den sonnigen Aussichten einer Zukunft aufgelöst worden, die weitaus heller leuchtete, als sie selbst sich einst hätte vorstellen, geschweige denn realisieren können. Dass es sich dabei um eine Zukunft handelte, die in einer nachmittelalterlichen Version von Prag stattfand, bereitete ihr endloses Vergnügen; das

Paradoxon war schlichtweg köstlich. *Ich nehme an, ich bin im Innersten einfach ein altmodisches Mädchen,* sinnierte sie vergnügt.

Jetzt, wo sie mit dem Ley-Reisen in seiner breitesten und allgemeinsten Bedeutung vertraut war und bei den Sprüngen, wie die Dinge lagen, ständig an Selbstvertrauen gewann, war Wilhelmina begierig, die Feinheiten und möglichen Komplikationen zu beherrschen. Und deshalb war sie auch ein williges Versuchskaninchen für Bruder Lazarus' Experimente geworden.

»Du musst den Zeitraum gut hinbekommen«, sagte er während einer ihrer Sitzungen. »Das ist von größter Bedeutung, wenn wir jemals eine Wiedervereinigung zwischen dir und deinem Freund zustande bringen sollen.«

»Und auch für jedes andere nützliche Ziel«, hob Mina hervor.

»Selbstverständlich.« Er klopfte mit seinen Fingern auf den Tisch. »Bist du sicher, dass du es zu versuchen wünschst?«

»Warum nicht?« Sie zuckte mit den Schultern. »Was haben wir zu verlieren? Ich weiß, wie man hierher zurückkommt. Wenn irgendwas schiefgeht, kann ich immer zurückkehren. Und wer weiß? Was auch immer geschieht – es könnte sich als nützlich erweisen.«

»Ohne Experimente gibt es selten einen Fortschritt«, merkte er an. Dann setzte er die Ellbogen auf den Tisch und beugte sich vor – die Haltung eines Lehrers, der seine Schülerin unterwies. »Wenn dieses Experiment erfolgreich ist, werden wir unserem Wissensschatz eine große Menge neuer Erkenntnisse hinzufügen können. Jetzt pass auf und hör genau zu: Thomas Young war zwischen 1799 und 1829 in London tätig. Er war Mitglied und einer der Vorsitzenden der Royal Society; somit solltest du in der Lage sein, durch das Sekretariat der Gesellschaft Kontakt mit ihm aufzunehmen – vorausgesetzt, dass du zuerst einmal nach London zurückkehren kannst. Der Ley, der dich nach Prag gebracht hat, sollte dich zurück nach London führen – obwohl dies alles andere als sicher ist.«

Mina stimmte ihm zu, dass es einen Versuch wert war. »Ich wünschte nur, es gäbe eine Möglichkeit, den Zeitrahmen präziser abzustimmen.«

»Das Experiment ist so gestaltet, dass es genau das erforscht, meine Teure«, erwiderte er lächelnd. »Wenn meine Theorie stimmt, entspricht jeder materielle Punkt entlang einer Ley-Linie einem ganz bestimmten Zeitbezug. Wenn dem so ist...« Er lächelte erneut und schüttelte den Kopf. »Nun, du wirst einfach versuchen müssen, eine Ley-Reise durchzuführen, und dann schauen, wohin das dich bringt. Ein oder zwei Sprünge entlang eines Leys geben dir die Möglichkeit, Vergleiche zu ziehen. Natürlich nur vorausgesetzt, dass du in London landest.«

»Meine Ley-Lampe wird mir dabei helfen«, betonte sie.

»Ein außergewöhnliches Instrument«, schwärmte Bruder Lazarus. »Ich würde meinen rechten Arm hergeben, wenn ich in Erfahrung bringen könnte, wie es funktioniert.« Er sah sie über den Tisch hinweg eindringlich an. »Bist du sicher, dass du dies wirklich versuchen möchtest? Es könnte anstrengend und leidvoll sein, wieder nach Hause zu gehen.«

»Ich wurde in London geboren und bin dort auch aufgewachsen. Es wird alles in Ordnung sein.«

»Wann wirst du gehen?«

»Ich bin jetzt schon so weit«, antwortete Mina. »Was du heute kannst besorgen, das verschiebe nicht auf morgen.«

Als die Sonne hinter den Felswänden im Westen zu sinken begann, begleitete Bruder Lazarus sie auf ihrem Weg zum Ley am hohen Berg. »*Vaya con Dios!*«, rief er, als Wilhelmina sich zu ihrer lange hinausgezögerten Rückkehr nach London aufmachte.

Für ihren Versuch bediente sie sich einer Linie, die sie inzwischen Böhmischer Ley nannte. Die Landschaft war so, wie Mina sie von ihrem ersten traumatischen Sprung her kannte; und den Ort erneut zu besuchen rief in ihr ein merkwürdiges nostalgisches Empfinden hervor. Die kleinen blauen Lichter der Lampe bestätigten die Anwesenheit eines aktiven Leys. Ihr erster Sprung erwies sich insofern als geringfügig erfolgreich, da sie die Außenbezirke einer beachtlichen Stadt erreichte, deren Umgebung im Großen und Ganzen an eine ländliche Gegend in England erinnerte. Auf den ersten Blick sah die Landschaft vertraut aus; doch als sie sich auf einen Felsvorsprung stellte, der ihr eine gute Aussicht auf ein breites Tal mit üppiger Vegetation und einem kleinen Dorf bot, das aus strohgedeckten Hütten bestand, machten das Fehlen befestigter Straßen und Autobahnen ihr eines bewusst: Falls dieser Flecken Erde tatsächlich irgendwo in der Nähe von London war, dann musste in dieser Welt der Tag, an dem der Verbrennungsmotor erfunden wurde, erst noch heraufdämmern. Augenblicklich drehte sie sich um und ging zurück, bevor der Ley sich schloss – und versuchte es erneut.

Alles in allem benötigte sie zwei Tage und nicht weniger als sieben Sprünge, bevor sie zufällig auf die Gewinnformel stieß: ein Yard für alle vierhundert Jahre – oder so ungefähr. Sie fand heraus, dass man Englands Hauptstadt in einer bestimmten Epoche anpeilen konnte, wenn man die Strecke mit Schritten ausmaß und den eigenen Fortbewegungsrhythmus für den Sprung sozusagen anpasste. Nachdem sie dies erkannte, brachte der siebte Versuch sie in einen geeigneten modernen Zeitabschnitt.

Das Geräusch der Windböe ebbte ab und vermischte sich mit dem Heulen einer Krankenwagensirene, die in der Ziegelsteinschlucht des Stane Way widerhallte. Die Gasse sah vertraut aus, und sie fühlte sich überaus ermutigt. Doch es blieb noch festzustellen, wann genau sie angekommen war. Aber dieses Geheimnis klärte sich in dem Moment, als sie die Gasse verließ und die Grafton Street betrat. Ein Bus, auf dem eine Werbung für Handys von Virgin Mobile prangte, war das erste Gefährt, das an Mina vorüberfuhr. Ihm folgte rasch ein Van der British Telecom, auf dem dieses Unternehmen seine schnelle 30-MB-Verbindung für den monatlichen Preis von sechzehn Pfund anpries.

»Ich hab's geschafft!«, trällerte Wilhelmina. »Ich hab's tatsächlich geschafft!« Sie zitterte zu gleichen Teilen vor Aufregung und Furcht angesichts der Aussicht, zu ihren alten Lieblingsorten zurückzukehren. Dann begann sie, die Grafton Street entlangzugehen. Während sie vorwärtsschritt, geriet sie ins Taumeln aufgrund des Überfalls auf ihre Sinne, der mit roher Gewalt erfolgte. Alles, was ihr in der Stadt ins Auge sprang, sah für gewöhnlich grellbunt und protzig aus, und die Geräusche waren schrill und verwirrend:

Alles plärrte, schrie und stand im Wettstreit gegen andere, um Minas Aufmerksamkeit zu gewinnen. Nach dem relativen Frieden einer weniger mechanisierten Zeit schien die moderne Gangart der Welt eine Tortur zu sein – es war zu laut, zu schnell, zu grob. Sie hatte den Eindruck, einen Hindernisparcours voller unnötiger Schocks und Alarme zu durchlaufen.

Wohin auch immer sie schaute, schien der Anblick dazu bestimmt zu sein, einen Schlag zu versetzen. Ein tiefergelegtes schwarzes Auto mit dunkel getönten Scheiben kreuzte auf, und aus ihm dröhnten hämmernde Bässe, die nur dazu gedacht waren, andere zu belästigen. In die entgegengesetzte Richtung zischte ein Motorrad vorbei, das brummte wie eine überdimensionale Hornisse. Der Bürgersteig wimmelte von Französischstudenten, die zueinanderpassende orangefarbene Rucksäcke trugen und in unorganisierten Scharen wie vielköpfige Amöben vorbeitrieben. Ein Hochhaus, das einer Sanierung unterzogen wurde, war ein ausgeschlachteter Lärmkasten, aus dem das Rattern von Presslufthämmern und Dieselgeneratoren hallte, die oben die Luft mit einer gesundheitsschädlichen Verunreinigung aus lautem Knattern in hohen Dezibelgraden und aus blauen Abgasen belasteten. Und die Schilder in den Schaufenstern von Geschäften kreischten in fluoreszierenden Lettern *Sale!* und *Tiefstpreise! Alles muss raus!*

Dennoch ... und dennoch ... Diese Straßen waren genau so wie diejenigen, an die sie sich erinnerte: Straßen, in denen sich der Verkehr wälzte, die vor Werbung nur so starrten und in denen sich scharenweise die selbstvergessenen Fußgänger drängten – sie waren ganz auf die Verfolgung ihrer eigenen privaten Agenden fixiert, während sie vorbeimarschierten. Die trostlose Silhouette grauer Apartmentblöcke, der triste Himmel, der von den Kondensstreifen dröhnender Düsenflugzeuge kreuz und quer durchzogen wurde, die Abfälle und der Unrat im Rinnstein, das Surren und Schieben auf einer geschäftigen Straße in einer Metropole – all das war genau so, wie es immer gewesen war. Komisch, zuvor hatte sie niemals die beiläufige Brutalität dieses Alltags bemerkt. Nun ... jetzt fiel es ihr auf, sie mochte es nicht.

Der Angriff auf ihre Sinne verschlug ihr den Atem; sie hatte das Gefühl, die Stadt würde auf sie eindringen, und ihr wurde ganz komisch im Magen. Bei der ersten sich bietenden Gelegenheit wich sie in eine Seitenstraße aus und ließ sich vor dem Eingang eines Stadthauses auf die untere Stufe fallen, um zur Besinnung zu kommen und sich neu zu sammeln. *Du lebst hier nicht mehr, Mina,* sagte sie zu sich selbst. *Lass es einfach über dich ergehen.* Nach ein paar Minuten konnte sie ihre Fassung so weit wiedergewinnen, dass sie in der Lage war, ihren Fußmarsch zu ihrer alten Wohngegend fortzusetzen.

Seit ihrem unfreiwilligen Weggang aus dieser Stadt hatte Wilhelmina eine Menge Zeit gehabt, um zu überlegen, was sie tun würde, wenn sie es schaffte, nach London zurückzukehren. Zuerst war sie geneigt gewesen, Giovanni's Bakery zu meiden – es gab zu viele Erinnerungen, und sie würde zu vieles erklären müssen. Doch jetzt, als sie vertrautere Straßen betrat, änderte sie ihre Ansicht. Ein Teil der Aufgabe, ihre Angelegenheiten zu ordnen, schloss ein, einen sauberen Strich unter ihr altes Leben zu ziehen, sodass weniger Fragen unbeantwortet blieben und es weniger Unerledigtes geben würde. Und nicht zuletzt hatte sie, wie sie glaubte, noch Lohnnachzahlungen zu bekommen; und sie konnte etwas Bargeld gut gebrauchen, um in der Stadt herumzukommen.

Zuerst jedoch musste sie herausfinden, welches Datum heute war, sodass sie wusste, wie viel Zeit seit jener ersten schicksalhaften Reise verstrichen war. Sie kam an einem WH-Smith-Geschäft vorbei, trat ein und ging direkt auf die Wand mit den Zeitschriften und Zeitungen zu. Eine rasche Durchsicht der *Times* bewirkte, dass sie zweimal hingucken musste; ein Blick auf die Datumsangabe im daneben liegenden *Guardian* bestätigte es. Auf den Zeitungen waren der Monat und das Jahr angegeben, in denen sie die Stadt verlassen hatte, und der Tag ... An welchem Tag war sie aus London verschwunden? Ein Sonntag ... Ja, ein Sonntag. Sie und Kit hatten die Absicht gehabt, an ihrem freien Tag einkaufen zu gehen. Und es war die Montagsausgabe der *Times*, die sie in ihren Händen hielt.

Entgeistert wankte Wilhelmina auf die Straße zurück; in ihrem

Kopf drehte sich alles, wenn sie an die Konsequenzen dachte. Als sie schließlich ihren alten Arbeitsplatz erreichte, war sie leicht verwirrt und überhaupt nicht sicher, wie man sie empfangen würde. Auf der gegenüberliegenden Straßenseite hielt sie inne und beobachtete einen Moment lang den kleinen Laden. Nichts schien sich verändert zu haben: Die grün-weiß gestreifte Markise war gleich geblieben; das Schaufensterschild, das verkündete *Unsere Spezialität: Handwerkerbrote*, war genau so, wie sie es zuletzt gesehen hatte. Sie setzte ein Lächeln auf, überquerte die Straße und schob sich durch die Tür. Das Glöckchen über der Tür klingelte und verkündete ihre Ankunft. Das Mädchen hinter dem Verkaufstresen blickte auf.

»Mina!«, kreischte Tatyana, die Kassiererin. »Du bist hier!«

»Ich ... äh ...«

»Was trägst du da überhaupt?«

Wilhelmina blickte auf ihre Reisekleidung herab. »Klamottenkrise«, erklärte sie. »Frag bitte nicht.«

»Du bist heute Morgen nicht gekommen«, hob Tatyana hervor. »Was ist passiert?« Bevor Mina antworten konnte, fuhr sie fort: »Wir haben versucht, dich anzurufen. Wir haben uns Sorgen gemacht. Den ganzen Morgen ist es hier ziemlich verrückt zugegangen.«

»Tut mir leid«, entschuldigte sich Wilhelmina.

Genau in diesem Moment kam John hereingehetzt, der Besitzer der Bäckerei. Er trug ein Blech mit Schnecken. »Wem tut es leid?«, fragte er und schaute sich um. »Mina! Was ist passiert? Du hast heute Morgen nicht geöffnet.«

Der Anblick ihres Chefs, das Geschäft, der warme Hefegeruch von Backwaren in den Vitrinen ließ eine Welle von Gefühlen in ihr aufsteigen, die Mina nicht erwartet hatte. Während der ganzen Zeit, die sie weg gewesen war, hatte sie nicht einen einzigen Gedanken an diesen Ort hier verschwendet. »Ich glaube, ich habe einen schlechten Shrimp gegessen«, murmelte sie. »Tut mir leid. Und mein Telefon hat nicht funktioniert.«

»Im Ernst. Ich habe versucht, dich anzurufen.« Er stellte das

Tablett ab und betrachtete sie genau. »Du siehst irgendwie anders aus. Bist du okay?«

»Um ehrlich zu sein ... Ich hätte es eigentlich nötig, heute krankzufeiern«, erwiderte sie mutig. »Wenn das okay ist.«

»Sicher doch«, meinte John. »Nimm ein paar Tage, wenn du das brauchst. Ich werde morgen für dich einspringen.«

»Danke. Das weiß ich echt zu schätzen.« Sie zögerte, dann sagte sie: »Ich glaube nicht, dass ich noch Lohn zu bekommen habe, oder?«

»Wird das nicht direkt überwiesen?«

»Richtig«, antwortete Mina. »Da hab ich einen Moment lang gar nicht nachgedacht.« Natürlich – ihr Gehalt wurde elektronisch auf ihr Konto überwiesen. Doch um an das Geld zu kommen, würde es erforderlich sein, eine Bankfiliale aufzusuchen und ihre Bankkarte vorzulegen, die sie jedoch nicht mehr besaß.

»Also, ich würde ja gern noch etwas plaudern«, sagte John. »Aber ich habe noch ein weiteres Blech mit Schnecken, das bald fertig ist. Bis die Tage.« Er drehte sich um und ging zur Tür, um sich in seine Backstube zurückzuziehen. »Geh hoch und such Rachel auf. Vielleicht hat sie ja noch nicht das Monatsende-Zeug gemacht.«

Wilhelmina rief ihm ein »Tschüs« hinterher, als er um die Ecke verschwand. Zwei Kundinnen betraten das Geschäft, und ihnen folgte eine Mutter mit einem Kinderwagen. Der Laden füllte sich plötzlich.

»Hoffentlich geht's dir bald besser, Mina«, sagte Tatyana und wandte sich ab, um die Neuankömmlinge zu bedienen. »Hi, wie kann ich Ihnen helfen?«

Wilhelmina ging zum Eingang zurück. Nachdem sie jetzt ihren Chef und ihre Kollegin gesehen hatte, konnte sie sich irgendwie nicht dazu überwinden, sich für alle Zeiten von ihnen zu verabschieden. »Bis die Tage.« Das war alles, was sie herausbrachte.

Ein kurzer Besuch bei Johns Frau im Büro oben bestätigte, dass ihr Lohn wie immer direkt auf ihr Konto überwiesen worden war.

»Stimmt was nicht, Mina?«, fragte Rachel.

»Ähm, nein – nicht wirklich. Ist nur ... Ich scheine meine Bankkarte verloren zu haben. Ein gewaltiger Ärger.« Sie seufzte. »Ach ja.«
»Ich kann dir den Lohn für die letzte Woche in bar geben«, schlug Rachel vor. »Falls das irgendwie nützt. Das ist noch nicht überwiesen worden.«
»Das könntest du tun? Das wäre wirklich eine große Hilfe.« Sie wartete, während die Frau mittleren Alters einen Schlüssel hervorholte, die untere Schreibtischschublade öffnete und eine metallene Geldkassette herauszog.
»Du musst mir das unterschreiben«, erklärte Rachel. Sie nahm eine Handvoll Banknoten heraus und begann, sie auf ihrer Schreibunterlage zu zählen. »Du bist sicher, dass ansonsten alles okay ist?«
»Ging mir noch nie besser«, erwiderte Mina. »Wieso?«
»Ich weiß nicht. Du siehst anders aus ... mehr nicht.« Sie überreichte Wilhelmina einen ordentlichen Stapel Banknoten. »Sechshundert. Bitte sehr.«
»Danke.« Mina steckte das Geld in ihre Tasche und kritzelte ihre Unterschrift auf den Beleg, den Rachel ihr hinhielt. »Danke vielmals. Bis dann.«
Eine Minute später war sie wieder auf der Straße. Kits Wohnung war der nächste Zwischenstopp. Der Spaziergang zu seiner Eingangstür gab ihr Zeit, darüber nachzudenken, was sie ihm vielleicht sagen sollte – vor allem, wie sie ihm erklären könnte, dass es ihr eine ganze Weile nicht möglich sein würde, ihn zu sehen. Vielleicht könnte sie ihn sogar niemals mehr sehen. Es gab keine einfache Möglichkeit, dies zu sagen, und so entschied sie, dass es am besten sein würde, einen klaren Schlussstrich zu ziehen. Sie atmete tief ein, klopfte ein paarmal fest gegen die Tür und wartete. Als niemand öffnete, versuchte sie es erneut. Sie klopfte noch zwei weitere Male, bevor sie aufgab: Kit war nicht da. *Typisch*, dachte sie und überlegte, ob sie ihm eine Notiz hinterlassen sollte. Doch sie hatte nichts bei sich, womit und worauf sie schreiben konnte, und so gab sie dieses Vorhaben auf. Sie konnte auch zu irgendeinem anderen Zeitpunkt mit ihm Schluss machen.

Nachdem sie wieder auf die Straße zurückgegangen war, ermunterte sie der Gedanke, dass erst ein Tag vergangen war, seit sie London verlassen hatte. Sie setzte ihren Spaziergang fort, und ihre Füße führten sie automatisch zu ihrer alten Wohnung. Warum nicht, fragte sie sich selbst ein wenig verblüfft. Zumindest könnte sie sich dort umschauen und gucken, ob es da etwas gab, was es wert war, mitgenommen zu werden. Und während sie sich in dem Haus aufhielt, konnte sie den Vermieter wissen lassen, dass sie vielleicht für eine ganze Weil fort sein würde.

Zehn Minuten später bog Mina in ihre alte Straße ein, und ein paar Minuten danach hüpfte sie die Stufen des Gebäudes hoch. Sie legte eine kurze Pause ein, um ihren Ersatzschlüssel von der alten Dame abzuholen, die in dem Apartment unter ihr lebte.

»Haben Sie sich selbst ausgeschlossen, meine Liebe?«, erkundigte sich Mrs Parker, als sie den Schlüssel überreichte.

»Ich Dummerchen«, antwortete Wilhelmina. »Ich werde den Schlüssel in Ihren Briefkasten werfen, wenn ich mit allem fertig bin.«

»Machen Sie das nur.«

»Tschüs, Mrs Parker.« Mina ging fort und stieg die Treppe zu ihrer Wohnung hoch. Sie steckte den Schlüssel ins Schloss und trat ein. Ein Blick auf ihr gemütliches kleines Nest, und sie wurde übermannt von einer Melancholie, bei der ihr die Knie schwach wurden. Auf der Fußmatte lag Post, die sie aufhob und auf den Tisch im Flur warf. Sie ging ins Wohnzimmer und nahm den Anblick ihrer Couch und der Kissen in sich auf – und auch die Fleecedecke, in die sie sich einst immer eingerollt hatte, und das Buch, das sie damals gerade las: Es war beinahe zu viel, um es ertragen zu können. Sie ging in die Küche, und ein Blick auf die Blumen genügte, die immer noch frisch waren und in der Vase auf der Fensterbank standen – und sie verlor die Fassung. Tränen stiegen ihr in die Augen, und sie stand mitten im Zimmer da und heulte.

Wenn irgendjemand sie gefragt hätte, weshalb sie weinte, wäre sie nicht in der Lage gewesen, ihm eine plausible Antwort zu geben. Selbst als die Tränen flossen, sagte sie sogar zu sich selbst, dass sie ein großes Baby war und sie jetzt doch ein viel glücklicheres Leben führte als jemals zuvor – und dass sie ihr neues Leben für nichts in der Welt eintauschen würde. Gleichwohl flossen die Tränen.

Als sie schließlich in der Lage war, sich zusammenzureißen und ihre zerrissenen Gefühle zu überwinden, ging sie in ihr Schlafzimmer, leerte sie das abgestandene Wasser im Glas neben ihrem Bett und zog das Federbett glatt. Dann machte sie weiter, indem sie sich umsah und nach allem Ausschau hielt, das ihr möglicherweise in ihrem neuen Leben nützlich sein könnte. Aus ihrer Garderobe wählte sie einen leichten schwarzen Wollpullover und ein Paar elegante Schnürstiefeletten aus, die sie erst einmal getragen hatte. Was den Rest anbelangte, so konnte sie gut ohne ihn leben. Als sie die Tür des Kleiderschranks schloss, fiel ihr Blick auf einen Krug mit Pennys und alten, abgenutzten Münzen – Shillings, halbe Pennys und dergleichen –, der auf der Kommode stand. Sie trug den Krug in die Küche und steckte ihn in eine Plastiktragetasche, dann machte sie sich daran, das Badezimmer zu überprüfen.

Ein Blick auf die glänzend weißen Fliesen genügte, und sie wusste, dass sie unbedingt duschen musste. Sie drehte die Wasserhähne auf, zog sich rasch aus, trat unter das heiße, frei fließende Wasser und seifte sich ein. O, was für ein Luxus! Es war schon so viel Zeit vergangen, seitdem sie das letzte Mal eine richtige Dusche genommen hatte. Und sie hatte völlig vergessen, wie wahrhaft wundervoll so etwas sein konnte. Nachdem sie ihr Haar gewaschen hatte, stand sie einfach nur da und ließ das Wasser über sich laufen, bis das Zimmer voller Dampf war. Mit einem Seufzer des Bedauerns drehte sie das Wasser ab und trocknete sich mit einem kuschelweichen Handtuch ab. Sie putzte sich die Zähne und behielt dann die Zahnpasta sowie die Bürste bei sich, um sie mitzunehmen. Anschließend benutzte sie die Toilette, zog ab und schaltete das Licht aus. Okay, es war nicht alles schlecht, dachte sie, als sie in ihr Schlafzimmer zurücktrottete, um sich anzukleiden. Es gab eine Menge über den Komfort und die Zweckdienlichkeit moderner Sanitäranlagen zu sagen.

Dann, nachdem sie genug im Luxus geschwellt hatte, fasste sie den Entschluss, dass es an der Zeit war, sich wieder ihren Angelegenheiten zuzuwenden. Sie packte die Gegenstände, die sie mitnahm, in die Tragetasche mit den Münzen hinein und sah sich ein letztes Mal um. Als sie die Tür hinter sich zuschloss, zog sie einen gewissen Trost aus dem Gedanken, dass sie im Moment nicht wirklich alles aufgeben musste; sie konnte die Wohnung, so wie sie war, einfach behalten. Jetzt, wo sie wusste, wie man London erreichen und nur etwa einen Tag, nachdem sie die Stadt ursprünglich verlassen hatte, wieder zurückkommen konnte, würde ihr Heim in dieser besonderen Welt immer hier sein und auf sie warten. Sie konnte zu jeder Zeit, die sie wollte, hierher zurückkehren. Und was noch wichtiger war – es würde ein Schlupfloch für sie sein, sollte sie jemals ein sicheres Haus benötigen.

Zufrieden mit sich selbst, dass ihr dieser tröstende Gedanke gekommen war, setzte sie ihren Spaziergang in einer sehr viel besseren Stimmung fort und verwöhnte sich mit einer ausgelassenen Shoppingtour – was entsprechend ihrer praktischen Denkweise bedeutete, den großen Vorzeigeladen von Marks & Spencer in der Oxford Street aufzusuchen. Sie nahm sich Zeit, die Damenabteilung zu durchstöbern, und entschied sich schließlich für einen langen geblümten Rock, drei Baumwoll-T-Shirts von hoher Qualität, von denen zwei langärmelig waren, einen dünnen Ledergürtel, eine Auswahl von zweckmäßigen Miederwaren, eine elegante weiße Kasackbluse, eine kurze Wolljacke in Marineblau, zwei dicke Strumpfhosen und einen Dreierpack Baumwollsocken. Sie zog sich in der Umkleidekabine um und ging dann ein paar Türen weiter zu Selfridges, wo sie sich die verschwenderische Anschaffung eines wunderschönen Pashmina-Schals in leuchtendem Himmelblau gönnte.

In einer modischen Boutique namens Sweaty Betty fand Mina eine leichte, wildlederne Tasche mit vielen Steckfächern und seitlichen Henkeln, die wie ein Tagesrucksack getragen werden konnte. Darin steckte sie ihre Einkäufe und Plastiktragetasche. Zufrieden über ihre neuen Klamotten, stattete sie der nächsten Filiale der Sandwichkette *Pret A Manger* einen kurzen Besuch ab und kaufte ein *Chicken-Caesar-and-bacon*-Baguette, einen Kuskus-Salat mit drei Bohnen, Früchte, ein Päckchen mit süßen Kartoffelchips und zum Trinken eine Flasche *Pure Pret Pomegranate*. Da es immer noch heller Tag war, überquerte sie die Straße und ging in den *Hanover Square Park*. Dort fand sie eine schattige Bank, auf der sie eine gemütliche Mahlzeit genoss und beobachtete, wie die Welt vorbeiging, während sie darauf wartete, dass der Stane-Way-Ley aktiv wurde.

Diesem einfachen Essen folgte ein lang anhaltender Kaffee im *Café Nero* mit einem Stück *Millionaires' Shortbread* als Nachtisch. Sie trödelte beim Kaffeetrinken – teils, um die Zeit totzuschlagen, aber auch aus beruflichem Interesse: Sie beobachtete genau, wie der Betrieb im Café ablief, kritisierte den Service und verkostete das heiße schwarze Gebräu – sie analysierte all ihre Erfahrungen in einer Weise, wie es ihr früher niemals in den Sinn gekommen wäre. Als sie wieder auf der Straße war, kam sie an einem Buchgeschäft der *Waterstones*-Kette vorbei; und aus einer Laune heraus drängte sie sich ins dritte Stockwerk hoch, wo sie in einem nur wenig besuchten Nebenraum wissenschaftliche Bücher aus dem Regal zog und auf dem Boden verteilte. Schließlich wählte sie drei für Bruder Lazarus aus: *The New Physics: A Guide to Life, the Universe, and Everything*, *Quantum Physics for Dummies* und *Advanced Cosmology – Comprehending the Cosmos*.

Sie setzte ihren Spaziergang durch die Oxford Street fort und beschränkte sich auf das Schaufensterbummeln. Als schließlich die Sonne im Westen herabzusinken begann, sagte Wilhelmina der Stadt Auf Wiedersehen und marschierte in Richtung des Stane Way, um sich auf die Phase zwei ihres Planes vorzubereiten: einem Treffen mit Dr. Thomas Young. Sie gab sich nicht der Vorstellung hin, dass es einfach sein würde, einen Mann zu lokalisieren, der in der gegenwärtigen Welt vor beinahe zweihundert Jahren dahingeschieden war. Doch sie konnte unmöglich vorhersehen, dass sich genau dieser bestimmte Weg zu ihm hin als höchst kompliziert erweisen würde.

SECHZEHNTES KAPITEL

Worin ein seit Langem versprochener Tee endlich getrunken wird

Die blauen Lichter am neuen Modell der Ley-Lampe zeigten die Gegenwart einer aktiven Linie an. Es war Zeit zu gehen. Wilhelmina zog die Schnüre ihrer bis dato fast unbenutzten Stiefel fest an, steckte die Lampe in die Tasche ihrer neuen blauen Jacke und begann, die enge, hauptsächlich für Lieferanten bestimmte Gasse entlangzugehen. Plötzlich kam ein starker Wind auf, und ein paar umherirrende Regentropfen spritzten um Mina herum auf den Boden. Die Welt wurde düster – als ob sie einen dunklen Schatten durchschreiten würde. Nach ein paar weiteren Schritten tauchte sie aus der Dunkelheit auf und gelangte in einen Durchgangsweg, der in vielerlei Hinsicht dem alten Stane Way ähnelte ... und doch irgendwie anders war. Nicht Wände aus Ziegelsteinen, sondern aus Holz begrenzten diese Gasse, und der Weg war nicht mit Asphalt befestigt worden, sondern mit ungleichmäßigem Kopfsteinpflaster.

Sie marschierte rasch auf das Ende zu, das sie vor sich sehen konnte, und trat hinaus in das Licht eines von der strahlenden Sonne beschienenen Dorfes an der See. Nur eine kurze Strecke entfernt war ein Segelschoner mit hohen Masten in der Werft angelegt worden, und ein weiterer lag im Hafen vor Anker. Ein paar kleinere Fischerboote befuhren das Gewässer weiter draußen und schaukelten in der sanften Dünung; und Möwen erfüllten die milde, salzige Luft mit ihrem schrillen Geplapper.

Augenblicklich kam Mina der Gedanke, dass der Sprung schiefgelaufen war. Denn sie hatte erwartet, mit dem böhmischen Ley verbunden zu werden; doch dieser Ort hier war definitiv nicht Böhmen. Sie zog ihre Ley-Lampe aus der Tasche und entdeckte nur ein ganz schwaches Schimmern von Licht: ein Anzeichen dafür, dass die Ley-Aktivität tatsächlich im Abnehmen begriffen war. Am Himmel stand die Sonne hoch, also gab es noch einige Stunden, die sie totschlagen musste, bevor sie ihre Reise fortsetzen konnte. In der Zwischenzeit könnte sie zumindest herausfinden, in welcher Zeit und an welchem Ort sie angekommen war, und dann eine Notiz zur späteren Verwendung machen. Sie betrat die Straße und spazierte das Hafenviertel entlang. Dabei bemühte sie sich, in ihrer neuen Kleidung unauffällig zu erscheinen, und sah sich aufmerksam nach Hinweisen um, die ihr helfen könnten, die Zeit und den Ort zu bestimmen.

Entlang der Werft waren die Lagerhäuser und Geschäfte geöffnet; entweder erhielten oder verschickten sie Fracht in Form von Fässern, Kisten und Bündeln, die in Sackleinen und Hanf gebunden waren: All das wurde auf die eine oder andere Weise von Hafenarbeitern in kurzen Hosen und langen, schlabbrigen Hemden getragen. Und jeder, den sie sah, hatte eine Kopfbedeckung. Die Männer trugen entweder formlose Strickmützen, Strohhüte oder Filzkonstruktionen mit runder Hutkrone und breiten Krempen. Die wenigen Frauen, die sie erblickte, hatten sich Hauben aufgesetzt. Außerdem besaßen sie Umhänge und Schals, die sie sich entweder um ihre Schultern oder um ihre Hüften gebunden hatten. Und alle trugen lange Röcke und Blusen mit runden Halsausschnitten und kurzen Ärmeln. Wilhelmina zog ihren blauen Pashmina aus der Tasche. *Wenn M&S nur Hauben in seiner neuen Kollektion hätte, würde ich hier passend gekleidet sein*, sinnierte Mina und drapierte den Schal über ihren Kopf und die Schultern. Dann ging sie weiter gemütlich am Hafen entlang und ertappte sich bald dabei, wie sie die frische Luft und die entspannte, friedliche Atmosphäre des kleinen Fischerdorfs genoss – eine willkommene Erleichterung nach dem modernen London.

Während sie so dahinschlenderte, wurde sie das Gefühl nicht los, dass sie diesen Ort kannte. Obschon sie sich sicher war, dass sie ihn niemals zuvor gesehen oder gar ihren Fuß in dieses Dörfchen gesetzt hatte, gab es etwas an ihm, das ihr vage vertraut vorkam – etwas, das sich ihrer Fähigkeit entzog, Dinge genau zu bestimmen, jedoch in ihrem Bewusstsein verharrte. Was war es nur?

»Kommen Se von 'en Karibischen?«

Die Stimme riss Mina aus ihren Tagträumen. Sie wirbelte herum und sah, wie ein etwa zehnjähriges Mädchen mit schmutzigem Gesicht sie mit einem wachen, leicht missbilligenden Gesichtsausdruck beobachtete.

»Entschuldigung?«

»Se sind von 'en Karibischen, nich' wah'?«

»Du sprichst Englisch?«, fragte Wilhelmina vorsichtshalber nach.

»Jau«, bekräftigte das Mädchen. »Hier inne Gegend tun wir dat. Und sprecht Sie das Englisch der feinen Leute von 'en Karibischen?«

»Woher weiß du, dass ich von den Karibischen Inseln bin?«, fragte Wilhelmina.

»Et sind ihre Klamotten.« Das Mädchen hob eine dreckige Hand, streckte den mageren Zeigefinger aus und zeigte auf Wilhelminas Schal und Bluse. Seine eigene Kleidung war ungepflegt und schmutzig; die langen braunen Haare waren strähnig und offensichtlich seit einiger Zeit nicht mehr gebürstet worden. »So wat tragen wir hier inne Gegend nich'.«

»Nein, ich vermute nicht«, stimmte Wilhelmina dem Mädchen zu und richtete ihr Augenmerk auf die Werft und das Hafenviertel. Mit der Hand vollführte sie eine weit ausholende Geste und fragte: »Wo bin ich hier eigentlich? Wie heißt dieser Ort?«

»Dat is' Sefton«, antwortete die Kleine.

Das ist es!, fuhr es Mina durch den Kopf. *Sefton!* Das war der Name des Ortes, über den Kit ihr erzählt hatte: der Ort, zu dem er sie hatte bringen wollen, als sie getrennt worden waren bei jenem ersten, sich kulminierenden Sprung. Sie blickte in beiden Richtungen auf das Meeresufer und betrachtete mit ganz anderen Augen den Hafen und das Dorf. Das also war das kleine Küstendorf, das Kit ihr hatte zeigen wollen. Es war im Großen und Ganzen so, wie er es beschrieben hatte – zumindest so wie das Wenige von seiner Darstellung, an das sie sich erinnern konnte. An jenem schicksalsträchtigen Tag hatte Kit versprochen, sie zum Meer zu bringen und mit ihr dort Tee zu trinken, um die Wahrheit seiner verrückten Behauptung über Ley-Linien und Parallelwelten zu beweisen. »Sefton-on-Sea?«

»Jau«, bestätigte das Mädchen. »Ich heiß' Maggie.«

»Mein Name ist Mina. Es freut mich, dich kennenzulernen, Maggie.« Wilhelmina streckte ihr die Hand entgegen. Das Mädchen zögerte einen Augenblick lang und schüttelte dann halbherzig die Hand. »Kannst du mir sagen, welches Jahr wir haben?«

»Se kennen nich' dat Jahr?«

»Nein«, erwiderte Wilhelmina. »Ich bin eine sehr lange Zeit verreist gewesen.«

Das Mädchen dachte so angestrengt nach, dass sich das runde Gesicht in Falten legte. Die Antwort drängte hoch zu ihren Lippen, und sie verkündete: »Dies ist das Jahr unseres Herrn und König Williams 18 und 18!«

Wilhelmina lächelte. Zweifellos plapperte die Kleine einfach etwas nach, das sie gehört hatte; aber das war genug. Wilhelmina dankte ihr und fragte, ob sie hungrig sei. Das Mädchen zögerte.

»Ich habe gerade daran gedacht, einen Tee zu trinken und dazu vielleicht ein Teilchen zu essen. Möchtest du mit mir Tee trinken?«, lud Mina sie ein.

Maggie legte die Stirn in Falten. »Niemals, Mylady«, antwortete Maggie, die plötzlich schüchtern und höflich wurde. »Dat is' mir nicht erlaubt.«

»Dann etwas anderes? Vielleicht ein Glas Milch?«, schlug Mina vor. »Ich habe Geld, aber niemanden, mit dem ich mich unterhalten kann. Vielleicht gibt es irgendein Gasthaus hier, das du mir zeigen könntest und wo wir etwas zu essen und zu trinken bekommen.«

Die Kleine dachte einen Moment nach. »Es gibt das *Old Ship*«, erwiderte sie und streckte einen schmutzigen Finger aus, mit dem sie auf die Fassade eines Ladens zeigte, der sich ein kleines Stück weiter die Straße entlang befand.

Wilhelmina sah in die gewiesene Richtung und erblickte ein niedriges, weiß gestrichenes Gebäude mit einer schwarzen Tür. Auf einem Schild darüber war das Bild von einem Schiff unter vollem Segel in stürmischer See; die Wellen krachten gegen den Bug. »Also«, sagte Mina, »ich werde dorthingehen. Ich hoffe, du kommst mit.«

Sie wandte sich ab und machte sich auf den Weg zur Gaststätte. Maggie sah ihr einen Augenblick lang zu, dann folgte sie ihr in einem Abstand von ein paar Schritten. Die Tür der Schenke ließ sich mühelos aufdrücken, und Wilhelmina betrat einen dunklen Raum mit tiefer Decke. Die Luft, die nach Kohlerauch und abgestandenem Bier roch, war dick und feuchtwarm, aber nicht unangenehm; Wilhelmina jedenfalls hatte bislang noch nichts Ähnliches erlebt.

Eine junge mollige Frau stand hinter einer Bar aus schwerer Eiche und trocknete mit einem Fetzen dicke Biergläser ab. »Juten Tach, M'lady«, grüßte sie fröhlich. »Wat kann ich für Se tun?«

»Guten Tag«, erwiderte Mina. »Ich hätte gerne eine Tasse Tee. Ist das möglich?«

»Aber sicher doch, M'lady«, antwortete die Barkellnerin. Ihr Blick glitt rasch zu dem Kind, das hinter Wilhelmina eingetreten war. »Eh, du! Hab ich dir nich' mal was über dat Hierherkommen gesagt? Und jetzt mach' schnell, dat du weiterkommst.«

»Tut mir leid«, sagte Wilhelmina rasch. »Sie ist mit mir zusammen gekommen. Ich habe sie gebeten, mir Gesellschaft zu leisten.«

»Dat mach ja so sein, M'lady. Aber Kindern is' nich' erlaubt, inne Kneipe zu gehen. Und die da, die weiß dat nur zu jut.«

»Aber ja, natürlich. Sie haben recht. Daran habe ich gar nicht gedacht.«

»Se sind nich' von hier, nich', M'lady?«, fragte die junge Frau hinter der Bar.

»Nein, ich ... nein, bin ich nicht.«

»G'rad vom Schiff gekommen, wat?«

»Ich bin auf Reisen, ja.« Wilhelmina, die unbedingt das Gesprächsthema wechseln wollte, blickte sich in der Gaststätte um.

»Wäre es möglich, dass ich den Tee draußen zu mir nehme? Und dazu vielleicht etwas Gebäck, wenn Sie so etwas haben?«
»Wir haben hübsche Haferplätzchen; se kommen janz frisch aus 'm Ofen. Ich kann Ih'n wat davon geben ... mit juter Marmelade.«
»Tatsächlich?«, sagte Mina. »Das wäre perfekt. Bringen Sie mir bitte eine Kanne ... und ein Glas Milch. Ich warte dann draußen.«
Wilhelmina ging zum Meeresufer zurück und fand, mit Maggie im Schlepptau, ein angenehmes Plätzchen zum Warten auf einer Bank an der Werftseite. Die Sonne schien ihr warm in den Rücken, und sie blickte hinaus auf den friedlichen, kleinen Hafen: Unter einem wolkenlosen Himmel glitzerte die See blau und silbern. Bald kam der Tee, der in einer braunen Kanne aus Ton zusammen mit zwei klobig wirkenden Tassen serviert wurde, von denen eine mit Milch gefüllt war. Dazu gab es einen Teller mit kleinen, runden Haferplätzchen und eine winzige Schüssel mit roter Marmelade.
»Sonst noch was, M'lady?«, fragte die Kellnerin.
»Das ist ganz reizend; danke, nein«, antwortete Mina. »Das ist alles im Moment.«
»Bringen Se einfach das Tablett zurück, wenn Se fertig sind.« Sie warf einen letzten skeptischen Blick auf Maggie und kehrte dann in die Kneipe zurück.
Einen Augenblick später goss sich Wilhelmina Tee ein. »Sefton scheint ein angenehmer Ort zu sein«, bemerkte sie und reichte die Tasse Milch ihrer jungen Begleiterin. »Lebst du schon lange hier?«
»Mein ganzes Leben lang«, antwortete Maggie. »Un' Sie – ham Se immer in den Karibischen gelebt?«
»Nein«, erwiderte Mina. »Für gewöhnlich habe ich in London gewohnt.«
»London ...«, sinnierte die Kleine. Bei der Art und Weise, wie sie dieses Wort aussprach, konnte man den Eindruck gewinnen, als sei diese Stadt so exotisch und weit entfernt wie China. Andererseits, überlegte Wilhelmina, sah man in einem Tiefseehafen wie dem kleinen Sefton wahrscheinlich mehr Leute aus fremden Gefilden als aus der Hauptstadt.

Die beiden plauderten freundlich miteinander, und dann läutete irgendwo in dem Ort eine Kirchturmglocke und verkündete so die Zeit: Es war drei Uhr. Maggie sprang hoch, vollführte einen ungeschickten Knicks und verabschiedete sich, indem sie sagte: »Mein Da' kommt jetzt mit 'm Fang nach Haus'.«
»Dann solltest du besser schnell laufen«, meinte Wilhelmina. »Ich möchte nicht, dass du Schwierigkeiten bekommst. Auf Wiedersehen!« Als das Mädchen forthuschte, rief sie ihm hinterher: »Vielleicht werde ich dich ja irgendwann wiedersehen.«

Wilhelmina saß noch eine Weile länger da und genoss den Tag; sie dachte darüber nach, was für ein seltsames Leben sie nun führte. Ihre Erlebnisse in London, die weit davon entfernt gewesen waren, nostalgische Gefühle nach ihrem Leben dort zu erwecken, hatten bloß bestätigt, was sie die ganze Zeit gewusst oder zumindest vermutet hatte – dass sie diese Stadt nicht vermisste und nicht mehr länger dort gerne leben wollte.

Als die Glocke in dem für sie nicht sichtbaren Kirchturm vier Uhr schlug, ergriff Mina das Tablett und brachte es in das *Old Ship Inn* zurück. Sie bezahlte für den Tee und die Plätzchen, indem sie eine Auswahl von Geldstücken aus ihrem »Penny-Krug« zeigte, aus der die Barkellnerin ein paar Kupfermünzen auswählte. Dann kehrte sie zur Gasse zurück, um zu sehen, ob der Ley schon aktiv war. Rasch blickte sie um sich, um zu überprüfen, ob sie unbeobachtet war; dann zog sie die Ley-Lampe aus ihrer Tasche. Sie stellte fest, dass keine blauen Lichter zu sehen waren und somit der Ley immer noch ruhte, und steckte die Vorrichtung wieder in ihre Tasche. Als sie aus dem Eingang der Gasse heraustrat, fiel ihr Blick auf ein Wort, das an einer der Wände tief unten auf ein Holzbrett gekritzelt war. Der bloße flüchtige Blick ließ sie wie angewurzelt stehen bleiben.

Sie blinzelte mit den Augen, um sicherzugehen, dass sie tatsächlich das sah, was sie zu sehen glaubte. Dort war mit einem schwarzen Fettstift ein Name geschrieben worden: *Wilhelmina*.

Und da war noch mehr – eine kurze Botschaft, die sich einfach lesen ließ: *Hol Brief von Molly im* Old Ship Inn *– Cosimo.*

»Was in aller Welt...« Sie starrte auf die unerwartete Mitteilung. Cosimo! Das war der Name des Mannes, den Kit in der Gasse getroffen hatte. Das war sein Urgroßvater – genau derjenige, über den Kit an jenem Tag zu erzählen versucht hatte, als sie den chaotischen Sprung durchführten.

Mit schnellen Schritten ging Wilhelmina in die Kneipe zurück. Die junge Frau mit dem runden Gesicht war immer noch da – und immer noch hinter der Bar.

»Gab es sonst noch was?«, fragte sie.

»Ja. Sind Sie Molly?«

»Jau, die bin ich.«

»Ich heiße Wilhelmina. Ich habe vergessen, früher danach zu fragen; aber hat jemand einen Brief für mich hinterlassen – jemand mit dem Namen Cosimo.«

Die Kellnerin Molly verschwand in den Raum hinter der Bar und kehrte einen Augenblick später mit einem dicken gelben Umschlag zurück. »Se sind 'ne vom Cosimo?«

»Ja, das denke ich schon.«

»Wie heißen Se denn mit janzem Namen?«

»Wilhelmina Klug«, antwortete Mina und buchstabierte anschließend ihren Nachnamen, um ein Missverständnis auszuschließen.

Molly beäugte die Schrift auf dem Umschlag und reichte ihn dann Mina, die ihr dankte und nach draußen ging. Sie setzte sich abermals auf die Bank und riss vorsichtig den Umschlag auf. Innen drin war ein einzelnes, straff gefaltetes Blatt, das mit einem schmierigen Stift beschrieben war. Sie klappte es auf und fand eine Handvoll Shillinge, zwei Guineen und eine große Fünf-Pfund-Silbermünze. Sie nahm das Geld in die Hand und überflog rasch die Notiz.

Dort stand:

Meine liebe Wilhelmina, ich kann mir nur zu gut vorstellen, wie verwirrt und verängstigt Sie sein müssen. Doch schöpfen Sie Mut aus dem Wissen, dass wir Sie erwarten. Ich bitte Sie eindringlich, hierzubleiben. Nehmen Sie auf meine Rechnung ein Zimmer im

Old Ship, und bleiben Sie in Sefton, bis wir zu Ihnen kommen. Kit ist bei mir und übermittelt Ihnen Grüße.

Mit den besten Empfehlungen

Cosimo Livingstone

Sie schob das Geld in ihre Tasche und las die Mitteilung erneut, dann drehte sie das Blatt um. Auf der Rückseite war in einer Ecke des Blattes irgendeine Liste hastig hingekritzelt worden – als hätte jemand ganz schnell ein paar Ideen notiert. Es gab sechs einzelne Posten, von denen drei allerdings durchgestrichen waren. Die sechs lauteten: *Mansell Gamage, Sefton-on-Sea, Wern Derries, Much Markle Crosses, Black Mixen Tump* und *Capel-y-Fin*. Es waren Namen von Orten – es handelte sich hierbei um merkwürdige, altertümliche Wörter –; und Wilhelmina hatte sicherlich von keinem zuvor etwas gehört. Die ersten drei auf der Liste waren durchgestrichen worden: Offenkundig waren sie vom Schreiber dieser Liste in Betracht gezogen – aus welchen Gründen und für welche Zwecke auch immer er sie für geeignet gehalten hatte – und dann verworfen worden. Aber warum? Während sie noch über die Frage nachdachte, kam ihr eine mögliche Antwort in den Sinn: Wenn Kit und sein Urgroßvater nach ihr suchten und augenscheinlich Botschaften für sie an geeigneten Stellen hinterließen, dann könnte dies eine Liste solcher Orte sein. Ihre Auffassung wurde durch die Einbeziehung von Sefton erhärtet. Die drei durchgekreuzten Namen waren Plätze, die sie bereits aufgesucht und wo sie Botschaften hinterlassen hatten. Die letzten drei auf der Liste waren dann die nächsten Orte, zu denen sie gehen wollten.

Der Gedanke, dass die beiden sich um sie sorgten und nach ihr suchten, ließ sie lächeln. *Gott segne sie*, dachte Mina. Doch die zwei konnten nicht wissen, wozu sie mittlerweile in der Lage war, seitdem sie und Kit getrennt worden waren. Die Situation hatte sich geändert, und sie musste gewiss nicht gerettet werden.

Mina wandte sich abermals dem Brief und der Liste zu und bemerkte noch etwas anderes: Neben drei Ortsnamen befand sich ein winziges Gleichheitszeichen – ein einfaches »=«, wie man es in mathematischen Gleichungen vorfand –, das mit einem dünneren Stift geschrieben war, so wie man vielleicht rasch ein paar Gedankengänge zu Papier brachte. Wenn man diese Zusätze mitberücksichtigte, las sich die Liste wie folgt: *Mansell Gamage = China* . . . *Wern Derries = Irland* . . . *Black Mixen Tump = Ägypten* . . .

»Das ist ja äußerst interessant«, sagte sie zu sich selbst und steckte die Liste weg. Sie erhob sich von der Bank, ging zum *Old Ship* zurück und fragte Molly, ob es vielleicht einen Wagen oder eine Kutsche gab, die sie mieten konnte, um sie nach London zu bringen. »Es darf alles Mögliche sein – wirklich«, fügte sie hinzu. »Das ist mir egal.«

»Die Postkutsche kommt um sechs hier durch«, antwortete die Barkellnerin. »Se geht von Plymouth nach London. Se hält hier, damit der Fahrer sich die Kehle anfeuchten kann. Is' morgen in London.«

»Großartig!«, rief Wilhelmina. »Ich werde draußen warten.«

»Wie Se wollen, M'lady«, erklärte Molly und setzte ihre Arbeit fort, indem sie saubere Biergläser für die Abendgäste ordentlich aufstellte.

Mina kehrte zu der Bank in der Sonne zurück, um dort auf ihre Transportmöglichkeit zu warten und zu überlegen, wie sie ihre neuen Informationen am besten nutzen konnte. Als Hufgetrappel und hochgewirbelte Staubwolken die Ankunft der Postkutsche ankündigten, hatte sich ein neuer Plan in Wilhelminas Gedanken festgesetzt.

Tut mir leid, Cosimo, dachte sie im Stillen, als der Wagen die Straße heruntergerasselt kam, *doch mir ist eine bessere Idee eingefallen.*

SIEBZEHNTES KAPITEL

Worin eine unerwünschte Partnerschaft geschmiedet wird

Burleighs zufällige Rückkehr in London nach seinem Verschwinden in Italien hatte unterschiedliche Konsequenzen für unterschiedliche Personen. Für die charmante Salonlöwin Phillipa Harvey-Jones, seine schwer geprüfte Verlobte, bedeutete die Rückkehr, dass ihr das Herz gebrochen wurde, als der junge Lord schließlich die Hochzeit abblies. Für seine Klienten bedeutete es, dass sie nun aus einem wahrhaft gewaltigen Schatz an seltenen und kostbaren Kunstobjekten auswählen konnten, von denen jedes einzelne Teil bewunderungswürdiger war als sein Vorgänger. Für seinen Bankmanager bedeutete es grenzenlose Freude, da das Vermögen des Earls immer mehr wuchs und der Inhalt der Geldtruhen rasant anschwoll. Denn jetzt, da er das Ley-Reisen entdeckt hatte, setzte Burleigh seine bemerkenswerte Fähigkeit heimlich dazu ein, um durch den Erwerb von seltenen und kostbaren Artefakten ein Vermögen anzuhäufen. Und welchen besseren Ort gab es, um unschätzbare Altertümer zu erwerben, als das Altertum selbst? Die frühen Experimente Seiner Lordschaft mit dem Ley-Reisen wichen rasch einer alles verzehrenden Obsession; und daher hatte er keine Zeit mehr für Phillipa. Wer könnte ihm deswegen Vorwürfe machen? Wenn seine neu entdeckte Fähigkeit, in Parallelwelten zu springen, schon zu etwas so Profanem führen konnte wie der Gewinnung von teuren Nippsachen, die sich an eine hungrige Kundschaft im London des späten neunzehnten Jahrhunderts verkaufen ließen – was mochte da diese Fähigkeit sonst noch bewirken? Lord Archelaeus

Burleigh, Earl of Sutherland, befand sich auf der Suche, das herauszufinden.

* * *

»Lord Burleigh«, intonierte der Kammerdiener Seiner Lordschaft, »vergeben Sie mir mein Eindringen.«
»Was gibt es, Swain?«
»Ein Brief von Sotheby's ist eingetroffen.« Der Gentleman des Gentlemans streckte den Arm aus und präsentierte ein kleines Silbertablett, auf dem sich ein cremefarbener Umschlag befand, der an den Earl of Sutherland adressiert war. Es gab keine Briefmarke; der Umschlag war also eigenhändig zugestellt worden. »Ich dachte, Sie würden lieber früher als später benachrichtigt werden, Sir.«
»Selbstverständlich.« Burleigh nahm den Umschlag, öffnete ihn und überflog die wenigen Zeilen, während der Diener stehen blieb und wartete. Dann legte der Earl den Brief sowie den Umschlag neben sich auf den Tisch und erhob sich. »Informieren Sie Dawkin, die Kutsche vorzubereiten. Ich gehe aus.«
»Sehr wohl, Sir.«
Noch innerhalb derselben Stunde saß Burleigh im Büro von Mr Gerald Catchmole, dem Chefhändler des Auktionshauses Sotheby's. Ihm waren Whiskey und eine Zigarre angeboten worden, doch aufgrund der Tageszeit hatte er abgelehnt und stattdessen den danach angetragenen Tee angenommen. Während sie auf den Tee warteten, plauderten sie über die jämmerlichen Qualitätsmängel der Objekte, die gegenwärtig aus der Levante kamen.
»Wir sind natürlich verpflichtet, sie zu versteigern«, schnaubte Catchmole, »aber das geht mir irgendwie gegen den Strich.«
»Doch es ist ja nicht so, dass ihr durchschnittlicher Klient den Unterschied kennt«, erwiderte Burleigh. »Sie bekommen nichtsdestotrotz Ihre Provision, wage ich zu behaupten.«
»Aber Sie kennen nur zu gut den Unterschied, Mylord«, erklärte Catchmole in einem schmeichlerischen Tonfall. »Dies ist auch der

Grund, weshalb ich Sie kontaktiert habe, sobald dies hereinkam.«
Es klopfte an der Tür, und eine Frau mittleren Alters trat ein, die ein Tablett mit Teegeschirr trug. »Sie dürfen uns eingießen, Mrs Rudd«, wies der Händler sie an. »Und lassen Sie das Tablett hier, wenn es Ihnen recht ist. Wir bedienen uns dann selbst.«
Sie goss den Tee ein, verteilte die Tassen und zog sich anschließend ohne ein Wort zurück.
Als sie fortgegangen war, nahm Catchmole einen Schluck aus seiner Tasse und stellte sie dann zur Seite. »Ich dachte, Sie sollten der Erste sein, der das zu sehen bekommt«, sagte er und erhob sich. Er ging zu seinem Schreibtisch hinüber, holte eine hölzerne Zigarrenkiste hervor und reichte sie Burleigh. »Schauen Sie sich das mal an.«
Lord Burleigh nahm die Schachtel und öffnete den Deckel. Innen drin lagen, eingebettet in Seidenpapier, drei kleine Gegenstände: ein ägyptischer Skarabäus, die Statuette einer Frau in einem langen, mehrfach gestaffelten Stufenrock, die zwei sich windende Schlangen hielt, und eine geschnittene Gemme, die einen Mann mit einem Lorbeerkranz darstellte. Es handelte sich in der Tat um genau die Art von Objekten, die gegenwärtig in Mode waren – Imitationen davon überfluteten gerade im Moment den Antiquitätenmarkt in ganz Europa.
Burleigh blickte zum Händler hoch. »Ja und?«
»Schauen Sie bitte genauer hin«, forderte Catchmole ihn mit einem Lächeln auf.
Der Earl, der die Schachtel auf seinen Knien balancierte, ergriff die Statue. Sie war ungefähr sechs Zoll hoch und mit akribischem Geschick bemalt worden: Die Augen der Frau waren groß und weit geöffnet, ihre dunklen, auf ausgeklügelte Weise geflochtenen Haare lagen in Schichten übereinander; und die Schlangen – sie hielt in jeder Hand eine – ringelten sich mit weit aufgerissenen Mäulern um ihre Arme. Die kleine Statue war zumeist grün bemalt; der lange, hochtaillierte Rock war blau-grün gestreift. Die Glasierung der Figurine entsprach einem hohen Standard.
»Ich sehe, was sie meinen«, sagte Burleigh leise. »Sechzehntes

Jahrhundert vor Christus – die Votivfigur der minoischen Schlangengöttin. Außergewöhnlich gut erhalten. Sie sieht aus, als könnte sie erst gestern hergestellt worden sein. War es das?« Er hob seine Augenbrauen und schaute zum Händler auf, der lediglich auf das nächste Objekt zeigte.

Burleigh ergriff den Skarabäus. Er war aus einem einzigen makellosen Stück Lapislazuli von tiefstem Blau angefertigt worden. Die Bearbeitung des Steins war exquisit, die Hieroglyphen wirkten neu und sauber. Zudem gab es eine Kartusche, die den Namen *Nebmaatra* enthielt. An der Unterseite befand sich ein winziges eingeritztes Auge, das einen Stab und einen Dreschflegel überragte: Diese Bildsymbole stellten eine Signatur des Künstlers dar. Nachdenklich lenkte sich die Stirn Seiner Lordschaft in Falten.

»Neb-Ma'at-Ra«, sinnierte er; während er versuchte, den Namen einzuordnen, sprach er ihn laut aus. »Auf mein Wort«, keuchte er und schaute zu Catchmole auf, der ihn interessiert beobachtete. »Das ist aus der königlichen Werkstatt von Amenophis – von den Handwerkern des Pharaos.«

»Ich wusste, dass Sie beeindruckt sein würden«, gluckste Catchmole, nickte und lächelte. »Wenn irgendjemand Gold von Tand unterscheiden kann, dann Sie, Lord Burleigh.«

»Woher haben Sie diese Stücke?«, wollte Burleigh wissen. Er klappte den Deckel der Kiste zu. Sie war ein ganz gewöhnliches Behältnis aus Holz für eine mittelmäßige Zigarrensorte: ein geschmackloses Transportmittel für solch einen Schatz.

»Darf ich die Aufmerksamkeit Ihrer Lordschaft auf das verbliebene Stück lenken?«

Burleigh klappte den Deckel wieder auf und hob die winzige Steingemme heraus. Wie der Skarabäus war es ein elegantes, fein gearbeitetes Kunstwerk, allerdings aus einem tiefroten Karneol geschnitten. Es zeigte das Profil eines Mannes, der die Lorbeerblatt-Krone eines römischen Kaisers trug. Es gab keinerlei Zweifel, dass dieses Schmuckstück einst im Besitz eines antiken Bürgers von bedeutendem Reichtum und fraglos von großem Geschmack gewesen war. Auf der Rückseite befand sich eine Inschrift: G. J. C. A.

Burleigh starrte darauf. »Außergewöhnlich«, hauchte er. »Caesar Augustus?«

»Kein anderer; jedenfalls hat mir das Searle-Wilson gesagt. Unser ansässiger Experte versichert mir, dass es nicht mehr als ein Dutzend davon geben kann.«

»Ich vermute, da hat er recht.« Der Earl hielt die Gemme ins Licht. Damit ließe sich ein prächtiger Ring oder eine in Gold gefasste Brosche herstellen. »Woher haben Sie diese Stücke?«, fragte Burleigh erneut.

»Ich darf also annehmen, dass Ihr Interesse hinreichend geweckt worden ist?«, sagte Catchmole selbstgefällig.

»Sie sind echte Kunstwerke von höchster Qualität – natürlich bin ich interessiert. Doch ich muss wissen, wie Sie daran gekommen sind.«

»Was das anbelangt, ist mir gegenwärtig nicht gestattet, darüber etwas zu sagen«, erwiderte der Händler und nahm die Schachtel wieder in seinen Besitz. »Ich kann sagen, dass ich autorisiert bin, sie auf einer Auktion anzubieten.« Er hielt inne, und seine Augen richteten sich unwillkürlich auf die Tür, als ob er befürchtete, dass jemand ihn belauschte. Dann fragte er mit gesenkter Stimme: »Ich frage mich, ob wir vielleicht zu einer eher privaten Vereinbarung kommen könnten.«

»Ich will sie haben«, offenbarte Burleigh und erhob sich aus seinem Sessel. »Ja, selbstverständlich will ich sie haben. Ich will alle drei haben – doch nur unter der Bedingung, dass Sie mir sagen, woher Sie sie haben.«

Catchmole zögerte. »Ich habe mein Wort gegeben, dass dieses Geschäft unter strengster Vertraulichkeit abgewickelt wird.«

»Und so wird es auch sein«, entgegnete Burleigh. »Bei der Durchführung des Geschäfts sind notwendigerweise drei Personen einbezogen: der Verkäufer, der Händler und der Käufer. Und lediglich diese drei Personen brauchen jemals davon zu erfahren.«

Der Auktionator betrachtete voller Sehnsucht die Schachtel. »Man möchte nicht gerne einen Klienten enttäuschen...«

»Es ist nicht erforderlich, dass irgendjemand enttäuscht sein muss. Erzählen Sie mir, wo Sie diese Gegenstände bekommen haben, und ich werde augenblicklich eine Einzugsermächtigung für mein Konto veranlassen.«

»Ich kann Ihnen sagen, dass sie von einem jungen Mann aus Oxford kommen«, enthüllte Catchmole, der seine Fingerspitzen oben auf die Schachtel legte. »Ein Student an der Universität. Ich weiß nicht, wie er daran gekommen ist. Man stellt eben nicht solche Fragen.«

»Sei's drum; wenn wir uns auf einen Preis einigen sollten, muss ich mich der Herkunft dieser Artefakte vergewissern«, erklärte Burleigh. »Sie könnten am Ende aus einer Privatsammlung gestohlen worden sein.«

»Auf mein Wort, Sir!«, protestierte der Händler. »Wenn bekannt wäre, dass ich an so etwas beteiligt –«

»Es ist bekannt, dass so etwas passiert«, fiel der Earl ihm ins Wort und holte seine lederne Geldbörse aus der Innentasche seines Gehrocks hervor. »Ich fürchte, ich muss darauf bestehen, dass ich den Namen des Burschen erfahre.« Er zog zwei Fünf-Pfund-Noten heraus und legte sie auf den Schreibtisch.

»Charles«, seufzte der Händler, der nun aufgab. »Charles Flinders-Petrie.«

»Wo kann ich ihn finden?«, fragte Burleigh und fügte zwei weitere Banknoten hinzu.

»Ich glaube, er ist Student am Christ Church.« Der Händler schob die Zigarrenschachtel über die polierte Schreibtischplatte auf den Earl zu und sammelte die Banknoten ein. »Mir wurde gesagt, sie sind Erbstücke aus einer Familiensammlung.«

»Ich bin sicher, dass es sich so verhält.« Burleigh hob vorsichtig die Zigarrenschachtel hoch und klemmte sie fest unter seinen Arm. Dann machte er auf dem Absatz kehrt, um fortzugehen. »Sie werden bei dieser Sache gut abschneiden, Catchmole. Ich mache das schon.«

»Es ist mir lediglich eine überaus große Freude, Ihnen zu Diensten zu sein, Mylord.«

»Ich wünsche Ihnen einen guten Tag.« Burleigh öffnete die Tür und trat aus dem Büro. »Wie immer ist es ein einzigartiges Vergnügen gewesen.«

»Ich versichere Ihnen, das Vergnügen ist ganz auf meiner Seite«, erwiderte der Händler, faltete die Banknoten und steckte sie in seine Tasche.

Draußen vor Sotheby's stieg Burleigh in die wartende Kutsche. Als er sein Stadthaus im Bezirk Belgravia erreichte, hatte der Earl entschieden, wie er weiter vorgehen wollte. »Bringen Sie die Kutsche nicht fort, Dawkin. Noch innerhalb dieser Stunde werde ich wieder wegfahren.« Er eilte die Stufen hoch, platzte durch die Eingangstür herein und rief: »Swain, kommen Sie sofort hierher!«

Augenblicklich erschien der Diener; das Heben einer Augenbraue war die einzige Veränderung in seiner gewohnheitsmäßigen Nonchalance. »Gibt es etwas, Sir?«

»Ich fahre weg – mit dem nächsten Zug nach Oxford. Machen Sie sofort einen Reisekoffer bereit: Kleidung zum Wechseln und die nötigsten Sachen für eine Nacht. Los!« Als der ältere Diener wegtrottete, änderte Burleigh den Befehl ab. »Warten Sie! Treffen Sie Vorkehrungen für zwei oder drei Tage, falls ich in Schwierigkeiten gerate.«

»Selbstverständlich, Sir.«

Bevor die Uhr im Foyer zur nächsten Stunde geschlagen hatte, war der Reisekoffer Seiner Lordschaft gepackt und der Earl selbst auf seinem Weg zum Bahnhof Paddington, um den nächsten Zug nach Oxford zu erwischen. Nach einer angenehmen Reise durch die hügelige Landschaft kam er am späten Nachmittag in der Universitätsstadt an. Er schickte den Reisekoffer zum *Randolph Hotel* zusammen mit der Anweisung, ein Zimmer für ihn zu buchen. Dann spazierte er vom Bahnhof in die Innenstadt und nahm dabei den warmen Schimmer des prächtigen Cotswolds-Steins in sich auf, aus dem die größeren Gebäude der Stadt errichtet waren. Er traf am Christ Church ein, fand das Tor geöffnet vor und hielt an, um am Pförtnerhaus Nachforschungen anzustellen.

»Guten Tag, Pförtner«, grüßte er. »Ich bin gekommen, um meinen Neffen zu sehen.«

»In Ordnung, Sir«, erwiderte der Pförtner und trat an sein Fenster. »Und wer soll das sein?«

»Flinders-Petrie«, antwortete Burleigh. »Charles Flinders-Petrie.« Der Mann überflog ein Gästebuch. »Ich sehe nicht, dass irgendjemand erwartet wird.«

»Es ist ein Überraschungsbesuch.« Er entnahm seiner Brieftasche eine Visitenkarte und reichte sie dem Pförtner, der augenblicklich unterwürfig wurde, als er den Titel und den Namen sah, die auf der Karte gedruckt waren. »Glauben Sie, dass Sie mir sagen könnten, wo er zu finden ist?«

»Natürlich, Mylord.« Der Mann setzte seinen schwarzen Bowlerhut auf und trat aus dem Pförtnerhaus. »Ich werde Sie persönlich dorthin bringen. Direkt hier entlang, Sir, wenn Sie mir folgen wollen. Direkt hier entlang.«

Er führte den Earl über den weitflächigen Collegehof, dann durch ein Gewirr aus Korridoren, Gärten und Fluren und schließlich zu einer schmalen Steintreppe. »Hier entlang, Sir«, wies der Pförtner an. »Direkt diese Stufen hoch.« Der College-Bedienstete brach zur Tür auf.

»Einen Augenblick, guter Mann«, sagte Burleigh. Er kramte etliche Münzen aus seiner Tasche und legte sie auf seiner Handfläche zu einem Stapel. »Ich habe zuerst ein oder zwei Fragen.«

»Natürlich, Sir«, erwiderte der Pförtner und bemühte sich, nicht direkt auf das Silber in der Hand Seiner Lordschaft zu schauen. »Wenn ich in irgendeiner Weise helfen kann ...«

»Ich habe Charles' Vater versprochen, ihm bei meiner Rückkehr Bericht zu erstatten. Es ist spät, und ich bin nicht besonders begierig darauf, mich dem Ärger auszusetzen, Jagd auf Tutoren und anderes Lehrpersonal zu machen.« Er betastete den Stapel Münzen. »Ich habe gehofft, Sie könnten mich aufklären.«

»Nun, Sir, ich kann Ihnen sagen, dass er ein guter Bursche ist. Stets heiter. Hat immer ein Lächeln oder einen Scherz für die Pförtner und andere Leute übrig.«

»Ich werde das annehmen für das, was es wert ist«, merkte Burleigh trocken an. »Was ist mit seinen Studien?«

»Über diese Dinge weiß ich nichts, Sir. Über so etwas müssen Sie seine Tutoren fragen.«

»Und was hält man von Charles' Leben in der Stadt?« Als der Pförtner zögerte, drängte er rasch: »Aber die Wahrheit jetzt. Keine Sorge – Sie werden durch mich nicht in der Patsche landen.«

»Ich mag es nicht, über irgendjemanden schlecht zu sprechen ...«

»Vermerkt«, sagte Burleigh. »Aber?«

»Aber ... Nun, Sir, es hat Anlässe gegeben, als ich aufgefordert worden bin, den jungen Mann aus einigen – wollen wir sagen – weniger zuträglichen Orten zu holen.« Er legte seinen Finger an die Nase. »Wenn Sie wissen, was ich meine.«

»Ich glaube, ich kann es erraten. Sonst noch was?«

»Neulich sind Männer herübergekommen, um Schulden einzutreiben.«

»Welche Art von Schulden? Für Essen, Getränke, Kleidung – die üblichen Sachen?«

»Glücksspiel, Sir.«

»Ach was!« Burleigh heuchelte, überrascht zu sein. »Sind Sie sich sicher, was das anbelangt?«

»Ich fürchte, ja, Sir. Es gibt mehrere Spielclubs in der Stadt. Es ist schwierig, die jungen Gentlemen davon fernzuhalten.«

»Und sind Sie sehr groß – diese Schulden?«

»Ich weiß es wirklich nicht, Sir. Wir lassen sie nicht durchs Tor, verstehen Sie, und sie lehnen es ab, eine Nachricht zu hinterlassen.«

»Nun«, knurrte Burleigh missbilligend, »wir werden sicherlich ein ernstes Wörtchen darüber sprechen.«

»O, ich würde nicht zu hart mit ihm sein, Sir«, sagte der Pförtner entschuldigend. »Ein junger Gentleman muss sich die Hörner abstoßen. Das scheint mir der Gang der Welt zu sein.«

»Zweifellos. Gibt es sonst noch etwas?« Burleigh wurde übereifrig. »Kommen Sie, ich muss alles wissen, wenn ich irgendeinen Einfluss in dieser Angelegenheit haben soll. Was noch?«

»Es gibt nur noch die Sache mit den Kämpfen, Sir.«

»Ich kann Ihnen nicht mehr folgen.«

»Die Kämpfe – dabei wettet man Geld, das man verlieren kann, Sir«, erklärte der Pförtner. »Der Schatzmeister kann Ihnen die relevanten Einzelheiten geben, doch es gibt noch Schulden für Getränke und Ähnliches innerhalb des Colleges.«

»Ich verstehe.«

»Möchten Sie, dass ich Sie jetzt nach oben führe?«

»Danke schön, nein. Ich kann den Weg selbst finden.« Burleigh lächelte und ließ den Stapel Silbermünzen in die Hand des Dieners fallen. »Belassen wir es dabei, dass dies eine Überraschung ist, nicht?«

»Sehr wohl, Sir.« Der Pförtner steckte die Münzen in die Tasche. »Es ist oben der erste Raum auf der rechten Seite. Bitte, tun Sie sich keinen Zwang an und gehen Sie hoch, wann immer Sie wollen.«

»Dann Guten Abend«, verabschiedete sich Burleigh.

Der Pförtner zögerte. »Ich möchte nur noch erwähnen, Sir, dass er vielleicht jetzt gerade beim Abendessen im Speisesaal ist ... das heißt, falls er es vorgezogen hat, früh zu essen. Die meisten jungen Männer machen das. Wenn Sie möchten, kann ich nach dem Gentleman schicken lassen.«

»Es macht mir nichts aus zu warten«, entgegnete Burleigh und gab dem Mann mit einer Handbewegung zu verstehen, dass er gehen sollte. »Wenn Charles nicht da ist, mach ich es mir bequem, bis er zurückkehrt.« Der Earl begann, die Treppe hochzusteigen. »Nochmals vielen Dank, Pförtner. Sie sind sehr hilfsbereit gewesen.«

Als der Mann fortgegangen war, stieg Burleigh die Stufen hoch. Oben an der Treppe fand er zwei Türen. An einer von ihnen befand sich in einer eleganten Messinghalterung eine Visitenkarte, die anzeigte, dass der Bewohner tatsächlich ein gewisser Charles Flinders-Petrie war. Burleigh klopfte leise an, und als niemand darauf reagierte, versuchte er selbst, die Tür zu öffnen. Sie erwies sich als unverschlossen, und er trat ein. Er befand sich in einem großen rechteckigen Zimmer mit einem Fenster, von dem aus man die Christ-Church-Wiese überblickte und dahinter einen von Weiden gesäumten Streifen des Isis River, wie die Themse hier hieß. Auf der Wiese waren Kühe, die für die Nacht von einem Hirten mit Stab und einem Hund in Richtung Scheune getrieben wurden.

Einen Augenblick lang stand Burleigh nur da und betrachtete das Innere. An jeder der beiden Seiten eines großen, offenen Kamins gab es einen großen, dick gepolsterten Ledersessel. Zwischen den beiden Sitzmöbeln befand sich ein kleiner, runder Tisch, auf dem ein Silbertablett mit einer Kristallkaraffe für Portwein und vier Gläsern war. An der Wand hing ein Bild, das ein ländliches Motiv zeigte, und aus einem unordentlichen Schrank quollen Kleidungsstücke hervor. An einem Garderobenständer neben dem Kleiderschrank hingen ein schwarzer Studententalar, eine Satinweste, ein langer Übermantel, zwei Hüte – der eine aus schwarzem Biberfell, der andere aus grauem Filz – und die unterschiedlich gestreiften Schals von mehreren Colleges; keiner davon trug jedoch die Farben von Christ Church. Eine Wand wurde von einem Bücherregal eingenommen, das vom Boden bis zur Decke reichte und zur Hälfte mit Büchern gefüllt war. Auf den unteren Brettern lagen Kleidungsstücke, ein Paar Schuhe, ein zerbeulter Strohhut, ein Kricketschläger, ein Ball und Handschuhe. Burleigh trat näher heran, um die Regale zu überfliegen; nach den Buchtiteln zu urteilen, behandelten die meisten Werke historische Themen. Auf den Büchern lag viel Staub.

Das Bett, das auf der anderen Seite des Raums stand, war zwar gemacht worden, doch alles war zerknittert. Direkt daneben lag auf dem Boden ein kleiner Haufen Kleidungsstücke: eine Hose, ein Hemd, eine Weste und eine schwarze Krawatte. Auf einem Lesetisch am Fenster waren ein schmutziger Teller mit einer Käserinde und Brotkrümeln, ein leerer Becher mit Teeflecken und ein angebissener Apfel. Unter dem Tisch stand eine leere Weinflasche auf dem Boden. An einem der Haken an der Tür hing eine lederne Umhängetasche.

Alles in allem war dies das Zimmer eines jungen Burschen, der darin wenig Zeit verbrachte – und noch weniger Zeit dem Studium widmete. Also ein mehr oder weniger typischer Student, befand Burleigh, als er ein letztes Mal seine Umgebung in sich aufnahm. Dann ließ er sich in einen der abgenutzten Ledersessel am Kamin nieder.

Ganz allmählich wurde das Licht trüber, während die Nacht hereinbrach. Eine unangenehme Kühle schlich sich in den Raum; und Burleigh überlegte bereits, ob er nicht ein Feuer auf dem Kaminrost anzünden sollte, als er Stimmen auf der Treppe hörte. Im nächsten Moment gab es ein klickendes Geräusch am Griff der Tür, die sich sogleich öffnete; und ein junger Mann mit rotblondem Haar trat ein, der sich seine Dinnerjacke achtlos über die Schulter geworfen hatte. Er war groß, aber nicht schlaksig, und schlank, aber nicht hager. Seine Gesichtszüge waren regelmäßig und wohlgeformt, und man hätte sie als ziemlich unauffällig bezeichnen können, wären da nicht seine Augen gewesen: Sie waren ein wenig ovalförmig und ein ganz bisschen schräg, sodass sie ihm fast ein orientalisches Aussehen verliehen.

Der Jugendliche warf seine Jacke aufs Bett und begann, sein Hemd aufzuknöpfen.

»Hallo, Charles«, begrüßte ihn Burleigh.

Der junge Mann zuckte zusammen und wirbelte herum. »Du meine Güte! Wer zum Teufel sind Sie denn?«

»Vergeben Sie mir, dass ich Sie erschreckt habe«, erwiderte sein Besucher und erhob sich langsam zu seiner vollen, imposanten Größe. »Mein Name ist Burleigh ... Earl of Sutherland. Ich glaube, wir haben ein gemeinsames Interesse.«

»O«, sagte Charles misstrauisch. Er machte keine Anstalten, näher zu kommen. »Und was könnte das sein?«

»Antiquitäten.«

»O, das!«, entgegnete Charles abweisend.

»Ja, das«, bekräftigte der finstere Besucher. »Wieso – was haben Sie erwartet, was ich sagen würde.«

»Ich weiß nicht. Bärenhetzen und Hundekämpfe, vermute ich. Glücksspiel ... Was Sie haben wollen.«

»Nichts, das ganz so aufregend ist.« Burleigh drehte sich um und füllte zwei Gläser mit Portwein aus der Kristallkaraffe auf dem Tisch. »Kommen Sie«, sagte er und streckte dem jungen Mann ein Glas entgegen. »Setzen Sie sich zu mir. Lassen Sie uns ein wenig über Kunstwerke reden. Antike Kunstwerke.«

»Ich glaube, da haben Sie den Falschen erwischt«, empörte sich Charles. Doch er trat vor und nahm das angebotene Glas entgegen. »Ich weiß nichts über Antiquitäten, worum auch immer es gehen mag.« Er plumpste in einen der Sessel. »Das liegt mir überhaupt nicht, verstehen Sie.«
»*Mir* jedoch liegt es«, sagte Burleigh und setzte sich wieder hin. »Ich handle mit solchen Dingen.«
»Prächtig.« Charles hob sein Glas. »*Yum sen!*«
Burleigh trank und stellte sein Glas ab. »Ich möchte Ihnen nicht mehr zur Last fallen als unbedingt notwendig, doch ich bestehe darauf, dass Sie bei einer Angelegenheit von einiger Wichtigkeit mir aus Höflichkeit Beistand leisten.« Nach diesen Worten griff Burleigh in seine Manteltasche und holte ein Etui aus schwarzem Samt hervor. Er öffnete es und brachte den Lapislazuli-Skarabäus, die sumerische Votivfigur und die Karneol-Gemme von Augustus zum Vorschein. Die drei Gegenstände legte er neben sich auf den Tisch.
Charles blickte auf die Objekte und heuchelte Gleichgültigkeit. »Reizend«, meinte er. »Doch ich habe den Eindruck, dass es nur fair ist, Sie zu warnen: Wenn Sie beabsichtigen, mir diese Spielereien zu verkaufen, dann ist das von Anfang an eine dumme Sache.« Er nahm einen weiteren Schluck. »Hab kein bisschen Kohle, verstehen Sie. Ist gerade ausgegangen. Bin total pleite.«
Burleigh betrachtete den jungen Mann aufmerksam. Sein Verhalten war nicht so, wie er es erwartet hatte; der Bursche spielte ihm eindeutig etwas vor. »Sie sind nicht aufrichtig«, bemerkte der Earl. »Könnte es sein, dass Sie sich immer noch an die falsche Auffassung klammern, ich hätte die Herkunft dieser Gegenstände nicht erraten?«
Der Student legte den Kopf zurück und gab ein schwaches Lachen von sich. »Herkunft, Sir? Wieso – wovon reden Sie? In meinem ganzen Leben habe ich diese Kinkerlitzchen nie gesehen.«
»Wir wissen beide, dass dies eine Lüge ist«, entgegnete Burleigh, der dabei seine Stimme nicht erhob und ruhig blieb.
»Was unterstehen Sie sich!«, rief Charles, doch seine Erwiderung klang kraftlos. »Ich möchte, dass Sie wissen –«

»Bitte verschonen Sie mich damit«, unterbrach ihn der Earl. »Mit Antiquitäten dieser Art handle ich bereits länger, als sie leben, und ich weiß, wovon ich spreche.« Burleigh ergriff die Votivfigur der Schlangengöttin und hielt sie ins Licht. »Diese Gegenstände sind echt. Darüber hinaus sind sie in einem nahezu fehlerlosen Zustand – sie sind unberührt vom Zahn der Zeit und nie in einer Begräbnisstätte gewesen. Kurzum, sie wurden weder in den Wüsten von Ägypten oder Babylon ausgegraben noch aus einem Grabmal geborgen.« Er fixierte den jungen Mann mit einem strengen, festen Blick. »Ich werde Ihnen in einfacher Sprache die Frage stellen: Wie sind Sie an diese Objekte gekommen?«

Charles trank mit einem Schluck sein Glas aus und füllte es erneut. Er fläzte sich weiterhin in seinem Sessel, und mit gezwungener Lässigkeit erklärte er: »Das geht Sie überhaupt nichts an.«

»Ich habe Ihnen doch gerade gesagt, dass es mich sehr wohl etwas angeht.« Obwohl Burleighs Stimme immer noch ruhig klang, hatte sie einen stählernen Unterton angenommen. »Warum beharren Sie auf Ihren schwächlichen Versuchen, mir etwas vorzutäuschen? Das ist Zeitverschwendung.«

Der junge Mann starrte seinen Besucher wütend an, blieb jedoch schweigsam.

»Lassen Sie uns noch einmal von vorne beginnen.« Burleigh legte die Figurine zurück und nahm den Skarabäus in die Hand. »Ich bin glücklich, dass ich einen fairen Preis für dieses Stück bezahlen kann – und ebenso für die anderen. Und zwar mehr, als Sie bei einer Auktion bekommen würden.«

Bei diesen Worten wurde Charles munter. »Wie viel mehr?«

Burleigh lächelte ihn mürrisch an. »Genug, um mir das Recht zu geben, heute Abend mit einem Angebot hierherzukommen. Ein sehr attraktives Angebot, wie ich hinzufügen möchte.«

»Und nun?«

»Ich bin bereit, alle Stücke aus Ihrer Sammlung zu kaufen, einzeln oder als gemischte Posten, und zwar zu einem fairen Marktpreis plus fünfzehn Prozent. Natürlich nach Maßgabe einer Überprüfung der Objekte ... Nein, lassen Sie uns plus zwanzig Prozent nehmen.

Ein Auktionshaus würde mindestens so viel als Provision einstreichen. An deren Stelle können genauso gut Sie diesen Gewinn einstreichen.«

»Zwanzig Prozent über dem Marktwert?«, hakte Charles nach. »Und wer, wenn ich fragen darf, bestimmt den Marktwert? Sie, vermute ich?«

»Jeder, den Sie nehmen möchten«, antwortete Burleigh. »Doch wenn Sie meine Meinung hören wollen – Catchmole von Sotheby's wird Sie nicht in die Irre führen. Ich vertraue ihm.«

Der liederliche junge Mann legte die Stirn in Falten, während er sich das Angebot durch den Kopf gehen ließ.

»Es gibt allerdings Bedingungen«, fuhr Burleigh nach einem Moment fort. »Sie werden mir erzählen, wie Sie an diese Objekte gekommen sind – und an alle anderen, die ich auf der Grundlage unserer Vereinbarung erwerbe. Des Weiteren werden Sie sich verpflichten, niemals Kunstwerke dieser Art irgendeinem anderen zu verkaufen.«

»Unverschämter Halunke, sehen Sie –«

»Von jetzt an bin ich Ihr einziger Partner im Antiquitätenhandel.« Burleigh schenkte ihm ein kaltes Lächeln. »Ein fairer Preis plus zwanzig Prozent und ein rascher Absatz. Sie werden sich niemals den Launen eines wankelmütigen Publikums aussetzen müssen.«

»Sie wollen nicht viel, oder?«, spottete Charles. »Sonst noch was?«

»Nur dass Sie keiner Menschenseele auch nur ein Sterbenswörtchen über unsere Partnerschaft sagen werden.«

Charles goss den Rest seines Portweins hinunter. Dann veränderte er seine Gesichtszüge zu einer Maske des Trotzes und verkündete: »Das werde ich nicht tun. Ich lehne Ihr Angebot ab.«

Mit der geschmeidigen Anmut einer Katze, die sich auf ihre Beute stürzt, sprang Burleigh aus seinem Sessel. Er packte den jungen Studenten an der Kehle und riss ihn hoch. »Hör mir gut zu, du verschwenderischer, eingebildeter Schnösel. Ich weiß nur zu gut, wozu du in der Lage gewesen bist. Ich weiß, dass du dem Glücksspiel verfallen bist, dass du säufst und zu Huren gehst. Ich weiß, in welchen Etablissements du gewesen bist und in welcher Gesellschaft du verkehrt hast.«

»Lass mich los, du Schurke –«, begann Charles, der sich sichtlich ängstigte, mit gepresster Stimme.

Doch Burleigh verstärkte seinen Griff und schnürte so jeden weiteren Protest ab. »In der ganzen Stadt stehst du bei Leuten in der Kreide, und es haben bereits Männer herumgeschnüffelt, um deine Schulden einzutreiben. Es ist nur eine Frage der Zeit, bis sie dich kriegen werden, und dann endest du tot in einem Graben, mit einem zerschlagenen Schädel oder einem Messer im Rücken.«

Charles zerrte an der Hand seines Angreifers, doch Burleigh hielt ihn fest.

»Hör mir sehr sorgfältig zu. Du wirst den Bedingungen zustimmen, die ich dargestellt habe; und du wirst deinen Mund geschlossen halten. Nick mit dem Kopf, wenn du mich verstanden hast.«

Charles, dessen Gesicht rot anlief, nickte schwach.

Burleigh ließ ihn los und warf ihn in den Ledersessel zurück. Der junge Mann beugte sich vor, umfasste seinen Hals und schnappte nach Luft. Nach einem Augenblick waren seine Gesichtsfarbe und die Atmung wieder normal.

»Ist nicht nötig, mich so wütend anzustarren wie jetzt; schließlich sind Sie nicht verletzt«, sagte Burleigh, der vor Charles stand und auf ihn hinabblickte. »Und jetzt erzählen Sie mir, woher Sie diese Stücke haben.«

»Privatsammlung«, murmelte Charles, der sich den Hals rieb. »Sind seit einer Ewigkeit in der Familie.«

»Wer hat sie gesammelt?«

»Mein Großvater. Es gibt eine ganze Kiste, die mit diesem Zeug voll ist.«

»Wo hat er sie bekommen?«

»Hab nicht die leiseste...«, begann Charles, dann aber sah er, wie Burleigh seine Hände anspannte, und änderte rasch seine Antwort. »Er ist viel gereist ... verbrachte die meiste Zeit auf Schiffen, die ins Ausland fuhren. Hatte ein Auge für die merkwürdigen

Kinkerlitzchen. Er hat sie gesammelt«. Er streckte sein Kinn vor.
»Zufrieden? Oder werden Sie mich erneut würgen?«
»Sein Name. Dieser Großvater von ihnen – wie lautete sein Name?«
»Arthur«, antwortete der verkommene junge Mann. »Arthur Flinders-Petrie.«
»Wo kann ich ihn finden?«
»Das können Sie nicht.« Charles schüttelte seinen Kopf. »Er starb, bevor ich geboren wurde. Hat sich ein Fieber oder so was eingefangen auf einer seiner Reisen. Das ist alles, was ich weiß.«
»Und Ihr Vater? Wie heißt er? Was sagt er dazu, dass Sie die Familienerbstücke verscherbeln?«
»Mein Vater verschied letztes Jahr. Doch ich bezweifle, dass er dies befürworten würde. Er befürwortete nicht viel, mein Vater – zumindest was mich anbelangte. Sein Name war Benedict. Sonst noch was?«
»Arthur und Benedict Flinders-Petrie«, sagte Burleigh, der sich die Namen genau einprägte. »Das ist alles für heute.« Er ging ein paar Schritte von Charles fort. »Ich werde Kontakt mit Ihnen aufnehmen, wenn ich noch etwas anderes brauche.«
»Was ist mit dem Geld?«
»Sie werden Ihr Geld bekommen. Es ist bereits durch Catchmole von Sotheby's arrangiert worden. Alles, was wir noch tun müssen, ist, uns auf einen Preis zu einigen. Ich werde es ihm sagen, und er wird den Rest machen. Er wird für sein Schweigen und für seine Diskretion bezahlt. Wie hoch sind Ihre Spielschulden?«
Charles blickte finster. »Fünfzig Pfund – mehr oder weniger.«
»Und Ihre Kampfwetten?«
»Weitere zwanzig, vielleicht.«
»Dann runden wir das Ganze auf glatte Hundert auf«, entschied Burleigh. »Und schauen Sie nicht so enttäuscht. Es ist mehr, als irgendein anständiger Arbeiter in einem Jahr verdient – und mehr, als Sie bei einer Auktion bekommen hätten. Also, begreifen Sie endlich? Ich habe Ihnen endlosen Ärger erspart.«
Der junge Mann runzelte die Stirn. »Na fein, war's das jetzt?«

»Seien Sie guten Mutes! Und sehen Sie das Ganze einmal in dieser Weise: Sie haben nun einen neuen und höchst einflussreichen Geschäftspartner, und Ihre finanziellen Sorgen sind vorüber.« Er schritt auf die Tür zu. »Dennoch würde ich nicht noch einmal in der Stadt so große Schulden anwachsen lassen: Es könnte nämlich sein, dass ich beim nächsten Mal nicht so großzügig bin.«

»Was, wenn ich keinen Partner möchte?«

Burleigh warf den Kopf zurück und lachte. »Lebe wohl, Charles.« Er öffnete die Tür und ging hinaus auf den Treppenabsatz. »Bis wir uns wieder treffen.«

»Wie nehme ich mit Ihnen Kontakt auf?«, wollte Charles wissen, der dem Earl zur Treppe gefolgt war.

»Das brauchen Sie nicht. Wenn es sich ergeben sollte, dass ich Sie sehen muss, werde ich Kontakt mit Ihnen aufnehmen.«

»Wenn ich noch etwas verkaufen will ...«, deutete Charles an, »wie erreiche ich Sie dann?«

»Wann auch immer Sie etwas zu verkaufen wünschen«, erwiderte Burleigh und begann, die Treppe hinabzusteigen, »wenden Sie sich an Catchmole. Er wird sich dann um alles kümmern.«

»Warum machen Sie das?«, rief Charles der entschwindenden Gestalt seines Besuchers hinterher.

»Das habe ich Ihnen doch bereits gesagt«, antwortete Burleigh, der weiterhin die Stufen hinunterging. »Das ist mein Geschäft.«

»Geht es nur ums Geschäft? Nicht um mehr?«

Burleigh stieß ein lautes Lachen aus, als er in der Dunkelheit verschwand. »Sie haben ja keine Ahnung, wie weitreichend meine geschäftlichen Interessen sind!«

ACHTZEHNTES KAPITEL

Worin Kit einen Umweg nimmt

Kit legte die Hände über seine Augen und blinzelte, während er auf den schwarzen Abschnitt der Landstraße blickte, die in der prallen Sonne eines glühend heißen Sommertages leicht schimmerte. Der Schock, diese Straße zu sehen, ließ ihn ein kleines Stück nach hinten wanken. Ein Bild, das in seiner Heimatwelt eine so triste Alltäglichkeit besaß ... In dieser Welt durchzuckte ihn der Anblick wie ein Blitz. Es war ein Augenblick, in dem er keine richtigen Gedanken formen konnte, und danach war ein kraft- und sinnloses *Wie ...?* das Beste, was sein Verstand hervorzubringen vermochte.

Die enge Passage in der Höhle barg eine Ley-Linie – das war die einzige Erklärung. Er war unwissentlich über sie gegangen und befand sich jetzt ... ja, wo denn? Wenn man nur nach der Landstraße urteilte, gab es vernünftigerweise nur eine Antwort: Es war irgendwo in der modernen Zeit. Mit anderen Worten – eine Welt, die von der Steinzeit so weit entfernt war wie Londons Stadtviertel Marylebone vom Mars. Kit starrte auf die Verkehrsader aus Asphalt, die sich durch das Tal schlängelte und sich eng an die Flusswindungen schmiegte; und der Anblick erfüllte ihn mit Furcht, die an Verzweiflung grenzte. *Warum,* fragte er sich. *Warum gerade jetzt?*

Es hatte eine Zeit gegeben, da wäre er quasi instinktiv als Erstes zu diesem staubigen Streifen geteerter Fahrbahn gerannt und dort auf seine Knie gefallen, um sie für all das zu küssen, was sie bedeutete.

Doch darüber war er hinaus. Jetzt wollte er nichts mehr, als wieder in die Höhle einzutauchen und den Sprung zurück durchzuführen, um sich wieder mit seinen Clanmännern in der Höhle zu vereinigen. *Seinen* Clanmännern! Ein Teil des Fluss-Stadt-Clans zu sein, ihre Sitten und Gewohnheiten zu erlernen, all die kleinen Geheimnisse ihres alltäglichen Daseins – einer anderen Form von menschlichem Leben – zu entdecken ... Dies war sein Leben, und er war damit noch nicht fertig, und er war in keiner Weise darauf vorbereitet, sie zu verlassen, ohne sich in irgendeiner Weise von ihnen zu verabschieden.

»Nein«, murmelte er und schüttelte entschlossen den Kopf. »Nicht jetzt. Nicht auf diese Weise.«

Er erspähte weit unten am Hang heftige Bewegungen, als die Höhlenlöwin im dichten Gebüsch des Flussufers verschwand. »Tschüs, Baby«, brummte er. »Du gehst deinen Weg, und ich werde meinen gehen.« Mit diesen Worten machte er kehrt und kletterte in die Höhle zurück.

Kit tastete sich durch das Innere des Höhlengangs und ließ die Welt des Lichts und der frischen Luft hinter sich. Es war eine langsame und nervenaufreibende Art der Fortbewegung, doch seine starrköpfige Entschlossenheit sorgte dafür, dass er immer weiter ging. Als es zu dunkel wurde, um noch irgendetwas erkennen zu können, verschaffte er sich Halt, indem er mit seiner Hand die linke Wand entlangfuhr. So arbeitete er sich vor, bis er den Eindruck gewann, dass der Gang schnurgerade wurde, und er vermutete, dies könnte das Ende – beziehungsweise der Anfang – des Leys sein.

Er sammelte seine Kräfte für einen blinden Sprung und schritt los. Doch es war schwieriger als erwartet, zu versuchen, in vollkommener Dunkelheit normal und entschlossen zu gehen – wobei er mit der einen Hand ständig die raue Felswand neben sich berührte, und mit der anderen fuchtelte er vor sich in der Luft herum. Nach ein wenig Übung war er in der Lage, eine recht passable Schrittfolge zustande zu bringen; es führte jedoch zu keinen erkennbaren Ergebnissen.

Er stolperte weiter über den unebenen Boden und wollte den Übergang in die andere Welt unbedingt erzwingen. Als er das Ende des geraden Höhlenabschnitts erreichte, drehte er sich um und taumelte zurück, um wieder von Neuem zu beginnen. Nach zwei misslungen Versuchen, den Sprung durchzuführen, erinnerte er sich an Wilhelminas Ley-Lampe in dem Beutel, den er sich innen in sein Hemd genäht hatte. Er holte sie heraus und schwenkte sie in der Luft herum. Die kleinen blauen Lichter blitzten auf, gaben ein absterbendes Flackern von sich und erloschen. Er ging erst in die eine und dann in die andere Richtung durch die Passage und hielt dabei die Lampe vor sich. Doch es kam kein weiteres Signal, und so war er gezwungen, den Schluss zu ziehen, dass jegliche Ley-Aktivität, die es in der Höhle gab, inzwischen zur Ruhe gekommen war.

Murrend und zähneknirschend drehte sich Kit auf der Stelle um und kehrte zum Höhleneingang zurück, um zu warten, bis der Ley wieder aktiv geworden war. Draußen war es heiß und sehr hell. Kit brauchte eine ganze Weile, um sich wieder an das Sonnenlicht und die Hitze zu gewöhnen. Schon nach kurzer Zeit schwitzte er in seinen Fellen und wünschte sich, er hätte etwas anderes zum Anziehen. Er legte das lange, schwere kittelartige Hemd ab, rollte es auf und versteckte es sorgfältig unter einem Stein direkt in der Höhlenmündung; er würde es später wieder benötigen.

Er kehrte zum Hang zurück und nahm die Gelegenheit wahr, das Land genauer auszukundschaften. Es war ein ziemlich trockenes Hügelland. In nordwestlicher Richtung erhoben sich hohe, zerklüftete graue Berge, und unter ihm wand sich ein Fluss durch ein grünes Tal. Auf den Abhängen, die in Sichtweite waren, schienen vereinzelt Olivenbäume zu stehen. Die Berge sahen vage vertraut aus, doch er konnte sie nicht einordnen. Wenn nicht die Olivenbäume da wären, könnte er beinahe überall sein ... Nicht, dass dies von Bedeutung war, denn er hatte nicht die Absicht, sich lange genug hier herumzutreiben, um mehr herauszufinden. Es ärgerte ihn, dass es ihn an diesen Ort verschlagen hatte. *Das ist typisch für mein Glück!*, jammerte er. Wenn er einen Ort verlassen wollte, weigerte sich die ihm bekannte Ley-Linie, sich zu öffnen. Gerade jetzt, wo er einen

Grund gehabt hatte, ein wenig länger in jener steinzeitlichen Welt zu leben, war er von einem Ley hinausgeworfen worden, von dem Kit gar nicht gewusst hatte, dass es ihn gab.

Doch Kit tröstete sich mit dem Gedanken, dass er einen Weg zurück zu seinem Clan kannte und er später zurückkehren konnte – und das war schließlich die Hauptsache. Er setzte sich in den Schatten eines überhängenden Felsens, um auf den Sonnenuntergang zu warten. Aber selbst jetzt, wo er im Schatten saß, machte ihm die Hitze schwer zu schaffen: Der plötzliche Wechsel vom Winter zum Hochsommer war ein Schock für seinen Körper. Er schloss seine Augen und schlummerte bald ein. Irgendwann später weckte ihn ein entferntes Geräusch aus einem tiefen Schlaf. Er öffnete seine Augen und blickte sich um. Alles war noch so wie zuvor; allerdings verspürte er jetzt einen brennenden Durst.

Als er nach unten zum Fluss schaute, sah er, wie das Wasser im strahlenden Sonnenschein glänzte. Nichts würde gewonnen, dachte er, wenn er es zuließ, dass er austrocknete. Daher erhob er sich und begann, den Hang hinunterzugehen. Als er das Flussufer erreichte, suchte er nach einer geeigneten Stelle, wo er an das Wasser gelangen könnte. Während er sich durch das Gebüsch mühte, das am Gewässer entlang sehr dicht wuchs, hielt er vorsichtig Ausschau nach der jungen Höhlenlöwin. Er kam schließlich zu einem flachen Uferabschnitt, wo nur Kieselsteine lagen, kniete sich hin und schöpfte mit den Händen das frische Wasser, das immer noch kühl war, da der Fluss im Gebirge entsprang.

Er trank so viel, bis er keinen Durst mehr verspürte. Gerade wollte er wieder aufstehen, als er gewaltige Erschütterungen im Gebüsch hinter sich hörte. Da Kit befürchtete, dass Baby ihn gefunden hatte, ergriff er einen ziemlich großen Stein, der am Flussufer lag, und duckte sich kampfbereit. Plötzlich sprangen aus dem Gestrüpp zwei große Jagdhunde – schlanke, langbeinige Tiere; der eine grau, der andere braun. Und alle beide waren über alle Maßen verblüfft, Kit zu sehen.

Mitten im Laufen hielten sie inne und erstarrten: Die Köpfe waren gesenkt, die Ohren flach angelegt, die Nackenfelle gesträubt.

»Nur mit der Ruhe, Kumpels«, sagte Kit und streckte seine freie Hand hoch, um zu zeigen, dass sie leer war. »Brave Jungs. Bleibt, wo ihr seid.« Beim Klang seiner Stimme hob der braune Hund seine Schnauze und gab ein einziges langes Jaulen von sich. Der andere starrte weiterhin auf Kit und knurrte leise.

Wie zur Antwort auf das Jaulen des ersten Jagdhundes vernahm Kit dreschende Geräusche im Gehölz, und ein Mann in einem roten Hemd und einer ledernen Jagdweste trat auf die Lichtung. Er trug eine schwarze Baskenmütze und ein doppelläufiges Gewehr.

Der Mann warf einen Blick auf Kit und flüsterte: »*Madre de Dios!*«

Kit, der noch immer den Stein umklammert hielt, erwiderte: »Okay, kein Grund zur Aufregung. Lasst uns ruhig bleiben.«

Bei diesen Worten hob der Mann mit der schwarzen Baskenmütze sein Gewehr und richtete sie auf Kits Brust. »*Qué?*«

»Englisch?«, entgegnete Kit. »*Anglais?*«

Keines der beiden Wörter hatte eine Wirkung. Der Mann, der mit Glotzaugen die Erscheinung vor sich anstarrte, blieb reglos stehen und zielte weiterhin unbeirrt mit dem Gewehr auf Kits Brust. Diese ausweglose Situation schien eine Ewigkeit lang zu dauern, und dann gab der Mann mit einer Bewegung seines Gewehrlaufs Kit zu verstehen, den Stein fallen zu lassen. Kit kam dieser Aufforderung ohne Zögern nach.

»Nicht schießen, okay?«, bat er und hob langsam die Hände. »Ich bin nur ein Reisender. Sie können das Gewehr herunternehmen. Ich werde keinerlei Schwierigkeiten machen. Verstehen Sie?«

Der Mann gab ihm mit Gesten zu verstehen, vom Flussufer wegzugehen, und Kit kam der Aufforderung nach. Dann wurde er mit vorgehaltener Waffe aus dem Gebüsch und auf das Feld dahinter geführt. Sobald sie dort ankamen, gab der Mann ein lang anhaltendes, lauter werdendes Pfeifen von sich. Als Antwort erklang ein ähnlicher Pfiff. Einen Augenblick später tauchte ein zweiter Mann aus dem Gestrüpp entlang des Flusses auf. Wie der erste trug er ein rotes Hemd und eine schwarze Baskenmütze; zudem waren Ledergamaschen um seine Hosenbeine geschlungen, und er hatte sich einen Sack für Vögel, Hasen oder anderes Niederwild über die Schulter geworfen.

Der zweite Jäger warf Kit einen Blick zu und rief dann: »*Santa María!*«

Der erste Jäger nickte.

Der zweite näherte sich Kit mit großer Vorsicht. »*Dónde consiguió usted eso?*«

»Englisch?«, entgegnete Kit abermals. Er überlegte einen Augenblick lang, wie er die nächste Frage formulieren sollte, stellte dabei jedoch fest, dass seine eigenen englischen Sprachfertigkeiten fast versiegt waren. Nach so langer Zeit beim Fluss-Stadt-Clan war er kaum noch in der Lage, mit seinem Mund Wörter zu äußern. Alles, was er hervorbringen konnte, war die unvollständige Frage: »Sprechen Englisch?«

Die beiden Männer schauten sich gegenseitig an und dann auf Kit. Der zweite Jäger zuckte mit den Schultern und sagte: »*Padre Tadeo.*«

»*Sí*«, pflichtete ihm der andere bei. »*Padre Tadeo lo sabrá.*«

Der erste Jäger gab abermals mit dem Gewehr ein Zeichen, und Kit wurde fortgeführt: Die zwei Männer schritten hinter ihm, an jeder Seite von ihm ging ein Hund. Sie folgten dem Flusslauf, der an dieser Stelle eine lange Biegung machte, und kamen zu einer Brücke, die einen unbefestigten Weg mit der Landstraße verband. Am Wegesrand parkte ein winziges dreirädriges schlammgrünes Gefährt; es besaß eine Fahrerkabine, in der nur eine Person Platz hatte, und eine offene Ladefläche. Einer der Männer ließ sich auf den Fahrersitz nieder; der andere bedeutete Kit, hinten auf die Transportfläche zu steigen, und kletterte anschließend mit den Jagdhunden zu ihm. Der Motor sprang an, und sie fuhren los.

Nach ein paar Meilen erreichten sie ein Dorf in unmittelbarer Nähe zur Landstraße. Der Ort war das Zentrum eines kleinen bäuerlichen Gemeinwesens und wies nur eine einzige Hauptverkehrsstraße auf, an der es ein paar einfache Läden, einen Wassertank für die Nutztiere, einen Obst- und Gemüsehändler sowie ein Postamt gab. Die Texte der Schilder, die Kit an den Gebäuden und in den Schaufenstern der Geschäfte sah, waren alle auf Spanisch. Die Hauptstraße endete an einem Marktplatz, an dessen einen Seite eine große, aus Stein erbaute Kirche stand. Ihr gegenüber, auf der anderen Seite des Platzes, gab es ein weitläufiges Stuckgebäude mit weißen Säulen und schwarzen Türen. Der Marktplatz hatte einen Springbrunnen aus Marmor, in dem es jedoch kein Wasser gab.

Das dreirädrige Lastauto hielt vor der Kirche an, und der Fahrer drückte auf die Hupe. Er hupte so lange, bis ein Priester in einer langen schwarzen Soutane herauskam und auf den Kirchenstufen stehen blieb. Der Fahrer stieg aus und rannte zum Priester. Die beiden wechselten ein paar Worte, und der Pfarrer näherte sich dem kleinen Pick-up, wo Kit immer noch gut bewacht hinten auf der Ladefläche saß.

Der Priester, ein kleiner Mann mit tief liegenden dunklen Augen unter buschigen schwarzen Brauen, warf einen Blick auf Kit und bekreuzigte sich.

»Hallo«, grüßte Kit, der zu der Auffassung gelangt war, dass er am besten gelassen und ruhig bleiben und nicht versuchen sollte, die Leute unnötig zu erschrecken. »Sprechen Sie Englisch?«

Der Priester riss die Augenbrauen hoch. Er blickte zu den beiden Männern, die ihre Gewehre hochhielten und wissend nickten, und antwortete dann: »Ja, ich spreche Englisch.«

»Gut«, sagte Kit und stieg von dem Fahrzeug herunter. Anschließend schaute er auf die zwei Männer, die immer noch ihre Gewehre im Anschlag hielten, und entschied, sich momentan nicht vom Fleck zu rühren.

Der Priester zögerte; doch der Jäger, der Kit entdeckt hatte, nickte ihm aufmunternd zu. »Dieser Ort hier ist El Bruc, *señor*«, erklärte der Pfarrer. »Wer sind Sie?«

»Mein Name ist Christopher.« Er überlegte, ob er fragen sollte, wo und in welchem Jahr er war, entschied dann jedoch, dass dies warten konnte, bis er seine Kidnapper besser kennen würde. »Sie können mich aber Kit nennen.« Er lächelte – in einer beruhigenden Weise, wie er hoffte. »Und wer sind Sie?«

»Ich bin Vater Tadeo.« Mit einer ausdrucksstarken Handbewegung wies der kleine Priester auf das Flickwerk aus Fellen, in das Kit gekleidet war, und fragte: »*De dónde* – ah, woher kommen Sie?«

»Woher ich komme?«, erwiderte Kit und schwieg kurz, da er überlegte, was er darauf antworten sollte. »Ich bin aus England. Ich habe ... ähm ... Forschungen durchgeführt.«

»*Explorar?*«, rief der Geistliche. Dann wandte er sich an die anderen und erklärte: »*Es un explorador.*«

Die Jäger, die immer noch ihre Waffen in den Händen hielten, nickten. »*Explorador*«, murmelten sie. Dann überschüttete der Mann mit den Ledergamaschen den Priester mit einem Schwall spanischer Wörter.

Der Pfarrer wandte sich anschließend wieder Kit zu. »Ricardo möchte wissen, warum Sie sich so anziehen?«

Kit blickte auf seine struppige, selbst gemachte Hose herab. Die Felle waren filzig und sahen aus, als stammten sie von Ratten; und seine zusammengenähten Schuhe waren schmutzverkrustet. Er stank, sein Haar war ein Gewirr aus verfilzten Strähnen und sein Bart ein dichtes Gestrüpp rund um sein Gesicht. Plötzlich kam er sich wegen seines grotesken Outfits sehr albern vor. »Ich habe meine Kleidung verloren.«

Der Priester übersetzte diesen Satz den Jägern. Als einer der beiden etwas darauf erwiderte, lachten alles drei laut auf. Anschließend erklärte Vater Tadeo: »Wir glauben, dass Sie mehr als nur Ihre Kleidung verloren haben, Señor Christopher.«

»Stimmt«, meinte Kit und fuhr sich mit einer Hand durch den Bart. »Da könnten Sie durchaus recht haben.«

Die kleine Versammlung draußen vor der Kirche blieb nicht lange unbemerkt. Ein korpulenter Mann in einem braunen Anzug und einem weißen Hemd trat aus dem großen, von Säulen getragenen Gebäude und eilte über den Platz, um sich zu ihnen zu gesellen. »Worum geht es hier?«, verlangte er auf Spanisch zu wissen. Vater Tadeo erklärte es ihm kurz, woraufhin sich der Mann umdrehte und einem der Jäger befahl: »Geh und hol Diego hierher. Sag ihm, wir haben ein Problem.«

Während der Jäger davoneilte, sagte Vater Tadeo zu Kit: »Dies ist Señor Benito, unser *Alcalde* – der Bürgermeister dieses Ortes.«
»Teilen Sie ihm bitte mit, dass ich mich freue, ihn kennenzulernen«, erwiderte Kit. Seine Zunge schien jetzt schon besser zu funktionieren, da sie durch den Gebrauch gelockert wurde.

Der Mann in dem braunen Anzug schenkte ihm ein knappes, offizielles Nicken und sprach erneut, wobei er Kit genau betrachtete. Vater Tadeo übersetzte für Kit. »Alcalde Benito wünscht zu erfahren, ob Sie *loco* – verrückt – sind.«

»Bitte sagen Sie ihm, dass ich bei vollem Verstand bin, soweit ich weiß.«

Der Priester und der Bürgermeister berieten sich darüber. Der Gemeindevorsteher schüttelte den Kopf und legte die Stirn in Falten. Er verschränkte die Arme über seinem dicken Bauch und beobachtete Kit. Einen Moment später kehrte der Jäger mit einem Polizisten in blauer Uniform zurück, die eine Schulterklappe mit der Aufschrift *Guardia* aufwies. Der Ordnungshüter trug einen weißen Patronengurt, an dem ein Holster mit einem großen Revolver angebracht war. Er grüßte den Bürgermeister und den Priester; die drei unterhielten sich kurz auf Spanisch, während Kit weiter dasaß und zuschaute.

»Ramón und Ricardo haben diesen Mann am Fluss unterhalb der Höhle gefunden«, berichtete Vater Tadeo.

»Das stimmt«, betonte Ramón. »Wir sind auf der Hasenjagd gewesen, und ich habe ihn gefunden.«

»Wir glauben, er ist verrückt«, fügte der Bürgermeister hinzu.

»Hat er Schwierigkeiten gemacht?«, erkundigte sich der Polizist.

»Bisher noch nicht«, antwortete Ramón. »Doch er spricht nur Englisch.«

Der Polizist nickte, dann richtete er eine Frage an Kit, die Vater Tadeo übersetzte. »Señor Diego möchte wissen, weshalb Sie in der Höhle leben.«

»Ach das«, erwiderte Kit, der versuchte, sein gelassenes Benehmen aufrechtzuerhalten, obwohl sich sein Risiko von Minute zu Minute zu vergrößern schien. »Bitte teilen Sie Señor Diego mit, dass ich keineswegs in der Höhle gelebt habe. Ich habe sie vielmehr erforscht.« Er zuckte mit den Schultern und hob die Handflächen nach oben. »Ich habe mich verirrt.«

Diese Erklärung wurde ordnungsgemäß wiedergegeben und dann von den fünf Dorfbewohnern diskutiert, die sich um das Dreirad versammelt hatten, auf dem Kit wie ein zerzauster Würdenträger saß, der im Freien eine Audienz abhielt.

»Haben Sie Papiere?«, erkundigte sich irgendwann der Priester, woraufhin Kit mit dem Kopf schüttelte.

Die Männer berieten sich weiter, wobei sie heftig gestikulierten und sich an den Köpfen kratzten.

»Was sollen wir nur mit ihm tun?«, fragte Vater Tadeo.

»Er hat, soweit ich weiß, gegen kein Gesetz verstoßen«, erklärte Diego. »Ich glaube nicht, dass ich ihn ins Gefängnis stecken kann, weil er sich in einer Höhle verirrt hat.«

»Ihn inhaftieren?«, rief der Bürgermeister. »Ich will nicht, dass er inhaftiert wird. Ich will, dass er weggeht. Schauen Sie sich ihn an. Er ist ein Barbar.«

»Er ist ein Engländer«, entgegnete Ricardo.

»Er hat Forschungen durchgeführt und sich verirrt«, sagte Ramón und wandte sich dann an den Priester: »Sie sollten ihm ein Bad und etwas zu essen geben.«

»Was! Ich sollte das tun? *Madre de Dios!* Das ist nicht meine Sache.« Vater Tadeo hob die Hände nach oben. »Es ist nicht meine Angelegenheit, was Sie mit ihm anstellen.«

»Aber Sie sind der Priester dieses Ortes«, gab Bürgermeister Benito zu bedenken.

»Was hat denn das damit zu tun?«, entgegnete Vater Tadeo.

»Die Pflicht zur Gastfreundschaft obliegt Ihnen«, betonte der Bürgermeister.

»Keineswegs«, erwiderte Tadeo. »Sie sind der Bürgermeister – es ist Ihre Aufgabe, Gastfreundschaft zu gewähren.«

»Wir müssen etwas unternehmen«, warf Ramón ein. »Er kann nicht auf meinem Transporter leben. Ich muss nach Hause gehen und das Vieh füttern.«

»Er hat keine Papiere«, sagte der Bürgermeister.
»Braucht er überhaupt Papiere?«, erkundigte sich der Polizist.
»Alle anständigen Leute haben Papiere«, behauptete der Bürgermeister. »Ein weiterer Grund, weshalb er nicht hierbleiben kann.«
»Wohin kann er denn gehen?«, fragte Ricardo. »Er hat sich doch verirrt.«
»Ich weiß es!«, rief Vater Tadeo. »Bringt ihn zum Kloster. Sie haben immer so viele Besucher – Pilger, die von überall herkommen. Sie werden schon wissen, was sie mit ihm anfangen sollen.«
»Aber er ist kein Pilger«, widersprach Ramón. »Er ist ein Forscher.«
»Ganz egal – das ist das Gleiche«, erwiderte der Bürgermeister, der nunmehr eine amtliche Entscheidung traf. »*Padre*, Sie bringen ihn ins Kloster, und dort wird man sich schon um ihn kümmern.«
»Ich?« Vater Tadeo hob erneut die Hände nach oben. »Ich habe doch gar kein Auto, wie Sie wissen. Ich kann ihn unmöglich dahin bringen. Außerdem muss ich meine nächste Predigt schreiben.«
Alle Augen richteten sich auf den Polizisten. »Diego, mein Freund«, sagte der Bürgermeister und legte seine Hand auf die Schulter des Ordnungshüters, »das ist eine Dienstsache. Sie müssen ihn mit Ihrem Fahrzeug dorthin bringen.« Er blickte zu Kit und fügte hinzu: »Benutzen Sie die Sirene.«
Und so kam es, dass Kit von der Ladefläche des dreirädrigen Transporters in den polizeilichen Dienstwagen verlegt wurde – eine zerbeulte blau-weiße Blechkiste, die beißenden Rauch spuckte, während sie dahinratterte. Der Polizist hatte ein wachsames Auge auf seinen ungewöhnlichen Passagier. Kit seinerseits lächelte viel und bemühte sich, nicht noch mehr wie ein Problem auszusehen, als er es eh schon war.
Sie fuhren durch ein anderes Dorf und dann noch durch ein weiteres, bevor die Landstraße einen Bogen machte und in das Gebirge hochführte. Der Fahrweg schlängelte sich höher und höher; es folgte

eine ganze Serie von ansteigenden Serpentinen, auf denen sie sich den spitzwinkligen Gipfeln näherten. Der Polizeiwagen tuckerte immer langsamer dahin, während er sich den steilen Anstieg hochmühte. Schließlich kam er vor einem hohen Eisentor zu stehen, über dem sich in schmiedeeisernen Buchstaben, die weiß angestrichen waren, ein Schriftzug wölbte: *Abadia de Montserrat.*

NEUNZEHNTES KAPITEL

Worin sich einer Schwesternschaft angeschlossen wird

Cassandra verspürte die Wärme der grellen Sonne über Damaskus in ihrem Rücken, während sie draußen vor einer glänzenden, schwarz lackierten Tür stand. An ihr befand sich ein kleines Messingschild, auf dem in einer schönen, fließenden Schrift die Wörter *Zetetische Gesellschaft* eingraviert waren. Die Türklinke bestand ebenfalls aus Messing und war ebenso wie das Schild glänzend poliert. Es war ruhig in der engen, kleinen Straße, die im Schatten hoher getünchter Mauern und der grauen Steinwände von Beit Hanania lag, dem Haus des Mannes, der in der westlichen Welt als heiliger Ananias berühmt war – der zuerst den mordgierigen Fanatiker Saulus von Tarsos heilte und sich mit ihm anfreundete und dann ihm half, sich in der Rolle des Apostels Paulus einzufinden. Ein Schild draußen an der Wand der heiligen Stätte hatte in drei Sprachen Cass darüber in Kenntnis gesetzt, als ob sie nicht schon vermutet hätte, dass sie sich im uralten christlichen Viertel der Stadt befand.

Der Torweg vor ihr bestand, wie so viele Portale in Damaskus, aus dem charakteristischen, schwarz und weiß gestreiften Mauerwerk. Hinter dicken Eisenstangen gab es ein kleines, völlig verstaubtes Fenster, durch das man in einen Raum sehen konnte, der ein schäbiges, kleines Buchgeschäft zu sein schien.

Cass erblickte verwahrloste Regale und einen Tisch, auf dem sich hohe Stapel aus Büchern und Broschüren befanden. Das Herz wurde ihr schwer. Ein Buchladen? War das alles, was es hier gab –

irgendeine Art von merkwürdiger Sekte, die Leute mit ihren abstoßenden Schriften bedrängte und versuchte, ahnungslose Trottel zu ihren okkulten Glaubensvorstellungen zu bekehren? Die Enttäuschung war so groß, dass Cass' Mundwinkel nach unten fielen. Wie konnten sie es nur wagen, dachte sie – einfach Plakate aufzukleben, die Hilfe versprachen, um auf diese Weise leichtgläubige Reisende hier in den Laden zu locken. *Diese Leute sollten sich was schämen!* Diese und andere Gedanken kamen ihr in den Sinn, als sie sich völlig entrüstet umdrehte, um fortzugehen. Sie war angewidert von diesen Leuten, die so dreist logen, und von sich selbst, weil sie auf der Grundlage eines solch schwachen Belegs – eines handgeschriebenen Plakats – sich so großen Hoffnungen hingegeben hatte.

Ohne Zweifel hatte das Herumspringen zwischen den Welten oder Dimensionen oder was auch immer – wobei sie sich in jeder zweiten Minute an einem neuen Ort wiederfand – ihr Urteilsvermögen momentan über den Haufen geworfen. Das durfte nicht mehr so weitergehen. Sie musste ihren wissenschaftlichen Verstand mit seiner ganzen Präzision auf ihre vorliegende Situation anwenden, und sie würde noch in diesem Augenblick damit beginnen.

Mit einem letzten verächtlichen Blick auf den Laden trat sie von ihm fort und begann, die Straße entlangzugehen. Plötzlich hörte sie hinter sich ein klickendes Geräusch, und sie drehte sich um. Die glänzende schwarze Tür öffnete sich. Eine stämmige, ältere Frau mit glattem weißem Haar, das zu einem kurzen Bob geschnitten war, streckte ihren Kopf heraus. »O!«, rief sie. »Ich habe Gesellschaft. Ich habe mir schon gedacht, dass ich jemanden auf der Stufe gehört habe.« Sie trug eine langärmelige Bluse mit einer großen Jade-Brosche am Hals, einen grünen Schottenrock, vernünftige braune Schuhe und eine kleine Brille mit Drahtgestell, durch die sie prüfend auf ihre Besucherin blickte. Dabei zeigte sie das dünne Lächeln einer strengen, älteren Tante oder einer schottischen Lehrerin à la Miss Jean Brodie, die in ihren besten Jahren keinerlei Unsinn in ihrem Klassenzimmer duldete. Die Frau drückte die Tür etwas weiter auf. »Sie müssen hereinkommen, meine Verehrte.«

»Sie sprechen Englisch«, stellte Cassandra mit einiger Erleichterung fest. »Ich meine ... Das heißt, ich habe nach der Zetetischen Gesellschaft gesucht.«

»Und Sie haben sie gefunden.« Die Dame trat zur Seite. »Bitte, hier entlang.«

»Nein, ich ... Ich wollte gerade fortgehen. Ich glaube, ich habe einen Fehler gemacht.«

»Wenn Sie schon den ganzen Weg gekommen sind, dann ist es sicherlich kein Fehler«, erwiderte die Frau, deren Aussprache deutlich und präzise war, jedoch ein wenig abgehackt.

Sie sprach ihre Worte mit einer so großen Überzeugung, dass Cass dazu gebracht war, ihr zuzustimmen. »Nun, vielleicht nur für einen Augenblick«, erklärte sie.

Cassandra schritt über die Schwelle und betrat das Buchgeschäft. Im Inneren war alles irgendwie gedämpft – das einzige Licht kam vom Fenster, auf das sich eine Schicht aus Alter und Staub gelegt hatte. Doch der Laden selbst war ziemlich sauber; und das mit Kissen überladene Sofa und die dick gepolsterten Sessel ließen ihn wie ein altmodisches Lesezimmer oder eine Privatbibliothek aussehen. Die Frau schloss die Tür und sah Cass über ihre Brille hinweg an. Cass roch einen Hauch von Lavendelwasser.

»Was bringt Sie hierher, wenn ich mir erlauben darf zu fragen?«

»Nach Damaskus?«

»Zur Gesellschaft«, erwiderte die Frau, die dieses Wort mit großem Nachdruck betonte. Bevor Cass eine Antwort geben konnte, erklang ein schrilles Pfeifen aus einem anderen Zimmer. »Das ist der Wasserkessel. Möchten Sie eine Tasse Tee?«

»Ähm...« Cass zögerte.

»Ich wollte mir gerade selbst eine aufsetzen. Bitte, machen Sie es sich bequem. Es dauert nur einen Augenblick.«

Sie eilte fort und ließ Cassandra allein zurück, die sich in dem kleinen Laden umschaute. Neben den Bücherregalen entlang der Wände gab es einen runden Messingtisch von der Art, wie sie im Nahen Osten sehr beliebt waren: Er bestand aus einem Tablett, das auf einem Ständer aus geschnitztem Olivenholz ruhte. Am Tisch standen zwei bequeme Sessel und zwischen ihnen eine Stehlampe mit einem violetten Seidenschirm. Es gab weder eine Ladentheke noch eine Registrierkasse, was Cass in einem Buchgeschäft für merkwürdig hielt – und auch nicht andere Ausstattungen für ein Wirtschaftsunternehmen.

Cass ging zum nächsten Regal und las einige der Titel: *Die Geschichte des assyrischen Reichs* ... *Ein Spaziergang durch das Alte Babylon* ... *Das Leben im Alten Orient* ... *Das verlorene Schatzhaus von Nebukadnezar* ... und noch andere historische Bände, deren Lederrücken aufgrund ihres Alters zerknittert und eingerissen waren. Cass ging weiter zu einem Bereich mit religiösen Schriften: *Die Habiru von Palästina* ... *Die gesammelten Schriften von Josephus* ... *Die Wüstenväter* ... *Ein Aufenthalt in den Karpaten* ... *Sumerische Kultur* ... *Wer waren die Hethiter?* ... *Die Grabmäler von Catal Hüyük* ... und so weiter.

Bald kehrte die Frau mit einem Holztablett zurück, das mit einer Teekanne aus Messing, Glasbechern, die halb mit frischen grünen Blättern gefüllt waren, und einem Teller mit winzigen Spekulatius beladen war. Sie stellte das Tablett auf dem Tisch ab und lud Cass ein, sich zu ihr zu setzen. »Ich hoffe, Sie mögen es mit Minze«, sagte sie und begann, den heißen Tee über die Blätter zu gießen. »Es ist ein ortsüblicher Brauch, den ich lieb gewonnen habe.« Sie reichte ihrem Gast ein Glas, lehnte sich in ihrem Sessel zurück, nahm einen Schluck und seufzte. »So – das ist doch schon viel besser.«

»Hm«, machte Cass, nachdem sie einen Probeschluck genommen hatte. »Köstlich.«

»Dort ist Zucker, wenn Sie möchten.« Die Frau stieß eine winzige Porzellanschüssel an. »Wo sind bloß meine Manieren geblieben?«, rief sie aus und stellte ihren Becher ab. »Ich bin Mrs Peelstick.«

»Ich heiße Cassandra«, sagte Cass.

»Was für ein schöner Name. Es freut mich sehr, Sie kennenzulernen, Cassandra. Ich glaube nicht, dass ich Ihre Antwort gehört habe, als ich fragte, was Sie heute hierher brachte.« Sie pustete auf ihren Tee, während sie auf die Antwort wartete.

»Nun, ich nehme an, dass ich bloß neugierig war.«

Die Frau nickte und erklärte: »Die Neugier bringt Pilger hervor, nicht weniger als die Hingabe.«
»Wie bitte?«
»Worte aus einem alten Gedicht.« Sie rührte Zucker in den Tee und wirbelte dabei immer wieder die grünen Blätter herum. »Am Ende sind wir doch Pilger, oder etwa nicht? Greifen Sie nur zu bei dem Gebäck!«
Cass nahm sich einen der kleinen runden Kekse. Es war wie eine Befreiung, nur dazusitzen und für den Moment etwas Normales zu machen – wenn man es in irgendeiner Weise als normal betrachtete, mit einer Engländerin Pfefferminztee in Damaskus zu trinken.
»Danke schön.«
Einen Augenblick lang schlürften die beiden schweigend ihr heißes Getränk. Irgendwo im Nachbarraum schlug eine Uhr die Stunde. »Ich hoffe, ich halte Sie nicht von irgendwas ab«, sagte Cass. »Ich war nur neugierig wegen der Gesellschaft.« Die alte Frau erwiderte nichts darauf, und so fuhr Cass fort, um das Schweigen zu füllen: »›Zetetisch‹ ist ein merkwürdiges Wort. Ich glaube nicht, dass ich es jemals zuvor gehört habe. Was bedeutet es?«
»Es kommt von dem griechischen Verb *zetetikos* – ›suchen‹. Die Zetetische Gesellschaft ist eine Gesellschaft von Suchern.«
»Und was suchen Sie?«
»Ah, genau das ist die Frage.« Die alte Frau lächelte und schlürfte ihren Tee. Zuerst glaubte Cassandra nicht, dass sie antworten würde, doch die Frau stellte ihr Glas ab und erklärte: »Ich vermute, man könnte etwas Bombastisches und Ausgeschmücktes sagen. Wenn Brendan hier wäre, würde er zweifellos eine Äußerung anbieten wie ... ›Wir suchen nicht die Schätze des Wissens, sondern die Schatzkammer schlechthin!‹« Sie hielt inne, um sich eine durchdachtere Antwort zu überlegen. »Vielleicht drückt man es am einfachsten aus, wenn man sagt, dass wir von der Gesellschaft Antworten auf die größten Fragen des Lebens suchen.«
»Und was für Fragen sind das?«
»Die üblichen. Warum sind wir hier? Wohin gehen wir?« Die Frau hielt inne, beugte sich ein wenig vor, betrachtete Cass viel-

sagend und fügte hinzu: »Was ist die wahre Natur der Wirklichkeit?«

»Ich wünschte, ich wüsste das«, seufzte Cass leise. Es wurde ihr allmählich unbehaglich unter dem fortdauernden Blick der Frau. Sie schien zu erwarten, dass Cass etwas sagte, und so fragte sie: »Diese Bücher hier – sind sie eigentlich dazu da, dass sie verkauft werden?«

»Du liebe Güte, nein«, erwiderte die Frau und ergriff wieder ihren Tee. »Sie sind Hilfsmittel.«

»Ich verstehe.« Cass nickte und nahm gedankenverloren einen Schluck. »Aber Sie haben doch bestimmt irgendwelche Literatur über ihre Gesellschaft?«

»Nein, es tut mir wirklich sehr leid, aber so etwas haben wir nicht.«

»Nichts über die Gesellschaft – über ihre Ziele, ihre Auffassungen, Voraussetzungen für die Erlangung der Mitgliedschaft?«

»Ihre Worte klingen so, als ob wir sehr groß wären – wirklich sehr groß. Aber nein, leider sind wir nur eine kleine Gemeinde von Spinnern und Exzentrikern, die sich der großen Suche hingeben. Und es gibt keine formellen Voraussetzungen.« Sie zögerte und betrachtete Cass erneut mit diesem direkten, taxierenden Blick. »Keine formellen Voraussetzungen – außer der, seinen Weg zu unserer Tür zu finden.«

»Das ist es schon? Das ist alles? Ein potenzielles Mitglied muss nur seinen Weg zu diesem Geschäft finden?«

»Was lässt Sie glauben, dies hier wäre ein Geschäft?«, fragte sie und hob die Messingkanne hoch. »Noch mehr, Verehrteste?«

Cass streckte ihr das Glas entgegen. »Danke schön.«

»Wie ich gerade schon gesagt habe, gibt es keine Voraussetzungen für die Mitgliedschaft. Wir finden nämlich – wie Sie sehen –, dass nur diejenigen, die wünschen, Mitglieder unserer Gesellschaft zu werden, sich die Mühe machen würden, überhaupt Fragen dazu zu stellen.«

»Ihre Mitglieder wählen sich also selbst aus«, sinnierte Cass. »Dann nehme ich an, es muss eine sehr große Gesellschaft sein.«

»Warum sollten Sie das glauben?«, wollte die Frau wissen.
»Wahre Sucher trifft man sehr selten an. Und noch seltener Menschen, die willig sind, den Preis zu bezahlen, um sich der großen Suche anzuschließen.« Sie schüttelte den Kopf. »Nein, wir sind eine kleine, ziemlich exklusive Gruppe. Aber das liegt nicht an uns – das kann ich Ihnen versichern. Die Menschen treffen entweder die Wahl, sich uns anzuschließen, oder sie tun es nicht. Bei den meisten stellen wir fest, dass sie es nicht tun.«

»Das ist eine Schande«, scherzte Cass. »Zum Mindesten würden sie ein schönes Glas Pfefferminztee bekommen.«

»Das stimmt in der Tat, meine Gute.«

Cassandra trank ihren Becher aus und stellte ihn auf das Tablett. Dann stand sie auf. »Danke schön für die Unterhaltung und den Tee. Sie sind sehr freundlich, doch ich muss jetzt wirklich gehen. Ich hatte nicht vor, Ihren ganzen Morgen in Anspruch zu nehmen.«

»Hatten Sie nicht?«, entgegnete die Frau verblüfft. »Warum sind Sie dann hergekommen?«

»Das Plakat«, antwortete Cass. »Ich habe am Eingang zum Basar das Plakat gesehen – das orangefarbene, meine ich. Es schien mir interessant zu klingen, und so bin ich hergekommen.«

Die alte Frau stellte ihr Glas auf das Tablett und sah ihrer Besucherin ins Gesicht; ihr Blick war starr und auf unangenehme Weise direkt. »Würde es Sie sehr überraschen, wenn ich Ihnen sage, dass nicht jedermann dieses Plakat sehen kann?«

»Weil der Text in Englisch geschrieben ist, meinen Sie?«

»Ich habe nicht gesagt, sie könnten es nicht lesen«, erwiderte die Frau, die einen pedantischen Tonfall annahm. »Ich habe gesagt, sie können es nicht *sehen*. Unsere kleine Werbeanzeige ist tatsächlich unsichtbar für alle, die nicht bereit und willens sind, sie zu sehen. Sie, meine Gute, *sind* bereit, ansonsten wären Sie nicht hier.«

Cass spürte, wie eine Ahnung sie überkam und ein mulmiges Gefühl in ihr auslöste. »Ich bin mir nicht sicher, dass ich verstehe, was Sie meinen.«

»Ich meine genau das, was ich gesagt habe. Nicht mehr. Nicht weniger.« Ihr Lächeln wirkte nun streng und verschlagen. »Glauben Sie, ich könnte nicht erkennen, wer und was Sie sind?«

Cass war nun ängstlich darauf bedacht, das Gespräch zu beenden und fortzugehen. »Nun, ich muss jetzt wirklich weg.« Sie trat zurück und bewegte sich auf die Tür. »Es war nett, Sie kennenzulernen.«

»Und Sie ebenso.« Die alte Frau erhob sich und folgte ihr. »Doch ich habe den Verdacht, dass wir beide uns sehr bald wieder treffen werden.«

Cassandra nickte. Rasch ging sie zur Tür, hantierte am Knauf herum und drehte ihn schließlich herum. Sie zog die Tür auf und trat nach draußen.

Die Frau folgte ihr bis zur Schwelle. »Es gibt ein Nonnenkloster, das nicht mehr als hundert Schritte von hier entfernt ist. Es wird von den Schwestern der heiligen Thekla geleitet, sie bieten Pilgern aller Religionen – und Religionslosen – Betten und einfache Kost an.« Sie zeigte vage in die Richtung. »Wenn Sie keinen Ort haben, wo Sie bleiben können, kann ich sie ohne Vorbehalt empfehlen.«

»Danke schön«, sagte Cass. »Auf Wiedersehen.«

»Gott möge mit Ihnen sein.«

Cass schritt schnell fort und begann, die enge, gewundene Straße entlangzugehen; dabei war sie sich bewusst, dass die Frau sie beobachten würde, bis sie außer Sicht war. Ein paar Dutzend Schritte später sah sie ein kleines rot-weißes Schild, das in der Straße an einer Stange hing, die über einem schmiedeeisernen Tor verankert war. Auf dem Schild stand *Le couvent des sœurs de Sainte Tekla*; zudem hatte es ein Kreuz in der Form eines großen »T«, unter dem sich gekreuzte Palmwedel befanden. Ganz unten waren noch in kleinen Buchstaben die Wörter *Troisième section*. Ein anderes Schild auf Arabisch wies die gleichen gekreuzten Palmen und das große »T« auf. Cass verlangsamte ihre Schritte, während sie sich dem Tor näherte, und hörte Kinder lachen; das Geräusch drang über die Klostermauern hinweg auf die Straße. Obwohl sie nicht die Absicht hatte, nach einem Bett im Kloster zu fragen, blieb Cass stehen und schaute durch das Tor.

Sie sah einen einfachen, mit Steinen gepflasterten Hof, der eine schöne weiße Kirche umgab, die kleine Buntglasfenster und breite braune, mit Nägeln beschlagene Türen hatte. In einer Hofecke spielte eine Handvoll junger Mädchen irgendein Spiel mit einer älteren Frau, die einen wallenden blauen Kittel und ein langes weißes Kopftuch trug – eine der Schwestern, wie Cass annahm. Zwei andere Nonnen fegten den bereits sauber gefegten Hof mit Besen aus natürlichen grünen Zweigen, die um kurze Stiele gebunden waren. Die Szene sah so anheimelnd und unbeschwert aus, dass Cass länger verweilte, als sie beabsichtigte.

»*Puis-je vous aider?*«

Die Stimme und das Gesicht, die plötzlich am Tor erschienen, erschreckten Cass. Sie trat einen Schritt zurück. »Tut mir leid! Nein, ich bin bloß gerade hier vorbeigekommen.«

Das Gesicht war das einer jungen Frau in ihrem Alter – mit großen braunen Augen und dunklem Haar unter einem dicht angelegten, weißen Tuch. Die Frau, welche die Tracht der Nonnen trug, fragte: »*Parlez-vous l'anglais?*«, wobei ihre Stimme sanft anstieg.

»*Oui*«, antwortete Cass. »*Mon français* ... ist ... ähm ... *est très petit.*«

Die Nonne zeigte ein fröhliches Lächeln. »Dann sprechen wir Englisch miteinander«, erklärte sie. Ihre Formulierung war korrekt, doch sie sprach mit einem starken französischen Akzent. »Möchten Sie hereinkommen, *mon amie?*«

Die Einladung war so freundlich und gutgläubig ausgesprochen worden, dass Cass sich dabei ertappte, dass sie unwillkürlich auf den Hof trat, als das Eisentor aufschwang. Auf einer Seite der Kirche wuchs eine Palme; und auf einer einfachen Holzbank, die im Schatten eines Feigenbaums mit breiten grünen Blättern stand, saß eine andere Nonne, die Erbsen in großen Messingschüssel schälte.

»Willkommen im Haus der heiligen Thekla«, sagte die junge Nonne und schloss wieder das Tor. »Ich bin Schwester Theoduline.«

»Ich freue mich, Sie kennenzulernen, Schwester«, erwiderte Cassandra. »Bitte nennen Sie mich Cass.« Sie blickte sich auf dem gepflegten Hof um. »Was für eine Art von Kirchengemeinde ist dies – wenn Ihnen diese Frage nichts ausmacht?«

»*Non*«, antwortete die Schwester. »Wir sind nicht bloß eine Kirchengemeinde. Wie Sie sehen, sind wir auch ein *couvent* – ein Orden, der aus Nonnen und einigen Laienschwestern besteht. Wir gehören einem syrischen Orden an. Sehr alt. Einer der ältesten. Würden Sie gerne mit mir ein paar Erfrischungen zu sich nehmen?«

»Danke, nein«, lehnte Cass ab. »Ich habe bei der Zetetischen Gesellschaft Tee getrunken.« Dann hatte sie den Eindruck, dass sie noch eine Erklärung hinzufügen musste. »Ich bin wirklich nur auf der Durchreise. Ich werde nicht hierbleiben.«

»Nicht?«, fragte die Nonne. »Das ist schade. Damaskus hat viele wundervolle Plätze, die man besuchen kann – einschließlich des Klosters der heiligen Thekla. Kommen Sie, ich werde es Ihnen zeigen.«

Cass brachte eine angenehme halbe Stunde damit zu, die Kirche mit ihren grellbunten Ikonen und, in den Gebäuden dahinter, die ordentliche kleine Schule sowie den Schlafsaal zu begutachten.

»Wir leiten ein Waisenhaus für Mädchen«, erklärte Schwester Theoduline. »So viele Kinder haben ihre Eltern durch den Aufstand und Krankheiten verloren. Wir haben siebenundzwanzig Mädchen hier bei uns und dreiunddreißig weitere in Ma'aloula, unserem Mutterkloster.«

»Aha«, sagte Cass. »Sie scheinen hier glücklich zu sein. Ich bin sicher, dass Sie eine sehr gute Arbeit leisten.«

»Gott sei Dank ist dem so«, erwiderte die Nonne. »Doch die Fürsorge für Waisen ist ein zweitrangiger Dienst, könnte man sagen. Uns wurde ursprünglich die Aufgabe übertragen, den Pilgern – die sich auf ihrem Weg zu und von den heiligen Stätten hier in Damaskus und darüber hinaus befinden – zu helfen und ihnen Gastfreundschaft zu gewähren.« Sie seufzte. »Wir haben so wenige Pilger heutzutage – die Zeiten sind so, wie sie eben sind. Wenn Sie sonst nirgendwo hingehen können, sind Sie höchst willkommen, wenn Sie während Ihres Aufenthalts in Damaskus hier bei uns wohnen.« Sie lächelte hoffnungsvoll. »Es würde unsere Mission unterstützen, wenn wir Sie einfach nur hier hätten.«

Cass dankte ihr, erklärte jedoch: »Ich nehme nicht an, dass ich sehr lange in Syrien sein werde.«

»O, ich dachte, Sie sagten, dass Sie die Zetetische Gesellschaft besucht hätten, n'est-ce pas?«

»Da habe ich, ja, aber ...« Sie hielt inne, dann schlug sie einen s anderen Kurs ein. »Entschuldigung, warum fragen Sie das?«

»Von Zeit zu Zeit haben wir die Gastfreundschaft auf die Mitglieder der Gesellschaft ausgedehnt. Sie sind sehr faszinierende Menschen. Wenn Sie zu ihnen gehören, müssen Sie, wie ich glaube, ebenfalls faszinierend sein.«

»Darüber weiß ich nichts«, entgegnete Cass schüchtern. »Ich gehöre nicht wirklich zu ihnen; das heißt, ich bin kein Mitglied der Gesellschaft.«

»O, vergeben Sie mir bitte meine vorschnelle Vermutung«, entschuldigte sich Theoduline. Ihr Lächeln kehrte augenblicklich zurück. »Aber Sie sind dennoch höchst willkommen, wenn Sie bei uns bleiben möchten – wie lange Ihr Besuch auch dauern wird.«

»Danke schön«, sagte Cass. Sie überlegte, dass sie nirgendwo anders hingehen konnte und ohnedies kein Geld hatte, und überraschte sich selbst durch ihre folgenden Worte. »Ich glaube, das würde ich gerne.«

Das erfreute die junge Nonne, die anbot, ihr sofort ein Zimmer zu zeigen. Es war klein, sauber und ähnelte einer Zelle; und darin gab es ein Bett, einen Tisch, einen Stuhl und einen hellen persischen Läufer, der auf dem Boden neben dem Bett lag. An der einen Wand hing ein schlichtes Holzkreuz, an der anderen das Bild von einer jungen Frau in einem fließenden Gewand und mit einem Heiligenschein um ihren Kopf. Cass warf einen Blick auf das Gemälde und spürte, wie sich ihr Magen zusammenzog. Die junge Frau auf dem Bild ging zwischen zwei hoch aufragenden Felswänden – unverkennbar ein Canyon.

Es war eine solch lebendige Darstellung dessen, was Cass selbst erlebt hatte, dass sie eine unmittelbare Verbindung zu dieser Frau empfand. Sie trat näher heran, um es sich genauer anzusehen.

Schwester Theoduline, die sie über Seife und saubere Handtücher informiert hatte, bemerkte ihr Interesse und stellte sich neben sie. »Das ist die heilige Thekla«, erklärte die Nonne. »Kennen Sie die Geschichte?«

Cass bekannte, dass sie noch nie etwas darüber gehört hatte.

»Es ist nicht uninteressant«, meinte die Schwester und begann, die Legende über die syrische Heilige zu erzählen. Thekla wurde als junge Frau zum Christentum bekehrt und vom heiligen Paulus getauft. Eines Tages wurde sie verfolgt – weswegen, war nicht völlig klar: Vielleicht hatte sie einen skrupellosen Verehrer, der ihr wegen ihrer außergewöhnlichen Schönheit nachstellte; oder sie wurde möglicherweise bedrängt, weil sie sich weigerte, ihren Glauben aufzugeben und dem Kaiser zu huldigen. Wie dem auch sei – nachdem sie in die wilde Bergwelt geflohen war, musste sie entdecken, dass sie in eine Sackgasse gelangt war und der Weg von steilen Felswänden versperrt wurde. »Thekla sprach ein Gebet, und wunderbarerweise öffnete sich ein Weg durch das Felsgestein – ein *sentier*. Sie kennen dieses Wort?«

Cass schüttelte den Kopf.

»Es ist wie ein Pfad ... ein schmaler Weg ... eine *crevasse*.«

»Ich verstehe«, murmelte Cass, die ganz im Bann des Bildes stand. »Ein Pfad durch die Felsen.«

»*Oui*«, pflichtete die Nonne ihr bei. »Thekla floh in die Felsen hinein und verschwand. Ihre Verfolger konnten sie niemals finden. Später kehrte sie zurück und errichtete eine der ersten Kirchen in Syrien. Und sie gibt es immer noch. Es ist die von Ma'aloula.«

»Am selben Ort wie das Waisenhaus?«

»Ja, es ist unser Mutterkloster.«

»Eine schöne Geschichte«, sagte Cass; ungehindert rasten die Gedanken in ihrem Kopf herum, bewegten sich auf außergewöhnlichen Bahnen und stellten Verbindungen her, die äußerst unwahrscheinlich zu sein schienen. Später – nach einem Nickerchen, einem Bummel durch die Stadt und einem einfachen Abendessen aus Suppe, Brot, Oliven und Hummus – zog sich Cass in ihr Zimmer zurück und vernahm dabei im Hintergrund die gesungene Abendandacht der Nonnen und ihrer jungen Schützlinge. Sie beendete ihren ereignisreichen Tag, indem sie sich auf den Rand ihres Bettes setzte und über das Bild von der wunderschönen jungen Christin nachdachte, die durch den Canyon aus Felsgestein geflohen war. Als sie sich schlafen legte, dachte sie, dass sie nur allzu gut wusste, wie sich Theklas Wunder vollzogen hatte. Die neu bekehrte Christin war über den Geheimen Canyon von Cass gestolpert. Und wie Cass selbst war sie auf einer heiligen Straße gereist und eine Weltenwanderin geworden.

ZWANZIGSTES KAPITEL

Worin ein guter Doktor schwer zu finden ist

London im Jahre 1818 war etwas gewöhnungsbedürftig, doch glücklicherweise war der Grundriss der wichtigsten Verkehrswege nicht mehr verändert worden, seitdem zuerst die Römer sie auf den Fußpfaden festgelegt hatten, die von den Kelten stammten. Diese hatten die Pfade entlang des breiten, dahinschlängelnden Flusses getreten, der den Einheimischen jener Zeit als *Afon Tamesas* und heutzutage als die Themse bekannt war. Wie viele andere Menschen auch kannte Wilhelmina den ursprünglichen Namen des Stroms nicht. Als die Kutsche über das technische Wunderwerk rumpelte, das die *London Bridge* darstellte, schüttelte Mina ihren Kopf angesichts der Vielfalt von Beförderungsmitteln auf dem Wasser, die ihr unten quasi vorgestellt wurden. Boote jeder Größe und jeder Machart füllten die Oberfläche des grauen Wassers aus: Es gab Fähren, die durch Ruderkraft oder mit Kohle angetrieben wurden, Dampfschiffe, die mit Fracht beladene Kähne zogen, Segelschiffe aller Art – von hochseetauglichen Schonern mit rund hundert Mann Besatzung bis hin zu Ein-Mann-Ketschen –, eisengepanzerte und vor Kanonen starrende Kriegsschiffe, schnittige Vergnügungsboote mit Verdecken, Schlepp- und Begleitboote sowie Flusstaxis, die das Gewässer auf der Suche nach Kundschaft befuhren ... Es waren so viele Schiffe, dass Mina sich vorstellte, sie könnte von *Embankment* nach *South Bank* über den Fluss herüberhüpfen, indem sie jeweils von einem Bootsdeck zum anderen sprang.

Und die Straßen der Stadt waren nicht weniger vollgestopft. Wie auf dem Wasser schien jede Art von Landfahrzeug, das jemals erfunden worden war, die Brücke zur selben Zeit überqueren zu wollen. Für den meisten Verkehr sorgten die von Pferden gezogenen Kutschen und Wagen, doch es gab auch jede Menge Leiterwagen. Wilhelmina zählte nicht weniger als neunundvierzig Handwagen, siebzehn Eselskarren und neun Maultierwagen; und acht Karren wurden von Ziegen, fünf von Gäulen und etwa ein Dutzend von Hunden gezogen. Und jede noch so kleine verfügbare Lücke wurde vom Fußverkehr ausgefüllt. Mina hielt es für ein Wunder, dass nicht ständig irgendwelche Fußgänger unter Räder von der einen oder anderen Art gerieten.

Als die Kutsche schließlich ihren Bestimmungsort erreichte, stieg Wilhelmina aus. Sie war erfreut, als sie herausfand, dass sie einige der vertrauteren Orientierungspunkte der Stadt wiedererkennen konnte, wie etwa die *Blackfriar's Bridge* und den *Tower of London*. Sich hier zurechtzufinden, würde ihr nicht übermäßige Schwierigkeiten bereiten – vorausgesetzt, dass sie wusste, wo Thomas Young zu finden war. Doch sie besaß lediglich eine einzige Information: nämlich dass er ein Mitglied der Royal Society war. *Finde diese Gesellschaft*, dachte sie, *und mit etwas Glück führt das zum guten Doktor.*

Dank ihrer umsichtigen Einkäufe bei M&S fügte sie sich gut genug ins Straßenbild mit den anderen Fußgängerinnen ein, während sie die Straße entlangspazierte, die sie als Victoria Street kannte, und auf Whitehall zuging. Als der Palast von Westminster in Sicht kam, sah sie eine Reihe von Straßenverkäufern, die alles verkauften – von Schildpattkämmen bis hin zu kandierten Mandeln. Sie standen da mit ihren Handkarren und belästigten Passanten mit ihren Angeboten. Der Mann, der Mina am nächsten war, verkaufte Bänder; er hatte, wie viele der anderen, buschige Koteletten und einen herabhängenden Schnurrbart und präsentierte mit Begeisterung seine Waren.

»Einen guten Tag wünsche ich Ihnen, Sir«, grüßte Wilhelmina ihn nett. »Ein Stück von dem Roten, bitte.« Sie zeigte auf eine glitzernde Rolle aus karmesinrotem Satin.

»Sofort, Miss.« Er nahm die Rolle und holte eine Schere aus der Tasche seiner Schürze. »Wie viel möchten Se denn?«

»O, ungefähr ... so viel.« Sie hielt ihre Hände ein paar Zoll auseinander. »Wie viel würde das machen?«

»Also, das Rote ist sehr teuer – wirklich. Kommt den ganzen weiten Weg aus China, wissen Se.« Er hielt die Schere, bereit zum Schneiden.

»Wie viel?«

»Drei Pence, Miss. In O'dnung?«

Mina nickte. Sie suchte in ihrem Münzbeutel nach drei Pennys; erneut war sie dankbar dafür, dass Cosimo so besonnen gewesen war, sie mit Bargeld zu versorgen. Der Straßenhändler schnitt das gewünschte Stück ab und rollte das Band sorgfältig auf. »Dat da wird im Regen nich' die Farbe verlier'n, Miss.«

»Danke schön.« Sie bezahlte und steckte das Band in die Tasche. »Ich habe mich gerade gefragt, ob Sie mir vielleicht sagen könnten, wie man die Royal Society findet.«

»Hä? Royal Society haben Se gesagt?«

»Bitte.« Sie zwinkerte mit den Augenlidern. »Wenn Sie mir den richtigen Weg zeigen könnten, wäre ich Ihnen sehr verbunden.«

»Sehr verbunden, was?« Er setzte kurz seine Mütze ab und sah sie von oben nach unten an. »Also, wenn ich die Royal Society würd' finden wollen, würd' ich einfach den Weg hier, auf dem sie gehen, weiter entlangtrotten. Und wenn ich dann ein kleines Stück hinterm Whitehall-Palast wär', würd' ich einfach die Leute da in der Gegend nach 'm Weg zum Somerset House fragen. Dat is' nich' weit.«

»Somerset House«, wiederholte Wilhelmina.

»Da is' dat drin, mein Schätzken.«

»Danke schön, Sir. Sie sind ein echter Gentleman.«

Das Kompliment zauberte dem Burschen ein Lächeln ins Gesicht. Er nahm die Mütze vor ihr ab, was seinen direkten Nachbarn zum Johlen brachte. »Juchhe! Schaut euch den süßen William hier an!«

Wilhelmina warf dem Burschen eine Kusshand zu und setzte ihren Spaziergang fort. Sie folgte dem Rat des Bänderverkäufers und stand bald vor der hellen Steinfassade des ausladenden Gebäudes, das Somerset House genannt wurde – ein beeindruckender, repräsentativer Komplex, der direkt an der Themse errichtet worden war, sodass Besucher mit dem Boot ankommen und abreisen konnten. Die Ausmaße des Bauwerks und die überwältigende Pracht überraschte sie ein wenig, und sie benötigte einen Moment, um sich eine »Angriffstaktik« auszudenken. Mit einem festen Plan im Kopf begab sie sich dann zu einer von mehreren Türen des Komplexes, die an der Straße lagen. Sie drückte die Pforte auf, schritt hindurch und fand sich in einem großen Garten wieder. Auf der anderen Seite des Hofes stand ein überwölbter Eingang, zu dem sie hinging. Sie betrat das Hauptgebäude und wurde augenblicklich von einem Mann in der schwarzen Livree eines Dieners angesprochen. Er verlangte zu wissen, was ihr Anliegen war.

»Ich suche nach Dr. Thomas Young«, antwortete sie geradeheraus.

Der Türsteher betrachtete sie skeptisch. »Frauen ist der Eintritt nicht erlaubt«, intonierte er trocken.

»Ich will nicht dieser Gesellschaft beitreten«, entgegnete Mina scharf. »Ich wünsche nur, mit Dr. Young zu sprechen. Ich weiß aus verlässlicher Quelle, dass er ein Mitglied der Gesellschaft ist.«

»Das stimmt, Madam«, bestätigte der Diener. »Dr. Young ist der gegenwärtige Präsident der Royal Society.« Er neigte seinen Kopf, sodass er an seiner Nase entlang nach unten blickte. »Ich bin der Auffassung, dass er nicht gestört werden möchte.«

»Selbstverständlich danke ich Ihnen gütigst, dass Sie mir Ihre Auffassung mitgeteilt haben«, erwiderte Mina mit süßlicher Stimme. »Doch ich glaube, dass der gute Doktor selbst am besten beurteilen kann, ob er jemanden zu sehen wünscht, der ihm wertvolle wissenschaftliche Informationen bringt.« Letzteres hatte sie sich ausgedacht und dachte nun, dass sie auf jeden Fall eine Unterstützung für diese Behauptung nachlegen sollte. »Nun, wenn Sie so freundlich sein würden, mir zu sagen, wo ich ihn finden könnte, könnten wir Ihre unüberlegte Auffassung überprüfen.« Sie zeigte ihm ein überlegenes Lächeln. »Sollen wir?«

Vielleicht war der Türsteher nicht daran gewöhnt, mit unwirschen, eigenwilligen Frauen wie die vor ihm umzugehen; jedenfalls fügte er sich rasch und erklärte: »Ich bedaure, Ihnen mitteilen zu müssen, dass Dr. Young sich nicht im Haus aufhält, Madam. Doch wenn ich gesonnen wäre, ihn ausfindig zu machen, so würde ich mich in seiner ärztlichen Praxis erkundigen, deren Räumlichkeiten in der Harley Street gefunden werden können.«

»Na also, das war doch nicht so schwer, oder?«, sagte Wilhelmina und dankte dem Burschen für seine Hilfe. Kurz darauf war sie auf dem Weg zur Harley Street, traditionell die Heimat des ärztlichen Establishments in London. Sie machte Youngs Praxis ausfindig, indem sie die großen Namensschilder aus Messing draußen an den Türen las. Als Mina hineinging, wurde ihr höflich mitgeteilt, dass Dr. Young fort war – auf einer seiner wissenschaftlichen Expeditionen.

»Zu dieser Zeit des Jahres ist er in Ägypten«, erklärte die Frau. »Wir erwarten, dass er nicht vor dem Herbst zurückkehrt.«

Und damit war die Sache erledigt. Innerhalb von zwei Minuten war Wilhelmina wieder auf der Straße und hielt Ausschau nach dem nächsten Café oder Restaurant, wo sie ihre Gedanken sammeln konnte. Sie fand ein winzig kleines Speiselokal in einer nahe gelegenen Querstraße, wo sie sich mit einer warmen Schweinefleischpastete und einer Teekanne hinsetzte, und über ihren nächsten Schritt nachdachte: einen Besuch des Black Mixen Tump. Das war der nächste Ort, der auf der Rückseite der Notiz aufgelistet war, die Cosimo für sie in der Kneipe in Sefton-on-Sea hinterlassen hatte. Sie überlegte, dass sie eine weitere Notiz oder irgendeine andere Art von Hinweis finden könnte, wenn sie dorthin ging. Allerdings hatte sie keine Ahnung, wo der Black Mixen Tump sein könnte – und um was es sich eigentlich bei ihm handelte. Doch sie rechnete damit, dass ein Besuch der britischen Staatsbibliothek ihr einen Zugang zu Karten oder geografischen Reiseführern – welche auch immer es gab – verschaffen würde.

Und sie wurde auch nicht enttäuscht. Die kürzlich veröffentlichte Generalstabskarte beinhaltete einen umfangreichen Index, in dem tatsächlich der Ort aufgeführt wurde. Sie lieferte präzise Koordinaten von dem besagten Gebilde in Oxfordshire, die Wilhelmina niederschrieb; zudem zeichnete sie eine hübsche kleine Karte von dem Gebiet, die sie später sicherlich gut gebrauchen könnte. Der Tag war recht weit fortgeschritten, als sie schließlich die Bibliothek verließ. Die Sonne hatte ihren mittäglichen Zenit schon vor langer Zeit überschritten und begann, im Westen zu verblassen, da Wolken heranzogen. Um Zeit und Schuhleder zu sparen, rief sie eine Hansom-Droschke und wies den Fahrer an, sie zur nächsten Dienststelle für Überlandkutschen zu bringen.

Während das Droschken-Taxi sich durch den Verkehr auf den gepflasterten Fahrwegen drängelte, wunderte sich Wilhelmina erneut über den Umfang und die Vielfalt des Straßenlebens. Das vorviktorianische London wurde regelrecht überspült von einer rastlosen Flut aus wogenden Menschenmengen und einer Vielzahl von Beförderungsmitteln auf Rädern. In ihrer Zeit in Prag hatte Mina sich an ein gesitteteres, weniger hektisches Tempo gewöhnt, das sie sehr viel lieber mochte. Dennoch beschäftigten sie die Ansichten, Geräusche und Gerüche – unter denen vor allem die Ausdünstungen von Abfall und Pferdemist hervorstachen –, bis sie ihr Ziel erreicht hatte.

Die Dienststelle war der Stallhof des *George Street Inn* auf der anderen Flussseite in Southwark. Ein Angestellter in einer kurzen grünen Jacke und einer langen braunen Schürze riet Mina, dass sie nach Oxford fahren und von dort eine andere Kutsche nach Banbury nehmen könnte, und dann sollte sie die Einheimischen dazu bewegen, ihr zu helfen, den gesuchten Ort zu finden. »Es gibt nur eine Tageskutsche nach Oxford«, teilte der Angestellte ihr mit. »Sie fährt bei Anbruch der Morgendämmerung ab. Sie können gerne hier darauf warten, aber wenn Sie noch einen Penny oder zwei haben, finden Sie eine komfortablere Unterkunft in der Schenke da drüben.«

Mina kaufte eine Fahrkarte und nahm sich dann den Ratschlag des Angestellten zu Herzen: Sie überquerte den Stallhof und mietete sich ein Zimmer in dem Wirtshaus. Dort erduldete sie ein ziemlich lautes Abendessen in einer grölenden Gesellschaft und eine ziemlich schlaflose Nacht in einem flohverseuchten Bett. Doch sie wartete bereits und hatte sich zuvor gewaschen und ein Frühstück eingenommen, als der Kutscher nach den Passagieren rief und sie zum Einsteigen aufforderte. Es waren insgesamt fünf. Wilhelmina – sie war die einzige Frau unter ihnen – schlief unterwegs ein bisschen und unterhielt sich höflich mit ihren Mitreisenden. Die Kutsche erreichte am späten Nachmittag High Wycombe, was eine weitere Nacht in einer Schenke erforderlich machte. Früh am nächsten Morgen brachen sie zum letzten Abschnitt der Fahrt nach Oxford auf.

Nach einer dritten Nacht in einer Herberge an einer Kutschenstation – diese befand sich im Zentrum von Oxford und war eine Stufe besser als die anderen – mietete Mina eine Privatkutsche, die sie nach Banbury brachte. Dort wurde ihr in der Gaststätte *Fox and Geese* der Weg zum Black Mixen Tump beschrieben und ein freundlicher Ratschlag vom Wirt gegeben. »Nach Einbruch der Dunkelheit würde ich den Hügel nicht mehr hochsteigen, wenn ich Sie wäre, Miss. Es ist nicht sicher – wenigstens nicht für anständige Leute.«

»Wieso denn nicht?«, fragte Wilhelmina.

»Seltsame Dinge passieren da oben.« Er blickte finster, legte einen Finger an die Nase und fügte hinzu: »Mehr muss man dazu nicht sagen.«

Mina dankte ihm für seinen Rat, nahm ein leichtes Abendessen zu sich und ging früh schlafen. Am nächsten Morgen versuchte sie, eine Kutsche zu mieten, die sie zum Hügel bringen sollte. Aber dies misslang, und so brach sie zu Fuß auf, ausgerüstet mit der von ihr gezeichneten Karte und einem Lunchpaket vom Schankwirt. Dank des gut markierten Pfades und des neuen, hellen Tages hatte sie keinerlei Probleme, den Weg zu finden.

Als sie den Hügel zum ersten Mal sah, wirkte er wie eine schattenhafte, ungeschlachte Masse, die sich vor dem gelben Himmel abhob: Der Ort bekam dadurch eine unheimliche, bedrohliche Form, was Mina dazu brachte, plötzlich anzuhalten. Sie stand nur da auf dem Bauernpfad und starrte auf den schrecklichen Black Mixen wie auf eine Geistererscheinung. Seine Konturen waren so unnatürlich perfekt – mit ihren glatten, sich verjüngenden Flanken und der vollkommen flachen Kuppe, die von drei alten Eichen überragt wurde, die sich im Laufe der Zeit verbogen hatten und knorrig geworden waren: Irgendetwas an dieser Form deutete auf finstere Riten und unaussprechliche Praktiken hin. Trotz des schönen Sonnenlichts, das an diesem Nachmittag ringsum herrschte, schien der Hügel selbst in einen immerwährenden Schatten, in ewiges Gegrübel und Unheil eingetaucht zu sein.

Mina holte aus einer Tasche ihre Ley-Lampe heraus. Sie hielt sie hoch, als ob sie eine Taschenlampe wäre und der Black Mixen eine Dunkelheit, die beleuchtet werden musste. Das Instrument zeigte keinerlei Anzeichen von Aktivität; und daher steckte Mina es wieder ein. Sie fand einen trockenen Platz unter einem Baum, um sich dorthinzusetzen und die Füße zu entlasten. Es war nicht zu erkennen, was sie auf der anderen Seite finden würde; und so war es am besten, dass sie sich ausruhte, solange sie es konnte. Sie öffnete das Stück Tuch, in dem sich ihr Essen befand, und begann, das Schwarzbrot und die dicken hellen Käsescheiben zu verzehren, die der Gastwirt ihr mitgegeben hatte. Danach schälte sie das gekochte Ei und nahm ein Stück von der Schweinefleischpastete; zudem hatte sie eine Flasche Dünnbier und einen Apfel. Sie aß langsam, während der Nachmittag um sie herum dahinschwand. Anschließend nahm sie, gut gestärkt durch das Mahl, den Angriff auf den Black Mixen Tump wieder auf.

Als sie den Fuß des Hügels erreichte, sah sie einen schmalen Pfad, der sich an einer Flanke nach oben wand, und stieg auf ihm zur Kuppe. Der Weg war steil, doch sie gelangte in kurzer Zeit nach oben und legte dort einen Moment lang eine Pause ein, um Luft zu holen. Das hohe Plateau gewährte eine freie Sicht auf die Landschaft ringsum. Wilhelmina spazierte um die ganze Kuppe herum, sah jedoch niemanden. *Umso besser*, dachte sie. Sie wollte kein Publikum haben, wenn sie nun auf dem Hügel mit dem Ley-Reisen experimentieren würde.

Sie nahm abermals die Ley-Lampe heraus: immer noch keine Aktivität. Daher führte sie eine genauere Untersuchung ihrer Umgebung durch. Dies war rasch erledigt. Denn außer den drei alten Eichen – so faszinierend sie auch waren – gab es nicht viel zu sehen: abgesehen von einem einzelnen Stein, den sie, eingebettet im Rasen, in der Nähe der Hügelmitte fand. Er war breit und flach wie ein Pflasterstein aus irgendeinem Garten, und es gab überhaupt nichts Bemerkenswertes an ihm. Als es kurz vor dem Anbruch der Abenddämmerung war, entschied Mina, sich hinzusetzen und einfach darauf zu warten, ob irgendetwas geschehen würde.

Mit angezogenen Beinen – das Kinn ruhte auf ihren Knien – saß sie nun da und schloss ihre Augen. Da sie müde von ihrem langen Spaziergang war, schlief sie bald ein. Unzusammenhängende und verstörende Traumfragmente huschten durch ihr Unterbewusstsein. Mit einem Zucken erwachte sie – aufgeschreckt durch den Klang von rauem Gelächter. Sie schaute um sich und sah, dass die Sonne untergegangen und der Himmel über ihr voller kreisender Saatkrähen war, deren Gekreische das geisterhafte Lachen in ihrem Traum hervorgerufen hatte. Durch das Sitzen auf dem Stein war sie ganz steif geworden, und daher streckte sie ihre Gliedmaßen und stand wieder auf. Augenblicklich bemerkte sie eine Wärme, die von ihrer Tasche ausstrahlte. Sie nahm die Ley-Lampe heraus, die sich nicht nur warm anfühlte – auch die kleinen blauen Lichter in der filigranen Metallschale strahlten allesamt.

Bei ihrer ursprünglichen Untersuchung der Hügelkuppe hatte Wilhelmina nirgendwo einen Hinweis auf eine Ley-Linie entdeckt. Nicht nur das: Es schien dort keinen ausreichenden Platz für eine Ley-Linie irgendwelcher Länge zu geben. Doch die blauen Lichter glühten, und sie logen nicht. Und so begann sie, mit vorgehaltener Lampe langsam zu gehen – erst in die eine Richtung, dann in eine andere – und die Lichter zu beobachten. Schnell bemerkte sie, dass die kleinen blauen Blinker heller leuchteten, wenn sie sich dem Zentrum des Hügels näherte, und gedämpfter waren, wenn sie sich davon fortbewegte. Am stärksten strahlten die Lichter, wenn sie direkt auf dem flachen Markierungsstein stand.

»Das ist es«, murmelte sie. »Was jetzt?« Wie durchquerte man einen Ley, der keine Linie, sondern ein Punkt war?

Während sie darüber nachdachte, bemerkte sie aus dem Augenwinkel eine Bewegung und schaute sich um. Sie erblickte zwei dunkle Gestalten, die über die flache Ebene der Hügelkuppe auf sie zurannten. Die beiden wurden durch die Bäume abgeschirmt, bis sie fast bei Mina waren. Und so konnte sie nur einen flüchtigen Blick auf die zwei werfen, doch es genügte, um zu wissen, dass sie hinter ihr her waren.

Blitzschnell steckte sie die Ley-Lampe ein, sodass die Vorrichtung nicht mehr zu sehen war, und wandte sich ihren Verfolgern zu.

»He!«, rief derjenige, der ihr am nächsten war. »Genau dort stehen bleiben! Beweg keinen einzigen Muskel, Schätzken!«

Wilhelmina spürte eine plötzliche Woge von Energie, die um sie herum aufblitzte. Die Haare auf ihren Armen und im Nacken richteten sich auf. Sie spürte auf ihrer Haut ein Prickeln und ein schwaches elektrostatisches Knistern um ihre Fußknöchel herum.

Die Männer hasteten näher. Sie trugen lange dunkle Mäntel und breitkrempige Hüte, ihre Gesichter waren grimmig und entschlossen. Mit raschen Schritten näherten sie sich ihr. Einer von ihnen zog eine Pistole. »Hände hoch, Mädel!«, befahl er.

Sein Gefährte streckte eine Hand aus, packte seinen Arm und wirbelte den Mann herum. »Sag ihr so was nicht!«, schrie er. »Das löst es doch aus!«

Doch es war bereits zu spät. Beim Anblick der Schusswaffe hatte Wilhelmina automatisch ihre Hände gehoben. Die aufgestaute Energie, die um sie herumströmte, erzeugte ein Prickeln an ihren Fingern. Sie hob ihre Arme noch höher; die Luft wurde nebelhaft; und sie sah die Fassungslosigkeit, die sich in den Gesichtern der Männer abzeichnete. Einer von ihnen rief etwas, doch seine Wörter gingen im Kreischen des Sturmes unter, der plötzlich um sie herum wirbelte.

Die Welt wurde verschwommen, und vor ihren Augen begann alles zu zittern. Mina wurde eingehüllt von einem flimmernden, glühenden Lichthof aus hochenergetischen Photonen: ein erdgebundenes Polarlicht. Zur selben Zeit wurde ihr bewusst, dass sich ein Druck um sie herum aufbaute, nach unten stieß und ihr die Luft aus den Lungen quetschte. Instinktiv hielt sie dem Druck stand und blieb mit aller Macht aufrecht. Die zwei Schläger von Burleigh stürzten auf sie zu. Sie hüpfte ein wenig hoch, und nach einem Augenzwinkern verschwand die Welt mit einem zischenden Knall – wie bei einem Feuerwerkskörper, der in die Luft geschleudert wurde.

Mina schloss die Augen, und als sie sie wieder öffnete, stand sie im grell weißen Licht einer glühenden Sonne auf einem breiten, mit Steinen gepflasterten Weg. Er wurde auf beiden Seiten von Statuen gesäumt – es waren Hunderte –, die auf einer Strecke von tausend Metern oder mehr standen. Jede von ihnen besaß den Kopf eines Mannes und den Körper eines Löwen: Es war eine Allee von Sphinxen. Ein Blick auf die nächstgelegene Statue und deren teilnahmsloses Granit-Gesicht, das sie anstarrte – und Wilhelmina Klug wusste ohne jeden Zweifel, dass sie in Ägypten angekommen war.

VIERTER TEIL

Der Omega-Punkt

EINUNDZWANZIGSTES KAPITEL

Worin die Zeit in Imperien, die zu Staub zerfielen, gemessen wird

Irgendwann zwischen dem Schließen und wieder Öffnen ihrer Augen an einem neuen Tag hatte Cass ihre Meinung geändert und ihre Entscheidung revidiert. Anstatt zu versuchen, auf eigene Faust den Weg nach Hause zu finden, würde sie zu der Zetetischen Gesellschaft zurückkehren. Immerhin boten sie ihr Hilfe an, und Hilfe war genau das, was sie im Augenblick benötigte. Wenn sie ihr beschreiben könnten, was geschah und wie es funktionierte ... Nun, das war es wohl wert, sich noch einen zusätzlichen Tag hier herumzutreiben, um dies herauszufinden. Cass hatte indes immer noch nicht die Absicht, der Gesellschaft beizutreten und in ihre geheimnisvollen Machenschaften verwickelt zu werden, worum auch immer es sich dabei handelte. Doch es würde nicht schlecht sein, wenn sie einfach ein paar Antworten auf einige Fragen erhielte – beispielsweise auf die, was der beste und schnellste Weg nach Hause war.

Nachdem sie dies entschieden hatte, teilte sie das Frühstück mit den Nonnen und Waisenkindern im Kloster der heiligen Thekla, wobei es recht laut zuging. Anschließend half sie dabei, die Tische abzuräumen und das Geschirr zu spülen. Danach fühlte sie sich frei, dem Glück zu folgen, das der Tag für sie bereithielt, und brach zu ihrem Besuch der Gesellschaft auf. Am Tor des Klosters näherte sich ihr eine der Schwestern mit einem dünnen Baumwollgewand in einem tristen Grün.

»*Pour vous, mon amie*«, sagte sie und streckte ihr das Kleidungsstück entgegen.

»Für mich?«, rief Cass verblüfft aus. »Aber –«

»*S'il vous plaît*«, beharrte die Nonne. »*C'est mieux, ma sœur.*« Sie zeigte auf Cass' Kleidung und streckte ihr weiterhin das Gewand entgegen, damit sie es anzog. Cass kam der Gedanke, dass es sich um die gleiche Art von tristen Kleidungsstücken handelte, die sie bei den Frauen gesehen hatte, als diese auf den Basar gingen – weniger als eine Burka, aber mehr als ein Hausgewand. In ihrem Fall wäre es in der Tat nützlich, da es ihre moderne Kleidung verdecken würde. Nun verstand sie, dass die Nonnen, die ihr sonderbares Erscheinungsbild bemerkt hatten, versuchen wollten, sie vor Schwierigkeiten zu schützen.

»*Merci*«, bedankte sich Cass und nahm das Gewand entgegen. Sie ließ es zu, dass die Nonne ihr hineinhalf. »*Cella-là est bonne, ma sœur. Merci.*«

Lächelnd drapierte die Nonne Cass' Baumwolltuch zu einer geeigneteren Kopfbedeckung und öffnete danach das Tor für sie. »*Bonne journée.*«

Cass wünschte ihr einen Guten Tag, ging durch die Pforte und betrat die Straße jenseits der Klostermauern. Ohne Umwege marschierte sie zur schwarz lackierten Tür der Gesellschaft zurück. Sie klopfte einmal an, wartete und pochte dann erneut. Als niemand antwortete, klopfte sie ein drittes Mal und wartete etwas länger. *Immer noch zu früh*, dachte sie und entschied, es später noch einmal zu versuchen. Sie drehte sich auf dem Absatz um und begann, Damaskus ein wenig mehr zu erforschen. Tief in Gedanken versunken erreichte sie das Ende der Straße. Sie ging um die Ecke und betrat die geschäftige Hauptstraße – wo sie heftig mit einem großen, dünnen Mann zusammenstieß, der einen dreiteiligen Anzug aus hellem cremefarbenen Leinen und einen flotten weißen Panamahut trug.

Cass wurde zurück in die Straße geschleudert, aus der sie gekommen war. Der Mann packte sie am Ellbogen und verhinderte so, dass sie stürzte.

»Sachte!« Er half ihr, sich wieder aufzurichten; dann trat er einen Schritt zurück und betrachtete sie mit der distanzierten Besorgnis eines Fremden. »Ist alles in Ordnung mit Ihnen, Miss?«

»Ja, bestens«, antwortete sie verlegen. »Tut mir sehr leid. Ich habe nicht aufgepasst, wohin ich gegangen bin.«

Er blickte an ihr vorbei in die Richtung, aus der sie gekommen war. »Sie sind bei der Gesellschaft gewesen.«

»Ja, das stimmt«, stellte sie fest, als ob dies alles erklären würde. Sie wollte an ihm vorbeigehen und ihren Spaziergang fortsetzen.

»Rosemary hat gesagt, dass gestern jemand da war. Waren Sie das zufälligerweise?« Er sprach in einem sachlichen Tonfall, doch Cass vermochte einen leichten irischen Akzent herauszuhören.

»Ich nehme an, dass ich damit gemeint war«, räumte sie ein.

»Sind Sie einer von *denen*?«

Er kicherte. »Wir sind nun auch wiederum nicht so schlecht, wie ich hoffe.« Bevor Cass Luft holen konnte, um zu einer Entschuldigung anzusetzen, lächelte der dünne Mann und bot ihr seine Hand an. »Brendan Hanno, zu Ihren Diensten«, stellte er sich vor; sein leichtes irisches Surren ging runter wie Butter. Schüchtern ergriff sie die dargebotene Hand. »Und Sie sind?«

»Mein Name ist Cassandra.«

»Ja, das habe ich angenommen«, erklärte er freundlich. »Ich war gerade auf dem Weg zur Gesellschaft. Möchten Sie mich begleiten? Wir können einen Becher Tee trinken und herausfinden, ob wir Antworten auf all Ihre Fragen finden können.« Er wies die Straße hinunter. »Sollen wir?«

Cass trat neben ihn und nahm seinen Schrittrhythmus auf. »Woher wissen Sie, dass ich Fragen habe?«

»Jeder, der zu uns kommt, hat Fragen«, merkte er sanft an. »Ich selbst habe einige – etwa, wie finden Sie Damaskus?«

»Ja, es ist ganz nett«, antwortete Cass lahm. »Einen Ort wie diesen habe ich nie zuvor gesehen. Andererseits bin ich erst einen Tag hier, und ich habe noch nicht allzu viel gesehen.«

»Also, daran müssen wir etwas ändern«, sagte er. »Syrien zu kennen bedeutet, Syrien zu lieben.«

Sie erreichten den Eingang der Gesellschaft, und Brendan holte umständlich einen Schlüssel aus seiner Tasche und steckte ihn ins Schloss. Er öffnete die Tür und forderte sie durch ein Handzeichen auf, einzutreten. Im Vorbeigehen knipste er die elektrischen Lichter an. Von irgendwoher konnten sie ein trillerndes Summen hören. »Das wird Mrs Peelstick sein, die Tee macht. Wir leben von Tee, wie es scheint. Nehmen Sie doch Platz, während ich ihr sagen werde, dass wir hier sind.«

Cass setzte sich in einen der, mit Damast bezogenen, dick gepolsterten Sessel und nahm abermals den Raum in sich auf: die Bücherregale, die altmodischen Wohnzimmermöbel, die staubigen Fenster, die zur Straße hin vergittert waren.

Einen Augenblick später steckte Brendan seinen Kopf in das Zimmer hinein, um zu verkünden, dass sie ihre Erfrischung im Hof zu sich nehmen würden. »Hier entlang, bitte. Draußen ist es sehr viel schöner.«

Er führte sie durch einen hohen Korridor zu einer Tür, die sich zu einem komfortablen Innenhof hin öffnete, der von schwarz und weiß gestreiftem Mauerwerk umschlossen wurde. Der gepflasterte Hof war zwar unter freiem Himmel, doch er lag zur Hälfte im Schatten einer gestreiften Markise aus Segeltuch. Die Luft war kühl und frisch, sie wurde belebt von dem klingelnden Spritzen eines kleinen achteckigen Springbrunnens, der in der Mitte des Hofes stand. Das Becken des Springbrunnens war bedeckt von einem Teppich aus roten Rosenblüten, die auf der Oberfläche des Wassers trieben. Eine hohe Palme in einem großen Terrakottatopf stand in der einen Ecke, in einer anderen befand sich ein runder Teakholztisch unter einem quadratischen blauen Sonnenschirm.

»Zu dieser Tageszeit ist es wirklich sehr angenehm«, bemerkte Brendan und wies Cass mit einer Bewegung der Hand zu einem Sitzplatz. Kurz darauf erschien die Frau vom Vortag mit einem Tablett voller Tee-Utensilien. »Ich glaube, Sie haben Mrs Peelstick bereits kennengelernt«, erklärte Brendan.

»Ja, Guten Morgen, Mrs Peelstick«, begrüßte Cass sie.

»Bitte nennen Sie mich Rosemary.«

»Dann Rosemary. Es tut mir leid, wenn ich gestern irgendwie ... spröde gewirkt habe. Ich bin immer noch ein wenig unsicher wegen all dem.«

»Verständlich, meine Liebe«, erwiderte die Frau.»Denken Sie sich nichts dabei.«
»Rosemary ist schon bei der Gesellschaft seit ihrer Gründung«, erklärte Brendan mit einem neckischen Lächeln.
»Unsinn!«, widersprach die Frau.»Noch nicht einmal annähernd.« Sie beugte sich zur Teekanne und begann mit ihrem Ritual, schwarzen Tee in Gläser zu gießen, die frische Pfefferminzblätter enthielten. Als sie Cass ein Glas reichte, verkündete sie:»Ich möchte, dass Sie eines wissen: Sie sind unter Freunden. Von nun an werden wir so miteinander umgehen wie die Freunde, die wir hoffentlich sein werden.«

Brendan führte diesen Gedanken weiter aus, indem er feststellte:»Kurzum, wir werden freiheraus sprechen.«

»Bitte sehr«, erwiderte Cass und nahm einen Schluck heißen Pfefferminztee.»Ich begrüße das.«

Die Sonne schien warm, und die Palmwedel raschelten sanft in der leichten Brise. Kleine weiße Schmetterlinge flatterten hier und da zwischen den Zweigen der Jasminsträucher, die an der Hofmauer emporwuchsen. Cass spürte, dass die Angst und die Beklemmung hinwegschmolzen, die ihren ersten Besuch geprägt hatten. Unerklärlicherweise schien alles richtig und in Ordnung zu sein; alles war so, wie es sein sollte – obwohl sich in Wirklichkeit überhaupt nicht viel geändert hatte.

Sie tranken ihren Tee, und Cass lauschte dabei den Worten des Iren. Er sprach über den Hof und das Haus, die von der Gesellschaft unterhalten wurden, und darüber, wie beides in ihren Besitz gekommen war. Auch beschrieb er, wie es war, in Damaskus zu leben – ein Ort, wo, wie er es formulierte,»die Zeit nicht in Stunden oder Tagen oder gar Jahren gemessen wurde, sondern in Imperien, die erst entstanden und dann aufblühten und schließlich zu Staub zerfielen, um es mit den unsterblichen Worten von Mark Twain auszudrücken«.

Schließlich kamen sie auf den Grund von Cassandras Besuch zurück.»Wir wissen, dass Sie eine Reisende sind«, sagte Mrs Peelstick.»Eine Reisende, für die Zeit und Raum bloß kleine Hindernisse sind.

Ansonsten wären Sie nicht hier. Das ist eine Tatsache. Es ist ebenfalls eine Tatsache, dass es nur zwei Wege gibt, um solch eine Reisende zu werden: Entweder wurden Sie von einem anderen Reisenden eingeweiht, oder Sie sind einfach mit dieser Fähigkeit geboren – die möglicherweise genetisch weitergegeben wurde. Der erste ist der übliche Weg, der zweite ist seltener.«

Brendan nickte langsam und fügte hinzu: »Keiner der beiden Wege hat einen größeren Vorteil gegenüber dem anderen; obschon jene, die mit der Fähigkeit geboren wurden, von einer Realitätsdimension zu anderen zu springen, vielleicht körperlich sensibler sind für die daran beteiligten aktiven Mechanismen.« Er starrte sie mit einem fragenden Gesichtsausdruck an. »Welche Art von Reisende sind Sie, Cassandra?«

»Soweit ich weiß«, antwortete sie nachdenklich, »hat niemand in meiner Familie jemals etwas Dergleichen erlebt. Ich glaube, wenn dies der Fall wäre, würde ich davon gehört haben. Ich nehme an, dass ich eingeweiht wurde.«

»Von wem wurden Sie eingeweiht, wenn ich fragen darf?«

»Von einem Mann – einem amerikanischen Ureinwohner. Wir nennen ihn Freitag.«

»Sie kennen diesen Mann gut, oder?«

»Nein, nicht gut. Wir arbeiten manchmal zusammen, das ist alles. Er war ein Mitglied einer archäologischen Ausgrabung in Arizona, an der auch ich beteiligt war ... beteiligt bin.« Sie überlegte einen Moment, dann fügte sie hinzu: »Aber ich glaube nicht, Sie könnten es überhaupt eine Einweihung nennen. Ich bin ihm eines Tages in einen Canyon nahe der Ausgrabungsstätte gefolgt ... Und dann ist es einfach geschehen.«

Brendan schlürfte seinen Tee. »Das muss irgendwie ein Schock für Sie gewesen sein.«

»Das war es«, pflichtete Cass ihm bei. »Und ist es immer noch. Ich weiß noch nicht einmal, wie ich hier gelandet bin.«

»Sie haben eine Gabe – oder Ihnen ist eine gegeben worden«, sagte Rosemary. »Ganz egal, das kommt am Ende auf das Gleiche hinaus. Sie sind nun eine Astralreisende.«

»Ich mag den Begriff ›interdimensionale Forscherin‹«, warf Brendan ein. »Denn bei ihm schwingen keine unglückseligen okkulten Untertöne mit. Sie können sich einfach nicht die Menge an dummem Geschwätz und Unsinn vorstellen, das sich über die Jahre hinweg in dieses Thema hineingeschlichen hat.«

»Und stets, wie es scheint, von Leuten, die nicht die geringste Ahnung davon haben«, fügte Mrs Peelstick hinzu. Sie streckte Cass einen Teller entgegen, auf dem winzige, runde Kekse mit Sesamsamen und Pistazien lagen. »Probieren Sie doch mal einen; sie sind wirklich köstlich.«

»Vieles von diesem Unsinn ist natürlich nützlich«, merkte Brendan an, dessen singender irischer Tonfall nun deutlich zu hören war. »Denn es vernebelt das Thema ausreichend genug, um unsere Arbeit zu schützen.«

»Um sie zu schützen?«, wunderte sich Cass. »Warum benötigt Ihre Arbeit Schutz?«

»Dies wäre bloß eine etwas undurchsichtige, um nicht zu sagen törichte Beschäftigung, wenn sie nicht einem weitaus größeren Zweck dienen würde«, antwortete Brendan. »Es ist keine übertriebene Behauptung, wenn man sagt, dass die Zukunft der Menschheit vielleicht von der Arbeit der Gesellschaft abhängt. Wir beschäftigen uns mit einem Projekt von solcher Wichtigkeit für die Menschheit, dass sein Erfolg die abschließende Vollendung des Universums einleiten wird.«

»Du meine Güte!«, merkte Cass an und wurde sogleich verlegen, denn ihr Ausruf klang recht sarkastisch, was sie gar nicht beabsichtigt hatte.

Brendan hielt inne, um abzuschätzen, wie aufgeschlossen sie für Erklärungen dieser Art war. »Ich vermute, es klingt ein wenig hochtrabend«, gab er schließlich zu. »Aber es entspricht trotzdem der Wahrheit. Kurz gesagt, die Zetetische Gesellschaft wurde gegründet, um ihren Mitgliedern, die mit einem sehr speziellen Unterfangen beschäftigt sind, Hilfe und Unterstützung anzubieten. Unser Ziel ist nicht weniger als die Verwirklichung des von Gott selbst bestimmten Zwecks für seine Schöpfung.«

»Und welcher Zweck sollte das sein?« Erneut hoffte Cass, dass ihre Entgegnung keine Beleidigung für diese netten, gastfreundlichen Leute war – die wahrscheinlich unter einer Wahnidee litten.

Mrs Peelstick nahm die Frage auf. »Also, es ist die objektive Manifestation der höchsten Werte von Güte, Schönheit und Wahrheit, die in der unendlichen Liebe und Güte des Schöpfers begründet sind«, verkündete sie in einem Tonfall, der andeutete, dass dies für alle offensichtlich sein sollte.

»Menschliche Wesen sind nicht ein gewöhnliches Nebenerzeugnis des Universums«, fuhr Brendan fort. »Vielmehr sind wir – Sie, ich, jeder andere, die gesamte Menschheit – der Grund, weshalb der Kosmos überhaupt erst erschaffen wurde.«

»Ich bin vertraut mit diesem anthropischen Prinzip«, erwiderte Cass. Es war ein Lieblingsthema ihres Vaters. »Die Theorie, dass das Universum dazu entworfen wurde, menschliches Leben hervorzubringen – dass das Universum nicht nur *für* uns, sondern *wegen* uns existiert.«

»Prägnant ausgedrückt«, lobte Brendan. »Sie kennen sich in Kosmologie aus.«

»Mein Vater ist Astrophysiker.« Cass zuckte schüchtern eine Schulter. »Da dürfte ich ein paar Dinge aufgeschnappt haben.«

»Wir gehen weiter«, erklärte Mrs Peelstick. »Wir erweitern das Prinzip und behaupten, dass das Universum als ein Ort entworfen und erschaffen wurde, um eigenverantwortliche, bewusste Akteure herauszubilden und zu vervollkommnen – und um sie für die Ewigkeit anzupassen.«

»Eigenverantwortliche, bewusste Akteure«, wiederholte Cass leise. »Sie meinen menschliche Wesen.«

»Ja, mein Liebe – menschliche Wesen.«

»Man könnte fragen: warum?«, sagte Brendan. »Was ist das Ziel, der Zweck eines solch ausgeklügelten Plans?«

»Das ist der Punkt, wo alle Kontroversen ansetzen«, vermutete Cass.

»Richtig«, stimmte Brendan ihr zu. »Wir vertreten folgende Ansicht: Das Ziel des Prozesses, all diese eigenverantwortlichen, bewussten Akteure zu schaffen, besteht darin, die Bildung von harmonischen Gemeinschaften von ihrer selbst bewussten Individuen zu fördern, die dazu fähig sind, den Schöpfer zu kennen und sich seiner erfreuen – und die sich an der fortlaufenden Schöpfung des Kosmos beteiligen.« Er hielt inne und fügte dann mit einem Achselzucken hinzu: »Kurz zusammengefasst.«

Cass biss sich auf die Lippe. Bei dieser Art von Gespräch wurde ihr stets mulmig: Die großartigen Behauptungen von Visionären, Scharlatanen und Verrückten hörten sich für sie sehr ähnlich an. Sie hatte satt davon gehabt in Sedona – und davor hatte es die verschiedenen Sonderlinge gegeben, mit denen sich ihr Vater zeitweise im Verlauf seiner Karriere hatte unterhalten wollen. Sie hatte die Nase voll von ihren quasi-wissenschaftlichen und irrationalen Vorstellungen.

»Ich sehe, wir verwirren Sie«, bemerkte Brendan. »Vielleicht sollten wir noch einmal von vorn anfangen.« Nachdenklich beugte er seinen Kopf und drückte unter seinem Kinn die Fingerspitzen zusammen. Plötzlich hellte sich sein Gesicht auf, und er fragte: »Haben Sie jemals vom Omega-Punkt gehört?«

»Ich denke nicht«, antwortete Cass. Sie durchforstete ihr Gedächtnis, dann schüttelte sie den Kopf. »Nein.«

»Der Omega-Punkt wird als das Ende der Zeit und der Beginn der Ewigkeit begriffen: der Punkt, an dem der Zweck des Universums schlussendlich und vollkommen erfüllt ist. Wenn das Universum den Punkt erreicht, an dem mehr Menschen sich die Vereinigung, Harmonie und Erfüllung wünschen, die vom Schöpfer beabsichtigt wurden, dann wird, sozusagen, die Waage sich zur anderen Seite neigen, und der Kosmos wird sich auf den Omega-Punkt zubewegen, das heißt, seiner letzten Vollendung. Das Universum wird sich verwandeln in eine unzerstörbare, immerwährende Wirklichkeit von allerhöchster Güte.«

»Mit anderen Worten – in den Himmel«, folgerte Cass.

»Ja, aber das ist kein anderes Reich und keine andere Welt«, verbesserte Mrs Peelstick sie. »Umgestaltet werden *diese* Welt, *dieses* Universum: der Neue Himmel und die Neue Erde. Es wird ein Ort sein, wo Gottes Liebe und Güte auf ewig gefeiert wird – wo wir leben und arbeiten werden, um das volle Potenzial zu realisieren, für das die Menschheit erschaffen wurde.«

»Das worin besteht?«, fragte Cass, die sich nur zu gut bewusst war, dass sie es wieder geschafft hatte, sarkastisch zu klingen.

Mrs Peelstick zeigte erneut ihren verwunderten Blick, als ob sie fragen würde: *Wissen Sie das denn nicht?*

»Ich versuche nicht, kompliziert zu sein«, platzte es aus Cass heraus. »Ich würde nur wirklich gern Ihre Theorie hören.«

»Die Bestimmung der Menschen«, erwiderte Mrs Peel, »ist die Beherrschung des Kosmos im Dienste des Ziels, neue Erfahrungen von Güte, Schönheit und Wahrheit für alle Lebewesen zu kreieren.«

»Und«, fügte Brendan rasch hinzu, »diese Werte im gesamten Rest des Universums zu verbreiten. Wie Sie sehen, ist das Universum, so wie es jetzt existiert, nur die Phase eins, wie man sagen könnte: Es ist der Ort, wo lebendige menschliche Seelen erzeugt werden und die Bedingungen von Bewusstsein und Eigenständigkeit erlernen. Doch die allerletzte Erfüllung der so erzeugten Lebewesen wird nur in der nächsten Phase der Schöpfung erfolgen – eine Verwandlung, die wir uns kaum vorstellen können.«

Cass schüttelte den Kopf. Offensichtlich war sie in tiefes Wasser geraten. Aber was hatte irgendetwas davon mit interdimensionalem Reisen zu tun oder, nicht zu vergessen, mit ihr?

»Die große Suche nach der Meisterkarte ist bloß der Anfang«, sagte Mrs Peelstick. »Denn es gibt noch so viel mehr.«

»Die Meisterkarte?«, wiederholte Cass verwundert.

»Hat das denn niemand erwähnt?«, fragte Brendan.

Cass schüttelte den Kopf. »Nicht ein einziges Mal.«

»Nun, dann werde ich Ihnen eine Geschichte erzählen, oder? Vor vielen Jahren gab es einen Mann namens Arthur Flinders-Petrie...«

Mrs Peelstick hob eine Hand. »Bitte, verschonen Sie das arme Mädchen damit.«

»Mrs Peelstick hat das schon mehrmals gehört«, teilte Brendan der Besucherin mit.

»Ja, und ich brauch das jetzt nicht schon wieder zu hören.« Sie schenkte den anderen ein heiteres Lächeln. »Wenn Sie beide mich nun entschuldigen; ich werde ein paar Sachen beim Lebensmittelladen besorgen. Und wenn Sie von mir einen Rat annehmen wollen – gehen Sie nach draußen und genießen Sie den wunderschönen Tag. Cass hat noch nie Damaskus gesehen. Brendan, warum führen Sie sie nicht in der Altstadt herum?«

»Das ist eine glänzende Idee, Rosemary. Genau das werde ich machen.«

»Gut.« Rosemary erhob sich. »Und Brendan, erschöpfen Sie sie nicht mit Ihrem Geschwafel – Sie wissen ja selbst, wie Sie sind – und versuchen Sie, nicht zu spät zurückzukommen. Ich bereite ein hübsches Abendessen zu; bei Ihrer Rückkehr wird es fertig sein.«

ZWEIUNDZWANZIGSTES KAPITEL

Worin die Verzweiflung Wagemut hervorruft

Die Reise zum Black Mixen Tump erfüllte Charles Flinders-Petrie stets mit Schrecken. Zwar sahen die sich sanft wellenden Hügel der Cotswolds harmlos genug aus, doch das Ziel warf ein Sargtuch über alles, was er auf der Strecke dorthin erblickte. Er spürte es jetzt schon – obwohl er den großen Hügel aus dem Fenster des Wagens noch nicht einmal sehen konnte. Doch es war da, dem Auge verborgen, und wartete auf ihn. Der Gedanke ließ sein Herz einen Schlag aussetzen.

Fast fünfzig Jahre waren vergangen, seit sein Vater Benedict ihn an den verruchten Hügel herangeführt hatte – und immer noch nahm dieses Ding einen unheilvollen Platz in seiner Seele ein. Er stellte eine Erdarbeit dar, deren Alter noch nicht einmal geschätzt werden konnte: Der runde Hügel war durch die Hände primitiver Arbeiter errichtet worden, die hierfür nichts weiter als die Spitzen von Hirschgeweihen und Schilfkörbe benutzt hatten. Warum diese primitive Gemeinschaft geglaubt hatte, es wäre notwendig, in einer Landschaft, die aus nichts als Hügeln bestand, noch einen weiteren Hügel aufzuhäufen, blieb ein Geheimnis. »Das Zeitalter der Erbauer von Monumenten«, sagte Charles leise zu sich selbst. Eine Epoche, die voll von Mysterien aller Art war, soweit er selbst es erkennen konnte.

Die Kutsche schlingerte, als sie die Straßenkurve nahm, und ließ das Dorf Banbury hinter sich. Charles bedauerte seine Entscheidung, diesen gottverlassenen Ort aufzusuchen. Und noch mehr bedauerte er es, dass die Entscheidung notwendig war. Doch etwas musste getan werden. Sein letzter Gedankenaustausch mit Douglas hatte das mehr als genügend deutlich gemacht.

Der Junge war schon immer eigenwillig gewesen; als hatte er sich eigensinnig, launisch und widerspenstig gezeigt. Charles, der seiner geliebten Frau beraubt war – ihr Tod geschah bei der Geburt des Kindes –, verzweifelte am rebellischen und zerstörerischen Wesen des Jungen. Und daher schickte er ihn fort in ein Internat, da er hoffte, dass eine strenge Institution Douglas die Disziplin anerziehen würde, die er selbst beim Jungen nicht hervorrufen konnte. Die Stoneycroft School brachte dem Burschen zwar ein besseres Benehmen und gute Manieren bei, doch sie machte ihn auch sehr viel verschlagener. Dies – verbunden mit einem Selbstvertrauen, das an unverantwortlichem Wagemut grenzte – formte Douglas zum schrecklichsten Gegner für wirklich jeden, der ihm in die Quere kam. Kurzum, aus einem selbstsüchtigen, unerträglichen Jugendlichen war Douglas schnell zu einem gerissenen, unerbittlichen und gefährlichen jungen Mann geworden.

»Ich jedenfalls sehe überhaupt nicht, welchen Unterschied ein Blatt Papier macht«, hatte Douglas bei ihrer letzten Konfrontation geklagt, der sehr viele vorausgegangen waren. »Nichts, was sie einem beibringen, ist von irgendeinem Nutzen für die große Suche. Wie dem auch sei – es ist mein Geburtsrecht.« Er starrte seinen Vater wütend an. »Oder willst du mir das verweigern – so wie du mir alles andere verweigert hast?«

Charles explodierte. »Du undankbarer Kerl! Wie kannst du das nur sagen? Wie kannst du so etwas nach bestem Wissen und Gewissen auch nur zu denken wagen? Ich habe dir nichts verweigert.« Er stand auf und begann, im Wohnzimmer auf und ab zu laufen. »Alles, worum ich bitte, ist, dass du ein wenig mehr Wissen erlangst, dass du dich dem Studium widmest und mir eines zeigst: Dass du durch eigene Anstrengungen etwas erreichen kannst.« Er schaute in das missmutige Gesicht von Douglas und erkannte, dass er nicht zu seinem widerspenstigen Sohn durchdrang. Er versuchte es erneut, indem er einen anderen Kurs einschlug. »Du bist nicht dumm, Douglas. Tatsächlich gehörst du in vielerlei Hinsicht zu den intelligentesten Menschen, die ich kenne. Solltest du auch nur den kleinsten Teil deines angeborenen Verstandes einsetzen und dich um dein Studium kümmern, würdest du wundervolle Dinge vollbringen.« Charles hielt kurz inne, bevor er fortfuhr: »Hör zu! Ich habe dir einen Platz am Christ Church gesichert, und alles ist arrangiert. Drei Jahre sind nichts – du wirst beschäftigt sein, neue Freunde finden und Verbindungen knüpfen, die dir in deinem restlichen Leben von Nutzen sein werden. Wenn du dich bemühst, wird die Zeit so schnell vorbeigehen...« Charles schnipste mit den Fingern. »Eines Tages wirst du dein Examen ablegen, und ich werde dann persönlich die Karte in deine Hände legen.«

»Warum sollte ich dir glauben?«, murrte Douglas. »Woher weiß ich denn, dass du Wort halten wirst?«

»Also, Sohn... Das ist nicht fair.«

»Du solltest es besser wissen. Schließlich bist du derjenige gewesen, der Großvaters Sammlung verkauft und das Geld verspielt hat. War das fair?«

»Das war falsch. Es war ein trauriger und schrecklicher Fehler, und ich habe dafür mein ganzes Leben lang bezahlt.« Flehentlich streckte er seine Hände aus. »Douglas, bitte, versuch doch zu verstehen. Ich weiß, ich habe es von dir ferngehalten – so viel gestehe ich ein. Doch das Letzte, was ich wollte, war zu sehen, dass du dieselben Fehler machst wie ich, als ich in deinem Alter war.«

»Also nur weil du versagt hast, muss ich das wiedergutmachen. Ist es das, was du meinst?«

»Alles, was ich wünsche, ist, dass du vorbereitet bist. Ich möchte, dass du besser bei der großen Suche bist, als ich es gewesen bin.« Er hielt inne. »Und ja, ich habe versagt. Aber du hast es in dir, erfolgreich zu sein. Um das zu erreichen, musst du jedoch gründliche Kenntnisse in Sprachen und Geschichte haben. Und Oxford kann dir das geben.«

»Und wenn ich mich weigere, zu gehen? Was dann?«

»Es ist ja nicht so, als ob ich um etwas Unmögliches bitten

würde«, hob Charles hervor. »Es ist am Ende zu deinem eigenen Besten.«

»Seit wann hast du jemals gewusst, was *gut* für mich ist, Vater?« Eine Frage, die wie ein Schlag ins Gesicht war.

»Douglas, es gibt keinen Grund für dich ...«

»Ich sehe es jetzt ganz klar, Vater«, spottete er. »*Du* bist mit Schande von der Universität verwiesen worden, daher muss ich jetzt dorthin gehen und die Familienehre wiederherstellen. Du hast dich bei der großen Suche bemüht und bist gescheitert, daher willst du jetzt jeden davon abhalten, es auch nur zu versuchen.«

»Diese Diskussion ist zu Ende«, verkündete Charles, der hinter seinem Schreibtisch zusammensank. »Ich habe dir gesagt, was ich erwarte und was du tun musst, um zu erben. Entweder nimmst du dein Studium auf, oder du erleidest die Konsequenzen deiner Entscheidung.«

Douglas erhob sich vom Stuhl, beide Hände waren zu Fäusten geballt. »Du machst mir keine Angst mit deinen Drohungen, alter Mann.« Er drehte sich um und stürmte aus dem Raum; die Tür schlug er so hart zu, dass die Lampen auf dem Kaminsims klapperten.

»Douglas!«, rief Charles seinem Sohn hinterher. »Komm zurück!«

Im Flur wurde eine weitere Tür zugeknallt, und im Haus war es wieder still.

Warum muss es immer so sein, fragte sich Charles und schüttelte traurig seinen Kopf.

Jener Streit hatte sich vor zwei Jahren zugetragen, und er machte Charles immer noch schwer zu schaffen. Douglas hatte damals sein Studium am Christ Church begonnen, doch nach allem, was Charles in Erfahrung bringen konnte, besuchte sein Sohn nur selten die Vorlesungen und wurde niemals in einer der Universitätsbibliotheken gesehen. Was seine Lehrer anbelangte, hätte Douglas genauso gut ein Geist sein können. Als dann die Geldforderungen von den Kaufleuten und Gastwirten der Stadt eintrafen, wusste Charles, was die Stunde geschlagen hatte. Er schickte Bittbriefe, einen nach dem anderen ... Schreiben, die nicht erhört wurden; und niemals kam eine Antwort.

Dann kam der Tropfen, der das Fass zum Überlaufen brachte: eine dringende Nachricht vom Kaplan des Colleges, der zufolge man Douglas zusammen mit zwei anderen Studenten inhaftiert hatte, weil er betrunken gewesen war und sich ordnungswidrig verhalten und in der Öffentlichkeit eine Schlägerei begonnen hatte. Reverend Philpott deutete an, dass der junge Missetäter gegen eine Kaution von fünfzig Pfund entlassen werden könnte; ansonsten wäre er gezwungen, die Zeit im Gefängnis zu verbringen, bis der Fall vor Gericht verhandelt würde.

Charles, der völlig verzweifelt war, kam zu einer Entscheidung, noch bevor er die Unterschrift auf dem Brief las. Douglas würde im Gefängnis bleiben und sein Glück beim Richter versuchen müssen. Der junge Mann würde diesmal nicht auf seinen Vater zählen können, um seine wertlose Haut zu retten. Und möglicherweise würde es dem Jungen sogar ein wenig guttun, unter den Folgen seiner Handlungen zu leiden. Doch das Gefängnis war im besten Fall bloß eine behelfsmäßige Lösung und keine richtige – und eine Lösung war genau das, was verzweifelt benötigt wurde. Sollte Charles jemals Ruhe finden, so würde er wagemutig und rücksichtslos sein müssen – mutiger, als er jemals in seinem Leben bisher gewesen war.

Drei Tage und Nächte brütete er angestrengt über Lösungsmöglichkeiten. Einen verzweifelten Plan nach dem anderen dachte er sich aus und verwarf ihn dann wieder – bis er auf eine Idee kam, die ihm eine perfekte Lösung bot. Und so traf Charles an einem klaren Maitag frühmorgens bei Sonnenaufgang die Entscheidung, die sein augenblickliches Problem lösen würde. Unglücklicherweise würde diese aus Verzweiflung geborene Entscheidung jedoch auch die große Suche für kommende Generationen durcheinanderbringen.

Der Wagen holperte auf dem zerfurchten Weg hin und her, während er immer tiefer in die Natur eindrang. Als Charles sich regte und abermals aus dem Fenster schaute, sah er abermals die dunkle, unnatürliche konische Form des Hügels, die sich nicht weit entfernt abzeichnete: Beim diesem Anblick spürte er, wie die Haut in seinem Nacken vor Angst prickelte. Der Black Mixen Tump war nur ein Portal, sagte er zu sich selbst. Er hatte es zuvor schon benutzt, und es gab nichts, wovor er sich fürchten musste.

Charles holte tief Atem und blickte auf die flache Holzschachtel neben ihm auf dem Sitz. Er zog sie näher zu sich heran und ließ seine Hand auf dem polierten Deckel ruhen. Wenn er jemals Zuspruch dafür benötigte, dass er das Richtige tat, dann brauchte er ihn jetzt.

»Gott, hilf mir«, flüsterte er. »Gib mir ein Zeichen.«

Er wandte seinen Blick der beeindruckenden dunklen Masse des Hügels zu und sah die drei Trolle – die uralten Eichen, die auf der abgeflachten Kuppe der Erhebung wuchsen. Während er dorthinschaute, erhoben sich drei Krähen von den obersten Zweigen – eine von jedem Baum. War dies das Zeichen, um das er gebeten hatte?

Charles zuckte mit den Schultern. Es würde reichen müssen.

DREIUNDZWANZIGSTES KAPITEL

Worin Kit sich auf ein Geduldspiel einlassen muss

»Sie sind wirklich alle weg, sagen Sie?«, fragte Abt Cisneros. Er hob seine Augen von der Arbeit auf seinem Schreibtisch und drückte seine Brille die Nase hoch.

»Ja, Eure Eminenz – alle sind weg«, erwiderte Bruder Antolín, der Sekretär des Abtes.

»Wohin sind sie gegangen?« Der Abt legte seinen Füller nieder und blies über die Tinte, die auf dem Blatt vor ihm immer noch nass war.

»Zur ökumenischen Konferenz, Eure Eminenz«, antwortete der Mönch. »Diejenige, die Kardinal Bernetti einberufen hat.«

»Die Luzern-Konferenz . . . Ja, ich erinnere mich.« Der Abt nahm seinen Füller wieder auf und fuchtelte mit ihm durch die Luft. »Ist sonst keiner mehr da?«

»Wie es scheint, nicht, Eure Eminenz.«

Der Abt legte seinen Füller abermals auf den Schreibtisch. »Soll ich wirklich glauben, dass im ganzen Kloster kein anderer Englisch spricht? Vielleicht einer unserer vielen Besucher aus aller Herren Länder?«

»Das haben wir natürlich schon in Betracht gezogen«, erwiderte Bruder Antolín. »Doch es wurde als nicht weise erachtet, Außenstehende in etwas einzubeziehen, das sich möglicherweise als sensible Angelegenheit herausstellen könnte.«

»Ah.« Der Abt nahm einmal mehr seinen Füller auf. »Sie haben recht. Am besten belassen wir das unter uns, bis wir wissen, was dabei herauskommen könnte.« Er hielt inne, dachte einen Augenblick lang nach und fragte dann: »Haben Sie beim Domkapitel nachgefragt?«

»Das habe ich, Eure Eminenz, sogar bevor ich die Angelegenheit ihnen vorgebracht habe. Doch es scheint, dass diejenigen, die fließend Englisch sprechen, an der Konferenz teilnehmen.«

»Wie außergewöhnlich.« Der Abt fuhr mit dem Schreiben fort.

Der Sekretär faltete die Hände vor sich und wartete auf das Ergebnis der Erwägungen seines Oberen.

Bald beendete der Abt von Montserrat den Satz, den er schrieb, und erkundigte sich: »Haben Sie diesen Burschen gesehen?«

»Ja, Eure Eminenz. Er wirkt normal genug – obwohl er wirklich sehr merkwürdig gekleidet ist.«

»Einige würden das Gleiche von uns behaupten«, merkte Abt Cisneros an.

»Da haben Sie recht, Eure Eminenz.«

»Sie sagen, die örtliche Polizei hat ihn einfach am Tor beim Pförtner abgegeben – ist das richtig?«

Bruder Antolín nickte. »Jedenfalls habe ich es so verstanden.«

»Und niemand kann gefunden werden, der mit ihm spricht?«

»Man glaubt, dass Bruder Lazarus jemanden kennt, der Englisch spricht: eine zeitweilige Assistentin, eine deutsche Nonne, glaube ich.«

»Aha!« Der Abt hob triumphierend seinen Füller hoch. »Rufen Sie die Schwester herbei und fahren Sie dementsprechend fort.« Er begann erneut zu schreiben. »O ... und, Bruder, ich glaube, Prior Donato sollte sich von nun an mit dieser Angelegenheit beschäftigen. Sehen Sie zu, dass er über alle relevanten Einzelheiten informiert ist.«

»Tomas ist in Luzern bei der Konferenz, Eure Eminenz.«

»Natürlich ist er das.« Der Abt gab seinem Sekretär mit einem Wink zu verstehen, dass er gehen sollte. »Benachrichtigen Sie mich, wenn die Sache erfolgreich abgeschlossen worden ist.«

»Das wird geschehen.«

Bruder Antolín verließ das Büro und schloss die Türen, als er hinausging. Dann kehrte er zu seinem eigenen Schreibtisch im Vorraum zurück, wo ein junger Novize wartete, und sagte zu ihm: »Abt Cisneros hat entschieden, die Angelegenheit bis auf Weiteres in meinen Händen zu belassen. Benachrichtigen Sie Bruder Lazarus, dass ich ihn am Pförtnerhäuschen zu sehen wünsche. Er soll seine Assistentin mitbringen – diese deutsche Nonne. Sie wird uns als Übersetzerin dienen.«

* * *

Nachdem der Polizist ihn am Tor abgegeben hatte, war Kit in der Obhut des Pförtners zurückgeblieben, eines untersetzten Spaniers mit dicken Händen und pausbäckigem Gesicht. Die nächsten Stunden verbrachte Kit als eine Art Quasi-Gefangener im Pförtnerhäuschen. Er war weder eingesperrt noch besaß er die Freiheit, einfach wegzugehen; doch jedes Mal wenn er aufstand und den Ort zu verlassen versuchte, rannte der Pförtner hinter ihm her, schimpfte auf Spanisch und schob ihn in das Häuschen zurück. Kit wurde zu verstehen gegeben, dass er warten musste, bis eine angemessene Regelung für ihn getroffen werden konnte. In der Zwischenzeit erhielt er kaltes Zitronenwasser zum Trinken und kleine, trockene Kekse. Gelegentlich läuteten Kirchenglocken, und einmal kam ein Priester, um nach ihm zu schauen; er wechselte ein paar knappe Worte mit dem Pförtner und verschwand wieder. Und Kit, der so klug wie zuvor war, wurde sich wieder selbst überlassen.

Es hatte keinen Sinn, sich streitsüchtig gegenüber dem Burschen zu verhalten, erkannte Kit; und das Streiten auf Spanisch war ohnedies eine Fertigkeit, die eindeutig seine Fähigkeiten überstieg. Die beste Alternative für ihn war, freundlich und fügsam zu bleiben und auf das zu warten, was auch immer das Schicksal für ihn vorsehen würde. Das Warten setzte sich fort, und der Tag ging auf den Abend zu. Kurz nachdem die Glocken im Turm des Klosters zum dritten Mal geläutet hatten, hörte Kit Stimmen in dem mit Kies ausgelegten Hof. Die Tür öffnete sich, und der Pförtner bedeutete Kit, nach draußen zu gehen. Dort traf er auf drei Geistliche: Zwei von ihnen waren richtige Hünen in staubigen, abgetragenen Habiten – manuelle Arbeiter, wie Kit befand –; bei dem dritten handelte es sich um den Priester, der vorher nach ihm geschaut hatte.

»*Gracias*«, sagte Kit, der das wenige Spanisch demonstrierte, das er beherrschte.

Der Priester lächelte, klopfte ihm leicht auf die unbedeckte Schulter und bedeutete ihm, ihnen zu folgen. Kit war insofern glücklich darüber, dieser Aufforderung nachzukommen, als es bedeutete, dass er endlich die Grenzen des Pförtnerhauses verlassen konnte. Und so trat er in den Tag hinaus, der freilich dem Abend bereits zu weichen begann. Die zerklüfteten grauen Gipfel, die im Licht der untergehenden Sonne rosarot leuchteten, ragten hoch über dem Klosterbezirk auf, der nun ganz im Schatten der Berge lag. Die Luft hatte bereits begonnen, sich abzukühlen; bald würde die Nacht hereinbrechen.

Die kleine Gruppe stieg eine große, kurvenreiche Straße zu einem umschlossenen Hof hoch. Auf der einen Seite grenzte er an der großen Klosterkirche, die direkt in das Felsgestein des Gebirges geschlagen zu sein schien; an einer anderen Seite befand sich ein prachtvolles steinernes Bauwerk mit einer Barockfassade. Kit wurde in das Gebäude geleitet, wo ein gekachelter Vorraum in einen langen, getäfelten Korridor führte, in dem es nach Bienenwachs und Holzpolitur roch. Schließlich marschierten sie zu einem Warteraum, der nichts enthielt als Holzstühle, die rundum an den Wänden aufgestellt waren.

»*Siéntense, por favor*«, sagte der Priester.

Kit betrat den Raum, und die Tür wurde hinter ihm geschlossen. »Was für ein Theater«, murmelte er.

Da er die meiste Zeit des Tages sitzend zugebracht hatte, entschied er, im Raum umherzugehen. Dabei beschäftigten ihn dieselben Fragen, die er sich selbst seit seiner Ankunft hier immer wieder gestellt hatte. Was taten die Leute hier? Warum konnten sie ihn nicht einfach gehen lassen? Wie standen die Chancen, ein ordentliches Hemd und eine anständige Hose zu bekommen? In dieser Umgebung ließ seine Kleidung aus Tierfellen ihn lächerlich aussehen – und er fühlte sich auch so.

Er machte gerade seine vierte oder fünfte Runde im Raum, als er draußen im Korridor Stimmen vernahm. Er wandte sich genau in dem Moment der Tür zu, als sie sich öffnete. Sein Blick fiel auf einen älteren, weißhaarigen Priester in einer schwarzen Soutane und eine junge Frau im zackigen grauen Habit einer Nonne.

»*Mio Dio!*«, rief der Priester aus, als er im Eingang dem wilden Mann gegenüberstand. Unwillkürlich machte er einen kleinen Sprung und stieß mit der Frau zusammen, die hinter ihm eintreten wollte.

Mit einer Hand brachte sie den Priester wieder ins Gleichgewicht und ging um ihn herum in den Raum hinein. Als die Nonne die haarige Erscheinung vor sich in Augenschein nahm, fiel ihr das Kinn nach unten, und ihre Augen weiteten sich.

»Wilhelmina!«, keuchte Kit.

Sie beugte sich vor und musterte sein Gesicht. »Kit – bist du das wirklich unter all diesem Haar?«

»Ich bin es wirklich, Mina.« Er trat mit ausgestreckten Händen vor, um sie zu umarmen. »Ich kann dir nicht sagen, wie froh ich bin, dich zu sehen.«

Ihre Hände schnellten hoch, und sie taumelte zurück. Kit zögerte.

»Was trägst du da überhaupt?«, fragte sie. Ihr Gesicht legte sich in Falten. »Was ist denn das für ein Geruch?«

»Das ist eine lange Geschichte«, erwiderte Kit. »Was machst du hier? Und wo sind wir überhaupt?«

»Weißt du das nicht?«

Er schüttelte seinen Kopf. »Niemand erzählt mir etwas.«

Der weißhaarige Priester, der seinen Schock überwunden hatte, trat vor. »Wilhelmina, kennst du etwa diesen ... diesen Mann?«, fragte er auf Deutsch.

Mina wandte sich ihm zu, sie grinste freudig und ungläubig zugleich. »Darf ich dir meinen lieben Freund Kit Livingstone vorstellen?«

Der Priester keuchte ein wenig vor Verblüffung auf. Er starrte Kit an; sein erstaunter Blick wanderte vom Kopf zum Zeh und wieder

zurück. »Unglaublich!«, flüsterte er und schüttelte verwundert seinen Kopf.
»Ich weiß«, pflichtete Wilhelmina ihm bei und betrachtete Kit, als ob er sich plötzlich vor ihren Augen in Luft auflösen könnte. »Es ist unglaublich – aber hier ist er! All diese Zeit, in der wir versucht haben, ihn zu finden ... und – voilà! Er findet uns. Unfassbar.«
Dann drehte sie sich plötzlich um und umarmte Kit stürmisch. »Wo bist du gewesen, mein lieber, verdreckter, wildhaariger Freund?«
Kit küsste ihre Wange und barg sein Gesicht an ihrem Hals. »O, Mina«, seufzte er und überließ sich ganz der überwältigenden Erleichterung. »Es ist so gut, dich zu sehen. Du weißt ja nicht ...«
»Komm schon«, sagte sie, befreite sich aus der Umarmung und nahm seine Hand. »Lass uns hier rausgehen.« Sie warf einen Blick über ihre Schulter und sagte zu dem Priester etwas auf Deutsch. Er gab eine Erwiderung und streckte Kit die Hand entgegen, der sie daraufhin schüttelte. »Das ist Bruder Lazarus«, sagte Mina auf Englisch. »Er ist der Astronom hier. Wir gehen hoch zu seinem Quartier; da oben können wir reden, ohne dass wir gestört werden.«
Sie sagte wieder etwas auf Deutsch, und der Priester antwortete mit einem Nicken. Dann erklärte sie Kit: »Bruder Lazarus wird sich um die Details kümmern. Er wird alles mit seinen Vorgesetzten abmachen und die notwendigen Regelungen treffen. Du sollst sein Gast sein.«
»Okay«, stimmte Kit zu. »Aber könnten wir nicht zuerst etwas essen? Ich habe nichts mehr gegessen, seit ... Ich weiß schon nicht mehr, wie lange das her ist.«
»Klar, ich werde ein nettes Essen für dich organisieren«, versprach sie ihm. »Aber zuerst werden wir uns darum kümmern, dass du badest – und dir, wenn möglich, die Haare geschnitten werden. Und ich muss ein paar Kleidungsstücke finden.« Sie betrachtete Kits Pelzhose und lachte. »Was hältst du von einem Mönchsgewand?«
Sie gingen in den Korridor, wo ein paar neugierige Mönche sich versammelt hatten, um einen Blick auf ihren ungewöhnlichen

Besucher zu erhaschen. Bruder Lazarus rief die Schaulustigen zu sich und führte eine kurze Besprechung mit ihnen durch, während Wilhelmina Kit wegführte.

»Mach dir keine Sorgen«, flüsterte sie. »Er wird sich um alles kümmern. Er hat ziemlich viel Autorität hier, allein schon aufgrund seines Alters. Sie lieben ihn alle und vertrauen ihm ganz und gar. Auch du wirst ihn mögen.«

Kit nickte. Sie erreichten den Vorraum und traten in die milde Abendluft hinaus; am Himmel zeigten sich bereits die ersten Sterne der Nacht. Die himmlischen Klänge von Gesang schwebten durch die laue Luft: Die Mönche psalmodierten ihre Abendandacht. Sobald sie nicht mehr von anderen gesehen wurden, hakte sich Wilhelmina mit dem Arm bei Kit unter und zog ihn dicht an sich heran.

»Bist du jetzt wirklich eine Nonne?«

Wilhelmina lachte auf; ihre Stimme drückte pure Freunde aus – ein herrlicher Klang in der Abenddämmerung. »Stell dich nicht dümmer als du bist. Das ist bloß eine Rolle, die ich spiele, wenn ich herkomme. Das Habit macht einfach alles so viel einfacher.« Sie drückte zärtlich seinen Arm. »Dadurch muss ich viel weniger erklären.«

»Es steht dir.«

Sie war tatsächlich attraktiver als jemals zuvor, und es brachte ihre Figur ebenso wie ihr Gesicht besser zur Geltung. Auch war Mina ein wenig fülliger geworden und hatte jetzt Kurven, wo früher nur Ecken und Kanten gewesen waren. Ihre dunklen Augen glänzten richtig – ein Zeichen dafür, dass sie gesund war und sich wohlfühlte.

»Du siehst wundervoll aus«, stellte Kit fest.

»Denkst du das wirklich?« Sie lächelte und genoss das Kompliment. »Es gibt eine Menge über das Klosterleben zu erzählen. Aber was ist mit dir? Was ist die Erklärung für das, was du da trägst?«

»Was glaubst du wohl? Das ist dort, von wo ich herkomme, der letzte Schrei.«

Sie lachte erneut. »Schau dich doch nur an! Ich erkenne dich kaum wieder unter all dem Haar. Du siehst aus wie ein großer, alter Rauschebär. Was denn – wo du warst, hatten sie weder große Scheren noch Rasierer?«

»Wirklich nicht«, antwortete Kit, der mit den Fingern durch sein Bartgewirr fuhr.

»Und diese Muskeln!«, johlte sie und drückte seinen Bizeps. »Kein Babyspeck mehr. Du bist jetzt regelrecht kräftig: eine schlanke, gemeine Kampfmaschine.« Ihre Worte klangen anerkennend. »Womit auch immer sie dich gefüttert haben – es hat dir nicht geschadet.«

»Ich nehme an, ich sollte Danke sagen.« Er blickte auf seinen Oberkörper hinab. Unter der schmierigen Schmutzschicht konnte er die welligen Umrisse eines Waschbrettbauchs sehen, und seine Arme waren Muskelschnüre. Jetzt, wo Mina es erwähnt hatte, vermutete er, dass er sich ein wenig verschlankt und Muskelmasse aufgebaut hatte.

»O, Kit, es ist so schön, dich zu sehen und dich heil und gesund wiederzuhaben. Ich habe mir solche Sorgen um dich gemacht. Wo bist du überhaupt gewesen?«

»Du wirst noch nicht einmal die Hälfte davon glauben«, erwiderte Kit. »Ich bin mir noch nicht einmal ganz sicher, dass ich selbst alles glaube.« Er wurde plötzlich schweigsam, denn er überlegte, wo er anfangen sollte oder wie er überhaupt beginnen sollte, um eine Erklärung richtig aufzubauen.

»Was ist nun?«, sagte sie nach einem Moment. »Willst du ein Mädchen auf die Folter spannen?«

»Nein ... nein, das habe ich nicht vor. Es ist nur ... Ich weiß noch nicht einmal, wo ich anfangen soll.«

Sie versuchte ihm zu helfen. »Also, das letzte Mal, als ich dich sah, war Burleigh dir ganz nah auf den Fersen. Er hat dich und Giles aus der Stadt gejagt, und du bist auf den Fluss zugerannt.« Sie fuhr fort, die Folge von Ereignissen zu erzählen, soweit sie sie kannte. »Giles geht es übrigens gut. Die Kugel hat keine nicht mehr wiedergutzumachenden Schäden hinterlassen, und sobald er aufstehen konnte, habe ich ihn nach Hause gebracht. Er sollte in sehr kurzer Zeit wieder ganz der Alte sein; vielleicht ist er es jetzt schon.«

»Gut, ich bin froh, dass er okay ist«, sinnierte Kit und erzählte, wie er unter Gewehrfeuer geraten war, aber noch rechtzeitig den Ley gefunden, den Sprung durchgeführt und den Ort erreicht hatte, von dem Mina ihm berichtet hatte. »Doch der Zeitabschnitt war total daneben, und ich bin in einer Epoche gelandet, von der ich annehme, dass man sie die Steinzeit nennen könnte.«

»Das würde deine Pelzhose erklären.«

»Ich wurde entdeckt und, nun ja, mehr oder weniger von einem menschlichen Stamm aufgenommen – dem Fluss-Stadt-Clan, wie ich sie nenne. Sie leben in dieser gewaltigen Schlucht ...«

»Das ist bestimmt diejenige, die ich aufgesucht habe«, mutmaßte Mina.

»Dieselbe, aber zu einer anderen Zeit – einer völlig anderen. Wie dem auch sei, sie sind die erstaunlichsten Leute. Sie sprechen nicht viel, und sie haben einen sehr begrenzten Wortschatz. Sie kommunizieren hauptsächlich durch eine Art von Telepathie – so etwas Ähnliches wie eine mentale Funkverbindung.«

Wilhelmina warf ihm von der Seite einen Blick zu.

»Das stimmt«, beharrte er. »Ich konnte es selbst kaum glauben, als es zum ersten Mal passierte. Doch einer von ihnen – dieser unglaublich alte Häuptling, der En-Ul genannt wurde ... Er ist ein Meister darin, und er hat mich gelehrt, wie man ...«

Er hörte auf zu gehen – so abrupt blieb er stehen, dass Wilhelmina zwei Schritte ohne ihn weiterging. Als sie sich zu ihm umdrehte, platzten aus ihm die Worte heraus: »Mina, ich bin am Quell der Seelen gewesen.«

»Du bist *was*?«

»Die Seelenquelle«, antwortete Kit, dessen Stimme auf dem menschenleeren Platz laut ertönte. »Ich bin dort gewesen, Mina ... Und ich weiß, wie man diesen Ort findet.«

VIERUNDZWANZIGSTES KAPITEL

Worin der Informationsaustausch zusammenbricht

Der Tod von Arthur Flinders-Petrie hätte sich nicht zu einer schlechteren Zeit ereignen können. Das Land befand sich im Aufruhr, und alles war die Schuld des Pharao. Wenn die Krise nicht bald vorüber war, würde das Reich von einem Bürgerkrieg heimgesucht werden.

»Du hattest das Pech, zu einem sehr schlechten Zeitpunkt zu sterben, mein Freund«, seufzte Anen, dann lächelte er reuevoll in Anbetracht der Torheit seines eigenen Gedankens. Für die Jungen und Gesunden kam der Tod immer zu einem schlechten Zeitpunkt, nicht wahr?

Als Oberpriester des Tempels von Amun standen eine Menge Gefolgsleute unter seinem Befehl, doch Anen übernahm persönlich die Leitung der Begräbnisvorbereitungen – aus Respekt vor und zu Ehren einer Freundschaft, die sich über Jahrzehnte erstreckt hatte. Seiner Meinung nach war es keine Frage, dass Arthurs Körper einbalsamiert und ein geeignetes Grabmal vorbereitet werden sollte. Das Einbalsamierungsverfahren – von der rituellen Waschung der Leiche mit Wasser aus dem Nil über ihr Salpeter-Bad bis hin zu der abschließenden Salbung mit Ölen und der Einwicklung in Leinen – würde siebzig Tage dauern. Unter den gegebenen Umständen würde es nicht möglich sein, in solch einer kurzen Zeit ein eigenes Grabmal für Arthur zu errichten; deshalb sollte eine Erweiterung von Anens persönlichem Grab aus dem Stein geschlagen und mit Gemälden versehen werden. Des Weiteren müsste ein hölzerner Sarkophag erbaut werden, um die irdischen Überreste vom verstorbenen Arthur Flinders-Petrie aufzubewahren.

Außerdem würde dies dem jungen Benedict Zeit genug geben, in seine Heimatwelt zurückzukehren und seiner Mutter die traurige Nachricht vom Ableben seines Vaters beizubringen. Alle beide könnten dann zurückkommen, um der großen Beerdigungszeremonie beizuwohnen und die Beisetzung zu beaufsichtigen. Als neues Oberhaupt der Flinders-Petrie-Familie würde Benedict als Gastgeber des Leichenschmauses fungieren. Genau so würde man es machen. Genau so war es immer schon seit Menschengedenken gemacht worden. Die Beachtung der Rituale von Leben und Tod in ihrer angemessenen Ordnung – einschließlich der altehrwürdigen Riten der Einbalsamierung und der Beisetzung – brachte Ordnung in die Angelegenheiten der Menschen, was wiederum zur Ordnung im Universum führte.

Zufrieden darüber, dass er an alles gedacht hatte, rief er Benedict zu sich und teilte ihm mithilfe von Zeichen mit, was alles in den kommenden Tagen gemacht werden musste. Der Junge schien ihn zu verstehen, woraufhin Anen die Anweisung erteilte, einen milden einschläfernden Kräuteraufguss zuzubereiten, und seinen Leibdienern befahl, dafür zu sorgen, dass der gramgebeugte Jugendliche seine Ruhe fand. Danach wandte Anen seine Aufmerksamkeit der Aufgabe zu, Arthurs Leiche für die Überführung zum *Per-Nefer*, dem Haus der Einbalsamierung, bereit zu machen, damit dort mit dem Prozess begonnen werden konnte, die Leiche für das Leben in der Ewigkeit herzurichten. Doch als das Leichentuch gewickelt wurde, das dazu diente, den Körper beim Transport zu schützen, brach ein Tumult im Hof aus, der diesmal von zornigen Stimmen begleitet wurde, die sich außerhalb der Mauern befanden.

Anen trat aus dem Haus der Ganzheit und des Heilens. Der Mond stand hoch und leuchtete hell; sein Licht ergoss sich auf die heilige Anlage. Anen erblickte im Mondlicht Priester und Tempelsoldaten, die an den Toren herumliefen. Einen der Diener, die gerade an ihm vorbeirannten, rief er zu sich. »Was ist der Anlass für diesen Aufruhr?«, verlangte er zu wissen. »Mir wurde zu verstehen gegeben, dass der Mob fortgegangen ist.«

»Ja, sie sind auseinandergelaufen, o Herr«, antwortete der Diener. »Die Tempelwachen haben sie zum Fluss zurückgetrieben.«
»Ja, und?«, herrschte Anen den Mann an, als ob dies das Ende der Angelegenheit gewesen sein sollte.
Der Diener hob seine Handflächen. »Sie sind zurückgekehrt.«
Mit einem Schnalzen seiner Finger schickte Anen den unverschämten Burschen wieder zu seiner Arbeit und schritt zum Tor, wo sich eine Gruppe von Priestern und Dienern versammelt hatte.
»Wo ist Thutmosis?«, wollte er wissen und blickte schnell über die Menge hinweg in der Hoffnung, den Befehlshaber der Tempelwachen zu entdecken. »Er sollte sich mit dieser Friedensverletzung auseinandersetzen.«
»Befehlshaber Thutmosis ist da draußen«, antwortete der Priester, der am nächsten stand. Er drehte sich um und sah, dass es Anen war, der ihn und die anderen angesprochen hatte. Er verbeugte sich tief. »O Herr, ich wusste ja nicht –«
»Außerhalb der Tore?«, fragte er nach und unterbrach so die automatische Entschuldigung seines Untergebenen.
»Er ist nach draußen gegangen, um mit ihnen zu sprechen«, erwiderte der Priester. »Er will herauszufinden, warum sie so etwas tun, und sie auffordern, dass sie uns in Frieden lassen.«
Anen neigte den Kopf zur Seite, lauschte dem Stimmengewirr, das über die Mauern zu ihnen drang. »Sag dem Befehlshaber, ich wünsche ihn zu sehen, sobald er zurückgekehrt ist. Ich erwarte ihn in meiner Kammer.«
Der Priester verbeugte sich tief, und Anen verabschiedete sich und kehrte in seine Räume im prunkvollen Haus des Propheten zurück. Er badete sich und zog ein sauberes Gewand an, dann legte er sich auf sein Bett. Gerade hatte er seine Augen geschlossen, als er im Gang draußen vor seiner Schlafkammer rasche Fußschritte hörte. Einen Augenblick später tapste sein Hausvorsteher in das Zimmer hinein und sagte: »Nur sehr ungern muss ich dich stören, o Herr. Befehlshaber Thutmosis ist mit einer Nachricht vom Aufstand zurückgekehrt.«
»Gebiete ihm einzutreten.« Anen erhob sich und stellte sich in Positur, bereit, den Anführer der Wachen zu empfangen.

»Die Weisheit des aufsteigenden Amun möge mit dir sein, Herr«, begrüßte ihn Thutmosis, während er direkt hinter dem Diener die Kammer betrat. Dann verbeugte er sich und wartete darauf, angesprochen zu werden.

»Welche Neuigkeiten gibt es?«, fragte Anen ungeduldig. »Los, Mann, sprich!«

»Wir werden von einem Pöbel belagert, der aus gemeinen Arbeitern aus Echnatons Stadt besteht«, antwortete Thutmosis. »Sie fordern, dass der Tempel geschlossen wird.«

Anen sah den Befehlshaber groß an. »Unmöglich! Sind sie verrückt?«

»Das ist wahrscheinlich«, stimmte Thutmosis ihm zu. »Aber sie sagen, sie besitzen eine Verordnung vom Pharao höchstpersönlich.«

Anen öffnete verblüfft den Mund. »Von so etwas hat man noch nie gehört.«

»Ich behaupte ja nicht, dass es wahr ist«, erklärte Thutmosis. »Ich teile nur das mit, was sie selbst mit erzählt haben.«

Anen starrte den Anführer der Wachen an und sah, dass er aus einer Schnittverletzung an einer Seite des Gesichts blutete. Außerdem rann Blut an seinem Bein herab, das aus einer klaffenden Oberschenkelwunde quoll.

»Du bist verletzt, Befehlshaber«, bemerkte Anen. »Haben sie dir das zugefügt?«

»Sie haben sich geweigert, diesen Erlass irgendjemand anderem als dir zu zeigen, Herr. Sie fordern, sofort eine Audienz zu erhalten.«

»Ach, tatsächlich!«, höhnte Anen und straffte sich. »Ich werde zu ihnen sprechen. Doch bei der Macht des Horus, ich will nicht, dass sie auf heiligem Grund toben. Richte ihnen aus: ›Also spricht Anen, der Zweite Prophet des Amun! Ihr sollt vier aus eurer Anzahl auswählen, die euch repräsentieren. Diese vier Repräsentanten – und nur diese allein – werden nach den Morgengebeten zum Hof des Tempels eingelassen. Wir werden uns mit dem Hohen Priester zusammensetzen und die Angelegenheit besprechen wie zivilisierte Menschen.‹ Das ist es, was ich entschieden habe.«

»So soll es ausgeführt werden, Herr.« Thutmosis verbeugte sich und eilte fort, um Anens Botschaft zu überbringen.

Bevor Anen sich wieder zur Ruhe legen konnte, war der Befehlshaber zurück mit der Nachricht, dass die Arbeiter sich weigerten, den Tempelbezirk zu betreten, weil sie ihn für einen unreinen Ort hielten. »Sie beharren darauf, dass du zu ihnen nach draußen kommst«, berichtete Thutmosis.

Die Forderung war so dreist, dass Anen nur ungläubig auf den Befehlshaber starren konnte. Es konnte kein Zufall sein, dass dies hier sich so schnell nach ihrer feindseligen Konfrontation mit den Arbeitern in Achet-Aton ereignete. Es war ein wohlüberlegter Akt der Aggression. Aber weshalb wurden lediglich Arbeiter hierher geschickt? Das ergab keinen Sinn. Der Pharao befehligte Armeen; er bräuchte nur ein einziges Wort zu sagen, und seine königliche Leibwache würde auf sein Geheiß hin sogar direkt ins Meer hineinmarschieren. Entweder log der Mob, was den Erlass anbelangte – und dies schien nur allzu wahrscheinlich zu sein –, oder es wurde irgendein geheimerer Zweck verfolgt, den er noch nicht zu erkennen vermochte.

»Herr?«, fragte Thutmosis und riss so Anen aus seinen Gedanken. »Was ist dein Wille?«

»Diese Rebellion muss enden. Ich werde hinausgehen und zu ihnen sprechen.«

Thutmosis neigte den Kopf. »Die Tempelwachen stehen bereit, um dich zu begleiten.«

»Nein«, entgegnete Anen. »Ich gehe allein hinaus. Durch einen einzigen Priester dürften sie sich kaum bedroht fühlen. Kehre zu deinen Soldaten zurück und sorge dafür, dass sie bewaffnet sind und sich hinter den Toren bereithalten. Sollte mir irgendetwas passieren, musst du gegen sie marschieren.« Er begann, sein Gewand und seinen Halsschmuck abzulegen. »Geh!«

Ein paar Augenblicke später tauchte Anen im Hof auf; er trug nur den einfachen *schendschut* – einen kurzen Schurz – und den Gürtel eines gewöhnlichen Priesters. Als er sich dem Tor näherte, verbeugten sich die dort Versammelten. »Öffnet das Portal«, befahl er.

Die Pförtner zogen, und die beiden Torflügel schwangen langsam auf. Anen schritt hinaus und stand augenblicklich einer Menge dunkelhäutiger Menschen gegenüber, die bei seinem Anblick begannen, drohend Fäuste und Werkzeuge zu schütteln und Beleidigungen zu schreien. Er hielt seine Hände hoch, um die Leute zu beruhigen, und wartete darauf, dass man ihm zuhörte. Nach einem Moment verstummte die Menschenmenge widerwillig, und er fragte: »Wer spricht für euch? Wer von euch ist der Anführer?«

Ein langhaariger Bursche löste sich aus dem Pöbel. Er trug einen Bart in der Art und Weise der Habiru und hatte von den vielen Stunden unter der Sonne eine dunkle Hautfarbe bekommen. Die muskulösen Arme hatte er vor der kräftigen Brust verschränkt, und in einer seiner starken Hände hielt er einen Hammer. »Ich spreche für mein Volk und überbringe die Forderung des Pharao, dass dieser Tempel geschlossen und seine Priesterschaft aufgelöst werden soll. Die Steine dieser Mauern und Gebäude sollen nach Achet-Aton gebracht werden.«

Anen betrachtete den Kerl mit einem skeptischen Ausdruck. Er verharrte einen Augenblick und ließ seinen Blick über den dichten Ring aus zornigen Gesichtern wandern. »Falls dem so ist, wie lässt sich dann erklären, dass ich bis jetzt nichts darüber gehört habe?«

»Ich bringe einen Erlass vom Pharao«, verkündete der Arbeiter mit lauter Stimme und blickte um sich auf seine Männer; einige von ihnen stießen Rufe aus, um seine Behauptung zu bekräftigen.

»Darf ich diesen Erlass von euch sehen?«

Der Mann nickte einem der Burschen zu, die hinter ihm standen. Eine Papyrusrolle wurde nach vorne in die Hände des Priesters gereicht.

In aller Seelenruhe entrollte Anen den Papyrus und las den Inhalt. Bei dem, was er darauf sah, stieg ihm das Blut in den Kopf. Dort stand genau das, was der Habiru-Arbeiter gesagt hatte: Auf Anordnung von Echnaton sollte der Tempel niedergerissen und als Steinbruch für den Bau von Achet-Aton, der neuen Stadt des Pharao, verwendet werden. Anen atmete tief ein und zwang sich, eine ruhige Erwiderung zu geben. »Wenn dies hier wahrhaftig vom Pharao höchstpersönlich stammt, dann muss es studiert und überprüft werden. Ich werde es in meinen Besitz nehmen und mit der Nachforschung beginnen.«

Der streitlustige Bursche riss die Rolle wieder an sich. »Wir sind gekommen, um mit der Arbeit anzufangen und diesen Tempel niederzureißen.«

»Das wäre überhastet und vorschnell«, entgegnete Anen mit flacher Stimme. »Niemand wird die Erlaubnis erhalten, irgendetwas zu beginnen, solange wir nicht ein Bittgesuch zur Klärung der Angelegenheit durchgeführt und eine Bestätigung aus dem Munde des Pharao erhalten haben.« Er hielt inne und fügte dann hinzu: »Soviel ich weiß, ist das eine falsche Urkunde – es ist ein Schwindel und eine Fälschung.«

»Beim lebendigen Gott!«, fluchte der Arbeiter, und unter seinen Kameraden erhob sich ein bedrohliches Murmeln. »Du wagst es, uns so zu beschuldigen?«

»Ich mache überhaupt keine Beschuldigungen«, erwiderte Anen gelassen. »Ich stelle nur eine einfache Tatsache fest. Da ich bei der Proklamation des Pharao nicht anwesend war, kann ich nicht sicher sein, dass seine wahren Absichten auf diesem Papyrus festgehalten werden.«

Dieses Streitgespräch hätte noch geraume Zeit weitergeführt werden können, doch der Mob hatte genug gehört und begann zu rufen, der Tempel müsse sofort abgerissen werden. Irgendjemand warf einen Stein, der Anen oben an der Brust traf. Der Priester taumelte zurück, er blutete aus einer Schnittwunde unterhalb seines Schlüsselbeins. Die zornige Menge brandete vorwärts.

Der Befehlshaber der Wache, der genug gesehen hatte, zog sein Schwert und rannte an Anens Seite. Rasch hob er seinen Schild und schob seinen Herrn hinter sich. Dann wich er mit ihm zurück, als die Menge anfing, Pflastersteine zu werfen, die sie mit Hacken und Brechstangen aus der Straße gerissen hatten. »Schließt die Tore!«, rief Thutmosis; und die Pförtner sprangen herbei, um dem Befehl zu folgen, während Steine gegen das massive Gebälk schlugen.

»Wie lauten deine Befehle für uns, Herr?«, fragte Thutmosis, sobald die Tore wieder verschlossen und verriegelt waren.

»Falls irgendwelche von ihnen versuchen sollten, in den Tempelbezirk zu gelangen«, antwortete Anen, »dann muss ihnen Widerstand geleistet werden – wenn nötig, mit Gewalt.« Er eilte davon, damit seine Wunde behandelt wurde. Auf halbem Wege über den Hof blieb er plötzlich stehen, änderte die Richtung und ging zur Unterkunft für Gäste.

Benedict schlief, allerdings nur leicht. Er wachte auf, als der Priester in seinen Raum hineingestürmt kam.

»Schwierigkeiten sind über den Tempel hereingebrochen«, erklärte Anen, der wusste, dass der Jugendliche ihn nicht verstehen konnte. Mit Gesten forderte er Benedict auf, sich zu erheben und ihm zu folgen. Sobald sie draußen waren, legte der Priester eine Hand um sein Ohr und befahl: »Hör genau hin!«

Der junge Mann vernahm die lauten Stimmen und das Klappern der Pflastersteine, die gegen die Torbalken prallten.

»Wir müssen dich sicher von hier fortbringen«, sagte der Priester. Er zeigte auf Benedict und ahmte mit den Armen das Flattern eines Vogels nach, der wegflog.

Als er die Gesten wiederholte, begriff Benedict ihre Bedeutung und erwiderte: »Ich verstehe. Es wäre am besten für mich, wenn ich weggehe.« Auch er ahmte das Flattern eines Vogels nach, nickt zustimmend und wies auf sich selbst. »Ich bin bereit.«

Anen drehte sich um und rief einen seiner Oberpriester zu sich. »Du musst unseren Gast durch das verborgene Tor von hier wegbringen. Begleite ihn zur Heiligen Straße und achte darauf, dass er sicher abreist.«

»Wie du befiehlst, o Herr, so soll es geschehen«, erklärte der Priester. Er wandte sich dem jungen Mann zu, verbeugte sich und zeigte ihm mit Gesten an, dass er folgen solle.

Benedict dankte Anen für seine Fürsorge. Der Priester legte seine Hand auf die Brust des jungen Mannes – direkt auf dem Herz – und drückte sie danach auf sein eigenes. Benedict erwiderte die Geste.

»Lebe wohl, Anen«, verabschiedete er sich, und genau in diesem

Moment war er nicht mehr länger ein Junge, sondern ein Mann mit Bündnissen und Verantwortlichkeiten. »Bis wir uns wieder treffen.«
Der Oberpriester legte eine Hand auf den Arm von Benedict und begann, ihn fortzuführen. Doch der junge Mann zögerte. Der Priester zerrte am Arm und drängte Benedict, ihm zu folgen; er zeigte auf Thutmosis, der darauf wartete, sie durch das verborgene Tor aus dem Tempel herauszuführen.
»Wartet!«, sagte Benedict und bewegte seine Hände so, als ob er etwas niederdrücken würde. »Es gibt noch etwas, das ich tun muss.« Er machte kehrt und rief Anen zu: »Es tut mir leid, aber ich kann nicht fortgehen, ohne vorher die Karte meines Vaters zu kopieren.«
Anen sah den jungen Mann fragend an.
»Die Karte meines Vaters, verstehst du?« Bei diesen Worten öffnete Benedict sein Hemd und begann, mit dem Zeigefinger Symbole auf seiner Brust zu malen – eine Imitation der zahlreichen Symbole von Arthur. Pantomimisch zeigte er weiter, wie er sie zeichnete. »Verstehst du? Ich muss die Karte kopieren.«
Begreifen leuchtete auf Anens breiten Gesichtszügen auf. »Du willst die Haut«, antwortete er, legte die Hand auf seine Brust und malte kleine Schnörkel mit seinem Zeigefinger.
»Die Karte, ja, genau.« Benedict nickte; er war überzeugt, dass der Priester ihn verstanden hatte.
»Das braucht Zeit.« Anen zog sich am Kinn und runzelte die Stirn. »Aber wir müssen dich jetzt von hier fortbringen, bevor der Kampf beginnt.« Er drehte sich um und gab dem Priester, dem er die Verantwortung für Benedicts Sicherheit übertragen hatte, rasch eine Anweisung. »Ein neuer Befehl: Bring ihn zum Dienstbotenbezirk neben dem Fluss. Geh zu Hetap und sag ihm, er soll über unseren Gast wachen, bis ich nach ihm schicken lasse. Er wird dafür reichlich belohnt.«
Zur Bestätigung des Befehls verbeugte sich der Oberpriester und gab Benedict mit einem Wink zu verstehen, dass er mit ihm fortgehen solle. Doch der junge Mann zögerte. »Du wirst mir die Kopie

der Karte bringen?«, fragte er nach, wobei er auf seiner Brust die Symbole nachzeichnete.

Anen lächelte und ahmte die Symbole nach; anschließend vollführte er mit seinen Händen Bewegungen, als ob er ein Tuch falten würde, das er danach Benedict anbot.

»Danke sehr, Anen«, erklärte Benedict. »Ich stehe in deiner Schuld.«

Am fernen Ende des Tempels befand sich in einer staubigen, kleinen Ecke eine winzige Tür, die groß genug war für eine Ziege oder einen Hund – oder einen Menschen auf Händen und Knien. Nachdem man die Riegel und Haken zurückgezogen hatte, wurde Benedict auf die dunklen Straßen des nächtlichen Niwet-Amun hinausgeführt. Sobald sie ein Stück weit vom Tempel entfernt waren, herrschte Ruhe und Frieden in der Stadt, deren Bewohner in ihren Häusern schliefen. Sie spazierten durch einen Bezirk mit großen Gebäuden – die Wohnhäuser der reichen Aristokratie – und schritten dann weiter durch Viertel, die von Mal zu Mal bescheidener wirkten, bis sie die ärmlichen Lehmziegelhütten der Dienerschicht erreichten, die den Fluss säumten. Hier gab es Menschen, die wach waren und bereits arbeiteten: Sie hackten in ihren Gärten oder bewässerten Pflanzen, sie kümmerten sich um ihre Hühner, saßen an Webstühlen, reparierten Werkzeuge oder erledigten andere häusliche Pflichten – sie arbeiteten für sich selbst, bevor sie losgingen, um in den Häusern ihrer Herren zu dienen.

Sie hielten vor einem Haus mit einem gepflegten Garten an und näherten sich einem untersetzten, fetten alten Mann, der draußen vor der Eingangstür auf einem Schemel saß. Der Oberpriester verbeugte sich und sprach den Mann an, dann wies er auf Benedict. Der Alte stand auf, verbeugte sich und gab dem Priester eine ausführliche Antwort; dann neigte er erneut den Oberkörper. Der Priester wandte sich seinem Schützling zu und zeigte an, dass Benedict bei dem Mann bleiben sollte.

Der Oberpriester ging fort, und der alte Mann sprach seinen Gast an. »Hetap«, sagte er und legte die Fingerspitzen auf seine dickliche Brust.

Benedict wiederholte den Namen, anschließend sagte er seinen eigenen, woraufhin der alte Tempeldiener ihn an der Hand nahm und ihn ins Haus führte, wo er Hetaps Ehefrau kennenlernte. Sie war eine mollige, grauhaarige Frau mit einem Dauerlächeln und Grübchen in den Wangen. Benedict wurde der einzige Stuhl im Haus zur Verfügung gestellt. Als die Sonne aufging und ein neuer Tag anbrach, wurde er mit Feigen, süßen Melonenscheiben und Fladenbrot gefüttert, das man in Palmöl gebraten und in Honig getunkt hatte. Dann wurde ihm gezeigt, wo er schlafen konnte.

All dies vollbrachte man mit einfacher Zeichensprache und einer beeindruckenden Portion guten Willens. Bei jeder Handlung seiner Gastgeber dankte Benedict ihnen und hoffte, dass sie reichlich belohnt würden für ihre Freundlichkeit ihm gegenüber – einem Fremden, der noch nicht einmal ihre Sprache beherrschte.

Eine kleine Weile lag er, doch er konnte keine Ruhe finden. Gedanken an die letzten Momente seines Vaters verdrängten alle anderen Überlegungen. Es war immer noch schwierig für ihn, zu akzeptieren, dass sein Vater nicht mehr lebte. Ständig durchlebte er jenen entsetzlichen Augenblick des Todes und fragte sich, wie er nur die Nachricht seiner Mutter überbringen könnte. Was würde sie tun, wenn sie erfuhr, dass ihr langjähriger Ehemann niemals mehr zu ihr zurückkehrte? Wie würde sie es verkraften?

Benedict fühlte sich einsam und verwaist; er war nicht imstande, irgendjemanden zu verstehen oder sich selbst verständlich zu machen – außer durch ein paar einfache Gesten. Er verbrachte den Tag in großem Kummer, beobachtete die Straße und hielt Ausschau nach Anzeichen, ob Anen die Kopie von der Karte seines Vaters brachte. Doch der Priester kam nicht. Gegen Ende des Tages sah Benedict auf dem Fluss eine Barke, die näher kam; als sie am Ort vorbeifuhr, erkannte er, dass sie voller Soldaten war. Dies deutete er als Zeichen dafür, dass die Obrigkeit von dem Problem beim Tempel erfahren hatte und die Situation alsbald aufgeklärt würde.

Als dieser erste Tag endete, ging er zu seinem Ruhelager und hatte das sichere Gefühl, dass die Karte am nächsten Tag eintreffen und er bald auf seinem Heimweg sein würde.

Der zweite Tag zog sich dahin, und obwohl Benedict nur selten die Augen von der Straße abwandte, kam niemand vom Tempel. Der dritte Tag verstrich in ähnlicher Weise; der einzige Unterschied bestand darin, dass sich der Aufruhr in der Stadt auszudehnen schien. Die Bewohner des Ortes wurden unruhig, und es hatte den Anschein, dass sich viele von ihnen fürchteten. Zwischen Nachbarn gab es heimliche Diskussionen, und jedermann war auf der Hut.

Der junge Mann war fast außer sich vor Enttäuschung und Ungeduld. Und so traf er die Entscheidung, nicht noch einen weiteren Tag zu warten, sondern – komme, was wolle – zum Tempel zurückzukehren und selbst nachzusehen, was dort passierte. Offensichtlich war etwas falschgelaufen. Wie lange brauchte man wohl, um eine einfache Kopie der Tattoos auf der Brust seines Vaters herzustellen? Benedict machte sich selbst Vorwürfe, dass er fortgegangen war, ohne darauf zu bestehen, selbst die Tattoos zu kopieren: Denn so sehr er sich auch vor dieser Aufgabe gefürchtet hätte – zumindest wäre sie längst erledigt gewesen. Er verbrachte eine letzte ruhelose Nacht, und als es am nächsten Morgen gerade zu dämmern begann, erhob er sich, um aufzubrechen. Hetap und seine Frau versuchten, ihn davon abzuhalten, doch er blieb unerschütterlich bei seinem Entschluss. Er dankte seinen Beschützern dafür, dass sie sich um ihn gekümmert hatten, und ging fort.

Auf halbem Weg durch den Ort erblickte er einen Streitwagen, der auf ihn zuraste. Er wartete, und als der Wagen näher herankam, erkannte er Thutmosis. Der Anführer der Wachen war offensichtlich in einem Kampf gewesen: Er trug Verbände an seinem rechten Arm und am linken Bein direkt oberhalb des Knies; zudem war eines seiner Augen schwarz und verfärbt von einem üblen Hieb.

Thutmosis hielt die Pferde an und trat von seinem Streitwagen herunter. Aus einer Tasche, die er an einem Riemen über seiner Schulter trug, holte er ein in Papyrus gewickeltes Bündel heraus, das mit einem rot gefärbten Leinenband verschnürt war. Der Befehlshaber grüßte Benedict und drückte ihm das Bündel fest in die Hände.

»Danke schön«, sagte Benedict. Das Bündel war flach und entlang einer Seite mit einer Reihe schwarzer Hieroglyphen geschmückt; es fühlte sich sehr leicht an, so als ob es fast nichts wiegen würde. Benedict zog an dem roten Band, um das Bündel aufzuschnüren. Sogleich streckte der Befehlshaber die Hände aus und hielt ihn davon ab. »*Rewi rok*«, sagte er.

»Nicht?«, fragte Benedict nach.

Thutmosis schüttelte den Kopf und zeigte an, dass Benedict sofort in den Streitwagen steigen sollte. Der junge Mann, der das Bündel fest umklammert hielt, kletterte hinter dem Befehlshaber in das Gefährt, das sogleich mit einem Ruck nach vorne schoss. Mit klappernden Hufen rasten sie aus dem Ort. Kurz darauf sausten sie an Bohnen- und Gerstenfeldern vorbei, anschließend ging es die Hügel hoch und hinein in die Wüste.

Als Benedict es schließlich gut verstand, das Gleichgewicht in dem schlingernden, rüttelnden Gefährt zu halten, kam die lange Allee mit den widderköpfigen Sphinxen in Sicht. Nur wenige Augenblicke später hielt der Streitwagen am Ende der Allee, wo der Heilige Weg begann, der zum Tempel führte. Thutmosis gab Benedict mit Gesten zu verstehen, dass er aussteigen sollte. Dann wendete der Befehlshaber sein Gespann, hob zum Abschied seine Hand und raste davon. Er ließ Benedict zurück, damit der junge Mann allein und ungesehen seine Heimreise antreten konnte.

Es war noch früh am Morgen. Die Sonne fing gerade an, über der Hügelkette im Osten aufzugehen. Benedict wusste, welche Sphinx zu markieren war, um den Sprung durchzuführen; sein Vater hatte ihn gut unterrichtet. Doch zuerst musste er auf die Karte schauen – die Kopie der Tattoos seines Vaters. Er kniete sich dort nieder, wo das Steinpflaster endete. Vorsichtig schnürte er das rote Leinenband auf und wickelte den Papyrus auseinander.

Was er sah, veranlasste ihn dazu, auf die Füße zu springen und unwillkürlich zwei Schritte zurückzugehen. Er starrte auf das Bündel am Boden; Erstaunen und Abscheu durchschüttelten ihn in Wellen, sie ließen ihn aufkeuchen und nach Luft ringen.

Denn auf dem Boden vor ihm war nicht bloß eine von den Tempelschreibern angefertigte Kopie der Karte, sondern die Karte selbst – die Haut seines Vaters, die in Pergament umgewandelt worden war. Seine Unfähigkeit, mit den Ägyptern zu kommunizieren, hatte zu einem grässlichen Missverständnis geführt. Keine bloße Kopie – die Einbalsamierer hatten das Original konserviert. Das Entsetzen über diese Tat überwältigte Benedict, und er erbrach in den Staub vor seinen Füßen.

Als das trockene Würgen schließlich nachließ, stand er nur da, starrte auf das scheußliche Artefakt und fragte sich, was er nun tun sollte. Er konnte es nicht ertragen, es mitzunehmen, aber er konnte es auch nicht hier zurücklassen. Gefangen in einer Spirale der Unentschlossenheit, stierte er auf das grausige Objekt: ein ungefähr rechteckiges Stück aus fast durchsichtiger Haut, das von blauen Symbolen bedeckt war, die ihr Eigner im Verlaufe seines Lebens hatte eintätowieren lassen. Zugleich wusste Benedict, dass er eine Entscheidung treffen musste, und zwar schnell. Die Sonne kletterte höher über den Hügeln. Der Zeitpunkt, an dem der Ley aufhören würde, aktiv zu sein, rückte rasch näher. Und danach wäre Benedict gezwungen, einen weiteren Tag an diesem verhassten Ort zu verbringen.

Nun gelangte Benedict schnell zu dem Schluss, dass er nur eine einzige Wahlmöglichkeit besaß. Er kniete sich nieder und nahm die Enden des Papyrus auf. Behutsam faltete er ihn in seine ursprüngliche Form zurück und schnürte wieder das rote Band um ihn herum. Anschließend steckte er das Bündel in sein Hemd, drehte sich um und schritt zum Zentrum der Sphinxen-Allee außerhalb des halb fertigen Tempels. Er trat zur fünften Sphinx – vom Ende der Allee aus abgezählt –, blieb stehen und warf einen letzten Rundblick auf die gnadenlose Wüste. Und dann begab er sich mit dem gleichmäßigen, bedächtigen Schritttempo, das sein Vater ihn gelehrt hatte, auf seinen langen Weg nach Hause.

FÜNFUNDZWANZIGSTES KAPITEL

Worin die beste Theorie erklärt wird

Brendan erwies sich als ein tüchtiger und gelehrter Fremdenführer für die Sehenswürdigkeiten von Damaskus. Sein Schützling ließ sich bereitwillig auf eine gemütliche Tour durch die Altstadt ein, in der sie die große Omayyaden-Moschee mit ihren goldenen Kuppeln und dem Schrein Johannes des Täufers besuchten. Sie besichtigten die Karawanserei Chan As'ad Pascha mit ihren ruhigen, von Palmen beschatteten Springbrunnen und durchschritten nacheinander Räume, die mit verschnörkelten Fliesen und Wandschirmen verziert waren. Dann sahen sie die Kapelle des heiligen Paulus, die man genau an der Stelle errichtet hatte, wo er mitten in der Nacht in einem Korb die Stadtmauer heruntergelassen worden war und so aus Damaskus fliehen konnte. Des Weiteren besichtigten sie das Bab al Fardis oder Paradiestor, den großen Suq al-Hamidiyya mit Meilen von Gängen und einer verwirrenden Unzahl von Läden, die Bab Sharqi oder Gerade Straße mit ihren Marmorsäulen und römischen Bögen. Und während sie schlenderten und die Sehenswürdigkeiten in sich aufnahmen, unterhielten sie sich miteinander. Cass erlangte dadurch selbstverständlich ein besseres Verständnis vom Wesen des Ley-Reisens ebenso wie von der Arbeit und der Philosophie der Gesellschaft. Dabei erfuhr sie auch, dass all das mit einem Mann namens Arthur Flinders-Petrie begonnen hatte.

»Ein außergewöhnlicher Mensch: wissbegierig, genial und mutig wie ein Löwe – ein Forscher von höchstem Rang.« Sie saßen an einem winzigen runden Tisch unter einer gestreiften Markise und tranken süßen, wohlriechenden Hibiskustee aus Gläsern in silbernen Halterungen, während um sie herum der Tag langsam dahinschwand. »Ist Ihnen der Name eigentlich jemals begegnet?«, wollte Brendan wissen.

»Nein, niemals«, antwortete Cass.

»Schade. Doch ich bin nicht überrascht. Dass man heutzutage in den Annalen menschlicher Errungenschaften seiner nicht gedenkt, ist auf den folgenden Umstand zurückzuführen: Seine Arbeit war größtenteils geheim und fast ausschließlich auf die Erforschung der Linien tellurischer Energie beschränkt – der Ley-Linien, mit anderen Worten. Dies allein, vermute ich, wäre Grund genug, eine Gesellschaft zu gründen, in der seine Arbeit fortgeführt wird. Aber da gibt es noch mehr.« Brendan hielt inne und betrachtete sie eingehend, als ob er ihre Bereitschaft abschätzen würde, bestimmte Erkenntnisse aufzunehmen.

Cass spürte, wie sich ihr Puls beschleunigte. »Ich höre Ihnen zu.«

»Arthur hat etwas entdeckt«, sagte Brendan, der seine Stimme senkte. »Auf einer seiner zahlreichen Reisen hat er etwas von solch unvorstellbarer Größe entdeckt, dass es den Verlauf seines Lebens verändert hat. Zwar setzte er seine Reisen wie früher fort, doch er bewahrte seine Entdeckung als streng gehütetes Geheimnis und weigerte sich, mit irgendjemandem darüber zu sprechen.«

»Was hat er denn entdeckt?«

Brendan lehnte sich zurück und legte die Stirn in Falten. »Die Wahrheit ist – wir wissen es nicht.«

»Was?«, platzte es aus Cass heraus, deren Verbitterung so groß war, dass ihre Stimme schrill klang. »Da wir freiheraus reden, habe ich mehr erwartet – und es macht mir auch nichts aus, dies freiheraus zu sagen.«

»Und ich wünsche wahrhaftig, ich könnte Ihnen mehr erzählen. Viele Mitglieder unserer Gesellschaft haben ein Leben lang daran gearbeitet, das Rätsel zu lösen, was Arthur entdeckte, und nicht das Gefühl gehabt, dass er es dem Rest der Welt weitergeben konnte. Wir haben uns geschworen, unser Leben und Blut für diese große

Suche hinzugeben, und einige sind bei der Verfolgung dieser Aufgabe gestorben. Wir vertrauen darauf, dass sie ihr Leben nicht vergeblich geopfert haben.«

Cass lehnte sich zurück und starrte den Gentleman an, der ihr am Tisch gegenübersaß; dann kämpfte sie ihre Frustration und Enttäuschung nieder. »Aber Sie müssen doch irgendeine Vorstellung davon haben, wonach Sie überhaupt suchen?«

»Wir haben eine endlose Reihe von Vorstellungen, Theorien, Ahnungen, Vermutungen und so weiter«, erwiderte Brendan und lachte kleinlaut. »Tatsächlich sind es zu viele. Doch die allerbeste Theorie ist – und ich vertrete nicht allein diese Ansicht, sondern andere auch –, dass Arthur Flinders-Petrie nichts Geringeres entdeckt hat als die Mittel, um die Realität zu ändern.«

»Wie bitte?«, rief Cass, deren Tonfall abermals scharf wurde, da sie das Gehörte nicht glauben konnte. Ihre wissenschaftliche Ausbildung und ihr eigener angeborener Hang zur Skepsis – der in den Jahren ihrer akademischen Kämpfe gegen eine beachtliche Anzahl merkwürdiger Vorstellungen feingeschliffen worden war – machten sie argwöhnisch gegenüber allem, was auch nur im Entferntesten schrullig klang. »Für einen Moment habe ich geglaubt, sie hätten gesagt: ›um die Realität zu ändern‹. Was soll das überhaupt bedeuten?«

Brendan nickte. »Ich tadle Sie nicht, dass Sie Zweifel haben. Ich selbst habe Jahre gebraucht, um es zu akzeptieren. Sogar jetzt bin ich mir nicht sicher, ob ich all die Implikationen vollständig begreife, doch es scheint mit dem ganz gewöhnlichen Geheimnis der Zeit verbunden zu sein. Vielleicht hat Arthur eine Möglichkeit gefunden, um die Zeit selbst zu beeinflussen.«

»Das würde die größte Entdeckung in der Geschichte der Menschheit sein«, bemerkte Cass trocken. »Ihr Mann Flinders-Petrie muss ein verdammt guter Entdecker gewesen sein.«

»O, das war er bestimmt«, bekräftigte Brendan. »Das ist natürlich bloß eine Theorie; aber es ist die beste, die wir bislang haben. Überlegen Sie doch mal ... Was wäre, wenn Sie – nur als Beispiel – die Fähigkeit besitzen würden, die Vergangenheit zu verändern ...«

»Dann wäre ich sagenhaft reich und würde in einem tropischen Inselparadies leben, anstatt ein Dreck lutschender Promotions-Landser zu sein. Und wir würden nicht dieses Gespräch führen – das heißt, wenn *ich* die Vergangenheit ändern könnte.«

»Ich befürchte, ich habe Ihnen zu viel unterbreitet, und das alles auf einmal«, sagte Brendan verständnisvoll. Er holte tief Luft und heftete den Blick auf einen Himmel, der sich von Gold zu Violett verfärbte, während der Abend hereinbrach. »Wir sollten zurückkehren. Rosemary wird sich fragen, was aus uns geworden ist.«

Er legte ein paar Münzen auf den Tisch, und sie setzten ihren Spaziergang durch das Straßenlabyrinth der Altstadt fort. Nach einem Moment erklärte er: »Hier in Syrien ist das beeindruckende Spektrum der Vergangenheit überall um uns herum: jede Zivilisation von der Prähistorie über das Zeitalter der Assyrer, Babylonier, Perser, Römer, Byzantiner – was auch immer ... Jede Epoche der menschlichen Existenz hat ihre Spuren in diesem Land hinterlassen. Genau hier ist es leicht, sich das Reisen in die Vergangenheit vorzustellen, weil die Vergangenheit niemals weit entfernt ist.«

»Sie sprechen mit einer Paläontologin«, erwiderte Cass. »Ich verbringe eine Menge Zeit mit dem Kopf in der Vergangenheit.«

»Dann sollten Sie ein gutes Gespür für das Mysterium haben, das sich im Innersten der Zeit selbst befindet. Wir leben und bewegen uns in der Zeit, aber keiner von uns weiß wirklich viel über sie. Zum Beispiel erleben wir normalerweise, dass die Zeit nur in eine Richtung fließt – von der Vergangenheit zur Gegenwart. Wir können die Vergangenheit zumindest indirekt besuchen, nämlich durch Fotos, das geschriebene Wort, unsere Erinnerungen, die von Ihnen aufgefundenen Fossilien und dergleichen. Die Vergangenheit ist stets bei uns: Wir tragen sie mit uns herum in Form von Erinnerungen; wir leben in einer Welt, die vollständig von ihr gestaltet wurde; und sie übt kontinuierlich einen direkten Einfluss auf die Gegenwart aus, nicht wahr? Die Entscheidungen, die Sie gestern getroffen haben, haben Auswirkungen auf das, was Ihnen heute geschieht, und die Entscheidungen, die Sie heute treffen, werden Auswirkungen auf das haben, was Ihnen morgen geschieht. Wir alle erreichen die Zukunft mit der gleichen Geschwindigkeit, und wir müssen mit dem leben, was wir vorfinden, wenn wir dort sein werden.«

»Zum großen Teil aufgrund der Entscheidungen, die wir getroffen haben«, sagte Cass. »Wir gestalten unsere Wirklichkeit durch die Realisierung unserer Vorhaben, durch die Anwendung unseres freien Willens als bewusste Wesen.«

»Richtig«, stimmte Brendan ihr zu. »Durch Ley-Reisen jedoch ist die Erfahrung von Zeit und Wirklichkeit irgendwie fließender.«

»Das habe ich auch bemerkt.«

»Tatsächlich bedeuteten Ley-Reisen normalerweise Besuche zu einer bestimmten Version der Vergangenheit – einer Vergangenheit, in der viele Sachen genau so sind, wie wir sie erinnern, andere Dinge jedoch verschieden sind. Menschen, Geschehnisse und in manchen Fällen sogar Orte sind anders als das, was wir aus persönlicher Erfahrung wiedererkennen.« Er hielt inne und hob seine Augen, um ihren Gesichtsausdruck zu studieren. »Aber was, wenn die Vergangenheit so vollkommen veränderbar und so voller Möglichkeiten wäre, wie die Zukunft es zu sein scheint?«

»Dann könnten wir durch eine Veränderung der Vergangenheit vielleicht eine bessere Zukunft erschaffen, als wir sie sonst haben würden«, meinte Cass.

»Das ist der Grund, weshalb sie sagenhaft reich und in ihrer tropischen Pracht leben werden – durch die Veränderungen, die Sie in Ihrer vergangenen Realität erzeugen.« Brendan betrachtete Cass mit einem wissenden Ausdruck. »Kurzum, durch die Veränderung der Vergangenheit erschafft man auch eine Zukunft, die nicht existiert haben könnte, wenn die Dinge in der Weise geblieben wären, wie sie nun einmal sind.«

»Schön wär's!«, rief Cass aus. »Der Haken an der Sache ist natürlich, dass man niemals genau weiß, was die Ergebnisse irgendeiner Veränderung sein könnten. Da alles mit allem verflochten ist, kann selbst eine kleine Veränderung in einem winzigen Bereich irgendwo anders zu schrecklichen oder wenigstens zu ungewollten Folgen führen. Mit einem Wort – Chaostheorie.«

»Was wäre, wenn es eine andere Möglichkeit gäbe?«, deutete

Brendan an. »Eine Hypothese über die Zeit lautet, dass die Zukunft nur als eine Möglichkeitswolke existiert – weder Form noch Substanz hat, sondern nur reine Potenzialität. Was wäre nun, wenn Sie die Fähigkeit besäßen, in diese Möglichkeitswolke hineinzugreifen – in diesen Nebel mit allen möglichen Auswirkungen jeder Handlung... Was, wenn Sie hineingreifen und genau das spezielle Handlungsergebnis herauspflücken könnten, das Sie sich wünschen?«

»Die Zukunft wählen, die man will...«, sinnierte Cass. »Was die gegenwärtige Wirklichkeit abändern und logischerweise auch zwangsläufig die Vergangenheit umwandeln würde.«

»Genau das ist es, was Arthur Flinders-Petrie, wie ich glaube, entdeckt hat«, erklärte Brendan.

Nichts Weiteres wurde mehr gesagt. Cass blieb still und nachdenklich, während sie zur Zentrale der Gesellschaft zurückkehrten. Dort wurden sie von Rosemary Peelstick empfangen. »Sie beide können hier mit dem Rundgang weitermachen. Das Abendessen ist beinahe fertig. Ich werde Sie in ein paar Minuten rufen.«

»Danke schön, Rosemary, Sie sind klasse«, erwiderte Brendan. Dann schritt er zum Treppenaufgang und sagte dabei zu Cass: »Kommen Sie mit, ich möchte Ihnen etwas zeigen.«

Cass folgte ihrem Führer zwei Stockwerke nach oben. Der Ire holte einen Schlüssel aus der Tasche, schloss eine schwere Tür auf und trat über die Schwelle. Er drehte an einem Schalter an der Mauer, und in Wandleuchtern flackerte das Licht an. Es enthüllte einen unglaublich riesigen Raum mit einer hohen Balkendecke und kleinen rautenförmigen Fenstern, der die gesamte zweite Etage des Gebäudes einnahm. Er schien mit Büchern, Rollen, Manuskripten und Papieren aller Art vollgestopft zu sein. Es gab Bücher in Holzkisten; und die vom Boden bis zur Decke reichenden Regale, die zu beiden Seiten die langen Wände säumten, waren mit Bänden vollgepackt. Bücher waren auf dem Boden zu instabilen Türmen aufgestapelt worden; sie lagen unordentlich aufgehäuft in den Ecken, sie schienen unter Leinwandabdeckungen herabzustürzen und aus sich auflösenden Kisten herauszuquellen. Drei große Bibliothekstische stöhnten unter dem Gewicht überdimensionaler Buchbände, und auf einem weiteren Tisch lagen in großen Haufen Pergamentrollen und gebündelte Manuskripte, die mit Bändern und Kordeln verschnürt waren. Die Luft war modrig vom Geruch verrottenden Papiers und vom Staub.

»Kommen Sie, kommen Sie«, sagte Brendan und führte Cass in den Raum hinein.

Sie betrachtete eingehend das chaotische Durcheinander. »Das erinnert mich an den Graduiertenlesesaal in der Universitätsbibliothek.«

»O, das ist keine Bibliothek«, entgegnete Brendan. »Und auch kein Lesesaal. Das ist eine *Genisa*.«

»Genisa«, wiederholte Cass. Sie hatte dieses Wort noch nie zuvor gehört.

»Die alten Juden betrachteten es als Sünde, ein Buch wegzuwerfen, und es war ein Anathem, ein Buch zu zerstören, das ein Tetragramm enthielt – die vier Buchstaben, aus denen der Name Gottes besteht. Wenn also ihre heiligen Texte oder anderes Material stark abgenutzt waren, wurden sie in einer Genisa hinterlegt, um dort auf ihre offizielle Beisetzung in heiligem Boden zu warten.« Mit ausgebreiteten Händen wies er auf den Raum. »Das ist unsere Genisa, doch wir beerdigen die Bücher nicht mehr. Sie sind viel zu wertvoll.«

»Ihr Schatz sind Bücher.« Cass trat zum nächsten Tisch. Die Bände waren alt und abgewetzt – das stimmte –, und die meisten waren nicht in Englisch, sondern in anderen Sprachen. »Woher kommen sie alle?«

»Sie sind hier und da von Mitgliedern der Gesellschaft während ihrer verschiedenen Reisen gesammelt und aus dem erwähnten Grund geschenkt worden. Wir bewahren jene Bücher auf, die wir für sehr erhaltenswert erachten. Wer weiß denn schon, wann etwas, das auf einer dieser Seiten geschrieben ist – irgendein kleines Fragment einer Ausführung, eine undurchsichtige Aufzeichnung eines historischen Ereignisses, ein Wort, ein Name, ein Bericht aus einer inzwischen vergessenen Quelle ... irgendein winziges Kleinod an

Wahrheit –, sich als wertvoll für die Förderung unserer Forschungen erweisen wird. Dann wird das Buch sozusagen wieder zum Leben erweckt werden, um seine Bestimmung zu erfüllen.«

Er ging zu einem kleineren Tisch an einem Ende des Raums. »Hier! Ich möchte Ihnen eines der seltensten dieser Kleinode zeigen.« Brendan griff nach einem rechteckigen, großen, allerdings sehr dünnen Buch, das in rotem Leder gebunden war. Auf dem Deckel standen die in Gold geprägten Worte *Landkarten der Fee*. Er zog das Buch zu sich heran und schlug den Deckel auf. »Dies hier wurde von einem exzentrischen schottischen Schreiber erstellt – unter dem Namen Fortingall Schiehallion. Doch das war nicht sein richtiger Name.«

»Ach, was Sie nicht sagen?«, schnaubte Cass.

»Sein echter Name war Robert Heredom. Irgendwann um 1795 herum veröffentlichte er diese Abhandlung über die Kartografie von dem, was er die Fee-Bereiche nannte.« Brendan begann, das Buch durchzublättern. Hier und da hielt er inne, um eine Seite mit ausführlichen Zeichnungen von merkwürdigen Landschaften mit noch merkwürdigeren Namen zu zeigen.

Cass sah Gebiete, dargestellt auf vergilbten Seiten, wo es verzauberte Wälder mit verdrehten Bäumen, magischen Quellen und Flüssen gab – oder Inseln aus Glas und Täler, die von unsterblichen Königen regiert wurden. Und all das war mit der Präzision und Fertigkeit eines exzellenten Zeichners erstellt worden.

»Wie Sie aus den Karten ersehen können, die Heredom gezeichnet hatte, besaß er eine lebhafte Fantasie.« Brendan blätterte zu einer bestimmten Seite und lenkte Cassandras Aufmerksamkeit auf eine merkwürdige Karte, die keiner der anderen ähnelte, die sie bisher gesehen hatte. »Aber diese Karte ...«, hob er hervor, »... diese Karte ist anders.«

Er drehte das Buch ihr zu, sodass sie die Darstellung deutlich sehen konnte. Es handelte sich um eine Zeichnung, die vollständig in Sepia-Farbtönen gemalt war, als ob der Eindruck erweckt werden sollte, es wäre ein Stück Pergament, das man aus Ziegen- oder Schafhaut hergestellt hätte. Es war annähernd rechteckig, hatte unregelmäßige Kanten und wies Knitterfalten auf; zudem gab es ein paar winzige Löcher und eine Reihe von Rissen oder Sprüngen – um es noch besser so aussehen zu lassen, als ob der Künstler tatsächlich ein Objekt der Wirklichkeit kopiert hätte. Die Oberfläche des dargestellten Pergaments war mit etlichen fantastischen Markierungen geschmückt: Es handelte sich um Spiralen und Wirbeln mit Punkten, um sich schneidende Linien und überlappende Kreise, um seltsame kryptische Symbole, die wie primitive Felszeichnungen aussahen – von der Art, wie man sie auf Felsen in Wüsten vorfand. Oder die wie Buchstaben eines imaginären Alphabets erschienen – oder wie stilisierte Monogramme von Namen in Sprachen, die niemals existiert hatten.

»Wie äußerst seltsam«, murmelte Cass. »Karten von imaginären Orten.«

»Die Karte vor Ihnen ...« – Brendan strich mit den Fingerspitzen leicht über die Seite – »... *diese* Karte ist anders. Es ist eine Aufzeichnung von etwas, das eine der bemerkenswertesten Entdeckungen in der Geschichte der menschlichen Rasse sein muss.«

Cassandra senkte den Kopf und schaute sich die Zeichnung genauer an, wobei sie ihre Aufmerksamkeit auf die geheimnisvollen Hieroglyphen konzentrierte. Sie hatte so etwas schon früher gesehen – eingeritzt oder gemalt auf Felswänden von Volksstämmen auf der ganzen Welt, die vor langer Zeit untergegangen waren. Doch diese Symbole hatten wie der Rest der Darstellungen keine Bedeutung für sie. »Pergament, nicht wahr?«

»Richtig«, bestätigte der Ire, »allerdings von einer sehr seltenen und speziellen Art. Worauf Sie schauen, ist eine Abbildung der Karte, die Arthur Flinders-Petrie aufbewahrte, um seine bedeutenderen Entdeckungen zu protokollieren – Entdeckungen, die er auf seiner eigenen Haut festhalten ließ.«

»Das sind also Tattoos«, schlussfolgerte Cass.

»Genau das sind sie. Als Arthur starb, wurde seine Haut abgelöst und in Pergament umgewandelt, um die Karte aufzubewahren – damit die Aufzeichnung seiner Entdeckungen nicht verloren gehen sollte. Wir nennen sie die Meisterkarte, und sie ist von zentraler

Bedeutung für die Arbeit der Gesellschaft. Hinter diesen Symbolen verstecken sich Wunder. Beispielsweise ist irgendwo auf dieser Karte der Quell der Seelen.« Brendan blickte auf. »Ich sehe, dass Sie mit der Legende nicht vertraut sind.«

»In keiner Weise«, gestand Cass.

»Es ist ein Mythos, der in vielen Kulturen seinen Niederschlag findet. Eine seiner bekanntesten Ausdrucksformen ist ein arabischer Glaube, der mit dem Felsendom in Jerusalem verbunden ist: Die Seelenquelle ist bekannt als ein Ort der Vorhölle, wo die Seelen der Toten auf den Tag des Jüngsten Gerichts warten – oder vielleicht auf die Chance, wiedergeboren zu werden. Doch der Mythos ist viel älter als diese Vorstellung; tatsächlich scheint er so alt wie die Menschheit selbst zu sein. Fast in jeder Kultur gibt es eine ähnliche Geschichte: der Jungbrunnen, das Elixier des ewigen Lebens, der Stein der Weisen. All das sind Variationen eines einzigen Themas, wie man sagen könnte – des Mythos von der Seelenquelle. Viele andere Materialien deuten darauf hin, dass sich die Quelle im ursprünglichen Paradies befindet – in Eden.«

Cassandras Verstand sprang vor zum voraussichtlichen Ende von Brendans Ausführungen. »Sie glauben, dass Arthur diese Seelenquelle gefunden hat und dass dies etwas zu tun hat mit dem Manipulieren der Zeit, dem Auswählen der Zukunft, dem Verändern der Vergangenheit und all dem. Das ist es doch, was Sie mir erzählen wollen, oder?«

»Wir können es nicht beweisen«, gestand Brendan. »Doch einige unserer Mitglieder haben Anlass zu der Auffassung, dass Arthur dies entdeckt und den Ort auf seiner Karte festgehalten hat.«

»Und dies da ...« Cass zeigte auf die offene Seite des Buches vor ihr. »Sie glauben, dies ist eine Zeichnung von jener Karte, nicht wahr?«

»Ja, das glaube ich.« Er schürzte die Lippen und runzelte die Stirn, während er über die Abbildung auf der Seite nachdachte. »Leider ist es keine vertrauenswürdige Kopie der Originalkarte ... bloß die Vorstellung eines Künstlers, die zweifellos auf einer mündlichen Beschreibung der Karte beruhte ... Vielleicht hat sie jemand, der sie sah, Heredom beschrieben, der daraufhin die Zeichnung erstellt hat. Unglücklicherweise sagt Heredom nichts dazu. Doch so unzulänglich die Zeichnung auch sein mag, dient sie nichtsdestotrotz dazu, die ursprüngliche Herkunft der Karte zu verbürgen.«

»Vergeben Sie mir, Brendan«, erwiderte Cass leichthin, »aber wer soll Ihnen garantieren, dass diese ›Wiedergabe‹ des Künstlers nicht selbst auf purer Fantasie beruht – wie all die anderen Märchenkarten in diesem Buch? Ist das nicht eine Erklärung, die viel wahrscheinlicher ist?«

Der dünne Ire lächelte. »Ich werde sehr große Freude daran haben, mit Ihnen zu arbeiten, Cassandra. Ihre wissenschaftlichen Instinkte leisten Ihnen gute Dienste.«

Cass ging über die Behauptung hinweg, dass sie beide zusammenarbeiten würden. Soweit es sie anbelangte, war bisher noch nichts entschieden. »Die einfachste Erklärung ist diejenige, die am wahrscheinlichsten der Wahrheit entspricht. In diesem Fall besteht die einfachste Erklärung darin, dass Schiehallion, der Fantast, sich die Karte bloß ausgedacht hat – auf die gleiche Weise, wie er all die anderen Karten sich hat einfallen lassen.«

»Und Sie würden natürlich recht haben, wenn es nicht die Tatsache gäbe, dass wir unabhängiges unterstützendes Beweismaterial haben, das die Existenz der Karte bestätigt. Ich kann Ihnen versichern, sie ist in vielem so, wie Sie es hier sehen.« Er sah sich ein letztes Mal das Bild an; dann schloss er das Buch und legte es an seinen Platz zurück. »Ich habe sie mit meinen eigenen Augen gesehen.«

»Sie haben die echte Meisterkarte?«

»Ein Stück davon, ja.« Er blickte finster. »Unglücklicherweise ist es gestohlen worden. Wir arbeiten daran, es zurückzubekommen.«

Verschwundenes Beweismaterial ist überhaupt kein Beweismaterial, dachte Cass und spürte erneut, wie sich der Wurm des Misstrauens in ihrem Bauch krümmte. Doch sie war hier in Damaskus – und die Zeit war um rund achtzig Jahre aus den Fugen geraten. Und es gab keine Möglichkeit, sich das auf rationale Weise zu erklären. »Ich

nehme nicht an, dass sie irgendetwas anderes haben, das Sie mir zeigen könnten?«
»Um Sie zu überzeugen?« Das letzte Wort betonte er ganz besonders. »Ist es das, was Sie meinen?«
»Nun, wenn Sie es so ausdrücken wollen: Was haben Sie, um mich zu überzeugen?«
»Man möge mir vergeben, gedacht zu haben, dass Sie aufgrund Ihrer bisherigen Erfahrungen dazu gebracht worden sind, der Überzeugung ein ordentliches Stück näher zu kommen.« Er drehte sich um und zeigte auf die Tür. »Nach Ihnen.«
Cass spürte den sanften Tadel in seinen Worten. »Reisen Sie eigentlich, Brendan?«, fragte sie, während sie auf die Tür zuschritt.
»Sie meinen Ley-Reisen? Leider nicht. Das ist nichts für mich.« Brendan folgte ihr nach draußen und verschloss wieder die Genisa. »Aber ob Sie es mögen oder nicht, Cassandra, Sie sind eine Reisende geworden. Sie haben die verborgenen Dimensionen eines Universums durchquert, das sehr viel größer und vielfältiger ist, als die gegenwärtige Wissenschaft es sich vorstellt. Obschon einige aufgeklärte Denker wie beispielsweise Einstein oder Niels Bohr beginnen, darüber zu theoretisieren und das Universum in einer Art beschreiben, die unserer Vorstellung davon, wie die Welt funktioniert, verblüffend nah ist.«
Er ließ es zu, dass seine Worte einen Augenblick lang ins Bewusstsein seiner Zuhörerin tief eindringen konnten, bevor er fortfuhr: »Wir stehen an der Schwelle zu einer monumentalen Entdeckung. Ich kann das fühlen.« Auf dem Treppenabsatz hielt er inne und wandte sich zu ihr um, bevor er anfing, die Stufen hinunterzugehen. »Ich habe keinerlei Zweifel, dass wir gemeinsam große Dinge vollbringen werden.«
»Vorausgesetzt, ich stimme zu, mich Ihnen anzuschließen«, erklärte Cass rundheraus. »Ich habe immer noch eine Wahl, wissen Sie.«
»O, natürlich haben Sie noch eine Wahl. Sie können sich uns anschließen oder nicht – ganz, wie Sie wünschen. Aber da ich weiß, was Sie wissen, glaube ich, dass Sie zu guter Letzt herausfinden, dass

es auf die Entscheidung hinausläuft, ob Sie Ihre schicksalhafte Bestimmung annehmen oder sie für immer leugnen. So oder so werden Sie eine Wahl treffen, und so oder so werden Sie sich vorwärtsbewegen. Denn, wissen Sie, es gibt nicht die Möglichkeit, einfach umzukehren.«

SECHSUNDZWANZIGSTES KAPITEL

Worin sich eine Erklärung für die astrale Dislokation findet

»Snipe, leg diese Kröte hin!«, schrie Douglas Flinders-Petrie. »Hast du mich nicht gehört?«

Der hellhäutige Junge unterbrach seine Experimente. Er blickte um sich, als sein Herr quer über den Hof des Stalles auf ihn zustürmte, und riss das Messer zur Seite, damit es nicht gesehen werden konnte.

»Hör auf, dieses Geschöpf zu quälen, und komm her. Es ist Zeit zu gehen.«

Mit größtem Widerwillen ließ Snipe die verwundete Kröte fallen, blieb jedoch stehen. Immer noch verbarg der das Messer, dessen Klinge er an seiner Hose abwischte.

»Komm mit mir!« Douglas begann fortzugehen.

Snipe wartete, bis sein Herr ihm den Rücken zuwandte. Dann stampfte er auf das zappelnde Tier und zermalmte es unter seinem Absatz.

»Jetzt aber!«, rief Douglas. »Wir haben zu arbeiten.«

Während der widerspenstige Diener mit dem Mund lautlose unzusammenhängende Flüche formte, nahm er hinter seinem Herrn dessen Marschrhythmus auf; die an den Seiten angelegten Hände hatte er zu Fäusten geballt.

»Wir müssen dir die Haare scheiden lassen, zudem musst du dich waschen und ankleiden«, sagte Douglas zu ihm. »Und wir müssen bei Sonnenuntergang beim Ley ankommen, wenn wir eine Chance haben sollen, uns diese Nacht mit Bruder Bacon zu treffen.«

Nachdem sich Douglas in der Verkleidung eines gelehrten Mönchs aus Wales, der zu Besuch war, eingeführt hatte, fühlte er sich nun frei, in den Straßen des mittelalterlichen Oxfords aufzutauchen und zu verschwinden, wie es ihm gefiel. In den vergangenen sechs Monaten hatte er den gebildeten Professor zweimal um Rat zu Themen gefragt, die sich auf die Entzifferung des mysteriösen Textes eines Buches bezogen, das er aus dem Britischen Museum gestohlen hatte: Es handelte sich um einen geheimnisvollen kleinen Band, dessen Text mit einem Alphabet aus komplizierten Symbolen geschrieben war, die der Mönch und Professor euphemistisch als Sprache der Engel bezeichnete.

Bruder Bacon musste allerdings zugeben, dass er das Manuskript abgefasst hatte. Doch er räumte ein, dass er den Text aus einer anderen Quelle kopiert hatte. Douglas argwöhnte, dass der Gelehrte allzu bescheiden war, wenn nicht gar unaufrichtig – zweifellos, um sich selbst vor zu peinlich genauen Untersuchungen durch neugierige kirchliche Autoritäten zu schützen, die dazu neigten, hinter jedem Busch einen Häretiker zu vermuten. Der auf feinem Pergament geschriebene Band trug den faszinierenden Titel *Inconssensus Arcanus*, das grob mit *Buch der verbotenen Geheimnisse* übersetzt werden konnte. Für seinen Autor hätte ein Buch wie dieses Ärger bedeutet, und das war kein Wunder: Seine kleinen Seiten waren dicht mit schwer verständlichem, rätselhaftem Text beschrieben, der über alle Arten von Geheimnissen ausführlich berichtete – von denen jedes dazu führen würde, dass man den Buchbesitzer auf dem Marktplatz an einen Pfahl band und um seine nackten Füße herum pechgetränktes Kleinholz bündelte. Das heißt, falls irgendjemand in der Lage wäre, den Text zu lesen.

Roger Bacon war kein Häretiker, doch im dreizehnten Jahrhundert waren Wissenschaft und Magie unbequemerweise nahe beieinander liegende Bettgenossen. Douglas wusste dies, und daher übte er in dieser Angelegenheit auf seine Primärquelle keinen Druck aus. In jedem Fall war er mehr darum besorgt, praktische Ergebnisse zu erzielen, als mit einem Mystiker, der mit der Kirche verbunden war, über Metaphysik zu streiten.

Sechs Monate harter, Migräne hervorrufender Arbeit und verbissene Beharrlichkeit hatten sich ausgezahlt, denn Douglas hatte seine Entschlüsselungsarbeit beendet. Es war nicht einfach gewesen; und ohne die Hilfe von Magister Bacons Schlüssel, den Snipe bei ihrem ersten Besuch im Allerheiligsten des Wissenschaftlers entwendet hatte, wäre es unmöglich gewesen. Nun war Douglas bereit, die Richtigkeit seiner Arbeit zu überprüfen. Zu diesem Zweck sollte die Reise, die er nun vorhatte, all das bestätigen, was er über das Lesen des Codes und die Art seiner Anwendung auf die Symbole der Meisterkarte gelernt hatte.

Was das Letztere anbelangte, so war er sich sicher, dass Bacon mehr über interdimensionale Reisen wusste, als er durchblicken ließ. Das gesamte Buch hindurch waren aufreizende Hinweise verstreut, und Douglas, der sich in diesem Thema bereits gut auskannte, war nicht langsam darin, die Anspielungen auszumachen. Der größte Teil des Textes widmete sich der Erörterung einer abstrusen Philosophie, aus der Douglas nicht schlau wurde, die jedoch irgendwie etwas zusammenfasste, auf das sich der Autor als *astralis dislocationem* bezog. Der Schatz, den dieser obskure Band auf einigen Seiten in sich verbarg, war ein Verzeichnis, das die Symbologie der codierten Sprache selbst umriss – eine Art Schlüssel, der aufzeigte, wie die Symbole in ihrer Beziehung zu dieser so genannten astralen Dislokation zu interpretieren waren.

Douglas zog seine Mönchskutte mit Kapuze an und warf einen kritischen Blick auf Snipe, der inzwischen als Laienbruder gekleidet war – und der wahrscheinlich so weit von einem engelsgleichen Wesen entfernt war, wie die Gründer des Zisterzienserordens vernünftigerweise vorausgeahnt haben konnten. Doch nun, da sein helles, drahtiges Haar geschoren und sein ovales Gesicht rosarot geschrubbt war, mochte er für ein Wesen durchgehen, das etwas weniger diabolisch zu sein schien, als er aufgrund seiner natürlichen Veranlagung war.

»Zieh dein Zingulum straff«, wies Douglas ihn an. »Und mach deine Sandalen fest.«

Snipe gehorchte murrend. Douglas war zufrieden darüber, dass sie nun bereit waren; er verschloss das Zimmer und machte sich auf den Weg zum Ley. Es war eine dunstige Nacht im Spätherbst, und die Straßen würden dunkel und, wie Douglas hoffte, ziemlich verlassen sein. Das Wetter war kalt, und vom Fluss waren Nebelschleier in die Stadt gezogen. Daher durfte man hoffen, dass sie den Sprung durchführen konnten, ohne unerwünschte Aufmerksamkeit auf sich zu ziehen. Mönche, die bei normaler Sicht plötzlich auftauchten oder verschwanden, hatten die Tendenz, eine befremdliche Wirkung auf die Bürgerschaft zu haben; die Uneingeweihten neigten dazu, aus diesem Geschehnis viel Aufhebens zu machen – selbst in einer Stadt, die so weltklug war wie das Oxford des neunzehnten Jahrhunderts. Je weniger dramatisch Douglas ihr geheimes Kommen und Gehen durchführen konnte, desto besser war es.

Sie verließen ihre Räumlichkeiten im *The Mitre*, betraten die Queen Street und spazierten zielgerichtet in die Abenddämmerung hinein. »Schau nach der Markierung«, instruierte Douglas seinen Begleiter. »Es sollte etwa direkt...« Sein Blick glitt über den Bürgersteig auf der Suche nach dem Kreidezeichen, das er früher am Tag angebracht hatte. »Da ist es.« Er streckte den Arm nach hinten aus. »Deine Hand, Snipe.«

Der missmutige Diener legte seine Hand in die seines Herrn.

»Fertig? Geh schwungvoll los. Bei drei.« Douglas machte einen großen Schritt. »Eins...« Es folgte ein weiterer. »Zwei...« Und noch einer. »Drei...«

Er spürte, wie seine Füße den Kontakt zum Boden verloren, und dann das stets ein wenig nervenaufreibende Gefühl der Schwerelosigkeit und des Fallens – jedoch nur für einen Schritt. Es folgte der vertraute Stoß durch seine Beinknochen, wenn der Boden unter ihm abermals fest wurde. Der Nebel klärte sich auf, und er sah direkt vor sich dieselbe Straße wie zuvor, nur dass sie diesmal mit Kopfsteinen gepflastert war. Und anstatt Verkehrsampeln gab es Eisenschalen, die an den Kreuzungen aufgestellt waren und in denen Holzscheite brannten.

Auf den Straßen des mittelalterlichen Oxfords patrouillierten Spieße schwingende Büttel, von denen man erwarten konnte, dass sie Fremde aufgriffen, doch Douglas sah niemanden in der Nähe. Stattdessen vernahm er ein würgendes Geräusch hinter sich und schaute nach hinten. Er sah Snipe, der sich vorgebeugt und die Hände auf seine Knie gelegt hatte. »Wann bist du nur fertig«, seufzte er ungeduldig.

Während Douglas wartete, hört er, wie die Glocke in der Kirche Saint Martin schlug. »Es muss Komplet sein«, dachte er laut. »Los, Snipe. Wisch dir den Mund ab, und mach schnell.«

Er machte sich auf den Weg zu der Kreuzung und bog dort nach Süden in die Abbingdon Road ein, die zum Fluss und zur Brücke führte, auf der der alte Verteidigungsturm stand: ein halb zerstörtes Bauwerk, das inzwischen als Bruder Bacons Arbeitszimmer bekannt war – oder von jenen, die eine weniger freundliche Gesinnung besaßen, als Bacons Torheit bezeichnet wurde. Die zwei gingen die Straße entlang; ihre Sandalen verursachten klatschende Geräusche auf den feuchten Steinen. Douglas fragte sich, welcher Tag heute war – oder gar welcher Monat. Entsprechend seinen Mutmaßungen konnte es jeder Tag zwischen Ende November und Mitte Januar sein.

Das Licht von den Leuchtfeuern an der Kreuzung verschwand, und sie spazierten durch die Dunkelheit, bis sie die Brücke erreichten. Dort waren einige weitere Feuerschalen aufgestellt worden, um die Passage unter dem Turm zu beleuchten. Douglas ging zur Turmseite herum und stieg die wenigen Stufen hoch, die zu der starken Holztür führten. Dort stellte er fest, dass sie versperrt war: Rohe Bretter waren quer über die Tür genagelt worden.

»Was zum Teufel ...«, murmelte Douglas. Er hatte erwartet, den Gelehrten in seinem Studierzimmer bei der Arbeit vorzufinden, so wie Bacon es jede Nacht getan hatte.

Snipe warf einen Blick auf den mit Brettern zugenagelten Eingang und stieß ein scharfes Bellen aus, was sein Versuch eines Lachens war.

»Das ist nicht komisch«, knurrte Douglas. »Wir müssen in die Stadt zurückgehen und versuchen, herauszufinden, was passiert ist.«

Sie trotteten die Straße zurück, und dieses Mal wurden sie an der Kreuzung von einem Büttel angegangen. »*Pax vobiscum*«, begrüßte Douglas ihn freundlich. Mit der Hand schlug er ein Kreuzzeichen, und der Stadtbedienstete, der die Geste und das Mönchshabit sah, hob seinen Spieß, um sie weitergehen zu lassen. »*Benedicimus te, filius meus*«, erklärte Douglas in seinem besten klerikalen Tonfall und ging an dem Mann vorbei.

»*Salve, frater*«, erwiderte der Büttel in hartem Latein.

Douglas nickte und ging weiter. Als die Glocken zur Komplet verklungen waren, entschied er, in der Kirche Saint Martin vorbeizuschauen und nachzufragen, ob er mit einem der leitenden Geistlichen sprechen könnte. Mit einer gemurmelten Warnung an Snipe, sich von seiner besten Seite zu zeigen, schlichen die beiden lautlos in die Kirche, wo sie an der hinteren Seite des Altarraums stehen blieben. Eine Gruppe von Mönchen in weißen Kutten und schwarzen Skapuliers stand vorne unterhalb des Altars und skandierte das letzte Gebet des Tages.

Wenig später hatten sie es beendet und begannen, aus der Kirche zu schlurfen; einige von ihnen gähnten, andere sprachen leise miteinander. Douglas entdeckte jemanden, von dem er glaubte, dass er ihn von einem vorherigen Besuch kannte. Er trat aus dem Schatten und sagte: »Bitte entschuldigt, dass ich Euch störe, Bruder.« Das Latein fühlte sich seltsam auf seiner Zunge an, doch er erinnerte sich daran, seinen Kopf leicht zu beugen, um seine Achtung vor dem Alter des anderen auszudrücken. »Bruder Thomas, nicht wahr? Ich habe gehofft, ich könnte mit Euch kurz sprechen.«

Der Mönch schickte seine Brüder weiter voraus, hielt an und drehte sich zu Douglas. »Kenne ich Euch, Bruder?«

»Ich bin Bruder Douglas«, antwortete er lächelnd, »ein Besucher aus Tyndyrn.«

»Ah, ja ... Ich erinnere mich an Euch. Wie kann ich Euch zu Diensten sein, Bruder?«

»Verzeiht mir meine raue Aussprache«, entschuldigte sich Douglas. Der andere zeigte ihm mit einem Nicken an, dass er ihm dies nachsah. »Wie Ihr Euch vielleicht erinnert, habe ich von Bruder

Bacon eine gelehrte Beratung erhalten – zu Fragen der Sprache und der Interpretation.«

»Ja?«

»Ich bin gerade in der Stadt angekommen und hoffte, ihn bei der Arbeit in seinem Studierzimmer auf der Brücke zu finden, aber...«

Bruder Thomas vollendete den Gedankengang. »Ihr habt entdeckt, dass Magister Bacons Turm versperrt und mit Brettern zugenagelt ist.«

»Fürwahr, Bruder. Ich habe gehofft, Ihr könntet mir den Grund dafür sagen.«

Der ältere Mönch schürzte die Lippen, während er darüber nachdachte, wie er am besten seine Antworten formulieren sollte. »Bruder Bacon ist unter Arrest gestellt und in seinem Wohnbereich eingesperrt worden.«

Douglas hob überrascht seine Augenbrauen. »Könnt Ihr mir den Grund für seinen Arrest mitteilen?«

»Bitte gesteht mir einen Augenblick des Nachdenkens zu«, erwiderte Thomas. Der Mönch legte die Fingerspitzen aneinander und drückte sie gedankenversunken gegen seine Lippen. »Ich kann Euch sagen, dass unser Bruder wegen des Versuchs angeklagt worden ist, die Studenten, die seiner Obhut unterliegen, zum Schlechten zu verleiten. Er ist eingesperrt bis zum Ausgang einer Untersuchung seiner Lehren.«

»Das ist allerdings eine sehr ernste Anklage«, erklärte Douglas verständig. Aufgrund seiner Recherchen wusste er, dass Magister Bacon einst unter Hausarrest gestellt worden war aufgrund von fadenscheinigen Häresie-Anklagen – die, wie man glaubte, von Rivalen vorgebracht wurden, die eifersüchtig darauf waren, dass er in der Gunst von Papst Clemens IV. stand. Douglas war jedoch nicht in der Lage gewesen, herauszufinden, wann dieser Hausarrest begann; nun jedoch wusste er es. »Sind ihm Besucher erlaubt?«

Der ältere Mönch schüttelte langsam den Kopf und zeigte ein dünnes Lächeln. »Leider nicht. Es ist eine Bedingung seines Arrestes, dass Bruder Bacon – bevor die Anklagen nicht vor Gericht verhandelt worden sind und sich als richtig oder falsch erwiesen haben – niemanden sehen und mit keinem sprechen darf, damit er nicht andere mit seinen giftigen Lehren ansteckt.«

»Selbstverständlich«, erwiderte Douglas, der bei seinem Auskunftgeber eine unterschwellige Feindseligkeit spürte. »Zweifellos ist es so, wie es sein sollte.«

»Sicherlich.« Der Geistliche straffte sich. »Nun, wenn es nichts Weiteres mehr gibt, wünsche ich Euch eine gute Nacht.« Er hob die Hand zu einem Abschiedssegen. »Gott möge Euch rasch zur Ruhe geleiten.«

»Und Euch auch, Bruder«, sagte Douglas und trat zur Seite, damit der andere weggehen konnte. Der ältere Kleriker gesellte sich zu seinen Brüdern, die an der Kirchentür auf ihn warteten.

Nachdem alle anderen fort waren, zog Douglas Snipe zur Seite und erklärte: »Wir warten hier, bis alle ins Bett gegangen sind. Du schläfst auch. Ich werde dich wecken, wenn es an der Zeit ist.«

FÜNFTER TEIL

Fünf glatte Steine

SIEBENUNDZWANZIGSTES KAPITEL

Worin eine neue Rekrutin umworben wird

Der milde Abend ging langsam in die Nacht über, während Cassandra und ihre beiden Führer durch die stillen Straßen des alten Damaskus schlenderten und dem Klang der entfernten Kirchenglocken lauschten. Cass, die ein wenig benommen und verwirrt von all dem war, was sie an diesem Tag gehört hatte, befand sich in einer ruhigen, nachdenklichen Stimmung. Irgendwo von einem Minarett erhob sich der monotone Singsang eines Muezzins, der die Gläubigen zum Gebet rief, und hallte in den fast leeren Straßen wider. Das purpurne Abendlicht, das Läuten der Glocken und der tremolierende Gesang passten ihr perfekt.

»Ich weiß immer noch nicht, warum Sie wollen, dass ich mich Ihrer Gesellschaft anschließe«, erklärte sie schließlich. »Ich habe null Erfahrung und weiß fast nichts von irgendetwas von alldem. Ich glaube wirklich nicht, dass es auch nur irgendetwas gibt, was ich Ihnen anbieten kann.«

»Meine Liebe«, erwiderte Mrs Peelstick, »Sie haben genau das eine, was wir am meisten brauchen – Jugend. Der ganze Rest kann erlernt werden.«

»Die schlichte Wahrheit ist, dass die Zetetische Gesellschaft schon eine sehr lange Zeit aktiv und unsere Mitgliedschaft bedauerlicherweise gealtert ist«, hob Brendan hervor. »Wir mögen zwar langsamer altern als unsere Mitmenschen, aber gleichwohl altern wir. Die einfache Wahrheit ist, dass die meisten von uns schlichtweg zu alt sind, um noch länger Abenteuer auf sich zu nehmen.«

»Es ist eine Tatsache des Lebens«, pflichtete Mrs Peelstick ihm wehmütig bei. »Wir alle werden immer älter.«

»Zurzeit besteht unser wichtigster und oberster Nutzen darin, neue Mitglieder anzuwerben und den aktiven Quästoren Unterstützung zu bieten,« führte Brendan aus. »Jeder von uns sucht nach jungem Nachwuchs, aber das ist nicht so einfach. Zum Beispiel haben wir mehrere Mitglieder, die hoffen, gerade jetzt den Staffelstab weiterzugeben, doch solche Übergaben können schrecklich sein. Das Reisen selbst kann Schwierigkeiten bereiten.« Er drehte sich Mrs Peelstick zu und merkte an: »Ich denke dabei an Cosimo und Kit.«

Die ältere Frau zeigte ein wissendes Nicken und seufzte anschließend. »Sie sind ständig in meinen Gedanken.«

»Wir dürfen nicht aufgeben, Rosemary. Solange wir nicht mehr wissen, können wir es uns einfach nicht erlauben, das Schlimmste anzunehmen.«

»Sie haben natürlich recht, Brendan.« Sie lächelte zugleich traurig und hoffnungsvoll. »Dennoch ...« Ihre Stimme erstarb und hinterließ ein beklommenes Schweigen.

Cass blickte auf Brendan, doch er schien in Gedanken versunken zu sein. Als sie sich nicht mehr länger zurückhalten konnte, fragte sie: »Bitte entschuldigen Sie, es geht mich ja nichts an – aber wer sind Cosimo und Kit?«

»Ah«, entfuhr es Brendan, dessen Gedanken wieder in die Gegenwart zurückkehrten. »Cosimo Livingstone ist einer unserer Quästoren. Er hat die Absicht gehabt, seinen Urenkel sozusagen in den Schoß der Familie zu bringen – einen jungen Mann namens Christopher, der etwa in Ihrem Alter ist, wie ich glaube. Cosimo hatte erfolglos versucht, seinen Sohn und Enkel anzuwerben, doch in Kit fand er jemanden, der sein Lebenswerk fortführen könnte.«

»Eine solche Verantwortung von einer Generation zur anderen zu übergeben, kann voller Schwierigkeiten sein«, bemerkte Mrs Peelstick.

»Cosimo setzte große Hoffnungen in Kit«, führte Brendan weiter aus. »Und er bereitete den jungen Mann darauf vor, ein vollwertiges und aktives Mitglied in unserer Gesellschaft zu werden. Sie sollten an unserer letzten Versammlung teilnehmen.«

Erneut glitt ein Schatten über die Gesichter der beiden Älteren. Sie schauten sich gegenseitig besorgt an.

»Wir freuten uns darauf, den jungen Mann kennenzulernen«, berichtete Mrs Peelstick. »Doch wir scheinen den Kontakt mit Cosimo vollständig verloren zu haben. Es wird befürchtet, dass sie uns möglicherweise genommen wurden.«

»Sie werden vermisst«, korrigierte Brendan sie. »Bei unserer letzten Verbindung mit Cosimo ist angedeutet worden, dass er und Sir Henry Fayth, unser teurer Freund, auf einer Mission waren; und wir glauben, dass Kit bei ihnen gewesen ist. Dies ist ein Anlass zu großer Sorge, denn sie sind Säulen unserer Gesellschaft. Was aus ihnen geworden ist, muss noch ermittelt werden.«

Cass hatte eine schlimme Vorahnung, die ein übles Gefühl in ihrer Magengrube verursachte. »Genommen wurden?«, rief sie aus. Dann wandte sie sich Mrs Peelstick zu und fragte: »Sie haben gerade den Ausdruck ›genommen wurden‹ benutzt – was bedeutet das?«

»Ich habe eine unpassende Bemerkung gemacht.«

Brendan blieb plötzlich stehen und schaute sich um. Der dämmrige Himmel hatte sich tintenblau verfärbt und ließ die Schatten in den Straßen noch dunkler erscheinen. Sie standen direkt vor dem Tor einer kleinen Kirche. Auf einem Schild neben der Pforte stand auf Englisch *Chaldäisch-christliche Kirche*.

»Sollen wir hineingehen? Sie verdienen eine vollständige Erklärung, und die kann am besten verkraftet werden, wenn man sitzt.«

Brendan öffnete das Tor, und sie gingen durch den Hof zur Tür der Kirche und traten ein.

Im Innern war es dunkel und still, und die Luft duftete nach abgebranntem Weihrauch. Das einzige Licht kam von Kerzen; sie brannten auf Ständern, die rund um den Altarbereich unter bestimmten Ikonen aufgestellt waren. Cass empfand es so, als ob sie eine Höhle betreten würde – oder vielleicht einen Mutterleib. Am fernen Ende des Chorraums befand sich ein Altar mit einem einfachen Goldkreuz, an dessen beiden Seiten jeweils eine riesige Kerze aus Bienenwachs stand. Die kurzen Bankreihen waren leer; weder Priester noch Kirchenbesucher waren zu sehen.

»Ich komme manchmal hierher, um nachzudenken«, sagte Brendan. »Es ist ein sicherer Ort, und man wird uns nicht stören. Setzen Sie sich.« Er führte Cass zu einer Bankreihe.

Rosemary Peelstick ging jedoch weiter zum vorderen Bereich des Altarraums. Sie hielt inne, beugte das Knie vor dem Altar und schritt dann zu einem kleinen Ständer, den man an einer Seite aufgestellt hatte. Aus einem Bund Kerzen nahm sie eine heraus. Sie zündete sie an einer der bereits brennenden Kerzen an und setzte sie in eine Halterung zu den anderen. Sie beugte den Kopf, bekreuzigte sich und trat zu der Bankreihe, wo Cass und Brendan saßen.

Cass blieb still und ließ die friedliche Atmosphäre auf sich einwirken.

Nach einem Augenblick forderte Mrs Peelstick ihren Kollegen auf: »Fahren Sie fort, Brendan.«

»Womit soll ich beginnen ... Das ist die Frage.« Er runzelte die Stirn und starrte auf seine ineinander verschränkten Hände hinab.

»Alberner Mann«, schalt Mrs Peelstick. »Sie verängstigen das arme Mädchen mit Ihrer Theatralik. Wenn Sie es ihr nicht geradeheraus erzählen, werde ich es tun.« Als Brendan nickte, fuhr sie fort: »Es läuft darauf hinaus: Es gibt Kräfte, die sich nicht darum scheren, dass unsere große Suche erfolgreich ist. Sie sind gegen uns und versuchen, uns zu behindern, wann immer und wo immer sie können. Sie stellen eine extrem mächtige Bedrohung und eine sehr reale Gefahr für Leib und Leben dar.« Sie beendete ihre Ausführungen mit einem grimmigen Lächeln. »Da haben Sie's! Das war doch nicht so schlimm, oder?«

Cass dachte darüber nach. »Sie haben gerade das Wort ›Kräfte‹ benutzt. Meinen Sie damit Menschen?«

»Menschliche Agenten, ja«, antwortete Brendan, der sich abermals aus seinen Gedanken riss. »Aber ebenso spirituelle Agenten – auf dass wir es niemals vergessen mögen. Wie unser heiliger Paulus es ausgedrückt hat: ›Wir haben ja nicht gegen Fleisch und Blut zu kämpfen, sondern gegen die Mächte, gegen die Gewalten, gegen die Weltherrscher dieser Finsternis, gegen die Geister des Bösen im Reich der Himmel.‹«

»Jetzt jagen Sie ihr wirklich Angst ein«, schalt Mrs Peelstick.

»Also wirklich!«

»Sollen wir es schönreden oder es klar und deutlich ausdrücken?«, entgegnete Brendan. Dann wandte er sich wieder Cass zu und erklärte: »Auf der menschlichen Ebene ist unser Hauptgegner ein Mann, der unter dem Namen Archelaeus Burleigh bekannt ist. Er hat mehrere gemeine Verbrecher von unterschiedlicher Intelligenz eingestellt, von denen keiner ihrem Anführer ebenbürtig ist, was Raffinesse und Geschick anbelangt. Er ist ein kluger und einfallsreicher Feind.«

»Und auch vollständig skrupellos, wie gesagt werden muss«, fügte Mrs Peelstick hinzu. »Ich habe nur geringe Zweifel, dass er hinter dem Verschwinden von Cosimo und Sir Henry steckt – stets vorausgesetzt, ihnen ist etwas Schlimmes passiert.«

»Und was ist mit den spirituellen Kräften, die Sie erwähnt haben?«

»Es sind dieselben, die immer schon danach getrachtet haben, Chaos und Verwüstung unter den Menschen zu verursachen und die Umsetzung von Gottes guten Vorsätzen in der Welt zu behindern«, antwortete sie mit leiser Stimme, als ob sie sträubte, laut zu reden.

»Sie mögen zwar altertümliche Feinde sein, doch wir dürfen sie deswegen niemals unterschätzen«, hob Brendan hervor. »Sie werden nicht schwach oder zahnlos im Alter. Sie sind vielmehr besonders aktiv in unserem speziellen Interessensbereich.« Er sah Cass' unsicheren Gesichtsausdruck. »Zweifeln Sie daran?«

»Überhaupt nicht«, erwiderte sie mit mehr Überzeugung, als sie es beabsichtigte. »Ich habe mich nur gerade gefragt, warum diese spirituellen Kräfte, die Sie erwähnen, irgendein besonderes Interesse an dem haben, was Sie tun.«

Brendan blickte sich in der Kirche um. »Es ist gut, dass wir gerade hier über dieses Thema sprechen«, erklärte er und senkte seine Stimme. »Eine Kirche ist der einzige Ort, an dem sie unsere Gedanken und Gebete, unsere Pläne und Absichten – sozusagen – nicht abhören können. Behalten Sie das in Ihrem Gedächtnis; es könnte sich eines Tages als hilfreich für sie erweisen.«

»Um darauf zu kommen, warum sie ein besonderes Interesse haben...«, sagte Mrs Peelstick. »Wir glauben, es muss damit zusammenhängen, dass unsere Forschungen sehr nahe an einem sehr bedeutenden spirituellen Durchbruch sind; und sie wissen, dass ihnen die Zeit davonläuft.«

»Die Verwandlung des Universums, über die wir früher gesprochen haben – ist es das, was Sie im Sinn haben?«

»Richtig. Welche Form auch immer sie annimmt – Tatsache ist, dass sich der Widerstand gegen unsere Anstrengungen in einer Weise intensiviert hat, die in keinem Verhältnis zu unseren etwas dürftigen Mitteln steht. Das Spektrum an Waffen gegen uns ist beeindruckend. Dies führt uns zu dem Glauben, dass die große Suche, die so lange und leidenschaftlich fortgeführt worden ist, sich einem kritischen Stadium nähert.«

»Sie sprechen jetzt über den Omega-Punkt?«, fragte Cass nach.

Brendan nickte.

»Und wenn Sie scheitern?«

Er breitete die Hände aus. »Die Welt wird in das Chaos zurückgleiten, das Sie um uns herum bereits sehen und das sich zügellos ausbreitet: Kriege und Gerüchte von Kriegen – eine Nation gegen die andere Nation, ein Bruder an der Kehle des Bruders –, und die Armen leiden in einem Ausmaß, das bis jetzt unvorstellbar gewesen ist. Doch es wird sich noch verstärken. Das Universum wird seinen langen, langsamen Abstieg weiter fortsetzen.«

»Also ist der allmächtige Gott allein nicht stark genug, um sein Ziel für das Universum zu verwirklichen«, schlussfolgerte Cass. »Er braucht Sie und Ihre Gesellschaft, um dies auszuführen, ansonsten ist alles umsonst gewesen. Ist es das, was Sie sagen wollen?«

Brendan konnte daraufhin nur lächeln. »Ihr Zynismus ist ein gutes, feingeschliffenes Werkzeug.«

»Ich bin nicht zynisch«, entgegnete Cass. »Vielleicht bin ich ein wenig skeptisch; doch ob Sie es glauben wollen oder nicht, ich möchte Sie nur verstehen. Das will ich wirklich. In diesen vergangenen zwei Tagen habe ich etwas, von dem ich früher gesagt hätte, es wäre unmöglich; und jetzt springe ich zwischen Arizona und ... dem hier.« Sie schwenkte ihren Arm, um auszudrücken, dass sie nicht nur das uralte Bauwerk meinte, in dem sie saßen, sondern auch die Altstadt und das gesamte Damaskus. »Also seien Sie nicht so streng mit mir, okay? Ich möchte Ihnen glauben, doch Sie machen es nicht einfach.«

Brendan betrachtete sie stumm.

Rosemary Peelstick beugte sich zu ihr und erklärte: »Es stimmt, dass wir als Gesellschaft klein und unbedeutend sein mögen – schwach im Angesicht von abscheulichen, mächtigen Gegnern, gehemmt durch die gewaltige Größe der vor uns stehenden Aufgabe. Doch Sie wissen: Gott hat stets durch die Kleinen, die Unbedeutenden und Machtlosen gewirkt. Das scheint in das wirkliche Gewebe des Universums hineingenäht zu sein.« Die ältere Frau hielt inne, bevor sie betonte: »Wenn Sie einen Augenblick darüber nachdenken, werden Sie erkennen, dass es stets nur auf diese eine Weise abgelaufen ist. Immer und immer wieder sehen wir, dass das größere Vorhaben von Gott voranschreiten kann, wenn jemand ihm bereitwillig das gibt, was auch immer er an Mitteln hat – egal, ob es sich dabei um nichts weiter als fünf glatte Steine handelt, die in einem trockenen Flussbett aufgesammelt wurden, oder um fünf kleine Brotlaibe und zwei getrocknete Sprotten. Klein und unbedeutend? Zweifellos. Doch am Tag der Entscheidung hing alles von diesen fünf glatten Steinen ab – mit ihnen tötete David Goliath und rettete ein ganzes Volk.«

»Fünf Laibe Brot wurden zu einem Festessen für fünftausend hungrige Menschen«, sagte Cass nachdenklich, die sich an die Geschichte aus der Bibel erinnerte.

Rosemary Peelstick nickte in Richtung des vorderen Altarraums, wo ein Holzkreuz stand, und kam zum Schluss ihres kleinen Vortrags. »Und ein armer Wanderprediger, der durchs Land zog, der ohne Heim, Geld und Freunde war und der – abgesehen von einer Handvoll nichtsnutziger Fischer und einigen wenigen Frauen – von allen verachtet wurde, gab sich selbst so vollständig Gott hin, dass die vereinte Gewalt der beiden mächtigsten Kräfte jener Welt – das Römische Imperium und die religiösen Autoritäten – es nicht vermochten, ihn aufzuhalten.«

»Sie haben ihn zerschmettert und getötet«, murmelte Cass, die auf das nüchterne Kreuz im Altarraum starrte. »Und schauen Sie, was passiert ist.«

»Ja«, stimmte Rosemary Peelstick ihr leise zu. »Sie haben ihn getötet ... und schauen Sie, was passiert ist.«

ACHTUNDZWANZIGSTES KAPITEL

Worin der Augenblick der Entscheidung kommt

Cass starrte auf das einfache Holzkreuz und dachte über die Tiefen dieses heiligen Mysteriums nach. Fünf glatte Steine, die in einem trockenen Flussbett aufgesammelt worden waren, veränderten den Verlauf der Geschichte; ein Volk wurde gerettet. Und dieser andere Junge, dem ein Essen aus fünf kleinen Brotlaiben und zwei getrockneten Fischen mitgegeben worden war und der sich davongemacht hatte, um den Wander-Rabbi predigen zu hören. Bevor der Tag halb vorbei war, würde er die Grundlage für ein Wunder liefern. Er war gebeten worden, das Wenige zu geben, welches er besaß – und in den Händen des Herrn wurde es zu einem Fest für Tausende. Hatte jener Bursche vermutet, dies würde geschehen? Nein, wie hätte dies sein können? Er wusste lediglich, dass man ihn gebeten hatte, sich zu entscheiden, welcher Seite er dienen wolle – genau so, wie Cass nun gebeten wurde.

»Was sagen Sie, Cassandra?«, fragte Brendan schließlich. »Wir haben Ihnen von unserer Arbeit erzählt und wie Sie helfen können. Es ist an der Zeit, eine Entscheidung zu treffen. Werden Sie sich uns anschließen?«

Trotz all der absonderlichen Behauptungen und freien Vermutungen, trotz all der verschnörkelten und exzentrischen Aussagen, die sie im Verlaufe des Tages gehört hatte, fühlte sich Cass zu der großen Suche hingezogen. Irgendwo im Kern ihres Wesens wusste sie, dass das, was man ihr erzählt hatte, der Wahrheit entsprach. Dennoch zögerte sie. Sich diesen Leuten anzuschließen, bedeutete, alles hinter sich zu lassen, was ihr jemals vertraut geworden war – ihr Leben, ihre Arbeit, ihren Platz in der Welt ... ganz zu schweigen von ihrem Vater. Der Gedanke an ihren Vater, der auf sie in Arizona wartete und sicherlich ganz verzweifelt wegen ihres Verschwindens war, brachte sie in die Wirklichkeit zurück.

»Ich kann nicht«, antwortete sie schließlich und seufzte. »Ich kann nichts unterschreiben, das ich nicht vollständig begreife. Darüber hinaus habe ich andernorts Verpflichtungen. Mein Vater zum Beispiel – er muss außer sich sein vor Sorge und sich fragen, was mir passiert ist.«

»Wenn ich Ihnen sagen würde«, entgegnete Brendan, »dass Sie zu dem Ort zurückkehren können, den Sie verlassen haben – und zwar etwa innerhalb eines Tages nach dem Zeitpunkt Ihres Verschwindens –, würde das einen Unterschied machen?« Als er sah, dass Cass zögerte, drängte er weiter. »Das entspricht der Wahrheit. Es ist bekannt, dass Reisende jahrelang von ihrer Heimat entfernt waren und innerhalb weniger Tage – oder sogar weniger Stunden – nach ihrem Weggang zurückgekehrt sind.«

»Nun, ich –«

»Sie könnten Mitglied bei uns werden und dennoch die Sorgen ihres Vaters lindern. Wenn wir vielleicht –«

»Setzen Sie dem armen Mädchen nicht so zu«, fiel Mrs Peelstick ihm ins Wort. »Sie ist intelligent, realistisch und dazu fähig, selbst zu einer Entscheidung zu kommen.« Dann wandte sie sich Cass zu. »Wir werden Ihre Entscheidung respektieren, meine Liebe, und denken, dass es einfach nicht hat sein sollen. Und natürlich werden wir Ihnen helfen, wieder nach Hause zu kommen.«

»Danke schön«, murmelte Cass. »Sie sind mehr als nur freundlich gewesen.«

Die alte Frau drehte sich wieder um, schloss ihre Augen und sog tief die mit Weihrauch geschwängerte Luft in sich ein. »Es ist schön hier, nicht wahr? So friedlich. Es ist wahrhaftig ein Schutz vor den Stürmen, die in der Welt wüten.«

Eine Weile saßen die drei nur da und ließen die Ruhe der uralten Kirche auf sich einwirken. Dann stand Brendan auf und schritt hinaus. Rosemary Peelstick erhob sich ebenfalls; sie trat in den Gang, beugte das Knie in Richtung des Kreuzes und blieb dann stehen, um auf Cass zu warten. Draußen trafen sie Brendan, und zu dritt spazierten sie langsam zum Kloster. Das Tor war zu, aber nicht verschlossen. Cass wünschte ihren beiden Begleitern eine gute Nacht und betrat den stillen Hof. Auf halbem Wege zum Gebäude mit dem Schlafsaal erfasste sie plötzlich ein Kältegefühl, und sie begann zu zittern. Sie blieb stehen und schaute im Hof umher, der jedoch still und leer wie zuvor war. In einer entfernten Ecke zirpten Grillen, und der Duft von Jasmin schwebte durch die Nachtluft. Alles schien in Ordnung zu sein.

Sie schüttelte das Kältegefühl ab und eilte weiter. Dann erreichte sie das Gebäude, zog die Tür auf und schloss sie fest hinter sich zu. Der Gang war dunkel, abgesehen vom Licht einer einzigen Kerze, die in einem roten Glasgefäß brannte, das auf dem Tisch draußen vor ihrem Raum stand. Sie ging zur Tür und schlüpfte in ihr Zimmer, wobei sie das Licht mit sich nahm.

Rasch zog sie sich aus und stieg ins Bett, doch sie hatte Schwierigkeiten, einzuschlafen. Eine lange Zeit warf sie sich hin und her und konnte es sich nicht bequem im Bett machen. Als sich schließlich der Schlaf einstellte, wurde er gestört durch merkwürdige, unzusammenhängende und verwirrende Träume. Gegen Morgen hatte Cass einen Traum, der klarer als die üblichen war. Darin sah sie sich selbst als kleines Mädchen, das auf einem Felsvorsprung aus rotem Sedona-Sandstein stand und über eine öde Wüste hinwegblickte. Sie träumte, sie würde weit jenseits der Erdatmosphäre und in den Weltraum hinein blicken: gar jenseits des Mondes bis zum Rande des Sonnensystems selbst – in einen endlosen Himmel voller Sterne hinein, der über eine Vielzahl von Galaxien verfügte, die im langsamen, eleganten Rhythmus der Schöpfung kreisten. Die verschwenderische Pracht dessen, was sich in ihrem Blickfeld zeigte, raubte ihr den Atem. Sie spürte, dass ihr Vater da war, und als sie sich umdrehte, sah sie ihn: Er war in einen schwarzen Anzug gekleidet und hatte das Auge gegen die Linse eines gewaltigen Teleskops gedrückt. »Ich möchte auch sehen«, sagte Cass. In ihrem

Traum vernahm sie die Antwort ihres Vaters: »Das ist nicht für dich.«

Sie wandte sich von ihm ab, und diesmal erblickte sie am fernen Rad des kosmischen Horizonts – weit jenseits des Spiralarms der Milchstraße – eine Wand aus Finsternis. Irgendwie begriff sie, dass dies nicht die Dunkelheit des tiefen Weltraums war, sondern eine aktive, eindringende Finsternis, die sich jenseits der galaktischen Grenzen ausdehnte und wuchs. Cass beobachtete, wie diese fremdartige Dunkelheit anfing, in den Kosmos einzusickern, und die ihr nächsten Sterne und Galaxien verschluckte. Die Finsternis wuchs, expandierte und nahm an Stärke und Geschwindigkeit zu: Sie brandete heran, und mit ihrem Wachstum entstand ein unmissverständliches Gefühl der Bosheit – so als ob die Dunkelheit nicht von einer geistlosen Kraft der Natur angetrieben würde, sondern von einem brennenden Hass, der so gewaltig und grenzenlos war wie sein galaktischer Einflussbereich. Immer näher kam die Finsternis heran und verschlang alles auf ihrem Weg: Sie wuchs und dehnte sich aus mit jedem Fleck und Häppchen Licht, das sie verschluckte.

Das kindhafte Gefühl, ein Wunder zu erleben, das Cass nur wenige Augenblick zuvor erlebt hatte, war von einer blinden, eiskalten Panik ausgelöscht worden, als die vielfältigen Himmelslichter sich verdunkelten, dahinschwanden und erstarben – vernichtet durch die unersättliche Finsternis. Und immer noch kam sie näher, schneller und schneller; sie gewann weiter an Stärke und Geschwindigkeit, während sie Masse von all den in sich aufgenommenen Sternensystemen einsammelte. Jetzt erfüllte Dunkelheit ihr Blickfeld, die sich von einem Ende des Sternensystems zum anderen erstreckte. Jetzt blitzten die näheren Sterne ein letztes Mal auf. Jetzt wurde die Sonne trüb, als ob sich ein Leichentuch um sie legen würde: Ihr Licht verdunkelte sich, bis es fort war und nur noch den Mond zurückließ. Dann jedoch schwand auch er dahin, verdunkelte sich – und war fort.

Jetzt war nur noch eines übrig geblieben: Finsternis, die sichtbar geworden war.

Cass schaute in die mahlende Leere hinein, und das Herz

schrumpfte ihr in der Brust. Sie hörte ein Heulen – ein körperloser, betäubender, schriller Triumphschrei –, als die Finsternis herabschoss, um die Erde und alle Lebewesen zu verschlingen. Tod und Ausrottung – die Vernichtung der gesamten Biosphäre und alles, was darin existierte – erfolgten mit verblüffender Geschwindigkeit. Cass empfand eine unversiegbare, unergründliche Kälte, als das letzte Lebenslicht im gnadenlosen Abgrund verschwand.

Sie erwachte – sie zitterte unter ihren Decken und litt schmerzhaft unter einer Traurigkeit, die dem Gram ähnelte. Das Herz, das immer noch rasend schlug, trommelte ihr in den Ohren. Sie sah sich im Raum um; sie war so in Schrecken versetzt, dass sie stoßweise atmete. Niemals zuvor war ihr eine solche Angst eingeflößt worden.

Cass nahm die zerrissenen Fetzen ihres Muts zusammen und erhob sich. Hastig zog sie sich an und rannte über den Klosterhof zur Kapelle der Nonnen. Sie trat ein und eilte den Gang entlang zum vorderen Bereich des Altarraums. Dort zündete sie an dem kleinen Ständer eine Kerze an und setzte sich dann in die erste Bankreihe. Die Kerze hielt sie fest umklammert in den Händen, während sie betete – um Frieden, Schutz und um wer weiß nicht was –, bis es draußen genug hell wurde, um sehen zu können. Sie verließ die Kirche und schlich durch die Klosterpforte hinaus. Bald hallten die leeren Straßen vom Geräusch ihrer rennenden Füße wider, während sie zum Gebäude der Zetetischen Gesellschaft lief.

Schließlich stand Cass auf der Eingangsstufe. Ungeduldig drückte sie die Türklingel, wartete zehn Sekunden und drückte erneut. Der Himmel zeigte eine rosige Farbschattierung, während die Sonne ihn erhellte; in den Straßen der Stadt war es immer noch still. Irgendwo krähte ein Hahn. Sie stand kurz davor, ein weiteres Mal die Klingel zu drücken, als sie gedämpfte Fußtritte im Vorraum hinter der Tür vernahm. Dann gab es ein Klicken, und die Tür öffnete sich.

Rosemary Peelstick erschien in einem lavendelfarbenen Morgenmantel. »Sie müssen sehr erpicht darauf sein, nach Hause zu kommen.«

»Ich gehe nicht nach Hause«, platzte es aus Cass heraus. »Ich bleibe.«

Die alte Frau betrachtete sie einen Moment lang. »Etwas ist passiert, das Sie dazu gebracht hat, Ihre Meinung zu ändern, nicht wahr, meine Liebe?«

Als Cass tief einatmete, um ihr eine Antwort geben zu können, hob Mrs Peelstick die Hand. »Nein, erzählen Sie es mir nicht. Zuerst werden wir ein wenig Tee und Toast zu uns nehmen. Und anschließend, wenn Brendan hergekommen ist, können wir uns alle zusammensetzen und darüber reden.« Sie führte Cass hinein, dann machte sie die Tür zu und verschloss sie. »Dann ersparen Sie es sich, alles zu wiederholen. Ist das in Ordnung? Kommen Sie mit in die Küche.«

Sie tapste in ihren Pantoffeln davon. Cass, der aus jeder Pore Erleichterung herausströmte, eilte hinter ihr her.

NEUNUNDZWANZIGSTES KAPITEL

Worin eine Schuld mit Kerzen beglichen wird

Douglas erwachte beim Klang der Glocken, die zur Frühmette läuteten. Seine Glieder schmerzten von dem beengten Raum, in dem er die Nacht verbracht hatte – einem Beichtstuhl. Er streckte sich und spähte dann durch den Spalt zwischen dem Holzgestell und dem Vorhang hinaus. Als er sah, dass noch keine Gottesdienstbesucher die Kirche betreten hatten, weckte er rasch Snipe und schlich mit ihm hinaus. Obwohl die Sonne bald aufgehen würde und den Himmel bereits erhellte, waren die Straßen von Oxford immer noch im Dunkeln. An der Kreuzung döste der Büttel auf seinem Posten vor sich hin; trotzdem machte Douglas einen großen Bogen um ihn herum. Sobald die beiden verstohlen wirkenden Gestalten an der Wachstation vorbei waren, schritten sie weiter die Cornmarket Street entlang bis zum Marktplatz, der leer war – abgesehen von einer Bank vor dem Verkaufsstand eines Fleischers, die von einem Schlafenden besetzt war, der sich in einen Umhang gewickelt und einen Hut aufs Gesicht gelegt hatte. Im oberen Geschoss eines großen Hauses, das in einer der schmalen Nebenstraßen stand, die von dem Platz ausgingen, hatte Roger Bacon, der Mönch und Universitätsprofessor, seine privaten Gemächer. Douglas hatte bei einem seiner früheren Besuche den Ort gekennzeichnet; und er nahm an, dass dies die Räumlichkeiten waren, wo die kirchliche Obrigkeit den Professor festhielt. Douglas glaubte, dass er es vielleicht schaffen könnte, zu Bacon vorzudringen.

Der Eingang zur Herberge war nicht verschlossen, und so schlüpften Douglas und Snipe in den winzigen Vorraum hinein und gingen vorsichtig die Holztreppe hoch, die bei jedem Schritt knarrte. Am Ende des Flurs befand sich eine einzelne Tür, die zum einzigen Raum oben im Haus führte. Überraschenderweise war kein Schloss an der Tür angebracht, und es gab auch keine Kette davor. Man hatte sie, wie den Eingang zum Arbeitszimmer des Magisters im Turm, mit einfachen Brettern versperrt, die kreuzweise an den Türrahmen festgenagelt worden waren. Die Tür selbst ließ sich öffnen, damit es möglich war, Lebensmittel, Getränke und andere Notwendigkeiten des Lebens in das Zimmer hineinzureichen. Ein zu allem entschlossener Gefangener hätte leicht fliehen können. Doch der berühmte *Doctor Mirabilis* war ein Gefangener mit Gewissen; zweifellos hielt ihn die Ehre sicherer in Gewahrsam als Eisen.

Douglas legte die Hand auf eines der Bretter und zog; den Widerstand, den er dabei verspürte, machte ihm deutlich, dass sie Werkzeuge benötigen würden, wenn sie sich freien Zutritt verschaffen wollten. Das stellte zwar kein unüberwindliches Problem dar, aber wahrscheinlich würde dadurch mehr Lärm entstehen, als ihm lieb wäre. Leute in aller Herrgottsfrühe aufzuwecken, würde ihre Angelegenheit nicht voranbringen.

»Komm, Snipe«, flüsterte er und wandte sich ab. »Ich habe alles gesehen, was nötig ist.«

Draußen fanden sie einen trockenen Platz, wo sie sich bis zu einer geselligeren Tageszeit versteckt halten konnten. Später, als die Stadt sich zu rühren begann, krochen sie aus ihrem Versteck und schlossen sich den Leuten an, die früh aufgestanden waren. Douglas kaufte zwei herzhafte Pasteten von einem Bäcker und zwei Krüge Bier von einer Brauerin, die auf ihrer Schubkarre ein ganzes Fass hatte. Dann begannen die zwei, ihre Pasteten zu essen und ihr Ale zu trinken, und beobachteten dabei, wie der Platz langsam zum Leben erwachte.

Während sie dort saßen und aßen, war plötzlich ein gewaltiges Schreien und Schnattern zu hören. Aus der Straße im Osten tauchten drei Gestalten auf – ein Mann und zwei junge Mädchen –, die eine Schar langhalsiger Gänse vor sich hertrieben. Der Mann hatte eine schmale Stange in der Hand, und die beiden Mädchen schwangen jeweils eine biegsame Weidengerte; und alle drei hielten fachmännisch die Schar zusammen. Sie gingen auf den Platz und begannen einen instabilen Pferch zu errichten, der aus Weidenhürden bestand, die sie aus einem Stapel an der Wand zogen. Während sie sich dieser lästigen Arbeit widmeten, baute ein wenig von ihnen entfernt ein anderer Geflügelhändler in ähnlicher Weise seinen Pferch auf.

Die nächsten Ankömmlinge waren ein Bauer und seine Frau, die eine lange Stange zwischen sich trugen, an der ein Dutzend lebende Hühner oder gar mehr an den Füßen aufgehängt waren. Die zwei legten die Stange auf einem einfachen Holzgestell ab, das offenbar für diesen Zweck errichtet worden war. Dann holte die Bäuerin einen Eierkorb hervor und ließ sich auf einem Schemel nieder, um auf die Kundschaft zu warten. Weitere Bauern erschienen – einige mit Hühnern, andere mit Enten oder Tauben –, und viele Leute trugen große, pralle Säcke mit Federn.

»Der Geflügelmarkt«, sinnierte Douglas und trank den Rest von seinem Bier aus. »Komm, Snipe, lass uns fortgehen, bevor ich zu niesen beginne.«

Douglas erhob sich und brachte die Holzkrüge zurück; dann gingen sie wieder zu der Herberge, in der Magister Bacon eingekerkert war. Wie zuvor war keiner in der Nähe, und so klopfte Douglas einfach an der Tür. Einen Moment später wurde sie geöffnet, und das lange, unrasierte Gesicht des großen Wissenschaftlers erschien, der aus trüben Augen hinausblickte.

Douglas war bestürzt darüber, wie sich die äußere Erscheinung des Magisters verändert hatte: Er stand da mit hängenden Schultern und trug ein dreckiges Gewand, seine Haut war schlaff und teigig; und die Augen, die für gewöhnlich so scharf blickten und aus denen das helle Licht eines unstillbaren Intellekts leuchtete, waren nun stumpf und wässrig. Das gesamte Gebaren des Gelehrten schien unter einer schleichenden Ermüdung an Fürsorge zu leiden.

»Ja?«, sagte er; seine Stimme war nur noch ein raues Krächzen. »Ist etwas?«

»Magister Bacon«, begann Douglas ein wenig unsicher.
»Kenne ich Euch?«
»In der Tat, Herr. Ich bin Bruder Douglas – aus dem Kloster Tyndyrn.« Als Bacon nicht sofort etwas darauf erwiderte, fügte Douglas hinzu: »Wir haben in der Vergangenheit über Eure Arbeit an einem besonderen Manuskript gesprochen, an dem wir beide interessiert sind.«

Das Letztere führte zu einem Ergebnis, denn ein Funke des Wiedererkennens leuchtete auf dem Gesicht kurz auf, der dann jedoch rasch wieder verschwand. »Ach, ja, ich erinnere mich an Euch«, sagte der Magister undeutlich. »Gott möge Euch wohlgesinnt sein, Bruder. Ich hoffe, es geht Euch heute gut.«

»Das hoffe ich für Euch auch, Bruder.« Douglas zögerte, doch schließlich fragte er: »Ist es Euch erlaubt, Besucher zu empfangen?«

Ein schwaches Lächeln zeichnete sich auf den Lippen des Gelehrten ab. »Streng genommen nicht. Aber ...« – er spähte an seinem Gast vorbei in den schmalen Gang hinein und zum Treppenabsatz – »... wie Ihr seht, gibt es nicht gerade viele Besucher, die lautstark nach meiner Aufmerksamkeit verlangen. Es wird nicht schaden, eine Ausnahme zu erlauben.«

»Ich möchte nicht, dass Ihr durch mich Probleme bekommt, Magister. Oder Eure gegenwärtigen Schwierigkeiten verschlimmern.«

»Das Allerschlimmste, fürchte ich, ist bereits geschehen.« Der intelligenteste Mensch in Oxford schüttelte leicht seinen Kopf. »Ein kurzer Besuch kann nicht meine gegenwärtigen Schwierigkeiten noch weiter verschlimmern; das versichere ich Euch. Und gerad jetzt ist ein Besucher die reinste Freude für mich. Bitte, sprecht – und lasst mich den Klang einer Stimme genießen, die nicht meine eigene ist.«

»Wie Ihr möchtet, Magister«, erwiderte Douglas. Dann wandte er sich zu Snipe und flüsterte ihm einen Befehl zu; der verwilderte Junge drehte sich um und machte sich auf den Weg hinaus.

»Einen Augenblick, wenn es Euch recht ist«, rief Bruder Bacon ihm hinterher. Er trat zur Seite, wobei er die Tür halb offen ließ, und tauchte nur einen Moment später wieder auf; in den Händen trug er einen großen Tontopf mit einem Holzdeckel.«Wenn Ihr mir diese Freundlichkeit erweisen würdet«, sagte er entschuldigend. »Mein Nachttopf. Er muss geleert werden, und ich verabscheue es so, seinen Inhalt aus dem Fenster auf die Straße zu schütten. Ich finde dieses Verhalten barbarisch.« Er streckte den Topf durch das Gitter aus Brettern, die seine Tür versperrten. »Ich bitte Euch höchst demütig um Verzeihung, aber ...«

»Natürlich.« Douglas nahm den Topf und reichte ihn Snipe. »Leer das draußen«, befahl er, »und bleib unten am Fuß der Treppe. Pfeif, wenn irgendjemand hereinkommt.«

Snipe zeigte seinen Unwillen durch ein tiefes, heiseres Knurren, nahm jedoch den Topf und zog sich in die Dunkelheit des Treppenhauses zurück. Sie hörten, wie die Tür zugeknallt wurde, und dann war wieder alles still.

»Ich stehe in Eurer Schuld«, sagte Roger Bacon.

»Im Gegenteil, Magister. Ich bin es, der in Eurer Schuld steht, und ich habe die Absicht, sie zu begleichen, so gut ich es kann.«

»Ihr seid zu freundlich, Bruder, zu freundlich.« Er zeigte erneut sein mattes Lächeln. »Es ist Monate her, seit ich einen Besucher hatte. Fast habe ich vergessen, wie man sich verhalten soll. Ich wünschte, ich könnte Euch ein paar Erfrischungen anbieten, aber ich habe lediglich das, was sie mir von einem Tag auf den anderen bringen, und das ist wenig genug. Was war es, weswegen Ihr mich sehen wolltet?«

»Es ist wegen eines Manuskripts«, antwortete Douglas. Er steckte seine Hand in den weiten Ärmel, zog eine kleine Pergamentrolle heraus und reichte sie durch die hölzerne Absperrung.

Bruder Bacon streifte das Band ab, mit dem das Pergament zusammengehalten wurde, rollte es auf und hielt es sich vors Gesicht. »In der letzten Zeit bereiten mir meine Augen Schwierigkeiten«, enthüllte er, während er las. »Diese Räume hier sind so düster, und ich kann niemals genug Kerzen bekommen.« Er überflog die Rolle genauer. »Ja!«, rief er aus und begann dann, schneller zu sprechen. »Ich erinnere mich an dies hier. Ihr seid der Gelehrte aus

349

Tyndyrn. Habt Ihr das geschrieben?« Er schüttelte das Pergament in seiner Hand. »Einst habe ich ein Simulakrum davon erstellt, glaube ich.«

»Ja, Magister, das stimmt«, bestätigte Douglas. »Ich kann mich nicht daran erinnern, was damit geschehen ist.«

»Wir erörterten die Herkunft des Textes, und Ihr habt mir in sehr großzügiger Weise eine Übersetzung zur Verfügung gestellt«, erklärte Douglas, der rasch über die Tatsache hinwegging, dass er Snipe befohlen hatte, die Notizen des Professors zu stehlen, damit er bei seiner Entschlüsselungsarbeit auf sie zurückgreifen konnte. »Ich bin gekommen, um Euch zu bitten, zu überprüfen, ob ich den Text korrekt wiedergegeben habe.«

»Ah!« Bacon begann, das Manuskript einer sorgfältigen Untersuchung zu unterziehen. Während er las, bewegten sich ab und an seine Lippen ein wenig, und manchmal nickte er vor sich hin. Zu guter Letzt schaute er wieder auf und sagte: »Gut, gut. Ich glaube, wir sollten damit anfangen, Euch Professor zu nennen.«

»Aber ist es fehlerfrei? Was ich geschrieben habe – ist es richtig?«

»O, gewiss doch. Richtig in der Hauptsache und in den meisten Einzelheiten.«

»Den meisten?«

»Es gibt ein paar kleine Fehler«, meinte der Magister, der ganz natürlich in die Rolle eines Lehrers verfiel. »Wenn man jedoch die Schwierigkeit in Betracht zieht, der Ihr gegenübergestanden habt, dann ist es eine Leistung von höchster Wertschätzung. Man darf Euch beglückwünschen, Bruder.«

»Danke schön«, erwiderte Douglas. Eine Erleichterung durchfuhr ihn, die ebenso unerwartet wie angenehm war. Es war eine bessere Neuigkeit, als er zu hören gehofft hatte. »Doch würde es Euch etwas ausmachen, mir zu zeigen, wo ich auf Irrwege geraten bin?«

»Überhaupt nicht.« Er hielt die Rolle hoch zu den behelfsmäßigen Gittern seiner Zelle. »Ihr seht dieses Symbol – wie es sich nach

links hin dreht? Was zeigt eine sich nach links windende Spirale an?«
»Einen rückläufigen Intervall«, antwortete Douglas.
Bacon nickte. »Und die vier kleinen Punkte entlang dieses Symbols?«
»Sie repräsentieren physikalische Wegmarkierungen, die benutzt werden, um die Zeit zu kalibrieren.«
»Genau so«, bekräftigte Bacon. Belehrend hob er einen Finger. »Falls solche Markierungen wie diese über der Linie sind oder an der Außenseite einer Krümmung, dann repräsentieren sie Wegmarkierungen, wie Ihr sagt.«
»Ja?«
»Aber die Bedeutung verändert sich, wenn solche Markierungen unter der Linie oder an der Innenseite der Krümmung gefunden werden wollten.« Der Geistliche lächelte. »Und was haben wir hier?« Er tippte mit dem Mittelfinger auf das fragliche Symbol.
»Drei Punkte an der inneren Krümmung«, antwortete Douglas.
»Und was stellt diese Konfiguration dar?«
Douglas starrte auf das winzige Symbol und zerbrach sich den Kopf, um sich zu erinnern. »Kreuzungen?«
»Portale würde noch genauer sein, glaube ich ... Verbindungen von mehreren Pfaden – ein Geflecht, wenn Ihr wollt.«
»Portale«, seufzte Douglas zustimmend. »Natürlich.«
»Was das Übrige anbelangt ... die Orientierungs- und Positionseinstellungen – dies alles ist richtig wiedergegeben.« Er rollte das Pergament wieder auf und reichte es durch die Absperrung zurück. »Natürlich würde ich einen Zugriff auf meine Unterlagen in meinem Arbeitszimmer benötigen, bevor ich Euch eine abschließende Beurteilung Eurer Arbeit anbieten könnte. Doch für Diskussionszwecke, glaube ich, können wir den Schluss ziehen, dass Ihr die Chiffre mit bewunderungswürdigem Erfolg übersetzt habt. Es ist eine höchst subtile und anspruchsvolle Kunst, aber Ihr habt die Tiefen des Mysteriums, das Euch vorgesetzt wurde, sehr genau untersucht. Ich bezeige Euch die Ehre, Bruder. Meinen herzlichen Glückwunsch!«

»Euer Lob bedeutet mir mehr, als ich auszudrücken vermag, Magister.«

»Ich hoffe, ich muss Euch nicht daran erinnern, dass das Wissen, welches Ihr erworben habt, nur bei Euch selbst aufbewahrt werden darf. Es soll nicht mit einer breiteren Öffentlichkeit geteilt werden.« Er betrachtete Douglas eindringlich und mit großem Ernst. »Wie Ihr sehen könnt« – er wies auf seine eigene missliche Lage mit einer ausholenden Geste seiner Hand –, »geht die Obrigkeit nicht freundlich mit Wahrheiten um, die ihre eigenen, begrenzteren Auffassungen durcheinanderbringen. Der Scheiterhaufen erwartet jeden, der sich zu weit in Bereiche wagt, von denen man glaubt, sie seien für Untersuchungen nicht akzeptierbar.« Er hielt inne und nickte, um seinen Worten Nachdruck zu verleihen. »Habe ich mich klar ausgedrückt?«

»Vollkommen«, versicherte ihm Douglas. »Ich verspreche Ihnen, dass niemand etwas über unsere Untersuchung von mir hören wird. Ich habe die Absicht, das Geheimnis auf das Sorgfältigste zu hüten. Tatsächlich habe ich bereits all meine Notizen zerstört, die das Phänomen und seine Beschreibung in der Theorie betreffen.«

Roger Bacon zeigte ein trauriges Lächeln. »Das ist zum Besten – obwohl man sich gut wünschen könnte, es wäre anders. Eines Tages wird die Welt vielleicht ein Ort sein, an dem ein Wissen wie dieses gepriesen werden kann – und nicht versteckt werden muss.«

Unten im Treppenhaus war ein Geräusch, und einen Moment später tauchte Snipes bleiches Mondgesicht aus der Dunkelheit auf. Er stellte den Nachttopf auf den Treppenabsatz und machte eine »Beeilung!«-Geste, bevor er wieder verschwand.

»Jemand kommt«, sagte Douglas, hob den Topf auf und gab ihn dem Magister. »Ich werde Euch nun verlassen.«

»Ja, Ihr solltet gehen«, drängte Bacon ihn. »Meine Aufseher bringen mir Brot und Wasser. Es ist für uns beide am besten, wenn sie Euch hier nicht finden.«

»Unglücklicherweise muss ich noch heute Abend aufbrechen und zum Kloster zurückkehren. Doch gibt es irgendetwas, das ich vor meiner Abreise für Euch tun kann?«

Der Magister schüttelte den Kopf. »Meine Bedürfnisse sind einfacher Natur, und ich werde mit den Dingen versorgt, um sie zu befriedigen.« Plötzlich kam ihm ein Gedanke in den Sinn, und er fügte hinzu: »Dennoch... man könnte sich ein wenig mehr Pergament wünschen.«

»Sagt nichts weiter«, erwiderte Douglas, der sich von der versperrten Tür entfernte. »Ich werde zusehen, dass es in Euren Händen ist, bevor ich weggehe.«

»Und ein Tintenhorn?«

»Ihr sollt es haben – und auch Kerzen.«

»Danke schön, teurer Freund. Ihr seid ein wahrer Heiliger.«

»Keineswegs«, antwortete Douglas von der Treppe aus. »Ich bin es, der Euch danken sollte. Lebt wohl, Doctor Bacon – bis wir uns wiedersehen.«

»Geht mit Gott, mein Freund!«, rief Bacon und schloss wieder seine Tür.

Auf dem Treppenabsatz unten traf Douglas einen Kirchenoffiziellen in einem edlen Gewand, der die Stufen hochstieg. Hinter ihm kam ein untersetzter Bursche, der in der einen Hand einen Eimer und in der anderen einen Spieß trug. Douglas konnte nicht vermeiden, von ihnen gesehen zu werden; und so lächelte er, verbeugte sich und wünschte den beiden einen guten Tag, während er sich auf die Tür zubewegte. Er packte Snipe, der sich am Eingang herumtrieb wie eine düstere Wolke, und eilte mit ihm über den Marktplatz fort. Lange genug schlenderte er durch die Stadt, um die Wachszieher aufzusuchen und ein Dutzend große Kerzen zu erwerben; anschließend beschaffte er etwas Pergament, ein Fläschchen Tinte, ein paar ungeschnittene Schreibfedern und ein neues Federmesser. Er veranlasste, dass all diese Dinge zu Magister Bacons Herberge gebracht werden sollten, als die Kirchenglocken zur Vesper läuteten.

»Komm, Snipe«, befahl er. »Am besten machen wir uns jetzt für eine Weile rar.« Er begann, die Straße entlangzumarschieren und suchte währenddessen nach einem Gasthaus, wo sie warten konnten, bis der Oxford-Ley aktiv wurde. Und dann konnte der Angriff auf die Meisterkarte ernsthaft beginnen.

DREISSIGSTES KAPITEL

Worin Prioritäten neu geordnet werden

So unglaublich Kits beispielloses Aussehen für alle, die es betraf, zu sein schien – noch unglaublicher war die Geschichte, die er ihnen offenbarte. Seine Zuhörer, mit denen er in der winzigen Küche des Observatoriums oben auf der Bergspitze saß, lauschten hingerissen. Während sie aus großen Schüsseln die Spaghetti alla puttanesca von Bruder Lazarus und Wilhelminas mehliges Brot aßen sowie zahlreiche Gläser vom starken Rotwein des Klosters tranken, beschrieb Kit das Leben in der Steinzeit, wie er es kennengelernt hatte: den Fluss-Stadt-Clan und seine Organisation, die Ordnung und den Rhythmus des täglichen Lebens, die Flora und Fauna, die verschiedenen Einzelpersonen und ihre Ausrichtung auf den Clan und auf ihre Welt, ihre uneingeschränkte Fürsorge, Unterstützung und ihren Respekt füreinander – und ihre außergewöhnlichen Kommunikationsmittel.

Wilhelmina, die sich auf ihre Ellbogen stützte und deren Kinn in einer Hand ruhte, hatte ihre dunklen Augen weit aufgerissen. Während sie zuhörte, hielt sie einen stetigen, murmelnden Strom an übersetzten Worten für den Geistlichen aufrecht, der immer wieder verwundert seinen Kopf schüttelte. Kit, dessen verfilzte, zottelige Lockenpracht geschoren und der nun sauber rasiert war, sah nicht mehr länger aus wie der »wilde Mann« in der Nebenvorstellung eines Zirkus. In seiner reinen schwarzen Soutane hätte er für einen der ansässigen Mönche des Klosters durchgehen können – wenn nicht die Tatsachen, die er beschrieb, Sachverhalte gewesen wären, die kein Ordensbruder jemals in Worte gefasst hatte. Eine Geschichte nach der anderen, von denen jede erstaunlicher war als ihre Vorgängerin, strömte heraus in einer wahren Flut verbaler Überraschungen. Hin und wieder schrieb Bruder Lazarus eine Frage oder ein Stichwort auf, um später darauf zurückzukommen. Doch weder er noch Mina wollten Kit unterbrechen, da sie fürchteten, es könnte ihnen dann etwas Erstaunliches entgehen.

Sie redeten lange – die ganze Nacht und bis in den nächsten Morgen hinein. Nachdem sie das Thema angeschlagen hatten, eine Expedition zu Kits Höhle zu organisieren, um sie zu erforschen und die an der Wand gemalten Symbole zu bergen, flitzte Bruder Lazarus fort, um seine Oberen zu befragen. In der Zwischenzeit saßen Kit und Wilhelmina draußen vor dem Observatoriumsturm auf einer Holzbank und genossen die strahlende Morgensonne.

»In der Kirche von Sant' Antimo in Italien fand ich dieses Schild und folgte der Spur«, erzählte Mina. »Sie führte mich hierher zu Bruder Lazarus. Sein richtiger Name ist Giambattista Beccaria, und er ist ein Reisender – wie wir.« Ihre Stimme nahm einen sachlichen Tonfall an. »Das ist ein Geheimnis, das du mit ins Grab nehmen wirst – zu seinem Wohl ebenso wie zu unserem, denn niemand darf von irgendeinem von uns wissen.« Sie entspannte sich wieder. »Du kannst ihm vertrauen, Kit. Er ist einer von uns. Genau genommen ist er derjenige, der verantwortlich ist, dass ich dich damals das erste Mal gefunden habe.«

»Ich habe mich immer gefragt, wie du das geschafft hast.«

»Es ist kompliziert.«

»Das hab ich mir gedacht.« Er kreuzte die Arme vor seiner Brust, streckte die Füße vor sich aus und legte den Kopf auf die Banklehne. Dann schloss er die Augen, neigte sein Gesicht der Sonne zu und genoss die Wärme. »Versuch es mal.«

»Okay«, erwiderte sie und wandte die Augen dem Tal zu, das in einem blauen Dunst des Morgennebels verschwunden war. »Ich weiß ja nicht, wie es dir ergeht, doch mein Leben hat aufgehört eine lineare Chronologie zu haben. Ich scheine hier zu sein, dort zu sein und überall. Die Zeit ist ein wenig unscharf geworden.«

»Kann man wohl sagen«, bestätigte Kit, dessen Stimme heiser davon war, dass er in den letzten zwölf Stunden mehr gesprochen hatte als in den vorhergehenden zwölf Monaten zusammen. »Fahr fort.«

»Seit ein paar Jahren komme ich nun zum Montserrat. Bei einem meiner frühen Besuche bin ich tatsächlich angekommen und habe dann bemerkt, dass ich *vor* der Zeit zurückgekehrt bin, zu der ich beim letzten Mal hier war! Aus der Perspektive von Bruder Lazarus hatten wir noch nicht den vorhergehenden Besuch gehabt.« Sie lachte kurz auf. »Da wurde wirklich der Verstand auf den Kopf gestellt. Letzten Endes musste ich wieder fortgehen, weil alles viel zu bizarr war.«

Kit stieß eine passable Imitation von En-Uls Grunzen der Zustimmung aus.

»Jedenfalls hat es mich gelehrt, zunächst keinerlei Voraussetzungen zu machen, ruhig zu bleiben und zu beobachten, was um mich herum vor sich geht – und zu versuchen, mich dann unter den Menschen so zu verhalten, dass ich niemanden erschrecke. Ich habe ebenfalls gelernt, meine Sprünge besser abzustimmen. Ich kann jetzt direkt weggehen, für einen Monat oder zwei nach Prag zurückkehren und dann wieder hierherkommen – und du würdest noch nicht eingetroffen sein.«

»Ja«, murmelte Kit. »Doch du würdest tatsächlich wissen, dass ich letztendlich eintreffen werde, nicht wahr?«

»Vielleicht. Manchmal.« Sie faltete ihre Hände und nahm sie wieder auseinander. »Ich weiß nicht immer, woran ich mich erinnern werde. Du hast vorhin gesagt, ich hätte dich in Ägypten gefunden.«

»Genau. Du erinnerst dich doch bestimmt daran, nicht wahr?«

»Kit, ich habe überhaupt keine Erinnerung daran. Für mich – für die Mina, mit der du genau in diesem Moment redest – hat sich das noch nicht ereignet.«

Er hob seinen Kopf, öffnete die Augen und starrte sie an. »Mensch, das ist echt bizarr«, sagte er nach einem kurzen Augenblick. »Mina, du bist in Ägypten gerade noch rechtzeitig aufgekreuzt, um Giles und mich aus dem Grabmal herauszuholen. Du hast so etwas wie eine militärische Arbeitsuniform getragen, und dein Haar war hochgebunden und von einem hellblauen Kopftuch bedeckt. Du hast uns aus dieser schrecklichen Gruft herausgebracht, wo Burleigh uns eingesperrt und zum Sterben zurückgelassen hatte. Willst du mir etwa erzählen, dass du dich an nichts davon erinnern kannst?«

»Ich habe das Kopftuch. Aber der Rest?« Sie zuckte mit einer Schulter. »Tut mir leid. Ich habe keinerlei Erinnerung daran.«

»Nun, was ist das Letzte, woran du dich erinnerst?«

»Ich erinnere mich daran, dass ich nach Ägypten gegangen bin, um Thomas Young zu treffen und um dich, Giles und die Karte einzusammeln«, antwortete sie langsam. Danach sind wir nach Prag zurückgekehrt und Burleigh zufällig begegnet. Ich habe dich zur Schlucht geschickt, Giles nach Hause gebracht und bin hierhergekommen. Das ist alles.«

»Aber davor ... Du erinnerst dich nicht daran, wie du das erste Mal nach Ägypten gekommen bist und uns aus dem Grabmal herausgeholt hast?«

»Tut mir leid.«

Kit setzte sich auf, legte den Kopf in die Hände und rieb sich mit den Daumen die Schläfen. Mina befürchtete schon, dass sie eine Informationsüberflutung verursacht hatte. Sie legte Kit tröstend die Hand in den Nacken und massierte ihn sanft.

»Doch es ist passiert«, sagte er; seine Stimme wurde immer leiser.

»Nicht für mich«, entgegnete sie. »Noch nicht.«

Kit nickte und versuchte, dieses neue Mysterium zu durchdringen.

»Hör mal, wenn wir zusammen sind, dann nehmen wir denselben Zeitrahmen ein, und die Abfolge der Ereignisse ist für uns beide gleich«, behauptete Mina. »Doch wenn wir getrennt sind, bewegen wir uns in verschiedenen Zeiten, richtig? Doch wenn wir uns an einem dritten Ort wieder treffen, so wie gerade jetzt, warum sollte man dann annehmen, dass wir uns an genau demselben Punkt begegnen, wo wir stehen geblieben sind? Wir könnten uns vor oder nach irgendeinem beliebigen Punkt in der Abfolge von Ereignissen über den Weg laufen.« Sie tätschelte ihn beschwichtigend. »Hilft das irgendwie?«

»Ein wenig«, räumte Kit ein. »Vielleicht.«

Für einige lange Momente, die wie Stunden erschienen, breitete sich Schweigen zwischen ihnen aus.

»Cosimo hat behauptet, es würde sich nicht um eine Zeitreise handeln«, bemerkte Kit schließlich. »Er hat sich stets bemüht, das hervorzuheben, und ich habe nie verstanden, warum. Er sagte oft: ›Denk dran, Kit – das ist keine Zeitreise.‹ Ich erinnere mich, gedacht zu haben: Wenn es doch so offensichtlich ist, dass es sich tatsächlich um eine Zeitreise handelt, weshalb macht er dann solch eine große Sache daraus, es zu leugnen?« Kit drehte den Kopf, blickte Wilhelmina an und zeigte den Anflug eines Lächelns. »Ich denke, zu guter Letzt beginne ich langsam zu verstehen, warum er das tat.«

»Nun, es ist eine Zeitreise – und wiederum auch nicht. Wenn wir einen Sprung durchführen, reisen wir jedenfalls in der Zeit. Aber das ist keineswegs schon alles, was wir dabei tun.«

»Das stimmt. Wir verlassen eine Wirklichkeit und betreten eine andere, die sich in einem unterschiedlichen Zeitstrom befindet: Es ist so, als würde man von einem Karussell zum nächsten springen. Vielleicht hat ein Karussell nicht so viele Umdrehungen gemacht wie das andere, doch alles andere ist mehr oder weniger gleich.« Einen Augenblick lang dachte er darüber nach, bevor er fortfuhr: »Einmal habe ich Cosimo gefragt, ob es für jemanden möglich sei, sich selbst in einer anderen Welt anzutreffen. Verstehst du? Nehmen wir mal an, du platzt in London herein und gehst zu deinem Haus. Dort klopfst du an der Tür und ... trara! Da triffst du dich selbst von Angesicht zu Angesicht. Könnte das jemals passieren?«

»Was hat er geantwortet?«

»Er sagte, er wüsste nicht, ob es passieren könnte, aber dass es irgendwie niemals geschehen war«, erwiderte Kit. »Es muss so sein, dass ein und dieselbe Person sich nicht in derselben Wirklichkeit in zwei verschiedenen Körpern aufhalten kann ... irgendwas in dieser Art.«

»Ich bin nach London zurückgekehrt und habe dort die Bäckerei und meine Wohnung aufgesucht. Damals bin ich sogar zu deinem Zuhause gegangen, aber du bist nicht da gewesen. Es war seltsam, doch es ist mir nicht in den Sinn gekommen, mich zu fragen, ob ich mich selbst dort antreffen würde.« Sie dachte einen Moment nach. »Wenn ich also zu einem Ort ginge, wo es eine andere Wilhelmina gibt, dann würde ... was geschehen?« Sie schaute Kit an.

»Ich weiß es nicht. Doch diese Idee, dass unser Leben nicht mehr länger eine lineare Chronologie beibehält, sobald wir damit anfangen, in Raum und Zeit herumzuspringen, muss irgendwie damit verbunden sein.«

»Bruder Lazarus ist überzeugt, dies alles hängt mit dem Bewusstsein zusammen«, merkte Mina an. »Wenn das der Wahrheit entspricht, könnte es sein, dass man nur ein einziges Bewusstsein hat, und das kann nicht zur selben Zeit an zwei verschiedenen Orten sein.«

»Dann bist du also hergekommen und hast dich oft mit Lazarus beraten?«

»Er ist der Beste«, erwiderte Mina. »Ein ausgebildeter Astronom mit einem fundierten Wissen über Kosmologie und Physik – ein gewaltiges Gut. All das – und er versteht außerdem das Ley-Reisen.«

»Ich wünschte, ich würde das wirklich«, seufzte Kit. Einen Moment lang betrachtete er Mina gedankenverloren. »Ich frage mich, wann wir uns gegenseitig zeitlich einholen werden. Wir sollten doch zu irgendeinem Zeitpunkt wieder miteinander synchron sein, oder etwa nicht?«

»Ich nehme an, wir werden einfach warten müssen und schauen, was passiert.« Ihr Blick war zugleich ernst und mitfühlend. »Du hast solche Entbehrungen durchgestanden. Ich hatte ja keine Ahnung; ansonsten hätte ich dich nicht dorthin geschickt.«

»Wirklich, das ist schon in Ordnung.«

»Ich habe jeden Tag nach dir Ausschau gehalten, und das wochenlang. Warum bist du nicht einfach an Ort und Stelle geblieben, so wie ich es dir gesagt hatte?«
»Aber das bin ich doch«, beharrte Kit. »Wenn ich noch länger gewartet hätte, wären mir Wurzeln an den Füßen gewachsen. Ich bin, solange wie ich es konnte, jeden Tag zu der Stelle zurückgegangen, doch der Ley ist niemals wieder aktiv geworden. Ich habe mit deiner kleinen Ley-Lampe herumgefuchtelt, bis ich ganz blau im Gesicht war, aber ich habe niemals ein Signal erhalten.«
»Und hier war ich und habe geglaubt, dir wäre einfach langweilig geworden, und du wärest dann wegspaziert.« Mina sah ihn mit einem mitfühlenden Blick an. »Es tut mir wirklich leid.«
»Das brauchst du nicht.«
»Ich fühle mich verantwortlich.«
»Du hörst mir nicht zu, Mina«, entgegnete er. Seine heisere Stimme klang allmählich wieder energisch. »Ich sehe es als ein Privileg an, die Chance besessen zu haben, Zeit mit dem Clan zu verbringen und das zu lernen, was ich gelernt habe. Ich würde jederzeit dorthin zurückkehren.« Er lächelte wissend. »Außerdem ... Wenn nichts davon passiert wäre, hätte ich niemals die Seelenquelle entdeckt.«
»Wenn es denn tatsächlich die Seelenquelle gewesen ist.«
»Was könnte es sonst gewesen sein? So etwas wie Zufall gibt es nicht, erinnerst du dich?« Er wandte seine Augen dem vom blauen Nebel eingehüllten Tal zu, das sich, weit unterhalb ihres »Hochsitzes« im Gebirge, in die Ferne erstreckte. »Ich dachte immer, dies wäre bloß etwas, das Sir Henry und Cosimo zu sagen pflegten – eines ihrer kleinen Leitsprüche.«
»Und jetzt?«
»Jetzt weiß ich es besser.« Seine Augen verloren ihre Ausrichtung – als ob er durch ein Fenster auf eine breitere, verworrenere Landschaft blicken würde. »Alles geschieht aus irgendeinem bestimmten Grund. Man braucht mich nicht davon zu überzeugen. Ich glaube fest daran.« Einen Augenblick lang verfiel Kit in Schweigen; er war ganz in seinen Gedanken versunken.

»Erzähl mir noch einmal, wie du die Seelenquelle gefunden hast«, forderte Mina ihn schließlich auf.

Kit nickte und überlegte, wie er es am besten darstellen sollte. »Ich habe doch das Knochenhaus erwähnt, erinnerst du dich?«, begann er.

»Ja, ich erinnere mich«, antwortete sie. »Aber ich kann mir nicht so ganz vorstellen, wie es aussieht und wofür es genau ist.«

»Denk an einen Iglu, der aus den Skeletten prähistorischer Tiere errichtet wurde – ein riesiger Hügel aus ineinandergesteckten Knochen: Das wird dir eine grobe Vorstellung von seinem Aussehen geben. Die Clanmänner trugen Knochen von einer Tötungszone zu einer Waldlichtung ... Und es ist mitten im Winter, nicht wahr? En-Ul dann ... Ich habe dir von ihm erzählt, erinnerst du dich? Nun, das Knochenhaus war für ihn errichtet worden ... sodass er dorthin gehen und darin schlafen konnte. Er nannte es Traumzeit ...«

»Die Traumzeit«, wiederholte Wilhelmina leise.

»Nein«, berichtigte Kit sie. »Nicht *die* Traumzeit – nur ›Traumzeit‹.«

Mina verzog verwundert ihr Gesicht. »Was soll das bedeuten?«

»Ich bin mir nicht ganz sicher. Doch es schien, dass En-Ul schlafen ging, sodass er träumen konnte – und was er träumte, war Zeit.«

»Wie das Schauen in die Zukunft – etwas in dieser Art und Weise?«

»Vielleicht«, räumte Kit mit einem Achselzucken ein. »Ich habe verstanden, dass er irgendwie in den Fluss der Zeit eintrat und in der Lage war, ihn zu manipulieren oder ihn zu erschaffen. Vielleicht sah er die Zukunft und besaß die Fähigkeit, sie zu gestalten. Ich weiß es nicht. Er war besser darin, meine Gedanken zu lesen, als ich seine. Jedenfalls nahm er mich mit dorthin, um dort bei ihm zu sitzen, während er es machte. Und während ich dort war, öffnete sich ein Ley-Portal. Es zeigte sich auf deiner Ley-Lampe an. Ich fiel durch das Portal und landete an dem atemberaubendsten und wunderschönsten Ort, den ich jemals gesehen habe – er war definitiv nicht von *dieser* Welt.«

»Das Knochenhaus erschuf das Portal?«
»Entweder das; oder die Clanmänner bauten die Hütte dort, weil sie spürten, dass an dieser Stelle das Portal war.«
»Genauso wie bei den Hügelerbauern, die den Black Mixen Tump errichtet haben«, folgerte Mina. »Sie wussten, dass es dort war.«
»Genau«, stimmte Kit ihr zu. »Es scheint, dass Urmenschen weitaus besser Erdenergien und ähnliche Dinge spüren können als wir.«
»Was der Grund dafür ist, dass sie sie gekennzeichnet haben«, vermutete Wilhelmina, die an die Megalithen und Menhire, die heiligen Brunnen, Dolmen, kleinen Hügel, Kreuze, Steinhaufen und derlei Dinge dachte, die einfach so über die ganze weite Welt verstreut waren. »Okay, du bist also durch den Boden des Knochenhauses gefallen und an diesem wunderbaren Ort gelandet ... Und was ist dann geschehen?«
»Ich spazierte ein wenig herum, ließ alles auf mich einwirken und kam schließlich zu einem Teich aus Licht. Ich meine nicht einen Bereich, auf den das Sonnenlicht fiel, während es ringsherum schattig war; ich meine einen wirklichen Teich, der mit einer Art flüssigem Licht angefüllt war ... Denk an Honig, der aus Licht hergestellt wurde, oder ... oder ...« Ihm fehlten die Worte, und so zuckte er nur mit den Schultern. »Du musst es einfach selbst sehen, um es zu verstehen. Ich stand nun dort und schaute darauf, als ich auf der anderen Seite des Teichs ein Geräusch hörte.« Erneut blickten Kits Augen richtungslos in die Ferne, als vor seinem inneren Auge die Erinnerung an ein Wunder vorbeizog.
»Was ist dann passiert?«, fragte Mina leise.
»Ich schaute auf, und da erscheint dieser Mann, und er trägt eine Frauenleiche ...« Seine Stimme nahm den ehrfürchtigen Tonfall eines Mannes an, der über einen fantastischen Traum berichtete. »Sie war in ein langes weißes Gewand gewickelt und hatte langes schwarzes Haar. Ihre Haut hatte eine ekelerregende Blässe angenommen; sie sah wie graue Tonerde aus. Die Frau, die auf den Armen des Mannes lag, war offenkundig tot. Er trat an den Teich, und ohne auch

nur eine Sekunde zu zögern, schritt er mit der toten Frau einfach in den kleinen See hinein und versank langsam im flüssigen Licht. Er ging weiter, bis sie vollständig in der sirupartigen Flüssigkeit untergetaucht waren.« Bei dieser Erinnerung schüttelte Kit voller Ehrfurcht den Kopf. »Sie schienen eine lange Zeit im Teich untergegangen zu sein – doch es müssen nur ein paar Sekunden gewesen sein ... Du weißt schon, wie Zeit geradezu stillstehen kann? Als er jedoch wieder zur Oberfläche hochkam, war die Frau lebendig.«

Wilhelmina warf ihm einen skeptischen Blick zu. »Bist du dir absolut sicher, dass sie tot war? Du hast sie nur über den Teich hinweg gesehen – wie willst du da wissen, dass sie tot war?«

»Mina, sie war tot – so tot wie Stein. Du bist nicht dort gewesen. Du hast sie nicht gesehen. Doch vertrau mir – Arthur trug eine Leiche.«

»Woher weißt du, dass es Arthur Flinders-Petrie war?«

»Weil«, erwiderte Kit, »ich seine Brust sah, als er mit ihr aus dem Teich herauskam und sie am graswachsenen Ufer niederlegte. Sein Oberkörper war mit Tattoos bedeckt: *Der Mann, der eine Karte ist* – genau wie auf dem Bild im Grabmal. Er trug die Meisterkarte auf seiner Brust; er war die Meisterkarte.«

»Und so bist du zu der Vermutung gekommen, dass der Teich die Seelenquelle ist?«

»Das ist mir als Erstes in den Sinn gekommen. Ich habe mich daran erinnert, diese Symbole schon gesehen zu haben, und gedacht: Das ist Arthur Flinders-Petrie am Quell der Seelen.« Er hielt inne. »Es ist wirklich die Seelenquelle, ich weiß es einfach.«

Wilhelmina dachte darüber nach. »Ich frage mich ...«

»Du zweifelst an meinen Worten?«, rief Kit. »Du glaubst, ich denke mir das bloß aus?«

»Nein, nein«, entgegnete Mina rasch. »Es ist einfach nur ... Da wir nicht genau wissen, was der Quell der Seelen überhaupt sein soll, können wir nicht mit Sicherheit sagen, dass er der Teich ist, den du gesehen hast.«

Kit stand auf. »Komm schon, lass uns gehen. Ich bringe dich dorthin und zeige ihn dir.«

»Jetzt direkt – in diesem Moment?«

»Warum nicht? Ich kann mühelos den Weg zurück finden.« Er blickte auf sie mit einer Intensität herab, die Mina niemals zuvor bei ihm gesehen hatte. »Worauf wartest du? Wenn ich recht habe, sind wir so nahe daran, das Geheimnis der Meisterkarte zu lösen.«

»Okay, okay«, sagte sie. »Jetzt mach einfach mal 'ne Minute Pause, und lass uns darüber nachdenken. Wenn wir in die Steinzeit zurückreisen müssen, sollten wir etwas Ausrüstung mitnehmen. Sich in totaler Finsternis in einer Höhle herumzutreiben, entspricht nicht meiner Vorstellung von Spaß. Wir sollten zumindest Lampen haben ... vielleicht auch Seile und ... Ich weiß nicht – irgendeine Art von Waffe, falls wir in eine Klemme geraten?«

»Sicher, was auch immer ...«, stimmte Kit ihr zu. »Und dann wirst du mit mir gehen?«

»Ja, und wir werden Bruder Lazarus mitnehmen.«

»Schön.«

»Gut. Sobald er also zurück sein wird, fangen wir an, die Dinge zusammenzustellen, die wir benötigen. Es wird ein wenig dauern, bis wir alles haben. Aber sei's drum: Wenn es so wichtig ist, wie wir glauben, dann muss es uns auch wert sein, es richtig zu machen.«

Kit musste zugeben, dass sie nicht ganz unrecht hatte, und in jedem Fall gab es nichts dabei zu gewinnen, indem man darüber stritt, und so ließ er die Dinge laufen. »Es gibt etwas, das ich dir noch nicht erzählt habe«, sagte er, während er sich wieder hinsetzte. »Ich habe Baby gesehen – die Höhlenlöwin. Ich habe sie in der Höhle entdeckt. Tatsächlich hat sie mich irgendwie dort herausgeführt.«

»Du bist ihr gefolgt?« Mina betrachtete ihn misstrauisch. »Tapferer Mann.«

»Zu dem Zeitpunkt wusste ich nicht, dass ich ihr folgte«, gestand Kit ein. »Ich verlor mein Licht und hörte dann das Klimpern der Kette. Daraufhin habe ich mich auf das Geräusch zubewegt.«

»Du bist sicher, dass es Baby war?«

»Absolut. Diese Kette ...«

»Dann haben wir erst recht allen Grund, eine Waffe mitzunehmen«, folgerte Mina. Sie dachte einen Augenblick nach, dann fragte sie: »Diese Höhlenmalereien – bist du sicher, dass du sie wiederfinden kannst?«

»Ziemlich sicher. Warum?«

»Weil wir die Symbole in der Höhle kopieren und sie dann mit denen auf unserem Teil der Karte vergleichen können.«

»Aber vielleicht benötigen wir die Karte nicht mehr länger«, betonte Kit. »Ich kann die Seelenquelle ohne die Meisterkarte wiederfinden.«

»Versteh mich nicht falsch«, entgegnete Mina. »Ich bin ganz dafür. Aber wir wissen nicht, ob die Seelenquelle tatsächlich der große Schatz ist, nach dem Cosimo und Sir Henry gesucht haben. Er könnte etwas anderes sein – sogar noch etwas Größeres. In jedem Fall kann es nicht schaden, ein paar Minuten damit zu verbringen, die Symbole zu kopieren.«

»Also werden wir auf dem Weg dort einen Halt machen und eine Kopie erstellen. Kein Problem.«

Wilhelmina nickte. »Glaubst du, dass Arthur Flinders-Petrie wirklich dort war?«

»Er muss dort gewesen sein«, erwiderte Kit. »Wie sonst sollen diese Zeichen an die Höhlenwand gekommen sein? Entweder unser alter Kumpel Arthur ist da gewesen und hat sie selbst gezeichnet, oder jemand hat sie von seiner Karte kopiert.«

»Wir wissen immer noch nicht, wie man sie deutet«, hob Wilhelmina hervor.

»Das ist wahr«, stimmte Kit ihr zu. »Aber möglicherweise benötigen wir sie nicht mehr länger.«

Sie unterhielten sich noch etwas länger, und dann ging Wilhelmina hinein, um noch etwas mehr Kaffee zu kochen. Als sie gerade die ersten Tassen einschenkte, kehrte Bruder Lazarus zurück mit der Neuigkeit, dass er die Erlaubnis erhalten hatte, fortzugehen und Wilhelmina und Kit zu begleiten, wenn sie das Gebirge hinabsteigen und die Höhle erforschen würden.

»Wie schnell können wir von hier fortkommen?«, erkundigte sich Mina.

»Sobald wir die notwendigen Vorräte und Ausrüstungsgegenstände zusammengetragen haben«, antwortete der Geistliche. Wilhelmina übersetzte dies für Kit, der anmerkte: »Wir benötigen nicht allzu viel Ausrüstung. Wie lange wird es schon dauern, ein paar Lampen, etwas Seil sowie einige Stifte und Zeichenpapier zu besorgen?« Er dachte einen Moment lang nach und fügte hinzu: »Kann Bruder Lazarus irgendeine Kamera bekommen? Wir würden auch ein Blitzlicht benötigen.«

Mina und Lazarus tauschten ein paar Worte aus. »Er sagt, er glaubt, dass Bruder Michael von der Bibliothek möglicherweise eine Kamera hat, die wir uns borgen können. Beim Rest der Ausrüstung sollte es nicht mehr als ein paar Stunden dauern, um sie zusammenzukratzen. Nach was für einer Art von Waffe suchen wir?«

Kit dachte darüber nach. »Nichts Ausgefallenes. Eine Jagdbüchse ... etwas in dieser Art.«

Mina sprach zu Bruder Lazarus, dann erklärte sie: »In einem Kloster können wir so etwas nicht bekommen.«

»Dann können wir es in der Stadt versuchen«, schlug Kit vor. Er streckte sich und stand auf.

»Es ist fast elf«, sagte Mina zu ihm. »In einer Stunde habe ich eine Andacht, und diesen Abend bin ich dafür zuständig, die Gebetbücher zur Vesper auszulegen.«

Kit betrachtete sie mit einem eigenartigen Blick. »Was sagst du da, Wilhelmina? Bist du wirklich eine Nonne?«

»Nein«, antwortete sie und wies die Frage mit einem Lachen zurück. »Aber ich versuche, mich anzupassen, während ich hier bin. Ich habe Pflichten.« Sie erhob sich und schaute Kit ins Gesicht. »Abgesehen davon finde ich den täglichen Dienst wirklich sehr bedeutungsvoll. Ich würde ihn nur ungern versäumen.«

»Okay, aber ...«

»Hör mir zu! Lass uns den Rest des Tages dazu nutzen, das ganze Zeug zusammenzutragen, und dann brechen wir morgen Vormittag nach der Frühandacht und dem Frühstück auf – wie wäre das?«

»Nun, wenn du darauf bestehst ...«

»Ein Tag der Ruhe wird dir nicht schaden.« Sie lächelte. »Und du kannst die Zeit nutzen, um Bruder Lazarus besser kennenzulernen.«

»Schön«, stimmte Kit zu und betrachtete den lächelnden Geistlichen. »Wie du weißt, sind mein Spanisch und Italienisch mindestens genauso gut wie mein Deutsch. Wir werden eine tolle Zeit haben.«

EINUNDDREISSIGSTES KAPITEL

Worin eine familiäre Verbindung gefestigt wird

Die Reise nach China hatte sich als eine große Geduldsprobe erwiesen. Schoner, wie luxuriös sie auch waren – und dies war selten der Fall –, mochten zwar stark und zuverlässig sein, doch sie segelten langsam. Selbst die schnellsten der neuen Klipper benötigten sechs Monate oder mehr von Portsmouth nach Hongkong, und es gab keine schnellere Möglichkeit, um diese Reise durchzuführen. Zumindest gab es keine schnellere Möglichkeit, die Charles Flinders-Petrie je gefunden hatte. Großvater Arthur hatte vielleicht eine Ley-Linie entdeckt, die Großbritannien mit China verband; doch wenn dies der Fall gewesen war, dann handelte es sich um noch ein weiteres Geheimnis, bei dem es ihm nicht gelungen war, es weiterzureichen. Die gewaltigen Unannehmlichkeiten einer Seereise war einer der Hauptgründe gewesen, weshalb Charles niemals zuvor diese Reise gemacht hatte. Und der einzige Grund, weshalb er sie nun unternahm, war jene grausame Notwendigkeit, die ihn gezwungen hatte, seinen geliebten Londoner Garten zu verlassen.

Jetzt, als unter den niedrigen Wolken, die über dem Hafen hingen, die bucklige Rückseite von Hong Kong Island langsam in Sicht kam, war dies alles, was Charles tun konnte, um sich davon zurückzuhalten, ins Meer zu springen und den Rest der Strecke zur Küste zu schwimmen. Ein paar Stunden später lief das Schiff in den Hafen ein, und gegen Mittag ging Charles langsam die staubigen Stufen der Wah-Fu-Straße hoch und hielt nach dem Haus von Xian-Lis

Schwester Ausschau. Am Hafen hatte er sich vom Geschrei der Rikscha-Fahrer ferngehalten, um sich das Vergnügen zu gönnen, nach so vielen Wochen an Bord eines Schiffes festen Boden unter seinen Füßen zu spüren. Er erfreute sich an der exotischen Umgebung ebenso sehr wie an der körperlichen Anstrengung, die ihn zum Schwitzen brachte. Oben auf dem Hügel hielt er an und blickte sich um. Die Häuser in dem Viertel waren auf merkwürdige Weise fehl am Platz: Es handelte sich um weitläufige hölzerne Bungalows nach englischer Art – mit steilen Dächern, tiefgelegenen Dachvorsprüngen und großen Veranden, die rund ums Haus verliefen. Sie waren in diesem Stil für Familien von europäischen Geschäftsmännern und Bürokraten gebaut worden, die an der Ausbreitung von Vororten gewöhnt waren. Die Gebäude waren weiß gestrichen und mit einem roten Rand versehen. Als Zugeständnis zum Klima und zur Landessitte wurden die meisten Veranden und Fenster von geflochtenen Bambusblenden abgeschirmt. Er hatte noch nie Hana-Li getroffen, doch er besaß ihre Hausnummer, und außerdem war sie als Witwe eines angesehenen Regierungsbeamten stadtbekannt.

Als er durchgeatmet hatte, ging er weiter. Er betrat einen breiten, von Bäumen gesäumten Boulevard, wo die Häuser größer waren und in einiger Entfernung von der Straße standen. Vor ihnen befanden sich grüne Rasen, die von Blumenbeeten und Zierbüschen unterbrochen wurden; und barfüßige Gärtner, die breite Strohhüte trugen, pflegten die Anlagen. Zum Schluss gelangte er zu einem eisernen Pfosten, der am Ende eines kurvenreichen Zufahrtsweges stand. An dem Pfosten war ein Schild befestigt, auf dem mit goldener Farbe die Nummer dreiundvierzig gemalt war. Einen Augenblick lang stand Charles nur da und betrachtete das weitläufige Haus; er fragte sich, ob er wohl da drinnen willkommen sein würde. Es gab nur einen Weg, das herauszufinden.

Charles spazierte die Auffahrt entlang und stieg die Stufen zur Veranda hoch. Neben der Tür gab es einen Glockenstrang, an dem er zog, erst einmal und dann erneut. Er wartete, bis er auf der anderen Seite der schweren Holztür das rasche Getrappel von Sandalen hörte. Die Tür öffnete sich und gab den Blick frei auf ein hübsches junges Mädchen mit langem schwarzem Haar. Es trug ein schlichtes weißes Hemdkleid und einfache Hausschuhe aus Seegras.

»Hallo«, grüßte Charles und lächelte. »Ich bin gekommen, um Hana-Li zu sehen. Ist sie zu Hause?«

Ob seine Worte irgendeinen Eindruck bei der jungen Frau hinterließen, war an ihrem Gesichtsausdruck nicht zu erkennen.

»Sprechen Sie Englisch?«, erkundigte sich Charles.

Sie runzelte die Stirn. Dann wandte sie sich abrupt von ihm ab und trippelte davon; die Tür ließ sie allerdings geöffnet. Charles blieb auf der Schwelle stehen und starrte in das dunkle Innere eines weiträumigen Vestibüls hinein, das von stehenden grünen und blauen Porzellantöpfen gesäumt wurde. Er klopfte leicht auf das Päckchen unter seinem Hemd und wartete.

Nach einem Augenblick erschien eine alte Frau. Ihr taubengraues Haar war zu einem Knoten hochgebunden, unter dem ein rundes Gesicht, das wie eine Walnuss gerunzelt war, einen Ausdruck von leichter Neugierde zeigte. Offenbar fragte sie sich, was da vor der Haustür gestrandet war. Ihr Gewand war abgenutzt und verblichen, und sie hielt ein Staubtuch in der Hand.

Charles, der die Alte für die Haushälterin hielt, wiederholte seine einleitenden Worte. »Ich bin gekommen, um Hana-Li zu sehen. Ist die Dame zu Hause?«

»Sie ist zu Hause«, antwortete die Frau im bedächtigen Kolonial-Englisch mit einem pfeifenden Lispeln. »Wer wünscht sie zu sehen?«

»Meine Name ist Charles Flinders-Petrie«, erwiderte er. »Ich bin der Großneffe der ehrenwerten Dame.«

»Neffe?«, fragte die alte Frau verwundert.

Charles zeigte ein beruhigendes Lächeln. »Meine Großmutter Xian-Li war ihre Schwester«, erklärte er. »Sie ist meine Großtante.«

Die Frau hielt inne, um darüber nachzudenken; ihre scharfen dunklen Augen blickten diesen fremden kühnen Ausländer skeptisch an.

Unter diesem prüfenden Blick wurde es Charles unbehaglich.
»Lebt Hana-Li hier?«, fragte er schließlich. »Darf ich sie sehen?«
Als ob sie über ihn zu einer Entscheidung gekommen wäre, drückte die alte Frau die Tür noch weiter auf und trat zur Seite.
»Bitte, kommen Sie herein.«
»Danke schön.« Charles betrat den Eingangsraum, in dem es dunkel war. Auf dem Boden lag ein roter Läufer aus Seide, und zwei Palmen in Töpfen standen am Eingang zum Wohnzimmer.
Die alte Frau zeigte auf den Raum. »Bitte, setzen Sie sich doch«, forderte sie Charles auf.
Aus den zur Verfügung stehenden Sesseln wählte er ein Rattan-Modell mit niedriger Sitzfläche und rotem Seidenpolster. Die alte Frau blieb im Eingang stehen und musterte Charles, während Charles sich niederließ.
»Möchten Sie Tee?«
»Ja, gerne«, antwortete Charles. »Ich liebe eine schöne Tasse Tee.«
Die ältliche Haushälterin nickte und verschwand irgendwo im Haus. Charles, der allein im Zimmer war, blickte sich darin um. Es war hell und luftig, wenn auch vollgestopft mit großen und kleinen Nippsachen unterschiedlicher Art – zweifellos eine Sammlung, die im Verlauf eines Lebens im Dienst der Regierung entstanden war. Welche Art von Beamter der Ehemann von Hana-Li gewesen war, wusste Charles nicht – nur, dass er zu irgendeiner Zeit in der Vergangenheit etwas mit der Britischen Handelskammer zu tun gehabt hatte. Er fragte sich, warum seine Großtante nach dem Tode ihres Mannes nicht nach Macao zurückgezogen war.
Wenig später kehrte die alte Frau mit einer Porzellankanne und zwei flachen Tassen sowie einem Teller mit kandierten Mandeln zurück; sie trug dies alles auf einem Tablett aus Teakholz. »Sie sind weit weg von zu Hause«, stellte sie fest.
»Ja, ich bin eine lange Strecke gefahren, um Hana-Li zu sehen«, erwiderte er. »Kommt sie bald – was glauben Sie?«
Die Frau drückte ihre faltigen Wangen zusammen. »Ja, sehr bald.« Sie stellte das Tablett auf einen Tisch und begann einzuschenken.

Dann reichte sie Charles eine Tasse und bot ihm den Teller mit den Mandeln an.

»Danke schön«, sagte Charles und suchte sich ein paar Stücke von den Süßigkeiten aus.

»Ich bin die Schwester von Xian-Li«, verkündete die Frau und nahm in dem gegenüberstehenden Sessel Platz. »Mein Name ist Hana-Li.« Sie zeigte ein breites Lächeln, das ihre Zahnlücken enthüllte; offenbar freute sie sich über den kleinen Scherz auf seine Kosten. »Hallo, Großneffe.«

Charles setzte sich so schnell hoch, dass er fast seinen Tee verschüttete. »O, es tut mir leid!«, platzte es aus ihm heraus. »Ich habe dich für die Haushälterin gehalten.«

Sie lachte. »Ich weiß. Die kleine Tam-Ling ist die Haushälterin.«

»Bitte, vergib mir.«

Mit einer wegwerfenden Handbewegung wischte sie die Entschuldigung beiseite. »Du ehrst mich mit deiner Anwesenheit, Neffe.«

Charles machte eine kleine Verbeugung. »Die Ehre ist ganz auf meiner Seite, liebe Tante.«

»Hast du meine Schwester gekannt?«

»Allerdings«, antwortete Charles und gab sich den Erinnerungen hin. »Als ich ein kleiner Junge war, ließ sie mich für gewöhnlich die Hühner auf dem Bauernhof füttern. Sie war immer sehr korrekt.«

Hana-Li nickte, während sie die Teetasse in Händen hielt. »Hatte sie ein glückliches Leben?«

»Ja, sehr glücklich. Ruhig, aber glücklich, glaube ich. Sie war eine Freude für alle, die sie kannten.«

Hana-Li lachte. »Du würdest das nicht sagen, wenn du sie gekannt hättest, als sie jung war. Sie zog immer an meinen Haaren und kreischte wie ein Affe, wenn wir gegeneinander kämpften.« Sie lachte erneut. »Und wir haben dauernd gegeneinander gekämpft.«

»Ich habe dir etwas mitgebracht«, sagte Charles und stand auf. Er

griff in seine Jackentasche und holte ein kleines Päckchen hervor, das in blaues Papier eingewickelt war. »Ich dachte, du würdest das vielleicht mögen.«
Die alte Frau nahm das Geschenk, wickelte es aus und öffnete die Schachtel. Zum Vorschein kam eine Jadebrosche, die mit großer Fertigkeit so geschnitzt war, dass sie einer Lotusblume ähnelte.
»O!«, rief Hana-Li aus. Tränen stiegen ihr in die Augen.
»Magst du es?«
Sie schluckte schwer. »Weißt du, was das ist?«
»Xian-Li trug es oft. Ich nehme an, es war ihr Lieblingsstück.«
»Es war auch das Lieblingsstück unserer Mutter«, erklärte Hana-Li, die ihre Augen abtupfte. »Wir waren sehr jung, als sie starb, und wir waren sehr arm. Wir hatten fast nichts von ihr – mit Ausnahme von dieser Brosche und ein paar anderen kleinen Dingen. Vater gab sie Xian-Li, als sie heiratete.«
»Dann bin ich froh, dass ich sie dir zurückbringen konnte.«
»Hast du Kinder?«
»Einen Sohn. Es ist jetzt erwachsen. Keine Töchter.«
Hana-Li hielt ihm die Schachtel entgegen. »Gib sie ihm, damit er sie seiner Tochter geben kann, wenn die Zeit dafür gekommen ist.«
Charles schüttelte leicht seinen Kopf. »Das ist ein freundlicher Gedanke. Aber ich glaube, sie bedeutet dir mehr, als sie jemals für ihn bedeuten wird. Ich bestehe darauf, dass du sie behältst.«
»Danke schön«, seufzte sie. »Du machst eine alte Frau sehr glücklich.«
»Ich habe noch etwas für dich«, sagte er. »Entschuldige mich einen Augenblick.« Er wandte sich ab und knöpfte die oberen drei Hemdknöpfe auf, um ein zylindrisch geformtes Päckchen herauszuziehen, das nicht größer als die Innenfläche seiner Hand war. Es war in feinem Wildleder eingewickelt und mit einem Band aus demselben Material verschnürt. Charles knöpfte sein Hemd wieder zu, drehte sich wieder um und bot das Paket seiner bejahrten Verwandten an. »Dies ist auch sehr kostbar, jedoch aus einem anderen Grund.«

Hana-Li nahm es entgegen und betrachtete neugierig das grüne Lederbündel.

»Vielleicht öffnest du es«, wies er sie an. »Und ich werde es dir erklären.«

Die alte Frau schloss vorsichtig die Schachtel, in der die Brosche lag, und legte sie neben ihrem Sessel unter den Tisch. Mit ihren runzligen Fingern hantierte sie kurz an der Lederschnur; und sie brauchte nur einen Augenblick, um das Päckchen auszuwickeln und ein halb durchscheinendes Pergament zu enthüllen, das straff zusammengerollt war. Behutsam entrollte sie es und breitete es auf ihrem Schoß aus. Ihre Augen glitten über die mit merkwürdigen Ornamenten bedeckte Oberfläche: eine ungeordnete Ansammlung von feinen blauen Wirbeln, Linien und winzigen Punkten. Sie hob das dünne, papierartige Stück und hielt es gegen das Licht, das durch das Fenster eindrang, um die reich gemusterte Konstruktion genauer zu betrachten.

»Hast du irgendetwas wie das schon einmal gesehen?«, fragte Charles nach einem Moment.

»Das sind Tattoos«, stellte sie fest. »Ich habe sie viele Male gesehen, wie du weißt, denn mein Vater war ein Tätowierer.«

Charles nickte. »Und du weißt, dass er viele Tattoos für meinen Großvater Arthur angefertigt hat.«

Die alte Frau hielt das Pergament auf ihren Handflächen. »Das stimmt. Er ist viele Male gekommen, um sich Tattoos machen zu lassen. Doch deinen Großvater habe ich nur ein einziges Mal getroffen – als er gekommen ist, um Xian-Li zur Frau zu nehmen. Danach haben wie die beiden nie wieder gesehen.«

»Was du da hältst, ist ein Pergament, das aus Arthurs Haut erstellt wurde«, erklärte Charles und legte ehrfürchtig seine Hand auf die Karte.

Der Mund der alten Frau formte voller Verwunderung ein perfektes »O«.

»Es wurde gemacht, um die Markierungen zu konservieren, die du auf seiner Oberfläche siehst, und es ist schon seit vielen, vielen Jahren in unserer Familie.«

Charles fuhr fort, indem er erzählte, wie sein Vater Benedict, der damals noch ein Jugendlicher gewesen war, versucht hatte, eine Kopie von der besonderen Karte zu beschaffen, als Arthur auf einer ihrer Reisen völlig unerwartet verstorben war. Das Pergament war von wohlmeinenden Priestern hergestellt worden, um die Karte zu erhalten. »Seitdem ist sie stets im Besitz der Familie gewesen«, hob Charles zum Schluss hervor. »Sie hat um ein Vielfaches ihren Wert unter Beweis gestellt.«

Die alte Frau nickte; sie war sich nicht sicher, was sie von dieser Enthüllung halten sollte. »Und warum wünschst du, dass ich sie habe?«

»Was du in deinen Händen hältst, ist nur ein kleiner Abschnitt einer größeren Karte. Ich habe sie in Stücke geteilt, und ich bringe dir dieses, damit du es sicher aufbewahrst.«

»Warum ich?«

»Weil du das einzige noch lebende Mitglied der Familie meiner Großmutter bist«, antwortete Charles. »Und weil keiner jemals auf den Gedanken kommen wird, hier nach dem Kartenstück zu suchen.« Er lächelte. »Niemand weiß von dir, Hana-Li – abgesehen von mir.«

Sie rollte das Pergament wieder zusammen und wickelte anschließend den Lederschutz darum; dann streckte sie es Charles entgegen, um es ihm zurückzugeben. »Ich werde darüber nachdenken.«

»Sehr gut«, erwiderte er, machte jedoch keinerlei Bewegungen mit der Hand, um die Karte von ihr zurückzunehmen. »Was auch immer du für das Beste halten wirst.«

»Du wirst hier bei mir wohnen«, verkündete sie leichthin. »Ich unterrichte die Köchin, dass wir heute Abend deine glückliche Ankunft feiern. Wir werden zusammen essen, und du wirst mir Geschichten über das Leben meiner Schwester in England erzählen.«

»Das würde mich freuen.«

Die alte Frau erhob sich und ging durch das Zimmer. Von einem Tisch hob sie eine winzige Messingglocke und läutete damit. Tam-Ling erschien, und die beiden Frauen unterhielten sich kurz miteinander.

»Sie wird dich zum Gästezimmer bringen, wo du dich von deiner Reise ausruhen kannst«, sagte Hana-Li. »Ich lasse dir dann heißes Wasser bringen.«
»Du bist äußerst fürsorglich, Tante«, erwiderte Charles und nahm ihre Hände in seine. Er drückte ihre Hände und fügte hinzu: »Ich wusste, dass es die richtige Entscheidung sein würde, hierher zu kommen.«
Gemeinsam genossen sie ein üppiges Abendessen; und während Tam-Ling verschiedene Speisen aus der Küche zum Tisch beförderte, erfreute Charles seine betagte Verwandte mit Geschichten, an die er sich erinnern konnte – über Erlebnisse aus seiner Kindheit und von Geschehnissen, die über die Jahre hinweg überliefert worden waren: Erzählungen über Arthurs Heldentaten auf seinen wagemutigen Reisen und über die sympathischen, ein wenig andersartigen Gewohnheiten seiner Großmutter; Kindheitserinnerungen von ihm selbst und seinem Vater an den Bauernhof und das Landleben im dörflich geprägten Oxfordshire – und Geschichten über vieles mehr. Hana-Li fand großen Gefallen an den Erzählungen; von Zeit zu Zeit klatschte sie vor Freude mit den Händen, wenn eine bestimmte Geschichte mit all ihren Verwicklungen vor der alten Frau ausgebreitet wurde. Sie selbst fügte zuweilen ihre Erinnerungen an die eigene Kindheit und die ihrer Schwester hinzu – an die Zeit, als sie in Macao aufwuchsen. Körperlich und seelisch gesättigt, gingen Hana-Li und ihr Großneffe in dieser Nacht schließlich zu Bett.
Als Charles am nächsten Morgen aufstand, trommelte ein leichter Regen gegen die Dachziegel. Er kleidete sich an und ging die Treppe hinunter. Seine Großtante traf er im Wohnzimmer an, die dort bereits auf ihn wartete. Sie hatte sich die Lederrolle auf den Schoß gelegt und starrte sie angespannt an. Er begrüßte sie mit einem Kuss. Da sie offensichtlich etwas auf dem Herzen hatte, blieb er stehen und wartete darauf, dass sie begann.
»Ich habe nachgedacht«, sagte sie schließlich, wobei sie immer noch auf das Bündel in ihrem Schoß starrte. »Ich bin eine sehr alte Frau, und ich werde nicht mehr viele weitere Jahre leben.«

»Du strotzt nur so vor Gesundheit...«

Sie hob ihre Hand und schnitt ihm so das Wort ab. »Nein, es ist die Wahrheit. Deshalb bin ich nicht bereit, diese Aufgabe zu übernehmen.« Bevor Charles sie unterbrechen konnte, fuhr sie fort: »Jedoch verstehe ich deinen Wunsch, das hier...« – sie zögerte – »... dieses ›Überbleibsel‹ an einem sicheren und geschützten Ort aufzubewahren.« Zum ersten Mal hob sie ihre Augen und blickte Charles an. »Ich möchte dir einen Vorschlag unterbreiten.«

»Ich bin begierig, ihn zu hören.«

»Ich möchte, dass du mich nach Macao bringst«, offenbarte sie. »Viele Jahre sind vergangen, seitdem ich meine Heimat das letzte Mal besucht habe, und ich würde sie gerne noch einmal sehen, bevor ich sterbe. Es gibt einen alten Familienschrein außerhalb der Stadt – dort ist die Asche meines Vaters und meiner Mutter. Wir werden den Schrein besuchen, und dort, glaube ich, wirst du eine Stelle finden, wo du dies« – sie senkte wieder den Blick auf den Gegenstand in ihrem Schoß – »ganz sicher aufbewahren kannst.«

Charles dachte einen Augenblick darüber nach. »Eine glänzende Idee, Tante. Ich glaube, du hast die perfekte Lösung gefunden.« Das Verstecken der Kartenteile in Grabmälern und Schreinen schien tatsächlich nicht nur angemessen, sondern geradezu genial zu sein. Er bückte sich zu ihr und gab ihr einen Kuss auf die Wange. »Es wird eine Freude für mich sein, dich nach Macao zu begleiten, um den Familienschrein zu besuchen. Wir könnten uns auch das alte Tattoo-Geschäft ansehen, wenn du es möchtest – ich weiß, ich würde es gerne sehen.«

»Dann werde ich Vorkehrungen treffen«, erklärte Hana-Li. Sie ergriff das Päckchen und bot es ihm abermals an. »Wir besuchen zuerst den Schrein, und du wirst das hier in ihm hinterlegen.«

Charles beugte sich ein wenig und nahm die in Leder gewickelte Rolle entgegen. Er hielt sie auf seiner Handfläche und verkündete: »Das wird der passendste Ruheplatz für dieses besondere Teil unserer Familiengeschichte sein.«

ZWEIUNDDREISSIGSTES KAPITEL

Worin das neueste Mitglied gefeiert wird

*I*n der Genisa waren Stühle in einem ordentlichen Halbkreis aufgestellt worden, um der kleinen, jedoch ausgewählten Gruppe Platz zu bieten. Das Zentrum des großen Raumes hatte man ausgeräumt für das besondere Treffen, bei dem Cassandra Clarke in die Zetetische Gesellschaft eingeführt und ihr neuestes sowie jüngstes Mitglied werden sollte. Tatsächlich würde sie das erste neue Mitglied seit über hundertfünfundzwanzig Jahren sein – ein Detail, das sie erstaunlich fand, jedoch vollständig im Einklang mit den Mitgliedern der merkwürdigen Gruppe stand, die zu umarmen sie sich immer noch abmühte.

Es hatte fünf Tage gedauert – nach Damaskus-Zeit –, bis die Mitglieder informiert und hier eingetroffen waren. Zuletzt erschien eine blauhaarige Greisin namens Tess, deren Aussehen an einen Vogel erinnerte. Doch sie war agil wie ein Frühlingslamm und beherzt wie ein Terrier; und so verschwendete sie keine Zeit, um Cass davon in Kenntnis zu setzen, dass sie in der einen Welt vierundachtzig Jahre alt war und hundertneunundzwanzig in ihrer Heimatwelt.

»Wie alt sind Sie?«, erkundigte sie sich freiheraus; ihre Stimme ließ die Überreste eines französischen Akzents erkennen.

»Fünfundzwanzig«, antwortete Cass.

Die grauen Augen der kleinen Frau verengten sich und wirkten durch ihren intensiven Blick stechend. »Faszinierend«, verkündete sie. »Das ist die Zeit, in der es für gewöhnlich passiert, wissen Sie?«

»In der was passiert?«, hakte Cass nach.

»Dies!«, rief Tess aus. Als sie den verwirrten Gesichtsausdruck von Cass bemerkte, beugte sie sich zu ihr und vertraute ihr an: »Erleuchtung, *ma chérie*. Erleuchtung. Wahres Wissen über die Art und Weise, wie die Welt funktioniert – Einsicht in die Natur der Wirklichkeit.«

»O.«

Der Blick der hellgrauen Augen wurde leidenschaftlich. »Jede religiöse Gestalt in der Geschichte erlangte Erleuchtung zwischen dem fünfundzwanzigsten und fünfunddreißigsten Lebensjahr. Das scheint der Zeitraum zu sein, in dem das menschliche Bewusstsein seine volle Leistungskraft erreicht und eine feinere spirituelle Auffassungsgabe erlangt. Vielleicht braucht es einfach so lange, um sich zu entwickeln. Jedenfalls handelt es sich um ein bestens dokumentiertes Phänomen. Lesen Sie es irgendwann mal nach.«

»Das werde ich«, beteuerte Cass. »Bei der ersten Gelegenheit.«

»Das Wissen von den verborgenen Antrieben des Universums und dem spirituellen Fundament von allem, was existiert.« Sie blinzelte. »Die meisten Leute kriegen das nie spitz, die armen Dinger. Ich finde es ungeheuer aufregend – Sie nicht auch?«

»Ich glaube, das fängt gerade bei mir an.«

Tess packte sie am Arm und drückte ihn mit einer der knochigen Hände. »Sie stecken für den Rest Ihres gesamten Lebens darin, *ma chérie*. Sie werden niemals zurückblicken.« Sie lachte. »Als ob man das könnte!«

Es waren auch andere da, und zwar noch elf – insgesamt sieben Damen und fünf Herren. Es handelte sich ausnahmslos um bejahrte Senioren, deren Lebensabend schon so weit fortgeschritten war, dass sie eigentlich der Alterssenilität zum Opfer gefallen sein sollten. Gleichwohl waren sie alle quicklebendig und voller Tatendrang; sie sprühten geradezu vor Vitalität. Es schien zum Wesen des Ley-Reisens zu gehören, dass es nicht nur das Leben verlängerte; außerdem erfreuten sich diejenigen, die es ausübten, einer Gesundheit und Lebenskraft, die weit über das hinausging, was man normalerweise erwarten konnte.

Rosemary Peelstick stellte Cass den verschiedenen Mitgliedern nacheinander vor – entsprechend der Reihenfolge, in der sie zum Treffen kamen. Anschließend folgte ein Galadinner, um den Neuzugang willkommen zu heißen.

Nach einem wohltuenden Tee im Garten rief Brendan die Gruppe zur Ordnung; und alle versammelten sich in der Genisa, um der Zeremonie beizuwohnen. Nachdem sich die erlauchten Mitglieder gesetzt hatten, nahm Brendan, der in seinem creme-weißen Anzug elegant aussah, seinen Platz neben einem erhöhten Tisch ein, auf dem sich eine brennende Kerze und eine Bibel befanden. Er hieß die Mitglieder willkommen und schlug mit seinem Hammer auf den Tisch, um die Versammlung offiziell zur Ordnung zu rufen. »Bevor wir zu den Festlichkeiten des Abends kommen, muss ich fragen, ob es irgendeine neue Angelegenheit gibt, die besprochen werden soll.«

Einer der Gentlemen – Cass erinnerte sich, dass er Parton hieß – hob seine Hand. »Ich habe eine Frage zu den Finanzen.«

»O, Dickie«, schalt ihn eine Frau, die Maude genannt wurde, »du hast immer eine Frage zu den Finanzen.«

»Maude, Schätzchen, das finanzielle Wohl der Gesellschaft ist wichtig.«

»Dem stimme ich zu – was auch der Grund dafür ist, dass ich mein gesamtes Portfolio in Brendans fähige Hände gelegt habe.« Sie lächelte süßlich. »Ich habe mehr Geld als Gott ... jedenfalls mehr, als ich jemals brauchen werde. Es mag ebenso von unserer Gesellschaft für gute Zwecke verwendet werden.«

Es gab gemurmelte Äußerungen wie »Hört, hört!«, »Höchst großzügig« und »Allen Respekt!« von den anderen Mitgliedern.

»Ich werde einen vollständigen Bericht erstellen, sobald ich die Gelegenheit habe, den genauen Wert des Williams-Portfolios zu ermitteln«, erklärte Brendan. »Desgleichen wird es ein offizielles Dankeschön von der Gesellschaft geben.«

Maude schlug diesen Gedanken wie eine lästige Fliege beiseite. »Unsinn! Ich brauche wirklich kein Dankeschön – weder ein offizielles noch ein anderes – für eine Tat, über die ich nur zu glücklich bin. Mehr als mein halbes Leben lang ist die Gesellschaft meine große Leidenschaft gewesen; und es ist nur recht, dass ich in einem geringeren Maße der Institution etwas zurückgebe, die mir so viel gegeben hat und mir so viel bedeutet.«

Erneut gab es zustimmende Äußerungen wie »Hört, hört!«, »Ganz recht« und »Maudie, du bist ein Schatz!« und dergleichen. Cass war gerührt von den einfachen Empfindungen, die zum Ausdruck gebracht wurden.

Die alte Frau blickte sich im Kreis der Gesichter um. »Nun, ich hatte nicht die Absicht, mich aufs hohe Ross zu setzen und einen Vortrag zu halten, aber hier ist er.« Plötzlich machte die allgemeine Aufmerksamkeit sie verlegen, und sie bewegte ihre dünnen Hände in einer Weise, als ob sie etwas verscheuchen wollte. »Das ist genug. Lasst uns jetzt mit dem anfangen, weswegen wir alle hier sind.«

»Wenn es keine weiteren Angelegenheiten gibt...« Brendan hielt inne und schaute sich im Raum um, dann schlug er wieder mit dem Hammer auf den Tisch. »Abgemacht! Wir werden nun mit der feierlichen Einführung unseres neuen Mitglieds fortfahren.«

Er streckte seine Hand aus und bat sie, sich vor der Gruppe zu ihm zu gesellen. Als sie ihren Platz neben ihm einnahm, lächelte er und legte ihr väterlich die Hand auf die Schulter. »Liebe Kolleginnen und Kollegen, ich habe die große, große Freude, Ihnen Miss Cassandra Clarke vorzustellen, die aus Sedona, einer US-amerikanischen Stadt in Arizona, gekommen ist. Als ausgebildete Paläontologin – sie übt dies auch als Beruf aus – bringt sie in unseren Kreis einen scharfen Verstand ein, der im harten Spannungsfeld der Universität feingeschliffen wurde. Außerdem bringt sie einen Durst nach einem gründlicheren Verständnis des Universums und seiner vielfältigen Herrlichkeit mit und verbindet dies mit einer heilsamen Skepsis, die im Dienste einer peinlich genauen Suche nach Wahrheit steht.«

Cass fühlte ihr Selbstbewusstsein wachsen, als sie hörte, auf welche Art und Weise sie beschrieben wurde, obschon die Worte präzise waren. Sie strich vorne das elegante blaue Kleid glatt, das sie und Rosemary Peelstick für diesen Anlass gekauft hatten. Dann ertappte sie sich dabei, wie sie unruhige Bewegungen machte, und faltete vor sich ihre Hände ineinander.

»Cassandra«, fuhr Brendan fort und nahm die Bibel in die Hand, »legen Sie Ihre rechte Hand auf die Heilige Schrift und wiederholen Sie, was ich nun sagen werde...« Anschließend führte er sie durch eine Litanei von Floskeln, mit denen sie feierlich Folgendes gelobte: die Interessen, Ziele und Zwecke der Gesellschaft zu fördern; die Suche nach Wissen durch Studium und Forschung voranzubringen; zum Wohle der Menschheitsfamilie solche Gaben einzusetzen, die ihr verliehen waren und die zu ihr kamen; jedem anderen Mitglied der Gesellschaft, das in Not geriet, unverzüglich Hilfe anzubieten; zum materiellen Wohl der Gesellschaft und ihrer Mitglieder durch Rat und Tat beizutragen; sich selbst in ständiger Bereitschaft zu halten, um bei jeder sich bietenden Gelegenheit die große Suche voranzubringen; alles zu gewährleisten, was ihr aufgegeben und von ihr erwartet würde; und schließlich tapfer gegen das Böse in all seinen hinterhältigen Formen zu kämpfen – zum Ruhme des Schöpfers, der das Omniversum und alles, was darin lebt, sich bewegt und existiert, kreiert hat und kontinuierlich durch seine immerwährende liebende Fürsorge aufrechterhält.

Die Handfläche fest auf die Bibel gedrückt, wiederholte Cass diese Sätze. Im Geiste stimmte sie jedem dieser Gebote zu, und zum Schluss verkündete sie laut: »Ich, Cassandra Clarke, gelobe dies alles guten Gewissens und aus freiem Willen; und ich schwöre, mein Leben, meine Gesundheit und meine Kraft der großen Suche zu widmen, die mir nun bevorsteht, so wahr mir Gott helfe.«

Als sie diese letzten Worte aussprach, schien es ihr wirklich so zu sein, als ob sie ihrer Persönlichkeit – ja, tatsächlich, dem innersten Kern ihrer Seele – eine neue, andere Dimension verliehen hätte. Das Gefühl wurde bekräftigt, als Brendan ihr eine Kerze überreichte und bat, sie an der größeren auf dem Tisch zu entzünden. Als sie ihre Kerze an die Flamme hielt, erklärte er: »Möge dieses Licht ein Symbol für das ›Große Licht‹ sein, auf das Sie vertrauen dürfen, während Sie durch die Dunkelheit der Ignoranz, des Bösen und des Todes reisen – hin zu dem niemals verlöschenden Licht der Ewigkeit.«

Der Docht ihrer Kerze wurde vom Feuer erfasst, und sie loderte in einer hellen, gelben Flamme zum Leben auf. Cassandra wandte ihr Gesicht wieder den versammelten Mitgliedern zu.

»Meine Damen und Herren der Zetetischen Gesellschaft«, verkündete Brendan, »bitte heißen Sie unser neuestes Mitglied, Cassandra Clarke, willkommen.« Begleitet von Applaus, schüttelte er ihr die Hand. Danach kam jedes der anderen Mitglieder nach vorne, um ihr die Hand zu schütteln und sie in der Gemeinde willkommen zu heißen.

Dann war es vorüber: eine einfache Zeremonie, die jedoch in jeder Hinsicht zufriedenstellend war. Cass fühlte sich, als hätte sie sich einer Gruppe von Reisegefährten und Freunden angeschlossen, auf die sie sich in zukünftigen Tagen verlassen konnte. Es folgte eine gute Mahlzeit aus syrischen Delikatessen: Fladenbrot mit Hummus, Babaganoush, gebratenes Lamm mit Reis, Saubohnen mit Tomaten und Pfefferminz, Fattoush und Hähnchen Kebab. Cass genoss das Essen, allerdings nicht so sehr wie die Gesellschaft ihrer Tischgenossen. Sie alle legten Wert darauf, sie anzusprechen und ihr ganz spezielle, goldene Ratschläge für das Ley-Reisen zu geben: Man solle lockere Kleidung tragen und Unterwäsche zum Wechseln mitnehmen; stets ein paar Sovereigns oder Krügerrand dabeihaben, da Gold ein universales Zahlungsmittel darstelle; ein Schweizer Armeemesser mit Korkenzieher sei ein Lebensretter; ein neutrales Kopftuch aus Baumwolle könne Wunder wirken; hohe Lederschuhe würden einen niemals im Stich lassen; einen breitkrempigen Hut solle man sich beschaffen ... und so weiter.

Jede Empfehlung wurde mit den besten Wünschen des Ratgebers erteilt – zusammen mit einer feierlichen Zusage, ihrem neuesten Mitglied in jeder nur möglichen Weise zu helfen. Cass dankte ihnen allen für ihre guten Ratschläge.

Später, als sie draußen im Hof unter den Sternen ihren Kaffee tranken, machte sich Tess an sie heran. »Riechen Sie den Jasmin«, forderte sie Cass auf und atmete den süßen, berauschenden Duft ein. »Absolut himmlisch.«

»Er ist schon immer einer meiner Lieblingsdüfte gewesen«, erwiderte Cass und sog die wie Parfüm riechende Nachtluft in sich ein. »Seitdem ich ein kleines Mädchen bin...«

»Sie scheinen verwirrt zu sein«, bemerkte Tess. »Hat irgendjemand etwas gesagt, durch das sie verstimmt worden sind?«

»Nein, keineswegs; im Gegenteil«, entgegnete Cass rasch. »Es ist nur...« Sie zögerte, doch dann gestand sie: »Ich fühle mich ein wenig eingeschüchtert, das ist alles. Überwältigt. So viel ist auf einmal passiert, und ich weiß so wenig von all dem. Ich habe das Gefühl, als wäre mir ein Berg vorgesetzt worden, über den ich nun hinüberkommen muss.«

Die alte Dame betrachtete sie mit plötzlicher Intensität, dann kündete sie an: »Ich werde Sie adoptieren, meine Liebe. Ich hoffe, es macht Ihnen nichts aus.«

»Überhaupt nicht«, erwiderte Cass. »Aber mache ich den Eindruck, als ob ich es nötig hätte, adoptiert zu werden?«

»Nicht im Geringsten«, antwortete Tess. »Ich tue es rein aus selbstsüchtigen Gründen. Ich bin viel zu alt, um mit der großen Suche weiter fortzufahren, doch ich kann auf meine Weise helfen. Ich kann beispielsweise Sie durch Gebete unterstützen.«

»Das Gebet ist unsere größte und heilsamste Waffe in der ewigen Schlacht«, warf ein Mann namens Schecter ein, der sich gerade zu ihnen gesellt hatte. Er trank einen Schluck Kaffee und fuhr fort: »Nicht weniger als die Schwerkraft ist das Gebet eine der elementaren Kräfte, welche die Welt bewegen. Wir unterschätzen das Gebet – auf eigene Gefahr hin.«

»Behalten Sie Ihre Moralpredigten für sich, Robert«, sagte Tess zu ihm. »Ich habe sie zuerst gesehen.« Sie fasste Cass am Arm. »Kommen Sie, wir gehen dorthin, wo wir uns ein wenig privater unterhalten können.«

»Sie können sie nicht ganz für sich allein behalten!«, rief Robert, als Cass fortgezogen wurde. »Wir alle hoffen, sie besser kennenzulernen.«

In einer belaubten Ecke des Hofes fanden die beiden Frauen Stühle und setzten sich dorthin. »Robert hat natürlich recht, aber er wird in einem so dozierenden Ton sich auslassen«, meinte Tess und beugte sich nah zu der jungen Frau. »Sind Sie eine Gläubige?«, erkundigte sie sich unverblümt.

»Meinen Sie, was die Kraft von Gebeten anbelangt?«, hakte Cass nach.

»Ich meine Gott – den Schöpfer und Erhalter des Universums.«

»Also, ja – seitdem ich ein kleines Mädchen bin.« Cass betrachtete ihre ältliche Gefährtin. Es war nicht leicht zu glauben, dass sie tatsächlich so alt war, wie sie behauptete; die Vitalität, die sie ausstrahlte, war fast ansteckend. »Warum fragen Sie?«

»Weil es bedeutet, dass es so viel weniger gibt, das man verlernen muss.« Sie lehnte sich zurück, und ein Lächeln breitete sich auf ihrem faltigen Gesicht aus. »Ich sollte es wissen – ich war die widerwärtigste Atheistin, die Sie jemals getroffen haben. In meinen nicht erleuchteten Jahren habe ich es förmlich genossen, bei meinen gottesfürchtigen Bekannten Unruhe zu stiften. Ich hielt es für einen großartigen Spaß, Löcher in ihre Argumentationen und ihre Redekunst zu bohren, all ihre Ungereimtheiten hervorzuheben und ihre verworrenen Gedanken lächerlich zu machen. Obwohl ... So viele religiöse Dogmen dienen ausschließlich dazu, die Macht zu stützen und die Massen zu benebeln, und so verdienen sie wirklich, dass man verhöhnt. Ich meine, man hört diese sogenannten Erweckungsprediger, die sich über Himmel und Hölle und was nicht alles auslassen – was weiß denn auch nur einer von ihnen *wirklich* über diese Dinge? Sie behaupten einfach zu wissen, was Gott will und was er fordert ... Quatsch!« Sie beugte sich vor und tippte Cass auf den Arm. »Jeder, der Ihnen erzählt, er würde Gottes Absichten kennen, verkauft irgendetwas. Sie können Gift darauf nehmen.«

Sie schaute auf den ein wenig fassungslosen Gesichtsausdruck von Cass und lehnte sich erneut zurück. »Ach du liebes bisschen – wie es scheint, habe ich mich von diesem Thema ziemlich mit-

reißen lassen. Dabei ist es überhaupt nicht das, worüber ich sprechen wollte. Ich wollte über Ihr Aufgabengebiet sprechen. Hat Brendan es bisher schon erwähnt?«
»Er hat nichts gesagt über irgendein Aufgabengebiet.«
»Nein? Nun, zu meiner Zeit wurde von allen neuen Mitgliedern verlangt, ein zielgerichtetes Projekt zu übernehmen – etwas von erheblichem Wert für die Weiterentwicklung der Gesellschaft. Etwas, das von uns gemacht werden muss.«
»Er hat nichts dergleichen erwähnt. Falls doch, habe ich es nicht bemerkt.«
»Vielleicht ist es auf der Strecke geblieben«, mutmaßte die alte Frau und seufzte. »Es ist schon sehr, sehr lange her, seit wir zuletzt ein neues Mitglied bekommen haben, verstehen Sie. Vielleicht machen wir das nicht mehr länger.« Sie ließ ihren Blick durch den Hof gleiten. »Ich frage mich, was aus Cosimo geworden ist? Ich möchte Sie mit ihm bekannt machen. Meines Wissens hat er niemals die Einführung eines neuen Mitglieds versäumt – oder auch nur ein Festessen. Er ist für gewöhnlich unsere Stimmungskanone...« Ihre Stimme verstummte.
»Cosimo Livingstone?«, fragte Cass.
»Sie kennen ihn?«
»Brendan hat mir von ihm erzählt.«
»Nun, ich möchte wirklich sehr, dass Sie ihn kennenlernen. Und ich würde mich freuen, Sie persönlich vorzustellen.«
»Sind Sie sehr gute Freunde?«
»Freunde, ja, und noch etwas mehr.« Ihre Stimme bekam einen wehmütigen Tonfall. »Cosimo und ich waren einst verlobt und wollten heiraten.«
Cass hob ihre Augenbrauen.
»O, es hätte niemals funktioniert«, fuhr Tess schnell fort. »Wir hatten gerade eine ganz besonders grauenvolle Reise gemeinsam überstanden – die Erforschung eines der Leys auf Cosimos Teilstück der Karte. Wir waren uns sehr nahegekommen: Extreme Gefahr kann dazu führen. Nehmen Sie das als einen guten Rat an.« Ihre Stimme zitterte ein wenig und bekam abermals einen wehmütigen

Unterton. »Der gute Cosimo und ich hatten all diese großartigen Pläne gemacht, und dann ...«

Sie verstummte, und das Schweigen zog sich in die Länge.

»Was ist passiert?«, fragte Cass schließlich.

»Wir kamen zurück!« Tess lachte, und ihre gute Laune kehrte zurück. »Das ist nur allzu oft der Lauf der Dinge. Sobald wir zurückgekehrt waren, begriffen wir, dass es alles ein bisschen zu leidenschaftlich und überdreht war – das Feuer des Moments, die Romanze auf dem Schiff ... was Sie möchten. Es sollte einfach nicht sein.«

»O, das tut mir leid«, sagte Cass mitfühlend. »Ich bin noch nie in der Weise verliebt gewesen, aber ich kann es mir vorstellen.«

»Wir hatten uns sehr gern – und das ist immer noch so. Doch ich hatte mein Leben und er seins; und das war's. Die Ehe hätte uns beide am Ende nur unglücklich gemacht. Außerdem hätte es wahrscheinlich für mich bedeutet, die große Suche aufgeben zu müssen – in jener Zeit wäre das jedenfalls so gewesen. Und das hatte ich nicht vor.«

»Aber schließlich haben Sie die große Suche aufgegeben«, sinnierte Cass. »Vermissen Sie sie?«

»Manchmal«, seufzte Tess. »Aber man wird *so alt*, wissen Sie.« Sie lächelte Cass traurig an. »Ich habe meine Erinnerungen, und ich reise immer noch ein bisschen – etwa, wenn ich zu diesen Aufgaben der Gesellschaft komme. Doch es ist für jüngere Leute, jetzt die Last zu schultern. Dennoch ... solange ich lebe und atme, kann ich helfen. Und das ist es, was ich durch Sie zu tun beabsichtige.« Sie griff nach Cass' Hand. »Ich möchte, dass Sie eines wissen: Ich verspreche, Sie erhalten alle Mittel, über die ich verfüge, um Sie bei der großen Suche zu unterstützen. Was auch immer Sie benötigen – Geld, Rat, eine angenehme Stelle, um zu landen, oder Fachkenntnisse, die im Laufe eines Lebens gesammelt wurden, das der großen Suche gewidmet war –, es gehört Ihnen. Zögern Sie nicht zu fragen.«

»Danke sehr, Tess. Das ist das beste Angebot, das ich seit sehr langer Zeit erhalten habe.« Einen Moment lang ließ sie es sich durch den Kopf gehen; dann fuhr sie fort: »Sie haben davon gesprochen, dass Cosimo ein Stück von der Karte hatte. Haben Sie es gesehen?«

Tess nickte langsam. »Ich hab's gesehen, ja, und in meinen Händen gehalten – bestimmt hundert Mal bis heute.«

»Brendan hat mir ebenfalls erzählt, dass Cosimos Teil von der Karte abhandengekommen ist.«

»Das ist inzwischen passiert? Das ist interessant. Davon habe ich nichts gehört.« Sie schürzte ihre runzeligen Lippen. »Ich frage mich, ob das der Grund ist, weshalb Cosimo nicht hier ist ... Er ist da draußen und sucht nach seinem Stück von der Meisterkarte.«

»Nicht unbedingt«, entgegnete Cass leise. »Es scheint, dass Cosimo auch verschwunden ist.«

»Nein!« Die alte Frau keuchte auf. »Verschwunden, haben Sie gesagt?«

»Das ist es, was man mir zu verstehen gegeben hat«, antwortete Cass. »Sie sind der Ansicht, dass ein Mann, der Sir Henry heißt, bei ihm ist – und auch jemand namens Kit. Er ist sein Urenkel, glaube ich.«

Tess zeigte eine bittere Miene. »O, das höre ich nicht gern. Nein, das höre ich überhaupt nicht gern – nicht ein kleines bisschen. Etwas muss unternommen werden.« Sie lehnte sich vor und packte Cass am Arm. »Sie zu finden ist eine Angelegenheit von höchster Priorität.« Die alte Frau beugte sich ganz nah zu ihr. »Jetzt sehe ich es. Genau das ist der Grund, warum Sie hier sind!«

»Entschuldigung?«, sagte Cass. »Ich kann Ihnen nicht folgen.«

»Meine Liebe, Sie sind hier für solch eine Zeit, wie wir sie jetzt haben. Jemand wird gebraucht, um Cosimo und Kit zu finden, und jemand ist hierfür bereitgestellt worden.«

»Ich etwa?«

Tess nickte ihr feierlich zu und ließ Cass' Arm los. »So etwas wie Zufall gibt es nicht. Alles, was uns passiert, passiert zu einem bestimmten Zweck.«

»Ich bin froh, helfen zu können. Aber ich muss Ihnen sagen, dass ich nicht sehr viel über Cosimo weiß – oder über irgendetwas anderes, um darauf zu sprechen zu kommen.«

»Dem kann leicht abgeholfen werden«, erklärte Tess. »Cosimo hat kein dauerhaftes Zuhause, doch er unterhält eine Wohnung in London: ein kleiner Unterschlupf, wo er ein Bett und Kleidung zum Wechseln hat und wer weiß, was noch. Er verbringt viel Zeit mit Sir Henry Fayth im Clarimond House. Ich würde es dort zuerst versuchen. Brendan kann Ihnen die Koordinaten geben.« Urplötzlich stand sie auf. »Wo ist Brendan nur? Ah, da ist er ja!«, rief Tess und schritt rasch über den Hof. »Beeilen Sie sich, wir haben keine Zeit zu verlieren!«

Und auf diese Weise kam es, dass Cassandra Clarke, das neueste Mitglied der Zetetischen Gesellschaft, sich wenig später in den Hügeln nördlich von Damaskus wiederfand und einen Pfad zwischen zwei Steinen entlangging: Sie machte ihre ersten Schritte, um Cosimo Livingstone zu finden.

DREIUNDDREISSIGSTES KAPITEL

Worin Hast zu einem grässlichen Verlust führt

Die Glastüren von Charles Flinders-Petries Arbeitszimmer waren zum Garten hin geöffnet und die Gardinen zurückgezogen, damit frische Luft in den Raum hineinkommen konnte, den man den ganzen Winter über verschlossen hatte, während sein Bewohner auf Auslandsreisen fort war. Diese Reisen waren nun beendet. Mitten in einem herrlichen Frühling war Charles nach London zurückgekehrt, und er genoss den milden Tag. Draußen konnte er ein ständiges *Schnipp, Schnipp, Schnipp* hören, während Cumberbatch – sein Hausmeister, Gärtner und Dienstbote – mit seiner langen Schere die Buchsbaumhecke stutzte.

Der einfache Rhythmus schien seinen Gedanken Gestalt zu geben, während er sein Wirtschaftsbuch genau studierte. In seiner Abwesenheit hatte der Haushalt halbwegs gut funktioniert, doch es gab Lücken und Versehen, die in Einklang gebracht und korrigiert werden mussten. Wäre ihm klar gewesen, dass er so lange fort sein würde, hätte er wohl bessere Vorkehrungen getroffen. Dennoch ... Seine Pläne hatten schließlich zu einem guten Ende geführt, und die unbedeutende Sache mit den Konten war keine Angelegenheit, die nicht mit einem Besuch bei der Bank und ein paar Entschuldigungsbriefen wiedergutgemacht werden konnte.

Alles zusammen betrachtet, war er mehr als zufrieden mit dem Ergebnis seiner letzten, immens herausfordernden Arbeiten. Nun war er bereit, sich auszuruhen und der Natur ihren Lauf zu lassen.

Es gab ein Rascheln an den Vorhängen, doch Charles, der ganz in seine Arbeit vertieft war, dachte sich nichts dabei, bis er einen schleifenden Schritt und das Knarren von Holz auf der Schwelle hörte. Als er von seiner Lektüre ein wenig aufblickte, sah er einen langen, dünnen Schatten auf dem kleinen Perserteppich. Er hob seine Augen, und der Eindringling trat in den Raum hinein.

»Douglas!«, keuchte er auf. »Gütiger Himmel, Sohn – hast du mich erschreckt.«

»Tut mir leid, Vater«, entgegnete der junge Mann. »Es war nicht meine Absicht, dich zu erschrecken.«

»Ich möchte sagen...« Charles schloss sein Buch und stand auf. »Was machst du da überhaupt – im Garten herumzuschleichen? Warum bist du während des Semesters hier?«

»Ich bin mit Oxford fertig, Vater«, antwortete Douglas. Er ging zu dem ledernen Ohrensessel gegenüber dem Schreibtisch und fläzte sich hinein. »Oder vielleicht ist Oxford mit mir fertig.«

»O, Douglas.« Charles setzte sich wieder in seinen Sessel hinter dem Schreibtisch. »Erzähl mir jetzt nicht, dass du ins Gefängnis geschickt worden bist!«

Der junge Mann verzog sein Gesicht zu einer verdrießlichen Miene. »Ich bin *nicht* ins Gefängnis geschickt worden. Ich habe den Ort verlassen.«

»Wir haben diese Diskussion schon früher geführt. Du musst dein Studium abschließen.«

»Muss ich, Vater?«, schnaubte er. »Warum muss ich? *Du* hast es doch auch nie abgeschlossen.«

»Jetzt hör mir zu!«

»Nein! Du hörst mir zu.« Douglas sprang auf die Füße und begann, vor dem Schreibtisch hin und her zu gehen. »Mein ganzes Leben lang habe ich von dir Anweisungen erhalten, und ich habe das von Herzen satt. Ich gehe nicht mehr dorthin zurück. Und es ist mir ganz egal, was irgendjemand dazu sagt.«

»Sprich nicht in diesem lauten Ton mit mir, Douglas.«

»All diese kleinkarierten Potentaten, die mit ihren winzigen Lehen prahlen: Sie sind nichts weiter als Wichtigtuer, Schwätzer und Idioten – die ganze Bagage.«

»Das ist unfair ...«

»Es ist bloß eine beschissene Zeitverschwendung!«

»Hüte deine Zunge in diesem Haus!« Charles betrachtete seinen missratenen Sohn und kämpfte innerlich, damit er seine Beherrschung nicht verlor. »Was hast du dieses Mal angestellt, Junge?«

»Behandle mich nicht so herablassend!« Ruhelos stolzierte er vor dem Schreibtisch einher; er schien vor Wut gleich zu platzen. »Das verbitte ich mir!«

»Du kannst nicht erwarten, hier als Gast zu leben. Du musst Arbeit haben. Was beabsichtigst du zu tun?«

»Ich werde die große Suche aufnehmen«, erwiderte er arrogant. »Das ist immerhin das Handwerk der Flinders-Petrie-Familie.«

»O, Douglas«, seufzte sein Vater. »Das haben wir doch schon früher durchgekaut. Und wir sind übereingekommen, dass du wartest, bis du dein Studium beendet hast. Wenn du es jetzt aufgibst, wirst du in keiner Weise darauf vorbereitet sein, den Herausforderungen zu begegnen, die dich erwarten werden.«

»Ich bin schon jetzt bereit dazu.«

Charles musterte ihn einen langen Augenblick. »Du weißt – das ist unmöglich.«

»Warum? Weil *du* einfach sagst, dass es so ist?«

»Sollen wir wieder in alle Details gehen?«, entgegnete Charles. »Du weißt, wie ich darüber denke.«

Der schlanke junge Mann stemmte die Hände in die Hüften, er war angespannt wie eine Feder. »Ich bin gekommen, um die Karte abzuholen.«

»Nein. Das steht außer Frage.«

»Ohne sie werde ich nicht weggehen.«

»Sie wird dir nichts nützen. Du weißt nicht, wie sie zu lesen ist.«

»Ich werde es lernen.«

Charles lachte freundlos. »Was ich herzlich bezweifle«, spottete er. »Es ist nicht so, als ob man eine Straßenkarte lesen würde, weißt du. Du musst den Code kennen.«

»Dann sag ihn mir«, forderte Douglas.

»Das werde ich, und zwar mit Freuden – an dem Tag, an dem du

dein Studium beendest.« Sein Vater vollführte mit der Hand eine wegwerfende Geste. »Geh nach Oxford zurück! Und streng dich an. Zeige mir, dass du einmal in deinem Leben etwas beenden kannst.«
»Ich werde es dir zeigen«, erwiderte Douglas und taumelte zum Schreibtisch. Er riss die etruskische Bronzemaske an sich, die sein Vater als Briefbeschwerer benutzte. »Ich werde dir zeigen, was ich machen kann. Den Schlüssel...«
»Douglas, du darfst dich nun entfernen. Diese Unterhaltung ist beendet.«
»Gib mir den Schlüssel, alter Mann!« Douglas hob das schwere Artefakt drohend hoch.
»Ich weiß nicht, wovon du überhaupt sprichst.«
»Vom Schlüssel für die Eisenkiste«, fauchte er. »Ich will die Karte. Du glaubst, ich weiß nicht, wo du sie aufbewahrst?«
»Nicht so hastig, Douglas. Einfach die Karte zu nehmen – das wird dich nicht weiterbringen. Setz dich, dann lass uns diese Sache zu Ende besprechen.«
»Reden ist alles, was du je machst. Ich bin mit dem Reden fertig. Ich will den Schlüssel für die Truhe.« Douglas, dessen Augen hervortraten und dessen langes Gesicht rot vor Zorn war, riss den Arm hoch, um zuzuschlagen.
»Leg das hin!«, schrie Charles.
»Ich warne dich, Vater«, knurrte Douglas wütend. Auf seiner glatten Stirn pochte deutlich sichtbar eine Ader – wie ein purpurfarbener gegabelter Blitz –, während er sich weit über den Schreibtisch beugte und den Arm in einem weiten Bogen nach hinten schwang.
»Douglas!« Charles riss die Hände hoch, um den Angriff abzuwehren. »Nein!«
Die schwere Bronze krachte gegen den Schädel des älteren Mannes. Blut spritzte aus der klaffenden Wunde heraus, die sich seitlich am Kopf öffnete.
»Douglas ... nein«, stöhnte Charles. Er griff sich an den Kopf.
»Denk ... denk darüber nach, was du tust. Sei nicht dumm. Ich kann nicht...«

Doch die Bronzemaske prallte gegen Charles' linke Schläfe – ein niederschmetternder Schlag. Doch Charles erhob sich aus eigener Kraft aus dem Sessel. Mit zitternden Händen und mitleiderregenden Worten flehte er seinen Sohn an und bat ihn eindringlich, damit aufzuhören.

Immer wieder krachte der schwere Bronzegegenstand herab. Der harte Schädelknochen zerbrach unter drei brutalen Schlägen. Charles fiel auf die Knie, und seine Augen rollten in ihren Höhlen nach oben, sodass nur noch das Weiße darin zu sehen war. Er stöhnte kurz auf und kippte langsam zur Seite. Ein Zittern durchfuhr ihn, dann lag er nur noch regungslos da.

»Auf Wiedersehen, Vater«, murmelte Douglas und warf den Briefbeschwerer neben dem Leichnam auf den Fußboden.

Rasch ging er um den Schreibtisch herum, zog die breite Schublade in der Mitte auf und nahm den Schlüsselring an sich, von dem er wusste, dass er dort aufbewahrt wurde. Dann eilte er zum Bücherschrank in der Ecke des Zimmers und zog eine Reihe von Bänden heraus. Eine Eisenschatulle kam zum Vorschein, die scheinbar auf dem Regal lag, in Wirklichkeit aber an der Wand befestigt war. Er steckte den ersten Schlüssel ins Schloss und drehte ihn um, doch er traf auf Widerstand. Der zweite Schlüssel war viel zu groß, weshalb Douglas zum dritten überging. Das Schloss gab sofort nach, und er hob den schweren Deckel.

In der Schatulle war eine goldumrandete Ledermappe, die mit einem grünen Band verschnürt war. Douglas raffte die Mappe an sich und ging zum Schreibtisch zurück. Während seine Finger noch an dem Satinband herumhantierten, hörte er ein Geräusch im Flur, und dann wurde an der Tür geklopft.

Douglas blickte sofort zur Leiche auf dem Boden; in seinem Kopf rasten die Gedanken. Wie viel von dem Körper konnte vom Eingang aus gesehen werden? Was, wenn man ihn mit dem Leichnam finden würde? Wo konnte er sich verstecken?

Erneut war ein Klopfen zu hören, anschließend eine Stimme: »Mr Flinders-Petrie, Sir? Da kommt ein Lumpensammler. Haben Sie etwas für ihn?«

Das war Silas Cumberbatch, der Hausmeister.
»Schicken Sie ihn fort«, knurrte Douglas, der den barschen Tonfall seines Vaters nachahmte. »Ich bin beschäftigt.«
»Sehr wohl, Sir.«
Douglas wartete, bis er hörte, dass die Fußschritte sich entfernten. Da er nicht weiterhin das Risiko eingehen wollte, mit der Leiche seines ermordeten Vaters erwischt zu werden, steckte er sich die goldumrandete Mappe unter den Mantel und ging zu den Glastüren. Er trat nach draußen und blickte rasch um sich, um sicherzustellen, dass er unbeobachtet war. Dann flitzte er über den Rasen zur Hecke und zu einer Stelle, die er gut kannte: Dort, hinter einer Stechpalme, war er als Junge häufiger über die Gartenmauer geklettert. Sobald er die Mauer überwunden hatte, ging er weiter auf dem Dienstbotenweg zur Straße, wo er ein Droschken-Taxi anhielt, das ihn zum Bahnhof Paddington brachte.

Er kaufte eine Fahrkarte und eilte zum Bahnsteig, wo der Zug bereits wartete. In einem der Personenwaggons fand er ein leeres Abteil und trat ein. Erst als der Zug den Bahnhof verlassen und Ealing passiert hatte und auf Slough zufuhr, holte Douglas die Ledermappe wieder hervor.

Er legte sie sich auf die Knie, schnürte den Knoten im grünen Band auf und öffnete den Umschlag. Im Innern war nur ein einziges Blatt Papier mit einer einfachen handgeschriebenen Notiz. Sie lautete:

Vergib mir, Douglas. Es ist besser so.
Dein Dich liebender Vater

Die Meisterkarte war fort.

EPILOG

*D*ie drei Reisenden fuhren zunächst im großen Postwagen mit, der jeden Nachmittag zum Kloster Montserrat kam. Als sie das Dorf El Bruc am Fuße des Gebirges erreichten, entschieden sie, dass es weiser sein würde, sich für die Weiterreise irgendeine Waffe zu besorgen. Am Ende war das Einzige, was sie finden konnten, ein Jagdmesser mit Scheide, das sie im kleinen Gemischtwarenladen am Dorfplatz erwarben.

»Wenn dies das Beste ist, was wir haben können, dann soll es eben so sein«, sinnierte Kit. »Los, wir verschwenden Zeit.«

Kit befestigte die Scheide des Messers an seinem Gürtel und führte die anderen zwei zur Landstraße zurück. Sie marschierten auf dem Bankett los und folgten dem Asphaltstreifen, der sich entlang des Flusses entsprechend dessen Biegungen dahinschlängelte. Nach ein oder zwei Meilen gelangten sie zu der Stelle, wo Kit von den Jägern gefunden worden war. Glücklich darüber, dass dieses Mal keine bewaffneten Bauern in der Nähe waren, überquerten sie die kleine Steinbrücke und gingen den ansteigenden Hang zu den Felswänden hoch. Während sie marschierten, versuchte Kit, die besten Voraussetzungen für ihr Unterfangen zu schaffen.

»Es ist die Steinzeit. Primitiver, als ihr es euch jemals vorgestellt habt. Keine Gebäude, keine Maschinen, kein Metall, Glas oder Plastik. Felle, keine Kleidungsstücke.« Er klopfte leicht auf seine Bekleidung. »Es ist Natur in ihrem ursprünglichen Zustand, es ist der Mensch im Kampf gegen die Elemente. Abgesehen davon ist es mitten im tiefsten Winter. Zumindest war es das, als ich fortging; und das bedeutet, es gibt eine Menge hungriger Tiere in der Nähe. Daher müssen wir ziemlich schnell mit dem Clan Kontakt aufnehmen, wenn wir vermeiden wollen, gefressen zu werden.«

»Vielleicht hätten wir mehr Kleidung mitnehmen sollen – vor allem etwas wärmere?«, fragte Wilhelmina.

»All diese Extraklamotten mitzuschleppen, hätte uns nur langsamer gemacht«, erwiderte er. »Ich glaube, das wird schon in Ordnung gehen. Sobald wir uns dem Clan angeschlossen haben, können wir ein paar Felle und Pelze bekommen – und auch alles andere, was wir benötigen, wenn es wirklich kalt ist. Wir müssen ja schließlich keine wertvolle Zeit mit längerem Suchen vergeuden. Wir gehen zum Knochenhaus und vollführen den Sprung zur Seelenquelle.«

Bruder Lazarus sagte etwas auf Deutsch, das Mina für Kit übersetzte. »Er ist besorgt, dass die Urmenschen sich vor uns fürchten werden – und dass sie uns möglicherweise angreifen.«

Kit blieb stehen und wandte sich seinen Gefährten zu. »Schaut, ich kann für nichts garantieren, wie ich bereits gesagt habe. Doch in meiner Gegenwart haben sie niemals eine Spur von Gewaltbereitschaft gezeigt. Sie haben mich auf Anhieb akzeptiert, was ziemlich verwunderlich ist, wenn man darüber nachdenkt. Und selbst wenn sie ein wenig scheu sind, so werden sie sich doch an mich erinnern: Ich wurde vom Clan adoptiert, und ihr seid bei mir. Ich erwarte keinerlei Probleme; also sollte sich jeder von euch einfach entspannen und meinem Beispiel folgen, okay?« Er schaute nacheinander jeden der beiden an. »Okay.«

Ein paar Minuten lang mussten sie sich hart den Berghang hochmühen, und dann erreichten sie die Mündung der Höhle.

»Das ist der Ort«, verkündete Kit. Er schaute zur Sonne hoch, die ihren mittäglichen Zenit schon überschritten hatte. »Wir müssen wohl eine Weile warten, bis das Portal aktiv wird.«

Sie legten ihre Rucksäcke ab, und Wilhelmina zog ihre Ley-Lampe zurate. Wie erwartet waren die blauen Leuchtanzeigen dunkel. »Nichts«, erklärte sie. »Doch es ist noch früh. Ich werde ein Auge darauf haben. In der Zwischenzeit kannst du uns ja deine Höhle zeigen.«

Bruder Lazarus öffnete seinen Rucksack und verteilte die Taschenlampen. Kit schaltete seine an und aus, um sie zu überprüfen. »Fertig?«, fragte er, als sie wieder ihre Rucksäcke auf die Schultern genommen hatten. »Auf geht's! Passt auf, wohin ihr tretet.«
Als er in die Höhlenöffnung einstieg, schaltete er seine Lampe ein, dann ging er ins Innere hinein. Die Luft stand still und war lauwarm; in ihr hing der leicht modrige Geruch von Schimmelpilzen. Unter einem Steinhaufen in der Nähe des Eingangs fand Kit sein Hemd aus Pelzen wieder; es war noch genau dort versteckt, wo er es ein paar Tage zuvor zurückgelassen hatte.
»Du hast das getragen?«, fragte Wilhelmina lachend.
»Ich muss dich davon in Kenntnis setzen, dass dies der letzte Schrei ist«, erwiderte Kit. »Ich habe es selbst gemacht.«
»Du hast Glück gehabt, dass die Jäger dich nicht erschossen haben«, erklärte sie.
Kit rollte das Hemd zusammen und stopfte es in seinen Rucksack.
»Hier entlang«, sagte er und führte sie in die gähnende Dunkelheit hinein.
Sie folgten dem Gang und drangen tiefer in den Berg hinein; ihre Lichter huschten über die unebenen Oberflächen der Wände. Bruder Lazarus zeigte ein lebhaftes wissenschaftliches Interesse an der Form des Tunnels und dem Felsgebilde. Hin und wieder hielt er inne, um ein besonders interessantes Merkmal zu untersuchen.
Dann erreichten sie die Stelle, wo der kurvenreiche Höhlengang gerade wurde. Hier blieb Kit stehen und leuchtete mit der Lampe den Weg entlang, den er als denjenigen identifizierte, der die Ley-Linie enthielt. Zuvor hatte er die Passage nicht in einem so hellen Licht gesehen, und sie erschien ihm anders zu sein, als er sich erinnerte. In seinem Kopf hatte er sich den Höhlen-Ley als einen Gang mit geraden Linien und rechten Winkeln vorgestellt. Doch obwohl der Boden des Tunnels gerade und flach genug war, wiesen die Wände Wölbungen und Einbuchtungen auf – und zwar auf einer langen Strecke, deren Ende in der Dunkelheit hinter dem Lichtstrahl rasch entschwand.

»Ist das die Stelle?«, fragte Mina, die nun mit ihrer Lampe ebenfalls in den Gang hineinleuchtete.

»Ich glaube schon«, antwortete Kit. »Es scheint die richtige zu sein.« Er holte seine Ley-Lampe hervor und hielt sie vor sich ausgestreckt. Nicht einmal ein winziges Flimmern von Licht zeigte sich an der Vorrichtung. »Zeigt deine Ley-Lampe etwas an?«

Wilhelmina holte ihre heraus und schwenkte sie umher. »Immer noch nichts«, stellt sie fest. »Was willst du jetzt machen?«

»Warten, nehme ich an«, erwiderte Kit.

Der Geistliche, der eine große kristalline Schicht in der Wand untersucht hatte, gesellte sich zu ihnen. »Wir müssen ein bisschen warten«, teilte Mina ihm auf Deutsch mit. »Der Ley ist noch nicht aktiv.«

»Nein?«, fragte er und starrte auf den Gegenstand in ihrer Hand.

Mina blickte hinab. Ein schwaches blaues Schimmern war in den winzigen Öffnungen zu sehen. Bevor sie ihren Mund öffnen konnte, um Kit davon zu berichten, verblasste das unstete Funkeln und verschwand. Sie starrte auf das Ding und wollte es unbedingt wieder zum Leben erwecken. »Los«, flüsterte sie. »Leuchte!«

»Was machst du da?«, fragte Kit.

»Schsch!«, erwiderte sie. »Schau zu.«

Gerade als sie sprach, flackerte die Lichterreihe auf. Kit holte seine Ley-Lampe heraus und hielt sie hoch. Das Gerät blieb dunkel.

»Hier ist definitiv etwas«, erklärte Mina. »Schau weiterhin aufmerksam zu.«

Das indigofarbene Leuchten wurde dunkler und von Sekunde zu Sekunde stärker. Kits Ley-Lampe jedoch blieb tot, ihre Schale war nur ein kaltes Stück Metall. Minas Ley-Lampe hingegen wurde heller.

»Wie machst du das?«, erkundigte sich Kit.

»Ich mache überhaupt nichts«, entgegnete sie. »Es ist nur, dass diese neue Ley-Lampe stärker als die alte ist. Verbesserungen, mein Freund.«

Der Geistliche ergriff die Hand von Kit und bewegte sie, bis die zwei Geräte sich nebeneinander befanden. Langsam begannen die Lichter in Kits Ley-Lampe zu glühen – ein flackerndes Leuchten, das allmählich stabiler wurde und sich intensivierte, bis es sich mit der Helligkeit deckte, die Minas Vorrichtung ausstrahlte.

»Nun, das ist wirklich interessant«, bemerkte Kit. Er blickte auf Mina, deren Gesichtszüge im kalten blauen Licht eingetaucht waren.

Bruder Lazarus tippte sich mit einem Zeigefinger an die Schläfe. »Sehr interessant«, sagte er auf Deutsch.

»Er sagt: ›Ja, es ist sehr interessant‹«, übersetzte Mina.

»Das hab ich verstanden«, erwiderte Kit. »Danke.« Er ließ den Strahl seiner Taschenlampe rasch durch die Passage gleiten. »Nun? Das ist die Stelle. Auf geht's.«

Wilhelmina streckte ihre Hand nach ihm aus. »Und lass uns versuchen, ausnahmsweise mal zusammenzubleiben, nicht wahr?«

»Gute Idee.« Kit nahm ihre Hand.

Bruder Lazarus legte eine Hand auf Minas Rucksack und nickte Kit zu.

»Richtig«, sagte Kit. »Im Gleichschritt, marsch.«

Er ging mit langsamen, gemessenen Schritten los. Als er den Eindruck hatte, dass die anderen im Gleichschritt mit ihm waren, steigerte er ein wenig das Tempo. Nach ein paar Yards spürte er ein Flattern in der Luft – das leichte Strömen einer Brise auf seiner Haut wie von einem Entlüftungsloch. Gleichzeitig fühlte er, wie die Ley-Lampe in seiner Hand warm wurde, und die Lichter leuchteten mit starker Helligkeit. Er schob das Gerät in seine Tasche und bereitete sich auf den Sprung vor.

Er fand ein paar Schritte später statt, und als es geschah, war es so sanft, dass man es fast nicht bemerkte. Der Boden der Höhle verschob sich unter seinen Füßen, und die Luft bebte – als ob jemand in einem anderen Raum eine Tür geschlossen hatte. Plötzlich spürte er, dass er in einem viel größeren Durchgang stand. Der Sprung war vollendet.

Kit wurde langsamer und blieb dann stehen, um sich umzuschauen. Er strahlte die grauen Steinwände mit seiner Lampe an.

Der Gang wurde ein paar Yards vor ihm breiter. Kit trat durch diese Öffnung und fand sich in einer großen Galerie wieder, deren Ausmaße er mit seiner Taschenlampe nicht ausleuchten konnte.
»Alle okay?«, fragte er.
»Ging mir niemals besser«, antwortete Mina. »Du kannst jetzt meine Hand loslassen.«
»Bruder Lazarus? Bist du okay?«
»*Molto bene*«, lautete die Antwort. Der Geistliche, der in seiner Aufregung ins Italienische verfiel, schaute sich in dem Höhlenraum um und strahlte mit seiner Lampe eine Ansammlung herabhängender, bleicher Stalaktiten an, von denen Wasser tropfte wie von Eiszapfen an einem Dach. »*Fantastico!*«
»Wir gehen weiter«, erklärte Kit. »Es gibt einen Nebendurchgang irgendwo hier weiter, der zu einer anderen Kammer führt. Das ist Ort, wo die Bilder sind.«
Kit führte sein kleines Team in die Galerie hinein. Sie blieben in der Nähe der Wand, bis sie zu einem Loch kamen, wo es eine Abzweigung der Höhle gab; die Öffnung war allerdings kleiner als in Kits Erinnerung. »Ich glaube, das ist die Stelle«, sagte er. »Es ist zunächst ein schmaler Engpass, doch ein wenig weiter öffnet er sich.«
»Nach dir«, beschied ihm Wilhelmina.
Mit einem Achselzucken presste sich Kit durch die Lücke und drückte sich weiter durch den welligen Gang. Wie vorhergesagt, wurde der Tunnel allmählich breiter, bis sie darin spazieren konnten, ohne dabei die Seitenwände zu berühren. Sie kamen zu einer Art Vorraum, wo Kit eine Pause einlegte. »Ich erinnere mich an diese Stelle. Hier habe ich dieses klirrende, klimpernde Geräusch gehört. Ich habe geglaubt, es wäre Wasser, doch es hat sich herausgestellt, dass es sich um das Ende von Babys Kette handelte.«
Während Mina diese Ausführungen Bruder Lazarus übersetzte, untersuchte Kit die Wände mit dem Licht seiner Taschenlampe. Der Strahl glitt über die unebene Oberfläche des Felsgesteins, was die Einbuchtungen und Vorwölbungen deutlich hervortreten ließ. »Die Markierungen sind unten an der Wand«, sagte er zu den anderen und drang weiter in die Kammer hinein.

Mina und Bruder Lazarus begannen in ähnlicher Weise zu suchen, wobei sie mit dem Strahl ihrer Taschenlampen über die Wände strichen. Bruder Lazarus ging zur anderen Seite und beleuchtete mit seinem Licht die Wand ein paar Fuß oberhalb des Bodens.

»Achtung! Sie sind hier!«, rief er auf Deutsch und winkte die anderen beiden zu sich.

»Er hat sie gefunden«, sagte Mina, die zu der Stelle eilte, wo der Geistliche kniete.

Kit trat zu ihnen und bestätigte rasch, dass sie tatsächlich dort waren: eine Ansammlung von rätselhaften Symbolen – genau so, wie er sie bei seinem ersten Besuch der Höhle gesehen hatte. »Habe ich recht, oder habe ich recht?«, fragte er.

»Lass es uns überprüfen«, erwiderte Wilhelmina, legte ihren Rucksack ab und öffnete ihn. Sie entnahm ihm eine kurze Papprohre, aus der sie eine Papierrolle herauszog, die sie auswickelte und dann gegen die nächsten Symbole hielt. Mehrere schienen vollkommen identisch zu sein, doch die meisten waren anders, obwohl sie eine gewisse Ähnlichkeit aufwiesen.

»Nun«, sagte er nach einem Moment, »was haltet ihr davon?«

»Ich glaube, dass du hier vielleicht das große Los gezogen hast«, verkündete Wilhelmina. »Es scheint in der Tat echt zu sein. Ich frage mich, wie die Symbole hierhin gekommen sind?«

»Vielleicht durch Arthur selbst? Das können wir jetzt nicht feststellen.«

»Bene ... bene ...«, seufzte Bruder Lazarus.

Er stellte seinen Rucksack auf den Boden und holte eine wunderschöne, perfekt hergestellte Leica heraus. Mit übertriebener Vorsicht entfernte er die Schutzkappe des Objektivs und wischte mit einem weichen Tuch über die Linse, bevor er ein Blitzlicht aufsetzte. Er wies Mina an, ihre Lampe auf das nächste Symbol zu richten; dann nahm er ein Leselicht, stellte die Blende ein und bildete anschließend ein menschliches Stativ, indem er die Kamera verkehrt herum hielt und ihren Boden an seiner Stirn abstützte, während er sich niederkniete. Er stellte die Linse neu ein und betätigte den Auslöser. Es gab ein sanftes Klicken, und die Blitzlichtbirne knallte: Sie beleuchtete die ganze Kammer mit einem strahlenden weißen Licht, das die Augen der Anwesenden beinah versengte, sie blendete und große purpurne Punkte hervorrief, die das Gesichtsfeld trübten und unscharf machten.

»Einen Moment«, sagte er auf Deutsch. Dann setzte er eine neue Blitzlichtbirne ein, zählte bis drei und schoss ein weiteres Foto.

Jeder Abschnitt der Wand wurde ordnungsgemäß fotografiert und danach die Kamera gut verstaut, bevor sie weitergingen. Die nächste Kammer, die sie aufsuchten, war noch größer, und sie enthielt die Bilder von den Tieren, die Kit gesehen hatte.

»Ich schenke euch die Halle der ausgestorbenen Tiere«, verkündete er und leuchtete mit seiner Lampe auf eine Reihe plumper Pferde. Unter ihnen war ein griesgrämig aussehendes Nashorn, und noch weiter unten befanden sich ein weibliches Wisent mit nach vorne geschwungenen Hörnern und ein Junges, das unter dem Bauch seiner Mutter Schutz suchte. Auf dem angrenzenden Wandbereich waren zwei springende zierliche Antilopen und ein Bär, der auf seinen Hinterbeinen stand und seine vorderen Klauen ausgestreckt hatte.

»O... wow!«, rief Wilhelmina und eilte zur Wand.

»*Magnifico!*«, entfuhr es Bruder Lazarus, der einmal mit den Händen klatschte. »*Straordinario.*«

»Es ist wirklich außergewöhnlich«, pflichtete Kit ihm bei. »Sie haben an dem dort gearbeitet, als ich hier war.« Er beleuchtete mit seiner Lampe das Wollhaarmammut, dessen Körper nun detailreicher ausgearbeitet war, als er es zuletzt gesehen hatte.

Genau in diesem Augenblick begann sein Licht, schwächer zu werden. »O-o«, sagte er und schüttelte seine Taschenlampe. »Wir sollten besser weitergehen. Wir können später immer noch hierher zurückkommen.«

Kit und Mina schalteten ihre Lampen aus, um die Batterien zu schonen, und dann eilten die drei weiter. Kit führte sie zu der Hauptpassage und von dort zum äußeren Eingang der Höhle, wo er ein paar Yards vor der Öffnung eine kurze Pause einlegte. »Das sind wir«, erklärte er, während er in der relativen Helligkeit des Tageslichts blinzelte, das durch das zerklüftete Loch hereinströmte. »Draußen ist Natur in ihrem ursprünglichen, rauen Zustand. Von hier ab gibt es grundsätzlich keinen Schnickschnack mehr ... Ist jeder von euch immer noch erpicht darauf, die Flintstones kennenzulernen?«

Wilhelmina übersetzte die Worte für den Mönch, der daraufhin mit dem Kopf nickte. »Der einzige Zweck des Besuchs«, erwiderte Mina für sie beide.

»Recht so, lasst uns das angehen.« Kit trat zum äußeren Eingang und in das helle Licht. »Bleibt wachsam und seid zu allen Zeiten bereit, sofort wegzurennen.«

Kit ging als Erster und sah sich gut um, bevor er durch die Öffnung kletterte. Als Nächstes kam Wilhelmina, gefolgt vom Geistlichen. Dann standen alle drei an der sich neigenden Felswand und schützten ihre Augen vor dem Sonnenlicht, während sie das Bild, das sich vor ihnen ausbreitete, in sich aufnahmen: ein grünes Tal, das von blanken Felswänden aus weißem Kalkstein begrenzt wurde, die sich an jeder Seite erhoben. Bäume und Sträucher standen in vollem Laub, und die Luft war dunstig, warm und voller Insekten.

»Es war Winter«, betonte Kit und hob seine Hand zu dem verblassenden Grün und reifendem Gold des Frühherbsts. »Erst vor ein paar Tagen war es Winter.«

»Ein paar Tage für *dich*«, erinnerte ihn Mina. »Offensichtlich haben wir den Zeitrahmen für einen passenden Sprung nicht korrekt kalibriert bekommen.« Als sie die Enttäuschung in seinem Gesicht bemerkte, fügte sie strahlend hinzu: »Dennoch ... Mit etwas Glück sind wir wahrscheinlich nicht zu weit von der richtigen Zeit entfernt.«

»Ich hoffe, du hast recht«, erwiderte er. »Jedenfalls werden wir es bald herausfinden.« Dann machte er sich auf den Weg zum Talboden hinunter, wobei er auf dem losen Geröll hinabrutschte. Er sah sich noch ein letztes Mal um und hielt Ausschau nach lauernden Raubtieren, bevor er auf den träge dahinströmenden Fluss zuging, der jetzt allerdings zum Ende des Sommers nur ein schlammiges Rinnsal war. Sie marschierten weiter und hielten sich dabei in der Nähe der Schluchtwand auf; sie suchten sich ihren Weg über Felsgestein und waren mal im hellen Sonnenlicht, mal im Schatten.

Gelegentlich hielt Kit inne, um sich zu orientieren; verschiedene Landschaftsstrukturen und Biegungen im Fluss erkannte er wieder.

Die Sonne begann, sich hinter den hoch aufragenden Felswänden zu senken, als sie die Stelle erreichten, die Kit als das Winterquartier des Fluss-Stadt-Clans identifizierte. Bei diesem Anblick schlug sein Herz ein wenig schneller, und er hüpfte den engen Pfad hoch, der zu dem steinigen Sims führte, wo er En-Ul und die anderen zuletzt gesehen hatte.

Der Sims war nun leer; sämtliche Spuren einer Besiedlung – in jüngerer Zeit oder irgendwann sonst – hatten sich vollständig verflüchtigt. Ein paar trockene Blätter und pulverartiger weißer Staub waren alles, was hier zurückgeblieben war.

»Sie sind verschwunden«, stellte er fest, seine Stimme klang schwer.

Bruder Lazarus schaute sich um, dann wandte er sich den anderen zu und sagte in nicht ganz einwandfreiem Deutsch: »Sie kommen im Winter hierher, richtig? Winter wenn sie hier kommen, korrigiert?«

»Ja«, bestätigte Mina, »sie kommen nur im Winter hierher – das ist korrekt.« Sie drehte sich zu Kit. »Das hast du doch gesagt, oder?«

Kit nickte. »Dann sind sie vielleicht zu ihrem Flussquartier zurückgekehrt.« Er dachte einen Moment nach. »Das ist Meilen von hier entfernt, und leider wird es bald nicht mehr hell sein. Sosehr ich auch unverzüglich mit ihnen Kontakt aufnehmen möchte – das kann warten. Ich denke, wir sollten mit dem Knochenhaus weitermachen. Das Wichtigste zuerst.«

»Was auch immer du sagst, Captain«, entgegnete Wilhelmina.

Nachdem sie zum Talboden zurückgekehrt waren, führte er sie am Fluss entlang zu einem nahe gelegenen Pfad, der an der Felswand hochstieg und dann die Schlucht verließ. »Das ist der Weg heraus«, erklärte Kit. »Das Knochenhaus ist oben in einer höheren

Lage, und zwar mitten in dem Wald direkt hinter der Kante des Canyons.«

Kit trieb die anderen zu einem unbarmherzigen Tempo an, während sie hochkletterten und dann aus der Schlucht marschierten. Auch verschwendete er keine Zeit, als er sie zu dem Ort führte, wo er den jungen Clanmitgliedern geholfen hatte, die Unterkunft zu errichten, die aus den Skelettresten von Tieren bestand. Er hatte keine Probleme, den Ort zu finden; die Erdspalte, wo sie die Knochen gesammelt hatten, war immer noch da – ebenso wie die breite, runde Lichtung im Wald.

Aber das Knochenhaus war verschwunden, und an seinem Platz befand sich eine riesige Eibe mit einer schuppigen braunen Rinde und kurzen, schwarzgrünen Nadeln. Der Baumstamm war gigantisch – ein halbes Dutzend Leute oder noch mehr, die sich an den Händen festhalten, würden erforderlich sein, um einen Menschenkreis um die Eibe herum zu bilden.

»Nun«, sagte Kit unglücklich, »es ist wohl unnötig zu erwähnen, dass *dies* früher nicht hier war.« Er schüttelte den Kopf. »Schaut euch nur dieses Ding an.« Er zeigte auf die großen, sich ausbreitenden Äste, die dunkel waren im Zwielicht des Waldes. »Das ist mindestens tausend Jahre alt!«

Mina und Bruder Lazarus starrten auf den Baum und den blauen Fleck Himmel darüber. Das Licht verschwand rasch.

»Dies ist der Ort, sind Sie sicher?«, fragte der Mönch auf Deutsch.

Mina übersetzte die Frage und begann, die Strecke rund um die gewaltige Eibe abzuschreiten.

»Ja ... Ich meine, ich glaube es«, antwortete Kit. Er blickte um sich und starrte auf den fast perfekten Kreis, den die Lichtung bildete. »Das ist er. Das ist der Platz, wo das Knochenhaus stand. Doch offenkundig sind wir weit weg vom Kurs. Es sieht so aus, als ob wir zurückgehen und von vorn anfangen müssen.«

»Vielleicht nicht«, entgegnete Mina.

»Was meinst du damit?«

»Überprüf deine Ley-Lampe, Kit.«

Er zog das Gerät aus seiner Tasche und sah, dass es ein intensives blaues Licht ausstrahlte. »Ich wusste es! Der Ley hier ist in Ordnung. Das hat sich nicht verändert.«

Mina beendete ihren Rundgang um den Baum und blieb mit ihrer Ley-Lampe in der Hand neben Kit stehen. Sie hielten ihre zwei Vorrichtungen nebeneinander; das blaue Licht der beiden Geräte vereinigte sich, und ein glänzendes Leuchten umstrahlte ihre Gesichter.

»Sehr gut«, murmelte Bruder Lazarus und stellte sich direkt neben seinen beiden Gefährten hin.

»Ein sehr gutes Zeichen«, pflichtete Mina ihm bei. »Der Ley ist hier – und seine Aktivität ist hoch.«

Die elektromagnetische Kraft des Ley baute sich weiter auf und intensivierte sich in einem Ausmaß, wie sie es niemals zuvor mit eigenen Augen beobachtet hatten. Die indigofarbenen Lichter pulsierten mit einer ständig zunehmenden Stärke; und der Ring aus gelben Lichtern auf Wilhelminas Ley-Lampe blitzte auf und blinkte anschließend in unregelmäßigen Abständen grell auf, als ob er den heftigen Wellen von Energie nachspürte, die um sie herum wirbelten.

»Autsch!«, schrie Mina auf. Sie ließ ihre Lampe fallen und umklammerte die Hand, mit der sie das Gerät gehalten hatte.

»Was ist passiert?«, fragte Kit. »Wa-... Ach du Schande!« Er ließ ebenfalls seine Vorrichtung fallen. Die Hitze war urplötzlich so stark angestiegen, dass er sie nicht mehr hatte halten können.

Mina streckte ihre Hand aus. Die Innenseite war rot, wo sie sich verbrannt hatte. »Das ist noch nie zuvor passiert.«

Noch während sie sprach, entstand ein schwaches zischendes Geräusch. Weiße Rauchfäden strömten aus den kleinen Löchern der Messingschale von Minas Ley-Lampe. Dann folgte ein leiser Knall; es hörte sich fast so an, als würde der Korken aus einer Flasche gezogen. Augenblicklich wurde die Lampe dunkel.

Eine Sekunde später zischte auch Kits Lampe auf und erstarb. In der Luft schwebte der unverkennbare Geruch von Ozon.

»Ich schätze, das war's«, sagte Kit.

Bruder Lazarus nahm Minas Hand und untersuchte die Verbrennungen.

»Wir wissen, der Ley ist hier; daran besteht kein Zweifel«, stellte Kit fest. Eingehend betrachtete er den gewaltigen Stamm der Eibe, der so hart wie Eisen und so groß wie ein Haus war – und der genau in der Mitte des Ley wuchs. »Das Einzige, was wir jetzt noch herausfinden müssen, ist, was wir mit diesem monströs großen Baum anstellen sollen.«

NACHWORT

Es scheint, dass menschliche Wesen zum Reisen geschaffen sind. Und *on the road* – auf den Wegen und Straßen – passiert für gewöhnlich eine ganze Menge. Die meisten antiken Kulturen verehrten Straßen und Wege als heilige Stätten – die Kelten zum Beispiel erachteten die Verbindungsstelle zweier sich kreuzender Straßen als einen heiligen Ort. Die Straße ist sicherlich eine Metapher für die Veränderung und Transformation: Der Ursprung dafür liegt vielleicht in Geschichten wie die *Odyssee* von Homer – und moderne Ausdrucksformen finden sich in Büchern wie *On the Road* von Jack Kerouac.

In Hollywood wird die Straße – *the road* – in einem eigenen Genre verehrt: dem Roadmovie. Von den ausgelassenen Filmen mit Bob Hope und Bing Crosby, wie etwa *The Road to Rio*, über *Thelma und Louise* bis hin sogar zu Absurditäten wie *Dumm und Dümmer* ist das Roadmovie zugleich ein Symbol und ein Fest für den angeborenen spirituellen Wunsch, sich zu verändern und transformiert zu werden. Wie der Physiker Werner Heisenberg – ein Mann, der etwas vom schwer fassbaren Wesen der Realität und ihrer Auswirkungen auf den menschlichen Geist wusste – es einmal ausgedrückt hat: »Die menschliche Rasse scheint nichts mehr zu lieben als einen langen Umweg.«

Die Straße und die dazugehörenden Umwege, Gefahren und Katastrophen können wirkungsvolle Mittel für die Veränderung sein. Als ich mich im Arabischen Frühling des Jahres 2011 den Vororten von Damaskus näherte, konnte ich mich mühelos an die Reise des Mannes erinnern, der als heiliger Apostel Paulus eine weltberühmte historische Persönlichkeit wurde. Damals im ersten Jahrhundert war er jedoch zunächst als Saulus bekannt. Er befand sich auf dem Weg von Jerusalem aus – und sein Herz war voller Hass –, als er urplötzlich von einem Licht niedergeworfen wurde, das so mächtig war, dass es sich nicht ignorieren ließ. Saulus stürzte zu Boden, und Gott sprach zu ihm. Ironischerweise bestand der Zweck seiner Reise darin, die Männer und Frauen zu zerstören, die von sich behaupteten, einer Gruppe anzugehören, die »Der Weg« hieß: ein Name, der denjenigen gegeben worden war, die wir jetzt Christen nennen.

Sobald Saulus in Damaskus eintraf, wurde er zu einer Straße geführt – und entsprechend der Apostelgeschichte, die Lukas zugeschrieben wird, war es die »Straße, die man die ›Gerade‹ nennt«. Erblindet, gedemütigt und verzweifelt darum bemüht, aus dem schlau zu werden, was ihm geschehen war, wurde Saulus durch einen Mann namens Hananias zum neuesten Bekehrten von »Dem Weg«. Als ich selbst durch diese berühmte »Gerade Straße« schlenderte, wurde mir klar, dass meine frühe Vertrautheit mit der Bibelgeschichte von der dramatischen Reise des Paulus über Straßen und Wege einen Beitrag zu der Idee geleistet hat – wenn nicht gar sie inspiriert hat –, Ley-Linien als Portale zwischen verschiedenen Seinsbereichen zu verwenden. Dieser Eindruck wurde, wie ich annehme, von meiner Umgebung noch verstärkt: Damaskus ist eine der zeitlosen Städte der Welt: ein Ort, wo jedes der aufeinander folgenden Weltreiche seine unauslöschlichen Zeichen und Überreste hinterlassen hat – ein Ort, wo eine Reisende oder ein Reisender leicht zu der Auffassung gelangen könnte, dass sie oder er sich zweitausend Jahre zurück in der Vergangenheit befindet.

Die Geschichte, die sich in den fünf Bänden des Romanzyklus *Die schimmernden Reiche* entfaltet, hat sich im Verlaufe von mehr als fünfzehn Jahren vor meinem inneren Auge entwickelt. Ebenso wie die Figuren in der Geschichte – quasi als eine Recherche, um in der Erzählung eine präzisere Atmosphäre erschaffen zu können – bin ich durch schluchtartige Gassen in London spaziert, zwischen parallelen Reihen von Sphinxen in Ägypten geschritten, in der Toskana, wie der gegenwärtige Name für das alte Etrurien lautet, in die tief in der Erde liegenden, heiligen Kalktuff-Straßen hinabgestiegen und den geraden Pfaden durch die Dordogne, durch Syrien, Arizona, Osteuropa und zuletzt durch den Libanon gefolgt. Meine Füße genau dorthinzusetzen, wo zahllose andere Menschen ihre gesetzt haben – oft über viele Jahrtausende hinweg –, versetzt mich in die Lage, mir mühelos vorstellen zu können, am anderen Ende des Durchgangs als eine andere Person in einer anderen Zeit aufzutauchen.

Darin besteht natürlich die Notwendigkeit und der Reiz einer Pilgerschaft: sich im Verlaufe der Reise zu verändern. Während sich die Landschaft nähert und dann später verschwindet, stellt sich der Reisende seinen Hoffnungen und Ängsten, seinen Fragen und Bedenken ... und anschließend lässt er sie hinter sich, wenn er, wie gehofft wird, zu einem Ort der Erleuchtung und des Willkommenseins gelangt.

Als ich in Spanien auf dem Jakobsweg ging – der altehrwürdigen Pilgerroute, die beinahe überall in Europa anfängt, bevor sich schließlich die verschiedenen Wege auf der französischen Seite der Pyrenäen zu einem einzigen vereinigen, der nach Nordspanien hinüberführt – sah und erlebte ich selbst die Macht des Pilgerpfades. Am Beginn der Reise trugen viele meiner Gefährten auf der Pilgerschaft riesige, hoch aufragende Rucksäcke, die prall gefüllt waren mit den lebensnotwendigen Gütern für unterwegs: mit Schaumpolstern und Schlafsäcken, Teddybären, Blechnäpfen Wechselkleidung, Flaggen und allen Arten von Krimskrams, der von ihren gewaltigen Rucksäcken herabbaumelte.

Doch während sich der Weg durch Berge und Hügel, durch ausgedörrte Ebenen und verwilderte Gebiete nach Santiago de Compostela schlängelte, und während die Tage in Wochen übergingen, neigten jene überfüllten Rucksäcke dazu, ihre gewaltige Größe zu verlieren. In der Nähe des Gipfels eines besonders anspruchsvollen Berges, der ein oder zwei Tage vor dem Reiseziel lag, stieß ich auf einen richtig großen Haufen aus T-Shirts und Regenbekleidung, Taschenbüchern, Socken, Hosen, Schlafsäcken und – ja – aus jenen Teddybären und Blechnäpfen. Als ich mich mit meinen Gefährten auf der Pilgerschaft den Berg hochmühte und einen müden Fuß vor den anderen setzte, wurde deutlich, dass dieses Gefühl von Abenteuer, mit dem wir alle aufgebrochen waren, sich inzwischen in etwas völlig anderes verändert hatte. Wir waren alle auf dem Weg – *el camino* –, doch einige von uns waren eindeutig auch auf »Dem Weg«.

Und der Weg wurde schwierig. Alles Unnötige musste aufgegeben werden. Alles, was behinderte, was aufhielt, was niederdrückte und belastete – von alldem musste man sich trennen.

Als ich Santiago betrat, beobachtete ich triumphierende Pilger, die in die Stadt spazierten oder sich hineinschleppten – mit schlaffen Rucksäcken. Ein paar trugen nur das, mit dem sie an jenem Morgen aufgestanden waren: einen Hut, einen Stock, eine Flasche Wasser, die in einer Tasche steckte. Alles andere war weggeworfen worden, um die Reise zu beenden.

Der Zielort war selbstverständlich wichtig; die Fußreise war schließlich kein zielloses Umherwandern durch die Einöden Spaniens. In unseren Vorstellungen hatte Santiago lange Zeit wie eine Stadt aus Gold geleuchtet; und die Bilder von Sicherheit, Ruhe und Erfrischung hatten eine mächtige Anziehungskraft ausgeübt. Doch es war die Reise selbst – die körperliche Handlung des Gehens –, wodurch die Pilger transformiert wurden. Denn wenn es überhaupt irgendeine Transformation in der spirituellen Orientierung der Seele eines Pilgers gab, dann fand diese Veränderung nicht bei der Ankunft statt – wie durch einen Akt der Magie –, sondern während der langen, harten Mühsal auf »Dem Weg«.

DANKSAGUNG

Nabile Mallah war mein Führer und Ausbilder, während ich in schwierigen, unruhigen Zeiten durch Syrien reiste, und seine Begeisterung war inspirierend. Adrian Woodford leitete diese Reise mit Geschick und Weisheit – danke!
Scott und Kelli Lawhead haben mich dankenswerterweise an die fremdartige Schönheit von Sedona herangeführt.
Richard Rodriguez, Hailey Johnson Burgess, Matthew Knell, Daniele Basile und Sabine Biskup waren so freundlich, die spanischen, französischen, lateinischen, italienischen und deutschen Worte in diesem Buch zu überprüfen.
Wie immer sind die Fehler ausschließlich mir zuzuschreiben.